Das Buch

In einem entlegenen Winkel im Westen Chinas teilen sich ein Bauer und seine Familie die Wasservorräte mit ihren Nutztieren. Als sich Vogelviren mit menschlichen Viren im Blutkreislauf eines Schweins vermischen und mutieren, ist die Katastrophe gekommen. Ein neuer tödlicher Grippevirus, der die Menschheit bedroht, ist geboren …

Dr. Noah Haldane von der Weltgesundheitsorganisation WHO hat schon lange vor einem neuen Killervirus gewarnt, der ähnliche Auswirkungen wie die Grippeepidemie von 1919 haben könnte, die innerhalb von vier Monaten mehr als zwanzig Millionen Opfer forderte. Die WHO schickt umgehend ein Team auf das chinesische Festland, wo die Wissenschaftler erschreckt feststellen müssen, dass der neue Virus, genannt Akutes Atemnot Syndrom (ARCS), weit gefährlicher ist als SARS. Unabhängig von Alter oder Gesundheitszustand fällt jeder vierte Infizierte der Krankheit zum Opfer. Trotz der verzweifelten Versuche der WHO, den Ausbruch einzudämmen, gelangt der Virus über Hongkong nach London und Amerika. Im Zeitalter der Reisen und grenzenlosen Mobilität hat der Killervirus ungleich bessere Möglichkeiten, sich zu verbreiten als noch 1919, vor allem, wenn jemand den Virus mit Absicht ausbreitet.

Der Autor

Daniel Kalla, geboren 1966, arbeitet als Notarzt in Vancouver, Kanada. Als 2003 die erste SARS-Erkrankung in Vancouver beobachtet wurde, war er in der eingesetzten Taskforce vertreten. Diese Erfahrung brachte ihn auf den Gedanken, seinen Roman *Pandemie* zu schreiben. Daniel Kalla ist verheiratet und Vater von zwei Mädchen. Auch sein zweiter Roman *Immun* ist im Heyne Verlag erschienen.

DANIEL KALLA

PANDEMIE

Roman

Aus dem Amerikanischen
von Martin Ruf

WILHELM HEYNE VERLAG
MÜNCHEN

Die Originalausgabe PANDEMIC
erschien 2005 bei Forge Books, New York

FSC
Mix
Produktgruppe aus vorbildlich
bewirtschafteten Wäldern und
anderen kontrollierten Herkünften

Zert.-Nr. SGS-COC-1940
www.fsc.org
© 1996 Forest Stewardship Council

Verlagsgruppe Random House FSC-DEU-0100
Das für dieses Buch verwendete
FSC-zertifizierte Papier *Holmen Book Cream*
liefert Holmen Paper, Hallstavic, Schweden.

Vollständige deutsche Taschenbuchausgabe 12/2007
Copyright © 2005 by Daniel Kalla
Copyright © 2006 dieser Ausgabe
by Wilhelm Heyne Verlag, München,
in der Verlagsgruppe Random House GmbH
Printed in Germany 2007
Umschlagfoto: © Drive Communications, New York
Umschlaggestaltung: Nele Schütz Design, München
Satz: Buch-Werkstatt GmbH, Bad Aibling
Druck und Bindung: GGP Media GmbH, Pößneck
ISBN: 978-3-453-43305-2

www.heyne.de

Für meine Mädchen ... Cheryl, Chelsea und Ashley

PROLOG

Nördliche Provinz Gansu, China

Der Geländewagen rumpelte über die unbefestigte Landstraße zwölf Meilen südlich der Stadtgrenze von Jiayuguan. Es gab kaum etwas zu sehen außer den eintönigen Erdhügeln, die an den Fenstern vorbeizogen, aber Kwok Lee war ohnehin zu nervös, um sich auf die Landschaft zu konzentrieren. Er zuckte bei jedem Stein zusammen, der von der Windschutzscheibe abprallte, und er verfluchte jedes Schlagloch, bei dem sein teurer neuer Wagen durchgeschaukelt wurde. Wo waren nur die ganzen Gelder geblieben, die das Zentralkomitee für den Ausbau der Infrastruktur versprochen hatte? In den Taschen der Funktionäre, dachte Lee niedergeschlagen, ohne sich klar zu machen, dass ein notorischer Schwarzhändler wie er wesentlich zur systematischen Korruption in der Provinz beitrug. Er tröstete sich mit dem Gedanken, dass er in ein paar Stunden in der Lage wäre, sein Gefährt durch zehn neue Modelle der gleichen Bauart zu ersetzen. Nicht, dass er eine Flotte Geländewagen gebraucht hätte, er wollte nur einen für seine Freundin. Vielleicht würde dann ihre ständige Nörgelei aufhören; bei seiner Frau hatte es schließlich auch geklappt.

Lee warf einen Blick in den Rückspiegel und betrachtete seine beiden Passagiere im Fond. Seit sie in den Wagen gestiegen waren, hatte keiner von ihnen gesprochen. Zwei Stunden Fahrt ohne ein einziges Wort, weder auf Mandarin noch auf Mongolisch, was angeblich ihre Muttersprache war. Lee wusste jedoch, dass das nicht stimmte. Die Männer in den billigen Anzügen hatten dunklere Haut, rundere Augen und breitere Nasen als die Menschen in dieser Gegend. Man hätte sie für Brüder halten können, wäre der eine, der auf Lees Fragen geantwortet hatte, nicht einen halben Kopf größer gewesen als der andere. Lee bedachte die verschiedenen Möglichkeiten und kam zu dem Schluss, dass es sich wohl um Malaien handelte. Vermutlich waren sie Reporter. Welchen Grund hätten sie sonst gehabt, diesen gottverlassenen Ort zu besichtigen? Doch ihre Identität spielte für Lee keine Rolle. Was zählte, waren die dicken Bündel druckfrischer amerikanischer Banknoten, die er im Aktenkoffer des Schmächtigeren gesehen hatte.

Vor ihnen tauchte aus einer Staubwolke ein Gebäude auf. Der schmucklose, bewachte und von einem Zaun umgebene Betonbau sah aus wie Millionen andere in China. Erst als Lee langsam auf die Zufahrt rollte, bemerkte er den Unterschied. Wären da nicht die halbautomatischen Waffen gewesen, die von den Schultern der Soldaten am Tor hingen, hätte man die Wachen für Chirurgen halten können. Alle drei trugen OP-Kittel, Kunststoffhauben, Handschuhe und Mundschutz.

Einer der Soldaten schob seinen Kopf durch das offene Fenster auf der Fahrerseite und taxierte misstrauisch Lees Passagiere.

»Missionare«, erklärte Lee fröhlich. »Sie sind gekommen, um für ihren Bruder zu beten.« Er lachte und wedelte mit seinen Dokumenten vor dem Gesicht des Soldaten hin und her. »Als ob Gebete dem armen Kerl helfen würden.«

Der Soldat grunzte humorlos und griff nach den Dokumenten. Wenige Augenblicke später lenkte Lee seinen schmutzigen Wagen auf den gekiesten Parkplatz. Vor dem Eingang des Gebäudes wurden Lee und seine Passagiere noch einmal überprüft. Nachdem sie einen hundert Meter langen Korridor durchquert hatten, gab es eine weitere Überprüfung, doch diesmal nahmen die Soldaten, die Schutzhauben trugen, wie sie in Laboratorien üblich sind, die

Papiere gründlicher unter die Lupe. Lee spürte, dass die Soldaten bei jeder Kontrolle unruhiger wurden, je näher sie dem Patienten kamen. Die Anspannung, die im Gebäude in der Luft lag, war mit Händen zu greifen.

Ein Soldat führte die drei eine Treppe hinauf in ein Büro, in dem ein kleiner, glatzköpfiger Beamter, der eine Brille trug, hinter einem Schreibtisch saß, der so riesig war, dass die geringe Körpergröße des Mannes umso mehr auffiel. Er stellte sich nur als Dr. Wu vor, doch Lee wusste, dass er der stellvertretende Direktor des Bezirkskrankenhauses war.

Einige Augenblicke lang musterte er Lees schweigsame Begleiter. »Sie sind sich der Risiken bewusst?«, fragte Wu schließlich.

Die beiden Männer nickten.

»Aber Sie wollen den Patienten trotzdem sehen?«

Weiteres Nicken.

»Um für ihn zu beten?« Wu hob eine Augenbraue.

»Er ist unser Bruder, Doktor«, sagte der Größere in stockendem Chinesisch, wobei er offen ließ, ob er damit sagen wollte, dass der Patient ein Verwandter oder ein Mitglied des gleichen Ordens war. »Wir können ihm nur dann unseren Segen spenden, wenn wir ihn persönlich sehen.«

»Verstehe.« Wu nickte, doch sein Stirnrunzeln verriet Zweifel an der geistigen Gesundheit des Mannes. »Laut Vorschrift darf ihn niemand besuchen, nicht einmal ein Mitglied seiner Familie.«

Lee rutschte auf seinem Stuhl hin und her. Was soll dieser Unsinn?, dachte er. Will dieser winzige Bürokrat in letzter Minute einen neuen Preis aushandeln? Lee griff in seinen Aktenkoffer und zog den dicken Umschlag heraus. »Doktor, ich glaube, diese Papiere können alles erklären.« Er schob den Umschlag so über den Tisch, dass sich der Verschluss öffnete und die amerikanischen Banknoten für einen kurzen Augenblick sichtbar wurden.

Mit einer einzigen Bewegung wischte Wu den Umschlag in eine Schublade, die er sofort schloss. Er erhob sich hinter seinem Schreibtisch, ohne dadurch sehr viel größer zu wirken. »Sie haben fünf Minuten. Nicht mehr. Fassen Sie nichts an. Sie werden vollständige Schutzkleidung tragen. Danach werden Sie eine Dekontamination …« Er sah die Verwirrung in ihren Gesichtern und rollte mit den Augen. »Nach Ihrem Besuch müssen Sie duschen.«

Die Männer nickten. Lee beugte seinen stämmigen Oberkörper zu dem stellvertretenden Direktor hinab. »Danke, Dr. Wu. Sie sind überaus entgegenkommend.«

Wu kniff verächtlich die Augen zusammen. »Fünf Minuten«, erinnerte er sie. »Einer meiner Männer wird Sie begleiten. Er wird Ihnen sagen, wenn …«

Der kleinere von Lees Kunden, der immerhin größer als Wu war, sprach zum ersten Mal. »Nein, Doktor. Das hier geht nur unseren Bruder und Gott etwas an«, sagte er in fast perfektem Mandarin. »Wir brauchen ein paar Minuten nur für uns.«

Noch bevor Wu damit aufhörte, heftig den Kopf zu schütteln, streckte der Mann die Hand aus und reichte ihm einen weiteren dicken Umschlag aus seiner Aktentasche.

Wu zögerte. Einen Augenblick lang schien es, als wolle er das Angebot ablehnen, doch dann griff er nach dem Umschlag und trat wieder hinter seinen Schreibtisch. Hastig ließ er den Umschlag in die Schublade fallen, in der sich bereits der andere befand, als stünde das Papier in Flammen. »Fünf Minuten. Keine Sekunde länger«, sagte er.

Eine weitere Wache führte sie in die Umkleideräume. Nachdem sie Handschuhe und OP-Kittel angezogen hatten, gingen sie durch zwei Doppeltüren, die als behelfsmäßige hermetische Schleusen dienten. Auf der anderen Seite stiegen sie in gelbe Schutzanzüge und zogen schließlich die mit Partikelfiltern versehenen Schutzhauben an. In Lees Augen ähnelten sie drei Imkern, die sich an den falschen Ort verirrt hatten, doch er behielt den Gedanken für sich. Eine plötzliche Vorahnung erfüllte ihn.

Dem Soldaten folgend, gingen sie durch zwei weitere luftdichte Schleusen und erreichten schließlich die Krankenstation. Die Schwestern und Pfleger, die ähnlich wie sie gekleidet waren, beachteten die drei Männer kaum, die den schäbigen Korridor entlanggingen, doch mit jedem Schritt wuchs Lees Angst. Er rang nach Luft unter der beengenden Schutzhaube. Schweißtropfen rannen ihm übers Gesicht und sammelten sich in seinem Kragen. Niemand hatte ihm gesagt, dass er die anderen in das Patientenzimmer begleiten musste.

Der Soldat, der sie eskortierte, blieb vor der letzten Tür im Korridor stehen. Er klopfte an. Eine Schwester kam heraus und schloss die Tür hinter sich. Nachdem die beiden ein paar Worte gewechselt hatten, ging die Schwester davon und ließ sie zurück. Der Soldat hob fünf Finger.

Der große Mann ging zuerst hinein. Lee zögerte, doch ein kurzer Stoß in den Rücken ließ ihm keine Wahl, und er folgte dem Mann in das unscheinbare Zimmer. Der Patient lag im Bett, umgeben von Maschinen und Infusionsständern. Jedenfalls dachte Lee, dass es sich um den Patienten handelte, denn der Körper war vollständig in Plastikplanen eingewickelt. Wegen der piepsenden Maschinen und dem gelegentlichen Rascheln der Folien konnte man vermuten, dass der Mann unter all diesen Hüllen noch am Leben war. Das Surren der Herz-Lungen-Maschine, die sich in der Nähe von Lees Kopf befand, übertönte fast alle anderen Geräusche. Doch je länger er hier stand, umso deutlicher erkannte Lee einen rauen, gurgelnden Laut. Erschrocken wurde ihm klar, dass das Geräusch von dem Patienten stammte und nicht von der Maschine.

Niemand rührte sich. Dann fielen die beiden Malaien auf die Knie, und Lee war für einen kurzen Augenblick erleichtert. Viel-

11

leicht waren sie tatsächlich nur gekommen, um für ihren Bruder zu beten.

Die Erleichterung hielt nicht lange an. Die beiden beteten nicht. Sie erhoben sich, wobei sie kleine Päckchen aus ihren Stiefeln zogen.

Lees Brust dröhnte. Sein Hals war schweißüberströmt. Er spürte, wie seine Knie weich wurden. Noch bevor der größere Mann die Pistole auf ihn richtete, wusste er, dass hier überhaupt nichts in Ordnung war.

Der kleinere Malaie trat auf den Patienten zu und machte sich daran, ihn aus den schützenden Kunststoffhüllen zu wickeln. Kurz darauf erschien das Gesicht des Patienten. Der Mann hätte zwischen zwanzig und achtzig sein können: Sein Gesicht war so sehr angeschwollen und dermaßen von blauen Flecken übersät, dass Lee nicht erkennen konnte, wie alt er war. Seine Augen quollen aus ihren Höhlen und sahen aus wie Aprikosen. Seine Lippen waren so aufgebläht, dass sie weiter aus seinem Gesicht ragten als seine Nase. Die Konturen seines Kinns verschwanden in den unnatürlich großen Falten seines Halses. Zwischen seinen wurstartigen Lippen führte ein durchsichtiger Plastikschlauch zur Herz-Lungen-Maschine.

Lee war wie gelähmt, als er sah, dass sich der Malaie über den Hals dieser Kreatur beugte. Der Malaie schob eine Nadel in die schwammigen Hautfalten, wobei er offensichtlich genau wusste, wie er vorzugehen hatte. Dann befestigte er ein Reagenzglas am freien Ende der Nadel. Ein Strom dunkelroten Bluts schoss in das röhrenförmige Gefäß. Zufrieden löste der Malaie das Reagenzglas von der Nadel, schüttelte es mit seiner behandschuhten Hand und legte es auf das Bett. Er wiederholte jeden einzelnen Schritt, bis er fünf große Reagenzgläser gefüllt hatte. Dann zog er die Nadel aus dem Hals des Patienten und wandte sich mit einem raschen Nicken an seinen Partner.

Der größere Malaie reichte ihm die Pistole. Dann löste er fast lässig die Verschlüsse seiner Schutzhaube und nahm sie ab. Er ging auf die andere Seite des Bettes und beugte sich über das aufgequollene Gesicht des Patienten. Mit beiden Händen löste er den mit dem Ventilator verbundenen Schlauch und legte so den Beatmungstubus frei, der wie eine Klopapierrolle aussah, die im Mund des Patienten steckte.

Das Gurgeln wurde lauter, und Speichel sammelte sich am offenen Ende des Tubus. Der Patient wand sich auf dem Bett, und die Plastikdecken zitterten, als er nach Atem rang. Er hustete mehrmals, von Krämpfen geschüttelt. Bei jedem Husten spritzte blutiger Auswurf aus dem Tubus.

Reflexartig machte Lee einen Schritt nach hinten in Richtung Tür, doch die auf seinen Kopf gerichtete Pistole beendete seinen weiteren Rückzug. Entsetzt sah er, wie sich der größere Mann nach vorn beugte und, ohne zu zögern, seinen Mund über das offene Ende des Tubus legte und daran zu saugen begann, als atme er durch einen Schnorchel.

Lee wurde übel. Es gelang ihm gerade noch, sich nicht in seine Schutzhaube zu erbrechen. Er hatte die Geschichte mit dem kranken Bruder nie geglaubt, doch erst jetzt wurde ihm klar, was diese beiden Wahnsinnigen vorhatten. Zum ersten Mal seit Wochen dachte Lee an seine Tochter My Ling und seinen Sohn Man Yee, die keine zehn Meilen entfernt die staatliche Schule besuchten.

Als er sah, wie der Fremde mit einem Atemzug nach dem anderen den tödlichen Speichel in sich aufnahm, erkannte Lee, dass sein eigenes Schicksal längst besiegelt war. Die Panik verschwand, und kalte Reue erfüllte ihn.

Ein Gedanke schoss ihm immer wieder durch den Kopf: Was habe ich nur getan?

KAPITEL 1

Georgetown University, Washington, D.C.

Der leuchtende rote Punkt huschte über die Leinwand, bis er in der Mitte des Bildes auf einer stacheligen grauen Struktur zum Stehen kam. »Übler kleiner Bastard, nicht wahr?«, sagte der Dozent. »Sieht aus wie etwas, das ein Hund auf einem Schrottplatz um den Hals trägt.«

Die Bemerkung löste in dem gut besuchten Hörsaal vereinzeltes Gelächter aus. Dr. Noah Haldanes Vorlesungen waren immer eine besondere Attraktion. Bei den Medizinstudenten galt der Spezialist für Infektionskrankheiten und weltberühmte Experte für neue Krankheitserreger als respektloser Redner, der genau wusste, wovon er sprach und dessen Vorlesungen jedes abgehobene Geschwafel beiseite wischten und direkt zur Sache kamen. Und nicht nur das. Mit neununddreißig Jahren hatte er noch keine einzige graue Strähne in seinem kurzen, ungekämmten Haar; er war knapp einen Meter neunzig groß, und noch immer passten ihm die Jeans, die er im College getragen hatte. Seine großen blauen Augen, seine scharf geschnittenen Gesichtszüge und sein stets leicht spöttisches Lächeln zogen mehrere Frauen und sogar ein paar Männer an, die sich nicht einmal für seinen Kurs eingetragen hatten.

Haldane fuhr mit dem Laserpointer über den Rand des Gebildes auf der Leinwand, indem er den Stacheln an dessen äußerem Ring folgte. »Dieser Kerl jedoch, dieses besondere Virus ...« – er deutete mit dem Laserpointer auf die kristallförmige Struktur – »... hat uns letztes Jahr sehr viel Kummer bereitet. – Bitte, keine Beschwerdebriefe an das Büro des Dekans.« Haldane hob die Hände und tat so, als wolle er seine Bemerkung zurücknehmen. »Ich spreche von Viren immer in der männlichen Form.« Er zuckte lässig und provozierend mit den Schultern. »Vielleicht liegt das daran, weil sie so primitiv sind. So unvollständig. Weil ihre Existenz so sehr von anderen Lebewesen abhängt.« Er hielt inne. »Wie bei meinem Schwager, der auf der Couch festgewachsen zu sein scheint, ist nicht klar, ob es sich bei ihnen um vollgültige Lebensformen handelt.« Er wartete, bis das Gelächter verklang. »Bakterien jedoch, die schön, unabhängig und weitaus komplexer sind, stelle ich mir weiblich vor.«

»Was ist mit Parasiten?«, rief jemand. »Welches Geschlecht haben die?«

Haldane sah blinzelnd in das Halbdunkel, bis er den Fragesteller gefunden hatte, der in der fünften Reihe saß. »Mr. Philips, bei Parasiten kommt mir die Frage des Geschlechts erst gar nicht in den Sinn.«

»Warum nicht?«

»Weil sie mich zu sehr an Medizinstudenten erinnern.«

Noch mehr Gelächter. Wieder umkreiste Haldane das Virus auf dem Bildschirm mit seinem Laserpointer. »Erkennt jemand unseren hässlichen Freund?«

»Ein für SARS verantwortliches Coronavirus?«, schlug eine junge, zierliche Frau aus der ersten Reihe vor, die sich über ihr Notizbuch beugte und eilig mitschrieb, noch während sie sprach.

»Genau, Ms. Tai.« Der Professor nickte. »Coronavirus TOR2.«

Haldane drückte auf die Fernbedienung des Projektors in seiner Hand. Das sterile, von einem Elektronenmikroskop aufgenommene Bild verschwand, und die Aufnahme einer blutbeschmierten weiblichen Leiche erschien, deren Augen von einem schwarzen Balken abgedeckt wurden. Wortlos drückte Haldane noch einmal auf den Schalter. Eine menschliche Lunge erschien, die auf einer Stahltrage lag. Noch ein Druck auf den Schalter. Der Bildschirm erwachte zum Leben. Zwei behandschuhte Hände griffen nach der Lunge. Eine Hand hob die Lunge, während die andere mit einem Skalpell hineinschnitt. Blutige Flüssigkeit spritzte heraus, als würde jemand einen Weinschlauch aufschlitzen.

Während er den Studenten Gelegenheit gab zuzusehen, wie ein anonymer Pathologe die mit Eiter und Blut gefüllte Lunge sezierte, fragte sich Haldane, wie es Dozenten vor dem Zeitalter der Power-Point-Präsentation und dem Einsatz verschiedenster Medien wohl gelungen war, mit ihren Vorlesungen überhaupt irgendeinen Eindruck zu hinterlassen. »Vier Tage bevor das Video gedreht wurde, gehörte diese Lunge einer vollkommen gesunden, zweiundvierzig Jahre alten Krankenschwester.« Er drückte auf den Knopf, und die schwarz-weiße Darstellung des kristallförmigen Virus erschien wieder.

»Dann hat sie einige wenige Partikel des für SARS verantwortlichen Coronavirus eingeatmet. – Wie jedes Coronavirus, das etwas auf sich hält, hat auch dieses hier eine besondere Vorliebe für die menschliche Nasenschleimhaut. Es durchdringt ohne Probleme die Epithelschicht und repliziert sich in den Zellen der Schleimhaut.« Schematische Darstellungen auf dem Bildschirm begleiteten Haldanes Erklärungen.

»Dann ist es so weit: Das Immunsystem, die körpereigene Abwehr, macht mobil. Stellen Sie sich die Fresszellen und die Leukozyten in dieser Schlacht als die Infanterie vor. Sie erledigen die Drecksarbeit, den Kampf von Zelle gegen Zelle. Während die Lymphozyten eher wie die Artillerie wirken, die ihre Granaten aus der Ferne abfeuert, in diesem Fall virenspezifische Antikörper. – Bei den meisten anderen Coronaviren ist das Kräfteverhältnis nicht gerade ausgeglichen. Es wirkt eher so, als würde Luxemburg in die Vereinigten Staaten einmarschieren. Der größte Schaden entsteht durch das, was die eigenen Truppen abfeuern: Das Immunsystem des Patienten, und nicht etwa das Virus, ist verantwortlich für Gliederschmerzen, Fieber und flüssigen grünen Auswurf. Ein paar Tage später ist der virale Eindringling unweigerlich ausgelöscht.«

Wieder erschien das SARS-Virus auf dem Bildschirm. »Doch dieser Bursche ist zäher. In einem signifikanten Prozentsatz der Fälle bleibt er nicht auf die Nasenschleimhaut beschränkt, sondern dringt über die Luftröhre in das Lungengewebe vor. Dort überwindet er die Membran der Lungenbläschen.« Haldane schaltete wieder auf die mit Blut gefüllte Lunge, die von dem Skalpell geöffnet wurde. »Was zu einer diffusen Lungenentzündung führt. Und häufig auch, wie in diesem Fall, zu einem Lungenödem. In fünf Prozent aller SARS-Fälle stirbt der Patient trotz maximaler Therapie.«

Im Hörsaal huschten die Stifte über das Papier, um mit den Informationen Schritt zu halten.

»Doch all diejenigen unter Ihnen, die SARS für einen apokalyptischen Reiter halten, sollten besser noch einmal nachdenken. Seit Beginn seiner Ausbreitung hat SARS weniger als eintausend Todesopfer gefordert. Betrachtet man jedoch Infektionskrankheiten im Allgemeinen, dann ist das ungefähr so verheerend wie ein Furz bei Gegenwind.« Er schüttelte den Kopf. »Oder anders gesagt: Malaria, HIV und Cholera – um nur einige zu nennen – fordern weltweit deutlich mehr Opfer an jedem einzelnen Tag.« Der Strahl seines Laserpointers durchschnitt den viralen Partikel auf der Leinwand. »Das für SARS verantwortliche Coronavirus ist nichts anderes als ein ehrgeiziges Grippevirus.«

Haldane legte den Laserpointer auf das Pult und trat zur Seite. Er ging nach vorn, bis er unmittelbar vor der ersten Reihe der Studenten stand.

»Ich hatte so viel Angst wie jeder andere auch. Nein, ich hatte viel, viel mehr Angst, als SARS ausbrach. Schließlich griff dieser Bursche das medizinische Personal an. Er hielt sich absolut nicht an die Regeln. Und ich musste unmittelbar miterleben, welches Chaos dieser kleine Bastard anrichten konnte.« Er schüttelte den Kopf. »Doch auf lange Sicht war SARS für uns sehr nützlich.«

Sein Blick glitt über die ratlosen Gesichter seiner jungen Zuhörer, und er wartete noch ein paar Sekunden, in denen ihre Verwirrung stieg, bevor er in seinen Ausführungen fortfuhr. »SARS hat die weltweiten Maßnahmen zur Kontrolle ansteckender Krankheiten auf die Probe gestellt. Und raten Sie mal, was dabei herauskam. Kein einziges Land duftete hinterher wie eine Rose. Die meisten stanken, ehrlich gesagt. Nehmen wir zum Beispiel Kanada. Obwohl das Land angeblich eines der besten Gesundheitssysteme der Welt besitzt, haben meine Kollegen in Toronto nicht schnell genug auf den ersten SARS-Fall reagiert. Und am Ende musste die Stadt einen hohen Preis bezahlen.« Haldane deutete auf seine Zuhörer. »Doch wenigstens wurde die Welt gewarnt. Wir bekamen die Möglichkeit, unsere Maßnahmen zur öffentlichen Gesundheitsfürsorge genauer abzustimmen und in einigen Fällen sogar völlig neu zu organisieren. In diesem Sinne war SARS eine gute Vorbereitung auf den Burschen, der wirklich zählt.«

Haldane drückte auf den Knopf, und auf dem Bildschirm erschien eine grobkörnige Aufnahme in Schwarz-Weiß, die eine Krankenstation zeigte; der Saal war so überfüllt, dass sich die einzelnen Rolltragen berührten. Es war schwierig, zu sagen, ob die Patienten, von denen einige zu zweit auf einer Trage lagen, lebten oder tot waren. Falls sie noch am Leben waren, ging es ihnen nicht gut.

Haldane deutete auf die Leinwand. »Meine Damen und Herren, das ist der Bursche, der wirklich zählt. – Herbst 1918. Als der Erste Weltkrieg langsam zu Ende geht, sucht etwas noch Schlimmeres die Schlachtfelder, die Lazarette und die Großstädte Westeuropas heim.« Haldane ging wieder auf das Podium zurück.

»Die Spanische Grippe«, sagte er, den Rücken zu den Studenten gewandt. »Und die Soldaten, die nach dem Waffenstillstand vom elften November nach Hause zurückkehrten, waren für dieses Virus das perfekte Mittel zur weltweiten Ausbreitung.«

Noch mehr historische Aufnahmen von Krankenhäusern und Leichenhallen. Noch mehr Verheerung in Schwarz-Weiß.

»Im Winter 1918/19 brachte dieses mutierte Grippevirus zwanzig Millionen Menschen um. Nach heutigen Maßstäben entspricht das achtzig Millionen Toten in weniger als sechs Monaten.«

Jemand in der Menge stöhnte.

»Eine durchaus angemessene Reaktion.« Haldane nickte ernst. »Und wir reden hier nicht von zwanzig Millionen Greisen, die in Altersheimen leben, und auch nicht über verstümmelte Kriegsveteranen, für die der Tod eine Erlösung wäre. Aus unbekannten Gründen tötete dieses Virus besonders junge gesunde Erwachsene. Die Leute gingen am Abend ins Bett und wachten am nächsten Morgen nicht mehr auf ... an überhaupt keinem Morgen mehr.«

Haldane musterte einen Studenten in der zweiten Reihe, der im Baseballteam der Universität spielte. »Nicht einmal Profisportler waren sicher. Der Stanley Cup musste 1919 abgebrochen werden, weil zwei Mitglieder der Montreal Maroons mitten in der Saison tot umfielen. – Und wenn Sie glauben sollten, dass sich diese Katastrophe nur deshalb ereignen konnte, weil die Infektionskontrolle primitiv und die Behandlungsmaßnahmen unzureichend waren, dann wäre das ein weiterer Irrtum. Gewiss, die öffentliche Gesundheitsvorsorge hatte 1919 deutliche Grenzen, doch beim Ausbruch einer solchen Infektion würden wir heute nicht sehr viel besser dastehen. Wir besitzen keine spezifischen Behandlungsmöglichkeiten. Und angesichts der Tatsache, dass heute höchstens drei Flüge notwendig sind, um jeden beliebigen Menschen auf der Welt mit jedem anderen zu verbinden, könnte sich eine Infektion sogar noch schneller ausbreiten. Drakonische Maßnahmen – die Leute wurden in Gefängnissen unter Quarantäne gestellt, in einigen Ländern war es verboten, einander die Hand zu geben – waren wahrscheinlich der *einzige* Grund, warum die Epidemie überhaupt unter Kontrolle gebracht werden konnte. Aber wissen Sie, was das Merkwürdigste an dieser ganzen Sache war?« Haldane gönnte sich eine theatralische Pause. »Die Spanische Grippe hatte nichts besonders Einzigartiges an sich. Jeden Winter überrollt uns die neueste Grippevariante, ausgehend von Bangkok oder Hongkong oder Melbourne oder irgendeinem anderen exotischen Ort auf der Erde, den zu besuchen ich mir nicht leisten kann.« Niemand lachte. »Betten in Altersheimen werden frei, Zeitarbeitsfirmen haben jede Menge zu tun, und für all jene, die das Pech haben, in die Bahn des Erregers zu geraten, verwandelt sich das Leben in eine Hölle voller Schmerzen. Aber die Bevölkerung wird nicht dezimiert.« Er betrachtete seine Zuhörer und stellte befriedigt fest, dass er ihre ungeteilte Aufmerksamkeit besaß.

»Der Grund, warum eine Grippe nur die Alten und Schwachen umbringt, Vorsorgeimpfung hin oder her, besteht darin, dass das Virus für unser Immunsystem ein alter Bekannter ist. Ein Protein hier, eine organische Ringstruktur da – es ist nichts weiter als eine leicht modifizierte Version eines Antigens, das unser Immunsystem schon längst kennt. Deshalb kann unser Körper eine starke Verteidigung aufbauen.«

Haldane deutete auf den Bildschirm. »Das gilt nicht für die Spanische Grippe. Sie wurde durch ein völlig neues Virus ausgelöst.« Er zuckte mit den Schultern. »Aber gerade das zeichnet Viren aus, nicht wahr? Sie mutieren. Genau genommen erschien bis 1919 alle vierzig Jahre mit der Präzision eines Uhrwerks die jüngste Version eines neuen und verheerenden Grippevirus. – Also ist das Merkwürdigste an der Spanischen Grippe, dass wir seit über achtzig Jahren keine ähnliche Pandemie mehr erlebt haben.« Er schüttelte den Kopf. »Meine lieben Doktoren, ich möchte Ihrer strahlenden Zukunft ja keinen Dämpfer aufsetzen, aber die Killergrippe ist längst überfällig.«

Noah Haldane lächelte zufrieden, als er in sein Büro zurückfuhr. Er hatte in der Vorlesung natürlich ein wenig dick aufgetragen, doch er hielt es für entscheidend, dass seine Studenten – und alle zukünftigen Ärzte – die Botschaft verstanden: Sie bildeten die vorderste Front gegen das Hereinbrechen der nächsten Epidemie, die – und daran gab es kaum einen Zweifel – von Viren ausgelöst werden würde. Es war von größter Wichtigkeit, dass sie die Zeichen früh genug erkannten. Und wenn er an die Fragen dachte, die nach der Vorlesung auf ihn niedergeprasselt waren, dann hatten sie tatsächlich begriffen, worum es ging.

In jenen düsteren Frühlingstagen 2003 war er ständig zwischen Hongkong, Hanoi und Singapur unterwegs gewesen, und er hatte keineswegs sicher sein können, dass SARS nur ein Strohfeuer war. So wenig wie irgendein anderer seiner Kollegen in der Weltgesundheitsorganisation.

Haldane hatte nicht übertrieben, als er vor seinen Studenten behauptet hatte, er habe die zerstörerische Macht von SARS kennen gelernt. Auf einer Intensivstation in Singapur hatte SARS seinen engen Freund und Kollegen Dr. Franco Bertulli das Leben gekostet. Bekleidet mit einem biologischen Schutzanzug hatte Haldane bis zum Schluss an Bertullis Bett gewacht und hilflos mit angesehen, wie sein Freund an seinen eigenen Sekreten erstickte. Seine ganze medizinische, virologische und epidemiologische Ausbildung hatte ihn darauf nicht vorbereiten können. Und in immer wiederkehrenden Albträumen sah er bis heute alles von neuem vor sich.

Doch inzwischen war mehr als ein Jahr vergangen, seit er zum letzten Mal einen Auftrag erhalten hatte, vor Ort ein Gutachten zu erstellen. Haldane war zu Hause, und er genoss die relative Ruhe, die derzeit in der Welt der Infektionskrankheiten herrschte. Er hatte Gelegenheit, seine Forschungen und seine klinische Arbeit auf den neuesten Stand zu bringen. Das Beste war, dass er Zeit hatte, sich wieder mit seiner dreijährigen Tochter Chloe zu beschäftigen. Er konnte sogar versuchen, seine Ehe wieder in Ordnung zu bringen, die deutliche Auflösungserscheinungen zeigte.

Den Kopf voller Pläne für einen Familienausflug am kommenden Wochenende, eilte Haldane durch die Tür seines Forschungsbüros in Georgetown. »Hallo, Karen«, sagte er, als er rasch einen Becher Kaffee auf den Schreibtisch seiner Sekretärin stellte und an ihr vorbei in sein Büro ging.

Weil Haldane die Rufe seiner Sekretärin ignorierte, sprang sie auf und folgte ihm ins Büro. Karen Jackson war siebenundzwanzig und arbeitete für Haldane, weil sie auf diese Weise bereits ganz in das akademische Milieu eintauchen konnte, während sie noch damit beschäftigt war, ihr Aufbaustudium abzuschließen. Sie war eine üppige afroamerikanische Schönheit, intelligent, geschickt und außerordentlich hartnäckig.

»Noah, haben Sie mich gehört?«, sagte sie, die Hände auf die Hüften gestützt, als spreche sie mit einem Kleinkind, das gerade die Wände mit Tinte bekritzelt hat.

Haldane lehnte sich in seinem Stuhl zurück und stellte seinen eigenen, bei Starbuck's besorgten Becher Kaffee auf den niedrigsten der vielen Papierstapel, die seinen Schreibtisch bedeckten. »Was gibt's, Karen?«

»Sie haben schon wieder Ihren Pager und Ihr Handy vergessen, stimmt's?«, schalt ihn Jackson.

Haldane zuckte mit den Schultern. »Ich hab eine Vorlesung gehalten.«

»O ja, das erklärt natürlich alles«, sagte Jackson und verdrehte die Augen, während sie ihren geistesabwesenden Chef ansah.

Haldane griff in eine Schublade und zog sein Handy und den Pager heraus. »Wer hat mich gesucht?«

»Na wer wohl?« Jackson kicherte und nahm die Hände von den Hüften. »Die WHO sucht Sie. Dr. Nantal. Er sagte, es sei dringend.«

Als leitender Direktor der Abteilung für Infektionskrankheiten war Dr. Nantal weltweit für alle besonders gefährdeten Regionen verantwortlich. Er hatte keine Zeit, nur wegen einer harmlosen Plauderei anzurufen, besonders nicht, wenn der Anruf angeblich »dringend« war. Haldane rieb sich die Augen und seufzte tief. »Sie sollten ihm doch ausrichten, dass ich tot bin.«

»Noah, sage ich Ihnen nicht schon seit Monaten, dass Sie nicht mehr für die Weltgesundheitsorganisation rund um den Globus touren sollen?«, fragte sie. »Das ist ein Job für Singles. Nicht für betagte Herren wie Sie, die schon lange verheiratet sind und ein kleines Kind haben. Dieser alte Süßholzraspler Dr. Nantal könnte einem verhungernden Löwen seine Beute abschwatzen, doch diesmal sollten Sie ablehnen.«

Sprachlos musterte Haldane seine junge Sekretärin, die warnend mit dem Finger hin und her wackelte. Wahrscheinlich hatte sie schon damit begonnen, andere zu bemuttern, bevor sie sprechen konnte. Oder noch früher. Außerdem war ihr Argument fragwürdig. Wenn Nantal in einer dringenden Sache anrief, dann konnte das nur bedeuten, dass sich irgendwo auf dem Planeten etwas Widerliches zusammenbraute. Als WHO-Experte für neue Krankheitserreger wusste Haldane, dass Nantals Anruf keine Bitte war.

Haldane wurde vielmehr offiziell angefordert.

KAPITEL 2

Abteilung für Zivilschutz, Nebraska Avenue Center, Washington, D. C.

Angesichts ihres verschwommenen Blicks hatte Dr. Gwen Savard Schwierigkeiten, sich auf den Bildschirm zu konzentrieren. Als neue Direktorin der Bioterrorismus-Abwehr innerhalb der Abteilung für Zivilschutz (oder »Bazillen-Zarin«, wie ihre Kollegen sie nannten) war sie Vorsitzende des Ausschusses zur Bekämpfung bioterroristischer Angriffe, und sie hatte Mühe, während der aktuellen Sitzung wach zu bleiben. Sie versuchte sich einzureden, dass ihre Schwierigkeiten nichts damit zu tun hatten, dass Peter in der Nacht zuvor seine restlichen Sachen abgeholt hatte, und nur der langweilige Referent vor ihr für ihre Erschöpfung verantwortlich war.

Was für eine monotone Vortragsweise dieser Mann hatte! Savard war versucht, ihm das Wort abzuschneiden. Oder zu schreien. Alle im Raum wussten über Anthrax Bescheid. Sie wussten, wie leicht es in den Nachfolgestaaten der früheren Sowjetunion, im Nahen Osten und sogar in den USA zu beschaffen war. Wie tödlich die Wirkung war, wenn es in Form eines Aerosols verbreitet wurde. Keinem von ihnen sagte der Redner etwas Neues, als er ausführte, dass eine Thermoskanne voller Anthrax-Sporen, die an einem windstillen Tag in Manhattan freigesetzt würden, hunderttausende töten konnten.

Doch Gwen unterbrach den Mann nicht. Stattdessen gestand sie sich ein, dass sie ein wenig zu streng gegenüber ihrem armen Untergebenen war. Und widerwillig wurde ihr klar, dass sie heute Morgen körperlich und emotional etwas erschöpft war.

Das lag nicht so sehr daran, dass Peter ausgezogen war – der, wie ihre Mutter schon zu Anfang ihrer Beziehung gesagt hatte, ein netter Kerl war, aber nicht zu Gwen passte – , sondern vielmehr daran, was sein Auszug bedeutete. Das Ende ihrer Ehe war ein unerwarteter Schlag für Gwen. Sie war es nicht gewohnt, zu versagen. Und es bedeutete, dass sie mit zweiundvierzig noch einmal von vorn anfangen musste. Anziehend auf andere Männer zu wirken, war nicht ihr Problem. Über all die Jahre hinweg war ihre Kleidergröße konstant geblieben. Ihr Gesicht mit den hohen Wangenknochen, den vollen Lippen und der Stupsnase war sehr vorteilhaft gealtert. Die Fältchen in den Winkeln ihrer strahlend grünen Augen machten ihre Züge weicher. Durch die kleinen Unvollkommenheiten, die das Alter mit sich brachte, wirkte sie auf Männer weniger einschüchternd und leichter zugänglich. Mit vierzig wurden ihr mehr Aufmerksamkeiten zuteil als mit zwanzig. Trotzdem schauderte sie bei dem Gedanken, eines Tages wieder »Verabredungen sammeln« zu müssen.

Savard war erleichtert, als Alex Clayton, der stellvertretende Einsatzleiter der Central Intelligence Agency, zugleich ihr unglückliches Grübeln und die endlosen Ausführungen ihres Untergebenen unterbrach. »Wirklich faszinierend, Dr. Graves«, sagte er, doch sein unterdrücktes Gähnen strafte seine Bemerkung Lügen. »Könnten Sie jetzt vielleicht zu dem Teil kommen, in dem es um das Anthrax geht, das mit der Post verschickt wurde? Um aktuelle Informationen über dessen Herkunft?«

Dr. Clive Graves, der Claytons Herablassung entweder nicht bemerkt hatte oder stillschweigend über sie hinwegging, sprach so näselnd und eintönig weiter wie zuvor. »Wir wissen, dass das Pulver mit dem übereinstimmt, das Ende der Achtzigerjahre in Bagdad produziert wurde, doch wir konnten keine Übereinstimmung mit amerikanischen Kontrollproben feststellen. Wir haben in sämtlichen Bundesstaaten alle bekannten Substrate aus den

Laboratorien und Universitäten überprüft, die legalen Zugang zu Anthrax haben. Im Augenblick sind wir damit beschäftigt, den Subtypus …«

»Also ist diese Spur inzwischen kalt«, unterbrach ihn Clayton.

Graves schob seine Brille hoch. Seine Schultern sackten herab. »Hm. Ich bin kein Ermittler, und deshalb würde ich das, äh, so nicht ausdrücken …«, stammelte er.

Immer bereit, ihre Leute zu verteidigen, griff Savard ein. »Sogar in der Ballistik, einer Wissenschaft also, in der man die Spuren viel genauer zurückverfolgen kann, müssen Sie die Schusswaffe finden, bevor Sie eine Kugel zuordnen können. Es gibt zwar einiges, was wir wissen – das Pulver in den Briefen entspricht dem, was die Iraker und die Sowjets in den Achtzigerjahren produziert haben –, doch wir können die Herkunft nicht genauer eingrenzen, solange es Ihnen und Ihren Kollegen nicht gelingt, das ursprüngliche Material zu finden, damit wir beides miteinander vergleichen können.« Sie lehnte sich auf ihrem Stuhl nach vorn und betrachtete Clayton mit ruhigem Blick. »Besorgen Sie uns eine Waffe, die noch raucht, Alex, und wir sagen Ihnen, ob es die richtige ist.«

Clayton lachte. »Also im Augenblick hab ich die nicht dabei, Gwen.«

Obwohl Savard sich gegenüber jedem, der für die CIA arbeitete, ein gesundes Misstrauen bewahrt hatte, war ihr Clayton sympathisch, denn er brachte es fertig, über sich und seine Behörde zu lachen – was unter den Agenten, die sie kennen gelernt hatte, außerordentlich selten vorkam. Trotz seines energischen, rücksichtslosen Auftretens mochte sie ihn. Wenn auch nicht so sehr, dass sie schon jemals eine seiner Einladungen auf einen Kaffee oder ins Kino angenommen hätte.

»Kurzum, Sie haben keinerlei Fortschritte in der Anthrax-Sache gemacht«, warf Moira Roberts mit tiefem Seufzen ein. Sie war zwar erst seit wenigen Monaten stellvertretende Direktorin des FBI, doch sie hatte ihren Ruf als humorlose und schroffe Bürokratin bereits zementiert. Roberts, wie Gwen Anfang vierzig, war eine der jüngsten stellvertretenden Direktorinnen in der Geschichte des FBI, doch wegen ihres grauen Haares und ihrer formlosen, matronenhaften Kleidung war nur wenigen klar, dass sie ihre mittleren Jahre erst noch vor sich hatte. »Dr. Savard, besteht vielleicht die Möglichkeit, dass wir uns jetzt mit *variola major* beschäftigen?«

Gwen Savard unterdrückte ihre aufsteigende Wut. Wen wollte diese Frau eigentlich beeindrucken, wenn sie mit lateinischen Fachausdrücken für Virenstämme um sich warf? Selbst Experten, zu denen Roberts keineswegs gehörte, nannten das, worum es hier ging, schlicht »Pocken«. Doch Gwen weigerte sich, sich von Roberts vor dem gesamten Komitee in eine neue Auseinandersetzung hineinziehen zu lassen. Sie wollte der Gruppe, die sonst nur noch aus Männern bestand, keinen weiteren Anlass zu Tratsch liefern, indem sie öffentlich vorführte, wie sich zwei Alphaweibchen die Köpfe einschlugen.

»Pocken sind kein Problem«, sagte Gwen, und obwohl sie sofort erkannte, wie missverständlich dieser Satz war, formulierte sie ihn nicht noch einmal neu. »Die Produktion des Impfstoffs verläuft planmäßig. Im Frühjahr dürften uns 300 Millionen Einheiten zur Verfügung stehen. Die logistischen Aspekte des Impfprogramms werden im Augenblick noch geklärt. Die Gesundheitsbehörden vermuten, dass es wenigstens ein Jahr dauern wird, bis die Mehrheit der Bevölkerung geimpft ist.«

Die Gruppe diskutierte noch ein paar Minuten lang über das Impfprogramm gegen Pocken, bevor sie sich den Affenpocken zuwandte. Jede Woche widmete sich das Komitee allen verheerenden Möglichkeiten bioterroristischer Angriffe: Anthrax, Botulismus, Pocken, Ebola, Cholera, Pest, Q-Fieber, Typhus, Ruhr,

Brucelose, Tularämie. Zu den Mitgliedern des Ausschusses gehörten Vertreter von Behörden wie auch von wissenschaftlichen Einrichtungen. Neben Mitarbeitern von CIA, FBI und Zivilschutz nahm wenigstens ein Vertreter des Zentrums zur Überwachung ansteckender Krankheiten CDC, dem Innenministerium, dem Gesundheitsministerium, dem Energie- und dem Umweltministerium teil.

Der letzte Punkt auf der Tagesordnung führte zu einer ernüchternden Diskussion darüber, wie anfällig die Wasserreservoirs an der Ostküste gegenüber jeglicher Art von Sabotage waren. Es war eines der wichtigsten Themen des Komitees, und das aus gutem Grund.

Wieder schob Clive Graves seine Brille hoch und sortierte die Notizen, die vor ihm lagen. »Man müsste nicht einmal eine besonders große Menge Botulismus-Toxin verwenden. Sollte es jemandem gelingen, eine Konzentration irgendwo im Bereich von einem Nanogramm pro Milliliter zu erreichen, wäre mit tausenden, möglicherweise auch hunderttausenden von Todesfällen zu rechnen.« Er sprach so ausdruckslos, dass sich sogar eine der größten Befürchtungen Gwens langweilig anhörte.

Moira Roberts nickte düster. »Unsere Möglichkeiten, alle Reservoirs im Land zu schützen, sind begrenzt«, sagte sie. »Das ist ein weiteres Beispiel dafür, warum wir so dringend auf bessere Informationen über terroristische Aktivitäten im Ausland angewiesen sind.«

»Natürlich, Moira. Wenn die CIA ihre Aufgabe besser erledigen würde, hätten wir keinerlei Sorgen mehr.« Clayton lachte spöttisch. »Aber wir wollen nicht vergessen, wie lange die letzte Terrorgruppe hier im Land ihre Operationen vorbereitet hat, bevor sie zuschlug«, sagte er ruhig.

Roberts musterte ihn mit kühlem Blick. »Es besteht überhaupt kein Grund, auf andere mit dem Finger zu zeigen, Mr. Clayton.

Ich wollte nur darauf hinweisen, dass Sicherheitsmaßnahmen vor Ort allein nicht ausreichen, um die Bedrohung durch Terroristen zu beseitigen.«

»Und ich möchte Sie darüber informieren«, sagte Clayton, wobei er so abgehackt sprach wie sie, »dass die CIA nicht jeden Menschen auf dem Planeten aufspüren kann, der eine Petrischale besitzt und die USA hasst.«

Savard rieb ihre Schläfen, lehnte sich auf dem Stuhl zurück und ließ zu, dass eine hitzige Debatte über den Sicherheitsstandard der Wasserreservoirs ausbrach. Während Clayton und Roberts ihre Kampfpositionen einnahmen, zerfiel der Rest der Gruppe in die üblichen Parteien – Wissenschaftler und Mitglieder der Umweltbehörden auf der einen Seite, Militärs und Sicherheitsexperten auf der anderen.

Nachdem sich die Diskussion etwa eine Viertelstunde lang im Kreis bewegt hatte, schnitt Savard Clayton widerwillig das Wort ab, als er gerade dabei war, Roberts anzufahren. »Wir haben nur noch ein paar Minuten für die abschließenden Beiträge«, sagte Gwen.

Im Uhrzeigersinn vorgehend, kam jeder an dem großen ovalen Tisch zu Wort. Nachdem alle fünfzehn Mitglieder Gelegenheit gehabt hatten, sich zu ihren Befürchtungen und zu strittigen Punkten zu äußern – was meistens in Klagen über die geringen finanziellen Mittel und dem Mangel an Personal endete –, meldete sich Gwen wieder. »In dieser Runde verwenden wir die meiste Zeit und Energie darauf, terroristische Bedrohungen vorherzusehen, die von Wirkstoffen ausgehen, die in Laboratorien geschaffen oder auf künstlichem Weg gewonnen werden.«

Gwen ließ ihren Blick über die übrigen Ausschussmitglieder kreisen. Einige musterten sie irritiert, doch ein paar sahen sie neugierig an. »Die gefährlichsten Krankheitserreger – Pocken, Ebola und so weiter – lagern gut gesichert in einigen wenigen ausgewählten Labors«, betonte sie. »Außerdem verlangt der Umgang mit ihnen größte Sorgfalt. Mit ihnen zu arbeiten, ist außerordentlich kompliziert. Zugegeben, es ist nicht schwierig, sich einen der anderen infrage kommenden Organismen zu beschaffen – Anthrax zum Beispiel. Aber diese Erreger werden nicht direkt von Mensch zu Mensch übertragen. Und glücklicherweise waren die Verbreitungsmethoden bisher primitiv und beschränkt.«

Gwen sah, wie Roberts mit ihren Unterlagen herumspielte. Clayton hatte sich in seinem Stuhl zurückgelehnt und die Hände hinter dem Kopf verschränkt, doch sein angedeutetes Lächeln zeigte, dass er sie möglicherweise jeden Augenblick unterbrechen und auffordern würde, zur Sache zu kommen.

»Die SARS-Epidemie hat mich nachdenklich gemacht«, sagte Gwen. »Wenn ich ein Terrorist wäre, warum sollte ich mir dann die Mühe machen, in ein gesichertes Labor einzudringen, wenn dabei meistens sowieso nichts herauskäme?«

»Oh?«, sagte Roberts skeptisch. »Was würden Sie tun, wenn Sie ein Terrorist wären, Dr. Savard?«

Bevor Gwen antwortete, sah sie jedem am Tisch ins Gesicht. »Stellen Sie sich vor, wie leicht es gewesen wäre, während des Ausbruchs von SARS nach Hongkong zu fliegen, sich dort anzustecken und die Krankheit absichtlich anderswo zu verbreiten.« Sie hielt kurz inne, bevor sie sich direkt an die stellvertretende Direktorin des FBI wandte. »Eine vom Menschen herbeigeführte Ausbreitung einer natürlichen Epidemie. Genau damit, Ms. Roberts, würde ein Terrorist meiner Meinung nach mit dem geringsten Aufwand den größten Schaden anrichten.«

KAPITEL 3

Kairo, Innenstadt

Hazzir Al Kabaal saß in seinem Büro im 32. Stock und sah aus dem Fenster. Der Smog war nicht so dicht wie üblich, und unter ihm schimmerte der Nil, doch der Zeitungsmagnat war zu beschäftigt, um sich der Aussicht zu widmen.

Wieder klickte er auf dem Monitor vor ihm das »Senden/Empfangen«-Icon an, was er bereits während der letzten zwei Stunden alle fünf Minuten getan hatte. Wie jedes Mal zuvor erhielt er auch jetzt nur die frustrierende Meldung »keine neuen Nachrichten«.

Warum diese Verzögerung?, dachte er wie schon unzählige Male zuvor und wischte sich ein nicht vorhandenes Stäubchen von den Ärmeln seines marineblauen Jacketts. Eitelkeit gehörte zu den Sünden, von denen Kabaal sich noch nicht hatte befreien können. Er rechtfertigte seine italienischen Maßanzüge und seinen 100-Dollar-Haarschnitt als reine Notwendigkeit; Mohammed, so argumentierte er, hätte gewiss verstanden, wie wichtig es war, sich dem Feind äußerlich anzupassen. Doch Kabaal trieb einigen Aufwand, um sich sein gutes, Omar Sharif ähnelndes Aussehen zu erhalten. Mit fünfzig war er immer noch ausgezeichnet in Form. Und es war für ihn eine Frage des Stolzes, in der Öffentlichkeit nie anders als makellos gekleidet zu erscheinen.

Wieder klickte er das »Senden/Empfangen«-Icon an. Die ausbleibende Nachricht stellte die Geduld eines Mannes auf die Probe, dessen Geduld und Entschlossenheit zur Legende geworden waren, nachdem er eine Reihe obskurer arabischer Zeitungen zu einem Verlagskonzern vereint hatte, wobei er sich immer nur eine Zeitung nach der anderen vorgenommen hatte. Das Ergebnis war, dass Kabaal über immensen Einfluss in der arabischen Welt verfügte und ein beträchtliches Privatvermögen angehäuft hatte.

Obwohl er sich auf eine treue Stammleserschaft verlassen konnte, war es jeden Tag eine Herausforderung, am Gängelband der korrupten ägyptischen Bürokratie eine islamische Zeitung zu publizieren. Insgeheim stimmten die meisten Regierungsbeamten zwar mit den Überzeugungen seiner Islamischen Bruderschaft überein; Schmähungen gegenüber Israel wurden geduldet und sogar erwartet, doch die Behörden waren weitaus weniger tolerant, wenn es um die Verdammung der USA oder Europas ging. Und die Vergeltung für Kritik an der ägyptischen Regierung kam rasch und heftig. Nach der Veröffentlichung von Berichten, welche die Behörden als Angriffe verstanden hatten, sollten mehrere Redakteure die Brutalität des ägyptischen Rechtssystems aus eigener Anschauung kennen lernen. Kabaal allerdings nicht. Er besaß einen sechsten Sinn dafür, wie weit er gehen konnte. Wenigstens hatte er ihn besessen, dachte er.

Wieder klickte Kabaal das Icon an, doch der Bildschirm meldete ihm nichts Neues. Entmutigt lehnte er sich in seinem Sessel zurück und dachte über die Einzelheiten seiner Initiative nach. Als er sich die Konsequenzen ausmalte, regten sich unangenehme Zweifel in ihm.

Wie Kabaal wusste, konnten sich nur wenige Menschen vorstellen, dass er zu einer militanten Aktion fähig war. Die meisten betrachteten ihn als fortschrittlichen arabischen Geschäftsmann. Da war nicht nur seine extravagante Garderobe; er hatte auch lange Zeit im Westen verbracht. An der London School of Economics hatte er seinen Magister gemacht, und dort hatte er auch mit Alkohol und westlichen Frauen experimentiert, die zu einer leichten Beute seines exotischen guten Aussehens und seines weltgewandten Charmes wurden.

Doch seit jenen glücklichen Studententagen hatten sich die Dinge geändert. Kabaal hatte in einem viel tieferen Sinne wieder Kontakt zu seinen islamischen Wurzeln aufgenommen. Und, wie er von Scheich Hassan gelernt hatte, mit dem Glauben kam die Verpflichtung. Die Verpflichtung, das Wort Gottes zu verbreiten. Die Verpflichtung, für einen Staat zu kämpfen, in dem Religion und Leben nicht gewaltsam auseinander gerissen wurden wie im hedonistischen Westen und den korrupten arabischen Autokratien. Der Scheich hatte deutlich gemacht, dass es Kabaals Pflicht war, seine Brüder, wenn nötig mit Gewalt, zur Schaffung einer Nation zu drängen, die der Al Madinah des Propheten Mohammed entsprach, in der die Scharia oberstes Gesetz war.

Trotzdem hatte Kabaal gezögert, zum Schwert zu greifen. Als in New York die Zwillingstürme einstürzten, hatte er sogar zugelassen, dass einige seiner Zeitungen den Anschlag kritisierten. Doch dann musste Kabaal, erfüllt von einem bitteren Gefühl des Verrats, mit ansehen, wie der Westen uneingeschränkt Vergeltung nahm – in Afghanistan, in Palästina und schließlich im Irak. Dieser letzte Angriff verbitterte ihn am meisten. Als die angeblichen Massenvernichtungswaffen nirgendwo zu finden waren, wurde »Demokratisierung« zum Losungswort. Was für eine Heuchelei! Kabaal wusste, dass es immer nur um Öl ging. Und der gierige, unersättliche Hunger der USA nach Öl und Macht wandte sich bereits Syrien und dem Iran zu.

Scheich Hassan hatte alles vorhergesehen. Mit einer Stimme, die vor Leidenschaft zitterte, wenn er über den degenerierten Westen sprach, hatte der Scheich erklärt, dass die Kreuzzüge nie aufgehört hatten. In jedem Land, in dem der Islam auf Juden und Christen stieß, ging der Krieg weiter. Ein Krieg, in dem der Islam das Opfer war. Welche Waffen, so hatte der Scheich gefragt, besaßen die unterlegenen Gerechten gegenüber den Bomben und den Flugzeugen der Ungläubigen? Ein Guerillakrieg war die einzige Möglichkeit.

Wenn der Islam bedroht wurde, durfte keine Waffe, gleichgültig wie ungewöhnlich oder tödlich sie auch sein mochte, von vornherein ausgeschlossen werden. Die Argumente des Scheichs hatten Kabaal beeindruckt, doch bis vor kurzem hatte sich sein Eintreten für die Sache des Islam auf finanzielle Zuwendungen beschränkt. Und seine Unterstützung war großzügig ausgefallen. Über viele dunkle und verschlungene Kanäle fand sein Vermögen überall auf der Welt seinen Weg in die entsprechenden Schatullen. Die Hisbollah im Libanon, Abu Sayyaf auf den Philippinen und andere kamen in den Genuss von so genannten »Stiftungen«, die es der Bruderschaft ermöglichten, ihre Sache zu verfolgen.

Jetzt war für Kabaal die Zeit gekommen, eine direkte Aktion zu organisieren. Sie sollte in Form einer Erschütterung vor sich gehen, die auf der ganzen Welt widerhallen würde.

Wenn er nur endlich etwas von den Malaien hören würde.

Wieder klickte er das »Senden/Empfangen«-Icon an. Diesmal erschien ein Balken, während die Antivirensoftware die Sendung untersuchte. Einen Augenblick später wurde die Nachricht auf seinem Bildschirm geöffnet.

Aktualisierter Transportbericht. Gegenstand: religiöse Texte.
Nicht zu vermeidende Verzögerung am chinesischen Zoll.
Ein Container irreparabel beschädigt.
Vor Verschiffung entsorgt. Anderer Container eingetroffen, alle Bücher intakt.
Erwarten weitere Anweisungen bezüglich der Verteilung.
Mit freundlichen Grüßen,
I. S.

Kabaal lächelte. Die Malaien hatten gut gearbeitet. Sehr gut. Er löschte die Nachricht und schaltete seinen Computer aus. »Und damit fängt es an«, sagte er zu niemandem.

KAPITEL 4

United Airlines Flug 640, östlicher Atlantik

Hätte Noah Haldane noch eine Millisekunde damit gewartet, sein Bein aus dem Gang zurückzuziehen, hätte der Getränkewagen seinen Fuß wie eine Dampfwalze überrollt.

»Tut mir Leid, Schätzchen«, zwitscherte die stämmige Flugbegleiterin mittleren Alters mit Südstaatenakzent. »Da hätte ich doch fast die fünf kleinen Schweinchen platt gewalzt.«

»Nein, mein Fehler«, sagte Haldane. Er drehte sich in seinem Sitz zur Seite und schob sein Kissen in eine neue Position, doch das nützte nichts. Trotz seiner Erschöpfung und des Komforts in der ersten Klasse konnte er immer noch nicht einschlafen.

»Sie sehen aus, als ob Sie sich nicht wohl fühlen, Schätzchen«, sagte die Frau, und ihr breites Lächeln ließ großzügig Zähne und Zahnfleisch aufblitzen. »Kann ich irgendetwas für Sie tun?«

»Könnten Sie vielleicht die letzten vierundzwanzig Stunden in meinem Leben einfach verschwinden lassen?«

Die Flugbegleiterin lachte so heftig, dass ihr dichtes, blond gefärbtes Haar zitterte.

»Das ist überhaupt kein Problem, Schätzchen.« Sie beugte sich nach vorn, kramte in ihrem Wagen und zog drei Minifläschchen heraus, von denen sie jedes zwischen zwei Fingern ihrer rechten Hand hielt. »Wodka? Gin? Oder kann sich nur Johnny Walker dieser Sache annehmen?« Das Fläschchen zwischen Daumen und Zeigefinger haltend, schüttelte sie den Whiskey wie ein Glöckchen.

»Ich fange mit dem Wodka an.«

Haldane nickte dankend, als er sich in seinem Sitz aufrichtete und das Glas Wodka on the Rocks entgegennahm. Weil ihm klar wurde, dass an Schlaf nicht mehr zu denken war, griff er nach den Ausdrucken der E-Mails, die ihm die Weltgesundheitsorganisation geschickt hatte.

Er zwang sich, sich auf die verschiedenen Seiten zu konzentrieren. Der Stapel war ein einziges Durcheinander aus Laborberichten, Informationen über medizinische Beratungen und bürokratischen Memos. Der Experte für Krankheitserreger hatte das überwältigende Gefühl eines *déjà vu*. Der Ursprung im ländlichen China, das Muster der Ausbreitung, die widersprüchliche medizinische Behandlung – all das hatte er zuvor schon bei SARS erlebt. Doch als Haldane die Patientenakten durchsah, kam er zum gleichen Schluss wie die Behörden vor Ort. Das war kein neuer Ausbruch von SARS. Das hier konnte viel schlimmer werden.

Haldane begriff, dass Zeit ein Luxus war, den er oder die WHO sich nicht länger leisten konnten, doch seine Gedanken kehrten immer wieder zu dem zurück, was sich kurz vor seiner Abreise in Glen Echo Heights, Maryland, dem Washingtoner Vorort, in dem er wohnte, abgespielt hatte.

Chloe Haldane hatte schon wieder eine Ohrenentzündung. Bereits einen Monat vor ihrem vierten Geburtstag hatte sie so viele Ohrenentzündungen durchmachen müssen, dass es für mehr als ein ganzes Leben reichte. Da er als Experte die Nebenwirkungen und Komplikationen kannte, betrachtete Noah Haldane mit Sorge, wie abhängig seine Tochter von Antibiotika war. Genauso wenig begeistert war er über die Aussicht, dass ihr Trommelfell aufgestochen werden musste, oder über die Drainagen, die Chloe in Kürze bevorstanden.

Abgesehen davon, dass er sich auf einige schlaflose Nächte eingestellt hatte, verband Haldane wie viele andere Männer zunächst keine allzu großen Erwartungen mit einem Leben als Vater. Doch dann übernahm er seine Rolle mit einer Leidenschaft, die er nie für möglich gehalten hätte. Chloe wurde der Mittelpunkt seines Lebens. Wenn er nicht arbeitete oder unterwegs war, war er glücklich, seine Zeit seiner Tochter zu widmen. Trotz seines hektischen Tagesablaufs und den Wochen, die er gezwungen war, fern seiner Tochter zu verbringen, schaffte er es, mehr Zeit in Tanz- und Bewegungsgruppen für Babys zu verbringen als die meisten seiner Geschlechtsgenossen. Chloe machte es ihrem Vater leicht. Trotz ihrer Kränklichkeit hatte sie ein fröhliches Temperament. Das ging so weit, dass ihre Eltern sie im Alter von acht Monaten zu einem Kinderarzt gebracht hatten, weil sie nie weinte. Der Arzt hatte gelacht und ihnen versichert, dass die Zeit diesen Mangel früh genug beheben würde; und mit ihrer ersten Ohrenentzündung waren die Tränen gekommen. Doch selbst diese Infektionen warfen nur vorübergehend einen Schatten auf ihr munteres Wesen.

Haldane lag neben Chloe im Bett. Obwohl es so klein war, dass er beinahe über den Rand hinaushing und eine unbequeme Position einnehmen musste, genoss er die Gelegenheit, sich an sie zu schmiegen, wenn er ihr ihre Lieblingsgeschichten vorlas. Ihre Köpfe berührten sich, und er fühlte, wie warm ihre Stirn war. Es würde noch eine Weile dauern, bis ihr Fieber sank. Doch nach der fünften Geschichte erkannte Haldane an ihrem ungewöhnlich lauten Schnarchen, dass sie eingenickt war. Weil er wusste, dass dies über Wochen, wenn nicht Monate hinweg die letzte Gelegenheit zu einem Zusammensein war, blieb er noch eine halbe Stunde neben Chloe liegen, bevor er aufstand, sie auf die Stirn küsste und nach unten ging.

Als er ins Wohnzimmer kam, sah er, dass seine Frau mit angewinkelten Knien auf der Couch saß; ihre nackten Füße lagen auf dem grauen Stoff. In der einen Hand hielt sie einen Becher

Tee, und mit der anderen wischte sie einige Strähnen ihres langen dunklen Haars beiseite, die ihr über die Augen hingen. »Wie geht es ihr?«, fragte Anna.

»Ihre Stirn ist noch immer heiß«, sagte Haldane, als er sich neben sie auf die Couch setzte. »Aber sie ist eingeschlafen.«

Anna nickte, doch sie wandte den Blick nicht vom Couchtisch neben ihm. »Wirst du vor ihrem Geburtstag zurück sein?«

Haldane zuckte mit den Schultern. »Ich weiß nicht.«

Anna antwortete nicht.

»Ich fahre ja nicht zum Golfspielen in Urlaub, Anna.«

»Nein. Du fährst weg, um die Welt zu retten«, sagte sie mit einer Spur Bitterkeit in der Stimme.

»Lass bitte diesen melodramatischen Ton«, sagte Haldane. »Ich habe nicht darum gebeten, wegzukommen.«

Sie sah zu ihm hoch, und ihr Gesichtsausdruck wurde milder. »Ich weiß, Noah. Das tust du nie.«

Er wandte sich ihr zu und legte ihr die Hand aufs Knie. Sie reagierte nicht auf die Geste, aber sie zog sich auch nicht von ihm zurück, obwohl er das fast erwartet hatte.

Mehrere Minuten lang saßen sie schweigend auf der Couch. Haldane erkannte, wie viel Vertrautheit zwischen ihm und ihr zerstört war, und er empfand quälende Reue.

Anna hatte kein Make-up aufgetragen, und sie trug ein locker sitzendes Sweatshirt mit Kapuze, doch er fand sie auf geradezu schmerzliche Weise schön. Sie war knapp über einen Meter fünfzig groß und schlank wie eine Ballerina. Mit ihren großen braunen Augen, den hohen Wangenknochen und dem ein wenig schiefen Lächeln hatte sie etwas von einer zerbrechlichen Porzellanpuppe, was sie jedoch nur umso attraktiver machte.

Er drückte ihr Knie. »Wenn ich zurückkomme …«

Sie schüttelte den Kopf. »Noah, es ist sinnlos, darüber zu reden, solange du nicht wirklich wieder zurück *bist*.«

»Nein. Ich glaube, wir sollten schon jetzt darüber sprechen«, sagte Haldane. »Hier geht es um mehr als nur um dich und mich.«

Anna erstarrte. Sie hob seine Hand von ihrem Bein und stellte ihren Becher auf den Couchtisch. »Glaubst du etwa, dass ich das nicht weiß?«

»Manchmal benimmst du dich jedenfalls so«, sagte er.

Sie schnaubte verächtlich und sah ihn dann unbewegt an. »Du warst mehr als vier Monate verschwunden. Du warst bereits verschwunden, bevor du gegangen bist. Erinnerst du dich?«, sagte sie, auf die stürmischen Monate anspielend, in denen sich Noah, wie er selbst zugab, aus ihrer Ehe zurückgezogen hatte.

Haldane durfte das Gespräch nicht eskalieren lassen, das wusste er. Doch er konnte einfach nicht anders. »Und mehr war nicht nötig, damit du dich in jemand anderen verliebst?«

Sie verschränkte die Arme. »Das habe ich nicht als Entschuldigung gemeint. Ich war einsam. Es ist einfach passiert, Noah.«

»Schwachsinn, Anna«, fauchte er sie an. »Das passiert nicht einfach so. Ich weiß, dass ich dich und Chloe verlassen habe, aber es gab eine Krise, erinnerst du dich? Man hat mich da drüben gebraucht.«

»Ich hätte dich hier gebraucht«, sagte sie leise und sah auf ihre Füße.

»*Mich?*«, schnaubte er. »Oder einfach irgendjemanden?«

Sie schüttelte den Kopf, sah aber nicht auf. »Du verstehst das einfach nicht, oder?«

»Nein, Anna, ich verstehe es nicht. Aber du solltest dich besser entscheiden. Ich werde dich nicht mit jemand anderem teilen.« Er hielt inne und holte tief Luft. »Du wirst wählen müssen zwischen ihr und mir.«

Genf, Hauptsitz der WHO

Trotz der Sonne und des wolkenlosen blauen Himmels ließ die herbstliche Kühle Haldane erschaudern, der wärmeres Wetter erwartet hatte und deshalb keine Jacke trug. Doch er war froh über die frische Luft in Genf, denn sie half ihm, sich von seiner Erschöpfung, dem Jetlag und dem leichten Kater zu erholen, die ihm hämmernde Kopfschmerzen bereiteten.

Während ihm der Koffer von der einen und das Notebook von der anderen Schulter hing – er hatte nicht genügend Zeit gehabt, um auf dem Weg vom Flughafen kurz ins Hotel zu gehen –, betrachtete er den vertrauten Hauptsitz der WHO. Vor ihm flatterte die große, blaue WHO-Flagge, die aus der Fahne der UN und dem großen Äskulapstab bestand, der das UN-Emblem teilweise überlagerte. Dahinter erhob sich das beeindruckende Hauptgebäude, dessen waffelartiger Baustil bei jedem Besuch ein wenig altmodischer wirkte. Diesmal jedoch fiel Haldane die nie zuvor erlebte Machtdemonstration auf. Bewaffnete Wachen mit Automatikgewehren waren auf der Straße und an den Eingängen postiert. Der Anblick schien nicht zur friedlichen Schweiz zu passen, doch seit dem tödlichen Bombardement einer Konferenz der UNICEF in Bagdad ging die UN kein Risiko ein. Für Haldane waren all die Sicherheitsmaßnahmen eine deprimierende Erinnerung daran, dass die Welt heute noch ein wenig unsicherer war als zuvor.

Er blieb noch ein paar Augenblicke draußen stehen, um etwas frische Luft zu atmen, und ging dann auf den Haupteingang des Gebäudes zu. Nachdem er an zwei Kontrollstationen seine Papiere vorgezeigt hatte, betrat er das Foyer, wo ihn ein Mitarbeiter in Empfang nahm, seinen Koffer verstaute und ihn in den Konferenzraum im zehnten Stock führte.

Die Besprechung hatte bereits angefangen, als Haldane eintrat. Schwungvoll wie immer erhob sich Dr. Nantal aus seinem Stuhl, eilte Noah entgegen und begrüßte ihn auf seine typisch französische Art mit einer Umarmung und einem Küsschen auf beide Wangen. »Ah, Noah, wie gut, dass du gekommen bist.«

Dr. Jean Nantal war makellos gekleidet. Er war schlank, hatte ein langes, schmales Gesicht und wirkte wie das Musterbeispiel eines distinguierten europäischen Professors. Nantal war Mitte sechzig und eine Legende in der Welt der öffentlichen Gesundheitsfürsorge. In seiner Jugend war er einer der Begründer des außerordentlich erfolgreichen Programms zur internationalen Bekämpfung von Pocken in den Sechziger- und Siebzigerjahren gewesen. Stets sorgten sein offenes Lächeln und sein weicher französischer Akzent dafür, dass sich die Leute in der Umgebung des leitenden Direktors für Infektionskrankheiten der WHO wohl fühlten. Dies war einer der Gründe, warum er so beliebt war und es ihm immer wieder gelang, seine Mitarbeiter zu motivieren, die sich mit großem Einsatz geradezu aufopferungsvoll engagierten.

»Hallo, Jean«, sagte Haldane. »Tut mir Leid, aber ich konnte nicht früher kommen.«

Nantal wedelte mit seiner Hand, als sei sie ein Vogel, der gerade zum Flug ansetzt. »Unsinn, Noah. Wir wissen es zu schätzen, dass du so kurzfristig kommen konntest.« Er deutete auf die anderen im Raum. »Ich glaube, du kennst alle, *non?*«

Noah nickte den drei Personen zu, die am Tisch saßen. »Hallo, Helmut«, sagte er zu Helmut Streicher, einem ernsten jungen Epidemiologen aus Österreich mit blondem Haar und grüblerischen graublauen Augen. »Milly.« Er blickte lächelnd zu My Li Yuen, der kleinen schüchternen Mikrobiologin aus Taiwan, die sich, falls sie überhaupt etwas sagte, Milly nannte. Doch seine herzlichste Begrüßung sparte er sich für Duncan McLeod auf, den schlaksigen schottischen Virologen, der wie Haldane selbst Fachmann für neue Krankheitserreger war und der – selbst wenn man von seinem Temperament absah – bereits durch sein feuerrotes Haar, seinen zottigen Bart und sein träges linkes Auge einen bleibenden Eindruck hinterließ. »Duncan! Verdammt, wie geht's dir?«, fragte Noah.

»Großartig. Teufel, Mann. Könnte nicht besser sein«, sagte McLeod mit bellender Stimme und wie üblich respektlos laut. »Diesmal haben es die Chinesen endlich geschafft, Haldane. Mit einem ihrer überfüllten Bauernhöfe haben sie dafür gesorgt, dass das finstere Armageddon über uns kommt. Und weißt du, was das Beste daran ist? Jean wird uns mitten im Auge des Sturms absetzen wie eine Hand voll Palmen, mit denen es gar nicht gut enden wird.«

»Ah, Duncan, immer diese blumige Ausdrucksweise.« Nantal lachte. »Du übertriffst dich mal wieder selbst.« Er wandte sich an Haldane. »Konntest du das Material schon durchsehen, das wir dir geschickt haben?«

Haldane griff in seine Aktentasche und zog die Ausdrucke der E-Mails heraus, bevor er sich auf den Platz neben Yuen setzte. »Ich habe durchgelesen, was du mir geschickt hast, Jean. Aber das Bild hat noch ein paar Löcher.«

»Was du nicht sagst!«, rief McLeod. »Man könnte mit einem Panzer durchfahren.«

Nantal knipste sein unermüdliches Lächeln an. »Wir sollten vielleicht einfach durchgehen, was wir haben, nicht wahr?« Er sah zu Streicher. »Helmut, würde es dir etwas ausmachen, für Noah kurz die faszinierenden Details zusammenzufassen, von denen du uns eben berichtet hast?«

Streicher runzelte die Stirn, bevor er das Notebook öffnete, das vor ihm stand. »Bitte.« Er deutete auf den Bildschirm an der gegenüberliegenden Wand. Er betätigte die Maus, und eine Landkarte von China erschien. Er drückte auf eine Taste, und die Karte zoomte auf Nordchina. Ein Gebiet in der Mitte des Bildschirms, das etwa die Umrisse Floridas besaß, leuchtete hellrosa auf. »Provinz Gansu.«

Wieder betätigte Streicher die Maus. Ein kleines rotes »x« erschien nördlich des größten regionalen Zentrums Jiayuguan. »Die erste bekannt gewordene Infektion wurde auf einem Bauernhof fünfzig Meilen nördlich von Jiayuguan dokumentiert.«

»Es ist immer dieselbe Geschichte, Haldane«, warf McLeod ein. »Schweine, Schafe, Enten und Bauer Chan – sie alle trinken aus derselben Quelle. Und es gibt nur eine Kloake. Scheiße! Der ganze Bauernhof hat wahrscheinlich dasselbe verdammte Paar Essstäbchen verwendet. So hatten ihre Viren die Möglichkeit – nein, sie wurden geradezu ermuntert –, sich zu vermischen, die Geheimnisse ihrer DNA miteinander zu teilen und auf den Träger des jeweils anderen Virus überzuspringen. Und siehe da, schon haben wir die Rückkehr der Pest am Hals.«

Verspätet machte McLeod gegenüber My Li Yuen eine Geste, um ihr zu zeigen, dass er sie nicht beleidigen wollte, doch seine Schmähungen hatten bei ihr keine sichtbare Reaktion hervorgerufen. Erst seine Entschuldigung ließ sie erröten. »Ich weiß, Duncan«, sagte sie mit ein wenig hoher Stimme und der bloßen Andeutung eines Akzents. »Du hasst nicht *alle* Chinesen, richtig?«, kicherte sie.

»Stimmt genau. Was besonders für die Taiwanesen gilt. Wunderbare Burschen. Verdammt, Milly, in Wahrheit bin ich hoffnungslos in dich verknallt.« Er warf ihr eine Kusshand zu, was die Mikrobiologin wieder zum Kichern brachte und noch tiefer erröten ließ.

»Nichts anderes habe ich bereits erläutert«, sagte Streicher wenig amüsiert. »Die chinesischen Behörden haben uns mitgeteilt, dass die ersten vier Fälle, zwei Erwachsene und zwei Kinder, vor gut drei Wochen die entsprechenden Symptome entwickelt haben.«

»Hat die chinesische Regierung bisher kooperiert?«, fragte Haldane.

Nantal nickte. »Anscheinend haben sie seit den letzten Ereignissen dazugelernt, Noah«, sagte er, ohne den Ausbruch von SARS explizit zu erwähnen. »Sie waren es, die uns eingeladen haben.«

»Mann, das ist ja großartig«, rief der rothaarige Schotte. »Ich habe mich schon gefragt, wo ich meine Dankeskarte hinschicken soll.«

Wie ein Kind, dessen Geschichte einmal zu viel unterbrochen wurde, reagierte Streicher empfindlich und hob die Stimme. »Während der folgenden zwei Wochen konnten wir eine direkte Ausbreitung auf die benachbarten Bauernhöfe beobachten. Achtzig Infizierte, zwanzig Tote. Der auffälligste Zug bei dieser Art der Infektion ist die kurze Inkubationszeit. Zwei bis drei Tage.«

Streicher drückte auf eine Taste, und noch mehr »x« erschienen. Ihre Verteilung konzentrierte sich auf die unmittelbare Umgebung der ersten Markierung. »Wenn wir von diesen ersten Referenzfällen ausgehen«, sagte er, den medizinischen Ausdruck für die ersten Patienten benutzend, die für den lokalen Ausbruch einer Infektion verantwortlich sind, »dann können wir eine Ausbreitung auf die Städte nördlich von Jiayuguan beobachten. Hunderte weitere Menschen haben sich angesteckt. Dieselbe kurze Inkubationszeit.«

»Wie hoch ist die Sterblichkeit?«, fragte Haldane.

»Die ersten Zahlen deuten auf etwa fünfundzwanzig Prozent hin«, sagte Streicher und fuhr sich durch sein dichtes blondes Haar. »Anscheinend sind die Jungen und Gesunden am meisten davon betroffen.«

»Oh …«, murmelte Haldane. »Das klingt vertraut.«

Jean Nantal erkannte an Haldanes Miene, was dieser dachte. »Ah, ja. Das haben wir uns auch schon gefragt. Vielleicht ist die Spanische Grippe zurückgekehrt, um uns einen Besuch abzustatten, *non?*« Nantal lächelte entwaffnend. »Es ist noch ein wenig zu früh, um das zu sagen.«

»In Jiayuguan wurde der erste Fall vor vier Tagen dokumentiert«, sagte Streicher. »Die örtlichen Behörden behaupten, dass es in der Stadt nur eine Hand voll Fälle gibt, aber es ist ja noch früh.«

»Sehr früh.« Haldane nickte. »Und die Krankenhäuser?«

»Arbeiten ganz ordentlich.« Nantal verschränkte die Hände und schüttelte sie in einer Siegesgeste. »Bisher kommen sie besser zurecht als beim Ausbruch von SARS. Es gibt keine Berichte über eine Ausbreitung der Infektion innerhalb der Kliniken. Siehst du, Noah? Es gibt doch noch einen Silberstreif am Horizont.«

Keinen besonders großen, dachte Haldane, aber er nickte wortlos.

Nantal wandte sich an Yuen. »Milly, kannst du uns ein paar Hintergrundinformationen geben, was die mikrobiologische Seite betrifft?«

Yuen kramte in ihren Notizen. Obwohl sie nicht ablas, hielt sie den Blick auf die Seiten gerichtet, während sie sprach. »Wir haben die Blutproben noch nicht einmal seit einer Woche, doch bisher war die Abgleichung der Bakterien- und Virenkulturen negativ. Wir führen die üblichen phänotypischen und molekularen Virendiagnosen durch. Wir haben eine Polymerase-Kettenreaktion im Hinblick auf alle nahe liegenden Virenfamilien durchgeführt, doch die PCR hat uns … bisher keine eindeutigen Ergebnisse gebracht.«

Haldane ging auf ihr Zögern ein. »Was ist, Milly?«

Yuen sah von ihren Papieren hoch und fing Haldanes Blick auf. »Das ist noch nicht wissenschaftlich abgesichert. Überhaupt nicht. Aber einige der RNA-Proben haben eine schwach positive Reaktion auf Grippe gezeigt.«

»Es handelt sich also um irgendeine Grippeart?«

»Das können wir noch nicht bestätigen«, sagte Yuen und sah wieder auf ihre Notizen. »Wir testen nur auf virale DNA und RNA. Die Patienten, von denen die Proben stammen, könnten sich auch vor zehn Jahren bei einer Grippeepidemie angesteckt haben, sodass wir jetzt die Überreste der toten Viren in ihrem Blut finden.«

»Kein Kausalzusammenhang.« Haldane nickte. »Ich verstehe. Aber nur mal aus dem Bauch heraus – was meinst du, Milly? Ist das eine neue Grippeart?«

»Nein«, sagte Yuen, doch ihre Stimme klang nicht fest. »Ich bin natürlich nicht sicher, aber es sieht eher so aus, als ob dieses Virus bei einem Test einfach nur ähnlich wie ein Grippevirus reagiert.«

»Die ungefähre Richtung stimmt, aber es ist kein echter Treffer, hm?«, sagte Haldane.

Yuen nickte begeistert. »Genau das wäre auch meine Hypothese. Das ist keine bekannte A- oder B-Grippe, aber ein eng verwandtes Virus. Wahrscheinlich eins, das wir noch nie gesehen haben.«

Haldane war da nicht so sicher. Er lehnte sich in seinem Stuhl zurück und sah zu Nantal. »Was erwarten die Chinesen von uns?«

»Noah, sie wollen genau das, was jede Regierung will, die zu uns kommt.« Nantal streckte die Arme aus und lächelte. »Wir sollen die Ursache finden und die Krankheit auslöschen.«

»Richtig«, sagte McLeod. »Und das am besten vorgestern. Und dann wollen sie die Lorbeeren dafür einstreichen.«

»Von mir aus können sie die Lorbeeren behalten«, sagte Haldane. »Dieser Bursche klingt mir einfach zu bekannt. Kurze Inkubationszeit. Mit Grippe verwandt. Hämorrhagische Lungenentzündung. Trifft vor allem Junge und Gesunde …« Er hielt inne und sah jedem seiner Kollegen nacheinander in die Augen. »Ihr wisst alle, dass die Spanische Grippe – eine Form der Schweinegrippe – 1919 genauso schnell wieder verschwand, wie sie aufgetaucht war. Man hat immer nur Reste des eigentlichen Virus gefunden. Folglich hat man bis heute auch nur einen Teil seines Genoms sequenziert. Wir würden das Virus nicht mit Sicherheit erkennen, wenn es wieder aufgetaucht wäre.«

»Ah, Noah, es ist zu früh, so weit reichende Schlussfolgerungen zu ziehen«, sagte Nantal.

»Tatsächlich?«, sagte Haldane. »Aber wenn das die Spanische Grippe oder irgendein Abkömmling des entsprechenden Virus ist, wäre es eine Katastrophe, wenn wir diese Möglichkeit übersehen würden.«

»Einverstanden.« Nantal nickte. »Aber du kennst die Regeln, mein Freund. Solange wir den Erreger nicht isoliert haben, sollten wir ihn nur nach dem Syndrom bezeichnen, für das er verantwortlich ist.«

»Und das wäre?«

»Akuter Zusammenbruch der Atemfunktion – *Acute Respiratory Collapse Syndrome.*« Nantal deutete stolz auf Yuen. »Das Akronym verdanken wir Milly. ARCS.«

Für Haldane klang das Wort so harmlos wie die anderen mit Viren verbundenen Akronyme, zum Beispiel SARS oder AIDS, die in den letzten Jahrzehnten in Umlauf gekommen waren. Doch als er es laut ausgesprochen hörte, schauderte er, als sei er hinaus in die kühle Genfer Luft getreten.

Er fragte sich mit grimmiger Miene, ob ARCS dafür sorgen würde, dass die Welt alle anderen Viren vergaß.

KAPITEL 5

Georgetown, Washington, D. C.

Seit Peters Sachen nicht mehr da waren, kam Gwen Savard die weitläufige, drei Schlafzimmer umfassende Eigentumswohnung leer vor. Nicht im sentimentalen Sinn, so als wünschte sie sich, sie und Peter hätten noch einmal eine Chance verdient, sondern einfach nur öde und verlassen. Peter hatte gewollt, dass sie beide gleich viele Möbel bekamen, doch Gwen hatte darauf bestanden, dass er die meisten mitnahm. Jetzt bedauerte sie es. Schuldgefühle, so wurde ihr im Nachhinein klar, waren nicht besonders hilfreich, wenn es darum ging, gemeinsame Besitztümer zu verteilen.

Warum fühlte sie sich überhaupt schuldig?, fragte sie sich. Sie war ihm immer treu gewesen. Sie hatte ihn nie hinterhältig oder grausam behandelt. Wenn es ums Kochen ging, hatte sie ihren Teil beigetragen, und bei der Wäsche hatte sie mehr als nur ihren Teil übernommen. Sie hatte Peter sogar zu den meisten jener unerträglichen Empfänge seiner Kanzlei begleitet und sich als pflichtbewusste Anwaltsgattin erwiesen. Obwohl Peter behauptete, ihr Beruf, der sie immer mehr in Anspruch nahm, sei dafür verantwortlich, war das nicht der wirkliche Grund dafür, warum ihre Ehe gescheitert war. Auch nicht die Sache mit der Unfruchtbarkeit. Als sie in diesen schmerzlichen Momenten, wie sie nur nach einer Trennung vorkommen, über sich nachdachte, wurde Gwen klar, dass ihr Herz von Anfang an nicht an dieser Ehe gehangen hatte. Zwar bemühte sich Peter sehr darum, doch ein Mensch allein kann eine Romanze nicht am Leben erhalten. Nachdem er

schließlich aufgegeben und ihre angenehme, aber leidenschafts-
lose Beziehung beendet hatte, übernahm Gwen den bei weitem
größten Teil der Schuld.

Sie erinnerte sich wieder an unangenehme Ereignisse aus ihrer
Kindheit. Gwen sah das Gesicht ihrer Mutter vor sich. Nicht dessen heutige, chirurgisch hergerichtete und stark geschminkte Version, sondern das jugendliche, atemberaubend schöne Gesicht
aus Gwens Kindertagen. Wie deutlich stand ihr das schmerzliche,
verkrampfte Lächeln vor Augen, das die Enttäuschung ihrer Mutter nicht verbergen konnte, wenn eine Eins keine Eins plus, der
zweite Platz beim Klavierwettbewerb kein erster Platz und das
staatliche Stipendium kein Rhodes-Stipendium war. Gwen stellte
sich das jugendliche Gesicht ihrer Mutter vor, wie sie die Lippen
zusammenpresste, abschätzig lächelte und ihr versicherte, wie
viel besser es Gwen ohne Peter ginge. Gwens Magen krampfte
sich zusammen. Wie schon die ganze Zeit über, seit Peter gegangen war, beschloss sie, dass es besser wäre, wenn sie noch einen
Tag warten würde, bevor sie ihrer Mutter davon erzählte.

Gwen wurde ihre innere Leere angesichts der schmucklosen
Wände immer deutlicher, und schließlich wurde sie bedrückend.
Gwen musste die Trümmer ihrer misslungenen Ehe hinter sich
lassen, weshalb die »Bazillen-Zarin« die Koffer packte und zu ei-
ner geschäftlichen Besprechung aufbrach, die sie eigentlich am
Telefon hätte erledigen können.

New Haven, Connecticut

Gwen fühlte sich ausgeruht, als sie am frühen Abend ankam. Da
sie, wie sie selbst zugab, eine Schwäche für die Musik der Siebziger-
jahre hatte, hatte sie die sechsstündige Fahrt damit verbracht, ihre
Lieblings-CDs zu hören, unter anderen *Captain fantastic* von Elton

John, *Rumors* von Fleetwood Mac und *Breakfast in America* von Supertramp. Soweit sie sich erinnern konnte, hatte sie sich in letzter Zeit nie mehr so lange ohne Unterbrechung entspannen können.

Nostalgische Erinnerungen an ihr Postgraduiertenstudium erfüllten sie, als sie durch New Haven fuhr, besonders, als sie an ihrem alten Wohnblock vorbeikam. Äußerlich hatte sich in den letzten sechzehn Jahren überhaupt nichts verändert. Als sie den Wagen am Vordereingang ausrollen ließ, konnte sie beinahe wieder die exotischen Düfte riechen, die das ganze Jahr über ihr beengtes Apartment erfüllt hatten, denn der dicke Teppichboden auf dem Gang hatte die Kochgerüche aus den Wohnungen ihrer multi-ethnischen Nachbarn verstärkt und dann nach und nach abgegeben. Gwen fragte sich, ob ihr Zimmer noch immer denselben blauen und rosa Pastellton hatte; aus einer Laune heraus hatten sie und ihre Freunde eines Tages die Wände in diesen Farben gestrichen – was sie hinterher bedauerte.

Ihr Beruf hatte ihr nach ihrem Abschluss so viel abverlangt, dass ihr die vier Jahre, in denen sie in Yale promoviert und gleichzeitig in zwei verschiedenen Aushilfsjobs gearbeitet hatte, im Rückblick vergleichsweise sorglos vorkamen. Schon im College hatte Gwen akzeptiert, dass es einfach zu ihr gehörte, ehrgeizig zu sein; dieser Charakterzug war weder gut noch schlecht, sondern ebenso ein Teil von ihr wie ihre Lust zu verreisen und ihre unermüdliche Arbeitsdisziplin. Die meisten ihrer Studienkollegen konzentrierten sich ausschließlich darauf, ihren Doktortitel zu bekommen. Nicht so Gwen. Sie plante ihr Leben weit über ihren Studienabschluss hinaus. Aber sie hatte sich nie eine Karriere innerhalb der Regierung vorgestellt. Als Studentin hatte sie angenommen, sie würde eines Tages ein eigenes Labor und ein Forschungsstipendium der staatlichen Gesundheitsbehörde bekommen. Und schließlich mit einem ihrer Projekte Chancen auf den Nobelpreis haben wie ihr Mentor, Dr. Isaac Moskor.

Savard bemerkte überrascht, dass sie Isaac seit fast vier Jahren nicht mehr gesehen hatte. Er hatte New Haven nie verlassen, und sie fand nur selten Gelegenheit, hierher zurückzukehren. Über E-Mails und Anrufe hatten sie den Kontakt aufrechterhalten, doch Isaac war am Telefon nicht besonders gesprächig, und er schrieb auch nicht gerade fleißig. In beruflicher Hinsicht versuchte Gwen, immer auf dem neuesten Stand zu bleiben, was Moskors Forschungen betraf, denn viele betrachteten ihn auf dem Feld antiviraler Antibiotika als den führenden Experten schlechthin. Obwohl er sich ansonsten nur äußerst zurückhaltend über seine Arbeit äußerte, vertraute er Gwen so sehr, dass er sie über die entscheidenden Fortschritte informierte.

Manchen Umweg einlegend, fuhr Gwen an den Lieblingskneipen aus ihrer Studentenzeit vorbei durch New Haven. Schließlich erreichte sie das verschlafene Mittelklasse-Viertel, in dem Moskor wohnte. Sie parkte ihren Wagen vor seinem bescheidenen, fünfzig Jahre alten beigefarbenen Bungalow. Das Haus hatte sich in den letzten zwanzig Jahren so wenig verändert wie das Gebäude, in dem sie als Studentin gewohnt hatte.

Isaac Moskor kam ihr durch die Vordertür entgegen. Er war über einen Meter neunzig groß, wog zweihundertfünfzig Pfund, hatte ein kantiges Gesicht, eine fliehende Stirn und einen ausgeprägten Kiefer. Seine ganze Erscheinung ließ eher an einen Catcher als an einen Professor denken. Er war Ende sechzig und hielt sich noch immer kerzengerade; das Alter hatte seiner Körperfülle nichts anhaben können. Obwohl Savard mit ihren eins fünfundsiebzig größer als der Durchschnitt war, musste sich Moskor zu ihr hinunterbeugen, als er sie umarmte. Er hielt sie vorsichtig und verlegen, als fürchte er, sie in seinen gewaltigen Armen zu zerquetschen. Nur wenn es um körperliche Nähe ging, spürte Gwen eine gewisse Unsicherheit bei ihrem Mentor.

Moskor trat einen Schritt zurück und musterte sie von Kopf bis

Fuß. »Immer noch zu mager, aber sonst siehst du ganz gut aus, Kindchen«, sagte er mit kräftigem Jersey-Akzent.

Gwen lächelte warmherzig, und ihr wurde klar, wie sehr sie ihn vermisst hatte. »Kann man mit zweiundvierzig immer noch ein Kind sein?«

»Für jemanden, der neunundsechzig ist? Absolut.« Für einen Mann seines Alters und seiner Größe drehte er sich überraschend schnell um. »Steh hier nicht rum wie eine Topfpflanze. Komm rein. Komm.«

Gwen folgte ihm durch einen kleinen Flur ins Wohnzimmer. Der Raum war mit seinen beiden abgewetzten Cordsofas, dem fadenscheinigen Läufer und ein paar abstrakten Drucken genauso sehr nach reinen Nützlichkeitserwägungen eingerichtet worden wie der Rest des Hauses. Gwen wusste, dass für Moskor und seine Frau Häuser nur zum Schlafen und Essen da waren. Das eigentliche Leben fand im Labor statt.

»Wo ist Clara?«, fragte Gwen und ließ sich auf einem der überraschend weichen Sofas nieder.

Moskor zuckte mit den Schultern. »Wer weiß? Vielleicht im Labor. Vielleicht bei unserer Tochter.« Auf seinem Gesicht erschien ein zerknittertes Grinsen, und die tieferen Falten zeigten zum ersten Mal, dass er seit ihrem letzten Treffen gealtert war. »Das Geheimnis unserer mehr als vierzig Jahre bestehenden Ehe ist eine tiefe und niemals nachlassende Gleichgültigkeit gegenüber der Frage, wo sich der andere gerade aufhält.«

Gwen lachte. »Ich weiß nicht, wie es Clara mit dir aushält.«

Wieder zuckte Moskor mit den Schultern. »Ich vermute mal, weil ich so gut aussehe. Wie ein Filmstar.« Er ließ sich neben Gwen auf das Sofa fallen. »Wenn du nach deiner Fahrt irgendetwas willst – Bier, Limonade, einen Happen zu essen, was auch immer –, du weißt, wo die Küche ist. Wir haben nichts umgeräumt. Ich bin zu alt, um jemanden zu bedienen.«

Sie bemerkte, wie ausgedörrt sie nach ihrer Reise war, also stand sie auf und ging in die Küche, in der sie so viele Abende verbracht hatte, Clara dabei zu helfen, das Essen vorzubereiten. »Möchtest du etwas?«, fragte sie Moskor.

»Zu einem Bier würde ich nicht Nein sagen.«

Es dauerte nicht einmal eine Minute, bis Gwen mit zwei geöffneten Bierflaschen zurückkam, wobei sie genau wusste, dass Gläser in diesem Haus überflüssig waren.

»Was macht der Anwalt?«, fragte Moskor, als sich Gwen wieder neben ihn aufs Sofa setzte.

»Peter ist vor ein paar Tagen ausgezogen«, sagte sie. »Wir werden uns scheiden lassen.«

Moskor nickte. Er sah nicht überraschter aus, als hätte sie ihm gesagt, Peter sei draußen, um den Wagen zu parken.

»Es ist das Beste für uns beide, Isaac. Wir haben es versucht, aber es hat nicht lange funktioniert. Wir sind wirklich wie Tag und Nacht.«

Moskor zuckte ratlos mit den Schultern. »Schau, Kindchen, Viren verstehe ich. Menschen nicht.«

Gwen lächelte wieder. Mein Gott, wie sehr hatte sie diesen Mann vermisst. Und obwohl er kein Interesse an ihren Eheproblemen zeigte, tat es ihr gut, ihre Sorgen endlich bei jemandem abladen zu können. Während Moskor sich zurücklehnte, an seinem Bier nippte und beinahe einschlief, als die Flasche leer war, schüttete ihm Gwen ihr Herz aus. Sie berichtete ihm Einzelheiten aus den letzten Wochen ihrer Ehe, Details, die von Medikamenten zur Steigerung der Fruchtbarkeit bis zu beruflichen Verpflichtungen außerhalb der Stadt reichten – Termine, die sie bewusst so organisiert hatte, dass sie immer weniger Zeit zusammen mit ihrem Ehemann verbringen musste.

Als sie fertig war, wusste sie nicht, ob Moskor noch wach war. Gerade als sie sich hinüberlehnte, um ihm in die halb geschlossenen Augen zu blicken, sagte er: »Ich gebe keine persönlichen Ratschläge, Kindchen, das weißt du. Aber eine Sache wiederhole ich gerne. Abgesehen davon, dass du zu mager bist, siehst du ganz gut aus.«

Gwen fiel eine Last von den Schultern. Weil sie eine der führenden Wissenschaftlerinnen innerhalb der Regierung war und sogar gelegentlich dem Präsidenten direkt Bericht erstattete, gab es nur sehr wenige Menschen, die irgendeinen Einfluss auf sie hatten, doch dass Moskor sie akzeptierte, war für sie die Absolution, nach der sie sich gesehnt hatte.

Er reckte seine langen Arme in die Höhe. »Ich hoffe, du bist nicht den ganzen Weg hierher gefahren, nur um mir mitzuteilen, dass du wieder Single bist«, sagte er. »Denn der einzige Mann in meinem Labor, der Single ist, ist schwul.«

Gwen lächelte. »Ich bin dir dankbar dafür, dass du mir zugehört hast, Isaac. Das war mir eine große Hilfe.«

Moskor zuckte mit den Schultern und sah ein wenig verlegen aus.

»Ich bin gekommen, um etwas über deine neuesten Arbeiten zu erfahren.«

Er setzte sich aufrecht hin. Sein Gesicht strahlte, die Jahre fielen von ihm ab. »Gwen, das sieht richtig vielversprechend aus.«

Gwen beugte sich vor und legte neugierig den Kopf auf die Seite. »In welcher Hinsicht?«

»Ein einsträngiges RNA-Virus, wie Grippe. Wirklich nichts Besonderes. Es kann sich nicht einmal vermehren, ohne in eine Wirtszelle einzudringen. Aber verdammt, dieser Bursche fährt eine Verteidigung auf, die zum Komplexesten gehört, was wir überhaupt kennen!« Moskor war plötzlich so lebhaft wie ein Sportstar auf einer Party, wenn nicht mehr über Ballett, sondern über Football diskutiert wird. »Bei unseren früheren Gegenmitteln – A35321 bis 348 – konnten wir anfangs bei unseren Schimpansen einige ermutigende Reaktionen beobachten, doch dann ist dieser Bursche so schnell mutiert, dass diese Mittel für eine ganze Reihe von Lebenszyklen so gut wie wirkungslos waren.«

Moskor stand auf und eilte aus dem Zimmer. Einige Augenblicke später kam er im Laufschritt zurück. Er hielt einen Hefter unterm Arm und atmete keuchend. Er ließ sich aufs Sofa fallen und öffnete den Hefter. Die Seite zeigte die schematische Zeichnung eines organischen Moleküls mit mehreren Verzweigungen, von denen einige in kreisförmigen Kettenstrukturen endeten. »Das ist unser ursprüngliches A35321. Das Besondere daran ist, dass es nicht auf die DNA-Transkription abzielt wie die meisten Mittel gegen Viren. Nein. Es blockiert vielmehr den RNA-Übersetzungsprozess der Gene, der bekanntlich nur mithilfe der Wirtszellen-Ribosomen möglich ist. Es schließt die ganze Fabrik, die das Eiweiß produziert. Aber wenn das fehlt, kann sich das Grippevirus nicht replizieren. Ergo, Ende der Infektion.« Er atmete heftig aus.

»Doch die ganze A35-Serie hatte einen Fehler. Innerhalb weniger Lebenszyklen wurde das Virus dagegen resistent. Wir haben einige kleinere Anpassungen vorgenommen, hier eine Kettenstruktur abgetrennt, da eine hinzugefügt.« Sein Finger huschte über das komplexe Gebilde und deutete auf die Ringe und Ketten. »Doch am Ende standen wir auf verlorenem Posten. Wir hatten sozusagen gar nicht genügend Finger, um die Lecks zu stopfen, aus denen das Wasser schoss, verstehst du?«

Er verzog die Lippen zu einem stolzen Grinsen. »Das hat uns wieder zurück an den Zeichentisch gezwungen. Ehrlich gesagt, war das Claras Idee. ›Warum machen wir das Ding nicht einfacher?‹, sagte sie.« Seine Hand fuhr über die Skizze, und er deutete pantomimisch an, wie das Molekül in zwei Teile gespalten wurde. »Manchmal ist weniger wirklich mehr!« Er hob fröhlich die Stimme und blätterte um. Die nächste Seite zeigte ein viel kompakteres Molekül. »Darf ich vorstellen, A36112. Der gleiche Wirkungsmechanismus – wir haben mehrere Stränge an Primaten getestet –, aber bisher war noch keine Resistenz festzustellen. Bis jetzt hat dieser kleine Teufel noch nicht begriffen, was ihn getroffen hat.«

»Ist es eine Tablette?«, fragte Gwen.

Moskor nickte. »Wir geben zweimal einhundert Milligramm am Tag, aber wahrscheinlich würde schon einmal pro Tag ausreichen.«

»Hängt die Wirkung davon ab, wie weit die Infektion fortgeschritten ist?«

Moskor grinste. »Ach, Kindchen, ich hab dir anscheinend wirklich etwas beigebracht, stimmts? Der Fluch der meisten Mittel gegen Viren besteht darin, dass sie nicht das Geringste bewirken, wenn sie nicht rechtzeitig verabreicht werden, nämlich in den ersten achtundvierzig bis zweiundsiebzig Stunden einer Infektion. Natürlich ist früher immer besser als später, aber A36112 scheint in jedem Stadium der Infektion zu wirken.« Sein Grinsen wurde breiter. »Bei achtzig Prozent unserer Schimpansen verschwand das Fieber vierundzwanzig Stunden nach Beginn der Behandlung.«

Mitgerissen von Moskors Begeisterung stand Gwen auf und beugte sich über das Diagramm, als sei es eine Schatzkarte. »Was ist mit Versuchen am Menschen?«, fragte sie.

Moskor nickte. »Es hat einige Zeit gedauert, bis wir die Ethikkommission überzeugt hatten und die FDA einverstanden war, aber Phase eins der Versuche mit Freiwilligen hat begonnen.«

Gwen nickte. Sie wusste, dass in der ersten Phase nicht viel mehr bewiesen werden sollte als die Tatsache, dass das Medikament nicht gefährlicher war als die Krankheit, die es zu bekämpfen galt. »Vorläufige Ergebnisse?«

»So weit, so gut.« Moskor zuckte mit den Schultern. »Zehn bis zwanzig Prozent bekommen Durchfall, genau wie unsere armen Affen. Aber wenn du den Leuten Zuckerpillen gibst, bekommen zehn bis zwanzig Prozent ebenfalls explosive Diarrhöe.«

»Wo wären wir ohne den guten alten Placeboeffekt? Nur deswegen wirken Quacksalbermittelchen so wunderbar.« Gwen lächelte. »Die Industrie unterstützt dich dabei nicht, richtig?«

Kaum hatte Gwen den Satz ausgesprochen, erkannte sie, wie dumm die Frage war. Moskors Verachtung gegenüber der Pharmaindustrie grenzte an Hass.

Er runzelte so heftig die Stirn, dass sich sein Haaransatz nach vorn schob. Sein Blick verdüsterte sich. »Die einzigen Parasiten, mit denen ich arbeite, existieren auf mikrobiologischer Ebene.« Er spuckte die Worte beinahe aus. »Den Aasgeiern aus der Pharmaindustrie sind die Menschen, denen die Forschung helfen könnte, völlig egal. Sieh dir nur mal an, was sie in Afrika angerichtet haben. Sie lassen lieber zu, dass es zu einem Genozid kommt, als dass sie sich ihre Profite schmälern lassen, die sie mit Anti-HIV-Retroviren einstreichen. Mir wird schon übel, wenn ich bloß über sie spreche.«

Savard teilte seine Einstellung nicht, doch sie hatten sich schon zu oft über dieses Thema gestritten, als dass sie jetzt noch einmal darauf eingehen wollte. Sie nickte nur. »Ich kenne deine Gefühle, Isaac, doch wenn es zu den Tests in Phase zwei und drei kommt und du finanzielle Unterstützung brauchst …«

»Das NIH unterstützt uns. Wir werden alle Mittel bekommen, die wir brauchen.«

Gwen beugte sich zu Moskor und legte eine Hand auf seine Hand. »Isaac, ich kann dir helfen.«

Der Ärger verschwand aus Moskors Gesicht. Er stieß ein tiefes Lachen aus, das sie so gut kannte. »Die Regierung sucht nach einem Mittel gegen Grippe?«

»Besonders, wenn ich es zu einer Frage der nationalen Sicherheit mache, Isaac.«

KAPITEL 6

Hargeysa, nördliches Somalia

Geld ... In einem Land ohne Regierung und Gesetz ist Geld beides, dachte Hazzir Kabaal. Und sein Geld leistete ihm gute Dienste.

Der graue Gebäudekomplex mit Wellblechdach, der aus einem zweistöckigen Haupt- und einem einstöckigen Nebengebäude bestand, wirkte von außen wie ein Lagerhaus. Er befand sich im Norden Somalias acht Meilen außerhalb der ärmlichen Stadt Hargeysa, dem Zentrum der umstrittenen Region Somaliland. Lokale Kriegsherren, Clans, Vertreter von Unabhängigkeitsbestrebungen und ausländische Mächte wie Äthiopien kämpften erfolglos um die Vorherrschaft über das Gebiet. Als Folge davon wechselten Heerführer und verbündete Truppen von einer Straße zur anderen. Gut möglich, dass das für jemanden, der eine geheime Guerillaoperation auf die Beine stellen wollte, ein Problem darstellen konnte, doch mit einem tiefen Griff in seine gut gefüllten Taschen schuf Kabaal eine Region der Ordnung inmitten der Anarchie.

Die örtliche Miliz sicherte den Zugang zu allen Straßen, die zu dem Gebäude führten. Die Maschinengewehre und tragbaren Granatwerfer dieser Truppe hielten Neugierige auf Distanz. Und die Miliz gewährleistete die Sicherheit des ununterbrochenen Stroms nicht gekennzeichneter Lastwagen, die die Laborausrüstung und die medizinischen Geräte transportierten, nachdem sie in Mogadischu zu ihrer gefährlichen Reise aufgebrochen waren. Weil die Fahrer wussten, dass amerikanische Satelliten jede Bewegung in Somalia aus dem Orbit überwachten, glichen die Routen und Zeiten dieser Transporte denjenigen der Drogenhändler und aller anderen, die in dieser Region etwas mit Lastwagen zu transportieren hatten. Die unmittelbare Umgebung des Gebäudekomplexes wurde durch Kabaals eigene Männer gesichert, ägyptischen Kämpfern, die weitaus besser ausgebildet und ausgerüstet waren als die somalische Miliz. Vor allem waren die Ägypter der Bruderschaft treu ergeben – und dem Mann, der sie einzeln ausgewählt hatte, Major Abdul Sabri.

In traditioneller Robe, doch glatt rasiert und mit sechshundert Dollar teuren Wüstenstiefeln an den Füßen, ging Kabaal auf Dr. Anwar Aziz und Major Abdul Sabri zu, die ihn am Haupteingang empfingen. Wieder musste Kabaal daran denken, welch gute Wahl er mit seinen beiden unmittelbaren Untergebenen getroffen hatte. Dem scheinbar unvereinbaren Paar war es gelungen, ein altes Militärkrankenhaus, das schon seit über zehn Jahren leer stand und zu nichts mehr verwendbar schien, in einen beeindruckenden, gut getarnten Laborkomplex zu verwandeln.

Dr. Anwar Aziz war klein und stämmig, hatte ein rundes, ausdrucksloses Gesicht, kleine Augen hinter einer Brille und einen kurz geschnittenen Bart. Alles an diesem fünfzigjährigen jordanischen Mikrobiologen, von seinen schnellen Schritten bis zu seinem perfekt gebügelten weißen Laborkittel, strahlte wissenschaftliche Präzision aus.

Major Abdul Sabri stand schweigend neben Aziz. Im Gegensatz zu dem Wissenschaftler waren seine Diktion und seine Bewegungen ruhig, fast träge. Trotz seiner Dschalabija, der traditionellen, bis zum Boden reichenden Robe ägyptischer Handwerker, bot Sabri einen Furcht erregenden Anblick. Er war groß und muskulös, hatte einen mächtigen Kopf und ein bartloses Gesicht mit irritierend zarten, fast weiblichen Zügen und besonders auffällige hellblaue Augen, was bei Arabern nur selten vorkam. Kabaal gelang es nie, Sabris einschüchternde physische Präsenz von der Geschichte dieses Mannes zu trennen. Als Mitglied einer Spezialtruppe der ägyptischen Armee hatte Sabri an zahllosen Einsätzen teilgenommen, wobei er besonders gegen islamistische Rebellen im eigenen Land gekämpft hatte. Obwohl diese Operationen weitgehend geheim waren, hatte Kabaal von Sabris sagenumwobenem Ruf innerhalb des Militärs gehört: Angeblich war ihm kein Preis zu hoch, wenn es darum ging, einen Auftrag zu erledigen. Nachdem Sabri mit vierzig Jahren die Armee aus ungeklärten Gründen verlassen hatte, hatte er sich denjenigen angeschlossen, die zuvor seine erbitterten Feinde gewesen waren.

Obwohl Kabaal wusste, dass Aziz und Sabri sehr fromm waren, machte er sich keine Illusionen über ihre Motive. Aziz war in erster Linie Wissenschaftler und Sabri vor allem Soldat. Die Operation war für beide nichts weiter als ein Vorwand, um ihren Leidenschaften nachzugehen, doch für Kabaal spielten ihre Motive keine Rolle. Es waren einzig ihre Loyalität und die Ergebnisse, die zählten.

Nachdem sie ein paar Höflichkeitsfloskeln ausgetauscht hatten, führten Aziz und Sabri Kabaal durch den Gebäudekomplex. Sie begannen im zweiten Stockwerk des Hauptgebäudes, in dem sich einst eine große, offene Krankenstation befunden hatte und die jetzt in mehrere Büros und Lagerräume unterteilt worden war. Als sie eine Reihe luftdichter Metalltüren erreichten, die zu einem versperrten Abschnitt führten, deutete Aziz mit einem seiner kurzen Finger darauf und erklärte: »Subjekt-Evaluation.« Kabaal wusste auch ohne weitere Erläuterungen, was hinter den Türen vor sich ging.

Aziz führte Kabaal und Sabri über eine andere Treppe als jene, die sie ursprünglich genommen hatten, hinunter ins Erdgeschoss. Sie verließen das Treppenhaus, gingen durch einen kleinen Gang und betraten ein großes, offenes Labor auf der Hauptebene des

Nebengebäudes. Hier ging es besonders lebhaft zu, jeder im Raum war beschäftigt. Niemand hielt inne, um die Besucher zu begrüßen. Techniker in weißen Kitteln saßen vor ihren Bildschirmen und arbeiteten an ihren Computern. Andere standen vor gut isolierten Versuchsanordnungen. Die Hände in langen, orangeroten Gummihandschuhen, griffen sie durch luftdicht schließende Öffnungen in den gläsernen Schutzhauben, wodurch sie mit Reagenzgläsern und Transportbehältern arbeiten konnten, ohne eine Kontamination zu riskieren.

Kabaal folgte Aziz durch das provisorische Virologielabor und versuchte, die Informationen zu verarbeiten, die in rasendem Tempo auf ihn einstürmten, doch weil die Erklärungen voller wissenschaftlichem Jargon waren, verstand er nicht alles. Trotzdem drehte sich ihm der Kopf, als er genüsslich die technischen Einrichtungen betrachtete, die hier mithilfe seines Geldes zusammengestellt worden waren. Überall gab es Zentrifugen, Kühlschränke, Inkubatoren, gesicherte Arbeitsbereiche, die über eine eigene Belüftung verfügten, und Computer. Deutlich stand ihm sein Ziel vor Augen. Er dankte Allah, dass er für diese entscheidende Mission auserwählt worden war.

Nachdem sie ihren Rundgang beendet hatten, gingen Aziz, Sabri und Kabaal in Aziz' Büro im zweiten Stock. Bis auf den hölzernen Schreibtisch, einige Stühle, zwei Regale voller medizinischer Nachschlagewerke und den Gebetsteppich, der nur einen kleinen Teil des Bodens beanspruchte, war das Zimmer leer. Es wirkte fast karg. Aziz bestand darauf, dass Kabaal sich hinter den Schreibtisch setzte. Der Wissenschaftler nahm ihm gegenüber Platz, doch Sabri blieb stehen.

Hazzir Kabaal machte eine weit ausholende Geste, die den gesamten Gebäudekomplex umschloss. »Dr. Anwar, Major Abdul, ich bin zutiefst beeindruckt von dem, was sie hier erreicht haben.«

Sabri nickte distanziert, während Aziz, den Blick auf den

Schreibtisch gerichtet, mit den Schultern zuckte. Entweder war er verlegen, oder Kabaals Lob war ihm gleichgültig.

»Wie laufen die Experimente?«, fragte Kabaal.

»Bisher sehr vielversprechend, Abu Lahab.« Aziz benutzte Kabaals arabischen Ehrentitel, der »Vater der Flamme« bedeutete und sich auf Kabaals gutes Aussehen bezog.

»Vielversprechend?«

»Unsere Möglichkeiten waren mehr als ausreichend, um das Virus am Leben zu erhalten«, sagte Aziz, ohne den Blick zu heben. »Die ursprünglichen Serumproben aus Asien haben nichts von ihrem Ansteckungspotenzial verloren.«

Kabaal zuckte mit den Schultern. »Ich verstehe nicht ganz, mein lieber Doktor. Welches Serum?«

»Serum ist das, was von Blut übrig bleibt, wenn man die Zellen und die für die Gerinnung verantwortlichen Faktoren extrahiert, Abu Lahab«, erklärte Aziz. »Bis jetzt haben wir acht Subjekten das Serum des ursprünglichen chinesischen Patienten injiziert.«

»Subjekte«, wiederholte Kabaal, wobei ihm klar wurde, dass Aziz seine eigenen Männer meinte. »Und?«

»Alle haben sich angesteckt. Bis zu einem gewissen Grad jedenfalls.«

»Wie viele sind tot?«

»Zwei.«

Kabaal nickte ernst. »Und die anderen?«, fragte er und schob seine aufkommenden Zweifel energisch beiseite.

»Vier wurden wieder völlig gesund. Bei dreien kam es, ehrlich gesagt, nur zu einer leichten Erhöhung der Temperatur, doch davon abgesehen hatten sie nichts Schlimmeres als eine Erkältung. Die beiden Übrigen zeigen noch immer die Symptome, doch sie erholen sich bereits.«

Kabaal lehnte sich in seinem Stuhl zurück und ignorierte die Spitze der Schraube, die sich in seinen Rücken bohrte. »Also tötet dieses Virus fünfundzwanzig Prozent derjenigen, die damit infiziert werden?«

Aziz' Kopf schoss in die Höhe, und er sah Kabaal in die Augen. »Unsere Stichprobe ist viel zu klein, als dass wir dies eindeutig bestätigen könnten. Außerdem ist unsere Auswahl nicht repräsentativ. Wir haben nur gesunde Männer zwischen siebzehn und neunundzwanzig Jahren infiziert. Die Wirkung auf den Rest der Bevölkerung kennen wir nicht.«

»Natürlich nicht, Doktor.« Kabaal wischte die spitzfindige Bemerkung des Wissenschaftlers beiseite. »Aber man kann durchaus sagen, dass die ersten Zahlen darauf hindeuten, dass einer von vier jungen Erwachsenen an der Infektion stirbt.«

»Die vorläufigen Ergebnisse scheinen diesen Schluss nahe zu legen«, sagte der Wissenschaftler ausweichend.

»Sie hatten kein Problem damit, die Infektion mithilfe von Blut zu übertragen«, sagte Kabaal. »Aber was ist mit einer Infektion über die Luft? Durch die, die …« Kabaal suchte nach dem richtigen Wort.

»Tröpfcheninfektion«, half ihm Aziz.

»Ja«, sagte Kabaal.

»Das sind nicht die Pocken«, seufzte Aziz und klang fast enttäuscht. »Meiner Einschätzung nach ist das Virus nur beschränkt ansteckend.«

Kabaal lehnte sich wieder nach vorn. »Könnten Sie das ein wenig erläutern, Dr. Anwar?«

Aziz nagte an seiner Unterlippe und dachte nach. »Wir haben einen Referenzfall am zweiten Tag der auftretenden Symptome ausgewählt, als er, wie wir vermuten durften, die höchste virale Konzentration …« Als Kabaal mit den Schultern zuckte, formulierte Aziz seine Erklärung neu. »Zu dem Zeitpunkt, an dem die Ansteckungsgefahr vermutlich am größten ist. Wir haben diesen Mann, der heftig hustete, zusammen mit zehn anderen Subjekten dreißig Minuten lang in einen Raum gebracht, dessen Ausmaße etwa denjenigen eines großen Aufzugs entsprechen. Drei Tage später zeigten nur drei Subjekte Anzeichen einer Infektion.«

»Gelobt sei Allah.« Kabaal lächelte.

Aziz runzelte die Stirn. »Aber wäre das ein Virus, das demjenigen gleicht, das für Pocken verantwortlich ist, hätte sich jeder, der nicht immun ist, angesteckt.«

Kabaals Lächeln wurde breiter. »Das genügt vollkommen, mein guter Doktor.«

Aziz nickte, doch die Enttäuschung wollte nicht aus seinen kleinen Augen verschwinden. In mikrobiologischer Hinsicht war das keineswegs perfekt.

Ein Klopfen unterbrach sie. Ein stämmiger, muskulöser Malaie stand in der offenen Tür. Er trug eine locker sitzende weiße Robe und ein reich verziertes grünes und goldenes *kopiah,* ein traditionelles malaiisches Scheitelkäppchen.

»Ah, Ibrahim Sundaram, willkommen, willkommen«, sagte Kabaal. Er stand auf und begrüßte den Mann, dessen Hand er herzlich schüttelte.

Dr. Aziz nickte knapp zu Kabaal hinüber und eilte dann an Sundaram vorbei, ohne ihn zu begrüßen.

Kabaal legte dem Malaien einen Arm um die Schulter. »Komm, gehen wir ein paar Schritte«, sagte er und wartete, bis Sabri zu ihm getreten war, bevor er Sundaram aus dem Zimmer führte.

Sie gingen die Treppe hinunter und traten durch eine schwarze Hintertür hinaus in das staubige, heiße Tageslicht. Kabaal führte die beiden anderen zu einer schattigen Stelle unter dem überhängenden Wellblechdach. Enttäuscht stellte er fest, wie wenig Erleichterung der Schatten angesichts der Hitze in der Nähe des Äquators bot, doch er wollte, dass die Unterhaltung im Freien stattfand. Wenn es überhaupt einen Ort gab, an dem man unter sich sein konnte, dann hier.

Kabaal und Sabri standen nebeneinander am Rand des Schattens Sundaram gegenüber, dessen Rücken fast die Wand des Gebäudes berührte. »Sie wollten mich sprechen, Abu Lahab?«, fragte der Malaie in fast perfektem Englisch.

»Ich wollte dir danken, Ibrahim«, sagte Kabaal, dessen Akzent eine wohl klingende Mischung aus gehobenem britischem Englisch und Ägyptisch war, die die Studentinnen an der London School of Economics so unwiderstehlich gefunden hatten. »Ohne deine Hilfe wäre all dies nicht möglich gewesen.«

Der Mann, der das Virus im Alleingang von China nach Afrika gebracht hatte, zuckte verlegen mit den Schultern. »Ich war nur der Kurier. Ohne meinen guten Freund Faruk Ali hätte ich es nie geschafft.«

»Natürlich, natürlich. Der tapfere Faruk«, sagte Kabaal feierlich. »Was ist mit ihm passiert?«

»Er wurde krank, bevor wir die chinesische Grenze erreichten. Es war viel zu riskant, das Land zu verlassen, solange bei Faruk die Symptome der Krankheit so deutlich zu erkennen waren.« Sundaram senkte den Kopf und betrachtete den Sand. »Ich habe ihn und den chinesischen Schwarzhändler erschossen, bevor ich das Land verlassen habe. Faruk starb als Märtyrer.«

»Gelobt sei Allah«, sagte Sabri leise auf Arabisch, obwohl er die englische Unterhaltung sehr gut verstand.

»Ein ruhmreicher Tod«, pflichtete Kabaal ihm bei. Er fixierte Sundaram mit zusammengekniffenen Augen. »Und du, Ibrahim, wie geht es dir?«

Sundaram bohrte seine Schuhspitze in den weichen Boden. »Besser, Abu Lahab. Viel besser.«

»Wie war es?«, fragte Kabaal.

Sundaram dachte einen Augenblick über die Frage nach, bevor er den Kopf hob. »Zu Hause, als ich dreizehn war und auf dem Bauernhof meines Vaters arbeitete, bekam ich Malaria. Zwanzig

Stunden am Tag ging es mir gut. Doch zweimal am Tag hatte ich hohes Fieber. Die Schmerzen waren unerträglich. Ich fühlte mich so schwach, dass ich nicht einmal die Arme heben und ein Glas Wasser trinken konnte. Bei dieser Krankheit jedoch fühlte ich mich drei Tage lang so – in jeder einzelnen Minute. Ich war sicher, dass ich sterben würde. Doch dann war alles schneller vorbei, als es angefangen hatte. Und jetzt fühle ich mich wieder wohl.«

»Ich bin froh, dass es dir gut geht, Ibrahim«, sagte Kabaal.

Sundarams Lippen öffneten sich zu einem Lächeln. Dann begann er zu lachen. Sein Lachen war ansteckend. Kurz darauf lachte auch Kabaal, während Sabri die beiden ungerührt beobachtete.

Als er zu lachen aufgehört hatte, wollte Kabaal wissen: »Wie ist dein Arabisch?«

Sundaram zuckte mit den Schultern. »Ich spreche mehrere Sprachen, aber leider ist mein Arabisch nicht allzu gut. Ich kann den Koran lesen, aber es fällt mir schwer, mich an einer Unterhaltung zu beteiligen.«

»Wie schade«, seufzte Kabaal. »Die meisten Männer hier sprechen ausschließlich arabisch.«

Sundaram nickte.

»Und da wäre noch das Problem mit deiner Anwesenheit in Ostafrika«, sagte Kabaal. »Du passt nicht so recht hierher, verstehst du?«

»Natürlich«, sagte Sundaram.

»Wenn dich jemand sieht, der dich nicht sehen soll, könnte er die entsprechenden Schlussfolgerungen ziehen«, fuhr Kabaal fort. »Und du weißt, wie die Leute reden. Sogar meine Leute.«

»Das ist unvermeidlich«, sagte Sundaram.

Sabri trat ein paar Schritte zurück, bis er in der Sonne stand.

»Lose Enden – genau das ist das Problem«, sagte Kabaal und versuchte eher sich selbst zu überzeugen als den jungen Mann, der mit entspannten Schultern vor ihm stand. »Diese Operation ist äußerst heikel. Wir können uns keine losen Enden erlauben.«

Sundaram hob die offenen Hände. »Es ist Gottes Weg.«

»Der manchmal am schwierigsten zu gehen ist.« Kabaal warf Sabri über die Schulter einen Blick zu, nickte und wandte sich dann wieder an Sundaram.

»Natürlich wirst du als Märtyrer sterben.«

»Als Märtyrer sterben«, wiederholte Sundaram voller Überzeugung.

»Das Paradies wartet auf dich«, sagte Kabaal, als er einige Schritte zur Seite trat und sich etwas von Sabri entfernte.

Der Major zog seine halbautomatische Pistole unter seiner Dschalabija hervor. In einer einzigen fließenden Bewegung hob er den Arm auf die Höhe von Sundarams Gesicht und schoss.

Sundarams Kopf wurde zurückgerissen und schlug gegen die Wand. Einen kurzen Augenblick lang wankte er, doch dann gaben seine Beine nach, und er fiel in sich zusammen wie ein Gebäude, das gesprengt wurde. Als sein Kopf auf dem Boden aufschlug, rollte seine Kopiah davon, als bahne sie dem Blutstrom einen Weg, der ihr folgte.

Kabaal warf einen Blick auf Sabri, der reglos mit der Waffe in der Hand dastand. Sein Gesicht war so ausdruckslos wie bei einer Wachsfigur. Kabaal starrte in Sabris helle, eisige Augen und unterdrückte ein Schaudern. Das lag zum Teil daran, dass er noch nie eine Hinrichtung gesehen hatte, doch mehr noch daran, dass er einen der schrecklichsten Männer vor sich hatte, denen er jemals begegnet war.

KAPITEL 7

Jiayuguan, Provinz Gansu, China

Jiayuguan war nach dem Abschnitt einer Mauer benannt worden. Nicht irgendeiner Mauer, sondern der großen Chinesischen Mauer. Im vierzehnten Jahrhundert war der Jiayuguan-Pass – oder genauer, die dortige Festung – der westlichste Punkt der Chinesischen Mauer. Das gewaltige Bauwerk wurde einst »Erster und größter Pass unter dem Himmel« genannt.

Haldane hatte das aus seinem Reiseführer erfahren, den er auf einem unruhigen China-Airlines-Flug zu lesen versuchte, wobei er von einer immer wiederkehrenden Übelkeit und Duncan McLeods unermüdlichem nervösen Geplauder unterbrochen wurde. Als er so grün im Gesicht war, dass er nicht mehr lesen konnte, dachte Haldane über das Wenige nach, was er über ARCS wusste. Niedergeschlagen kam er zum Schluss, dass sie wahrscheinlich das epidemiologische Äquivalent der Chinesischen Mauer brauchen würden, wenn sie verhindern wollten, dass sich das Virus über die Provinz Gansu hinaus ausbreitete.

Dreizehn Stunden nach dem Start in Genf standen die inneren Uhren des WHO-Teams Kopf, als Milly Yuen, Helmut Streicher, Duncan McLeod und Noah Haldane auf dem Flughafen von Jiayuguan landeten. Ein endloser Strom von Beamten und Militärpersonal nahm sie in Empfang und überreichte ihnen zahllose Geschenke, die von Blumen über örtliche Schnitzereien bis hin zu Seidenstoffen reichten. Alle lächelten und waren überaus dankbar – ein scharfer Kontrast zu der kühlen Art, mit der man Haldane bei seinen früheren Besuchen in China auf dem Höhepunkt der SARS-Epidemie begegnet war. Wie Jean Nantal versichert hatte, schien die chinesische Regierung inzwischen einen Kurs zu verfolgen, der sich deutlich von der früheren katastrophalen Geheimniskrämerei und dem beharrlichen Leugnen unterschied, das noch an der Tagesordnung gewesen war, als SARS die Provinz Guangdong heimgesucht hatte.

Nachdem sich die Mitglieder des WHO-Teams die Begrüßungsreden des Empfangskomitees angehört, Hände geschüttelt und Verbeugungen erwidert hatten, führten die chinesischen Beamten sie aus dem Terminal zu einer Stretchlimousine, die inmitten einer Eskorte auf sie wartete. Gut sichtbar flatterten UN-Flaggen an den Antennen auf beiden Seiten des Kofferraums. Polizeimotorräder mit eingeschalteten Scheinwerfern fuhren voraus, als die Kolonne den Flugplatz verließ.

Haldane und McLeod saßen mit dem Rücken zum Fahrer, Yuen und Streicher gegenüber im Fond. McLeod deutete aus dem Fenster auf die Motorräder, welche die Limousine rechts und links flankierten. »Verflucht, wann genau wurde ich noch mal zur Königin gekrönt?«, kommentierte er in seinem typisch singenden schottischen Tonfall.

Yuen kicherte, doch Streicher stöhnte. »*Dr. McLeod,* ist für Sie eigentlich alles nur ein Witz?«

»Alles nicht, Helmut.« McLeod strich sich über den zotteligen roten Bart. »Aber findest du das nicht alles ein wenig seltsam? Wir sind gekommen, um den Ausbruch einer Krankheit zu untersuchen, und dann werden wir empfangen wie die Spice Girls … bevor Ginger die Gruppe verlassen hat.«

»Ginger?« Streicher runzelte verwirrt die Stirn.

»Ignoriere ihn, Helmut, dann hört er irgendwann auf«, riet Haldane. Er deutete aus dem Fenster. »In einem Punkt hat Duncan ja Recht. Die Regierung veranstaltet eine gewaltige Show mit uns.«

McLeod streckte sich auf der eleganten Lederbank aus. »Andererseits wird es langsam auch Zeit, dass wir die Aufmerksamkeit bekommen, die wir verdienen.«

»Aber warum gerade jetzt?«, fragte Milly leise, ohne dabei jemanden anzusehen.

»Genau.« Haldane nickte. »Beim letzten Mal waren wir Parias, jetzt sind wir Helden. Und bisher haben wir überhaupt noch nichts getan. Wir sind nur hier aufgekreuzt.«

McLeod zuckte mit den Schultern. »Die Beamten hier wissen, dass in Kürze alle Scheinwerfer auf sie gerichtet sein werden. Also machen sie sich bereit für ihren Zirkusauftritt.«

Haldane nickte geistesabwesend. »Ja, klingt sinnvoll.«

Streicher fixierte Haldane mit seinen graublauen Augen. »Du bist nicht überzeugt«, sagte er in sachlichem Ton.

»Was die Motive von Regierungen angeht, bin ich der geborene Skeptiker«, erwiderte Haldane leichthin. »Immer wenn ich sehe, wie sie den roten Teppich ausrollen, frage ich mich, welchen Dreck sie darunter verstecken wollen.«

McLeod lachte und schlug mit der flachen Hand auf den Sitz neben sich. »Haldane, du bist ein zynischer Bastard. Aber deine Einstellung gefällt mir.«

Die Wagenkolonne rollte durch die Straßen von Jiayuguan. Mit der Hilfe von Yuen, die seine Worte übersetzte, betätigte sich der Fahrer als Fremdenführer, wobei er sich neben einigen historischen und geografischen Besonderheiten vor allem dem örtlichen politischen Tratsch widmete.

Jiayuguan war mit seinen weniger als zweihunderttausend Einwohnern für chinesische Verhältnisse eine Kleinstadt. Es war eine moderne Industriearbeitersiedlung, die in den Sechzigerjahren zur Unterstützung der örtlichen Stahlindustrie errichtet worden war. So war die Stadt geprägt von der grauen Uniformität kommunistischer Architektur, wie sie auf dem Höhepunkt der Kulturrevolution typisch war, und es fehlte ihr der traditionelle Charme der Tempel, Paläste und historischen Gebäude, den Haldane in älteren Städten Chinas genossen hatte.

Nach zehn Minuten Fahrt durch das Zentrum Jiayuguans wurde der Anblick so eintönig, dass Haldane den Eindruck hatte, sie umkreisten ständig ein und denselben Wohnblock. Gerade als er sich zu McLeod drehte, um ihm von seinem Verdacht zu berichten, hielt die Limousine vor dem Hotel »Chinesische Mauer«. Haldane trat aus dem Wagen und fühlte sich sogleich unbehaglich. Er wusste nicht, ob es an den grauen Wolken lag, an der bedrückenden Gleichförmigkeit der Häuser oder an der noch nicht näher untersuchten Epidemie, die wie ein Gespenst in der Luft hing, doch das beunruhigende Gefühl, dass sie nur noch wenig Zeit hatten, ließ sich einfach nicht abschütteln.

Als er in die unscheinbare Lobby kam, begriff er plötzlich mit aller Klarheit, was die ganze Zeit über nur ein vager Eindruck gewesen war: Er hatte nur sehr wenige Menschen gesehen. Sicher, es war ein kalter Sonntagabend in einer entlegenen westlichen Provinz, doch das hier war China, das bevölkerungsreichste Land der Erde. Während des kurzen Zwischenstopps auf dem Flughafen von Peking hatte er die Menschenmassen erlebt, welche die chinesischen Städte bevölkerten. Jetzt war es noch nicht einmal acht Uhr abends, doch Jiayuguan glich einer Geisterstadt. Mit einemmal verstand er, was die hektische Betriebsamkeit bei ihrer Ankunft zu bedeuten hatte. Das Empfangskomitee versuchte nicht so sehr, die Vertreter der WHO zu beeindrucken; es ging vielmehr darum, den Einwohnern der Stadt zu demonstrieren, dass die Kavallerie eingetroffen war. Doch wenn Haldane daran dachte, wie leer die Straßen geblieben waren, musste er zu dem Schluss kommen, dass der Aufwand umsonst gewesen war.

Nach einem weiteren lächelnden Empfang und noch mehr Händeschütteln ließen die Mitglieder des WHO-Teams das Empfangskomitee hinter sich und flohen auf ihre Zimmer. Die Räume in dem 3-Sterne-Hotel waren zwar sauber und ruhig, doch klein und nur spärlich beleuchtet. Haldane musste McLeod zustimmen, als der Schotte auf dem Gang mit bellender Stimme rief: »Irgendein Hotelführer war wirklich sehr großzügig, als es um die Verteilung von Sternen ging.«

Haldanes Zimmer im siebten Stock ging auf den zentralen Platz der Stadt, der ebenso verlassen war wie die Straßen zuvor. Obwohl der Ausblick viel erfreulicher war als alles, was er auf der Fahrt mit der Limousine gesehen hatte, hatte Haldane kaum Interesse an dem, was er vor seinem Fenster sah. Er ging direkt zu dem Telefon, das auf dem Nachttisch stand.

In Maryland war es dreizehn Stunden früher als in China (es gibt nur eine offizielle Zeitrechnung im ganzen Land, obwohl sich China von Ost nach West über fünf Zeitzonen erstreckt), doch Haldane konnte nicht warten. Als er schließlich verbunden worden war, war es zu Hause kurz vor sieben Uhr morgens.

Anna antwortete nach dem zweiten Läuten. »Hallo?« In der Leitung war ein Knacken zu hören.

»Hallo, Anna, ich bin's. Ich bin in China.« Durch die Verzögerung klang Haldane das Echo seiner eigenen Stimme in den Ohren.

»Oh, Noah«, sagte sie ausdruckslos. »Alles in Ordnung?«

»Ja, sicher. Ich habe dich doch nicht geweckt, oder?«

»Nein«, sagte sie leise. »Ich bin schon eine Weile auf.«

Haldane wusste, was das hieß. Üblicherweise schliefen Anna und Chloe am Morgen noch tief und fest. »Ihr Ohr?«, fragte er.

»Ja«, sagte Anna. »Um drei ist sie zu mir ins Bett gekommen, aber du weißt ja, wie es ist.«

Das wusste er tatsächlich. Es kam bei ihnen zu Hause häufig vor.

Als sich Noah auf die ungewohnte Matratze legte, konnte er

sich vorstellen, wie seine Frau in einem seiner T-Shirts, das an ihr wie ein Nachthemd wirkte, sich in dem großen Doppelbett zusammenrollte und Chloe, die sich hin und her wand, in den Armen hielt. In so einer Situation war Chloe ständig in Bewegung, sie krümmte sich, schluchzte und schwitzte abwechselnd und konnte trotz des Tylenol keine Erleichterung finden. Anna lag ruhig neben ihr, hielt Chloe fest und flüsterte ihrer Tochter beruhigende Worte ins Ohr.

Mit diesem Bild vor seinem geistigen Auge fühlte er sich plötzlich schuldig und einsam. »Kann ich mit ihr sprechen?«, fragte er.

Ein raschelndes Geräusch drang aus der Leitung, und dann waren heftige Atemzüge und ein Schnauben zu hören. »Chloe?«, sagte er.

»Hi, Daddy.« Trotz des statischen Rauschens klang ihre Stimme nasal.

»Chloe, bist du okay?«

»Es tut weh, Daddy«, schniefte sie.

Wieder dieses bohrende Schuldgefühl. »Oh, mein Liebling, ich weiß. Ich wäre so gerne bei dir. Ich vermisse dich so sehr.« Als sie nicht antwortete, fügte er hinzu: »Ich komme bald nach Hause.«

»Zum Frühstück?« Ihre Stimme klang plötzlich munter.

»Nein, Chloe«, seufzte Haldane. »Aber sobald ich kann. Ich liebe dich so sehr.«

»Bye, Daddy«, sagte sie. Er hörte, wie der Hörer irgendwo abgelegt wurde.

Einen Augenblick später war Anna wieder am Apparat. »Du hast bei ihr nach langer Zeit für das erste Lächeln gesorgt«, sagte sie mit neuer Wärme.

»Verdammt, wenn ich doch nur bei ihr sein könnte«, sagte Haldane.

Keine Antwort.

»Wie geht es dir?«

»Ich fühle mich ein bisschen einsam.« Sie zögerte. »Und völlig durcheinander.«

Haldane richtete sich im Bett auf und umklammerte den Hörer fester. »Du hast es noch nicht geschafft, reinen Tisch zu machen, hm?«

»Eigentlich nicht«, sagte sie.

Beide schwiegen. Haldane spürte jede einzelne der zwölftausend Meilen, die sie trennten.

Er dachte wieder an die Szene in ihrem Wohnzimmer vor ein paar Monaten. Immer wieder hatte er wissen wollen, warum Anna so nervös und abweisend war, und nachdem sie seinen Fragen wochenlang ausgewichen war, hatte Anna gewartet, bis ihre Mutter Chloe an diesem Nachmittag zu sich nahm und ihn schließlich gebeten, mit ihr ein Gespräch zu führen.

Ohne etwas zu ahnen, hatte sich Haldane neben sie auf die Couch im Wohnzimmer gesetzt und den seltenen Augenblick ungestörter Nähe genossen, als sie zärtlich nach seiner Hand griff.

Noch vor ihrem Geständnis kamen die Tränen. Haldane hielt stumm ihre Hand, doch nicht, weil er ihr helfen wollte, sondern weil er völlig unter Schock stand, als sie ihm erzählte, wie aus ihrer Freundschaft zu Julie, einer Zahnärztin, die Single war und zwei Türen weiter wohnte, eine Liebesbeziehung geworden war. Das Überraschende war nicht, dass Anna ein Verhältnis mit einer Frau hatte. Haldane wusste, dass Anna zu Anfang ihrer Zeit auf dem College über zwei Jahre hinweg für ihre Zimmergenossin geschwärmt hatte. Als Haldane die attraktive Nachbarin mit dem kurzen brünetten Haar und dem durchdringenden Blick zum ersten Mal getroffen hatte, hatte er vermutet, dass sie möglicherweise lesbisch war. Doch ihm war nie der Verdacht gekommen, dass Annas bedrückte Stimmung und ihre Distanziertheit darauf zurückzuführen war, dass sie sich in diese Frau – oder in wen auch immer – verliebt hatte.

An jenem Nachmittag, als Anna zwischen Entschuldigungen und rationalen Erklärungsversuchen hin- und herschwankte, hatte Haldane nur wenig gesagt. Später jedoch konnte er nicht anders, er musste immer wieder mit ihr darüber sprechen. Er wollte nicht ihre Reue, die Anna ihm bereitwillig anbot, und auch nicht den leidenschaftlichen sexuellen Trost, den sie von ihm zu brauchen schien. Er wollte Garantien. Und obwohl Anna ihm ständig versicherte, dass sie jeden Kontakt zu Julie abgebrochen habe, konnte sie Noah nicht geben, wonach er verlangte: die Versicherung, dass sie über Julie hinweg wäre oder es wenigstens sehr bald sein würde. Stattdessen behauptete Anna, sie liebe sie beide.

Das statische Rauschen brachte ihn in die Gegenwart zurück. Er holte tief Luft. »Hast du dich mit ihr getroffen, seit ich fort bin?«, fragte er. Für Haldane war Julie immer nur »sie«.

»Nein.« Anna zögerte. »Nicht direkt getroffen.«

»Aber du unterhältst dich regelmäßig mit ihr«, fauchte er. Er hatte die Worte bereits ausgesprochen, bevor sein Verstand ihn bremsen konnte.

»Sie schreibt mir Mails.«

Haldane widerstand dem Drang, den Hörer zu zerbrechen. »Und du schreibst ihr zurück?«

»Es sind Gedichte, Noah. Schöne Gedichte.« Sie schwieg lange. »Ja, ich schreibe zurück.«

Er schluckte. »Anna, ich will nicht, dass du ihr schreibst.«

»Ich weiß«, sagte sie so leise, dass das statische Rauschen ihre Worte fast übertönte.

Haldane hörte im Hintergrund seine Tochter weinen. »Du kümmerst dich jetzt besser um Chloe.«

»Okay«, sagte sie. »Noah, versprich mir, dass du da drüben vorsichtig bist. Bitte.«

»Bye, Anna.«

Er legte den Hörer auf, starrte an die Decke und dachte über das fruchtlose letzte Gespräch nach und über all die anderen, die ihm vorhergegangen waren. Wieder fühlte er sich verloren, wusste nicht, wie er die einstürzenden Wände seines Lebens zu Hause wieder aufrichten sollte. Er dachte an seine Tochter, die eine weitere Ohrenentzündung durchstehen musste, ohne dass ihr Vater bei ihr war und sie tröstete. Er dachte an seine Frau. An ihre großen braunen Augen. Ihr zerbrechliches Lächeln. Das locker sitzende T-Shirt, das den glatten, so hingebungsvollen Köper, der sich darunter verbarg, nur erahnen ließ. Und trotz der Flut widerstreitender Gefühle wurde ihm klar, wie erregt er war. Er sehnte sich danach, ihr Gesicht zu sehen, ihr Haar zu riechen und seine Hände auf ihren makellosen Rücken zu legen, während sie ihre Beine um seine Hüften schlang.

Haldane schob diese widersprüchlichen Gedanken von sich, sprang aus dem Bett und griff nach seinem Notebook. Er stellte das Telefon aus dem Weg und klappte das Notebook auf. Er betätigte die eingebaute Maus, und die Daten über das Acute Respiratory Collapse Syndrome erschienen auf dem Bildschirm. Während er die Dokumente, Grafiken und Tabellen durchsah, machte er sich Notizen, und es gelang ihm, sich abzulenken, indem er eine Welt studierte, die noch chaotischer als seine eigene war.

Am nächsten Morgen trennte sich das WHO-Team. Streicher und Yuen, die nichtklinischen Spezialisten, brachen auf, um sich das örtliche Labor anzusehen, während McLeod und Haldane sich direkt an die Front im Kampf gegen ARCS begaben.

Als sie aus dem Hotel kamen und auf die wartende Regierungslimousine zugingen, sah Haldane zum ersten Mal einige Einwohner Jiayuguans, die einen Mundschutz trugen. Der Anblick war ihm auf unheimliche Weise aus den Tagen von SARS vertraut.

»Leute sehr panisch«, sagte ihr Dolmetscher und Führer auf

dem Vordersitz des Wagens und versuchte, das Phänomen beiseite zu wischen.

»Leute sehr vernünftig«, ahmte ihn McLeod auf dem Rücksitz nach.

Sie ließen die Stadtgrenze hinter sich und fuhren weiter Richtung Süden.

»Haldane, ich muss dir etwas gestehen«, sagte McLeod. »Ich mag dieses Virus nicht.«

Haldane lachte. »Hast du irgendwelche Vorurteile gegen bestimmte Mikroorganismen?«

»Eigentlich nicht, aber der hier gefällt mir einfach nicht.«

Das Lächeln verschwand von Haldanes Lippen. »Wie das?«

»Die kurze Inkubationszeit. Das akute Lungenversagen bei Menschen, die eigentlich gesund sind. Die hämorrhagische Lungenentzündung … Es gibt nur ein einziges anderes Virus, an das mich ARCS erinnert.«

Haldane schüttelte den Kopf. »Duncan, das ist kein Ebola.«

McLeod nickte. »Ich weiß. Und genau das ist eine verdammte Schande.«

»Oh?«

»Ein sauberer, effizienter Killer, dieses Ebola.« McLeod nickte voller Bewunderung. »Doch gerade die Tatsache, dass es so erbarmungslos tötet, ist seine Schwäche. Er bringt alle um, die seinen Weg kreuzen. Wenn das Ebola wäre, hätten wir einige hundert tote Bauern und jede Menge billiges Ackerland auf dem Markt, doch die Krankheit würde sich nicht weiter ausbreiten, weil es keine neuen Opfer gibt.«

Haldane nickte und nahm McLeods Argument auf. »ARCS hingegen tötet nur eine signifikante Minderheit seiner Opfer, sodass sich das Virus vermehren und die Region, in der die Index-Fälle vorkommen, verlassen kann.«

»Und es verbreitet sich sehr schnell.«

»Das wissen wir noch nicht, Duncan«, sagte Haldane, doch das Argument überzeugte ihn selbst nicht.

Der Wagen wurde langsamer, bog von der Landstraße ab und erreichte die Auffahrt des Bezirkskrankenhauses Jiayuguan. Sie passierten zwei Kontrollen, an denen Soldaten mit Mundschutz Wache hielten, und fuhren auf den kiesbestreuten Parkplatz vor dem Krankenhaus. Ein kalter Nieselregen fiel, als Haldane und McLeod aus dem Wagen stiegen, ihre Jacken schlossen und auf den Haupteingang zugingen.

Nach einer weiteren Kontrolle im Inneren des Gebäudes wurden McLeod und Haldane in den Umkleideraum geführt. Haldane hatte schon so oft biologische Schutzanzüge getragen, dass er nicht im Geringsten beunruhigt war. Tatsächlich fühlte er eine gewisse Erleichterung, als die doppelte Luftschleuse hinter ihm lag und er den klinischen Bereich betrat, denn die Schutzmaßnahmen, die den höchsten Sicherheitsmaßstäben entsprachen, waren weit entfernt von jener irrationalen Angst, die er in den Augen der Menschen hatte erkennen können, die sich nur mit Mundschutz auf die Straße gewagt hatten.

Ein Klinikangestellter, der wie seine Kollegen hinter den Türen mit einem vollständigen blauen Schutzanzug bekleidet war, fungierte als Dolmetscher. Der rundliche Mann führte die beiden Experten für neue Krankheitserreger in ein Krankenzimmer im zweiten Stock. Überrascht bemerkte Haldane, dass die Tür abgeschlossen war. Sie mussten auf einen Sicherheitsbeamten warten, der sie einließ. »Warum die Wachen?«, fragte Haldane den Dolmetscher.

Der Mann sprach mit dem Sicherheitsbeamten und wandte sich dann an Haldane. »Die Männer könnten immer noch kontaminiert sein«, sagte er mit einer Stimme, die durch seine einem Astronautenhelm ähnelnde Schutzhaube gedämpft wurde. Er deutete auf den Sicherheitsbeamten, der die Tür öffnete. »Sie gehen kein Risiko ein.«

Nachdem sie eingetreten waren, wurde die Tür hinter ihnen abgeschlossen, und sie standen in einem kargen, fensterlosen Krankenzimmer, wie es für Schwellenländer typisch war. Hinter geschlossenen Vorhängen befanden sich zwei Betten. Auf der anderen Seite des Zimmers saßen sich zwei Männer auf Feldbetten gegenüber. Sie trugen die üblichen Klinikpyjamas, Mundschutz, Handschuhe und Duschhauben und spielten mit kleinen, weißen Steinen, die Dominosteinen ähnelten, Mah-Jong.

»Warum sind sie noch hier?« McLeod deutete auf die gesund aussehenden Männer.

»Sie könnten nach wie vor kontaminiert sein«, sagte der Dolmetscher.

»Infektiös«, verbesserte Haldane geistesabwesend. Er winkte den beiden Männern, die mit einem freundlichen Nicken antworteten, und fragte den Dolmetscher: »Wann sind sie krank geworden?«

Der Dolmetscher unterhielt sich mehrere Minuten lang mit den beiden Patienten auf Mandarin.

»Pass auf«, sagte McLeod, der unruhig von einem Bein aufs andere trat. »Bei so etwas habe ich Dolmetschern schon tausende Male zugesehen. Die tratschen eine halbe Stunde, und dann dreht sich der Kerl zu uns um und sagt entweder ›Ja‹ oder ›Nein‹.«

Auch Haldane hatte diese frustrierende Art der Unterhaltung schon erlebt, doch in diesem Fall hatte McLeod Unrecht.

»Beide Männer kommen aus derselben Stadt fünfzig Meilen nördlich von Jiayuguan«, erklärte der Dolmetscher. Er deutete auf den kleineren Mann auf dem Feldbett direkt vor ihnen. »Vor sieben Tagen bekam Xiang hohes Fieber. Einen Tag später begann er zu husten. Dann wurde er sehr, sehr krank. Der Sauerstoff konnte ihm nicht helfen. Er drohte, an seinem eigenen Schleim zu ersticken.« Er legte beide Hände an seine Kehle und deutete einen Erstickungsanfall an. »Der Arzt in seiner Stadt sorgte dafür, dass Xiang hierher gebracht wurde, doch er sagte zu seiner Frau, dass das wahrscheinlich nicht viel helfen würde. In unserer Klink wurde Xiang an die Herz-Lungen-Maschine angeschlossen. Drei Tage später ging es ihm schon sehr viel besser.« Der Dolmetscher schnippte mit den Fingern, um zu verdeutlichen, wie rasch die Besserung eingesetzt hatte. »Jetzt wartet er schon seit zwei Tagen. Er wartet, bis die Ärzte sagen, dass er nicht mehr *infektiös* ist.« Der Dolmetscher blickte zu Haldane und nickte stolz.

Haldane schmunzelte und erwiderte das Nicken. »Und der andere?«, fragte er.

»Tan.« Der Dolmetscher zeigte mit dem Daumen auf den großen, dünnen Mann. »Auch er wurde vor einer Woche krank, doch nicht so sehr wie Xiang. Nur ein heftiger Husten. Aber ...« Der Dolmetscher räusperte sich. »Tans Schwester starb vor drei Tagen an der Krankheit.«

»Oh«, sagte Haldane. »Bitte sprechen Sie ihm unser Beileid aus.«

Der Dolmetscher und Tan unterhielten sich einen Augenblick lang. Tan hob die Hand und winkte Haldane zu, der nicht verstand, was die Geste bedeuten sollte.

»Wir möchten den beiden einige Fragen zu ihrer Erkrankung stellen«, sagte McLeod zu dem Dolmetscher.

Mithilfe des Dolmetschers wollten Haldane und McLeod vor allem etwas über die frühen Symptome der Infektion wissen. Keiner der beiden Patienten hatte eine entzündete Kehle oder vage Gliederschmerzen, die Vorboten einer gewöhnlichen Grippe sind. Die ersten Symptome waren plötzliches Fieber und ein Schwächegefühl, dem innerhalb weniger Stunden quälende Muskelschmerzen, Husten und – in jeweils verschiedenem Ausmaß – Atemnot folgten.

Das genügte Haldane. Gleichgültig, wie der Erreger im Einzelnen beschaffen war – Haldane wusste, dass das Virus hart und erbarmungslos zuschlug.

Nachdem er den Patienten gedankt hatte, dass sie sich Zeit für sie genommen hatten, schlug der Dolmetscher gegen die Tür. Der Sicherheitsbeamte öffnete, und sie gingen über eine Treppe hinauf in den vierten Stock. Haldane musste sich zweimal am Geländer festhalten, um in seinem unförmigen Sicherheitsanzug nicht zu stolpern.

Im vierten Stock passierte die kleine Gruppe eine weitere Sicherheitsschleuse. Obwohl Haldane die chinesischen Schriftzeichen nicht lesen konnte, erkannte er an der geschäftigen Aktivität des Klinikpersonals, dass sie die Intensivstation erreicht hatten. Obwohl sie nicht so chromblitzend oder modern war wie die amerikanischen oder europäischen Stationen, die Haldane kannte, lag dieselbe hektische Anspannung in der Luft. Vielleicht war sie hier sogar noch deutlicher zu spüren.

Nachdem er mit den Schwestern gesprochen hatte, führte der Dolmetscher die beiden zu einem der Zimmer, die wie die Speichen eines Rads kreisförmig um das Schwesternzimmer herum angeordnet waren. Das Zimmer war nicht abgeschlossen, und kaum hatten sie die Tür geöffnet, begriff Haldane, warum. Der Patient würde nirgendwo mehr hingehen; man würde ihn allenfalls noch in die Leichenhalle transportieren.

Als sie sich dem Bett näherten, erklärte der Dolmetscher: »Das ist der Arzt. Dr. Zhao Fung.«

»Welcher Arzt?«, fragte McLeod.

Haldane kam dem Dolmetscher zuvor. »Der Arzt aus der Stadt. Der sich um die beiden Patienten gekümmert hat, mit denen wir gerade gesprochen haben.«

Der Dolmetscher nickte eifrig.

»Scheiße!«, sagte McLeod. »Die haben uns doch gesagt, dass sich die Krankheit nicht innerhalb der Klinik ausgebreitet hat.«

Der Dolmetscher wedelte mit seiner behandschuhten Hand. »In keinem Krankenhaus dieser Stadt. Nur in der … Klinik, in der …

er selbst gearbeitet hat. Er hat versucht, sich so gut wie möglich zu schützen, aber ...«

Haldane nickte gedankenverloren. Er dachte an seinen Kollegen Dr. Franco Bertulli, der in einem ähnlichen Krankenzimmer in Singapur an SARS gestorben war, obwohl er alle empfohlenen Vorkehrungen eingehalten hatte. Er erinnerte sich daran, wie Bertulli über seine Mutter gescherzt hatte. Sie hatte ihn darin bestärkt, Medizin zu studieren, denn das schien so viel sicherer als die andere Möglichkeit, über die er nachgedacht hatte: die Polizei. Sowohl bei Bertulli wie bei Fung war es Viren gelungen, alle Sicherheitsmaßnahmen zu überwinden. Am Ende hatte sich die Medizin für beide Ärzte als die weitaus gefährlichere Wahl erwiesen. Dr. Fung sah älter als fünfzig aus. Sein Gesicht war unter der totenblassen Haut angeschwollen und voller blauer Flecke. Seine aufgequollenen Lippen waren so dick wie der Beatmungstubus, der zwischen ihnen steckte und über einen Schlauch mit der Herz-Lungen-Maschine verbunden war. Im durchsichtigen Plastikschlauch hatte sich blutiger Auswurf gesammelt, der wie ein Stück Papier, das in der Öffnung eines Staubsaugerschlauchs feststeckt, mit jedem Pumpen der Maschine vor- und zurückrann. Blaue Flecke bedeckten seine schlaffen Arme. Eine Decke verbarg seinen Leib von der Brust an abwärts, doch Haldane wusste, dass er dort dieselben Striemen und blutunterlaufenen Stellen finden würde wie an den unbedeckten Armen und im Gesicht. Am Fuß des Bettes stellte Haldane seine Diagnose: disseminierte intravaskuläre Coagulopathie, oder DIC. Die Entzündungsreaktion, die durch das Virus verursacht wurde, zerstörte die Gerinnungsfaktoren im Blut des Patienten, was zu spontanen subkutanen Blutungen führte; daher die blauen Flecke.

Haldane empfand dieselbe Hilflosigkeit, die er auch in Singapur erlebt hatte. Die örtlichen Spezialisten hatten alles getan, was sie für ihren Kollegen tun konnten – niemand sonst hätte mehr tun können. Haldane war verlegen, als er in seinem Schutzanzug neben dem Bett stand, als sei er ein neugieriger Gaffer, der einen tödlichen Verkehrsunfall betrachtet. Der Arzt lag im Sterben, und Haldane konnte ihm nicht helfen. Er konnte nur dafür sorgen, dass andere nicht dasselbe Schicksal erleiden würden. Stumm schwor er sich, dass er genau dafür sorgen würde.

Er hatte genug gesehen. Er drehte sich um und ging zur Tür. McLeod und der Dolmetscher folgten ihm. Sogar McLeod schwieg, als sie zurück zum Umkleideraum und den Duschen gingen, wo das Wachpersonal darauf achtete, dass die einzelnen Schritte der Dekontamination strikt eingehalten wurden.

Nachdem sie sich umgezogen hatten, führte sie der Dolmetscher in ein bescheidenes graues Büro im Hauptgeschoss, in dem es nach Kräutertee roch. Der stellvertretende Direktor Dr. Ping Wu sprang von seinem Stuhl auf und ging um den Schreibtisch herum, um sie zu begrüßen. Er trug eine Brille mit dicken Gläsern und einen makellosen weißen Laborkittel. Er war mittleren Alters und reichte seinen beiden westlichen Kollegen bis an die Brust.

Der Dolmetscher stellte sie einander vor, doch der kleinwüchsige Verwaltungsbeamte wandte sich auf Englisch an Haldane und McLeod. Er sprach mit nur leichtem Akzent. »Mein Englisch ist höchst armselig, aber ich glaube, ich komme einigermaßen zurecht«, sagte er mit typisch asiatischer Bescheidenheit. »Ich habe vier Jahre an der UCLA studiert.« Er gab dem Dolmetscher ein Zeichen, der sich umdrehte und den Raum verließ.

Haldane und McLeod setzten sich Wu gegenüber vor den Schreibtisch. »Zunächst, meine Herren, möchte ich mich entschuldigen«, sagte Wu. »Dr. Huang, der Direktor, hält sich derzeit in der Provinzhauptstadt Lanzhou auf, um dem Gouverneur Bericht zu erstatten. Er hätte Sie sonst sehr gerne empfangen.«

»Wir wissen es zu schätzen, dass Sie sich Zeit für uns nehmen, Dr. Wu«, sagte Haldane.

Wu verbeugte sich. »Es ist mir eine Ehre.«

»Uns ebenso«, erwiderte Haldane. »Dr. Wu, soweit mir bekannt ist, hat Ihre Klinik die größte Erfahrung mit dieser Krankheit.«

»So ist es, Dr. Haldane«, sagte Wu. »Wir haben in unserer Klinik 146 Fälle behandelt, so viele, wie alle anderen Krankenhäuser zusammen.«

McLeod strich sich heftig den Bart. »Wie viele sind gestorben?«

»Siebenundzwanzig.« Wu räusperte sich. »Ich fürchte, heute Abend werden es dreißig sein.«

»Einschließlich Dr. Fung?«, sagte McLeod.

»Ja.«

»Es wäre sehr hilfreich für uns, wenn Sie uns einige Erfahrungen aus erster Hand über das Virus berichten könnten.«

»Gewiss.« Wu senkte den Blick und musterte seinen Schreibtisch. »Alles begann vor dreiundzwanzig Tagen. Ein Bauer aus dem Norden wurde mit hohem Fieber und massiven Atembeschwerden bei uns eingeliefert. Er starb innerhalb von vierundzwanzig Stunden nach seiner Aufnahme. Wir befürchteten, es könnte sich um die Vogelgrippe oder möglicherweise sogar um SARS handeln.«

Haldane runzelte die Stirn. »Hat es in Jiayuguan jemals einen SARS-Fall gegeben?«

»Nein, in der ganzen Provinz Gansu nicht. Trotzdem haben wir uns bei dem Patienten strikt an die übliche Vorgehensweise bei Verdacht auf eine ansteckende Lungenkrankheit gehalten. Erst als wir die negativen Ergebnisse der Bluttests bekamen, konnten wir ausschließen, dass das SARS-Coronavirus dafür verantwortlich war. Kurz darauf wurden mehrere Patienten mit denselben Symptomen eingeliefert. Auf plötzlich auftretendes hohes Fieber folgten massive Atembeschwerden und eine Lungenentzündung, häufig verbunden mit Hämoptyse.« Der Ausdruck, den Wu benutzte, bedeutete, dass die Patienten Blut gehustet hatten.

»Gefolgt von akutem Lungenversagen«, ergänzte McLeod.

Wu schüttelte den Kopf. »Nicht in allen Fällen, Dr. McLeod. Über die Hälfte der Patienten wurde nicht einmal kurzatmig. Sie hatten nur Husten und Fieber und waren nachhaltig geschwächt. In allen diesen Fällen kam es zu einer raschen Erholung innerhalb von weniger als vier Tagen. Wir vermuten, dass es noch weitere Betroffene ohne klinische Symptome gibt, bei denen nicht einmal eine Behandlung nötig ist.«

»Und was ist mit denjenigen, die ernsthaft krank wurden?«, fragte Haldane. »Wie wurden sie behandelt? Was wurde bei ihnen versucht?«

Wu seufzte. »Alles, was unseren Spezialisten für Infektionskrankheiten nur einfiel. Steroide, Acyclovir, Amantadin und sogar die bei HIV übliche antivirale Medikation.«

»Und?«

Wu streckte hilflos seine kleinen Hände in die Luft. »Nichts davon hatte den geringsten Erfolg. Den Betroffenen zu beatmen, scheint das einzige Mittel zu sein, das etwas bewirkt. Durch die Herz-Lungen-Maschine blieben einige Patienten so lange am Leben, dass sie sich wieder erholen konnten.« Er zuckte mit den Schultern. »Wenn der Patient die ersten vier Tage überlebt, scheint er wieder zu genesen. Aber unsere Mittel sind begrenzt. Alle unsere Herz-Lungen-Maschinen sind im Einsatz. Wir müssen abschätzen, bei wem die Überlebenschancen am größten sind. Die anderen …«

Seine Schultern sackten herab. Er hob den Blick nicht vom Schreibtisch, als sei er persönlich verantwortlich für die unzureichende Ausstattung der Klinik.

»Ich verstehe«, sagte McLeod. »Was ist mit dem Arzt aus der Stadt? Wie lange ist er schon an die Maschine angeschlossen?«

»Für Dr. Fung ist das erst der zweite Tag. Wir werden ihn in den nächsten Stunden von der Maschine nehmen.« Er sah verlegen zur Seite. »Wir brauchen sie für andere Patienten, die vielleicht noch eine Chance haben.«

Haldane nickte verständnisvoll. Er fühlte mit Wu und den Ärzten, Schwestern und Pflegern der Klinik, denn abzuwägen, wie man die verfügbaren Mittel einsetzt, wenn es um Leben und Tod ging, war die schlimmste Entscheidung, mit der man in einem Krankenhaus konfrontiert werden kann. »Dr. Wu, welche Maßnahmen haben Sie getroffen, um zu verhindern, dass sich die Krankheit innerhalb der Klinik oder darüber hinaus verbreitet?«

Wu erstarrte auf seinem Stuhl. »Ich verstehe nicht, was Sie mit dieser Frage meinen, Dr. Haldane«, sagte er knapp. »Wir hatten keinen einzigen Fall, in dem sich das Virus aus dieser Klinik heraus verbreitet hätte.«

Haldane war erstaunt, mit welcher Heftigkeit sich der Verwaltungsbeamte verteidigte. »Dr. Wu, wir wissen die ausgezeichnete Arbeit, die Sie und Ihre Kollegen geleistet haben, wirklich zu schätzen. Was ich sagen wollte, ist: Können Sie uns die Maßnahmen beschreiben, mit denen Sie eine Ausweitung der Infektion verhindert haben?«

Wu nickte, doch er musterte seine Besucher noch immer wachsam. »Wir haben dieselben Vorsichtsmaßnahmen getroffen, die die Krankenhäuser in Peking während des Auftretens von SARS angewandt haben. In unserer Klinik nehmen wir inzwischen nur noch Patienten auf, von denen wir vermuten, dass sie mit dem Virus infiziert sind. Die übrigen Patienten wurden auf andere Kliniken verteilt. Auf allen unserer Krankenstationen haben wir den Luftdruck im Vergleich zu den anderen Abteilungen verringert und Filteranlagen in Betrieb genommen. Jede einzelne Station ist mit einer hermetischen Schleuse versehen. Alle Mitarbeiter tragen biologische Schutzanzüge, wenn sie mit den Patienten in Berührung kommen. Bis jetzt gab es in unserer Klinik keinen einzigen Fall, in dem das Virus auf einen Mitarbeiter übertragen worden wäre.«

»Ich dachte, auch Dr. Fung hätte sich an die üblichen Vorkehrungen gehalten«, warf McLeod ein.

Wu verschränkte die Arme vor der Brust. »Er hat sich in *seiner* Klinik angesteckt. Er trug nur einen Mundschutz, den üblichen OP-Kittel und Handschuhe. Seit dem Ausbruch von SARS wissen wir, dass diese Maßnahmen unzureichend sind, besonders, wenn der Mundschutz nicht exakt sitzt.«

Haldane bemerkte, dass Wus Haltung sich auf subtile Weise verändert hatte. Aus der respektvollen Kollegialität war bürokratische Wachsamkeit geworden. Haldane wusste zwar nicht, warum, doch ihm war klar, dass sie von dem stellvertretenden Direktor nicht mehr viel erfahren würden. Er stand auf. »Ich danke Ihnen, Dr. Wu. Sie waren überaus hilfsbereit«, sagte er.

Bevor McLeod ebenfalls aufstand, sah er Dr. Wu an. »Nur mal ganz unter uns. Wie sehr macht Ihnen dieses Virus Angst?«

Wu wandte sich ab, als wolle er die Frage ignorieren, doch schließlich sagte er: »Ich habe noch nie einen Patienten mit SARS gesehen, aber ich glaube, dieses Virus ist schlimmer. Ich glaube, es ist das Schlimmste, was Gansu jemals heimgesucht hat.«

»Wird es auf Gansu begrenzt bleiben?«, fragte Haldane.

Wu kniff die Augen zu schmalen Schlitzen zusammen. Dann schüttelte er langsam den Kopf.

Dr. Ping Wu stand an seinem Fenster und sah zu, wie der Wagen mit den beiden Ärzten der Weltgesundheitsorganisation vom Parkplatz rollte. Dann ließ er die Fensterläden herab, verschloss die Tür und ging zurück an seinen Schreibtisch. Seinem Verwaltungsassistenten hatte er mitgeteilt, dass er unter keinen Umständen gestört werden wollte.

Er nahm alle Papiere vom Tisch, putzte seine Brille mit einem

Taschentuch, setzte sie jedoch noch nicht wieder auf. Er faltete die Hände und legte sie auf die Schreibtischplatte. Er blieb vollkommen ruhig sitzen und versuchte seine Gedanken zu ordnen, bevor er irgendetwas anderes unternehmen würde.

Wu hatte den Eindruck, dass die beiden Ärzte der WHO ihm gegenüber offen und ehrlich gewesen waren, doch er war sich nicht ganz sicher. Ihre Fragen und Andeutungen, was die Verbreitung des Virus über die Klinik und Gansu hinaus betrafen, waren nicht aus der Luft gegriffen. Vielleicht wussten sie bereits etwas?

Wie hatte er nur so tief sinken können? Er versuchte, sich Schritt für Schritt zu erinnern.

Vier Jahre lang hatte er in den Siebzigerjahren an der UCLA studiert, hatte unterhalb der Armutsgrenze gelebt und war dabei ein guter Kommunist geblieben. Er hatte sich nie beklagt und nie den materiellen Wohlstand angestrebt, den er überall um sich herum sehen konnte. Auch nach seiner Rückkehr nach China hatte er fast als Asket gelebt, hatte darauf verzichtet, eine Familie zu gründen und mehr als seine Kollegen und Untergebenen gearbeitet, nur um mit anzusehen, wie träge Parteimitglieder durch Vetternwirtschaft und Korruption reich wurden. Praktisch war er es gewesen, der die Klinik aufgebaut hatte, in der er jetzt saß, doch als es galt, die Stelle eines Direktors zu besetzen, war ihm ein Parteibürokrat vorgezogen worden, der weniger qualifiziert und erst Mitte zwanzig war. Nichts davon hatte jedoch die strengen ethischen Maßstäbe aufweichen können, die Wu auch weiterhin an sich anlegte. Das änderte sich erst, als seine achtzigjährigen Eltern zu gebrechlich wurden, um weiterhin in ihrer armseligen Hütte auf dem Land zu leben. Um sie zu unterstützen, musste er sein Einkommen aufbessern. Und genau das tat er dann auch. Nach all den Jahren treuer Dienste hatte er das Recht dazu.

Alles begann harmlos genug. Er nahm kleine Beträge von Leuten an, denen er rascheren Zugang zu Diagnosemöglichkeiten wie Labortests und Röntgenuntersuchungen verschafft hatte und die ohne ihn noch Monate hätten warten müssen. In jenem ersten Jahr deckte dieses Geld kaum seine Ausgaben für die private Krankenschwester, die er zur Pflege seiner Eltern angestellt hatte. Danach erweiterte er seine Dienste. Für eine höhere Gebühr verschaffte er Patienten einen Spitzenplatz auf den Wartelisten bei Operationen. Schon bald fingen auch die Chirurgen an, ihn für längere Operationszeiten zu bezahlen, während derer sie ihre so genannten »Privatpatienten« behandeln konnten. Für eine beträchtliche Gebühr war Wu sogar bereit, offiziell Erwerbsunfähigkeit zu diagnostizieren – oder was sonst auch immer nötig sein mochte, damit die Patienten in Rente gehen konnten.

Als er hörte, was Lee ihm als Gegenleistung anbot, wenn er es ermöglichte, dass zwei »Brüder« einen sterbenden infizierten Patienten besuchen durften, war er zunächst vor der Idee zurückgeschreckt. Doch der Schwarzhändler hatte ihm mehr Geld angeboten, als Wu jemals zuvor gesehen hatte. Trotz größter Bedenken konnte Wu nicht widerstehen. Als er die Fremden sah, wusste er sofort, dass ihre Absichten unlauter waren. Er versuchte, sich selbst davon zu überzeugen, dass sie nur Reporter waren, die sich auf eine sensationelle Story stürzten, und dass sie mit dem Patienten allein sein wollten, weil sie ein Opfer des Virus filmen wollten, doch in Wahrheit hatte er das nie geglaubt. Er wusste, dass hier etwas vor sich ging, das viel düsterer war.

Als eine Schwester mehrere Stunden nach dem Besuch der Männer die Einstichnarben in der Jugularvene des sterbenden Patienten entdeckte, konnte Wu die Angelegenheit vertuschen. Doch er konnte sich selbst nicht länger belügen. Die Männer hatten das Blut des Patienten gestohlen – und damit auch das Virus. Und er hatte den Diebstahl ermöglicht.

Wu machte sich schon lange keine Vorwürfe mehr wegen seiner kleinen korrupten Aktivitäten. Sie waren verständlich. Sie wurden sogar bis zu einem gewissen Grad erwartet in dem System, in dem er lebte. Doch er hatte sein Leben seiner Arbeit als Mediziner gewidmet. Nie zuvor hatte er sich auf Kosten seiner Patienten bereichert. Die Rolle, die er – wenn auch unbeabsichtigt – bei der Verbreitung des Virus über Gansu hinaus gespielt hatte, ließ sich nicht mehr beschönigen. Oder entschuldigen. In der Woche, seit die Männer das Virus gestohlen hatten, hatte er nachts kaum mehr geschlafen.

Zufrieden darüber, dass er seine Gedanken geordnet hatte, setzte er seine Brille wieder auf, zog die Tastatur seines Computers heran und begann zu tippen. Er richtete die E-Mail an seinen direkten Vorgesetzten, den jungen Klinikdirektor Dr. Kai Huang.

Dr. Huang,
mit diesem Schreiben möchte ich Sie darüber in Kenntnis setzen, dass es vor sieben Tagen zu einem folgenschweren Verstoß gegen die Sicherheitsmaßnahmen der Klinik gekommen ist.
Ich habe von einem gewissen Kwok Lee, der, wie ich wusste, Schwarzhändler ist, Geld angenommen. Als Gegenleistung für diese Bestechung ermöglichte ich es Herrn Lee und zweien seiner Komplizen, einen infizierten Patienten zu besuchen. Herr Lee behauptete, die beiden Männer seien Verwandte des Sterbenden, doch ich wusste, dass das nicht sein konnte, denn sie schienen malaiischer oder indonesischer Herkunft zu sein. Ich nahm an, dass es sich um Reporter handelte, versuchte jedoch nicht, Genaueres über ihre Identität oder ihre Absichten zu erfahren.
Sie verbrachten fünf Minuten zusammen mit dem Patienten, in denen sie nicht überwacht wurden. Der Patient starb eine Stunde nach dem Besuch der Männer. Als die Leiche zur Bestattung vorbereitet wurde, entdeckte eine der

Schwestern frische Einstichnarben in der linken Jugularvene. An dieser Stelle war keine medizinische Behandlung vorgenommen worden. Ich konnte also nur zu dem Schluss kommen, dass die Männer dem Patienten infektiöses Blut entnommen hatten.

Wir wissen aus Erfahrung, dass das Blut infizierter Patienten höchst ansteckend ist. Da der Patient unter einer massiven Sepsis litt, musste sein Blut eine hohe Konzentration des Virus enthalten.

Ich weiß nicht, wozu die Männer das infizierte Blut verwenden wollen, doch ich muss annehmen, dass dabei kriminelle Absichten eine Rolle spielen. Ich kann die Möglichkeit terroristischer Aktivitäten oder den Einsatz des Virus als Waffe nicht ausschließen.

Mit freundlichen Grüßen,

Dr. Ping Wu

Zufrieden las Wu die Mail noch einmal durch. Bewusst hatte er auf jeden Versuch verzichtet, seine Rolle herunterzuspielen oder seine Handlungsweise zu rechtfertigen. Das konnten sie nicht von ihm verlangen. Ohne zu zögern, klickte er auf »Senden«. Kaum war die Mail von seinem Bildschirm verschwunden, fühlte er sich, als sei ihm eine Last von den Schultern genommen worden. Er hatte seinen Teil dazu beigetragen, andere zu warnen.

Er griff nach unten und öffnete dieselbe Schreibtischschublade, in der er zweimal jene schmutzigen Umschläge verstaut hatte, die sein Leben zerstört hatten – und möglicherweise das Leben zahlloser anderer Menschen. Das Geld war nicht mehr da, doch er zog zwei Flaschen aus der Schublade. Bei der einen handelte es sich um einen beliebten chinesischen Wein und bei der anderen um ein Fläschchen, das hundert Tabletten eines starken Beruhigungsmittels enthielt.

Er öffnete den Verschluss des Tablettenfläschchens. Er führte das Hartplastikgefäß an seine Lippen und schmeckte den salzig bitteren Geschmack, als er sich so viele Tabletten wie möglich in den Mund stopfte. Er spülte sie mit einem Schluck Wein hinunter. Er trank noch einen Schluck, doch der bittere Geschmack verschwand nicht. Er holte tief Luft, und dann schluckte er die restlichen Tabletten.

KAPITEL 8

CIA-Hauptquartier, Langley, Virginia

Die Software hatte einen unheilvollen Namen: »Fleischfresser«. Sie spionierte auf elektronischem Wege E-Mails auf der ganzen Welt aus und versuchte, kriminelle Aktivitäten und Bedrohungen der nationalen Sicherheit der USA aufzuspüren. Unter den mehreren hundert Millionen Mails, die an jenem Tag überwacht wurden, hatte Dr. Ping Wus letzte Nachricht das Interesse von Fleischfresser geweckt, weil sie die Wörter »terroristische Aktivitäten« und »Virus« enthielt.

Nach der Übersetzung in passables, wenn auch grammatisch fragwürdiges Englisch, stufte Fleischfresser die E-Mail als »mäßig verdächtig« ein, was bedeutete, dass die Überprüfung durch einen Menschen nötig war.

Wie bei 68 435 anderen E-Mails desselben Tages.

Die überlasteten CIA-Mitarbeiter, die Fleischfresser bedienten, hinkten mit ihren Bemühungen, in diesem elektronischen Heuhaufen eine Stecknadel zu finden, ständig hinterher. Die gesamte Welt abzuhören, war eine Herausforderung, die die CIA noch nicht gemeistert hatte. Ein weiteres Problem bildete die in Kürze bevorstehende »Überhangminimierung«. Der Begriff war klassischer CIA-Jargon – eine verharmlosende Umschreibung für eine nach dem Zufallsprinzip ablaufende, weitreichende Löschung der Daten auf den eingesetzten Festplatten, von der nur die bisher ungelesenen, als besonders verdächtig eingestuften E-Mails ausgeschlossen waren. Die Geheimdienst-Variante von russischem Roulette.

Selbst wenn Wus Nachricht bei der »Überhangminimierung« nicht gelöscht werden sollte, hatte niemand in Langley Zeit, sie frühestens vor Ablauf der nächsten sieben Tage zu lesen.

Hargeysa, Somalia

Eine aus Süden kommende Brise wirbelte den Staub auf den unbefestigten Straßen auf. Mit sich führte sie schwache Essensgerüche, die von den Herdfeuern der Miliz stammten, die eine halbe Meile entfernt an der Straße postiert war.

Hazzir Kabaal und Abdul Sabri standen vor dem Laborkomplex in der windigen, aber warmen Abenddämmerung. Vor wenigen Minuten hatten sie gemeinsam gebetet, wobei sich ihre Gebetsteppiche fast berührten. Seither hatte keiner von ihnen mehr ein Wort gesprochen.

Kabaal war sehr geschickt darin, Menschen zu durchschauen, was einer der Gründe für seinen gewaltigen Erfolg in der mörderischen Welt der Printmedien war. Doch auch nach vier Tagen in Sabris Gegenwart konnte er nichts in Sabris hellen Augen und seinem ruhigen Gesicht erkennen. Das allein genügte schon, um Kabaal klar zu machen, dass Sabri ein Mann war, mit dem man rechnen musste. Nachdem er miterlebt hatte, wie Sabri ohne jede Leidenschaft und ohne zu zögern den Malaien exekutiert hatte – einer ihrer eigenen Leute –, wusste Kabaal, dass er eine kluge Wahl getroffen hatte.

Er hatte sich mit seiner Wahl Zeit gelassen. Kabaal hatte mehrere Kandidaten in Erwägung gezogen, bevor er sich für Sabri entschied. Sabri war nicht der Einzige, dessen Rücksichtslosigkeit besonders hervorstach. Ein Bericht aus der dicken, blutbeschmierten Militärakte des Majors hatte für Kabaal jedoch den Ausschlag gegeben.

Sechs Jahre zuvor war Sabri Führer einer Eliteeinheit ägyptischer Soldaten gewesen, die gegen Aufständische im Süden des Landes vorgegangen war. Zunächst hatte sich nach schweren Verlusten auf beiden Seiten eine Pattsituation ergeben, doch dann nahmen die Regierungssoldaten den Anführer der Rebellen gefangen. Sabri erhielt den Auftrag, den Mann zu verhören, um herauszufinden, wo sich seine Anhänger versteckt hatten, die in den nahe gelegenen Bergen verschwunden waren. Der Rebellenführer wurde vierundzwanzig Stunden lang gefoltert, doch er verriet kein Wort. Also änderte Sabri seine Taktik. Er führte die Frau des Mannes in das Zimmer. Angekettet an einen Stuhl, der neben dem Bett stand, wurde der Rebell gezwungen zuzusehen, wie drei von Sabris Männern die Frau auf übelste Weise vergewaltigten. Als der Rebellenführer trotz der Schreie seiner Frau noch immer schwieg, führten Sabris Männer die jüngste Tochter des Mannes herein und banden sie auf dem Bett fest. An dieser Stelle brach der Mann zusammen. Sabris Truppe nahm die übrigen Rebellen gefangen und exekutierte sie innerhalb von zwölf Stunden nach diesen Ereignissen.

Nachdem Kabaal den Bericht eines Augenzeugen gehört hatte, wusste er, dass Sabri der Mann war, nach dem er suchte. Ein Mann, der sich nur auf eine einzige Sache konzentrierte, der Gewalt einsetzte, ohne mit der Wimper zu zucken, und der in der Lage war, alles zu tun, was nötig war, um ihr gemeinsames Ziel zu erreichen: die Bewahrung des Islam um jeden Preis.

Warum?, fragte sich Kabaal erneut. Warum hatte dieser weltlich gesinnte Offizier die Seiten gewechselt und war zu einem Verteidiger des Glaubens geworden? Mehr aus Neugierde als aus Besorgnis dachte Kabaal über diese Frage nach. Sabri war vor allem ein Kämpfer, ein Mann der Tat. Der Anlass war zweitrangig für ihn. Kabaal war so überzeugt davon, dass er sein Leben darauf gewettet hätte. Genau genommen hatte er das schon getan.

Seinen Gedanken nachhängend, bemerkte Kabaal die Frau erst, als sie vor ihnen stand. Weil es immer dunkler wurde, erkannte er sie zuerst nicht. Jedes Mal, wenn er Khalila Jahal zuvor gesehen hatte, war sie mit der Haik bekleidet gewesen, der locker sitzenden marokkanischen Robe, die Körper und Kopf bedeckt. Jetzt trug sie den Anweisungen gemäß Jeans, Sandalen und eine enge weiße Bluse.

Ihre großen braunen Augen, die makellose rehbraune Haut und das lange, schimmernde schwarze Haar passten ausgezeichnet zu ihrer kurvenreichen Figur. Den meisten frommen Mitarbeitern in dem Gebäudekomplex wäre ihre Kleidung unerträglich schamlos vorgekommen, doch Kabaal hatte so viel Zeit im Westen verbracht, dass er ihre attraktive Ausstrahlung zu schätzen wusste und über ihr Aussehen nicht stillschweigend hinweggehen konnte. Trotz seines wiedererwachten Glaubens ließen sich seine alten Gewohnheiten nur schwer ablegen, und er konnte der Versuchung nicht widerstehen, ihr ein Kompliment zu machen. »Ah, Khalila, in der Abgeschiedenheit deines Heims würde deine exquisite Erscheinung einem Ehemann wahrhaftig Freude bereiten.«

Gelassen erwiderte sie seinen Blick. »Mein Mann ist tot, Abu Lahab.«

»Er ist jetzt im Paradies«, sagte Kabaal, der wusste, dass der Ehemann der Dreiundzwanzigjährigen in den Höhlen Afghanistans gefallen war, als er Seite an Seite mit den Taliban gekämpft hatte.

Abdul Sabri taxierte Khalila mit klinischer Distanz. »So wie du gekleidet bist, wirst du die Blicke vieler westlicher Männer auf dich ziehen.«

»Umso besser«, sagte Kabaal. »Und noch wichtiger ist, dass man sie mit dieser Kleidung für eine Frau aus dem Westen halten wird.«

»Ganz bestimmt«, sagte Khalila voller Überzeugung.

Kabaal nickte feierlich. »Khalila, du weißt, dass du nicht gehen musst, nicht wahr?«

»Ich werde gehen«, sagte Khalila.

»Es gibt andere«, entgegnete Kabaal. »Du musst nicht.«

Khalila schüttelte energisch den Kopf. »Ich werde gehen, Abu Lahab. Mein Mann hätte es gewollt. Ich will es. Es ist meine Pflicht.« Sie biss sich auf die Unterlippe und lächelte traurig. »Es ist eine Gelegenheit für mich, zu dienen.«

Kabaal spürte den unerwarteten Schmerz wehmütiger Nostalgie. Ihre verlockenden braunen Augen verrieten so viel Intelligenz, und ihr Vertrauen und ihre Selbstlosigkeit machten sie nur noch anziehender. Unter anderen Umständen hätte er ihr gerne die Ehre erwiesen, sie, eine Witwe, zu heiraten.

»Der Plan ist dir bekannt?«, wollte Sabri von ihr wissen, wobei der Blick seiner hellblauen Augen ihrer Anmut gegenüber offensichtlich gleichgültig blieb.

»Ja, Major.« Khalila nickte und wirkte zum ersten Mal in seiner Gegenwart ein wenig eingeschüchtert. »Morgen früh wird man mich mit dem Virus infizieren. Der Lastwagen wird mich sofort von hier wegbringen. Ich werde von Tanger aus fliegen. In Paris werde ich meine neuen Papiere erhalten.«

»Du kennst alle Treffpunkte?« Sabris Augen verengten sich. Noch immer war er nicht überzeugt.

»Ja, Major«, sagte Khalila. »Ich habe früher einmal mehrere Monate in Paris verbracht. Mein Französisch ist makellos. Man könnte mich für eine Pariserin halten«, sagte sie ohne den geringsten Hochmut.

»Und danach?«, drängte Sabri.

»Mein Transit ist bereits organisiert«, sagte sie. »Ich werde warten, bis Fieber und Husten beginnen, bevor ich ausgehe. Ich bin jeden einzelnen Schritt tausende Male in meinem Kopf durchgegangen.«

Wieder war Kabaal betroffen über das Selbstvertrauen, mit dem sie den beiden Männern begegnete. Ein seltener Zug für eine Islamistin. Wäre sie im Westen aufgewachsen, schloss Kabaal, wäre sie wohl Feministin geworden. Abermals erfüllten ihn melancholische Erinnerungen. In den Siebzigerjahren hatte er in London mit einigen Frauen geschlafen, die sich als Feministinnen bezeichnet hatten, und er hatte freudig entdeckt, dass ihre Leidenschaft nicht auf Geschlechterpolitik beschränkt war.

Major Sabri betrachtete die Marokkanerin lange. »Gut.« Er atmete tief aus und schien zufrieden, aber nicht erfreut.

»Dir ist klar, was auf dem Spiel steht?«, wollte Kabaal von ihr wissen.

»Wie ich bereits gesagt habe, Abu Lahab, ich kenne den Plan, mit dem ...«

Kabaal winkte ab. »Nein. Nein. Nein. Verstehst du, warum wir es tun müssen?«

Sie nickte ruhig.

»Wir werden von unseren Feinden belagert, Khalila«, fuhr Kabaal fort, obwohl Khalila nicht die geringsten Zweifel geäußert hatte. »*Sie* haben alle konventionellen Waffen. Ihre Armee lagert an den Ufern des Tigris. Ihre Panzer und Flugzeuge sind nur wenige Meilen von Mekka entfernt stationiert. Verstehst du das, Khalila?«

»Ich verstehe es«, sagte Khalila.

»Ich bin kein Verrückter.« Kabaal wandte sich von ihr ab, denn ihr anmutiges und entschlossenes Gesicht zu sehen, schmerzte ihn. »Wenn es einen anderen Weg gäbe.« Seine Schultern sackten herab, und er ließ den Kopf hängen. »Ich will nicht, dass du stirbst. Ich will nicht, dass andere sterben.«

Sie streckte die Hand aus, als wolle sie Kabaals Schulter berühren, hielt jedoch mitten in der Bewegung inne. Stattdessen strich sie sich durchs Haar, als hätte sie von Anfang an nur vorgehabt, es mit den Fingern zu kämmen. »Es muss getan werden«, sagte sie.

»Es ist die einzige Möglichkeit.« Kabaal räusperte sich. »Wir können nicht zulassen, dass sie unsere heiligen Stätten rauben ... dass sie unsere Art zu leben rauben ... dass sie unseren Gott rauben.« Er hob den Kopf. »Sie werden *Seine* Rache kennen lernen, weil sie es versucht haben. Sie werden sie durch dich kennen lernen, Khalila.«

Er wandte den Blick von Sabris ausdruckslosem Gesicht zu Khalila, die nickte.

»Und es wird keine Gnade geben für diejenigen, die sich *Ihm* in den Weg stellen«, prophezeite Kabaal.

KAPITEL 9

Bezirkskrankenhaus Jiayuguan, Provinz Gansu, China

Dr. Kai Huang saß stumm an seinem Schreibtisch und zitterte vor Wut.

Mit zweiunddreißig Jahren war Kai Huang einer der jüngsten Klinikdirektoren in ganz China, und er hatte nicht die geringste Absicht, sich auf diesem Posten bereits zur Ruhe zu setzen. Doch jetzt drohte seine Karriere in einem Abgrund zu versinken. Und das alles nur wegen des glücklicherweise verstorbenen stellvertretenden Direktors.

Wieder las er Ping Wus E-Mail, und sein Zittern wurde stärker. Huang hatte schon immer gespürt, dass dieser verbitterte kleine Mann ihm irgendwie zum Verhängnis werden würde. Dass Wu ihm noch aus dem Grab heraus schadete, machte Huang nur noch wütender. Er würde nie in den Genuss kommen, Wu den Hals umzudrehen. Hätte ich doch nur früher gehandelt!, dachte Huang düster.

Huang war klar, wie sehr Wu darüber enttäuscht war, dass er bei der Besetzung des Direktorenpostens übergangen worden war. In den fünf Jahren seit der Eröffnung der Klinik hatte Huang Wu immer im Auge behalten. Als sich Wu unerklärlicherweise aus einem selbstgerechten Kommunisten in einen heimlichen kleinen Profiteur verwandelt hatte, hatte Huang eine Akte über Wus illegale Geschäfte angelegt. Huang hätte früher eingreifen sollen, doch Wus unermüdliche und effiziente Arbeit war für den jungen Direktor von Vorteil gewesen in einer Zeit, in der er selbst

101

oft abwesend war und sich auf seinen Reisen nach Lanzhou und Peking um seine eigene Karriere kümmerte.

Als die Klinik zum Mittelpunkt des Kampfes gegen den Ausbruch des Virus wurde, musste Huang zugeben, dass Wu in seiner Abwesenheit kompetent reagiert hatte. Auch nach seiner Rückkehr aus der Hauptstadt hatte sich Huang im Hintergrund gehalten und es Wu überlassen, auf die Krise zu reagieren. Er wusste, dass es einen gewaltigen Schub für seine Karriere bedeuten würde, wenn Wu Erfolg hatte. Und sollte Wu versagen, stünde Huang ein bequemer Sündenbock und eine einfache Lösung aller Probleme zur Verfügung, die er mit dem griesgrämigen kleinen Mann hatte.

Selbst wenn er seine persönliche Animosität beiseite ließ, war Huang schockiert über das, was Wu zugelassen hatte. Besonders, weil sein Untergebener entschlossen schien, die Ausbreitung des Virus im Alleingang einzudämmen. Huang hätte sich nie träumen lassen, dass Wu allen Ernstes versuchen würde, von einer Epidemie zu profitieren.

Auch jetzt, als er panisch darum bemüht war, sich selbst zu schützen, begriff Huang, dass Wus Verrat weitreichende Folgen hatte und nicht nur seine eigene Karriere betraf. Doch als er die höhnische Botschaft auf dem Bildschirm anstarrte, erkannte er an der Adresszeile, dass er der einzige Empfänger der Nachricht war. Falls Wu vor seinem Selbstmord keine weitere Mail geschrieben oder die Nachricht noch einmal einzeln an andere Empfänger geschickt hatte – was unwahrscheinlich war, wenn man die bescheidenen Computerkenntnisse dieses Mannes in Betracht zog –, war Huang der Einzige, der sich um Wus schmutziges Geheimnis kümmern musste.

Lange saß Huang da und dachte über die Implikationen seines nächsten Schrittes nach.

Wer auch immer das Virus gestohlen hatte, war entweder tot oder längst über alle Berge. Welche Folgen hätte es denn für ihn, wenn er seine Vorgesetzten benachrichtigte? Er würde sein eigenes Todesurteil unterzeichnen, das war alles.

Zitternd schob Wu seine Hand nach vorn und drückte auf die Löschtaste.

Abteilung für Zivilschutz, Nebraska Avenue Center, Washington, D. C.

Gwen hatte immer noch Schmerzen im Knöchel, obwohl sie bereits wieder hinter ihrem Schreibtisch saß. Sie gab dem kühleren Wetter die Schuld, nicht gewillt, darin ein Zeichen ihres Alters zu sehen. Mitte November wurde es in Washington allmählich kalt. Sogar in Lycradress, Handschuhen und gefütterter Mütze wurde ihr nicht warm, wenn sie jeden Morgen um halb sechs zum Joggen aufbrach. Und heute hatte sie in der Dunkelheit vor Anbruch der Morgendämmerung ihren Knöchel schon wieder überlastet. Es wurde Zeit, jetzt im Winter in einer Halle zu trainieren, doch das bedeutete, dass sie zwanzig Minuten länger unterwegs war. Sei's drum, dachte Gwen. Ihre Arbeit als Leiterin des Programms zur Bioterrorismus-Abwehr war so aufwändig und unvorhersehbar, dass sie bereits ihren Platz in der Damen-Fußballmannschaft verloren hatte. Trotz wachsender Arbeitsbelastung würde sie ihr regelmäßiges Training am Morgen nicht aufgeben.

Gwen bemühte sich, nicht mehr an ihren schmerzenden Knöchel zu denken, als sie die gewaltige Liste ihrer E-Mails durchsah. Nachdem sie auf die wichtigsten Nachrichten geantwortet hatte, loggte sie sich in die Passwort-geschützte höchste Sicherheitszone der Website des CDC, des Zentrums für die Kontrolle ansteckender Krankheiten, ein.

Wie jeden Morgen verbrachte Gwen die nächsten fünfzehn Minuten damit, sich anzusehen, was die weltweite Überwachung der am meisten gefährdeten Regionen durch das CDC in der Zwischenzeit ergeben hatte. In Westafrika war es zu einer Ruhrepidemie gekommen, doch sie stellte erleichtert fest, dass sich der zunächst vermutete Ebola-Ausbruch als Denguefieber herausgestellt hatte. Das war zwar auch keine Lappalie, aber immer noch etwas anderes als Ebola. Während sie die Infektionskrankheiten durchsah, die im Augenblick den Planeten heimsuchten – gegen Antibiotika resistente Tuberkulose bei Drogenabhängigen in New York, Syphilis unter den Homosexuellen in San Francisco, gegen Chloroquin resistente Malaria auf den Philippinen und so weiter –, musste sie an die Waldbrände denken, die in Kalifornien außer Kontrolle geraten waren. Kaum war ein Brandherd gelöscht, erschienen wie aus dem Nichts zehn andere. Dem CDC und der WHO ging es nicht anders: Sie versuchten einzudämmen, was nicht einzudämmen war.

Savard schüttelte den Kopf und dachte an die Zeit vor fünfundzwanzig Jahren. In den Tagen vor HIV und Bakterien, die gegenüber allen bekannten Antibiotika resistent waren, hatten einige Wissenschaftler den Krieg gegen Infektionskrankheiten für beendet erklärt; angeblich hatte er mit einem K.-o.-Sieg der medizinischen Wissenschaft geendet. Wie sehr sie sich doch getäuscht hatten. Jetzt hatten die Mikroorganismen die Ärzte in die Seile gedrängt, nicht andersherum.

Gwen klickte die Überschrift an, die sich auf das neue Virus im Westen Chinas bezog. Seit vor zwei Wochen vereinzelte Berichte über chinesische Bauern aufgetaucht waren, die unter atypischen Atemwegsinfektionen litten, hatte sie diese Geschichte regelmäßig weiterverfolgt. Sie war nicht überrascht, als sie las, dass das Virus eine Kleinstadt im Nordwesten Chinas erreicht hatte. Sie wusste, dass sie damit noch Probleme bekommen würden. Die Ausbreitung eines Virus innerhalb einer Stadt bedeutete in epidemiologischer Hinsicht, dass die Sache einen entscheidenden Punkt erreicht hatte.

Jetzt war es an der Zeit, mit jemandem zu sprechen, der sich mit dem Ausbruch an vorderster Front beschäftigte, entschied sie. Vage hatte sie einen Namen im Hinterkopf, doch ihr fiel einfach nicht ein, wie er genau lautete. Sie griff nach dem altmodischen Rolodex auf ihrem Schreibtisch. Zweimal musste sie die Kärtchen durchblättern, bevor ihr Gehirn und ihre Hand die entscheidende Verbindung herstellten. Hier war der Name: Dr. Noah Haldane, Professor für Infektionskrankheiten an der Georgetown-Universität und WHO-Experte für neue Krankheitserreger. Sie hatte ihn bisher nur einmal getroffen. Vor sechs Monaten hatten sie beide auf einer Konferenz Vorträge gehalten. Obwohl er ein amüsanter und respektloser Redner war, erinnerte sie sich vor allem daran, wie beängstigend es gewirkt hatte, als er ausführte, dass der Planet auf eine Pandemie kaum vorbereitet war, die, so versicherte er nachdrücklich, ihnen in nicht allzu ferner Zukunft bevorstünde. Sie konnte sich nicht mehr an sein Gesicht erinnern, aber sie wusste noch, dass er gut ausgesehen hatte. Als sie sich unterhielten, bestritt er mehrfach, dass ihm der Dank dafür gebührte, die SARS-Epidemie im Fernen Osten eingedämmt zu haben.

Wenn irgendjemand bei der WHO Informationen aus erster Hand über diesen neuen Ausbruch hatte, dann, so dachte sie, musste es Haldane sein.

Gerade als sie nach dem Telefonhörer greifen wollte, wurde sie von einem Klopfen an der Tür unterbrochen. »Herein!«, rief sie.

Alex Clayton, der stellvertretende Einsatzleiter der CIA, trat so selbstsicher in ihr Büro, als hätte Gwen schon den ganzen Morgen auf ihn gewartet.

Savard drückte auf die Tastatur, um die Website des CDC zu schließen. Der Bildschirmschoner erschien, den sie eigentlich schon hatte austauschen wollen; er zeigte sie und Peter, die sich hinter der Ziellinie des Washington-Marathons umarmten, wobei sie die Startnummer noch auf ihrer Brust trug. Sie erhob sich hinter ihrem Schreibtisch. Stechender Schmerz schoss durch ihren Knöchel, doch reflexartig unterdrückte sie ein Zucken. Sie war davon überzeugt, dass sie als Frau in den oberen Rängen der Washingtoner Hierarchie nicht die geringste Schwäche zeigen durfte.

»Habe ich Sie erwartet?«, fragte Gwen.

»Weiß ich nicht«, sagte Clayton und begann breit lächelnd mit ihr zu flirten. »Wir haben jedenfalls keinen Termin.«

Er trug einen schwarzen Anzug mit drei Knöpfen und ein olivgrünes Hemd mit offenem Kragen, was seine dunkelgrünen Augen und seine mediterrane Hautfarbe besonders gut zur Geltung brachte. Sein Haargel, der Armani-Anzug und die perfekten Accessoires machten ihn in Gwens Augen zu einem perfekten »Metrosexuellen« – einem männlichen Heterosexuellen aus der Großstadt, der so eitel war und so viel Sinn für Mode besaß, wie es das Klischee eigentlich nur von Homosexuellen behauptete.

Gwen wusste, dass Clayton sein etwas düsteres gutes Aussehen von seinem griechischen Vater geerbt hatte. Als sie ihn einmal nach seinem Nachnamen gefragt hatte, der so typisch amerikanisch zu sein schien wie Baseball und Apfelkuchen, hatte er ihr erklärt, dass sein Vater, ein Einwanderer, ihren Familiennamen Klatopolis anglisiert hatte, um in der Kleinstadt in Pennsylvania, in der Alex groß geworden war, weniger aufzufallen. Der Versuch war übrigens gescheitert.

Dankbar, ihren Fuß nicht länger belasten zu müssen, setzte sich Gwen wieder hinter ihren Schreibtisch. »Was gibt's, Alex?«

Clayton setzte sich ihr gegenüber. Er öffnete sein Jackett und schlug die Beine übereinander. Als er es sich bequem gemacht hatte, fragte er: »Haben Sie einen Augenblick Zeit?«

»Nein«, sagte sie lachend. »Was ist los?«

»Ich habe über das nachgedacht, was Sie in der Besprechung letzte Woche gesagt haben.«

»Oh?«

»Über Terroristen, die sich SARS verschaffen könnten.«

»Und?«

Claytons Lächeln schwand von seinen Lippen. »Es beunruhigt mich.«

»Gut.« Savard nickte. »Das sollte es auch.«

Clayton schnalzte mit der Zunge, bevor er weitersprach. »Gwen, wir haben in letzter Zeit jede Menge Handygespräche abgehört.«

»Terroristen?«

»Wir vermuten es.«

»Wer?«

Clayton zuckte mit den Schultern. »Wissen wir nicht.«

»Das ist nicht besonders hilfreich, Alex.«

»Mein Gott, Gwen, es ist nicht gerade wahrscheinlich, dass jemand zum Hörer greift und sagt: ›Hallo, hier spricht Terrorist XY‹«, fuhr er sie an.

Savard lehnte sich ungerührt in ihrem Stuhl zurück. »Wenn es so wäre, dann wäre Ihre Arbeit keine allzu große Herausforderung mehr.«

Clayton lachte leise. »Golf und Verabredungen sind für mich Herausforderung genug. Warum sollte meine Arbeit auch noch eine sein?« Seine Miene verdüsterte sich. »Wissen Sie, jeder erwartet von uns, dass wir herausfinden, was an allen Ecken und Enden des Planeten vor sich geht. Wir sind Spione, Gwen, keine Hellseher.«

»Man kann nicht überall gleichzeitig sein, hm?«

»Das ist es eigentlich nicht.« Angewidert schüttelte er den Kopf. »Unsere Feinde sind inzwischen genauso wie die Burschen, die Sie unter Ihrem Mikroskop studieren.«

Sie beugte sich stirnrunzelnd vor. »Wie das?«

»Als ich Mitte der Achtzigerjahre zur CIA kam, gab es einen

klar definierten Feind. Der Ostblock und ein paar andere Schurkenstaaten.« Er seufzte. Für Gwen hörte er sich wie eines jener CIA-Relikte an, die allen Ernstes den Kalten Krieg und die ständige Bedrohung durch die atomare Vernichtung vermissten. »Natürlich hatte die Gegenseite auf der ganzen Welt Agenten, die unserer Ansicht nach nichts Gutes im Schilde führten. Aber sie alle standen miteinander in Verbindung, und es gab eine, wenn auch verborgene, Kommandostruktur. Hatte man ein Puzzleteil erkannt, konnte man eine ganze Operation zum Scheitern bringen.«

»Und jetzt nicht mehr?«, fragte Gwen.

»Nehmen Sie zum Beispiel Al Kaida«, sagte er. »Diese Fanatiker vermehren sich wie Bakterien – immer nur einzelne ›Zellen‹. Oder vielleicht wäre ›Kolonien‹ das bessere Wort, wenn man schon beim mikrobiologischen Vergleich bleiben will. Jede Kolonie agiert vollkommen unabhängig von allen anderen. Es gibt keine traditionelle Hierarchie mehr wie beim KGB oder wie bei einem Putsch, der von einer ausländischen Macht gesteuert wird«, sagte er, wobei er wieder melancholisch seufzte. »Diese Kolonien sind völlig autark, was Finanzierung, Aktionen und Kommandostruktur betrifft. Wenn man eine aushebt, weiß man absolut noch nichts über die anderen. Es ist so verdammt frustrierend. Es ist, als schnitte man einen Kopf der Hydra ab, und sofort erscheinen zwei neue.«

Gwen hatte Clayton noch nie so aufgewühlt erlebt. Üblicherweise verhielt er sich wie ein unbekümmerter, nicht aus der Ruhe zu bringender Superspion, dessen Auftreten nur durch eine Prise Selbstironie gemildert wurde. Sie fühlte aufrichtig mit ihm, denn ihr wurde klar, dass das alles trotz Claytons üblicher Pose kein Spiel für ihn war.

»Gwen, niemand erinnert sich noch an die Erfolge, die wir bei der Zerschlagung einzelner Zellen auf der ganzen Welt hatten –

von New Jersey bis Pakistan«, seufzte Clayton. »Aber jeder erinnert sich an die Fehlschläge.«

Gwen wusste, dass er sich auf den 11. September 2001 bezog, doch sie ging nicht darauf ein. »Die Handygespräche – was haben sie mit der Bedrohung zu tun, von der ich gesprochen habe?«, fragte sie.

»Vielleicht nichts.« Clayton zuckte mit den Schultern. »Aber wir haben Teile von Gesprächen abgehört, die sich auf Laborausrüstungen und deren Transport bezogen. Jedenfalls glauben wir, dass es darum ging. Es ist schwierig, so etwas mit Sicherheit festzustellen.«

Savard nickte. »Sonst noch etwas?«

Clayton nickte. »Letzte Woche sind wir einem Transport hochwertiger Laborausrüstung von Deutschland nach Algerien auf die Spur gekommen – Inkubatoren, Zentrifugen, Schutzhauben und andere technische Geräte. Aber unsere Quellen in Algerien finden nirgendwo die entsprechende Bestellung einer Klinik oder eines Labors. Und was noch wichtiger ist: Die Sachen scheinen nach ihrer Ankunft verschwunden zu sein.«

»Verschwunden?« Gwen biss sich auf die Unterlippe. »Das hört sich nach einer ziemlich umfangreichen Ausrüstung an. Wie kann die so einfach verschwinden?«

»Gwen, machen Sie Witze?« Clayton lehnte sich auf seinem Stuhl zurück und lachte bitter. »Wir reden hier über Afrika. Wenn man genügend Geld und Beziehungen hat, könnte man ganz Kenia spurlos verschwinden lassen.«

Savard starrte auf den Bildschirmschoner, der sie in den Armen ihres Mannes zeigte, von dem sie sich entfremdet hatte. Ohne aufzublicken, sagte sie: »Was nun?«

»Wir nehmen Afrika derzeit besonders unter die Lupe. Wir schicken sogar einige Agenten hin. Vielleicht können die ja irgendwas ausgraben.« Er richtete den Kragen seines Hemdes. »In Algerien und Nordafrika haben wir überraschend gute Verbindungen.«

»Aber?«

»Ostafrika …« Er hob die Hände, als wolle er andeuten, dass man den halben Kontinent abschreiben konnte.

»Wir sollten unsere Vorgesetzten darüber informieren«, sagte Gwen.

»Meiner weiß es bereits«, sagte Clayton und bezog sich damit auf den Direktor der CIA. »Was Sie dem Leiter der Zivilschutzbehörde mitteilen wollen, bleibt Ihnen überlassen.«

Gwen nickte nachdenklich.

»Sollen wir in der wöchentlichen Sitzung darüber sprechen?«, fragte Clayton.

Sie schüttelte den Kopf. »Warum? So viel haben wir ja nicht zu berichten, oder ?«

»Soll mir recht sein. Je weniger ich Moira und dem Rest der allzu lässig auftretenden FBI-Truppe mitteilen muss, umso besser.« Er grinste und fand seine ruhige, selbstsichere Haltung wieder. »Wissen Sie, ich bin sicher, wir könnten diese ganze Angelegenheit bei einem Teller Sushi und etwas Sake klären.«

Gegen ihren Willen musste Gwen lächeln. »Es besteht eine große Wahrscheinlichkeit, dass roher Fisch allerlei üble Viren enthält.«

Clayton rollte mit den Augen. »Ich glaube, roher Fisch macht mir im Augenblick noch am allerwenigsten Sorgen.«

»Vermutlich«, sagte sie. »Aber ich habe mich bisher kaum daran gewöhnt, wie leer meine Wohnung ist, Alex. Ich weiß nicht, ob ich im Moment schon zu Sushi und Sake bereit bin.«

Er sprang auf und schlug sich mit gespielter Verlegenheit gegen die Stirn. »Wie konnte ich nur! Ich habe das Gesetz zur sechsmonatigen Wartefrist nach einer Trennung vergessen, das jeden früheren Besuch in einem japanischen Restaurant ausschließt!« Er ging zur Tür. »Das Angebot steht trotzdem«, rief er ihr über die Schulter zu, ohne sich noch einmal umzudrehen.

Nachdem er gegangen war, saß Gwen an ihrem Schreibtisch und starrte den Bildschirmschoner an, der ihr inzwischen peinlich war. Was konnte es schon schaden, wenn sie mit einem attraktiven Spion zum Abendessen ausging? Sie griff nach der Maus und scrollte sich durch die verschiedenen Optionen für neue Bildschirmschoner. Sie entschied sich für ein Rotkehlchen-Nest, in dem einige Jungvögel soeben aus den Eiern schlüpften. Vielleicht ein wenig schmalzig, aber was soll's, dachte sie. So etwas brauchte sie jetzt. Vorausgesetzt, es kam während der restlichen Woche nicht zu irgendeiner Katastrophe, würde sie Clayton anrufen und sein Angebot annehmen, beschloss sie.

Wieder rief sie die Website des CDC auf. Sie las den Rest des Berichts über die weltweit ungenügende Infektionskontrolle, aber sie konnte sich nicht konzentrieren. Die Ähnlichkeiten zwischen den Berichten über das neue chinesische Virus und den Ereignissen in den ersten Tagen von SARS waren unheimlich. Doch beim letzten Mal hatte die Tatsache, dass in Afrika Laborausrüstung verschwunden war, nicht zu ihren Sorgen beigetragen.

KAPITEL 10

Kairo

Sergeant Achmed Eleish von der Kairoer Polizei saß, mit einem Morgenmantel bekleidet, auf seinem Sofa im Wohnzimmer und las die Sonntagszeitung. Seine Frau Samira und er waren gerade von der Fajr, den Morgengebeten in der Moschee, zurückgekommen. Ihre beiden erwachsenen Töchter, die beide Lehrerinnen waren, waren zu einem »kurzen Einkaufsbummel« aufgebrochen, was bedeutete, das Eleish sie nicht vor dem Abend wiedersehen würde. Draußen war es sonnig, aber nicht zu heiß. Er hatte, dachte Eleish, einen perfekten trägen Sonntag vor sich.

Abgesehen von den Obdachlosen und den Superreichen lebten die achtzehn Millionen Einwohner Kairos in Eigentumswohnungen. Die Eleishs bildeten da keine Ausnahme. Vor zwei Jahren waren sie aus einer kleineren Wohnung, die nur über ein Schlafzimmer verfügt hatte, ausgezogen, und Eleish hatte mithilfe der Ersparnisse seiner Töchter die Anzahlung für dieses moderne Apartement im Herzen Kairos zusammengekratzt. Es hatte zwei Schlafzimmer und lag im neunzehnten Stock eines Hochhauses. Die Wohnung erfüllte Achmed mit Stolz und Freude. Sie war seine Burg. Wenn Allah ihm auch weiterhin wohl gesinnt war – so sagte er häufig zu seinen Töchtern –, würde Er Eleish bis zu seinem Tod hier wohnen lassen. Noch immer schwarz gekleidet wie während des Gebets, stand Samira Eleish ihrem Mann gegenüber und bügelte die Hemden für die kommende Woche. »Was gibt's Neues in Kairo, Achmed?«, fragte sie.

Der Detektiv blickte von seiner Zeitung auf. Wieder war er bewegt von den warmherzigen großen Augen und dem aristokratischen Gesicht seiner Frau, der das Alter in den zweiunddreißig Jahren ihrer Ehe nur wenig hatte anhaben können. Sogar ihr graues Haar schien zu ihrer reifen Schönheit beizutragen. Und im Gegensatz zu ihrem Mann war Samira noch immer so schlank, wie sie es als junge Frau gewesen war.

Eleish zuckte mit den Schultern und wedelte mit der Zeitung hin und her. »Korruption. Baukosten, die aus dem Ruder laufen. Ein kleiner Skandal. Kurzum, in Kairo gibt es absolut nichts Neues.«

»Keine Nachrichten sind die besten Nachrichten«, sagte Samira, während sie ein Hemd zusammenfaltete und dann nach dem nächsten auf dem Stapel griff.

»Hm, ja«, murmelte Eleish zustimmend und blätterte um. Sofort fiel ihm die Überschrift auf. »Zeitungsmogul wirbelt arabischen Blätterwald durcheinander.« Darunter befand sich ein Bild von Hazzir Kabaal, das ein Drittel der Seite einnahm. Während er Kabaals selbstgefälliges Lächeln und seinen teuren italienischen Anzug anstarrte, spürte Eleish, wie sich sein Magen verkrampfte. Er wollte die Seite überblättern und an seinem freien Tag Kabaal vergessen, doch er konnte seinen Blick nicht von dem Artikel lösen. Der Bericht beschrieb, wie Kabaal durch den jüngsten Erwerb einer weiteren Zeitung in weiten Teilen der arabischen Welt das Monopol über die konservativen Printmedien errungen hatte. Über Eleishs perfektem Tag zogen plötzlich düstere Wolken auf.

»Achmed?«, fragte Samira, die sah, wie ihr Mann das Gesicht verzog.

»Hazzir Kabaal«, sagte er leise.

Samira schüttelte bedächtig den Kopf und seufzte. »Heute sollten wir lieber nicht über ihn reden.«

Eleish hob die Zeitung hoch, damit seine Frau den Bericht sehen konnte. »Er ist hier, gleich auf Seite zwei«, sagte er.

»Was hat er vor?«, fragte Samira ruhig, ohne vom Bügeln aufzusehen.

»Er hat noch eine Zeitung gekauft.« Er schlug auf das Blatt in seiner Hand. »Kannst du dir das vorstellen, Miri? Schon bald werden die Leute auf der Straße nur noch seine Meinung zu lesen bekommen. Was dann?«

»Die Menschen sind nicht dumm, Achmed.« Samira hörte auf zu bügeln. Sie griff nach dem Anhänger an ihrer Halskette. »Leute wie er machen den größten Lärm. Aber er spricht nicht für alle Menschen.«

»Das wird er aber schon sehr bald«, murrte Eleish.

Seit er angeschossen worden war, verfolgte Eleish Kabaals Aktionen mit einem Interesse, das an Besessenheit grenzte. Acht Jahre zuvor hatte Eleish mit seinen Kollegen die Wohnung eines Fundamentalisten gestürmt, der Teil einer Verschwörung war, die Mitgliedern einer Delegation der Europäischen Union nach dem Leben trachtete. Als er durch die Tür der Wohnung stürmte, wurde Eleish durch den Schuss aus einer Schrotflinte, die nur anderthalb Meter vor ihm abgefeuert worden war, zurück gegen die Wand geschleudert. Nur die Kevlar-Weste und die Tatsache, dass sich Eleish in unmittelbarer Nähe des Möchtegernkillers befunden hatte, hatten ihm das Leben gerettet, denn dadurch wurden die Schrapnells nicht so weit gestreut, dass sie seinen Kopf hätten treffen können. Zwei seiner Kollegen und alle vier Terroristen waren bei dem darauf folgenden Feuergefecht getötet worden.

Als er mehrere Wochen später endlich wieder atmen und einige Schritte gehen konnte, ohne das Gefühl zu haben, eine Motorsäge bohre sich durch seine Brust, nahm Eleish die Ermittlungen auf. Er fand heraus, dass drei der vier Terroristen für Zeitungen arbeiteten, die Kabaal gehörten. Eleish weigerte sich, an einen Zufall zu glauben. Obwohl er Kabaal keine direkte Verbindung zu dem geplanten Attentat nachweisen konnte, entdeckte er, dass Kabaal und seine Zeitungen Verbindungen zu mehreren extremistischen Elementen hatten, zu denen auch Besucher von Scheich Hassans Al-Futuh-Moschee gehörten.

»Miri, er wird nicht aufhören, bis er unserer Religion vor den Augen der ganzen Welt Schande gemacht hat«, seufzte Eleish. »Oder Schlimmeres.«

»Ich weiß, Achmed«, sagte Samira geduldig.

»Es ist immer die alte Leier mit mir, was?« Eleish schmunzelte nicht ohne Selbsterkenntnis, doch er konnte einfach nicht anders, wenn es um Kabaal ging. »Er hilft den übelsten Extremisten und der so genannten Muslimischen Bruderschaft, ihre Ansichten zu verbreiten«, fuhr er fort.

Samira schloss die Augen und nickte. Eleish wusste, dass sie diese Rede schon hunderte Male gehört hatte, doch er musste sie einfach loswerden.

»Es sind so wenige, aber diese wenigen schaffen es, dass die Menschen auf der ganzen Welt den Islam mit Attentaten und Terror verbinden.« Er schüttelte die gefalteten Hände vor dem Gesicht. »Die Kabaals dieser Welt sind die Schlimmsten von allen! Inmitten ihres Komforts und der Sicherheit ihrer Villen und Paläste schüren sie die Flammen der Bitterkeit und Gewalt unter den Armen und Benachteiligten. Sie unterziehen irgendwelche armen Narren einer Gehirnwäsche, die dann sich selbst zusammen mit all diesen unschuldigen Menschen umbringen.« Seine Stimme wurde leiser, und er senkte den Blick aufs Sofa. »Sie diffamieren unseren Glauben, Miri. Sie sorgen dafür, dass der Islam in den Augen der ganzen Welt grausam und rachsüchtig erscheint, und dabei ist er etwas ganz anderes.«

»Das ist doch nur eine weitere rechtsgerichtete Zeitung«, sagte Samira sanft.

»Eine Zeitung nach der anderen. Schon bald gehören ihm alle«, murmelte Eleish und wandte sich wieder dem Artikel zu. Im letzten Abschnitt fiel ihm ein Satz auf. »Hör dir das an, Miri«, sagte er zu seiner Frau und wedelte wieder mit der Zeitung hin und her. »›Hazzir Kabaal stand zu einem Kommentar nicht zur Verfügung, da er letzte Woche Ägypten verlassen hat, um Urlaub zu machen.‹«

Samira setzte das Bügeleisen ab. »Und?«

»Soweit ich weiß, hat Kabaal in den letzten acht Jahren noch nie Urlaub gemacht«, sagte Eleish. »Der Mann ist ein Workaholic.«

Samira musterte ihren Mann mehrere Sekunden lang. »Da ist doch noch etwas, nicht wahr, Achmed?«

»Ich habe immer dafür gesorgt, dass ich Bescheid wusste, wenn Kabaal das Land verlassen hat«, gestand er mit etwas betretener Miene. »Und ich habe kein Wort darüber gehört, dass das zurzeit der Fall sein soll.«

Samiras Lippen öffneten sich zu einem Lächeln, das, wie Eleish erkannte, zugleich Bewunderung und Erschöpfung verriet. »Was hast du vor, Achmed?«

Eleish zuckte mit den Schultern. »Herausfinden, wo er ist.«

Sie starrte ihn an, sagte jedoch nichts.

Eleish faltete die Zeitung zusammen und legte sie aufs Sofa neben sich. »Miri, ich bin schon jahrzehntelang Ermittler. Von anderen Dingen verstehe ich nichts. Das ist das Einzige, worin ich wirklich gut bin.«

»Ich bitte dich.« Samiras braune Augen funkelten. »Du bist als Vater ganz gut und als Ehemann gar nicht so schlecht.«

Eleish lächelte, doch es klang ernst, als er wieder sprach. »Ich habe das Gefühl, dass Hazzir irgendetwas vorhat. Etwas Übles. Ich kann dir nicht sagen, warum, aber du weißt, dass mich meine Ahnungen bisher nur selten getrogen haben.«

Das Lächeln schwand von Samiras Lippen. Sie nickte. »Gut.

Dann finde heraus, wo er ist und was er plant. Aber Achmed ...«
Sie schwieg.

»Ja?«, sagte Eleish.

»Vergiss nie, was passiert ist, als sich eure Wege zum ersten Mal
gekreuzt haben. Unsere Mädchen brauchen ihren Vater. Und ich
wäre nicht gerne Witwe.« Falten erschienen auf ihrem Gesicht,
und sie sah ihm direkt in die Augen. »Achmed Eleish, du wirst
vorsichtig sein, wenn es um diesen Mann geht.«

Hargeysa, Somalia

Obwohl sie in wenigen Stunden würde aufstehen müssen, fand
Khalila Jahal auch jetzt so wenig Schlaf wie schon die ganze Nacht
über. Sie machte sich nicht nur Sorgen, weil man sie vor Anbruch
der Morgendämmerung mit dem Virus infizieren würde; das un-
aufhörliche leise Schluchzen der jungen Frau im Bett neben ihr
war wenigstens ebenso sehr dafür verantwortlich, dass Khalila
nicht einschlafen konnte.

Während den Männern in ihrem Bereich des Gebäudekomplexes ein offener Schlafsaal zur Verfügung stand, unterteilten Vorhänge den Trakt der Frauen in eine Art einzelner Zimmer, die so
klein waren, dass die Frauen sich nur auf den Betten sitzend anziehen konnten. Im Gebäude hielten sich mehr als zwanzig Frauen
auf. Khalila hatte das Bett neben Sharifa Sha'rawi erhalten. In Kairo hatten Khalila und Sha'rawi kaum miteinander gesprochen,
doch in der Einöde Somalias war ihre Freundschaft aufgeblüht.
Ohne zu zögern, hatte Khalila die Rolle der fürsorglichen älteren
Schwester gegenüber ihrer emotional angeschlagenen Bettnach-
barin mit dem runden Gesicht und den nicht zu bändigenden
schwarzen Locken angenommen.

Als Sharifas Weinen immer noch nicht nachließ, glitt Khalila aus ihrem Bett und schob den Vorhang, der ihre beiden Bereiche teilte, zur Seite. Sie kniete neben dem Bett ihrer Freundin nieder. »Sharifa?«, fragte sie leise.

»Oh, Khalila, es tut mir Leid.« Sha'rawi schniefte und brach dann in ein noch lauteres Schluchzen aus.

Khalila drückte Sharifas Arm. »Kann ich bei dir liegen?«, fragte sie.

Sharifa nickte, und Khalila kroch in ihr Bett. Obwohl keine der beiden besonders groß war, war das hölzerne Feldbett so schmal, dass sich beide Frauen auf die Seite legen mussten, um Platz zu finden. Selbst als sie sich an Sharifas Rücken schmiegte, konnte Khalila die raue Kante des Holzes spüren, die sich in ihren Hintern und ihre Schulter bohrte. Und an ihrer Wange spürte sie, dass das Laken von Sharifas Tränen feucht war. »Was hast du?«, fragte Khalila.

»Morgen gehst du«, schluchzte Sha'rawi.

»Es ist Zeit.«

»Warum bist du nur so furchtlos?«, fragte Sha'rawi.

»Ich habe Angst.« Dankbar für die menschliche Nähe, massierte Khalila die Schulter der anderen Frau. »Aber was soll ich machen? Gott hat diese Wahl für mich getroffen.«

»Nein, es waren die Männer, die diese Wahl für dich getroffen haben«, sagte Sha'rawi. Sie griff nach Khalilas Hand auf ihrer Schulter. »Ich hab's nicht so gemeint«, sagte sie voller Furcht. »Weißt du, es ist nur so, manchmal …«

»Ich weiß, Sharifa«, sagte Khalila beruhigend und drückte Sha'rawis Schulter. »Manchmal sind Männer Narren.« Sie hielt inne und fügte dann leiser hinzu: »Und manchmal sind sie voller Hass und sehr gefährlich.«

Sha'rawi kicherte nervös.

»Aber nicht Abu Lahab«, fuhr Khalila fort. »Scheich Hassan hat es mir erklärt. Abu Lahab setzt in diesem Kampf das einzige Mittel ein, mit dem er unseren Glauben bewahren kann.«

»Aber du, Khalila.« Sha'rawi schniefte wieder. »Es ist so eine Verschwendung …«

»Es ist unsere Pflicht – unsere Ehre –, Gott zu dienen.« Sie hielt inne. »Zamil wäre einverstanden. Das weiß ich.«

Sha'rawi warf einen Blick über ihre Schulter. Khalila konnte das Gesicht der anderen Frau in der fast vollständigen Dunkelheit nicht sehen, doch sie roch den warmen, ein wenig nach Knoblauch riechenden Atem. »Ich sollte an deiner Stelle gehen, Khalila«, sagte sie ernst.

Khalila strich über Sharifas Wange und spürte das raue Gewebe alter Aknenarben. »Ich möchte es tun«, sagte Khalila.

»Aber Khalila, du bist so schön und so intelligent«, sagte Sha'rawi mit versagender Stimme. »Ich dagegen bin Waise und nicht besonders schnell von Begriff. Kein Mann würde mich heiraten. Ich habe keinen Mann und keine Kinder, für die ich am Leben bleiben muss.«

»Still, Sharifa. Ich möchte nicht, dass du so redest.« Khalila nahm ihre Hand von der Wange des Mädchens. »Du bist etwas Besonderes. Du wirst Gott hier dienen.« Dann war ihre Stimme nur noch ein Flüstern. »Außerdem ist mein Mann tot.«

»Bitte, Khalila, erzähl mir mehr von Zamil«, bat Sha'rawi.

Khalila schüttelte langsam den Kopf.

»Tut es dir zu sehr weh?«, fragte Sha'rawi.

Khalila zuckte mit den Schultern. Ihr Leid hatte nichts damit zu tun. Jeden wachen Augenblick trug sie den Schmerz über seinen Verlust wie ein Messer mit sich, doch sie hatte beschlossen, mit niemandem über die Erinnerung an ihr glückliches gemeinsames Leben zu sprechen. Sie spürte, wenn sie die Erinnerungen für sich behielt, konnte sie sich ihrem Mann auch weiterhin nahe fühlen.

Sha'rawi griff nach Khalilas Hand und drückte sie. »Ich habe kein Recht zu fragen …«

»Zamil wollte nie nach Afghanistan gehen, doch er hielt es für seine Pflicht«, sagte Khalila ruhig. »Er war Gelehrter, kein Kämpfer.« Lebhaft stand ihr ihr magerer, schöner Ehemann vor Augen, der seine schweren Bücher wegpackte und mitten im Krieg in eine dunkle Höhle zog. »In jener Nacht, in der er die Grenze zwischen Pakistan und Afghanistan überquerte, fand ich heraus, dass ich schwanger war.«

Erst als sie Sha'rawis Schluchzen hörte, bemerkte sie, dass ihr selbst Tränen über die Wangen liefen. »Zehn Tage später hatte ich eine Fehlgeburt«, sagte sie langsam. »Jeder fragte sich, warum ich so heftig um ein Kind trauerte, das ich nur wenige Wochen in meinem Leib getragen hatte. Aber ich wusste, warum.«

»Warum?«

»Weil es ein Zeichen war«, sagte Khalila. »Eine Woche später erfuhr ich, dass Zamil an dem Tag von einer amerikanischen Bombe getötet worden war, die man über seiner Höhle abgeworfen hatte, als ich mein Baby verlor.« Ihre Stimme wurde rau. »Genau am selben Tag.«

Sha'rawi drückte Khalilas Hand fester, sagte jedoch nichts.

»Ich habe das Schicksal angenommen, das Gott für mich auserwählt hat«, sagte Khalila und spürte, wie ihre Entschlossenheit wuchs. »Ich habe geschworen, mich nützlich zu machen. Mich zu engagieren, wie Zamil es getan hatte. Dann stellte mich Scheich Hassan Abu Lahab vor. Und jetzt liege ich hier neben dir.«

Sha'rawi schniefte mehrmals. »Aber morgen früh gehst du fort. Und ohne dich …«

»Hör mir zu, Sharifa.« Khalila ließ die Hand ihrer Freundin los und legte ihre eigene Hand wieder auf Sharifas Wange. »Du wirst gut ohne mich zurechtkommen. Abu Lahab wird sich um dich kümmern.«

Sha'rawi schluckte. »Ich werde dich so sehr vermissen.«

»Und ich werde dich vermissen.« Khalila strich Sha'rawi

leicht über die Wange. »Sharifa, ich will, dass du mir etwas versprichst.«

»Was?«

»Dass du dich von dem Major fern hältst.«

»Major Sabri? Warum?«

»Er ist nicht so wie wir.« Sie unterbrach sich. »Er ist kein Narr, aber …«

»Aber?«

»Weißt du noch, was ich dir über einige Männer gesagt habe?«, fragte Khalila.

Sha'rawi nickte. »Dass sie voller Hass sind?«

»Und sehr gefährlich«, sagte Khalila wehmütig. »Genau wie der Major.«

KAPITEL 11

Hauptquartier der Kommunistischen Partei, Jiayuguan

Wie jedes andere Überbleibsel aus den Zeiten der Kulturrevolution wirkte der schachtelartige Sitzungssaal auf Noah Haldane karg und öde. Wäre die Fensterreihe in der Wand hinter ihm auch nur halb so hoch gewesen wie die Schwarz-Weiß-Porträts der verdrießlich dreinblickenden Parteifunktionäre an den anderen Wänden, hätte der Raum etwas weniger bedrückend gewirkt, dachte er.

Noah saß zwischen Duncan McLeod und Milly Yuen an dem großen, rechteckigen Versammlungstisch. Ihnen gegenüber saß Helmut Streicher neben dem leitenden Gesundheitsbeamten der Stadt, Yung Se Choy. Eine große, detaillierte Karte Jiayuguans bedeckte den Tisch zwischen ihnen. Yung Choy war Ende vierzig und so mager, dass er in seinem marineblauen Anzug beinahe ertrank. Er hatte dichtes Kraushaar und einen spärlichen Schnurrbart, der die Narbe, die von der Operation seiner Hasenscharte zurückgeblieben war, nicht verbergen konnte. Dr. Kai Huang, der junge Direktor des Bezirkskrankenhauses, saß auf der anderen Seite Choys und spielte geistesabwesend mit seinem Füllfederhalter. Choy und Huang sprachen beide passables Englisch, doch wenn es nötig war, fungierte Milly Yuen als Dolmetscherin.

Streicher fuhr mit dem Finger über die Karte. »Hier«, sagte er mit bellender Stimme und scharfem deutschen Akzent. »Alle bekannten Fälle, in denen das Virus übertragen wurde, befinden sich in diesen rot markierten Zonen.« Er deutete auf einen Abschnitt im Norden der Stadt, wo mehrere Häuserblocks von roten Kreisen umgeben waren. »Und die blauen Linien stellen die Pufferzone dar«, fuhr er fort und deutete auf ein einzelnes blaues Dreieck, das sämtliche roten Zonen und mehrere sie umgebende Wohnblocks umgab.

»Mann! Einfach großartig!«, rief McLeod. »Zweifellos haben unsere unfreiwilligen Überträger Besseres zu tun, als rote und blaue Linien zu überqueren.«

Streicher schob seine runde John-Lennon-Brille zurecht, die seine auffälligen blau grauen Augen besonders hervorhob. »Dr. McLeod, Sie kennen sich zweifellos damit aus, wie man bei einer Seuche das fragliche Gebiet in verschiedene Sektoren unterteilt, oder etwa nicht?«, fragte er in einem etwas herablassenden Ton. Er fuhr mit dem Finger über die roten Zonen. »Außerhalb dieser Abschnitte wurden keine Fälle gemeldet. Stimmt das, Mr. Choy?«

Choy nickte heftig.

Streicher deutete auf die blauen Linien. »Die örtlichen Behörden haben gestern den gesamten Bereich innerhalb des blauen Dreiecks unter Quarantäne gestellt.«

»Unter Quarantäne, natürlich«, sagte McLeod. »Ich erinnere mich an die wunderbare Quarantäne in Toronto während des Ausbruchs von SARS. Personen, die als Verdachtsfälle eingestuft worden waren, hatte man aufgefordert, zu Hause zu bleiben und Mundschutz zu tragen, doch einige von ihnen sind trotzdem zur Arbeit gegangen.«

Der Gesundheitsbeamte schüttelte den Kopf. »Niemand verlässt das Gebiet«, sagte Choy nachdrücklich. »Die Armee hat Wachen aufgestellt, die das verhindern.«

»Mein Gott, wie liebe ich die repressiven Maßnahmen in Diktaturen während einer Epidemie!«, sagte McLeod. »So wird unsere Arbeit gleich viel einfacher.«

Streicher nickte zustimmend, als habe McLeod seine Bemerkung ernst gemeint. »Die Quarantäne dürfte die Ausbreitung in der Stadt verhindern. Die Inkubationszeit beträgt ungefähr drei bis fünf Tage. In zweiundsiebzig bis sechsundneunzig Stunden werden wir wissen, ob sich die Infektion über die blauen Linien hinaus verbreitet hat.«

»Wann hat man den ersten Fall in Jiayuguan festgestellt?«, fragte Haldane.

»Vor fünf Tagen«, sagte Choy mit hoher, schriller Stimme.

»Und wie viele Fälle gab es seither?«

Dr. Huang wandte sich auf Mandarin an Yuen. »Siebzig bestätigte Fälle, fünfundvierzig Verdachtsfälle und sechsundzwanzig Tote«, übersetzte sie für ihn.

»Fünf Tage und weniger als zweihundert Fälle.« Haldane dachte laut nach. »Bei einer so kurzen Inkubationszeit hätte ich in diesem Zeitraum eine größere Verbreitung erwartet. Also können wir ziemlich sicher davon ausgehen, dass das Virus nicht über die Luft übertragen wird.«

Selbst nach der Übersetzung starrte Choy Haldane verständnislos an. Mithilfe Yuens lieferte Haldane die entsprechende Erklärung. »Bei allen Infektionen gibt es drei Übertragungswege. Erstens, sehr enger Körperkontakt. HIV und Hepatitis B sind Beispiele für Viren, bei denen zur Übertragung intimer körperlicher Kontakt nötig ist. Zweitens, Tröpfcheninfektion wie bei einer gewöhnlichen Erkältung oder Grippe. Wenn die infizierte Person niest oder hustet, übertragen Schleimtröpfchen das Virus von Mensch zu Mensch. Diese Tröpfchen sind jedoch relativ groß, sodass sie schnell zu Boden fallen; man braucht also vergleichsweise engen Kontakt innerhalb kürzester Zeit. Die letzte und am meisten gefürchtete Übertragung geschieht über die Luft. Was Viren betrifft, wären Pocken und Masern zwei Beispiele. Durch Husten oder Niesen nehmen die Partikel die Form eines Aerosols an. Diese Partikel können stundenlang in der Luft bleiben oder sich durch Belüftungsanlagen und Ähnliches sehr weit ausbreiten. Das bedeutet, dass auch Menschen ohne direkten Kontakt zu einer ansteckenden Person infiziert werden können.«

»*Ja*«, stimmte Streicher zu. »Übertragung über die Luft ist eine epidemiologische Katastrophe. Aber es sieht so aus, als werde ARCS nur durch Tröpfcheninfektion übertragen.«

Mit weit aufgerissenen Augen fragte Choy auf Englisch: »Das sehr gut ist?«

»Verdammt, das ist einfach überwältigend«, sagte McLeod. »Es sieht ganz danach aus, als ob wir in den nächsten Wochen noch nicht sterben.«

Haldane warf seinem Kollegen einen Seitenblick zu. »Das ist keine große Hilfe, Duncan.«

Zögernd hob Milly Yuen die Hand. »Ich habe etwas zu berichten.«

»Bitte, Milly …«, forderte Haldane sie auf.

»Vor einer Stunde habe ich mit dem WHO-Labor zur Grippeüberwachung in Hongkong gesprochen«, sagte sie ruhig. »Sie haben das Virus aus den Serumproben isoliert.«

Beide Hände flach auf den Tisch gepresst, schob sich McLeod aus seinem Stuhl hoch. »Na los, Milly, sag's schon!«

»Wie wir vermutet haben, ist das Virus ein naher Verwandter des Grippevirus«, sagte Yuen.

Haldane verschränkte die Arme vor der Brust. »Aber es ist *nicht* die Grippe?«

Yuen zuckte so vorsichtig mit den Schultern, dass es kaum zu sehen war. »Es ist ein Subtyp, aber nicht Influenza A oder B.«

»Welche anderen Grippearten wären denn noch möglich?«, wollte Streicher wissen.

Kai Huang legte seinen Füllfederhalter hin und blickte zu den anderen auf. »Die Spanische Grippe«, sagte er auf Englisch.

Haldane schüttelte den Kopf. »Darüber habe ich auch schon nachgedacht, aber ich glaube nicht, dass es sich um die Spanische

Grippe handelt. Es ist jedenfalls nicht das exakt gleiche Virus wie jenes, das die Pandemie von 1918 verursacht hat.«

»Wie kannst du so sicher sein?«, fragte Streicher.

»Weil es nur vier Monate dauerte, bis sich die Pandemie über den ganzen Erdkreis ausgebreitet hatte, und das in einer Zeit vor dem kommerziellen Flugverkehr«, sagte Haldane. »Eine Milliarde Menschen wurden infiziert. Mehr als fünfzig Prozent der damaligen Weltbevölkerung. Der Dschinn wäre schon längst aus der Flasche, wenn wir es mit demselben Virus zu tun hätten. Ganz klar, ARCS ist nicht so ansteckend.«

»Woher willst du wissen, dass die Maßnahmen zur Eindämmung der Infektion diesmal nicht einfach nur besser waren?«, gab Streicher zu bedenken.

»Oder vielleicht hat sich die Spanische Grippe ja beim letzten Mal ein paar Jahre lang nur in einer entlegenen chinesischen Provinz vermehrt, bevor sie sich weltweit ausbreitete.« McLeod deutete mit dürrem Finger auf Haldane. »Könnte es mit ARCS nicht genauso sein? Wie ein australischer Teenager, der es gar nicht mehr erwarten kann, bis er überall auf der Welt Partys feiern darf?«

Haldane schüttelte langsam den Kopf. »Seit fast einer Woche ist das Virus in der Stadt, und bisher gab es weniger als zweihundert Fälle. Nach so langer Zeit hätte die Spanische Grippe die Stadt wie ein Flächenbrand heimgesucht.« Er klopfte auf den Tisch. »Und was noch wichtiger ist: Sogar 1918 betrug die Sterblichkeitsrate bei der Spanischen Grippe nur zwei Prozent. ARCS ist weitaus tödlicher. Es bringt fünfundzwanzig Prozent seiner jungen, gesunden Opfer um.« Er schüttelte den Kopf. »Fünfundzwanzig Prozent!«

»Also ist ARCS nicht die Spanische Grippe?«, fragte Streicher.

»Die beiden könnten allerdings nahe verwandt sein.« Haldane zuckte mit den Schultern.

McLeod nickte. »Vielleicht ist das die lange verschwundene, hinterhältigere und unsoziale Schwester der Spanischen Grippe.«

»Ich glaube, das können wir herausfinden«, sagte Yuen leise.

»Und wie?«, fragte Haldane.

Sie senkte den Blick und sortierte die Papiere, die vor ihr lagen, obwohl das überhaupt nicht nötig war. »Die Pathologie-Labors des amerikanischen Militärs haben einige Gewebeproben von Opfern der Spanischen Grippe aus dem Jahr 1918 aufbewahrt. Wir besitzen ein teilweise sequenziertes Genom des Virus. Da wir nun wissen, dass ARCS zur Influenza-Familie gehört, können wir DNA-Proben des Virus sequenzieren. Dann können wir die beiden vergleichen.«

»Alles gut und sogar verdammt schön, Milly.« McLeod lächelte verständnisvoll. »Doch das Virus zu sequenzieren, hilft den Leuten nicht, die hier und heute daran sterben. Oder die sich morgen damit infizieren werden.«

Die Anwesenden nickten.

Haldane schnippte mit den Fingern. Er wirbelte herum und sah den beiden chinesischen Gesundheitsbeamten ins Gesicht. »Wie verhindern Sie die Ausbreitung auf dem Land?«

Huang wich seinem Blick aus. Er griff nach seinem Füller und begann wieder, mit ihm herumzuspielen.

Choy antwortete, wobei Milly für ihn übersetzte. »Es gilt dieselbe strikte Quarantäne in allen Kleinstädten und auf allen Bauernhöfen in einem Umkreis von zweihundert Meilen um Jiayuguan. Alle Reisen zwischen Gebieten, in denen es in den letzten zehn Tagen einen akuten Fall gegeben hat, sind verboten.«

»Aber die Tiere!«, warf Haldane ein.

Choy sah ihn verwirrt an.

»Wie die Spanische Grippe ist ARCS fast mit Sicherheit ein Ergebnis von Zoonose, das heißt, ARCS wird wahrscheinlich von Tieren auf den Menschen übertragen.« Haldane lehnte sich vor, klopfte auf den Tisch und sprach so rasch und nachdrücklich, dass Milly kaum mit dem Übersetzen nachkam. »Das Schwein ist sozusagen der Behälter, in dem alles gemischt wird. Im Blut des Schweins treffen Viren von Vögeln, wie etwa Hühnern, auf ihr menschliches Äquivalent und mutieren. Wir nennen das eine ›massive Neuordnung des genetischen Codes‹. Weil Schweine in der Regel eine Art Zwischenstation bilden, handelt es sich bei den meisten dieser mutierten Viren um Formen der Schweinegrippe.«

»Ich verstehe.« Choy nickte. »Aber was bedeutet das in Bezug auf die Quarantäne?«

»Es bedeutet«, sagte Haldane, »dass Sie die Tiere schlachten müssen. Wie letztes Jahr in Vietnam und Korea beim Ausbruch der Vogelgrippe.«

»Nur die Schweine?«

Haldane schüttelte den Kopf. »Nein. Vögel sind die natürlichen Träger von Grippeviren. Sie entwickeln die höchste Virämie – die größte Konzentration von Viren im Blut –, ohne krank zu werden. Die Hühner müssen getötet werden. Und auch alles andere Vieh.«

Choy starrte Haldane an, und tiefe Sorgenfalten erschienen auf seinem Gesicht. Yuen übersetzte Choys hektische, mit schriller Stimme vorgebrachte Antwort. »Aber die Viehzucht ist eine der wichtigsten Erwerbsquellen der Provinz. Es wäre ein verheerender Schlag für Gansus Wirtschaft, würde man alles Vieh schlachten.«

»Und die Alternative?« Haldane streckte die Hände aus. »Stellen Sie sich vor, was geschehen würde, wenn es nicht gelänge, ARCS einzudämmen. Wenn sich das Virus über die Provinz hinaus in ganz China und noch weiter verbreiten und dabei einen von vier gesunden Menschen umbringen würde, die mit ihm in Berührung kommen.«

Haldane sah seine Kollegen an. Alle, auch Choy, nickten zustimmend, nur Dr. Kai Huang wich seinem Blick aus. Stattdessen starrte er den Tisch an und wirbelte hektisch seinen Füller hin und her. Haldane fragte sich, warum der junge Klinikdirektor verängstigter aussah als alle anderen an diesem Tisch.

Haldane mühte sich mit der Tür seines kleinen Hotelzimmers ab. Kaum war sie offen, sprang er mit zwei großen Schritten in Richtung des klingelnden Telefons. »Hallo«, sagte er, und das Echo seiner atemlosen Stimme klang aus dem Hörer.

»Noah?«

Die Enttäuschung traf ihn wie ein körperlicher Schmerz, als er erkannte, dass es sich nicht um die Stimme seiner Frau handelte. »Oh, Karen. Hallo«, sagte er.

»Ebenfalls hallo, Fremder«, sagte seine Sekretärin, Karen Jackson.

»Was gibt's, Karen?«

»Erzählen Sie mir alles«, sagte sie aufgeregt. »Wie ist China? Wie ist die Chinesische Mauer?«

»Ich hab nicht die leiseste Ahnung«, erwiderte Haldane ein wenig gereizt. »Ich bin nicht hier, um mit meinem Automobilclub die große chinesische Bustour zu absolvieren. Wir arbeiten hier gegen die Uhr.«

»Entschuldigung«, murmelte Jackson. »Ich habe vergessen, wie sehr es Sie auf Trab hält, die Welt zu retten.«

Haldane grinste. »Tut mir Leid, Karen. Ich bin den Jetlag noch immer nicht los. Ehrlich, ich habe bisher noch nichts gesehen außer meinem Hotel, dem Krankenhaus und der Stadthalle. Nichts, was sich auf einer Postkarte nach Hause gut machen würde.«

»Stimmt schon, die Frage war wirklich blöd.« Sie lachte. »Natürlich sind Sie viel zu beschäftigt dafür.« Dann fragte sie mit gedämpfter Stimme: »Wie ist es da drüben, Noah? Unheimlich?«

»Ja. Ein wenig.«

»Sie passen doch auf sich auf?«, wollte Jackson wissen, wie immer mütterlich besorgt.

»Um mich mache ich mir keine Sorgen«, sagte er, setzte sich auf das Bett und lehnte sich gegen das Kopfteil. »Dieses Virus macht uns wirklich zu schaffen.«

»Das sagen die auch«, antwortete Jackson.

»Wer sind ›die‹?«, wollte Haldane wissen.

»Journalisten«, sagte sie.

Er schlug mit der Faust aufs Bett. »Verdammt. Es ist schon in der Zeitung?«

»Klein gedruckt. Irgendwo auf den hinteren Seiten«, sagte sie. »Ich habe einen Einspalter in der *Post* gesehen. Er wäre mir nicht einmal aufgefallen, hätte ich nicht nach dem Kreuzworträtsel gesucht.«

»Das klingt schon besser, vermute ich. Haben Sie deswegen angerufen?«

»Nein. Jemand sucht sie. Sie sagte, es sei wichtig.«

»Wer?«

»Dr. Gwen Savard.«

»Warum kommt mir der Name nur so bekannt vor?«

»Klingt so, als sei sie ein hohes Tier«, erläuterte Jackson. »Sie hat jedenfalls einen ellenlangen Titel. Direktorin der Bioterrorismus-Abwehr in der Abteilung für Zivilschutz.«

»Richtig. Ich habe sie bei einer Konferenz getroffen.« Er erinnerte sich genauso sehr an ihr großes Engagement wie an ihr typisch kalifornisches gutes Aussehen. »Was will sie?«

»Jemandem wie mir wollte sie das natürlich nicht verraten«, sagte Jackson. »Aber sie hat mindestens vierzig Telefonnummern hinterlassen, unter denen Sie sie erreichen können.«

Haldane tastete auf dem Nachttisch herum, bis er einen Block und einen Stift fand. »Geben Sie mir die ersten beiden«, sagte er.

Nachdem sie ihm die Nummern durchgegeben hatte, fragte sie: »Wann kommen Sie nach Hause?«

»Sobald ich kann, Karen.«

»Gut. Ich weiß, dass Ihre kleine Tochter ihren Vater vermisst.«

Nicht so sehr, wie ihr Vater sie vermisst, dachte Haldane, als er sich von Jackson verabschiedete. Den Hörer noch in der Hand haltend, wählte er die Nummer der Vermittlung.

Schon beim zweiten Läuten wurde abgehoben. »Hallo, hier bei Haldane.«

Wieder war er enttäuscht, als ihm klar wurde, dass nicht seine Frau, sondern seine Schwiegermutter Shirley Dolman am Apparat war. »Hallo, Shirley. Ich bin's, Noah.«

»O mein Gott, ich spreche mit China«, sagte Dolman, als habe das ganze Land bei ihr angerufen. »Wie geht's dir, Noah?«

»Gut«, sagte er. »Wie stehen die Dinge denn so zu Hause?«

»Es ist alles in Ordnung«, sagte Dolman mit honigsüßer Stimme. »Chloe schläft. Aber ich fürchte, Anna ist bei einer Freundin.«

»Bei einer Freundin«, wiederholte Haldane. Er sah auf die Uhr und rechnete. In Maryland war es nach zehn Uhr abends. »Hat sie gesagt, bei wem?«, fragte er.

»Nein, hat sie nicht«, sagte Dolman. »Aber sie meinte, sie käme nicht vor Mitternacht nach Hause. Die beiden wollten ins Kino, in die Spätvorstellung.«

»Oh.«

»Ihr Handy ist eingeschaltet, für den Fall, dass etwas mit Chloe ist. Ich bin sicher, dass du sie auf ihrem Handy erreichen kannst, Noah.«

»Sehr gut. Vielen Dank, Shirley. Pass auf dich auf.«

Haldane ließ den Hörer auf die Gabel fallen. Er hatte nicht die Absicht, seine Frau auf dem Handy anzurufen. Warum sollte er sie im Kino stören, dachte er. Doch eigentlich glaubte er nicht, dass sie im Kino war, Spätvorstellung hin oder her. Haldane konnte die Überzeugung nicht abschütteln, dass Anna mit *ihr* zusammen war.

Der Abend dämmerte bereits, als die Behörden Haldane und Mc-Leod einen Wagen zur Verfügung stellten, der sie zu den unter Quarantäne stehenden Bezirken im Norden Jiayuguans bringen sollte.

Aus dem Wagenfenster blickend, musste Haldane unweigerlich an die Bilder der Studentenunruhen auf dem Tiananmen-Platz aus dem Jahre 1989 denken. Angesichts der Erinnerung krampfte sich sein Magen zusammen. Als Studienanfänger hatte auch er sich an einigen Protestaktionen beteiligt. Doch während die Studenten auf dem Platz des himmlischen Friedens sich mit Exekutionskommandos und auf sie zurollenden Panzern konfrontiert sahen, war Haldane während seiner Aktivistenzeit nichts Schlimmeres passiert, als dass ihn einige Sicherheitsbeamte zurück in das Studentenwohnheim begleitet hatten.

In Jiayuguan gab es keine Panzer, aber jede Menge Lastwagen und andere Militärfahrzeuge. Soldaten, die ABC-Masken trugen, patrouillierten auf den Straßen, gut sichtbar hingen Gewehre über ihren Schultern.

Mehrere muskulöse Schäferhunde zerrten an ihren Leinen. Stacheldraht zog sich entlang der gegenüberliegenden Seite der Straße und isolierte einen ganzen Stadtbezirk.

»Diese Burschen fackeln nicht lange, wenn es um Quarantäne geht«, sagte McLeod, der mit weit aufgerissenen Augen die Szene vor dem Fenster betrachtete.

»Was, zum Teufel, machen die hier nur?«, fragte Haldane.

McLeod nickte. »Genau das Richtige, Noah.«

Haldane runzelte die Stirn und musterte seinen Kollegen. »Glaubst du das wirklich?«

»Wie sollte man sonst verhindern, dass die Situation eskaliert?« McLeod deutete aus dem Fenster, als zeige er auf einzelne Virenpartikel hinter dem Stacheldraht.

»Wenn man die Leute unter Quarantäne stellt, dann hat man

gefälligst dafür zu sorgen, dass die Macht, die man einsetzt, nicht missbraucht wird«, sagte Haldane. »Aber man errichtet kein Konzentrationslager für die Opfer!«

Der Fahrer hob die Hand und deutete nach vorn, als sich der Wagen einer Lücke im Stacheldraht näherte. »Sehen Sie, die Leute können hier hinein- und hinausgehen.«

Das improvisierte Wachhäuschen, die Schranke und die zahllosen Soldaten mit ihren ABC-Masken wirkten wie die Science-Fiction-Version eines Kontrollpunkts zwischen Ost- und West-Berlin während des Kalten Kriegs. Ihr Wagen rollte auf die Absperrung zu, und noch bevor der Fahrer den Motor ausgeschaltet hatte, waren Haldane und McLeod herausgesprungen, um zu sehen, was sich dort abspielte.

Mit weit geöffneten Hecktüren hatten sich zwei Krankenwagen dem Tor genähert. Mitten unter den geschäftig hin und her eilenden Soldaten erkannte Haldane den leitenden Gesundheitsbeamten Yung Se Choy. Seine Uniform ähnelte dem, was in Amerika die höheren Ränge von Polizei oder Feuerwehr bei formellen Anlässen trugen. Choy wirkte darin völlig verändert. Die Montur saß dem kleinen, nervösen Bürokraten wie angegossen und schien ihm eine viel größere Bedeutung zu verleihen. Doch wegen des dichten Kraushaars und der kaum verborgenen Narbe an der Oberlippe konnte man ihn nicht verwechseln.

Haldane trat an die Schranke heran zu Choy. »Hallo, Dr. Haldane«, sagte dieser und verbeugte sich knapp.

»Mr. Choy, was soll das?« Haldane deutete auf den Stacheldraht und die Wachen.

McLeod und der Fahrer kamen zu den beiden an die Schranke. Der Fahrer begann, Haldanes Frage zu übersetzen, doch noch bevor er damit fertig war, antwortete Choy auf Englisch. »Eine Quarantäne.« Er zuckte mit den Schultern und schien erstaunt, dass das für jemanden nicht offensichtlich sein konnte.

»Das ist keine Quarantäne.« Haldane schüttelte den Kopf. »Das ist eine Belagerung.«

Der Ort und die Uniform waren nicht ohne Wirkung auf Choy geblieben. Als er dem Dolmetscher auf Chinesisch antwortete, war seine schrille Stimme sicher und voller Autorität. »Wir machen genau das, was Ihr WHO-Team selbst empfohlen hat. Wir dämmen die Ausbreitung des Virus ein.« Er deutete auf die Gebäude hinter dem Stacheldraht. »Die Leute da drin werden gut versorgt. Sie bekommen Nahrungsmittel und alles, was sie brauchen. Und sie stehen unter Beobachtung durch unsere Ärzte und Krankenschwestern. Wenn sie medizinische Hilfe benötigen, transportieren wir sie ins Krankenhaus.«

Während Choy noch sprach, erschienen zwei Sanitäter in biologischen Schutzanzügen an der Schranke. Die Schranke öffnete sich, und, ohne sich zu beeilen, schoben die beiden eine Rolltrage in Choys Richtung. Die Sanitäter arbeiteten ohne jede Hektik. Als sie vorbeigingen, verstand Haldane, warum. Der Patient auf der Rolltrage lag in einem schwarzen Leichensack.

Haldane deutete mit dem Kinn auf die Leiche auf der Trage. »Das also meinen Sie mit Ihrem ›sich um die Leute kümmern‹?«

Ungerührt antwortete Choy mithilfe des Dolmetschers. »Diese Frau wurde tot in ihrer Wohnung aufgefunden. Offensichtlich hat sie sich geweigert, sich von ihren Nachbarn helfen zu lassen. Sie hatte Angst, ihre Wohnung zu verlassen, sogar nachdem sie bereits krank war.«

»Ich frage mich, wie viele andere hier noch aus purer Angst sterben«, brummte Haldane.

Choy hob die Hände. »Was ist die Alternative, Dr. Haldane?«, fragte er mithilfe des Dolmetschers. »Wäre es Ihnen lieber, wenn wir zulassen würden, dass sich das Virus über die Provinz hinaus in ganz China und noch weiter verbreitet und dabei einen von vier Menschen umbringt, die mit ihm in Berührung kommen?«

KAPITEL 12

Palace-Hotel, London

Jeder Zentimeter von Khalilas Körper pochte vor Schmerzen, von den Zehennägeln bis zu den Haarwurzeln. Nie zuvor hätte sie gedacht, dass man sich so elend fühlen konnte. Sie versuchte sich zu bewegen, doch ihre Arme und Beine gehorchten den Befehlen ihres Gehirns nicht. Sie waren wie totes Holz.

Die Laken ihres Bettes waren schweißgetränkt, doch noch nie hatte sie so sehr gefroren. Ihr Körper zitterte unkontrollierbar unter den nassen Laken. Das leichte Kratzen im Hals, das sie in der Nacht zuvor gespürt hatte, hatte sich in wiederkehrende Hustenanfälle verwandelt, deren Krämpfe sie lähmten. Bei jedem Anfall kam es ihr so vor, als stopfe ihr jemand ein Kissen in den Hals.

Am Licht, das durch die vertikalen Lamellen der Jalousie fiel, konnte sie erkennen, dass sie schon viel länger als geplant im Bett lag, auch wenn sie nicht sagen konnte, ob sie letzte Nacht geschlafen oder im Koma gelegen hatte. Wieder versuchte sie, sich zu bewegen. Es gelang ihr, sich auf die Seite zu rollen, doch die Anstrengung erschöpfte sie.

Bitte, Gott, gib mir Kraft, betete sie.

Sie verfluchte sich dafür, dass sie letzte Nacht nicht ausgegangen war, solange Arme und Beine ihr noch gehorcht hatten. Dr. Aziz hatte sie angewiesen zu warten, bis das Fieber am höchsten war. Gestern Abend war ihre Temperatur nie über 38,8° Celsius gestiegen; meist hatte sie sogar etwas daruntergelegen. Trotzdem hatte Khalila gewusst, dass sie krank genug war, um auszugehen, doch sie hatte gewartet. Sie hatte die gesamte Mission gefährdet. Sie hätte in dieser Nacht sterben können. Was hätte sie dann schon erreicht?

Sie konnte sich den Luxus moralischer Erwägungen nicht länger leisten, die sie am Abend zuvor noch hatten zögern lassen. Es stand ihr nicht zu, über all das zu urteilen; sie musste handeln. Und doch … Dieses Ding freizulassen, das ihren Körper vernichtete und das sich anfühlte, als würde sie von innen heraus gekocht … diese Vorstellung machte ihr ebenso zu schaffen wie die Schmerzen. Wie konnte das Gottes Wille sein?, fragte sie sich, als sie mühsam die Beine aus dem Bett schob.

Ihr Frösteln verschwand, und an dem plötzlichen erstickenden Hitzegefühl erkannte sie, dass das Fieber seinen Höhepunkt erreicht hatte. Das bärtige Gesicht ihres Ehemannes erschien vor ihren Augen. Sie war glücklich über diese Halluzination. Sie vermisste Zamil so sehr.

Versteckt im Schatten der Pyramiden auf der Hochebene von Gizeh, hatten sie als Kinder in ihrem Heimatdorf zusammen gespielt. Im Alter von elf Jahren wurde Jungen und Mädchen der Kontakt zueinander verboten, doch Khalila weigerte sich, sich an diese Anweisung zu halten. Und sie konnte Zamil überzeugen, Schläge und Schlimmeres zu riskieren, um mit ihr das Niltal und die Wüste dahinter zu erkunden. Sie waren klug genug, den Hormonen nicht nachzugeben, die in ihren Körpern tobten, und bewahrten sich stattdessen ihre Teenagerjahre hindurch eine heimliche, platonische Freundschaft, während aus den Funken ihrer erotischen Zuneigung eine weiß glühende Flamme wurde.

Als sie beide siebzehn wurden, beschlossen ihre Väter, die von ihrer Freundschaft nichts wussten, dass sie einander heiraten sollten. Khalila und Zamil waren überglücklich. Für Khalila war jeder Augenblick ihres gemeinsamen Lebens voller Glück, selbst das Jahr, als Zamil an der Moschee in Paris studierte und sie von ihren

Freunden und Familien getrennt waren. Zamil ließ Khalila an seinen Studien teilhaben, die sich ganz auf die strenge wahhabitische Richtung des Islam konzentrierten. In der Abgeschiedenheit des engen Schlafzimmers unter dem Dach des elterlichen Hauses tolerierte, ja ermutigte er ihren nachdenklichen Skeptizismus. Mit zärtlicher Beredsamkeit gewann Zamil ihren Geist und ihre Seele für seine Überzeugung. Ihr Glaube wurde so fest wie der seine.

Dann kam der 11. September 2001, gefolgt vom amerikanischen Angriff auf Afghanistan. Als er aufgefordert wurde, sich dem Verteidigungskampf seiner Glaubensbrüder, den Taliban, anzuschließen, bat Khalila ihren Mann, nicht zu gehen. Sie wusste, was Zamil, einen friedfertigen Gelehrten erwartete. Auch er wusste es, selbst wenn er es leugnete, doch er weigerte sich, vor etwas davonzulaufen, was er als seine Pflicht betrachtete.

Nachdem ihr Mann in einer Höhle in Afghanistan getötet worden war und sie fast gleichzeitig eine Fehlgeburt hatte, akzeptierte Khalila mit gebrochenem Herzen den Weg, den Gott für sie auserwählt hatte. Nie würde sie Zamils Kind oder das Kind eines anderen Mannes austragen, doch sie gelobte, dass sie *Ihm* dienen werde. Sie widmete ihr Leben Zamils Herzenswunsch. Und sie bemühte sich um die geistliche Führung eines seiner Lehrer, Scheich Hassans. Durch den Scheich fand sie Kontakt zu Hazzir Kabaal und seinen Leuten.

Während ihrer nachfolgenden Ausbildung und Vorbereitung stellte sie die Mission nicht ein einziges Mal infrage. Erst als ihr Fieber so sehr stieg, dass sie in ihrem schäbigen Londoner Hotelzimmer Halluzinationen hatte, meldete sich ihr Gewissen, und sie begann daran zu zweifeln, ob der Zweck die Mittel heiligte.

Das vor ihren Augen schwebende Gesicht Zamils verschwand. Ohne ihren Mann, der ihr die Dinge hätte erklären können, schien alles so unklar. Das Zimmer wurde dunkel. Sie schlief wieder ein.

Sechs Stunden später erwachte sie, gepeinigt von Schüttelfrost.

Wieder hatte das Fieber einen Höhepunkt erreicht. Sie fühlte sich, als hätte man ihr einen schweren Stein auf die Brust gelegt. Sie musste doppelt so schnell atmen, um nicht zu ersticken. Die Hustenanfälle dauerten länger und kamen häufiger. Doch wenigstens konnte sie ihre Arme bewegen. Sie sah auf die Uhr. Es war 16.28 Uhr. Langsam wurde die Zeit knapp.

Ohne sich die Möglichkeit zuzugestehen, noch einmal über alles nachzudenken, schleppte sie sich aus dem Bett. Wie vorgesehen duschte sie nicht, sondern zog die provozierende westliche Kleidung an, die sie zum ersten Mal in der somalischen Wüste für Kabaal und seine Gefolgsleute getragen hatte. Sie taumelte zum Spiegel. Ihr rehbraunes Gesicht war bleich geworden, und was einst verlockend gewirkt hatte, sah jetzt krank aus. Mit zitternder Hand trug sie eine zusätzliche Schicht Rouge und Lippenstift auf, um ihre Blässe zu verbergen.

Sie würgte zwei Gläser Mineralwasser und Orangensaft hinunter, wobei sie bei jedem Schluck überzeugt war, dass sie sich gleich würde übergeben müssen, doch ihr war klar, dass sie genügend Flüssigkeit und Zucker brauchte, um Kraft für den Weg zu finden, der vor ihr lag. Sie musste sich nicht übergeben, doch sie hatte einen Hustenanfall. Über der Toilette kniend und nach Luft ringend, würgte sie einen blutigen Klumpen Auswurf hoch. Schließlich beruhigte sich ihr Atem wieder, und sie stand auf.

Erleichtert sah sie die Reihe Taxis, die vor dem Hotel warteten. Sie humpelte zum ersten hinüber, nannte dem Fahrer ihr Ziel fast flüsternd und sackte auf der Rückbank zusammen.

Der Fahrer sagte kein Wort zu ihr, aber sie sah seinen besorgten Blick im Rückspiegel. Durch reine Willenskraft richtete sie sich auf, denn sie fürchtete, er würde sie ansonsten in eine Klinik fahren. Sie zwang sich, dem verschwitzten, übel riechenden Fahrer, wie sie hoffte, verführerisch zuzulächeln, wobei sie heftig, aber leise durch die Nase atmete.

Das Taxi hielt vor der Lobby des Park Tower Plaza. Das kürzlich errichtete 5-Sterne-Hotel war bei wohlhabenden Geschäftsleuten sehr beliebt, besonders bei amerikanischen.

Khalila bezahlte den Fahrer mit einer 20-Pfund-Note. Sie hielt sich mit beiden Händen an der Tür fest und zog sich aus dem Wagen. Dann musste sie stehen bleiben, bis ein weiterer Hustenanfall nachgelassen hatte. Ein großer, stämmiger Mann mit einem Cowboyhut, der auf ihr Taxi wartete, beugte sich vor und reichte ihr seinen Arm, doch sie lehnte mit einem Kopfschütteln ab. Sie holte tief Luft und ging auf den Eingang zu.

Im Hotel bemerkten einige Gäste, die sich in der gut gefüllten Lobby aufhielten, ihre schwankenden Schritte. Sie lächelte und wies mit einer Geste jede Hilfe zurück, die man ihr anbot.

Der ursprüngliche Plan hatte vorgesehen, dass sich Khalila vor acht Uhr morgens im Hotel aufhalten sollte, um auf die Abreise der Gäste zu warten, doch jetzt erwies sich die neue Situation als noch günstiger. Um Punkt fünf Uhr nachmittags kamen Bankiers, Anwälte und andere Geschäftsleute aus ganz London von ihren Terminen und Konferenzen in ihre Hotelzimmer zurück.

Inmitten einer Gruppe amerikanischer Geschäftsleute wartete sie mit zitternden Beinen auf den Lift. Kurz darauf ließ sie sich von der Menge mittragen, die in den geräumigen Aufzug strömte. Schwankend schob sie sich wieder nach vorn und drückte den Knopf für die oberste Etage. Dann strich sie entsprechend ihrer Anweisungen mit ihren infektiösen Fingern über die Oberfläche aller anderen Knöpfe und die Leiste daneben.

Als sie erneut husten musste, bedeckte sie ihren Mund zwar mit der Hand, doch sie ließ bewusst eine Lücke zwischen Daumen und Zeigefinger, sodass sich der inzwischen blutige Schleim in der Luft verteilen und auf die Männer in ihrer Umgebung herabregnen konnte. Die meisten Männer beachteten sie kaum, doch einige wenige in ihrer Nähe traten einen Schritt zurück und versuchten, der hustenden Frau nicht allzu nahe zu kommen.

Khalila fuhr bis in die oberste Etage und verließ den Aufzug zusammen mit den wenigen Gästen, die ebenfalls bis ganz hinauf fuhren. Während die anderen auf ihre Zimmer gingen, holte sie den Aufzug mit einem Knopfdruck zurück und wartete. Sie fühlte sich so schwach. Sie musste sich an die geschlossenen Aufzugtüren lehnen, um nicht zusammenzubrechen. Als die Türen sich öffneten, stolperte sie in die leere Aufzugkabine. Sie strich mit den Händen über alle Knöpfe. Dann fuhr sie wieder nach unten, während weitere ahnungslose Gäste den Lift betraten. Das Abendessen, Shows und Touristenattraktionen erwarteten sie. Und einige erwartete in relativ kurzer Zeit der Tod.

Dann wiederholte sie, was sie getan hatte. Immer wieder fuhr sie im Aufzug mit neuen Gruppen von Hotelgästen hinauf und hinab. Bei jeder Fahrt wurde sie schwächer. Als sie zum vierten Mal nach oben fuhr, öffneten sich die Türen in der zweiten Etage. Eine auffallend schöne Frau betrat mit ihren zwei kleinen Töchtern den Lift. Die hübschen Schwestern trugen zueinander passende, rosafarbene Bademäntel. Das Haar der beiden war nass, und eines der Mädchen hielt ein Badetuch in der Hand. Der Altersunterschied zwischen ihnen war nicht sehr groß; das ältere Mädchen konnte kaum mehr als sechs Jahre alt sein.

Mit Entsetzen sah Khalila, wie die Mutter ihre beiden Töchter auf sie und die Aufzugknöpfe zu schob. »Ich habe ihnen versprochen, dass sie auf den Knopf drücken dürfen«, erklärte die Mutter ihr mit einem warmherzigen Lächeln.

Die Aufzugkabine drehte sich. Khalila spürte, dass sie kurz vor einem weiteren Hustenanfall stand. Sie drehte den Kopf zur Wand, bedeckte ihren Mund, während sie hustete, und bemühte sich verzweifelt darum, dass die beiden kleinen Mädchen nicht mit dem blutigen Auswurf voller Viren in Berührung kamen.

Khalila zog sich von der Mutter und den Mädchen auf die andere Seite des Lifts zurück. Sie wollte die Mädchen anschreien, die kontaminierten Knöpfe nicht anzufassen, doch sie tat es nicht. Tränen stiegen ihr in die Augen, als sie sah, wie die beiden Mädchen abwechselnd den Knopf für ihre Etage drückten. Und als die jüngste Tochter nach dem Alarmknopf griff, schoss die Hand der Mutter nach vorn, um die Hand ihrer Tochter wegzuziehen, und strich dabei über die Metallleiste, welche die Knöpfe umgab. Die Mutter beugte sich vor und sprach in leisem Ton mit dem kleinen Mädchen. Weil sie ausgeschimpft wurde, begannen die Lippen der jüngeren Tochter zu zittern. Und dann steckte sie zum Trost den Daumen in den Mund, der eben noch die Knöpfe berührt hatte.

KAPITEL 13

Polizeihauptquartier, Kairo

Auf der verzweifelten Suche nach einer Zigarette klopfte Sergeant Achmed Eleish gegen die Taschen seiner Jacke. Nach einem beängstigenden Augenblick fiel ihm ein, dass er – in einem halbherzigen Versuch, das Rauchen aufzugeben – die Schachtel in die unterste Schublade seines Schreibtischs geworfen hatte. Seit er mit heftigen Brustschmerzen, die später als Angina diagnostiziert worden waren, eine lange Nacht im Krankenhaus verbracht hatte, nahmen ihn alle unter Beschuss. Samira, seine beiden Töchter, sein Arzt und sogar der Imam seiner Moschee hielten ihm immer wieder Vorträge darüber, dass er mit dem Rauchen aufhören sollte. Während sich die anderen Sorgen um Eleishs Gesundheit machten, hob der Imam hervor, dass Eleish seiner Ansicht nach gegen ein Gesetz des Islam verstieß: Wie Mohammed verkündet hatte, war es eine Sünde, die eigene Gesundheit bewusst zu schädigen und Geld zu verschwenden.

Eleish musste zugeben, dass sie Recht hatten. Im Alter von fünfzig Jahren schleppte er bereits fünfzig Pfund zu viel mit sich herum, und das angesichts der Tatsache, dass die Mitglieder seiner Familie zu Herzinfarkten neigten. Doch weil er ein hingebungsvoller Familienmensch, ein engagierter Polizist und auch ansonsten ein guter Moslem war, glaubte Eleish, dass er das Recht auf ein einziges kleines Laster hatte, auch wenn ihn das Rauchen noch in ein frühes Grab bringen würde. Also kramte er in der Schublade, bis er die Schachtel gefunden hatte. Er zog eine Zigarette heraus und steckte das Päckchen in eine Tasche seiner zerknitterten grauen Anzugjacke, denn er wusste genau, dass er schon bald eine zweite brauchen würde.

Er zündete die Zigarette an und genoss zwei lange Züge, bevor er seine Aufmerksamkeit wieder den Akten mit den ungelösten Fällen zuwandte, die vor ihm lagen. Als er nach dem obersten Schnellhefter griff – einem tragischen, aber keineswegs seltenen Fall, der die Vergewaltigung und den ungeklärten Mord an einer vierzehnjährigen Prostituierten in den Slums von Kairo betraf –, klingelte das Telefon.

»Eleish«, sagte er in den Hörer. Diese Begrüßung war ungewöhnlich für einen Offizier bei der Kairoer Polizei, doch er hatte sie bereits vor Jahren in einem der von ihm so geliebten Detektivromane entdeckt und nicht mehr aus dem Kopf bekommen.

»Sergeant, ich bin's«, sagte Bishr Gamal leise.

Im Hintergrund konnte Eleish Verkehrslärm hören, da Gamal von der öffentlichen Telefonzelle aus anrief, die er auch sonst üblicherweise benutzte. Er konnte sich gut vorstellen, wie der kleine Informant flüsternd in den Hörer sprach, während er sich immer wieder nervös umsah.

Er nahm noch einen Zug von seiner Zigarette und fragte dann: »Was gibt's, Bishr?«

»Es geht wieder um die Moschee«, sagte Gamal, womit er die Al-Futuh-Moschee meinte. Das Gotteshaus war zwar eine bekannte Brutstätte des islamischen Fundamentalismus, doch sein charismatischer Geistlicher, Scheich Hassan, besaß genügend politisches Geschick und ausreichend Rückhalt in der Bevölkerung, um jeden Versuch der örtlichen Behörden zunichte zu machen, ihn in die Schranken zu weisen.

»Und?«, fragte Eleish.

»Einige sehr interessante Dinge, Sergeant.«

»Bishr, ich habe keine Zeit für Ratespiele«, sagte Eleish, obwohl er insgeheim die dramatischen Auftritte genoss, die Gamal jedes Mal inszenierte, wenn sie sich unterhielten.

»Aber Sergeant, was ich diesmal habe, ist mehr wert als unsere übliche Vereinbarung.«

»Das sagst du immer, Bishr. Und meistens sind deine Tipps überhaupt nichts wert.« Eleish bezahlte Gamal aus seiner eigenen Tasche, jedoch nicht in Form eines regelmäßigen Honorars. Nur für neue Informationen gab er ihm jeweils ein wenig Geld. »Aber sag mir, was du hast«, seufzte er. »Wenn es nützlich ist, zahle ich dir das Doppelte.«

»Das Dreifache.«

»Das Zweieinhalbfache.« Eleish lächelte vor sich hin. »Und keinen Piaster mehr!« Er stellte sich vor, wie er das ganz im Stil Humphrey Bogarts sagte, in Trenchcoat und Filzhut. Er unterdrückte ein Lachen.

»Okay, Sergeant, okay«, sagte Gamal. »Ihr Mann ist verschwunden.«

Eleish lächelte nicht mehr. Er legte die Zigarette im Aschenbecher ab. »Was meinst du mit ›verschwunden‹?«

»Üblicherweise kommt er zweimal am Tag, um zu beten, aber seit acht Tagen hat ihn niemand mehr gesehen. Ich habe die anderen in der Moschee gefragt. Niemand weiß, wo er hingegangen ist.«

»Hm«, grunzte Eleish. »Okay, Bishr, was noch?«

»Er ist nicht der Einzige, der verschwunden ist«, flüsterte Gamal, als sei seine Telefonzelle von Spionen umringt.

»Wer noch?«, fragte Eleish ungeduldig.

»Eine ganze Reihe von regelmäßigen Besuchern der Moschee, Männer und Frauen, sind zur gleichen Zeit verschwunden.«

»Und du weißt nichts darüber, wo sie sich jetzt aufhalten?«

»Nein«, sagte Gamal. »Ich bin regelmäßig zu den Gebeten gekommen. Ich habe gehört, wie zwei Männer über eine Wüstenbasis gesprochen haben, doch den Rest ihrer Unterhaltung konnte ich nicht verstehen. Und es ist nicht gerade ratsam, zu viele Fragen zu stellen.«

»Okay.« Eleish griff nach seiner Zigarette. »Gute Arbeit, Bishr. Ich zahle dir das Dreifache dafür. Aber ich will, dass du dich weiter in der Nähe der Moschee aufhältst. Melde dich, wenn du etwas Neues hörst.«

»Das werde ich, Sergeant Eleish, das werde ich«, versicherte Gamal feierlich.

Eleish legte den Hörer auf. Geistesabwesend griff er in seine Schreibtischschublade und suchte nach dem Imbiss, den ihm seine Frau immer zubereitete. Dann fiel ihm ein, dass sie mitten im Ramadan waren. Wie an jedem Tag während des für alle Moslems heiligen Monats musste er bis zum Sonnenuntergang fasten. Dann würde er mit seiner Familie zusammen in der Moschee das Abendgebet, das Taraweeh, sprechen. Eigentlich hätte er während des Ramadan am Tag auch auf das Rauchen verzichten müssen, doch weil er schon lange wusste, dass er beides nicht schaffte, hatte er sich für die in seinen Augen geringere Sünde entschieden.

Sein Magen knurrte, als er nach der Akte griff, die er getrennt von allen anderen aufbewahrte. »Hazzir Kabaal« stand mit Bleistift geschrieben auf dem Umschlag. Er öffnete den Ordner und überflog die Einträge, die er selbst in den letzten acht Jahren in seiner krakeligen Handschrift angefertigt hatte.

Gamals Informationen passten zu dem, was Eleish heute Morgen entdeckt hatte. Als er sich unter dem Vorwand, umfangreiche Anzeigen schalten zu wollen, bei Kabaals Zeitungen erkundigt hatte, konnte er erfahren, dass niemand den Magnaten seit mehr als einer Woche gesehen hatte. Man sagte ihm, er sei »in Urlaub«. Eleish war klar, dass es in Ägypten noch immer kein Verbrechen war, Urlaub zu nehmen, doch er glaubte keine Sekunde lang, dass Kabaal irgendwo am Strand in der Sonne lag. Obwohl er dem Mann nur zweimal begegnet war, kannte Eleish Kabaal nach all den Jahren seiner Nachforschungen durch und durch. Kabaal war ein Gewohnheitstier, und Urlaub passte einfach nicht zu ihm – jedenfalls dann nicht, wenn er seine Moschee während des Ramadan verlassen und die Leitung seiner Zeitungen delegieren musste, denen er sich ansonsten mit geradezu mütterlicher Hingabe widmete.

Achmed Eleish drückte die Zigarette im Aschenbecher aus und griff durch die Rauchschwaden, die noch vor ihm in der Luft hingen, hindurch nach der nächsten. Er hatte keinen Beweis für irgendein Verbrechen. Doch wenn es um Kabaal ging, fanden sich ohnehin nie Beweise. Und Eleish vermutete, dass dieses immer wiederkehrende Problem seinen Herzkranzarterien mindestens ebenso schadete wie die Zigaretten.

Ein Teil seiner Frustration kam daher, dass er nur so wenig Zeit auf die Verfolgung Kabaals verwenden konnte. Nur selten war er zuvor bei seinen ungelösten Fällen, die Morde und andere Verbrechen betrafen, so sehr in Rückstand geraten. Und überdies verlangten seine Vorgesetzten ständig von ihm – wie auch von allen anderen Mitgliedern der Polizei –, dass er gegenüber Ägyptens Homosexuellen hart durchgreifen sollte. Er hielt es für eine beleidigende und lächerliche Zeitverschwendung, die verborgene, aber ständig wachsende Gemeinde der Homosexuellen in Kairo zu verfolgen.

Eleish schloss die Akte Kabaal. Er trommelte mit seinen nikotingelben Fingerspitzen gegen die Rückseite des Ordners und dachte über die Möglichkeiten nach, die ihm blieben. Gewiss, er hatte dringendere offizielle Aufgaben, als den Aufenthaltsort eines Zeitungsverlegers festzustellen, von dem nicht bekannt war, dass er gegen ein Gesetz verstoßen hätte, doch Eleish hatte das Gefühl, dass die Angelegenheit drängte, auch wenn er nicht sagen konnte, warum. Als leidenschaftlicher Leser von Detektivromanen glaubte Eleish schon lange an »Ahnungen«. Seine Ahnungen hatten ihm in seiner fünfundzwanzigjährigen Karriere schon oft geholfen, einen Fall zu lösen. Jetzt sagte ihm eine seiner Ahnungen, dass es äußerst wichtig war, Kabaal zu finden. Und zwar so schnell wie möglich.

Was Kabaal auch immer vorhaben mochte, Eleish hatte den Verdacht, dass es seinem geliebten islamischen Glauben nur noch mehr Schande machen würde. Und er war entschlossen, das um jeden Preis zu verhindern.

Park-Tower-Plaza-Hotel, London

Malcolm Ezra Fletcher III. – Fletch für die Jungs daheim in Arkansas – wurde seinen quälenden Husten einfach nicht los. Der stämmige Fünfundfünfzigjährige, Vorstandsmitglied einer Ölgesellschaft, würde es jedoch keinesfalls zulassen, dass ihm eine läppische Erkältung seine erste Reise nach London verdarb. Natürlich musste mir das genau an dem Tag passieren, an dem die endlosen Sitzungen endlich hinter mir liegen, dachte Fletch. Ausgerechnet dann wache ich mit Fieber und Husten auf.

Sein Husten erinnerte ihn wieder an die junge Frau, die er vor dem Hotel aus seinem Taxi hatte steigen sehen. Auch dieses junge hübsche Ding, fiel ihm ein, hatte sich die Lunge aus dem Leib gehustet. Vielleicht hatte er sich bei dieser Gelegenheit erkältet? Doch wo immer die Erkältung auch herkam, sie war ungewöhnlich!

Sei's drum. Herumzuliegen und sich selbst zu bemitleiden, war ganz und gar nicht Fletchers Art. In den zweiunddreißig Jahren seines Arbeitslebens hatte er noch keinen einzigen Tag wegen Krankheit aussetzen müssen, und jetzt würde er sich nicht die einzige Chance entgehen lassen, ein paar Touristenattraktionen zu besichtigen. Er erhob sich aus dem Bett und machte sich auf den Weg zu den Sehenswürdigkeiten.

Im Tower of London meldete er sich für eine Führung an. Als er die Wendeltreppe in einem der Ecktürme des Tower hinaufstieg, konnte er sich gut in die Lage der mittelalterlichen Gefangenen versetzen, von denen ihr Führer berichtete. Doch obwohl Fletch sich sehr für Geschichte interessierte – wenn auch eher in der Version, wie sie in *Dungeons and Dragons* dargestellt wurde –, fiel ihm das Atmen so schwer, dass er sich nicht auf die Worte des Führers konzentrieren konnte. Und mit jedem Schritt kam es Fletch so vor, als trüge er an Armen und Beinen dieselben Eisenketten wie die Gefangenen damals.

Erschöpft und kurzatmig musste er die Führung nach der Hälfte abbrechen. Er stolperte in Richtung Ausgang. Weil er ein Versprechen einhalten wollte, hielt er kurz am Museumsshop, um Spielzeugschwerter und Nachbildungen der Kronjuwelen als Mitbringsel für seine beiden Enkel zu kaufen. Obwohl die Schwerter aus Plastik waren, kam es Fletch so vor, als wären sie aus Blei, während er die Tasche zum Ausgang schleppte.

Nachdem er stolpernd aus dem Taxi gestiegen war, musste er auf dem kurzen Weg zum Aufzug und später zu seinem Zimmer fünf- oder sechsmal stehen bleiben. Er war so kurzatmig, dass er sich fragte, ob er einen Herzinfarkt hatte, doch er wusste, dass das sein hohes Fieber nicht erklären konnte.

Zehn Minuten später saß Fletch, noch immer keuchend und nach Luft ringend, auf seinem breiten Bett. Er griff zum Telefon auf dem Nachttisch und überlegte, ob er die 911 wählen sollte, doch er war nicht sicher, ob das in England die richtige Nummer war. Obwohl er sich so elend fühlte, entschied er sich schließlich für das lange erprobte Hausmittel seiner Mutter: Schnaps und Schlaf.

Nachdem er ein Fläschchen Courvoisier aus der Minibar geleert hatte, schlüpfte er unter die Decke, überzeugt, dass ein kleines Nickerchen alles in Ordnung bringen würde.

KAPITEL 14

Hotel Chinesische Mauer, Jiayuguan

Während der letzten vier Tage hatten sie sich immer wieder am Telefon verpasst. Während er auf dem Doppelbett saß und hörte, wie das Telefon zum vierten Mal klingelte, fand sich Haldane resignierend damit ab, dass er auch an diesem Tag die Stimme seiner Tochter nicht hören würde. Dann ertönte ein Klicken. »Hallo?«, sagte Anna.

»Hi«, sagte Haldane. Es entstand eine Pause, und Noah war nicht sicher, ob das an der Verzögerung der Übertragung oder an Anna lag.

»Wie geht es dir?«, fragte sie steif.

»Gut«, sagte Haldane. »Wie geht's dir und Chloe?«

»Chloe geht es viel besser. Das Fieber ist weg. Sie ist wieder ganz die Alte.« Anna schwieg einen Augenblick. »Aber sie vermisst ihren Vater.«

Haldane wartete, aber Anna sagte nicht, ob sie ihn auch vermisste. »Es scheint, dass sich die Lage hier in China entspannt«, erklärte er. »Ich hoffe, dass ich in den nächsten Tagen nach Hause kommen kann.«

Wieder war einige Augenblicke lang nichts zu hören. So lange, dass Haldane klar wurde, dass die Telefonverbindung nicht der Grund sein konnte. »Das ist großartig, Noah«, sagte Anna, doch es klang, als fühle sie sich zu so einer Bemerkung verpflichtet.

»Ja«, sagte Haldane distanziert. »Kann ich mit Chloe sprechen?«

»Natürlich.«

Er klopfte mit dem Hörer gegen sein Ohr, während er auf seine Tochter wartete. Schließlich hörte er ihren Atem in der Leitung.

»Chloe?« Er hatte Schmetterlinge im Bauch. »Bist du das?«

»Hi, Daddy.«

»Chloe, es tut so gut, deine Stimme zu hören.«

»Wo bist du, Daddy?«

»Ich bin in China, Schätzchen.«

»Trinkt ihr dort Tee zusammen?«, fragte sie aufgeregt.

Es dauerte einen Augenblick, bis Haldane begriff. Dann lachte er, denn er erinnerte sich an Chloes chinesisches Miniatur-Teegeschirr zu Hause. »Nein, Chloe. Wir trinken keinen Tee. Ich bin im Land China. Erinnerst du dich? Wir wollten letzten Sommer ein Loch bis nach China graben.«

»Daddy, hast du ein großes Loch gegraben?«, fragte sie ernst.

»Nein, Schätzchen, ich habe das Flugzeug genommen.«

»Daddy?«

Haldane stellte sich vor, wie Chloe den großen Hörer an ihr kleines Ohr drückte. Er fühlte einen Stich in seinem Herzen. »Ja, Chloe?«

»Morgen ist meine Geburtstagsfeier.«

Sie hatte erst in zehn Tagen Geburtstag, doch in Chloes Vokabular konnte sich das Wort »morgen« auf jeden beliebigen Zeitpunkt in der Zukunft beziehen. »Ja, schon bald, Schätzchen«, sagte Haldane.

»Bringst du mir Ballons mit?«

Im Jahr zuvor hatte ihr Haldane zu ihrer Geburtstagsfeier eine riesige Traube Luftballons mitgebracht, und Chloe hatte alle anderen Geschenke im Stich gelassen, um so lange mit den Ballons zu spielen, bis sie fast ihr gesamtes Helium verloren hatten und schlaff über den Boden ihres Zimmers schwebten. »Ich verspreche dir, du bekommst deine Ballons«, sagte er. »Mehr Ballons als Wolken am Himmel.«

Sie kicherte vor Freude. »Und Kuchen?«

»Und Kuchen«, sagte er.

»Bye, Daddy.« Dann hörte Haldane, wie Chloe nach ihrer Mutter rief. »Daddy sagt, dass ich Ballons und Kuchen zum Geburtstag bekomme!«

»Ich liebe dich, Chloe«, sagte Haldane, doch an dem Geräusch, mit dem der Hörer auf einem Tisch abgelegt wurde, konnte er erkennen, dass Chloe bereits gegangen war.

Einen Augenblick später nahm Anna den Hörer auf. »Noah?«

»Wo ist Chloe hin?«, fragte Haldane.

»Ins Kinderzimmer«, sagte sie. »Anscheinend wird sie dir noch einen Kuchen backen.«

»Hoffentlich nicht.« Haldane rang sich ein Lachen ab. »Diese Fantasiekuchen sind das reinste Gift für meine Hüften und Oberschenkel.«

Anna räusperte sich. »Hör zu, Noah, wir müssen uns unterhalten.«

»Jetzt nicht, Anna«, unterbrach Haldane sie. »Ich muss heute Abend zu einer Besprechung. Wie ich schon gesagt habe, ich komme bald nach Hause. Dann können wir reden.«

»Okay … gut«, willigte Anna ein.

»Bye, Anna«, sagte er und beendete das Gespräch, ohne auf ihre Antwort zu warten.

Nachdem er den Hörer auf die Gabel gelegt hatte, lehnte er sich auf dem Bett zurück und massierte sich die Schläfen. Er hatte Anna angelogen: Heute Abend gab es keine Besprechung mehr. Aber er war nicht bereit, über eine Trennung oder worüber sie sich auch sonst hatte unterhalten wollen, am Telefon mit ihr zu diskutieren.

Was ist bloß schief gegangen mit uns?, fragte er sich. Obwohl es schmerzte, drückte er noch kräftiger gegen seine Kopfhaut, denn er wusste, wer die Hauptschuld trug.

Noah würde nie vergessen, wie sie sich zwei Tage vor seinem dreißigsten Geburtstag bei einer Hausparty getroffen hatten, zu der sie sich beide nur widerwillig von Freunden hatten überreden lassen. Am Ende verbrachten sie seinen ganzen Geburtstag im Bett – und so viele Stunden der folgenden Tage, wie es ihre jeweiligen Verpflichtungen erlaubten. Haldane hatte soeben sein Praktikum beendet, in dem er sich mit Infektionskrankheiten beschäftigt hatte, während die fünfundzwanzigjährige Anna gerade damit anfing, ihre Italienisch-Magisterarbeit zu schreiben. Sie heirateten ein Jahr später. Während der nächsten sechs Jahre waren sie die besten Freunde. Jeder unterstützte den anderen bei seinen Zielen, und eine unstillbare Leidenschaft füreinander erfüllte sie. Nach Chloes Geburt wurde ihr Leben beschaulicher. Wie bei den meisten Paaren kam der Sex während all jener schlaflosen Nächte und der Zeit, in der Anna Chloe stillte, zu kurz, doch ihre Nähe zueinander wuchs. Durch Chloe hatten sie etwas gefunden, das noch wichtiger war als ihre innige Romanze zuvor.

Chloe war erst zwei Jahre alt, als Haldane eines Morgens mit dem Gefühl erwachte, inmitten einer schwarze Wolke zu leben. Zunächst wusste er nicht, was ihm zugestoßen war. Er fühlte sich ausgebrannt und machte für seine Erschöpfung die zahllosen Verpflichtungen in der Klinik, an der Universität und bei der WHO verantwortlich – und die viele Zeit, die er seiner Tochter widmete. Eigentlich hatte er erwartet, dass dieser Zustand bald vorübergehen würde, und so nahm er ein paar Wochen Urlaub. Doch die Ruhe half ihm nicht.

Weil er unbedingt verhindern wollte, dass seine Niedergeschlagenheit das Verhältnis zu seiner Tochter trübte, widmete er Chloe noch mehr Zeit. Er ging mit ihr zu fast jedem Spielplatz in der Stadt. Doch Noah erkannte, dass es ihm unmöglich war, der

Rolle des perfekten Vaters, Arztes und Ehemannes gleichzeitig gerecht zu werden. Irgendwo musste er Abstriche machen. Und es stellte sich heraus, dass Anna die Hauptlast zu tragen hatte. Zwar war er genauso häufig zu Hause wie früher – wenn nicht häufiger –, doch ihrem Zusammensein fehlte die echte Nähe. Er war viel reizbarer geworden als früher. Er erzählte ihr immer weniger von seiner Arbeit. Er hörte auf, regelmäßig mit ihr auszugehen. Und er gab sich im Schlafzimmer so wenig Mühe, dass der Sex, der einst so aktiv und fantasievoll gewesen war, beinahe völlig verkümmerte.

Acht Monate lang nahm Anna seine Distanziertheit schweigend hin. Eines Tages bat sie Haldane, sich zu ihr ins Wohnzimmer zu setzen. Mit vor der Brust verschränkten Armen und Tränen in den großen braunen Augen sagte sie ihm, dass er aufgehört hatte, ein Ehemann zu sein und nur noch der Mann war, mit dem sie sich die Erziehung ihrer Tochter teilte. Sie sagte ihm, dass sie so nicht weiterleben könne und nicht weiterleben wolle.

Das war der Warnschuss, den Haldane gebraucht hatte. Obwohl er natürlich längst begriff, dass er sich aus seiner Ehe zurückgezogen hatte, war ihm das Ausmaß seines Rückzugs nie klar geworden, und er hatte nie verstanden, wie sehr er seine Frau verletzt hatte. Dass seine Familie bedroht war, traf ihn, als schütte man ihm einen Eimer Eiswasser ins Gesicht. Er beschloss, die Dinge in Ordnung zu bringen. Obwohl sich das keineswegs leicht bewerkstelligen ließ, verwandte er viel Energie darauf, ihre Beziehung zu verbessern. Langsam, aber sicher gewannen Anna und Noah in den folgenden Monaten verlorenes Terrain zurück. Dann schlug SARS zu, und Haldane wurde nach China beordert, um bei der Bewältigung dieser Krise zu helfen.

Er war erst wenige Monate wieder zu Hause, als im Fernen Osten die Vogelgrippe ausbrach, und wieder wurde er losgeschickt, um bei den Untersuchungen zu helfen.

Irgendwann während seiner langen Abwesenheit verliebte sich Anna in Julie.

Das Bett war noch immer mit Papieren bedeckt, und in seinem Schoß lag noch immer das Notebook, als Haldane einnickte, obwohl er eigentlich noch nicht schlafen wollte. Erschrocken zuckte er zusammen, als das Klingeln des Telefons ihn weckte. Er setzte sich auf und stellte das Notebook auf die Matratze neben sich.

Er griff nach dem Hörer und hoffte, dass Anna, inzwischen versöhnlicher gestimmt, noch einmal mit ihm sprechen wollte. »Hallo«, sagte er schwer atmend.

»Dr. Haldane?«, sagte eine Frauenstimme.

»Ja …« Er räusperte sich und spürte einen schalen Geschmack im Mund. »Wer spricht denn?«

»Gwen Savard, Abteilung für Zivilschutz.«

Haldane stellte das Notebook auf den Nachttisch. »Natürlich, ich erinnere mich. Wir haben uns auf dieser Konferenz über das Ende der Welt getroffen.«

Savard lachte. »Sie waren der Einzige, der behauptet hat, das Ende der Welt stünde unmittelbar bevor.«

»Hab ich nicht Recht?« Haldane befeuchtete seine Lippen.

»Genau das wollte ich eigentlich von Ihnen wissen. Aber Sie sind nur schwer aufzutreiben.«

»Das ist einer der Nachteile, wenn man sich irgendwo in der chinesischen Provinz aufhält. Oder vielleicht ist es ja auch ein Vorteil.« Dann fügte er hinzu: »War nicht persönlich gemeint, Dr. Savard.«

»Gwen«, sagte sie. »Ich hab schon verstanden. Ich selbst müsste am besten einen Monat lang unerreichbar sein, wenn ich all die Arbeit nachholen wollte, die bei mir liegen geblieben ist. Haben Sie ein paar Minuten Zeit?«

Er sah auf die Uhr. Es war 22.18 Uhr. Er hatte die ganze Nacht Zeit. »Was haben Sie auf dem Herzen, Gwen?«

»Die Gansu-Grippe.«

Er verzog das Gesicht. »Welches Genie hat sich denn den Namen einfallen lassen?«

»Irgendein Reporter«, sagte sie. »Es ist immer noch besser als das andere Wort, das sie dafür verwenden, ›Killer-Grippe‹. Ich weiß nicht, ob es Ihnen schon aufgefallen ist, aber die Zeitungen berichten sehr ausführlich über das Virus. Kein Wunder nach SARS und der Vogelgrippe.«

»Glücklicherweise bin ich außerhalb der Reichweite der meisten Medien, aber ich habe ein paar Geschichten im Internet gesehen«, sagte er. »Wir nennen es Acute Respiratory Collapse Syndrome oder ARCS, denn das, wozu es führt – nämlich akutes Lungenversagen –, konnte früher bestimmt werden als das Virus selbst.«

»Wie ist es, Noah?«

Haldane seufzte und dachte über die Frage nach. »Es ist schlimm, Gwen.«

»Schlimmer als SARS?«

»Ja und nein.«

»Inwiefern?« Sie sprach mit ruhiger Autorität, und Haldane war dankbar dafür, dass er ihr einige Informationen aus erster Hand mitteilen konnte. Es war, als teile er ein Geheimnis mit ihr, dessen Last er nicht alleine tragen wollte.

»Die klinischen Symptome sind schlimmer als bei SARS«, erläuterte er. »Bei infizierten Patienten kommt es sehr rasch zu einer schweren Lungenentzündung, was oft innerhalb weniger Tage zu mehrfachem Organversagen und schließlich zum Tod führt. Manchmal sogar noch schneller. Und es ist ein hässlicher Tod. Es gibt eine gewisse Ähnlichkeit zum Tod durch Ebola oder vergleichbare Virenstämme, nur die Blutungen sind nicht ganz so heftig. Die Mortalitätsrate von ARCS ist wenigstens vier- bis fünfmal höher als die von SARS.«

Einen Augenblick lang antwortete sie nicht. Haldane glaubte zu hören, wie sie mit den Zähnen knirschte. »Und in welcher Hinsicht ist es besser als SARS?«

»Es ist so verdammt schnell. Die Inkubationszeit beträgt nur wenige Tage, maximal fünf. Und in weniger als einer Woche ist der Patient entweder tot, oder er hat sich vollständig erholt.«

Noch eine Pause, noch mehr Zähneknirschen. »Das klingt nicht viel besser.«

»Doch. In epidemiologischer Hinsicht ist das ein Riesenvorteil«, sagte er. »Die Quarantäne kann viel kürzer sein als bei SARS. Fünf Tage statt zwölf. Und wir müssen uns keine Sorgen über eine latente Ausbreitung machen. Es sei denn, das Virus mutiert.«

»Scheint so«, sagte Savard, doch sie klang nicht überzeugt.

»Aber der größte Vorteil besteht darin, dass das Virus nicht allzu ansteckend ist«, fuhr Haldane fort. »Im Gegensatz zu SARS gibt es hier nur eine minimale Übertragung auf medizinisches Personal. Und wäre ARCS eine gewöhnliche Grippeart, hätte es sich inzwischen über Gansu hinaus verbreitet. Wir hätten es niemals eindämmen können.«

»Sie haben es eingedämmt?«, fragte sie unverblümt.

Er antwortete nicht sofort. »Es sieht so aus, als beschränke sich die Epidemie auf Jiayuguan«, sagte er vorsichtig. »Seit mehr als achtundvierzig Stunden wurden keine neuen Fälle mehr berichtet. Es ist zu früh, um schon etwas über die ländlicheren Regionen zu sagen.«

»Das sind großartige Neuigkeiten, Noah.«

»Für Sie vielleicht«, sagte Haldane. »Sie haben nicht erlebt, was hier los ist.«

»Dann sagen Sie's mir.«

»Die Regierung hat eine Quarantäne errichtet, die eher wie ein

Ghetto wirkt. Sie haben zehntausend Menschen unter der Aufsicht Bewaffneter hinter Stacheldraht gesperrt. Bisher sind 276 Menschen gestorben, die meisten von ihnen junge Erwachsene oder Kinder. Es sieht aus wie ein wahr gewordener Albtraum. Krankenwagen rasen hinein, Leichensäcke werden herausgebracht. Die Angst liegt so schwer in der Luft, dass man sie fast berühren kann. Es ist schrecklich.«

»Es klingt schrecklich«, sagte Gwen voll echtem Verständnis. »Und doch ist es notwendig. Stellen Sie sich nur diese Ghettos in Städten auf der ganzen Welt vor, wenn Sie nicht die Ausbreitung in China gestoppt hätten.«

Haldane stieß ein schnaubendes Lachen aus. »Ich hatte nicht viel damit zu tun.«

»Da hat mir Jean Nantal aber etwas anderes erzählt.« Sie drängte ihm das Lob auf. »Er sagt, Sie hätten die Behörden überzeugt, den lokalen Viehbestand zu opfern. Und er sagt, dass das für die Bekämpfung des Virus entscheidend war.«

»Ich wollte, ich wäre so zuversichtlich wie Sie«, seufzte Haldane. »Ich bin nicht sicher, ob wir ARCS oder die Gansu-Grippe oder die Killer-Grippe oder wie immer Sie es auch nennen wollen schon überwunden haben.«

»Warum?«, fragte Savard.

»Vielleicht dramatisiere ich die Sache ja zu sehr.« Haldane wischte sich den Schlaf aus dem Gesicht. »Aber wir hatten unglaubliches Glück, dass sich das Virus nicht über die Provinz hinaus verbreitet hat. Fast zu viel Glück. Verstehen Sie?«

»Nicht unbedingt«, erwiderte sie. »Vielleicht haben die Chinesen ja aus der Erfahrung mit SARS gelernt.«

»Ganz eindeutig.« Er stand auf, den Hörer weiterhin am Ohr, und streckte sich. »Doch so, wie sie hier ihre Bauernhöfe führen, werden sie noch viel mehr lernen müssen, wenn sie nicht für das Armageddon verantwortlich sein wollen.«

Sie schluckte. »Noah, was mir am meisten Sorgen macht, ist die Möglichkeit, dass jemand das Virus als Waffe verwendet.«

»Das würde ich niemandem empfehlen.«

Sie ignorierte seinen lockeren Ton. »Was glauben Sie, wie leicht könnte sich jemand das Virus beschaffen?«

»Sie meinen, aus einem Labor?«, fragte er.

»Egal woher«, sagte sie.

»Ich kann mir nicht vorstellen, dass das besonders schwierig sein sollte«, sinnierte er. »Aber wer würde das wollen? Nein, sagen Sie nichts. Ich kann schon jetzt kaum noch schlafen.« Er seufzte. »Okay. Unsere Mikrobiologin Milly Yuen könnte Ihnen wahrscheinlich eine bessere Antwort geben, aber ich versuch's mal. Das Virus ist viel wählerischer als die meisten Grippeviren, und deswegen haben wir es auch noch nicht identifizieren können. Aber im Wesentlichen gehört es zur selben Familie. Grippeviren entwickeln sich sehr leicht in Hühnereiern und natürlich auch in lebenden Tieren wie Schweinen und gewissen Primaten. Ich denke, man könnte Blut oder andere Körperflüssigkeiten eines infizierten Patienten dazu benutzen, um das Virus zu züchten. Und dann …«

Da sie nicht antwortete, fügte Haldane hinzu: »Wenn es Sie beruhigt, nirgendwo auf den Straßen Jiayuguans bin ich Osama bin Laden begegnet.«

»Das beruhigt mich ungemein«, stöhnte sie. »Wann können Sie mit Sicherheit sagen, dass sich das Virus nicht über Gansu hinaus verbreitet hat?«

»Wenn es im Laufe der nächsten Woche keine neuen Fälle gibt, und zwar *nirgendwo*, werde ich schon sehr viel besser schlafen.«

»Ich auch.«

Sie verabschiedeten sich und versprachen, wieder miteinander zu telefonieren, falls sich die Lage dramatisch ändern oder es zu neuen Entwicklungen kommen sollte, doch Haldane hatte den

Verdacht, dass sie das Gespräch genauso wenig fortsetzen wollte wie er.

Als ihm klar wurde, dass an Schlaf nicht zu denken war, ging Haldane hinunter in die kleine dunkle Bar in der Lobby des Hotels. Jemand spielte einigermaßen passabel einen Song von Elton John auf dem Stutzflügel, doch er verstümmelte die Worte mit seinem schweren Akzent und seiner nasalen Stimme.

Haldane sah, dass Duncan McLeod in der hintersten Nische saß und an einem Wodkaglas nippte, während bereits ein leeres Glas vor ihm auf dem Tisch stand. Kaum hatte McLeod ihn gesehen, winkte er ihn, wild mit dem Arm herumfuchtelnd, zu sich. »Haldane, komm rüber. Hör dir *Someone shaved my wife tonight* an. Elton John wollte, dass es genauso gespielt wird.«

Haldane setzte sich McLeod gegenüber. »Wodka on the Rocks?«, fragte der Schotte.

Haldane nickte. McLeod hob drei Finger in die Höhe, bis der Kellner ihn bemerkte.

»Ich bin ein wenig im Rückstand«, sagte Haldane und deutete auf die Gläser auf dem Tisch.

»Ich habe nicht vor, dich aufholen zu lassen, Haldane«, sagte McLeod mit leicht nuschelnder Stimme.

Haldane hatte noch nie erlebt, das McLeod so viel trank. Fast nie sah man McLeod seine siebenundvierzig Jahre an; meistens wirkte er zehn oder fünfzehn Jahre jünger. Nicht so heute Nacht. Die Fältchen um seinen Mund schienen tiefer geworden zu sein. Sein rotes Haar war noch zerzauster als sonst. Und etwas Melancholisches lag in seinen asymmetrischen Augen.

»Was ist los mit dir, Duncan?«

»Ich weiß ja nicht, ob du's bemerkt hast, aber ich habe die letzte Woche irgendwo am Ende der Welt verbracht. In der Heimat des Sensenmannes persönlich.«

»Wir fliegen bald nach Hause.«

»Vielleicht, vielleicht auch nicht.« McLeods gesamter Oberkörper schüttelte sich. »Es spielt keine große Rolle. Ich erinnere mich nicht einmal mehr daran, wie mein Zuhause aussieht.«

Ein Kellner in weißem Jackett trat an ihren Tisch. Er nahm die beiden Gläser McLeods und tauschte sie gegen zwei Wodkas für McLeod und einen für Haldane aus. »Hier kann man verdursten, während man auf seinen zweiten Drink wartet«, erklärte McLeod und deutete mit unsicherem Finger auf seine beiden Gläser.

»Du hast also kein Zuhause?«, fragte Haldane.

»Sozusagen.« McLeod nahm einen tiefen Schluck aus dem ersten Glas. »Wir haben ein wirklich nettes kleines Häuschen in Glasgow, aber ich bin fast nie dort. Wegen dieses Jobs für die WHO lebe ich ständig aus dem Koffer.« Er seufzte schwer. »Weißt du, dass ich meine Jungs seit fast drei Monaten nicht mehr gesehen habe?«

Haldane wusste, dass McLeod Zwillinge im Teenageralter hatte, aber er sprach kaum jemals über sie oder über andere Dinge aus seinem Privatleben. »Wie alt sind sie, Duncan?«

»Vierzehn. Beide in der Klassenstufe ›O‹. Das, was bei euch die Highschool ist. Schlaue Burschen, übrigens.« Er schüttelte den Kopf, als überrasche ihn ihr Alter. »Vierzehn!«

»Sehen sie wie ihr Vater aus?«

»Um Himmels willen, nein! Gott sei Dank. Ich glaube, ihre Mutter hat sich anderweitig versorgt, bevor die Jungs geboren wurden. Selbst wenn sie noch ein paar von meinen Genen haben, haben sie ihr Aussehen glücklicherweise von ihrer Mutter.«

»Das ist gut.« Haldane nippte zum ersten Mal an seinem Drink.

McLeod sah Haldane schief an. »Du hast meine Frau noch nie gesehen.«

»Macht nichts.«

McLeod stieß ein wieherndes Lachen aus und schlug mit der flachen Hand auf den Tisch. »Haldane, Gott sei Dank machen wir diesen elenden Einsatz zusammen.« Er nahm noch einen kräftigen Schluck aus seinem Glas. »Ich hab heute Nacht mit Alistair gesprochen, aber Cameron war zu beschäftigt, um sich mit seinem alten Herrn zu unterhalten.«

Haldane nickte verständnisvoll. »Teenager, hm?«

»Nein, nein.« Obwohl sein erstes Glas leer war, saugte McLeod daran, als enthielten die Eiswürfel noch einige kostbare Tropfen Wodka. »Ich kann ihnen keinen Vorwurf machen. Ihr alter Herr hat sich nicht allzu viel um sie gekümmert. War zu beschäftigt damit, auf der ganzen Welt Viren hinterherzujagen. Jetzt bin ich für sie nicht viel mehr als ein Fremder. Wie der Vater aus diesem Song, *Cats in the cradle*.« McLeod drehte sich zum Pianisten um und rief: »Hey, Elton, kennst du den Song *Dogs on the table*?«

»Du bist immer noch ihr Vater«, sagte Haldane.

McLeod zuckte mit den Schultern und betrachtete das zweite Glas auf dem Tisch.

»Warum nimmst du dir nicht einfach Zeit, dich um deine Kinder zu kümmern, wenn das hier vorbei ist? Um sie wieder kennen zu lernen«, schlug Haldane vor. »Die WHO schuldet dir zweifellos noch Urlaub.«

McLeod starrte Haldane einen Augenblick lang an. Dann nickte er langsam. »Und da behaupten die anderen doch tatsächlich, dass du ein Trottel bist.« Wieder nickte er. »Ich denke darüber nach, ehrlich. Und vielleicht mache ich es, Haldane. Es ist schon zu lange her, dass ich das hässliche alte Glasgow wiedergesehen habe. Und seit Jahren rede ich bereits darüber, dass ich mit meiner Familie in den Skiurlaub fahren will.«

»Könnte nicht schaden.«

»Offensichtlich hast du mich noch nie Skifahren gesehen«, sagte McLeod mit schleppender Stimme. »Und du, Haldane? Du musst deine kleine Tochter doch auch immer wieder lange Zeit im Stich lassen.«

Haldane nahm einen kräftigeren Schluck aus seinem Glas. »Zu lange.«

»Ah, mach dich nicht verrückt. Sie ist noch so jung, sie wird sich später an überhaupt nichts mehr erinnern.«

Haldane wollte nicht über Chloe sprechen. »Duncan, wie kommt deine Frau damit zurecht, dass du immer weg bist?«

»Ganz gut.« Er zuckte mit den Schultern. »Machen wir uns nichts vor. So sehr hat mich Maggie eigentlich nie gemocht.« Sein listiges Lächeln verriet, wie sehr er seine Frau liebte. Er senkte den Blick und ließ das Eis im Glas kreisen. »Weißt du was? Heute ist unser Hochzeitstag.«

»Herzlichen Glückwunsch.«

»Großartig. Und ich hänge hier in einem Nest in der chinesischen Einöde rum, das der Große Vorsitzende Mao wahrscheinlich nicht einmal kannte, und ärgere mich über mich selbst.«

Haldane schlug McLeod spielerisch auf die Schulter. »Aber dafür bist du jetzt mit mir zusammen, Kumpel.«

»Teufel noch mal, Haldane, das ist einfach umwerfend. Aber anders als bei den hirnlosen Genfer Bräuten mit weichen Knien nutzt dir dein gutes Aussehen bei mir überhaupt nichts.« Er rülpste. »Ich würde, ohne zu zögern, zehn von deiner Sorte gegen Maggie eintauschen.«

Haldane lachte. »Wie viele Jahre?«

»Vierundzwanzig. Wir waren Kinder, Haldane.« McLeod sah Noah direkt ins Gesicht. »Aber ich bedaure nichts. Sie ist großartig, meine Margaret. Sie hat die Jungs großgezogen und ist mit dem hier ausgekommen …« – er deutete mit dem Daumen auf seine Brust – »… ohne sich jemals zu beklagen. Und wir können immer noch über alles lachen. Mehr kann man von einer Ehe nicht verlangen.«

Haldane zuckte mit den Schultern.

»Ich kann jedenfalls nicht mehr verlangen.« McLeod musterte Haldane blinzelnd und zeigte dann mit schwankendem Finger auf ihn. »Aber du und deine Frau, ihr lebt wie im Märchen, stimmt's?«

Haldane antwortete nicht. Stattdessen griff er nach seinem Glas.

»Was?« McLeods unruhige Augen wurden noch größer. »Schwierigkeiten in Camelot?«

»Vielleicht«, sagte Haldane zurückhaltend.

»Ein anderer Mann?«, fragte McLeod.

»Sozusagen«, antwortete Haldane und beschloss, nicht in die Details zu gehen.

»Ah, Scheiße!« McLeod machte eine wegwerfende Geste. »Affären sind üblicherweise nicht das Problem.«

»Tatsächlich?« Es klang, als wolle Haldane sich verteidigen, obwohl er das nicht vorgehabt hatte.

»Es ist ein Symptom, Haldane. Wie wenn man schrecklich niesen muss, weil man ein Virus erwischt hat«, sagte McLeod, von seiner Argumentation völlig überzeugt. »Man behandelt nicht das Symptom, man behandelt die Krankheit.«

Haldane schüttelte den Kopf. Er war gar nicht erfreut darüber, dass McLeod die Untreue seiner Frau mit einem Schnupfen verglich. Er trank den letzten Schluck Wodka und wechselte das Thema. »Duncan, sie nennen es bereits die ›Gansu-Grippe‹.«

»Sehr einprägsam.«

»Irgendein hohes Tier aus den Staaten hat heute Abend angerufen. Sie wollte wissen, ob wir die Ausbreitung gestoppt haben.«

McLeod stellte sein Glas ab. »Was hast du ihr geantwortet?«

»Dass es noch zu früh ist, um das mit Bestimmtheit zu sagen, doch es sieht so aus, als sei die Ausbreitung zum Stillstand gekommen. Jedenfalls in dieser Stadt.«

»Weißt du was, Haldane?«, sagte McLeod, sah zum Kellner hinüber und hob noch einmal drei Finger in die Höhe. »Ich weiß, dass wir noch ein paar Tage warten müssen, bis wir es wirklich definitiv wissen, aber nur so aus dem Bauch heraus – ich glaube, hier haben wir es eingedämmt.«

Haldane starrte seinen Kollegen an. »Du glaubst also, wir haben ARCS überwunden?«

»Haldane …« McLeod fuhr sich mit der Hand durch die zerzausten roten Haare, schob das Glas von sich weg und musterte Noah mit absolut nüchternem Blick. »Gnade uns Gott, wenn es nicht so ist.«

KAPITEL 15

Royal Free Hospital, London

Während sie ihre bewusstlose vierjährige Tochter Alyssa anstarrte, spürte Veronica Mathews, wie sich ihre Kehle immer enger zusammenschnürte. Schläuche und Drähte verbanden Alyssa mit so vielen Maschinen, dass es aussah, als hinge sie in einem albtraumhaften hochtechnologischen Spinnennetz. Ihre bläuliche Haut war fast durchsichtig geworden, ihr engelhaftes Gesicht völlig bleich. Ihre Wangen wirkten weniger voll; sie schienen über Nacht eingesunken zu sein. Jedes Mal, wenn das Beatmungsgerät Luft in ihre mit Wasser gefüllten Lungen pumpte und wieder absaugte, hob und senkte sich ihre kleine Brust mühsam unter den Laken und Decken.

Wie fast ununterbrochen in den letzten achtundvierzig Stunden saß Veronica auch jetzt mit Mundschutz, Duschhaube, Klinikkittel und OP-Handschuhen bekleidet neben dem Bett ihrer Tochter, beugte sich über das Bettgitter und hielt Alyssas kühle Hand. Sie hatte an ihrer Seite gewacht, seit Alyssa in die Abteilung Accident and Emergency des Royal Free Hospital gebracht worden war, dem britischen Äquivalent einer Notaufnahmestation. In den letzten beiden Tagen hatte Veronica immer nur wenige Minuten am Stück geschlafen. Gegessen hatte sie überhaupt nichts. Doch sie hatte nicht die Absicht, sich von der Stelle zu rühren. Sie würde Alyssa nicht verlassen. Nie.

Es war alles so schnell gegangen. Vor zwei Tagen hatte Alyssa Fieber und Husten bekommen. Nur die übliche Erkältung, hatte sie zuerst gedacht, doch innerhalb von zwölf Stunden nach dem ersten Husten rang die Vierjährige mühsam nach Luft. Dann war ihre Haut dunkelblau geworden.

Jetzt lag ihre kleine Tochter auf der Intensivstation der Pädiatrie im Koma und kämpfte um ihr Leben. Sie hatte eine beidseitige Lungenentzündung, die sich die Spezialisten nicht erklären konnten. Zunächst hatten sie vermutet, dass Alyssa SARS hatte, so ungewöhnlich waren die Flecken auf den Aufnahmen, als man ihre Brust geröntgt hatte. Doch das hatten die Bluttests ausgeschlossen. Die Ärzte hatten Veronica mitgeteilt, Alyssa litte vielleicht unter schwer wiegenden Komplikationen infolge einer Grippeinfektion, doch sie hatten zugegeben, dass sie sich nicht sicher waren. Dementsprechend gingen sie kein Risiko ein und bestanden darauf, dass das Klinikpersonal und die Besucher dieselben Sicherheitsmaßnahmen befolgten, die man schon beim Ausbruch von SARS angewandt hatte.

Die sterilen physischen Barrieren zwischen Veronica und ihrer Tochter – sie durfte das Mädchen nur berühren, wenn sie zwei Paar Latexhandschuhe trug – verstärkten ihr Gefühl der Hilflosigkeit nur noch mehr. Veronica war versucht, sich den Mundschutz vom Gesicht zu reißen, die Stirn ihrer Tochter mit Küssen zu bedecken und ihre Nase gegen die Nase des Mädchens zu reiben, wie sie es immer getan hatte, wenn eines ihrer Kinder krank war. Nur die Warnung, dass ein solcher Kontakt möglicherweise dazu führen konnte, dass sich auch ihre fünfjährige Tochter Brynne ansteckte, verhinderte, dass sich Veronica über die strengen Vorsichtsmaßnahmen hinwegsetzte, die es bei körperlichem Kontakt zu beachten galt.

Veronica Mathews war drei Meilen entfernt von Hampstead Heath aufgewachsen, jener pittoresken Oase eines natürlichen Parks inmitten der gewaltigen Stadtlandschaft Londons, in unmittelbarer Nähe des Royal Free Hospital. Sie hatte schon als Kind im Heath gespielt. Seit sie nach New York umgezogen war, fand das ehemalige neunundzwanzigjährige Fotomodel bei jedem Besuch in London Gelegenheit, dort mit den Freunden ihrer Kindheit spazieren zu gehen oder zu joggen. Sie hatte vorgehabt, auf dieser Reise ihren beiden Töchtern das Heath zu zeigen, sollte der Novemberregen jemals nachlassen. Doch niemand würde das Heath diesen November besuchen. Vielleicht würde Alyssa niemals Hampstead Heath sehen. Vielleicht würde sie nie wieder irgendeinen Park sehen.

Abermals spürte sie schreckliche Gewissensbisse, als ihre Gedanken von der kleinen Alyssa fort zu dem Fleckchen Wiesen- und Moorlandschaft wanderten. Seit Alyssa ins Krankenhaus gebracht worden war, litt sie unter Schuldgefühlen. Veronica konnte sich nicht verzeihen, dass sie die Mädchen auf dem Höhepunkt der Grippesaison nach London gebracht hatte, während alle Leute in ihrer Nähe – im Flugzeug, in der U-Bahn, an den Ausflugszielen für Touristen – husteten und niesten. Die Reise war Veronicas Idee gewesen, ein bemitleidenswerter Versuch, die Ehe mit ihrem zwanzig Jahre älteren Mann zu retten, einem Bankier, der an ihr kein Interesse mehr hatte. Zwar konnte sie so ihr Gesicht wahren, indem sie aller Welt bewies, dass sie mehr war als irgendeine weitere Ehefrau, die nur als Trophäe diente. Doch davon abgesehen – was hatte ihr der Versuch eingebracht?, fragte sie sich bitter. Keine Ehe war es wert, die Gesundheit ihrer Töchter zu riskieren, und ganz besonders ihre Ehe nicht.

Veronica verstand nicht, was die meisten Werte zu bedeuten hatten, die in Form von Zahlen und farbigen Grafiken über den großen Monitor am Kopfende des Bettes ihrer Tochter flackerten. Daher konzentrierte sie sich auf eine einzige Zahl, und die betraf die arterielle Sauerstoffsättigung. Ein Arzt hatte ihr erklärt, dass die Sauerstoffsättigung ein Indikator für die Fähigkeit der Lunge ihrer Tochter war, Sauerstoff aufzunehmen und an das Gewebe abzugeben. Normalerweise betrug sie bei Gesunden sechsundneunzig bis achtundneunzig Prozent. Bei Alyssa erreichte der Wert trotz des Beatmungsgeräts nicht einmal siebzig Prozent. Veronika fixierte die Zahl ununterbrochen, doch trotz ihrer Versprechungen und Drohungen gegenüber einem Gott, zu dem sie schon seit ihrer Kindheit nicht mehr gebetet hatte, wurde die Zahl nicht größer.

Als laufe in ihrem Kopf eine Endlosschleife ab, wiederholte sie immer wieder: Mein kleines Mädchen kann nicht sterben. Das ist einfach nicht möglich! Erst eine Woche zuvor hatte Veronica überrascht festgestellt, wie groß und unabhängig Alyssa schon geworden war, doch jetzt, umgeben von all diesen Maschinen, sah sie wie eine winzige Puppe aus und wirkte noch hilfloser. »Bitte, Gott«, flehte Veronica mit lauter Stimme, »nimm mich, nicht sie!«

Der Wert der Sauerstoffsättigung fiel um ein weiteres Prozent auf sechsundsechzig.

Hargeysa, Somalia

Der zuvor ganz nach praktischen Erwägungen eingerichtete Raum, der im zweiten Stock des Gebäudekomplexes Kabaals Büro geworden war, wirkte unversehens üppig und luxuriös – was für die meisten Dinge galt, mit denen Kabaal in Berührung kam. Reich verzierte marokkanische Teppiche hingen an den frisch gestrichenen Wänden. Noch größere Teppiche schmückten den Boden. Der massive Schreibtisch aus Eiche, hinter dem er saß, war, in Einzelteile zerlegt, aus Frankreich hierher verschifft und mit größter Sorgfalt wieder zusammengebaut worden.

Wie die sechshundert Dollar teuren Schuhe, die er in seinem Wüstenversteck trug, verlieh auch dieser materielle Komfort seinem Leben eine beruhigende Konstanz, die es ihm ermöglichte, sich besser auf seine heilige Mission zu konzentrieren.

Er klappte sein Notebook auf und wartete, bis die Verbindung mit dem Satelliten hergestellt war. Sobald er in der Ecke des Bildschirms das Icon sah, das die Verbindung zweier kleiner blauer Computer zeigte, klickte er es an, und eine neue Nachricht wurde heruntergeladen. Nur wenige Augenblicke später erschien sie auf dem Bildschirm. Sie war auf Englisch und lautete:

Liebe Tonya,
ich bin mit unserem ganzen Gepäck in London angekommen. Habe das Geschenk abgegeben. Alle waren überrascht. Wir hatten eine wunderbare Zeit zusammen, aber ich konnte nicht bleiben. Melde mich bald wieder.
In Liebe, Sherri

Freude durchströmte Kabaal, die nur durch einen Hauch bittersüßer Melancholie gedämpft wurde. Es war die zweite Nachricht, die »Sherri« geschickt hatte. Der einzige Unterschied zwischen beiden bestand darin, dass die erste in Hongkong abgeschickt worden war. Davon abgesehen war der Wortlaut identisch. Er war nicht überrascht. Schließlich hatte er die Nachricht selbst formuliert.

Die E-Mails bedeuteten, dass die Operation in zwei Städten auf zwei verschiedenen Kontinenten ohne Komplikationen abgelaufen war. Da besonders viel Glück nötig war, damit etwas so reibungslos verlief, konnte er daraus nur einen Schluss ziehen: Gott musste auf ihrer Seite sein.

Jetzt hatte die Phase begonnen, in der man nur noch abwarten konnte, ob sich das Virus einen Brückenkopf eroberte.

Die beiden Weltstädte waren nicht zufällig ausgesucht worden. Politische Rache, Zweckdienlichkeit und Notwendigkeit hatten bei der Wahl eine Rolle gespielt. Doch das hohe Niveau der öffentlichen Gesundheitsfürsorge und, im Falle Hongkongs, die jüngsten Erfahrungen mit SARS hatten den Ausschlag gegeben. Im Augenblick wünschte sich Kabaal, dass die Städte rasch auf den Ausbruch reagierten.

Die E-Mails bedeuteten auch, dass seine Kuriere bereits tot waren, getötet durch Kugeln aus den Waffen ihrer Brüder. Ihre Leichen hatte man unauffällig beseitigt.

Kabaal war traurig über den Verlust seiner Botin, die nach Hongkong geflogen war, doch Khalila Jahals Tod traf ihn viel härter. Obwohl es keine andere Möglichkeit gegeben hatte, erfüllte ihn die Bestätigung ihres Todes noch immer mit dem unerwarteten Gefühl eines Verlusts.

Kabaal blickte auf. Er sah, dass Abdul Sabri im Türrahmen stand, und seine Gedanken an Khalila verschwanden. Kabaal war nicht überrascht über die plötzliche, lautlose Gegenwart des Majors. Er hatte sich inzwischen daran gewöhnt, immer mit dem abrupten Erscheinen Sabris zu rechnen. Wenn er wollte, konnte sich der kräftige Mann so rasch und so lautlos wie ein Tiger bewegen. »Major Abdul, bitte kommen Sie herein«, sagte Kabaal.

Sabri, der eine einfache weiße Robe trug, ging mit lockerem Schritt durch den Raum und setzte sich Kabaal gegenüber in einen Ledersessel.

Wieder war Kabaal von der paradoxen Erscheinung beeindruckt, die Sabris zarte Gesichtszüge angesichts seines Furcht einflößenden Körpers darstellten. »Die Nachrichten aus dem Ausland sind gut«, sagte Kabaal.

Sabri zuckte mit den Schultern, als sei eine andere Entwicklung überhaupt nicht möglich.

»Beide Operationen waren erfolgreich«, fügte Kabaal hinzu, verärgert darüber, dass Sabri seinen Stolz über diese Nachrichten nicht zu teilen schien.

»Es könnte verfrüht sein, die Operationen als Erfolg zu bezeichnen«, sagte Sabri ungerührt.

Kabaal schüttelte den Kopf. »Major, in meinem Beruf habe ich gelernt, dass es wichtig ist, jeden einzelnen Sieg im Leben zu feiern. Manchmal gibt es nur wenige, und es liegt viel Zeit zwischen ihnen.«

Wieder zuckte Sabri mit den Schultern. »Und ich habe in meinem Beruf gelernt, dass eine verfrühte Feier einen den Sieg kosten kann.«

»Nicht, wenn man wachsam bleibt«, konterte Kabaal.

»Das ist immer ratsam«, stimmte Sabri zu.

»Wo wir gerade darüber reden, ich habe heute Morgen von unseren Leuten in Kairo gehört.«

Als Sabri nicht antwortete, fuhr Kabaal fort: »Jemand hat sich in der Moschee erkundigt, wo ich mich im Augenblick aufhalte.«

Sabri lehnte sich in seinem Sessel nach vorn. Seine blauen Augen wurden zu schmalen Schlitzen. »Wer?«

»Sein Name ist Bishr Gamal.«

Sabri schüttelte den Kopf.

»Ich habe auch noch nie von ihm gehört«, sagte Kabaal. »Offensichtlich ist er kein Mensch, dem man besonderen Respekt schuldig wäre. Und ich bin ziemlich sicher, dass er keinen legitimen Grund hat, nach mir zu suchen.«

Sabri nickte. »Ich werde mich darum kümmern.«

»Persönlich?«

»Ja.«

»Gut«, sagte Kabaal.

Sabri stand auf. Er ging zwei Schritte in Richtung Tür, bevor er sich umdrehte und Kabaal durchdringend musterte. »Wann werden Sie es ihnen sagen?«

»Noch nicht«, entgegnete Kabaal.

Sabri neigte fragend den Kopf.

Kabaal streckte die offenen Hände aus und lächelte hinterhältig, als wolle er Sabri einen Witz verraten, den nur Eingeweihte verstanden. »Wir lassen sie glauben, die Natur selbst hätte diesen Weg eingeschlagen.«

»Warum?«

»Terror als Waffe ist noch mächtiger, wenn etwas Unbekanntes mit hineinspielt.« Kabaal lächelte nicht mehr. »Wir halten die Panik am Köcheln. So haben wir ihre ungeteilte Aufmerksamkeit, wenn wir an die Öffentlichkeit treten.«

KAPITEL 16

Hauptquartier der Kommunistischen Partei, Jiayuguan

Fünf äußerst angespannte Tage waren vergangen, ohne dass es in Jiayuguan oder an einem anderen Ort in der Provinz Gansu zu einem neuen ARCS-Fall gekommen wäre. Mit stillschweigender Zustimmung Noah Haldanes und des WHO-Teams erklärten die Provinzbehörden den »vollständigen Sieg über die Gansu-Grippe«. Sie hatten die Absicht, vor aller Welt ihren Triumph mit großem Pomp zu verkünden. Der Provinzgouverneur war aus Lanzhou eingeflogen, und aus Peking kam der stellvertretende Vorsitzende des Zentralkomitees. Dutzende hohe Parteifunktionäre und Würdenträger aus ganz China hatten sich bei dieser Gelegenheit versammelt. Und die internationale Presse, die während der Epidemie keinen Zutritt zur Region erhalten hatte, wurde feierlich zu einem Galadiner empfangen, bei dem die Mitglieder des WHO-Teams als Ehrengäste geladen waren.

Haldane wartete ungeduldig darauf, nach Hause zu fliegen. Er hatte Chloe fast drei Wochen lang nicht gesehen, und er hasste die Vorstellung, dass noch ein weiterer Tag vergehen sollte, bevor er wieder bei ihr wäre. Nur wegen dieser selbstgefälligen Feier hätte er seine Abreise keine Minute lang hinausgeschoben, doch bis zum nächsten Morgen gab es keine Flüge. Er zog eine marineblaue Sportjacke, ein blaues Freizeithemd und eine schwarze Baumwollhose an, setzte eine tapfere Miene auf und ging zum Bankett.

Seine Sorge, derjenige zu sein, der bei diesem Ereignis die am wenigsten förmliche Kleidung trug, verschwand sofort, als er Duncan McLeod erblickte. Der Rotschopf war zwar wenigstens mit einer Bürste durchs Haar gefahren und hatte versucht, seine Mähne zu bändigen, doch noch immer hatte er vom Gelage drei Nächte zuvor dunkle Ringe unter den Augen. Mit seiner zerknitterten Wollhose und seinem fadenscheinigen Pullover fiel er in der formell gekleideten Menge noch mehr auf.

Haldane saß zwischen McLeod und Jean Nantal, dem leitenden Direktor der Abteilung für Infektionskrankheiten bei der WHO, der heute Morgen aus Genf eingeflogen war. Der silberhaarige Franzose trug einen eleganten schwarzen Anzug mit vier Knöpfen. Seit seiner Ankunft hatte er nicht mehr aufgehört, jedermann mitreißend anzulächeln. Zum dritten Mal an diesem Abend hob er sein Weinglas und brachte auf jedes der vier Mitglieder des WHO-Teams an seinem Tisch einen Toast aus. »Ich bin so stolz auf euch.« Er strahlte.

»Ich trinke nicht auf mich selbst oder auf wen auch immer«, brummte McLeod und rührte das vor ihm stehende Weinglas nicht an. »Mit dem Trinken bin ich fertig.«

Helmut Streicher stellte sein Glas ab und lachte, was für ihn sehr untypisch war. »*Ja,* für einen Schotten verträgst du nicht gerade viel Alkohol. Ha!«

»Ach, wie liebe ich diesen wunderbaren deutschen Sinn für Humor«, grunzte McLeod sarkastisch.

Milly Yuen, die nach zwei Schlückchen Wein puterrot geworden war, kicherte, als sie die Unterhaltung der beiden hörte.

Haldane stieß mit Nantal an. »Jean, die Chinesen haben uns diesmal gar nicht gebraucht. Sie waren entschlossen, die Ausbreitung des Virus um jeden Preis zu verhindern.«

»Nicht unbedingt, mein bescheidener Freund«, sagte Nantal mit butterweichem französischem Akzent. »Wer hat ihnen denn geholfen, die Quarantäne zu koordinieren?« Er hob sein Glas und prostete Streicher zu. Dann wandte er sich mit einem stolzen, väterlichen Nicken an Haldane. »Und du hast dafür gesorgt, dass sie ihre Tiere schlachten.«

Haldane zuckte mit den Schultern.

Nantal blickte in die gleichgültigen Gesichter seiner Kollegen am Tisch. »Mal ganz abgesehen von eurer Bescheidenheit, *mes amis*«, sein Lächeln wurde breiter, »es kann nicht schaden, wenn man der WHO gelegentlich etwas mehr Vertrauen schenkt und wir eine positive Presse bekommen. Ihr könnt das herunterspielen, solange ihr wollt. Tatsache ist, dass ihr das hier verdient habt.« Schwungvoll deutete er auf die zahllosen Würdenträger und Kameras in ihrer Nähe. »Die WHO hat das verdient, und ich habe nicht vor, mich zu verstecken.«

»Freut mich, wenn du das sagst.« McLeod zeigte auf seine Brust. »Das kann nur bedeuten, dass du kein Problem damit hast, wenn ich die nächsten drei Monate freinehme.«

»Duncan? Du bittest mich um Urlaub?« Nantal lachte. »Das ist wirklich ein Tag der Wunder.«

Als McLeod antworten wollte, tippte ein Kellner Nantal auf die Schulter. Nachdem die beiden flüsternd einige Worte gewechselt hatten, stand Nantal auf. »Entschuldigt mich. Ich muss einen Anruf entgegennehmen.«

Nachdem Nantal gegangen war, begannen die Reden. Zu Ehren des WHO-Teams sprach der stellvertretende Vorsitzende des Zentralkomitees Englisch. Haldane hatte schon hunderte ähnlicher Ansprachen von Politikern gehört – nichts als Rhetorik und Geschichtsklitterung. Der stellvertretende ZK-Vorsitzende rühmte das örtliche medizinische Personal für seinen »heroischen Kampf« gegen das Virus und feierte dessen Erfolg bei der Eindämmung der Epidemie. Er lobte den Mut der Bevölkerung Jiayuguans, als hätten sich die Leute freiwillig dafür entschieden, hinter Stacheldraht zu leben. Häufig benutzte er das Wort »wir«, obwohl er sich die ganze Zeit über in einer sicheren Entfernung von dreitausend Meilen aufgehalten hatte. Und schließlich rühmte er das WHO-Team dafür, dass es den Spezialisten vor Ort sein Fachwissen zur Verfügung gestellt hatte, »wo dieses gebraucht wurde« – womit er andeutete, dass er sich für Hilfe bedankte, die eigentlich nicht gebraucht worden war.

Während die Gäste nach den Ausführungen des Redners den Experten der WHO minutenlang stehend applaudierten, kam der Kellner, der bereits Nantal vom Tisch weggeholt hatte, zu Haldane.

Nantal saß hinter dem Schreibtisch in einem Büro, das ihm zur Verfügung gestellt worden war, und sprach rasch einige Worte auf Französisch in den Hörer. Als er sah, dass Noah in der Tür stand, winkte er ihn heran und deutete auf den Stuhl vor sich.

Als der Franzose aufgelegt hatte und zu Haldane aufblickte, runzelte er die Stirn und wirkte niedergeschlagen. Soweit sich Haldane erinnern konnte, hatte er Nantal noch nie so mutlos gesehen. Sein Vorgesetzter sah aus, als sei er in der letzten halben Stunde, seit er seinen Tisch verlassen hatte, um zehn Jahre gealtert. »Was ist los, Jean?«, fragte Haldane.

Nantal sagte ruhig und mit leiser Stimme: »Ein kleines Mädchen in einer Londoner Klinik wurde positiv auf das Virus getestet.«

Haldane schüttelte den Kopf und weigerte sich, eine Verbindung zu sehen.

»Welches Virus?«

Nantal starrte ihn einfach nur an.

»Das ist nicht dein Ernst, Jean!« Haldane beugte sich vor und hielt sich an der Tischkante fest. »Die Gansu-Grippe ist in London aufgetreten? In England?«

Nantal nickte.

Ohne es selbst zu bemerken, stand Haldane auf. »War das Mädchen letzten Monat hier?«

Nantal schüttelte den Kopf. »Sie ist keine Chinesin. Weder sie noch sonst irgendjemand aus ihrer Familie war jemals in China.«

Haldane setzte sich wieder. »Warum glauben die Ärzte dann, dass es die Gansu-Grippe ist?«

»Nachweis durch PCR. Unsere Abteilung zur Grippeüberwachung in Europa hat den Bluttest durchgeführt. Sie haben die Übereinstimmung entdeckt.«

Haldane schüttelte den Kopf. Er wollte das Ergebnis und die Folgen dessen, was das Labor herausgefunden hatte, einfach nicht glauben. »Dann hat jemand im Labor Mist gebaut!«

Nantal starrte Haldane mehrere Sekunden lang an. »Noah, das ist noch nicht alles«, sagte er leise.

Haldanes Herz hämmerte gegen seine Rippen. Er holte tief Luft. »Okay. Raus damit, Jean! Sag mir, was du weißt.«

»Es gibt fünf Fälle in London«, sagte Nantal. »Sie alle stammen aus demselben exklusiven Hotel, dem Park Plaza Tower im Londoner Geschäftsviertel. Eines der Opfer ist bereits gestorben.«

Haldane knirschte mit den Zähnen. »Das kleine Mädchen?«

»Nein. Ein fünfundfünfzigjähriger Amerikaner, Vorstandsmitglied einer Ölgesellschaft. Er wurde tot in seinem Hotelzimmer aufgefunden.«

Die Tatsache, dass das kleine Mädchen noch lebte, erfüllte Haldane mit einem irrationalen Gefühl der Erleichterung. Der Schock ließ nach. Seine Gedanken rasten. Er plante bereits die zukünftigen Schritte. »Haben wir den Index-Fall?«, fragte er.

Nantal fuhr sich mit Daumen und Zeigefinger über die Augenbrauen. Dann schüttelte er den Kopf. »Keines der Opfer ist in den letzten drei Monaten nach China gereist.«

»Also hat irgendjemand das Virus aus China eingeschleppt«, überlegte Haldane. »Gut. Wer ist zuerst krank geworden?«

»Wir werden nie erfahren, wann bei diesem Mann von der Öl-firma die ersten Symptome aufgetreten sind, aber das vierjährige Mädchen war die erste Patientin, die ins Krankenhaus kam.«

»Wann?«, wollte Haldane wissen.

»Vor drei Tagen.«

»Noch ein Tag, dann hat sie's überstanden«, sagte Haldane leise zu sich selbst.

Nantal legte den Kopf schief. »Wie bitte, Noah? Ich verstehe nicht.«

»Nichts.« Haldane klopfte auf den Tisch vor sich. »Die anderen Fälle, Jean … Wann wurden sie zuerst festgestellt?«

Nantal warf einen Blick auf die Notizen, die er in seiner makel-losen Handschrift auf einem Block angefertigt hatte. »Zwei Fäl-le wurden innerhalb von zwölf Stunden nach der Erkrankung des kleinen Mädchens gemeldet. Die anderen beiden Patienten kamen heute Morgen von sich aus in die Klinik. Sie waren Gäste im selben Hotel. Sofort als sie Fieber bekamen und zu husten an-fingen, wurden sie isoliert.«

»Also haben wir eine Lücke von zwei Tagen zwischen den ur-sprünglichen drei Fällen und den beiden letzten. Diese beiden müssen sich infolge der kollateralen Ausbreitung angesteckt ha-ben«, führte Haldane aus, womit er die so genannte »zweite Ge-neration« von Opfern meinte, die sich bei den ersten Infizierten angesteckt hatte.

»Das denke ich auch«, sagte Nantal.

»Und niemand vom Klinikpersonal, das die Opfer behandelt, zeigt bisher Anzeichen einer Infektion?«, fragte Haldane.

Nantal schüttelte den Kopf. »Glücklicherweise waren die Kli-niken so verantwortungsbewusst, dass sie schon frühzeitig Vor-sichtsmaßnahmen getroffen haben, doch mehrere Schwestern und Ärzte stehen unter Quarantäne.«

»Gut«, sagte Haldane. »Fünf Tage sollten ausreichend sein.

Was ist mit den Mitarbeitern und den anderen Gästen des Hotels?«

»Alle von ihnen stehen unter Quarantäne«, sagte Nantal.

»Freiwillig?«

»Wir reden hier über England, mein Freund«, sagte Nantal höflich. »Ich glaube nicht, dass sie dort Stacheldraht ausrollen. Aber nach dem, was ich gehört habe, sind die Leute kooperativ.«

»Umso besser«, sagte Haldane. »Wurde die Öffentlichkeit schon informiert, Jean?«

»Im Detail habe ich darüber noch keine Informationen«, erwiderte Nantal. »Wie ich erfahren habe, verbreiten die Medien in London die Nachricht, aber die Behörden machen sich Sorgen darüber, wie die Öffentlichkeit wohl reagieren wird. Sie fürchten, eine Panik im großen Stil auszulösen.«

Haldane riss die Hände hoch. »Wenn sie mit diesem Virus nicht zurechtkommen, dann werden sie ihre Panik im großen Stil bekommen. Und das aus gutem Grund!« Als ihm klar wurde, dass er sozusagen den Boten erschoss, der die schlechte Nachricht überbrachte, sprach er leiser. »Jean, sie müssen sofort Kliniken einrichten, in denen schon im Vorfeld die entsprechende Diagnose gestellt werden kann, wie bei SARS. Das ist die einzige Hoffnung, die Ausbreitung des Virus zu verhindern.« Er schwieg. »Wenn diese Hoffnung überhaupt noch besteht.«

Nantal beugte sich vor und klopfte Haldane leicht auf die Hand. »Wir haben geholfen, die Ausbreitung des Virus in Jiayuguan zu verhindern, Noah. Dasselbe können wir auch in London tun.«

Haldane senkte den Blick und sah die Leberflecken auf der Hand seines Mentors. Der Anblick deprimierte ihn. Sogar der große Jean Nantal, eine Säule im Kampf gegen die Launen der Natur, war nicht immun gegenüber den unausweichlichen Gesetzen der Biologie. »Wir müssen diesen Index-Fall finden, Jean.«

»Dann fährst du also nach London?«

Haldane schloss die Augen und atmete seufzend aus. Dann nickte er.

Kurz drückte Nantal Noahs Hand, bevor er sie wieder losließ. Zögernd musterte er Haldane, bevor er schließlich sprach. »Noah, ich weiß, dass du das jetzt nicht hören willst, aber wir haben auch noch anderswo Verdachtsfälle. Mikrobiologisch noch nicht bestätigt, aber klinisch äußerst verdächtig.«

»Außerhalb von London?«

»Ziemlich weit außerhalb von London.« Nantal lächelte halbherzig. »Bei zwei Patienten in Hongkong wurden die klassischen Symptome beobachtet.«

Das Gefühl eines *déjà vu* traf Haldane wie ein Schlag. Es war genau dasselbe wie bei SARS, nur war dieses Virus weitaus bösartiger. »Wir müssen hier weg, Jean. Noch heute Nacht!«

Flughafen Heathrow, London

Der Flug verschwamm in seinem Kopf wie in einem Nebel. Emotional ausgelaugt durch die katastrophale Entwicklung und den Anruf zu Hause, in dem er erklären musste, warum er noch nicht zurückkam, war Haldane immer wieder für kurze Zeit eingenickt; doch während des achtzehnstündigen Flugs und der drei Transfers, die vor seiner Ankunft auf dem Flughafen Heathrow in London lagen, hatte er kaum erholsamen Schlaf finden können.

Das ganze Team war erschüttert über die Ausbreitung des Virus, doch Duncan McLeod traf die Nachricht besonders schwer. »Dieser Hurensohn hat beschlossen, meiner armseligen Insel einen Besuch abzustatten. Das werde ich nicht einfach so hinnehmen!«, sagte er, als er die Neuigkeiten hörte. Seither hatte er kaum mehr gesprochen.

Auf dem Flughafen Peking hatte sich das Team geteilt. Nantal,

Streicher und Yuen hatten einen Flug in die Schweiz genommen, während Haldane und McLeod direkt nach England flogen.

In der Menge, die am Gate für die ankommenden Flüge in Heathrow wartete – auf Haldane wirkte sie wie ein Mikrokosmos aller kulturellen und globalen Unterschiede –, erblickte er eine magere Frau, die ein Schild mit der Aufschrift »Dr. Haldane und Dr. McLeod« hochhielt. Er stieß McLeod mit dem Ellbogen an, und sie gingen zu ihr.

»Meine Herren, ich bin Dr. Nancy Levine, stellvertretende Direktorin der Londoner Gesundheitskommission«, sagte sie ohne ein Lächeln, als sie ihnen die Hand gab. »Alles Übrige kann ich Ihnen unterwegs erklären. Bitte, folgen Sie mir.« Sie ging in Richtung Ausgang. Levine war mittelgroß, doch sehr mager, fast schon ausgezehrt. Sie hatte schwarzes Haar, das sie zu einem straffen Pferdeschwanz zurückgebunden hatte, schmale Lippen und eingesunkene braune Augen. Sie trug kein Make-up. Ihre humorlose Miene passte zu ihrem knappen und sachlichen Auftreten. Haldane hatte den Verdacht, dass sie schon lange vor der gegenwärtigen Krise so gewesen war.

Jetzt im November fiel ein kühler Nieselregen aus dem grauen Himmel Londons. Als er zum Wagen ging, fragte sich Haldane, ob er jemals wieder sehen würde, wie die Sonne schien. Nachdem sie in Levines Land Rover gestiegen waren – Haldane saß auf dem Beifahrersitz, McLeod auf der Rückbank –, erklärte sie den beiden, wie die öffentliche Gesundheitsfürsorge der Stadt organisiert war. »Die Kommission bildet die Dachorganisation für sechs verschiedene Gesundheitsbehörden, deren Arbeiten sie koordiniert«, sagte sie mit knappem britischem Oberschichtakzent. »Wir sind verantwortlich dafür, alle Aspekte zu überwachen, welche die Gesundheit der Londoner betreffen könnten, und dazu gehören auch der Ausbruch viraler Infektionen und Epidemien.«

»Klingt, als hätten Sie unglaublich viel zu tun«, sagte Haldane. »Danke, dass Sie sich die Zeit genommen haben, uns abzuholen.«

»Das dient rein praktischen Zwecken«, sagte sie und zuckte mit ihren mageren Schultern. »So haben Sie die ideale Gelegenheit, mir Ihre Erfahrungen aus erster Hand mit der Gansu-Varietät des Grippevirus zu schildern. Oder genauer: Sie können mir erklären, wie die Chinesen es geschafft haben, die Ausbreitung des Virus zu verhindern.«

»Wenn sie das tatsächlich geschafft hätten, wären wir nicht hier!«, grunzte McLeod auf dem Rücksitz.

»Natürlich«, sagte Levine. »Was ich meine, ist, wie sie es geschafft haben, die Ausbreitung des Virus vor Ort zu verhindern. Das ist es, was ich von Ihnen wissen muss.«

»Dr. Levine, Jiayuguan liegt inmitten einer Einöde. Es handelt sich um eine Kleinstadt, und in ihrer Umgebung befindet sich absolut nichts«, sagte Haldane. »Man kann sie nicht mit London vergleichen.«

»Davon mal abgesehen, Dr. Haldane …«, sagte sie und räusperte sich gewichtig.

»Sie haben den betroffenen Stadtteil geradezu unter Belagerung gestellt, Dr. Levine«, berichtete Haldane. »In einer Demokratie würde man mit so einem kühlen militärischen Vorgehen, wie es die Chinesen aufgezogen haben, niemals durchkommen.«

Schweigend starrte Levine einen Augenblick lang auf die Straße vor ihnen. »Sind Sie vertraut mit den Vorschriften im Katastrophenfall?«

»Nicht in allen Einzelheiten«, entgegnete Haldane.

»Würde man sie anwenden, entspräche das der Verhängung des Kriegsrechts«, sagte sie. »Sie wären überrascht darüber, was wir alles tun können.«

»Das Kriegsrecht«, sagte McLeod. »Genau das brauchen Sie auch.«

Levine warf Haldane einen raschen Blick zu. »Könnten Sie mir bitte Ihre klinischen Beobachtungen beschreiben?«, sagte sie. Es war eine Befehl, keine Frage.

Während er aus dem Fenster starrte und sah, wie die Londoner Vororte langsam den eher innerstädtischen Bezirken wichen, gab Haldane ihr einen Überblick über den Ausbruch des Virus in Gansu, wobei er als Augenzeuge auf einige besondere Details hinwies. Gelegentlich warf McLeod eine klärende oder spöttische Bemerkung ein.

Als Haldane fertig war, stellte Dr. Levine ihm einige kluge, konkrete Fragen. Sobald sie erfahren hatte, was sie wissen wollte, sagte sie kein Wort mehr. Haldane hatte den Eindruck, Levine hätte liebend gerne angehalten und ihre Passagiere am Straßenrand abgesetzt, nachdem die beiden für sie nicht mehr von Nutzen waren.

»Wo bringen Sie uns hin?«, fragte Haldane.

»In das zentrale Büro der Kommission«, sagte sie. »Die anderen erwarten uns.«

»Dann werden sie wohl warten müssen«, sagte Haldane.

»Pardon?«, fragte sie verärgert.

»Ich möchte mit den überlebenden Opfern sprechen.«

»Zu gegebener Zeit, Dr. Haldane.«

»Nein, Dr. Levine. Jetzt.«

»Dr. Haldane, das ist nicht China«, sagte sie leise. Sie sah unverwandt geradeaus, und unter ihrem Blick schien sich die Windschutzscheibe mit Raureif zu bedecken. »Sie sind hier, weil die WHO darum gebeten hat. Nicht wir. Folglich sind Sie hier, um zu beobachten, aber nicht, um unsere Vorgehensweise zu leiten.«

»Willkommen im freundlichen London, Haldane«, rief McLeod vom Rücksitz aus.

Haldane sah zu Levine und lächelte sie bewusst herablassend an. »Dr. McLeod und ich haben die letzten Wochen im Epizentrum dieser Epidemie verbracht. Wir kennen sie durch und durch.

Ich glaube, man darf wohl sagen, dass wir mehr Erfahrung mit neuen Krankheitserregern und mit von Viren besonders bedrohten Gebieten haben als sämtliche Mitglieder Ihrer Kommission zusammengenommen.«

Er ließ seine spitze Bemerkung einige Augenblicke in der Luft hängen. »Doch wenn Sie, Dr. Levine, keinen Sinn darin erkennen können, sich unsere Empfehlungen anzuhören, wird Ihr Direktor das möglicherweise anders sehen.«

Ihr Kopf bewegte sich nicht, doch ihr Mundwinkel zuckte. »Wir sind ganz in der Nähe des Royal Free Hospital, wo sich die pädiatrische Patientin befindet«, sagte sie ruhig. »Damit fangen wir an.«

Dr. Levine hatte die Verwaltung des Royal Free Hospital bereits über ihren Besuch informiert. Nachdem sie an der Hauptpforte ihren Ausweis vorgezeigt hatte, erklärte man den drei Ärzten den Weg zur Intensivstation der Pädiatrie im zehnten Stock.

Vor dem Schwesternzimmer erwartete sie eine matronenhafte Frau mittleren Alters in weißer Uniform und Häubchen, die auf Haldane wirkte, als stamme sie direkt aus einem alten Schwarz-Weiß-Film. Sie stellte sich nur als »Schwester« vor.

»Schwester, wir möchten gerne zu der Patientin Alyssa Mathews.«

Die Frau schüttelte den Kopf. »Tut mir Leid, Dr. Levine, aber sie hat uns bereits verlassen.«

»Oh«, seufzte Haldane und rechnete mit dem Schlimmsten. »Wann ist es passiert?«

»Es?« Deutlich konnte man auf dem Gesicht der Schwester ablesen, wie verwirrt sie war. »Oh, nein, nein!« Wieder schüttelte sie den Kopf. »Alyssa ist nicht gestorben. Ganz im Gegenteil. So wie es aussieht, hat sich ihr Zustand heute früh stabilisiert. Ihre Ärzte meinten, es ist heute zum ersten Mal möglich, sie nach unten zu bringen, um ein CT ihrer Brust zu machen. Gerade vor zehn Minuten hat man sie weggebracht.«

Als Haldane, Levine und McLeod in der Radiologie ankamen, lag Alyssa bereits auf dem Behandlungstisch, um das Scan anfertigen zu lassen.

Ein Röntgenassistent brachte sie zu Veronica Mathews, die im Wartezimmer der Abteilung nervös auf und ab ging. Veronica trug grüne Krankenhauskleidung. Die Spitzen ihres langen schwarzen Haars waren zerzaust, und in den dunklen Ringen um ihre Augen hingen nur noch fleckige Spuren ihres blauen Eyeliners. Trotzdem hatte Haldane keine Schwierigkeiten, sie sich auf einem Laufsteg in New York oder Paris vorzustellen, denn ihre ausgeprägten Gesichtszüge und ihr großer, anmutiger Körper waren noch immer beeindruckend.

Sie nahmen auf der Sitzgruppe in einer Ecke des Wartezimmers Platz. Haldane saß Veronica Mathews direkt gegenüber, während McLeod und Levine neben ihm saßen. Während sie sich vorstellten, starrte Veronica mit leerem Blick über Haldanes Kopf hinweg und wirkte so benommen wie ein Patient direkt nach einer Operation. Erst als er ihr erklärte, dass er soeben aus China zurückkam und mehrere Fälle der Gansu-Grippe mit eigenen Augen gesehen hatte, gelang es Veronica, sich auf ihn zu konzentrieren.

Sie betrachtete Haldane mit flehendem Blick. »Sie haben Menschen gesehen, die sich von diesem *Ding* erholt haben, stimmt das?«, sagte sie, und mit jeder Silbe schien ihr Akzent hin und her zu wechseln zwischen New Yorker und britischem Englisch.

»Ja, Mrs. Mathews.« Er nickte. »Wir haben Menschen gesehen, die an der Schwelle des Todes standen und sich wieder erholt haben. Es ging ihnen gut, als wir mit ihnen sprachen.«

Sie streckte die Hand aus und packte seinen Arm. »Und Kinder?«

»Ja, auch Kinder. Die meisten Kinder in China haben die Infektion überlebt.«

Sie drückte seinen Arm, und auf ihren Lippen erschien die Andeutung eines Lächelns. »Alyssa war so krank …«

»Aber sie hat vier Tage durchgehalten.«

Veronica zuckte hilflos mit den Schultern und schüttelte den Kopf. »Ja, und?«

»Vier Tage waren die magische Zahl in China«, erklärte Haldane. »Alle Patienten, die länger als vier Tage überlebt haben, wurden später wieder völlig gesund.«

Veronicas Finger bohrten sich in Haldanes Arm. Ihre Augen wurden größer. »Alyssa wird wieder gesund werden?«, fragte sie atemlos.

Haldane lächelte sie aufmunternd an. »Ja. Ich rechne fest damit, Mrs. Mathews.«

Sie lockerte den Griff um Haldanes Arm. Ihre Augen füllten sich mit Tränen. »Danke, Dr. Haldane. Vielen, vielen Dank …«

»Bedanken Sie sich nicht bei mir«, sagte er. »Danken Sie den Leuten hier in der Klinik.«

»Natürlich«, schniefte sie, doch sie ließ seinen Arm nicht los.

Haldane wartete noch einen Augenblick, und dann fragte er: »Mrs. Mathews, haben Sie irgendeine Ahnung, wo Alyssa sich infiziert haben könnte?«

Ihr Schlafmangel machte sich wieder bemerkbar. Ihre Augen wurden glasig. Achtlos deutete sie auf das leere Wartezimmer. »Dieses Zeug ist doch überall. Die Leute niesen und husten. Es ist keine gute Zeit, um auf Reisen zu gehen …«

»Veronica.« Haldane unterbrach sie. »Wir sind ziemlich sicher, dass Alyssa sich im Hotel angesteckt hat. Wahrscheinlich vor fünf bis sieben Tagen. So ungefähr jedenfalls. Erinnern Sie sich an irgendjemanden, der zu diesem Zeitpunkt besonders krank aussah?«

Erschöpft schüttelte sie den Kopf. »Ich habe so viele verschnupfte rote Nasen gesehen …«

»Bitte, Veronica. Denken Sie nach. Es ist sehr wichtig.«

Ihr Gesicht blieb völlig ausdruckslos. Sie schien seine Aufforderung kaum verstanden zu haben. »Ich habe versucht, die Mädchen zu schützen, doch die Leute schienen überall zu sein. In der Lobby, im Restaurant, am Pool. Manchmal kann man ein bisschen was tun, aber was soll man schon machen, wenn man mit jemandem zusammen im Aufzug ist, der …« Sie unterbrach sich mitten im Satz. Ihre Augen verengten sich. Sie nickte langsam.

Haldane lehnte sich zu ihr hinüber. »Was ist, Veronica?«

»Etwa vor einer Woche. Wir fuhren kurz vor dem Abendessen mit dem Aufzug. Die Mädchen und ich waren gerade im Pool gewesen. Sie mochten das Schwimmbad …« Zum ersten Mal während des Gesprächs lächelte sie mit offenem Mund, und man sah ihre makellosen Zähne. »Da war eine Frau im Aufzug. Sie stand neben den Knöpfen. Sie hat gehustet.«

Levine schaltete sich in das Gespräch ein. »Wie hat sie ausgesehen, Mrs. Mathews?«

»Nicht gut.« Veronica schüttelte den Kopf. »Sie sah aus, als müsse sie sich an der Wand des Aufzugs abstützen, um nicht zusammenzubrechen. Als die beiden Mädchen auf die Knöpfe losstürmten – sie lieben es, die Knöpfe zu drücken –, zog sie sich vor ihnen zurück, als habe sie Angst.«

»Können Sie sie vielleicht etwas genauer beschreiben?«, fragte Levine in leicht drängendem Ton.

»Sie war jünger als ich. Ich würde sagen, höchstens Anfang zwanzig. Ihr dichtes, sandfarbenes Haar war völlig durcheinander, aber sie war hübsch. Große Augen. Sie sah bleich aus, aber ich glaube, das lag an der Krankheit. Auf mich wirkte sie wie der mediterrane Typ. Italienisch? Spanisch? Vielleicht sogar griechisch, aber das glaube ich nicht … Ich würde auf spanisch tippen.«

»Sonst noch etwas?«

Veronica dachte nach. »Ihre Kleidung war ein wenig …« – sie suchte nach dem richtigen Wort – »… provozierend. Wenn man so darüber nachdenkt …«

»Worüber?«, fragte Haldane.

»Dass es ihr offensichtlich nicht gut ging«, sagte Veronica. »Sie trug eine enge Bluse und Jeans und ein bisschen zu viel Make-up. Das schien mir nicht ganz passend, wenn man mit einer schweren Erkältung zu kämpfen hat. Besonders nicht im November.«

»Hat sie irgendetwas zu Ihnen gesagt?«

»Nein. Als ich mich dafür entschuldigte, dass sich die Mädchen auf die Knöpfe stürzten, lächelte sie nervös und ging den Mädchen stolpernd aus dem Weg.« Wieder senkten sich Veronicas Lider vor Erschöpfung. Traurig blickte sie zu Haldane. »Diese arme Frau ist sozusagen vor meinen Augen in sich zusammengesunken.«

»War das die einzige Gelegenheit, bei der Sie sie gesehen haben?«, fragte Haldane.

Bevor Veronica antworten konnte, trat ein Mann aus dem CT-Raum, der Klinikkittel, Mundschutz und Handschuhe trug. Kaum hatte er die Tür hinter sich geschlossen, zog er den Mundschutz aus und ging auf die Sitzgruppe zu.

Sofort als Veronica ihn sah, sprang sie auf und lief ihm entgegen. »Wie sieht es aus, Dr. Mayer? Wie geht es meiner kleinen Tochter?« Sie hob die Hand, um ihn zu berühren.

KAPITEL 17

Abteilung für Zivilschutz, Nebraska Avenue Center, Washington, D. C.

Als Gwen Savard humpelnd in den Konferenzsaal kam, konnte sie vor niemandem verbergen, dass sie ihren Knöchel überanstrengt hatte, weder vor Alex Clayton, dem Einsatzleiter der CIA, noch vor den anderen Mitgliedern des Ausschusses zur Bekämpfung bioterroristischer Angriffe. Sie selbst, und niemand sonst, war dafür verantwortlich. Obwohl sie sich den Knöchel verstaucht hatte, hatte sie danach noch mehrere Tage lang das Laufband im Sportclub benutzt, und jetzt musste sie den Preis dafür bezahlen. Vielleicht hatte Peter Recht gehabt, als er sie einmal einen Hund mit einem Knochen und einem wirklich schlimmen Fall von Kiefersperre genannt hatte.

Alle fünfzehn Mitglieder des Ausschusses saßen bereits an dem ovalen Tisch, als Gwen am Kopfende Platz nahm. Nachdem sie einige einleitende Worte gesprochen hatte, nahm die Besprechung den gewohnten Verlauf. Die Ausschussmitglieder diskutierten über die üblichen bioterroristischen Bedrohungen – Pocken, Anthrax, Pest und so weiter –, wobei sie auf die allseits bekannten Daten zurückgriffen, ohne neue Einsichten zutage zu fördern. Sie besprachen den sechsten Entwurf der Aufstellung aller Notmaßnahmen im Falle eines bioterroristischen Angriffs, der das Vorgehen in Großstädten regeln sollte – den meisten von ihnen unter dem Kürzel ERPBA bekannt –, und kamen zu keiner Einigung.

Savard fiel es schwer, sich auf die Debatte zu konzentrieren. Nachdem sie vor wenigen Tagen mit Haldane gesprochen hatte,

hatte sie die Gansu-Grippe zwar irgendwo im Hinterkopf behalten, doch sie war ihr nicht mehr als eine mentale Fußnote wert. Als das Virus jedoch plötzlich wieder aufgetaucht war, konnte sie an fast nichts anderes mehr denken.

Nachdem der Ausschuss die üblichen Tagesordnungspunkte abgehandelt hatte, sagte Gwen: »Zweifellos hat jeder von Ihnen von der Gansu-Varietät der Grippe gehört, die in London aufgetaucht ist. Der letzte Bericht spricht von wenigstens vierzehn Fällen und drei Toten. Und in Hongkong gibt es inzwischen fünf bestätigte Infektionen und zusätzlich eine ganze Reihe von Verdachtsfällen.«

Eine halbe Tischlänge entfernt beugte sich Moira Roberts, die stellvertretende Direktorin des FBI, nach vorn und sah blinzelnd zu Gwen. »Was hat dies mit Bioterrorismus zu tun?«

Roberts war mit einem einfachen schwarzen Hosenanzug und einer grauen Bluse bekleidet, die gut zu ihrem vorzeitig ergrauten Haar passte, das sie in einem unmodischen Bubikopf trug. In Gwens Augen wirkte sie wie der Inbegriff mangelnder Eleganz. »Niemand scheint zu wissen, wie das Virus nach England oder Hongkong gekommen ist.«

»Sie haben bereits an Reisende aus China gedacht?«, fragte Roberts in einem Ton, der offen ließ, ob die Bemerkung spöttisch gemeint war.

»Ja, darauf bin ich schon gekommen«, antwortete Savard im gleichen Ton. »Doch im Gegensatz zu SARS, bei dem man die Index-Fälle leicht zurückverfolgen konnte, hat man bisher zwischen dem Auftreten in London und Hongkong und Gansu keine Verbindung feststellen können.«

»Und deshalb muss es sich natürlich um Bioterrorismus handeln, nicht wahr?«, sagte Roberts und machte sich nicht mehr die Mühe, ihren Sarkasmus zu verbergen.

»Und deshalb«, sagte Gwen langsam und versuchte mühsam,

190

ihren Ärger zu unterdrücken, »können wir die *Möglichkeit* eines bioterroristischen Angriffs nicht ausschließen.«

»Es kann noch eine ganze Weile dauern, bis man *irgendeine* Möglichkeit für diesen Ausbruch ausschließen kann«, betonte Roberts.

Gwen zweifelte nicht an Moira Roberts' Intelligenz, doch dieses polemische Auftreten machte es ihr unmöglich, mit dieser Frau warm zu werden. »Also sollen wir das vorerst einfach ignorieren?«, entgegnete Savard.

Roberts verschränkte die Arme und seufzte. »Das wollte ich damit nicht ausdrücken.«

Entnervt schaltete sich Clayton in die Diskussion ein. »Was wollten Sie denn ausdrücken, Moira?«

»Soweit ich mich erinnere, hatten wir bei SARS ähnliche Diskussionen«, antwortete Roberts und riss das Gespräch wieder an sich. »Einige Leute waren überzeugt, dass es sich um eine biologische Waffe handelte, die für Al Kaida geradezu ideal war. Aber am Ende kam dann doch etwas anderes heraus, nicht wahr?« Sie seufzte. »Zweifellos stellt dieses neue Virus eine große gesundheitliche Bedrohung für die Bevölkerung der Vereinigten Staaten dar. Das schließe ich keinen Augenblick lang aus. Ich würde nur vorschlagen, dass wir warten, bis wir mehr Informationen haben, bevor wir teure Mittel einsetzen, um irgendwelche Phantom-Terroristen zu jagen, während sich alle, die in der öffentlichen Gesundheitsfürsorge arbeiten, weitaus drängenderen Problemen widmen sollten.«

Ein paar Ausschussmitglieder am Tisch nickten, doch niemand ergriff das Wort. Es schien ihnen zu genügen, die Auseinandersetzung nur zu beobachten.

Roberts ignorierend, wandte sich Clayton direkt an Savard. »Gwen, wie können wir herausfinden, woher dieses Virus stammt?«

»Der Schlüssel wäre, den Index-Fall zu finden. Oder mehrere Index-Fälle«, sagte sie.

»Und wenn uns das nicht gelingt?«, fragte Clayton.

»Das würde mir Sorgen machen«, sagte Gwen düster. »Bei fast jeder Epidemie diesen Umfangs kann man den Index-Fall ohne weiteres identifizieren. Der Betroffene sucht in der Regel genau wie jedes andere Opfer medizinische Hilfe. Sollte er das nicht tun, muss man sich die Frage stellen, ob er sich einer Entdeckung bewusst entzieht.«

»Aber Dr. Savard«, wandte Roberts ein. »Wie ich aus der Presse erfahre, ist dieses Virus nur in fünfundzwanzig Prozent aller Fälle tödlich.«

»Nur!«, sagte Gwen. »Das ist eine verheerende Mortalitätsrate. Bei den meisten Grippearten liegt die Rate unter einem Prozent. Und diese Grippearten töten nur sehr alte und sehr junge Menschen. Dieses Virus jedoch bringt fünfundzwanzig Prozent der Kinder und Erwachsenen um, die ansonsten völlig gesund sind. Das ist eine Rate wie bei Pocken und der Legionärskrankheit!«

»Und die Leute werden schnell wieder ganz gesund.« Roberts sprach weiter, als hätte Gwen kein Wort gesagt. »Deshalb könnte sich der Index-Fall bereits erholt haben und immer noch glauben, er habe nichts als eine schlimme Grippe erwischt. Oder er könnte ganz im Gegenteil irgendwo gestorben sein, ohne dass jemand seinen Tod mit dem Ausbruch in Verbindung gebracht hat.«

»Also haben zwei Leute das Virus gleichzeitig von China nach London und Hongkong gebracht, und dann sind beide irgendwo im Verborgenen gestorben? Wie hoch stehen die Chancen, dass so etwas geschieht?« Gwen hob die Hände, die Handflächen nach vorn gestreckt.

»Ich will nur sagen, dass es außer einem bioterroristischen Angriff noch mehrere Möglichkeiten gibt, warum die Index-Fälle bisher noch nicht aufgetaucht sind.« Roberts nickte Gwen zu, als wolle sie ein störrisches Kind beruhigen.

»Moira, Moira, Moira«, sagte Clayton mit betontem Seufzen. »Auch ich kenne die Tony-Robbins-Bänder, aber Wunschdenken allein wird nicht genügen, dass diesmal alles glatt geht.«

»Korrigieren Sie mich, wenn ich mich irre«, sagte Jack Elinda, ein schmächtiger, glatzköpfiger Vertreter des Umweltministeriums. »Aber das ist doch eine Art Grippe, richtig?« Er krümmte Daumen und Zeigefinger und zielte mit einer imaginären Pistole auf Gwen. Das tat er immer, wenn er auf etwas ganz Bestimmtes hinauswollte.

»Eine mutierte Form«, erklärte Savard. »Eine, deren genetischer Code völlig neu angeordnet wurde. Es ist praktisch ein Virus, das der Mensch noch nie zuvor gesehen hat.«

»Aber wenn es ein Grippevirus ist, sollten wir doch einen Impfstoff einsetzen können, nicht wahr?«, drängte Elinda.

»Der Impfstoff, der uns im Augenblick zur Verfügung steht, wäre wirkungslos«, sagte Savard.

»Aber man könnte doch für diese besondere Art einen neuen Impfstoff entwickeln, richtig?« Wieder richtete Elinda seine imaginäre Pistole auf Gwen.

»Theoretisch.« Savard nickte. Sie wandte sich an den stellvertretenden Leiter des Gesundheitsministeriums. »Irgendwelche Ideen, Dr. Menck?«

Dr. Harold Menck war Epidemiologe und Anfang sechzig. Er war mittelgroß, hatte einen kleinen Bauch und einen kurzen Bürstenschnitt. Während er seine unauffälligen Krawatten in einer festgelegten Reihenfolge wechselte, trug er ansonsten immer denselben blauen Anzug und dasselbe weiße Hemd. Bei den Sitzungen des Ausschusses zur Bekämpfung bioterroristischer Angriffe meldete er sich nur selten zu Wort. Gwen hatte den Verdacht, dass Menck trotz der überaus prestigeträchtigen Ernennung auf diesen Posten hier nur seine Zeit absaß, während er auf den goldenen Fallschirm wartete, der ihm eine sanfte Landung verschaffen würde, wenn er in Pension ging.

Menck lehnte sich in seinem Stuhl zurück und faltete die Hände hinter dem Kopf. »Ich bin eher der Ansicht von Ms. Roberts.«

»Das habe ich nicht gefragt«, sagte Savard.

»Ich weiß.« Menck zuckte mit den Schultern. »Aber ich habe keine Ahnung, wie lange es dauern wird, einen Impfstoff zu entwickeln. Soweit ich weiß, beschäftigen sich einige Wissenschaftler bereits damit, doch wie ich höre, sind sie längst noch nicht so weit wie bei einem Impfstoff gegen SARS.«

»Aber hier handelt es sich um eine Grippeart«, warf Savard ein.

»Das sollte die Dinge vereinfachen.« Menck zeigte sich nicht viel interessierter, als ginge es um genmanipulierte Pfirsiche. »Doch selbst wenn man bereits einen Impfstoff entwickelt hätte, bräuchte man mehrere Monate, um genug davon herzustellen, damit man die gesamte Bevölkerung impfen könnte. Ich glaube, wir sollten besonders darauf achten, nicht übertrieben zu reagieren. Sie, junge Dame, erinnern sich vielleicht nicht an das Fiasko mit der Schweinegrippe, doch ich musste die ganze Sache durchmachen.«

»Ich erinnere mich, Dr. Menck«, erwiderte Savard kühl.

»Nun, ich nicht«, sagte Clayton und schenkte ihr ein ironisches Lächeln. »Aber ich bin natürlich viel jünger als Dr. Savard.«

Gwen rollte mit den Augen, doch dann musste sie gegen ihren Willen lachen.

»1975 starb ein neunzehnjähriger Rekrut in einer Kaserne in Louisiana, nachdem bei ihm grippeähnliche Symptome festgestellt worden waren«, sagte Menck. »Durch Tests konnte bestätigt werden, dass er sich mit einer besonderen Varietät der Schweinegrippe infiziert hatte, von der man glaubte, dass sie eng mit der klassischen Spanischen Grippe verwandt war. Alle gerieten in Panik. Der damalige Präsident Gerald Ford ordnete die Produktion von 150 Millionen Einheiten des Impfstoffs gegen die Schweinegrippe an. Auch sechs Monate später hatte es keine weiteren Opfer des Virus mehr gegeben. Man begann sich sogar zu fragen, ob der erste Soldat nicht an einem Herzinfarkt gestorben war. Inzwischen jedoch hatte der Wahlkampf um Fords zweite Amtszeit begonnen, und der Präsident wollte diesen kostspieligen Fehler nicht eingestehen. Also hörte er auf seine Berater vom CDC und sorgte dafür, dass in großem Maßstab Schutzimpfungen durchgeführt wurden. Das Problem war, dass Leute an dem Impfstoff starben. Mehrere hundert Menschen verloren ihr Leben, weil es bei ihnen aufgrund der Impfung zu gesundheitlichen Komplikationen gekommen war, bevor die Aktion gestoppt wurde. Am Ende kam es zum größten Zivilgerichtsprozess der gesamten Medizingeschichte. Und wozu das alles?«

»Verzeihung, Dr. Menck.« Savard schüttelte den Kopf. »Die dreihundert Opfer in China sind nicht an einem Herzinfarkt gestorben. »

»Natürlich.« Menck nahm wieder seine desinteressierte Haltung ein, indem er die Hände hinter dem Kopf verschränkte. »Ich möchte nur vorschlagen, dass wir alle Möglichkeiten in Betracht ziehen und unsere Reaktion sorgfältig abwägen. Es hat keinen Sinn, wenn die Leute Gasmasken anziehen und sich in den Bunkern in ihren Hinterhöfen verkriechen, wie es jedes Mal in den Fünfzigerjahren der Fall war, wenn die Sowjets verrückt gespielt haben.«

»Bei allem gebotenen Respekt, Dr. Menck«, sagte Savard ruhig. »Es gibt nur eine Sache auf der Welt, gegenüber der eine atomare Auseinandersetzung vergleichsweise harmlos aussehen würde, und das ist eine von Menschen ausgelöste Pandemie.«

Nachdem die Ausschussmitglieder aufgebrochen waren, verließ Clayton nur zögernd hinter Savard den Raum. An der Tür fragte er sie: »Was ist mit Ihrem Fuß passiert?«

»Nur ein wenig verstaucht«, sagte Gwen leichthin.

Clayton setzte sein strahlendstes Lächeln auf. »Irgendwie hatte ich gehofft, Sie hätten sich den Fuß gebrochen, als Sie – wir wollen keine Namen nennen – eine gewisse stellvertretende Direktorin des FBI in den Hintern getreten haben.«

»Wer weiß, vielleicht hat sie ja Recht«, sagte Gwen und entlastete ihren Fuß, indem sie sich gegen einen Stuhl lehnte. »Vielleicht ist das ja eine Überreaktion meinerseits.«

Clayton schüttelte den Kopf. »Sie machen nur Ihre Arbeit, Gwen.«

Sie nickte. »Da läuft irgendetwas ganz Seltsames mit diesem Virus ab, Alex. Ich weiß es. Ich wäre am liebsten viel näher am eigentlichen Geschehen dran.«

Er lachte. »Hey, das ist mein Text! Sie klingen wie ein Agent, der keine direkten Einsätze mehr macht.«

»Ich hätte einfach nur gerne mehr Informationen, mit denen ich etwas anfangen kann.« Sie runzelte die Stirn. »Wo wir gerade darüber sprechen – gibt es irgendetwas Neues über die verschwundene Laborausrüstung in Afrika?«

»Unsere Leute kümmern sich immer noch darum, aber ich würde nicht mehr allzu viel davon erwarten.« Er schnippte mit den Fingern. »Ich glaube, die Sachen sind einfach weg.«

»Für mich klingt das gar nicht gut. Was gibt's bei den Handys?«

»Das Übliche.« Clayton strich ihr über das Handgelenk. Obwohl es nur eine flüchtige Berührung war, spürte Gwen seine Kraft und sein Selbstvertrauen. Sie konnte nicht abstreiten, dass die Geste sinnlich gewesen war. Zu lange schon hatte sie auf alles verzichten müssen, was körperlicher Vertrautheit auch nur nahe kam.

»Die Verabredung heute Abend geht doch klar?«, fragte er.

»Liebend gerne, Alex, aber ...«

»O nein! Sie wollen doch nicht etwa ernsthaft absagen?« Clayton bedeckte sein Gesicht in gespieltem Entsetzen. »Jetzt ist es schon wieder so wie beim Abschlussball auf der Highschool. Alles endet noch damit, dass ich meine Mutter zum Sushi-Essen ausführe.«

»Alex, ich möchte wirklich«, sagte sie. »Aber ich werde heute Nacht nicht in der Stadt sein.«

»Hätte ich mir denken können.« Er schüttelte den Kopf und lachte. »Sie fliegen nach London, stimmt's?«

Yale University, New Haven, Connecticut

Clayton hatte beinahe Recht. Gwen würde nach London fliegen, aber erst am nächsten Morgen. Bevor es nach Übersee ging, stand noch ein anderer amerikanischer Bundesstaat auf ihrem Programm. Der Learjet brachte sie in weniger als dreißig Minuten vom Ronald Reagan Washington National Airport zum Flughafen Tweed, New Haven. Mit dem Wagen, den man dort für sie bereitgestellt hatte, fuhr sie direkt zum Campus von Yale.

Es war nach sechs, als das Fahrzeug vor dem Forschungslabor der pharmazeutischen Fakultät hielt, doch selbst in der Dunkelheit beschwor der Ort eine Woge von Erinnerungen herauf. Seit mehr als fünfzehn Jahren war Gwen nicht mehr in diesem Labor gewesen, doch wie alles andere, was zu Dr. Isaac Moskors Leben gehörte, hatte sich das Gebäude während dieser Zeit nicht verändert.

Der größte Teil des Instituts lag im Dunkeln, doch die oberste Fensterreihe wurde durch die Lichter aus Moskors Labor hell erleuchtet. Nachdem sie am Eingang ihren Ausweis vorgezeigt hatte, ging Gwen hinauf ins Labor im fünften Stock. Sie klingelte. Die Metalltür öffnete sich, und ihr überlebensgroß wirkender Mentor stand ihr gegenüber. Sein weißes Haar war zerzaust, und seine Brille mit dem dicken Gestell hing ihm schief im Gesicht. Auf seinem Laborkittel waren schwarze Streifen und Flecken. Es sah so aus, als sei er gerade unter einem Auto hervorgekrochen, dessen Getriebe er repariert hatte. Seine unordentliche Erscheinung und die wilde Entschlossenheit in seinen Augen waren Gwen wohl vertraut. Sie wusste, dass Moskor ganz in der Arbeit an einem Experiment versunken war. Und das bedeutete, dass er glücklich war.

»Bekomme ich dich nun schon zweimal im Monat zu sehen?«, knurrte er mit tiefem Jersey-Akzent. Er neigte den Kopf zur Seite und lächelte sie an. »Hast du's endlich geschafft, dass die dich entlassen, oder was?«

Sie trat einen Schritt vor und umarmte diesen Bär von einem Mann. »Isaac, ich sehe dich immer wieder gerne.«

»Zu freundlich, Kindchen«, sagte er und löste sich aus ihrer Umarmung. »Komm, schau dir das alte Labor an.«

Sie folgte ihm durch einen Korridor in den Hauptraum des Labors. An der Rückwand klapperte eine Reihe Käfige, als sie den Raum betrat. Gwen erinnerte sich wieder daran, dass die männlichen Rhesusaffen jedes Mal kreischten und an ihren Käfigen rüttelten, wenn ein Fremder – besonders eine fremde Frau – hereinkam.

Es war, als wäre sie in die Zeit ihres Postgraduiertenstudiums Ende der Achtzigerjahre zurückgefallen. Die meisten Einrichtungsgegenstände – Labortische, Kühlschränke, Tierkäfige und Inkubatoren – stammten noch aus dieser Zeit, doch inzwischen standen überall in Moskors großem Labor auch neue Computer und andere High-Tech-Geräte. Die Lichter, Geräusche und Gerüche des alten Raums machten Gwen klar, wie sehr sie dieses Milieu vermisst hatte. Die Vorzüge, die ein direkt der Regierung unterstellter leitender Posten bei einer Verwaltungsbehörde mit sich brachte, wirkten auf einmal schal angesichts der unbeschreiblichen Energie, die einen erfüllte, wenn man nach wissenschaftlicher Wahrheit suchte oder wenigstens die Möglichkeit zu einer solchen Suche besaß. In ihrem alten Forschungslabor konnte man diese Energie mit Händen greifen.

Moskor führte sie zu einer Reihe Mikroskope, die auf dem Labortisch standen. »Gwen, das musst du dir ansehen!«

Gwen beugte sich über das erste Mikroskop. Sie sah durch das Okular und drehte an der Verstellschraube, bis die Probe auf dem Objektträger deutlich zu erkennen war. Das Gewebe fluoreszierte wie ein grünes Feuerwerk. Zwischen den leuchtenden Bereichen befanden sich mehrere dunkle Zellen. »Leberzellen einer Grünen Meerkatze?«, fragte Gwen, ohne aufzublicken.

»Ja.«

Die Leber von Grünen Meerkatzen war einer der besten Nährböden, wenn man Viren im Labor züchten wollte. Bei dem leuchtenden Grün handelte es sich um eine Verfärbung durch DFA – direkt fluoreszierende Antikörper. An den ausgedehnten grünen Bereichen war zu erkennen, dass die zum Fluoreszieren gebrachten Antikörper an von Viren befallene Zellen angedockt hatten und sie strahlend grün aufleuchten ließen.

Gwen erhob sich vom Mikroskop und deutete auf die Probe. »Grippe?«

Moskor nickte. »Eine überwältigende Infektion, wie du sehen kannst. Jetzt schau dir mal die nächste Probe an. Dieselbe DFA-Verfärbung. Dasselbe Blut.«

Gwen beugte sich über das Mikroskop und sah durch das Okular. Die grüne Farbe war verschwunden. Auf dem Objektträger waren nur noch dunkle Leberzellen zu erkennen. Sie drehte sich zu Moskor um. »Was ist passiert?«

»Das Blut stammt von demselben Affen, achtundvierzig Stunden später. Der Unterschied ist, dass er mit unserem neuen Mittel behandelt wurde«, sagte er ein wenig stolz. »A36112.«

Sie beugte sich vor und umarmte Moskor wieder, der darauf nicht gefasst war. Er taumelte einen Schritt zurück, bevor er das Gleichgewicht wiederfand. Dann lachte er. »Ich habe nicht vor, mich umarmen zu lassen, nicht einmal von einer so schönen Frau wie dir, wenn ich mir dabei eine gebrochene Hüfte zuziehe.«

Gwen ließ ihn los. Sie starrte ihn breit lächelnd an. »Das ist ganz erstaunlich, Isaac! Keine Spur einer Infektion nach achtundvierzig Stunden.«

»Es wirkt nicht bei allen unseren Affen so gut«, sagte er. »Aber das hier ist recht typisch für die Ergebnisse, die wir bisher mit A36112 erzielt haben.«

»Du weißt, was das bedeutet, Isaac?«

»Ja.« Er zuckte mit den Schultern. »Es bedeutet, dass wir ein ganz ordentliches Grippemittel für Affen in Versuchslabors haben.«

»Ich bitte dich, Isaac«, drängte sie. »Es bedeutet viel mehr.«

»Nichts überstürzen, Kindchen«, wehrte er ab. »Auch ich bin so aufgeregt wie ein kleiner Junge, der einen kompletten Satz Baseballkarten der Yankees bekommen hat. Aber ich weiß aus Erfahrung, dass man das hier …« – er deutete auf die Mikroskope –

»… nicht einfach so nehmen und in der wirklichen Welt wiederholen kann.«

»Es gibt keinen Grund dafür, warum man das nicht können sollte«, sagte Savard.

»Wir sind erst in Phase eins, was die Versuche am Menschen angeht.«

»Und?«

»Bisher hielten sich die Nebenwirkungen in Grenzen, wie bei den Affen. Ein bisschen Durchfall, sonst kaum etwas.«

Savard nickte. »Sag ich doch.«

»Gwen, selbst wenn alles völlig problemlos laufen sollte«, seufzte Moskor. »Du weißt, wie es ist. Wir sind mindestens noch fünf Jahre von einer kommerziellen Produktion entfernt.«

»Es sei denn, wir reden hier über die ›Freigabe aus Mitleid‹«, sagte sie und bezog sich damit auf eine Klausel der zuständigen Aufsichtsbehörde, der Food and Drug Administration FDR, die vorsah, dass Medikamente auch ohne abschließende klinische Tests freigegeben werden konnten, wenn die Prognose für den Betroffenen ohne das Medikament hoffnungslos war.

»›Freigabe aus Mitleid‹ bei Grippe?« Moskor schnitt eine Grimasse. Als ihm klar wurde, wovon sie sprach, riss er die Augen auf und wackelte mit dem Zeigefinger vor ihrem Gesicht. »Du denkst an die Gansu-Varietät der Grippe. Deswegen bist du hier, nicht wahr?«

»Sie breitet sich immer weiter aus, Isaac. London und Hongkong.«

»Und das tut mir wirklich Leid«, sagte Moskor. »Aber du kannst doch nicht im Ernst auf die Idee kommen, Patienten mit A36112 zu behandeln.«

»Warum nicht?«

»Gwen, hast du den Verstand verloren?«, sagte er. »Das ist ein Mittel aus einem Forschungslabor. Und bis jetzt nicht mehr als das.«

»Isaac, uns stehen im Augenblick überhaupt keine Medikamente zur Verfügung, um diese Infektion zu behandeln.«

Er schüttelte seinen Kopf so heftig, dass einige Strähnen seines weißen Haars hin und her wirbelten. »Nein. Nein. Nein.«

Gwen stützte eine Hand auf ihre Hüfte. »Isaac, weißt du, was die Gansu-Varietät anrichtet? Sie tötet wahllos.«

Moskor seufzte. »Das bezweifle ich gar nicht. Aber das ändert überhaupt nichts.«

»Fünfundzwanzig Prozent der Opfer sterben«, fuhr Gwen fort.

»Die meisten sind unter fünfzig. Bisher sind sechzig Kinder innerhalb eines Monats in einer entlegenen chinesischen Provinz gestorben, Isaac. Kannst du dir vorstellen, was passiert, wenn diese Seuche auf die Staaten übergreift?« Sie schwieg. »Und uns steht kein Medikament zur Verfügung.«

»Du willst also jedermann mit einem ungetesteten Mittel versorgen und ansonsten das Beste hoffen?« Moskor starrte sie an. »Was ist mit den fünfundsiebzig Prozent der Leute, die sich ohne Behandlung erholen?«

»Was soll mit ihnen sein?«

»Was ist, wenn mein Mittel einige von ihnen tötet?«, wollte er von ihr wissen. Dann fügte er leise hinzu: »Das wäre ein schönes Vermächtnis für die Arbeit eines ganzen Lebens.«

»Du hast selbst gesagt, dass sich die Nebenwirkungen in Phase eins der Erprobung in Grenzen halten«, hielt sie ihm entgegen.

»Bei einhundert gesunden Freiwilligen! Wir haben keine Ahnung, wie es bei tausenden von Patienten wirken würde, die bereits infiziert sind.«

Gwen reckte sich hoch und legte die Hand auf Moskors schwere, zusammengesackte Schultern. »Isaac, was wäre, wenn das Mittel stattdessen tausende von Leben retten würde? Das wäre doch ein passendes Vermächtnis für die Arbeit eines ganzen Lebens.«

Er schüttelte den Kopf, aber nicht mehr so heftig. »Es ist zu früh, Gwen.«

KAPITEL 18

Grenzübergang Peace Arch, kanadisch-amerikanische Grenze, White Rock, Kanada

Zwanzig Meilen südlich von Vancouver standen Glenda und Marvin Zindler mit ihrem Pick-up auf einer der sechs Fahrbahnen des Grenzübergangs Peace Arch und wollten in die Vereinigten Staaten fahren. Es sah so aus, als würde es jeden Augenblick aus dem dunkelgrauen Himmel zu regnen beginnen. Zwischen ihnen und dem Zollbeamten befand sich nur noch eine weiße Limousine, doch die stand nun schon seit zehn Minuten vor dem kleinen Zollhäuschen, während der Beamte sich durch das Fenster des Fahrzeugs lehnte und die Insassen befragte.

»Und so was nennen sie die schnellste Fahrbahn!«, knurrte Marvin mit hochrotem Gesicht und zitternden Wangen, während er auf das Lenkrad eintrommelte, als sei es eine Bongo.

»Warum diese Eile, Marv?«, fragte Glenda, die sehen konnte, dass ihr Ehemann kurz davor stand, die Nerven zu verlieren. »Bis Seattle sind es nur noch drei Stunden Fahrt, und die Hochzeit findet erst heute Abend statt. Wenn's hier weitergeht, werden wir schon noch über die Grenze kommen.«

»Darum geht es nicht, Glen!«, fuhr Marvin sie an.

Glenda sah, dass der Beamte seine Hand unmittelbar hinter dem Pistolenhalfter auf seinen Gürtel legte. Obwohl sie diese Grenze schon oft überquert hatte, fiel ihr erst jetzt auf, dass die amerikanischen Beamten im Gegensatz zu ihren kanadischen Kollegen bewaffnet waren.

Der gut aussehende junge Beamte trat vom Fahrzeugfenster zurück. Er trug nicht nur eine blaue Uniform, die derjenigen eines Polizisten des Bundesstaates glich, er stolzierte auch so breitbeinig zum Kofferraum, als sei er selbst Polizist. Er klopfte an das Heckfenster und machte den Insassen ein Zeichen.

»Um Himmels willen!«, schnaufte Marvin. »So sitzen wir hier noch ewig fest.«

Fasziniert von dem Minidrama, das sich vor ihren Augen abspielte, ignorierte Glenda die Ungeduld ihres Mannes und beobachtete, wie sich die Türen der Limousine öffneten und ein junges Paar ausstieg.

»Das sind Gestalten!« Marvin seufzte. »Und dann auch noch Pärchen davon.«

»Wovon?«

»*Araber.* Jetzt wird es gleich eine Durchsuchung geben. Ich verstehe nicht, warum sie diese Leute überhaupt ins Land lassen. Ich werde nie …«

»Lass gut sein, Marv«, sagte Glenda geistesabwesend, während sie das junge Paar musterte. Beide trugen Jeans und leichte Jacken. Der junge Mann war mittelgroß. Ohne sich zu rühren, stand er völlig steif neben dem Kofferraum, und erst als der Zollbeamte gegen seine eigenen Augenwinkel tippte und dann auf ihn deutete, nahm er die Sonnenbrille ab.

Im Gegensatz zu ihrem Ehemann – wenigstens nahm Glenda an, dass die beiden verheiratet waren – war die Frau ständig in Bewegung und sah aus wie jemand, der verzweifelt eine Toilette suchte.

Sie war klein und kräftig, hatte dichte, schwarze Locken und blickte sich ununterbrochen nach allen Seiten um. Als sie dabei zufällig Glenda in die Augen sah, senkte sie sofort den Kopf und blickte zu Boden.

»Schau, Marv, das arme Ding ist so nervös wie eine Jungfrau in ihrer Hochzeitsnacht«, sagte Glenda und klopfte ihrem Ehemann auf seine unruhig zuckende Hand.

»Wahrscheinlich hat sie auch allen Grund dazu«, knurrte er. »Ich wette, ihre Papiere sind gefälscht. Oder vielleicht haben sie eine Bombe dabei.«

»Oh, Marv!« Glenda seufzte und schüttelte den Kopf.

Der Zollbeamte schloss geräuschvoll den Deckel des Kofferraums. Dann machte er eine Geste mit seinem Zeigefinger, und das junge Paar stieg wieder ins Auto. »Also lässt er sie jetzt doch durch?«, sagte Marvin, als wäre das eine persönliche Beleidigung für ihn.

Doch nachdem der weiße Wagen das Zollhäuschen passiert hatte, bog er sofort nach rechts ab. Glenda sah, wie das Fahrzeug umkehrte und an ihnen vorbei zurück nach Kanada fuhr. »Sie schicken sie zurück«, sagte Marvin. »Gut.«

»Rassist.« Glenda schüttelte den Kopf über ihren Mann. »Mir jedenfalls tun sie Leid. Das arme Mädchen wird völlig außer sich sein, wenn es das nächste Mal versucht, die Grenze zu überqueren.«

Polizeihauptquartier Kairo

Sergeant Achmed Eleish saß, versteckt hinter einer Wolke Zigarettenrauch, an seinem Schreibtisch und las das unvollständige Dossier. Der Inhalt war so nichts sagend, dass darin die militärische Laufbahn eines beliebigen, völlig unauffälligen Offiziers hätte dokumentiert sein können. Doch nach allem, was Eleish wusste, war die Karriere Major Abdul Sabris keineswegs unauffällig verlaufen.

Als sein Informant Bishr Gamal in einer Telefonzelle der Kairoer Innenstadt Sabris Namen geflüstert hatte, war Eleish ein Schauer über den Rücken gelaufen. Gamal hatte sich geweigert, seiner Enthüllung weitere Einzelheiten hinzuzufügen, und statt-dessen mehr Geld und eine sicherere Telefonleitung verlangt. Immerhin hatte er Eleish mitgeteilt, dass Sabri regelmäßig die Al-Futuh-Moschee besucht hatte und häufig zusammen mit Hazzir Kabaal gesehen worden war.

Was machte ein weltlich gesinnter Offizier der Armee, der bekannt dafür war, dass er islamistische Radikale rücksichtslos verfolgte, in einer Moschee, die besonders von Islamisten besucht wurde?, fragte sich Eleish. Er griff wieder nach der Akte und hoffte, irgendwo einen Hinweis zu finden.

Sabris Akte war, noch mehr als bei anderen Mitgliedern einer Spezialtruppe üblich, zensiert worden. Monate, ja sogar Jahre fehlten. Und die erwähnten Versetzungen verrieten nur sehr wenig über seine Aktivitäten. In einigen Punkten war die Akte vollkommen widersprüchlich. Angeblich war er zu Anfang der Neunzigerjahre in Alexandria für die Hafensicherheit zuständig, doch das passte überhaupt nicht zu den Aufgaben, die die Spezialtruppen innerhalb der Armee übernahmen. Und nach dem Massaker von Luxor im Jahre 1997, bei dem achtundsechzig westliche Touristen von muslimischen Extremisten ermordet worden waren, hatte man Sabri angeblich damit betraut, »die Sicherheit der Touristen« im Bereich der Pyramiden von Gizeh zu gewährleisten. Eleish konnte sich nicht vorstellen, dass Sabri in der Nähe der Sphinx gestanden und wie ein Verkehrspolizist den Strom der Touristen in die entsprechenden Bahnen gelenkt hatte. Er konnte nur mutmaßen, dass Sabri eine gewisse Rolle gespielt hatte, als es darum ging, die Drahtzieher des Massakers aufzuspüren und zu töten, was auch weitgehend gelungen war.

Der letzte Eintrag war der seltsamste der gesamten Akte. In einer einzigen Zeile wurde mitgeteilt, dass Sabri sechs Monate zuvor auf eigenen Wunsch den Dienst quittiert hatte. Eleish rechnete nach. Es bedeutete, dass Sabri nach achtundzwanzig Jahren aus dem Militärdienst ausgeschieden war – zwei Jahre vor Erreichen der höchsten Pensionsstufe, welche die Armee zu vergeben hatte und die alle Offiziere anstrebten. Das ergab keinen Sinn.

Eleishs Magen knurrte. Dankbar für das Ende des Ramadan, griff er in seine Schreibtischschublade und zog um 10.40 Uhr sein Mittagessen heraus. Samira hatte ihm ein Pita-Sandwich mit kaltem Lamm-Kebab zubereitet, das vom gestrigen Abendessen übrig geblieben war. Das mochte er besonders. Während er das Sandwich verschlang, dachte er immer wieder über die Fakten nach und versuchte sie so zu kombinieren, dass sich eine logische Verbindung zwischen einem Pressemagnaten, einem Offizier der Spezialtruppen und einer Moschee ergab, die als Nährboden des islamistischen Extremismus bekannt war.

Eine raue Stimme unterbrach seine Gedanken. »Sergeant, hier habe ich etwas, das Sie sich ansehen sollten.«

Eleish blickte von seinem Sandwich auf und sah, dass der Polizeibeamte Qasim Ramsi vor seinem Schreibtisch stand. Der junge Ermittler war klein und verschwitzt, hatte Knopfaugen und ein öliges Lächeln. Immer wirkte er schuldbewusst, und das zu Recht. Eleish wusste, das Ramsi korrupt war und einen Großteil seiner Zeit damit verbrachte, Kairoer Drogenhändler, Taschendiebe, Zuhälter und Prostituierte zu erpressen.

»Ich bin beschäftigt, Wachtmeister«, sagte Eleish und suchte in seinem Schreibtisch nach einer Serviette, mit der er sich die Kebab-Sauce aus dem Gesicht und von den Händen wischen konnte.

»Aber das hier werden Sie sehen wollen«, sagte Ramsi, und Eleish wusste sofort, dass das ganz und gar nicht der Fall war.

Ramsi zog einen Umschlag unter seinem Arm hervor. Mit zwei Stummelfingern griff er hinein und holte eine Reihe Schwarz-Weiß-Vergrößerungen heraus. Er legte das erste Foto auf Eleishs Tisch.

Eleish entdeckte die Lunchtüte schließlich unter seinem Stuhl. Darin fand er die Serviette, die ihm seine umsichtige Frau immer einpackte. Erst als seine Hände sauber waren, griff er nach dem Foto. Es war der Schnappschuss eines Mordopfers, das nur mit einer Unterhose bekleidet auf der Straße lag. Kopf und Gesicht verschwanden unter so viel Blut, dass er die Züge des Mannes nicht erkennen konnte. Auf Brust und Beinen waren zahlreiche blaue Flecken zu erkennen.

»Glückwunsch, Qasim. Da haben Sie also ein Mordopfer«, sagte Eleish. »Es wäre allerdings noch beeindruckender, wenn Sie auch den Mörder hätten.«

Ramsis Lächeln wurde breiter. »Nicht irgendein Opfer, Sergeant.« Er ließ die nächste Vergrößerung so schwungvoll auf Eleishs Tisch fallen, dass sie mit der Unterseite nach oben landete.

Ärgerlich griff Eleish danach und drehte das Foto um.

Es war eine Großaufnahme vom Gesicht des Opfers, nachdem ein Teil des Bluts abgewischt worden war. Die Augen des Opfers waren zugeschwollen. Die Unterlippe war in der Mitte durchgeschnitten worden, die Nase hing nach rechts. Von der rechten Wange war nicht mehr viel übrig außer einer roten, offenen Wunde. Und das rechte Ohr fehlte. Trotz der Verstümmelung erkannte Eleish das Gesicht Bishr Gamals.

»Sieht aus, als bräuchten Sie einen neuen Informanten«, brummte Ramsi.

Eleish rang seinen Ärger nieder. Er starrte das Foto noch einige Augenblicke an und versuchte, seine Fassung wiederzugewinnen. »Wo?«

»In einer Gasse unweit von Khan al-Khalili«, sagte Ramsi.

»Wie ist er gestorben?«

Ramsi legte einen seiner fleischigen Finger auf das Bild. »Übel.«

»Das ist kein Autopsiebericht«, sagte Eleish mit zusammengebissenen Zähnen. »Wurde er erschossen, erstochen oder einfach nur zu Tode geprügelt?«

»Zu Tode geprügelt.«

»Von wem?«

»Haben Sie das fehlende Ohr bemerkt?«, fragte Ramsi herablassend.

Dieses Vorgehen war ein Merkmal einer der berüchtigtsten Kairoer Banden, dem Muhannad Al Din. Der Name bedeutete »Schwert des Glaubens«, doch bisher war Eleish noch keinem ihrer Mitglieder begegnet, das wirklich religiös gesinnt gewesen wäre. Sie waren Kriminelle der übelsten Sorte, die mit Menschen, Drogen und Waffen handelten. Sie arbeiteten mit jedem zusammen, der genügend bezahlte, von islamistischen Extremisten bis zu europäischen Drogenschmugglern. Jedem, der sie hinterging, schnitten sie ein Ohr ab, bevor sie ihn umbrachten.

»Sie haben ihn allerdings nicht besonders schnell umgebracht«, sagte Ramsi. »Einige der blauen Flecken sind sehr ausgeprägt. Und sehen Sie sich mal die offene Wunde auf seiner Wange an. Man hat ihm mit irgendetwas das Gesicht verbrannt.«

»Gefoltert?«

Ramsi nickte.

»Warum sollte das Muhannad Al Din ihn foltern?«

»Da gäbe es wohl tausend Gründe.« Ramsi zuckte mit den Schultern. »Er war eine Straßenratte, Sergeant. Entweder hat er sie bestohlen, oder er hat eine Prostituierte übers Ohr gehauen.« Er kicherte. »Oder er hat sie für Sie ausspioniert, und sie wollten herausfinden, was er Ihnen erzählt hat.«

Eleish atmete tief ein und unterdrückte den Wunsch, seinen schmierigen Kollegen zu schlagen. Er schluckte seine Wut hinunter und sprach mit ruhiger Stimme. »Sehen Sie, Ramsi, ich kannte Gamal. Es wäre leichter, wenn ich den Fall übernehmen würde. Vielleicht sollte ich mich darum kümmern?«

Ramsi zuckte mit den Schultern. Er ließ die restlichen Fotos auf Eleishs Schreibtisch fallen. »Sie gehören Ihnen, Sergeant. Bei mir wären sie sowieso nur ganz unten im Stapel gelandet.«

Nachdem Ramsi gegangen war, blieb Eleish an seinem Tisch sitzen und starrte die Fotos von Gamals entstelltem Gesicht an. Ramsi hatte Recht. Kairo war eine gewalttätige Stadt. Es gab tausend Gründe, warum diese finstere Bande Gamal hätte umbringen können. Doch Eleish spürte, dass der Mord etwas mit Gamals Erkundigungen im Umkreis der Al-Futuh-Moschee zu tun hatte. Er fühlte sich schuldig, als ihm das klar wurde. Das Risiko, Hazzir Kabaal aufzuspüren, war dadurch deutlich größer geworden.

Eleish schob die Schwarz-Weiß-Fotos zur Seite und griff nach der Akte Abdul Sabris. Er öffnete sie. Gleich auf dem ersten Blatt befand sich ein Schwarz-Weiß-Foto Sabris, das eine halbe Seite groß war. Sabri starrte mit Unschuldsmiene in die Kamera.

»Sie arbeiten jetzt für Kabaal, nicht wahr, Major?«, fragte Eleish das Bild leise und mit angehaltenem Atem. Dann griff er nach der nächsten Zigarette.

KAPITEL 19

The Sheraton Suites, London

Es war bereits ein Uhr nachts, als Haldane nach seinen Besuchen im Royal Free Hospital und der Zentrale der Londoner Gesundheitskommission zum ersten Mal sein Hotelzimmer zu Gesicht bekam. Das Blinken an seinem Telefon zeigte ihm, dass eine Nachricht für ihn eingegangen war, doch er beschloss, sich zunächst seine E-Mails anzusehen. Den Rücken mit einem Kissen gepolstert, lehnte er sich gegen das Kopfteil des Betts und klappte das Notebook in seinem Schoß auf. Nachdem die drahtlose Verbindung zum Netz des Hotels aufgebaut war, begann er, seine Mails herunterzuladen. Viele der 224 Nachrichten waren als »dringend« gekennzeichnet, doch als Noah in der Liste der Absender seine Frau entdeckte, klickte er zuerst ihre Mail an. Sie hatte die Nachricht fast vierundzwanzig Stunden zuvor abgeschickt und nichts in die Betreffzeile eingetragen. Er las.

Noah,
ich kann mir keinen feigeren Weg vorstellen, so etwas zu tun, aber ich weiß keine andere Möglichkeit, wie ich dich sonst erreichen könnte, bevor du nach Hause kommst. Und ich glaube nicht, dass ich dir in die Augen sehen und sagen kann, was ich dir sagen muss.
Noah, ich hätte nie gedacht, dass ich jemanden so lieben könnte, wie ich dich geliebt habe, aber ich kann weder vor dir noch vor mir selbst länger verleugnen, wie sehr ich mich

in Julie verliebt habe. Lesbisch? Hetero? Bisexuell? Ich weiß
es nicht. Vielleicht ist »selbstsüchtig« das einzige Wort, das
passt.

Du warst immer liebevoll und anständig zu mir. Sogar in
jenen dunklen Monaten, als du dich von der Welt zurückgezogen hast, konnte ich deinen Schmerz fühlen. Ich weiß,
dass du mir nie wehtun wolltest. Und es ist auch keine Entschuldigung für das, was ich getan habe. Es gibt keine Entschuldigung.

Noah, du bist ein guter Mensch ... vielleicht ein großer
Mensch ... ich nicht. Doch ich habe versucht, das Richtige
zu tun. Ich wollte dieser verzehrenden Leidenschaft den Rücken kehren. Oder ist es eine Sucht? Möge Gott mir helfen.
Ich will es immer noch! Aber ich kann nicht.

Liebe? Lust? Vernarrtheit? Ich weiß es nicht. Ich habe mein
Urteilsvermögen verloren. Aber was immer es auch sein
mag, gegen die Heftigkeit meiner Gefühle kann ich nichts
tun.

Ich weiß, dass sehr viel mehr auf dem Spiel steht als meine
Gefühle. Chloe und du ... Aber im Augenblick brauche ich
Zeit, und ich brauche Raum. Noah, ich hoffe, du bist bereit,
mir beides zu geben, obwohl ich keines davon verdiene.

Anna

Haldane saß nur da und starrte die Buchstaben auf dem Bildschirm an, ohne die Nachricht noch einmal zu lesen.

Nichts von dem, was Anna geschrieben hatte, schockierte ihn.
Schon seit einiger Zeit hatte er die Zeichen erkennen können. Doch
seine Ruhe überraschte ihn, und noch erstaunlicher war, dass er
fast so etwas wie Erleichterung verspürte. Er hatte erlebt, wie Patienten behaupteten, nicht zu wissen, woran man erkrankt war, sei
schlimmer als die Bestätigung der schlimmsten Befürchtungen,

und er hatte ihnen nicht geglaubt. Jetzt konnte er es verstehen, zumindest, was seine Frau betraf. Die lähmenden Zweifel und das peinigende Grübeln verschwanden und wichen der Einsicht, dass er schweren Herzens eine folgerichtige Entwicklung akzeptieren musste. So traurig das alles auch war, jetzt konnte er wenigstens damit beginnen, nach vorn zu blicken und nicht mehr zurück.

Sein Handy klingelte, und geistesabwesend nahm er den Anruf entgegen. »Hallo?«

»Oh, Noah!«, sagte Anna. »Ich habe den ganzen Tag versucht, dich zu erreichen.«

Er rutschte an den Rand des Bettes und setzte sich auf. »Ist mit Chloe alles in Ordnung?«

»Es geht ihr gut«, sagte Anna. »Es ist nur so, ich habe dir gestern eine E-Mail geschickt … Als ich dachte, dass du nach Hause kommst.«

Sie schwieg, doch als Haldane nicht antwortete, fuhr sie hektisch fort: »Ich hätte sie niemals abgeschickt, wenn ich gewusst hätte, dass du nach London fliegst, um diese Epidemie zu bekämpfen. Es ist einfach schrecklich, dir so etwas hinzuknallen, wo du dich doch schon mit so vielem beschäftigen musst.«

»Warum schrecklich?«, fragte Haldane ruhig.

»Die Mail war so dumm. Melodramatisch und impulsiv, wie eine Vierzehnjährige sie schreiben würde.« Sie schluckte hörbar. »Noah, würdest du sie bitte einfach löschen?«

»Okay«, sagte er.

»Und können wir so tun, als ob ich sie niemals abgeschickt hätte?«, fügte sie hinzu.

Er dachte einen Augenblick darüber nach und sagte dann: »Anna, kann ich mit Chloe sprechen?«

»Sie ist bei Mom zum Abendessen. Es dauert noch ein paar Stunden, bis sie wiederkommt.« Anna zögerte. »Noah, die Mail? Wirst du sie löschen?«

»Wenn du möchtest.«

»Ich möchte es so sehr«, sagte sie und lachte nervös. Als er nicht antwortete, sprach Anna weiter, um das Schweigen zu brechen. »Noah, diese Gansu-Grippe … Im Fernsehen heißt es, dass es da drüben gefährlich ist!«

»Alles übertrieben.«

»Du bist doch wirklich vorsichtig, nicht wahr?«

»Immer«, sagte er distanziert.

»Noah, bitte komm bald nach Hause«, sagte sie mit brüchiger Stimme. »Chloe vermisst dich so sehr, und ich …«

»Anna.«

Wieder schluckte sie. »Ja?«

»Die Antwort ist ›ja‹.«

»*Ja?*«

»Du kannst Zeit und Raum haben«, sagte er.

»Noah, ich habe dir gesagt, es war nichts als eine impulsive …«

»Wir beide wissen, dass das nicht stimmt«, unterbrach er sie. »Du musst dir über vieles klar werden. Das verstehe ich. Ich will es sogar. Es ist wichtig für uns alle.« Er räusperte sich. »Tu, was du tun musst. Okay, Anna?«

Trotz des leichten statischen Rauschens konnte er hören, wie seine Frau am anderen Ende der Leitung leise weinte. »Wirst du danach immer noch da sein?«, fragte sie flüsternd.

Früh am nächsten Morgen erwachte Haldane mit leichten Kopfschmerzen und dem vagen Gefühl einer Niederlage wie jemand, der am Abend zuvor zu viel getrunken hat.

Er bemühte sich verzweifelt, nicht an den Schiffbruch zu denken, den sein Privatleben erlitten hatte, und konzentrierte sich stattdessen auf Viren, während er noch im warmen, ungewohnten Bett liegen blieb. Trotz ihrer Bösartigkeit, die ihnen selbst natürlich nicht bewusst war, faszinierten sie ihn. Sie lebten nur, um sich zu vermehren – und zugleich lebten sie eigentlich überhaupt nicht. Bei ihnen war die Natur auf halbem Wege stecken geblieben, und das mit tödlichen Folgen; Viren waren nichts weiter als frei dahintreibende, winzige Behälter voll parasitärer DNA und RNA, die zu ihrer Vermehrung die komplexe Maschinerie einer Zelle benötigten.

Vor seinem geistigen Auge stellte er sich elektronenmikroskopisch vergrößerte Bilder von Influenza-Kristallen vor, perfekte Kugeln, die von zwei Proteinen, Hämagglutinin und Neuraminidase, umgeben waren, die wie ein Ring geöffneter Regenschirme aus der Oberfläche der Kugel ragten. Hämagglutinin und Neuraminidase, durch die das Virus sich mit potenziellen Zielen verband, waren der Fingerabdruck des Grippevirus, mit dessen Hilfe Wissenschaftler die einzelnen Grippearten nach H- und N-Typen unterschieden. Vom Labor zur Grippeüberwachung der WHO hatte er am Tag zuvor gehört, dass die Gansu-Varietät als H2N2 identifiziert worden war. Damit gehörte sie zum selben Subtypus wie jener Virus, der 1957 für den Ausbruch der Asiatischen Grippe verantwortlich gewesen war. Aber er wusste, dass ARCS nicht die Asiatische Grippe war.

Nachdem sich das Virus mit den Viren anderer Spezies vermischt hatte, waren neue Proteine an seiner Oberfläche erschienen, und zu seiner RNA gehörten jetzt neue Gene, wodurch ein Superbazillus entstanden war, der einen Weg von den Bauernhöfen Chinas in die Straßen Londons und nach Hongkong gefunden hatte. Und wo würde dieses winzige Monster in Zukunft noch zuschlagen, nachdem es erst einmal so weit gekommen war?

Haldane sah auf den Wecker. Es war 6.32 Uhr. Es war Zeit aufzustehen. Er ging unter die Dusche. Um 6.45 Uhr kam er neu eingekleidet in die Lobby. Duncan McLeod begrüßte ihn am Aufzug mit einem dampfenden Plastikbecher Kaffee. »Hier. Ein doppelter Espresso für dich«, sagte McLeod. »Du wirst ihn brauchen, bevor unsere zauberhafte kleine Prinzessin wieder auftaucht.«

Kaum hatte er das gesagt, kam Dr. Nancy Levine durch die Lobby auf sie zu. Sie trug einen streng wirkenden grauen Hosenanzug und hatte ihr Haar wieder straff zurückgebunden, wodurch ihre kantigen Wangenknochen und ihr eckiges Kinn besonders hervortraten.

»Wenn man vom Teufel spricht«, flüsterte McLeod Haldane zu. »Buchstäblich.«

Haldane begrüßte sie mit einem Nicken. »Guten Morgen, Dr. Levine.«

»Guten Morgen, meine Herren«, sagte sie knapp. »Am besten brechen wir gleich auf. Es hat noch mehr Fälle gegeben.«

Levine marschierte bereits los, doch Haldane blieb stehen. »Wie viele?«, fragte er.

Levine hielt inne und drehte sich zu ihm um. »Acht Leute im Hotel.«

»Und außerhalb des Hotels?«, fragte Haldane.

»Es gibt sieben weitere Verdachtsfälle in London und Umgebung«, sagte sie. »Bei allen besteht eine direkte oder indirekte Verbindung zu einer Führung im Tower of London, wo sie Kontakt zum ersten Verstorbenen hatten, dem Vorstandsmitglied einer amerikanischen Ölgesellschaft namens Fletcher.«

»Scheiße, Mann, einfach großartig«, rief McLeod mitten in der Lobby. »Ein besonders aufgeweckter Yankee mit galoppierender Lungenentzündung schließt sich einer Touristenführung an.«

Haldane ignorierte seinen Kollegen. »Wie sieht das geografische Muster bei diesen neuen Fällen aus?«

»Vier der Fälle betreffen eine Familie in Nordlondon«, sagte sie. »Bei den anderen dreien handelt es sich um holländische Touristen, die in einem Hotel in der Innenstadt wohnen.«

»Und ihre Kontaktpersonen stehen unter Quarantäne?«

»Natürlich«, erwiderter Levine kühl. »In dem Maße, in dem das möglich ist. Die Opfer sind Touristen. Deshalb waren sie in ganz London unterwegs.«

Haldane verdaute die Information kommentarlos. Nachdem sie in den Land Rover gestiegen waren und durch den morgendlichen Verkehr fuhren, fasste Haldane zusammen. »Wir haben jetzt also wenigstens drei verschiedene Orte in der Stadt, auf die sich die Infektion konzentriert. Bei den meisten Betroffenen handelt es sich um Reisende. Wie geht man an den entscheidenden Knotenpunkten wie Flughäfen und Bahnhöfen vor?«

Levine warf Haldane einen kurzen Blick zu. Ihr Gesichtsausdruck war ungewöhnlich. Er verriet fast schon Respekt. »Am Flughafen haben wir sofort alle Maßnahmen eingeleitet, die zur Überprüfung von Passagieren bei einem neuen Ausbruch von SARS vorgesehen waren. Wir benutzen dieselben Fragebögen in Bezug auf Fieber und Husten. Und wir messen bei Reisenden die Temperatur«, sagte sie. »Wir versuchen, bei Bahnhöfen genauso vorzugehen, doch dort können wir den ganzen Verkehr natürlich viel weniger kontrollieren.«

»Wie viele Gäste aus dem Park Tower Plaza haben in den letzten fünf Tagen das Land verlassen?«, erkundigte sich Haldane.

»Mehrere«, sagte Levine. »Wir gehen die Unterlagen des Hotels und der entsprechenden Fluggesellschaften durch und nehmen Kontakt zu den betroffenen Reisenden auf. Bisher hat noch niemand, den wir erreichen konnten, Symptome entwickelt. Wir haben allen von ihnen empfohlen, das Haus mindestens fünf Tage lang nicht zu verlassen.«

»Gut.« Haldane nickte. »Außerhalb Londons wurden noch keine Fälle gemeldet?«

»Nein.« Dann fügte Levine hinzu: »Noch nicht.«

Die fatalistische Bemerkung ließ das Gespräch verstummen. Haldane starrte aus dem Fenster auf die Londoner City. Autos fuhren auf den Straßen, und auch auf den Bürgersteigen waren Passanten unterwegs, doch der Anblick unterschied sich deutlich von den Menschenmengen, die er früher gesehen hatte. Alles erinnerte auf unheimliche Weise an die Straßen Jiayuguans. Er wusste, dass es nicht lange dauern würde, und dann die Gesichter der Menschen hinter einem Mundschutz verschwänden.

Haldane betrachtete Levine. Sie umklammerte das Lenkrad mit festem Griff.

Sie hatte dunkle Flecken unter den Augen, und es schien, als habe sie in den letzten Tagen kaum geschlafen. Er vermutete, dass ihre herablassende Kälte wenigstens zum Teil eine Reaktion auf den gewaltigen Stress war, dem sie sich ausgesetzt sah. Haldane hatte selbst miterlebt, wie führende Beamte des öffentlichen Gesundheitswesens schon angesichts geringerer Bedrohungen zusammengebrochen waren.

»Dr. Levine«, sagte er, »es wäre eine gute Idee, in den Vierteln, aus denen die bekannt gewordenen Fälle stammen, noch heute Kliniken einzurichten, in denen die entsprechenden Voruntersuchungen durchgeführt werden können.«

Sie sah ihn an, und es wirkte, als wolle sie es auf einen Streit ankommen lassen, doch dann entspannten sich ihre Züge. »Ich werde es der Gesundheitskommission vorschlagen.«

»Was ist mit dem Index-Fall?«, meldete sich McLeod vom Rücksitz aus mit hoher Stimme.

Levine schüttelte den Kopf. »Wir haben sie bisher noch nicht gefunden.«

»Sie?«, sagte Haldane. »Sie glauben also, es ist diese Spanierin aus dem Aufzug im Hotel?«

»Sie ist bisher die einzige Verbindung, die wir entdecken konnten.«

»Verdammt merkwürdig, nicht wahr?«, sagte McLeod.

»Inwiefern?«

»Warum hat sie nirgendwo medizinische Hilfe gesucht?«, fragte McLeod.

Levine seufzte. »Dr. McLeod, es gibt zahllose Krankenhäuser und Privatkliniken in London. Es wäre gut möglich, dass sie irgendwo eingeliefert wurde, ohne dass jemand an die Gansu-Grippe dachte.«

»Oder sie ist bereits tot«, sagte McLeod. »Sie haben doch sicher die Leichenhallen überprüft, richtig?«

»Selbstverständlich haben wir das getan«, sagte Levine knapp. »Keine der Leichen passte zu ihrer Beschreibung.«

Haldane schüttelte den Kopf. »Vergessen wir mal, dass sie sich in Luft aufgelöst hat. Trotzdem gibt es da eine Frage, die ich mir immer wieder stelle: Woher? Woher hatte diese Frau, egal, ob sie nun Spanierin, Griechin, Italienerin oder was auch immer ist, das Virus überhaupt?« Er drehte sich um. »Duncan, wie viele spärlich bekleidete Kaukasierinnen hast du in Jiayuguan gesehen?«

»Nicht besonders viele«, sagte er. »Aber Hongkong ist natürlich etwas anderes.«

Haldane schüttelte den Kopf. »Das Virus ist in beiden Städten gleichzeitig ausgebrochen. Der zeitliche Ablauf kann einfach nicht stimmen, wenn sie sich in Hongkong angesteckt und das Virus dann hier verbreitet hätte.«

»Was ist mit der chinesischen Regierung?«, fragte McLeod.

»Was soll mit ihr sein?«

McLeod beugte sich nach vorn. »Sie haben das Blaue vom Himmel heruntergelogen, als es um SARS ging. Vielleicht hat sich die Gansu-Grippe längst in Peking oder irgendeiner anderen Großstadt ausgebreitet, und alle waren nur damit beschäftigt, ihren Arsch zu retten.«

»Warum haben sie uns dann überhaupt darum gebeten, nach Jiayuguan zu kommen?«, fragte Haldane.

»Um Himmels willen, Haldane!« McLeod ließ sich auf seinen

Sitz zurückfallen. »Du leidest doch nicht etwa unter der Wahnvorstellung, dass Regierungen Logik und Vernunft in ihre Planungen mit einbeziehen?«

»Dr. Haldane hat Recht«, sagte Levine in bestimmtem Ton. »Wir würden es inzwischen wissen, wenn sich die Gansu-Grippe in Zentralchina ausgebreitet hätte.«

»Aber was ist dann unser Index-Fall?« Haldane sah von McLeod zu Levine.

»Ein Geheimnis«, knurrte McLeod. »Das verdammte Stonehenge der Mikrobiologie, nicht wahr?«

Haldane antwortete nicht, aber er wusste aus Erfahrung, dass es eine rationale Erklärung für die Herkunft der Frau und des von ihr verbreiteten Virus gab. Er hoffte, dass sie diese Erklärung eher früher als später finden würden. Ihm war bewusst, dass sie sich im Kreis drehten, solange diese Angelegenheit nicht geklärt war.

»Wie geht's dem kleinen Mädchen?«, fragte McLeod. »Alyssa?«

»Ich habe gehört, dass sie heute Morgen vom Beatmungsgerät genommen wurde«, sagte Levine, und ein schwaches Lächeln umspielte ihre Lippen. »Offensichtlich hat sich ihr Zustand gebessert. Er scheint stabil zu sein.«

Sie fuhren an den schönen Kensington Gardens am westlichen Ende des Hyde Park vorbei und bogen in die Pembroke Road im Herzen Notting Hills, einem Londoner Bezirk, der in den letzten Jahren sehr in Mode gekommen war. Als sie sich dem Eingang des Park Tower Plaza Hotels näherten, fielen Haldane die zahlreichen Lastwagen und Kleintransporter am Straßenrand auf, von denen viele die Logos verschiedener Fernsehsender trugen. Als ihr Wagen langsam ausrollte, hatte Haldane wieder das eindringliche Gefühl eines *déjà vu*.

Polizeifahrzeuge blockierten beide Enden der Straße.

»Damit halten wir die Presse auf Distanz«, erklärte Levine, als sie für einen der Polizisten ihr Fenster herunterkurbelte. Nachdem sie ihren Ausweis vorgezeigt hatte, kroch der Land Rover langsam an Krankenwagen und verschiedenen Regierungsfahrzeugen vorbei auf den Parkplatz des Hotels zu.

Bewaffnete Polizisten bewachten den Eingang des Gebäudes. Gründlich inspizierten sie Levines Ausweis, bevor die kleine Gruppe in einen behelfsmäßigen Umkleideraum geführt wurde. Die drei Ärzte zogen Handschuhe, Hauben, Stiefel, Klinikkittel und den speziellen N95-Mundschutz an. Dieser Mundschutz war gegen TB-Partikel entwickelt worden, die sich über die Luft ausbreiteten. Sie betraten die Lobby wie eine Gruppe Chirurgen, die sich im Gebäude geirrt hatte. Das elegante Hotel war in eine behelfsmäßige Klinik umgewandelt worden. Überall in der Lobby sah man Klinikpersonal, das Schutzkleidung trug und mit Thermometern, Tabellen und Stethoskopen ausgerüstet war.

Nancy Levine führte die beiden zu den Aufzügen. Mit demselben Aufzug, in dem Alyssa Mathews sich auf lebensbedrohliche Weise infiziert hatte, fuhren sie hinauf in den 25. Stock. »Wir benutzen dieses Stockwerk als Quarantänestation, besonders für Patienten, von denen wir wissen, dass sie sich mit dem Virus angesteckt haben«, erklärte Levine. »Der Mann, den wir besuchen, ein Mr. Collins, war drei Tage lang im Royal Free, wurde dann aber letzte Nacht hierher zurückgebracht, um in der Klinik Platz zu schaffen, nachdem sein Fieber gesunken war.«

Ein Klinikmitarbeiter in vollständiger Schutzkleidung erwartete sie an der Tür des Aufzugs und führte sie den Gang hinab. Nachdem er dreimal angeklopft hatte, öffnete sich die Tür. Im Zimmer stand ein glatzköpfiger Mann, der einen Mundschutz trug. Sein Pyjama hing locker von seinem mageren Körper. Wegen des Mundschutzes und der fehlenden Haare konnte Haldane sein Alter nur schwer schätzen, doch Nigel Collins mochte etwa so alt sein wie er selbst, also Ende dreißig.

Nachdem sie sich vorgestellt hatten, folgten sie Collins in das kleine Wohnzimmer. Wie in der Klinik in Jiayuguan fand es Haldane nicht gerade leicht, ein Gespräch zu führen, bei dem alle Beteiligten Mundschutz trugen. Wenn man die Gesichter der Leute nicht sehen konnte, war es schwierig, ihre Antworten richtig einzuschätzen.

»Woher stammen Sie, Mr. Collins?«, begann Levine.

»Nennen Sie mich Nigel«, sagte Collins, und sein ausgeprägter Akzent klang für Haldane, als höre er ein frühes Beatles-Interview mit John oder Paul. »Ursprünglich aus Liverpool, aber jetzt lebe ich in Birmingham. Ich bin einer der Delegierten der Stahlarbeitergewerkschaft.« Er lachte. »Was hab ich doch für ein Glück! Mein Name wurde gezogen, also nehme ich an dem großen Kongress teil und wohne in diesem todschicken Hotel. Ha!«

»Wann ist die Krankheit bei Ihnen ausgebrochen?«, fragte Levine.

»Vor vier Tagen!«, sagte er und rückte unruhig auf seinem Stuhl hin und her. »Als hätte mich ein Zug gerammt. Ich bin aufgewacht und konnte mich nicht mehr bewegen. Es brannte wie Feuer. Und die Schmerzen! Als wäre ich mit Armen und Beinen in eine Metallpresse geraten. Und dann kam der Husten. Oh, Mann!« Er lachte schallend. »Hab mir gedacht, das kommt vom vielen Rauchen!«

»Waren sie kurzatmig, Nigel?«, fragte Haldane.

Collins druckste herum. »Als dieses krampfartige Husten anfing, konnte ich nicht mehr aufhören und Luft holen. Manchmal war es nicht ganz so schlimm. Aber ich hatte keine Ahnung, dass man sich so schwach fühlen kann. Ich habe beide Hände gebraucht, um ein Glas Wasser hochzuheben. Und nicht mal das schaffte ich immer.« Er atmete so heftig aus, dass sein Mundschutz flatterte. »Gestern ging das Fieber dann so schnell zurück, wie es gekommen war. Am Abend fühlte ich mich fast wieder normal.« Er zog am Oberteil seines Pyjamas. »Nur magerer war ich.«

»Nigel, was meinen Sie? Wo könnten Sie sich das Virus geholt haben?«, fragte Haldane.

»Ich meine gar nichts.« Wieder blähte sich sein Mundschutz. »Ich weiß es.«

»Und zwar?«, sagte Haldane.

»Von diesem armen kleinen Ding. Hübsches Mädchen übrigens«, sagte er und sah dann zu Nancy Levine. »Entschuldigen Sie, Frau Doktor, es ist nur so, dass …«

»Mr. Collins«, unterbrach sie ihn ungeduldig. »Könnten Sie uns bitte sagen, wie sie ausgesehen hat?«

Seine Beschreibung glich derjenigen, die ihnen auch Veronica Mathews gegeben hatte, doch dann fügte er hinzu: »Es war kurz vor dem Abendessen. Ich stand neben ihr und wartete auf den Lift. Irgendwie schwankte sie ständig hin und her. Es ging ihr gar nicht gut. Auf der ganzen Fahrt nach oben hat sie gehustet. Aber sie hat die Hand vor den Mund gehalten, ganz höflich, und man konnte durchaus einen Blick riskieren.« Wieder sah er zu Levine. »Wissen Sie, was …«

»Ich weiß genau, was Sie meinen«, sagte sie knapp. »Wo ist sie ausgestiegen?«

»Im 27. Stock. Wie ich.« Wieder lachte er aus vollem Hals. »Die Jungs von der Gewerkschaft haben sich selbst übertroffen. Haben mir ein Zimmer im obersten Stockwerk besorgt.«

»Sie sind also die ganze Strecke mit ihr hinaufgefahren?«, fragte Haldane.

»Ja, Sir.«

»Haben Sie die Frau irgendwann noch einmal gesehen?«

Collins schüttelte den Kopf.

»Denken Sie nach. Haben Sie vielleicht eine Mutter mit zwei kleinen Mädchen in den Aufzug steigen sehen?«, fragte Haldane.

»Noch eine Schönheit, richtig?« Collins warf Levine einen

entschuldigenden Blick zu. »So etwas fällt mir einfach auf, Frau Doktor.«

»Offensichtlich nicht«, sagte Levine. »Mrs. Mathews ist groß, hat dunkles Haar und große Augen. Ein ehemaliges Fotomodell. Ihre Töchter sind vier und fünf. Haben Sie so jemanden gesehen?«

»Und ob ich sie gesehen habe!«, sagte Collins. »Aber sie war nicht im Aufzug. Ich hatte sie ein- oder zweimal mit ihren Mädchen am Pool gesehen.«

»Sie sind sicher, dass sie nicht im Aufzug war?«, fragte Haldane.

»Nicht mit mir und der hustenden jungen Frau zusammen«, sagte Collins. »Jedenfalls nicht auf dem Weg nach oben. Über den Weg nach unten weiß ich nichts.«

»Wie meinen Sie das?«, fragte Haldane.

»Na ja, als ich mein Zimmer erreicht hatte, hab ich mich umgedreht, weil ich noch einen letzten Blick riskieren wollte«, sagte er dümmlich, ohne Levine anzusehen. »Die junge Frau hing geradezu an der Wand neben dem Lift. Ich überlegte mir, ob ich zurückgehen und ihr vielleicht helfen sollte, doch da öffnete sich schon die Aufzugtür. Und sie stolperte wieder hinein.« Er hielt inne. »Ich habe eigentlich nicht weiter darüber nachgedacht, aber ich weiß auch nicht, warum sie den ganzen Weg bis nach oben mitgefahren ist, nur um sofort wieder nach unten zu fahren. Vielleicht hat sie ihre Etage verpasst?«

Haldane erhob sich aus seinem Stuhl und unterdrückte das Bedürfnis aufzuspringen. »Danke, Nigel, Sie haben uns wirklich sehr geholfen«, sagte er, als er zur Tür ging.

Draußen auf dem Gang hielt McLeod ihn auf. »Was schwirrt dir im Kopf rum, Haldane?«

Er deutete auf McLeods Brust. »Erklär mir mal, warum eine Frau, die so krank ist, dass sie kaum stehen kann, mit dem Aufzug von der Lobby bis ins oberste Stockwerk fährt und dann gleich wieder kehrtmacht und nach unten fährt.«

»Verdammt, woher soll ich das wissen? Vielleicht hat Nigel ja Recht?«, sagte McLeod. »Vielleicht war sie so krank, dass sie ihre Etage verpasst hat.«

»Aber warum ist sie dann hinunter in die Lobby gefahren, nur um mit Mathews und den Mädchen wieder hinaufzufahren?«, fragte Haldane.

»Woher willst du wissen, dass das nicht eine ganz andere Fahrt war, irgendwann später am Tag?«, fragte McLeod.

»Erinnerst du dich?« Haldane schlug sich mit der Faust in die flache Hand. »Sowohl Nigel als auch Veronica haben gesagt, dass es kurz vor dem Abendessen war!«

McLeod schüttelte den Kopf.

»Und warum ist sie verschwunden, ohne eine Klinik aufzusuchen?«, fragte Haldane. »Und vor allem: Wo hat sie sich das Virus geholt?«

McLeod riss die Augen auf. Sogar sein schlaff herabhängendes Lid hob sich auf halbe Höhe. »Willst du damit sagen, dass diese Frau ganz bewusst versucht hat, ihre üble Saat zu verbreiten?«

Haldane zuckte mit den Schultern. »Kannst du mir eine andere vernünftige Erklärung geben?«

Zum ersten Mal in all den Jahren, die sie sich nun schon kannten, sah Haldane in McLeods Augen echte Angst. »Womit haben wir es hier nur zu tun, Noah?«, fragte er leise.

KAPITEL 20

Vancouver, British Columbia

Als Nicole Cadullo erwachte, hatte sie für einen kurzen Augenblick jede Orientierung verloren, und sie fragte sich, ob sie in der Badewanne eingeschlafen war. Dann erkannte sie, dass ihre Bettlaken völlig durchnässt waren. In ihrer Verwirrung nahm die Neunzehnjährige an, dass ihre Zimmernachbarn sie zum Spaß mit einem Glas Wasser übergossen hätten, während sie schlief. Na, besten Dank auch!, dachte sie verärgert, doch als die Krämpfe anfingen, fiel ihr nach und nach wieder alles ein. Mit heftigem Fieber war sie mitten in der Nacht aufgewacht und hatte die Bettdecke abgeschüttelt. Zuerst dachte sie, dass sie alles nur geträumt hatte, doch dann sah sie, dass die Decke unordentlich am Fuß ihres Betts lag.

Keine Grippe!, dachte Nicole. Nicht heute.

Heute musste sie einen Test in Ozeanografie schreiben. Und danach wieder ins städtische Aquarium gehen, wo sie während der Nachmittagsschicht als Führerin arbeitete. Das Aquarium! Sie erinnerte sich an eine kleine Frau mit pechschwarzem Haar, die eine dicke Sonnenbrille getragen hatte, obwohl der Himmel grau gewesen und die Sonne nirgendwo zu sehen war.

Vor zwei Tagen war die Frau am Becken mit den Fischottern neben Nicole gestanden. Nicole hätte sie beinahe gebeten weiterzugehen, denn ihr rauer Husten irritierte die Tiertrainer und störte die Show.

Ich wette, da habe ich mir dieses Ding eingefangen, dachte Nicole bitter.

Ihr war kalt, und so setzte sie sich auf und griff nach der Decke zu ihren Füßen. Sie ließ sich zurück aufs Bett fallen und konnte nicht glauben, wie sehr diese kleine Bewegung sie angestrengt hatte. Keuchend schnappte sie unter der Decke nach Luft, als hätte sie gerade ihren persönlichen Rekord beim Dreihundertmeterlauf gebrochen.

Doch während sie ruhig dalag, wurde das Atmen nicht etwa leichter; es wurde von Minute zu Minute schwerer. Dann begann das Husten. Jedes Mal rasselte ihre gesamte Brust. Sie hustete immer heftiger. Sie drohte beinahe an einem Klumpen Auswurf zu ersticken, der ihr wie ein Stück Fleisch in der Kehle saß, bevor es ihr gelang, den Auswurf in die Hand zu spucken. Sie blickte hinab und sah, dass ihre Hand voller Blut war.

Ihre überwältigende Panik machte sich in einem heiseren Schrei Luft.

Hargeysa, Somalia

Hazzir Kabaal saß in seinem verschwenderisch ausgestatteten Büro und genoss den vierten Espresso an diesem Tag. Er mochte starken Kaffee vor dem Schlafengehen. Wenn er keinen trank, hatte er Schwierigkeiten einzuschlafen. Allerdings hatte das in den letzten Tagen keine Rolle mehr gespielt. Ob mit oder ohne Kaffee, er konnte ohnehin kaum schlafen.

Als sich die Medienberichte geradezu explosionsartig vermehrt hatten, hatte Kabaal das voller Stolz über das Erreichte zur Kenntnis genommen. Doch schon bald bekam der Sieg einen bittersüßen Beigeschmack. Kabaal hatte vergessen, wie sehr er seit den vier Jahren, die er in London verbracht hatte, an dieser Stadt hing. Er erinnerte sich an die Warnung Scheich Hassans: »Wenn der Westen sich erst einmal in dir festgesetzt hat, wächst er wie ein Krebsgeschwür, das nur schwer wieder herausgeschnitten werden kann.« Er wusste, dass der Scheich Recht hatte, doch die Bilder der leeren Londoner Straßen und die Angst in den Stimmen der Menschen, mit denen die Reporter sprachen, hatten Kabaal ein wenig unsicher gemacht. Wäre der Scheich doch nur hier, dachte Kabaal. Mit seinen frommen Einsichten würde er jeden Zweifel beiseite fegen.

»Manchmal ist der Weg Gottes der schwierigste Weg«, beruhigte sich Kabaal mit fast lauter Stimme.

»So sagt man«, antwortete Major Abdul Sabri.

Kabaal hatte nicht bemerkt, wie Sabri in der Tür zu seinem Büro erschienen war. Kabaal senkte den Blick und errötete vor Verlegenheit. Er räusperte sich. »Schön, dass Sie wieder zurück sind, Major. Ich bin überzeugt, Sie hatten eine angenehme Reise.«

Sabri zuckte mit den Schultern. Wieder trug er eine einfache weiße Robe, doch angesichts seiner breiten Schultern, seiner nicht zu deutenden blauen Augen und der Sicherheit, die er ausstrahlte, brauchte er keine Uniform und keine Waffe, um gefährlich zu wirken.

»Sie haben Herrn Gamal getroffen?«, fragte Kabaal.

Mit lockerem Schritt kam Sabri in das Büro und antwortete erst, als er den Schreibtisch erreicht hatte. »Wir haben eine gewisse Zeit miteinander verbracht, ja.«

»Und?«

»Bishr Gamal war ein Kleinkrimineller. Ein Räuber und Taschendieb.« Er hielt inne. »Doch er hat seine Einnahmen aufgebessert, indem er als Informant für die Polizei gearbeitet hat.«

Kabaal setzte die Tasse ab und beugte sich vor. »Fahren Sie fort«, sagte er.

»Er hatte den Auftrag, uns in der Moschee auszuspionieren.« Sabri blickte über Kabaals Kopf hinweg, als langweile ihn das Thema bereits.

Kabaal bemühte sich um Sabris distanzierte Ruhe, doch er

konnte nicht verhindern, dass seine Stimme ein wenig scharf klang. »Von wem hatte er den Auftrag?«

»Von Sergeant Achmed Eleish. Einem Kriminalbeamten der Kairoer Polizei.«

»Eleish!«, flüsterte Kabaal. »Dieser Mann lässt mir schon seit Jahren keine Ruhe.« Sabri nickte und zeigte sich weder überrascht noch interessiert an Kabaals Enthüllung.

»Vor acht oder neun Jahren wurde Eleish von einem Aktivisten angeschossen, der für eine meiner Zeitungen gearbeitet hat. Seither versucht Eleish, meine Verbindungen zur Bruderschaft zu beweisen.« Kabaal schüttelte den Kopf und seufzte. »Ich hätte mich schon vor langer Zeit um ihn kümmern sollen.«

»Soll ich das jetzt erledigen?«, fragte Sabri.

Kabaal dachte darüber nach. »Was genau hat Gamal Eleish erzählt?«

Sabri deutete auf Kabaal und dann auf sich. »Dass wir beide zusammen gesehen wurden. Und dass mehrere von uns in den letzten Wochen spurlos verschwunden sind.« Er zuckte mit den Schultern. »Viel mehr wusste er nicht.«

»Nicht viel mehr oder überhaupt nichts?«, wollte Kabaal wissen.

»Gamal hat mitbekommen, wie irgendjemand eine Wüstenbasis erwähnte, aber er hat geschworen, dass er nichts über die Einzelheiten weiß.«

»Vielleicht wusste er mehr, als er zugeben wollte?«

Sabri schenkte ihm ein flüchtiges Lächeln. »Nachdem er ein paar Stunden in meiner Gegenwart verbracht hatte, glaube ich nicht, dass Herr Gamal noch in der Lage war, zu lügen«, sagte er so sachlich, als hätten die beiden einen kleinen Spaziergang gemacht.

»Wusste Gamal, ob Eleish noch andere Personen informiert hat?«, fragte Kabaal.

Sabri zuckte mit den Schultern.

Kabaal starrte in seine leere Tasse. »Es wäre albern, anzunehmen, dass Eleish auf eigene Faust vorgeht. Wenn er jetzt verschwinden würde, würde das nur Verdacht erregen und noch mehr Aufmerksamkeit auf uns lenken.«

»Na und?« Sabri atmete tief aus. »Sie würden uns nicht finden, selbst wenn sie es wollten.«

»Also auch Eleish nicht«, sagte Kabaal. »Vorerst sollten wir ihn nur im Auge behalten.« Sabri sah aus, als würde er jeden Augenblick anfangen zu gähnen. »Es gibt viele Möglichkeiten, Sergeant Eleish aus dem Verkehr zu ziehen, ohne dass jemand Verdacht schöpft. Autounfälle. Polizeieinsätze, bei denen etwas schief geht. Und der Unterschied zwischen einer Vergiftung und einem Herzinfarkt kann manchmal sehr subtil sein.«

Kabaal zögerte, doch dann sagte er: »Noch nicht, Abdul.«

»Wie Sie wünschen.«

Kabaal griff nach einem kleinen Stapel Papier auf seinem Tisch. »Unsere zweite Welle ist in Amerika gelandet.« Er seufzte. »Aber nicht so, wie vorgesehen.«

Sabri hob eine Augenbraue. »Probleme?«

»Nicht in Chicago, aber in Seattle, ja.« Kabaal hob ein Blatt Papier und wedelte damit vor Sabri hin und her. »Eine E-Mail von Sharifa Sah'rawi.«

Kabaal las mit lauter Stimme vor:

Liebe Tonya,
mit unserem ganzen Gepäck bin ich in Vancouver eingetroffen. Die Warteschlange an der Grenze war zu lang. Ich habe es nicht bis nach Seattle geschafft. Ich musste das Geschenk in Vancouver zurücklassen. Wir haben eine schöne Zeit verbracht, aber wir konnten nicht bleiben. Ich melde mich wieder.
In Liebe, Sherri

Sabri nickte träge. »Also wurde sie an der Grenze zurückgeschickt.«

»Die Sicherheitsvorkehrungen sind momentan sehr streng. Wir hätten sie direkt nach Seattle fliegen lassen sollen.« Kabaal schüttelte den Kopf. »Ich hätte wissen müssen, dass die Logistik viel zu kompliziert ist.«

Sabri zuckte mit den Schultern. »Kanada, Amerika. Was macht das für einen Unterschied?«

Kabaal schüttelte den Kopf. »Kanada hat sich nie an der Invasion im Irak beteiligt. Es hätte eigentlich nicht betroffen sein sollen.«

Ein leichtes Lächeln erschien auf Sabris ausdruckslosem Gesicht. »Hazzir, ist Ihnen klar, dass wir dafür gesorgt haben, dass die ganze Welt betroffen ist?«

Kabaal senkte den Blick auf die E-Mail und nickte. »Die westliche Welt jedenfalls.«

Sabri lachte bitter. »Sie glauben tatsächlich, dass das Virus Grenzen oder bestimmte Religionen respektiert? Ich bezweifle, dass es zwischen den Gerechten und den Ungläubigen einen Unterschied machen wird. Und ich weiß, dass das ganz gewiss nicht für die amerikanischen Bomben gilt, die noch fallen werden.«

»Das ist nicht der Punkt, Abdul!« Kabaal blickte auf. »Hier geht es nicht darum, das Chaos zu entfesseln. Wir werden ihnen die Chance geben zu wählen, sodass sie ihre Fehler wieder gutmachen können. Und sobald sie das tun, können wir damit aufhören, diese unheilige Pest zu verbreiten.«

»So es Gott gefällt.« Sabris Gesicht blieb ausdruckslos, doch seine Augen waren voller Zweifel. »Wann werden wir mit ihnen Kontakt aufnehmen?«

»Sehr bald schon«, sagte Kabaal ruhig. »Aber zuerst müssen wir ihnen klar machen, wie verwundbar sie sind.«

KAPITEL 21

The Sheraton Suites, London

Als Noah Haldane ins Hotel zurückkehrte, wurde er immer wütender. In seinem Beruf hatte er erlebt, wie ein ganzes Dorf von Ebola ausgelöscht wurde. Er hatte einen Freund an SARS sterben sehen, und er wusste, wie es war, wenn Menschen in Krankenhäusern in der Dritten Welt starben, nur weil ihnen Antibiotika fehlten, die man in der Ersten Welt in jeder Apotheke bekam. Er hatte erfahren müssen, wie Menschen die Politik, Dummheit, Gier und Eigeninteresse über das Wohl der Opfer stellten, doch nie zuvor hatte er es für möglich gehalten, dass jemand bewusst eine Epidemie auslösen würde.

Vor Wut schäumend, ging er mit gesenktem Blick durch die Lobby des Hotels. Zuerst nahm er gar nicht wahr, dass jemand seinen Namen rief. »Noah?«, rief die Stimme noch einmal.

Er blickte auf und sah eine Frau, die trotz eines leichten Hinkens mit raschem Schritt auf ihn zukam. Es dauerte einen Moment, bis er begriff, wer sie war. »Gwen?«

Gwen Savard streckte ihm die Hand entgegen. »Ich bin aus Washington angereist, um Sie zu sehen.«

Er schüttelte ihre Hand und spürte ihren festen Griff. »Gwen, ich glaube, ich hatte noch nie so sehr einen Drink nötig wie heute Abend.«

»Sie auch, hm?« Sie drehte sich um und ging auf die Bar in der Lobby zu.

Sie wählten einen Ecktisch neben dem mächtigen Kamin aus

Feldsteinen, in dem die Flammen knisterten. Sie hätten überall in der Bar Platz nehmen können. Nachdem sich die Nachricht über das Virus in London verbreitet hatte, kam es Haldane so vor, als hätten die meisten Menschen die Stadt über Nacht verlassen. Schon am Tag zuvor war ihm der Verkehr spärlich erschienen, doch jetzt, an einem unter normalen Umständen hektischen Werktag, war fast überhaupt niemand mehr auf den Straßen unterwegs. Er hatte nur wenige Menschen gesehen, von denen fast alle einen Mundschutz trugen; sie eilten geduckt durch die Straßen, als heulten die Luftschutzsirenen.

Der Kellner stand neben ihnen, noch bevor sie sich gesetzt hatten. Haldane war in Versuchung, McLeods Politik der 2-Wodka-Bestellung zu übernehmen, doch er beherrschte sich und bat stattdessen um ein Heineken. Savard bestellte einen doppelten Gin Tonic.

Nachdem der Kellner die Getränke gebracht hatte, nahm Haldane einen kräftigen Schluck Bier. Sofort fühlte er sich entspannt, und es war ihm gleichgültig, dass er sich eine so rasche Wirkung des Getränks vielleicht nur einbildete. Die Flasche noch immer an den Lippen, betrachtete er Gwen und bemerkte zum ersten Mal, wie attraktiv ihr Gesicht war. Mit ihrem schulterlangen, rotblonden Haar, den vollen Lippen und den strahlendsten aquamaringrünen Augen, die er je gesehen hatte, war sie hübscher, als er sie in Erinnerung hatte. Doch die eiserne Entschlossenheit in ihrem Blick rief ihm wieder ins Gedächtnis, was ihm schon bei ihrer einzigen persönlichen Begegnung zuvor aufgefallen war: ihr entspanntes Selbstvertrauen. Wenn er an die Umstände dachte, unter denen sie sich trafen, wirkte ihre Selbstsicherheit beruhigend.

Haldane zweifelte nicht daran, dass auch sie ihn genau taxierte, doch er konnte ihren ruhigen Gesichtsausdruck nicht deuten. »Wie sieht's aus in London?«, fragte sie.

Haldane atmete tief aus. »Heute wurden sechzig weitere ARCS-Verdachtsfälle gemeldet.«

»Wo?«

»Es gibt bisher drei voneinander getrennte Regionen«, sagte Haldane und beschrieb die geografische Ausbreitung des Virus, die sich durch den Besuch des amerikanischen Ölmanagers im Tower of London ergeben hatte. »Die meisten Infizierten sind Touristen.« Savard leerte ihren Drink. »Wodurch es sehr schwer werden wird, die Ausbreitung des Virus auf London zu beschränken.«

Er zuckte mit den Schultern. »Möglicherweise ist das überhaupt die große Frage.«

Savard drehte das Glas in ihrer Hand und starrte auf die herumwirbelnden Eiswürfel. »Oh?«

»ARCS ist nicht von alleine nach London gekommen.«

Sie hielt das Glas ruhig. »Nicht?«

»Jemand hat das Virus gezielt eingeschleppt.« Er betrachtete ihr Gesicht und wartete auf eine Reaktion, konnte jedoch keine entdecken.

»Was macht Sie da so sicher?«

»Ich glaube nicht, dass Sie hier wären, wenn es anders wäre«, sagte Haldane. »Außerdem habe ich genug erlebt, um zu wissen, dass Infektionen nicht einfach am anderen Ende der Welt auftauchen, ohne irgendeine Spur zu hinterlassen.« Er hielt inne. »Und dann ist da noch dieser überaus verdächtige Index-Fall. Eine Frau, die es laut mehreren Augenzeugen geradezu darauf angelegt hat, das Virus zu verbreiten.« Er erzählte ihr, was er über die geheimnisvolle Frau aus dem Aufzug des Park Tower Plaza wusste.

Savard stellte ihr Glas ab. Sie starrte Haldane mit dem Ausdruck ruhiger Besorgnis an. »Ich stimme Ihnen zu, Noah. Jemand benutzt die Gansu-Grippe als Waffe.«

»Wer?«

Sie schüttelte den Kopf.

Er deutete mit dem Hals seiner Bierflasche auf sie. »Keine Theorie?«

»Es gibt natürlich die üblichen Verdächtigen, auch wenn uns nichts bekannt ist, was sie damit in Verbindung bringen würde.« Ihre Schultern sackten ein wenig herab. »In Afrika sind hochwertige Laborgeräte verschwunden, aber wir wissen nicht, ob es da einen Zusammenhang gibt.«

»Afrika?« Haldane schnitt eine Grimasse. »Wie kommt ARCS von China nach Afrika?«

»Es ist nur eine Vermutung«, sagte sie. »Viel wichtiger ist die Frage: Wo breitet es sich als Nächstes aus?«

»Kommt drauf an, in wessen Händen es sich befindet, nicht wahr?«

Savard beugte sich über den Tisch und sah ihm in die Augen. »Noah, wie schwierig ist es, dieses Virus in einem Labor zu züchten?«

»Sie denken dabei nicht an die Labors der WHO, des CDC und anderer legitimer Einrichtungen, oder?«

»Nein.«

Haldane nickte. »Es wäre kinderleicht. Es handelt sich um eine Art Grippe. Hat man erst einmal eine Probe, könnte man sie überall züchten. In Eiern, Hühnern, Primaten oder …«

»Menschen!«, warf Gwen ein.

»Man braucht kein Labor.« Er nickte. »Sondern nur Freiwillige, die verrückt genug sind, sich mit der Gansu-Grippe zu infizieren.«

Gwens Augen verengten sich. Sie sprach leise, doch in scharfem Ton. »Es gibt Menschen, die sind bereit, sich eine Bombe umzuschnallen und in Theater, Einkaufspassagen und Kindertagesstätten zu gehen. Was macht das schon für einen Unterschied?«

Haldane rieb sich die Augen. »Viren tragende Selbstmordattentäter, hm?«

»Die etwas mit sich führen, das gefährlicher ist als jeder konventionelle Sprengstoff.«

»Viel gefährlicher«, stimmte Haldane zu. Er deutete auf ihr leeres Glas. »Noch eins?«

»Für mich nicht. Aber trinken Sie ruhig noch etwas.«

Haldane gab dem Kellner ein Zeichen und bestellte noch ein Bier. Dann wandte er sich wieder Gwen zu. »Ich weiß nicht, ob ich hierbei noch eine große Hilfe sein kann.«

Sie runzelte skeptisch die Stirn.

»Gwen, ich beschäftige mich mit neuen Krankheitserregern natürlicher Art. Ich besitze keinerlei Fachwissen …« Er seufzte und stieß dann ein gequältes Lachen aus. »Fachwissen! Jesus Christus! Ich habe nicht die leiseste Ahnung, wie man mit einer von Menschen herbeigeführten Ausbreitung eines Virus umgeht. Das fällt in Ihre Zuständigkeit.«

»Ob nun von Menschen herbeigeführt oder nicht, uns droht möglicherweise eine Pandemie.« Mit fester Stimme fügte sie hinzu: »Und genau dabei brauchen wir Ihre Hilfe.«

Der Kellner kam mit Haldanes zweitem Bier. Es fühlte sich in seiner Hand wie Eis an, doch diesmal brachte ihm der erste lange Schluck keine Erleichterung. »Ich werde tun, was ich kann«, antwortete er. »Ich sage nur, dass das für mich absolutes Neuland ist.«

»Das gilt für uns alle.« Die Fältchen in den Winkeln ihrer großen grünen Augen wurden tiefer. Ihre Lippen öffneten sich zu einem breiten Lächeln. »Trotzdem, vielen Dank.«

Haldane setzte die Bierflasche ab. »Also, was ist der nächste Schritt?«

»Wir kümmern uns um jeden Ort, an dem das Virus ausbricht, während wir gleichzeitig versuchen, die Quelle herauszufinden.«

»Oder die Quellen.«

»Ja.«

»Wie?«, fragte er.

Sie wischte mit der Hand über den Tisch. »Eine international koordinierte Aktion von Polizei und Geheimdienst.«

»Die CIA?«

Sie zuckte mit den Schultern. »Und Interpol, MI5, FBI, NSC, CDC, WHO, DHS …«

Haldane lächelte gezwungen. »Und vielleicht noch die AAA?«

»Wenn's nötig ist.« Sie lachte. »Wer auch immer dabei helfen kann.« Sie biss sich auf die Unterlippe und sah ihm direkt ins Gesicht. »Haben Sie irgendeine Idee?«

Haldane hob die Schultern und schnitt eine Grimasse. »Wie man Bioterroristen fängt?«

»Wie man mit dieser Bedrohung umgeht.«

»Die Entwicklung eines Impfstoffs sollte oberste Priorität haben«, sagte er.

»Was Monate, wenn nicht Jahre dauern könnte.«

»Aber wenn jemand dieses Virus als Waffe einsetzt, bleibt es so lange eine Gefahr, bis jeder dagegen immun ist … oder eine Ansteckung überstanden hat.«

»Okay. Klingt vernünftig«, sagte sie. »Sonst noch etwas, das man sofort tun könnte?«

»Die beste Einzelmaßnahme, um den Ausbruch zu kontrollieren, ist Kommunikation. Besonders in diesem Fall, da wir nicht wissen, wo die Gansu-Grippe als Nächstes zuschlägt. Wir müssen die Welt darauf aufmerksam machen.«

»Ich glaube, das ist sie bereits.« Gwen biss sich noch heftiger auf ihre Unterlippe.

»Mag sein, die Leute wissen Bescheid, doch jetzt müssen sie handeln«, sagte Haldane. »Bei jedem Fieber und jedem Husten auf dem Planeten muss man bis zum Beweis des Gegenteils davon ausgehen, dass es sich um ARCS handelt.«

Savard stieß einen leisen Pfiff aus.

»Können Sie sich vorstellen, was passiert, wenn wir das nicht tun?«, fragte Haldane. »Dieses Virus hat eines der größten Zentren Europas völlig lahm gelegt. Und das war erst der Anfang. Warten Sie, bis es die Staaten erreicht hat.« Er seufzte. »Gwen, wir beide wissen, dass es dazu kommen wird.« Sein Handy klingelte. Er zog es aus seiner Tasche und sah auf dem Display, dass der Anruf aus der Schweiz kam. Er hielt das Handy ans Ohr. »Hallo.«

»Ah, Noah, hier ist Jean«, sagte Nantal mit so warmherziger Stimme, als wolle er ihm zum Geburtstag gratulieren.

»Kann ich dich später zurückrufen, Jean?«, sagte Haldane. »Ich bin gerade mitten in einer Besprechung mit Gwen Savard.«

»Nein, Noah. Ich wollte dich und die reizende Dr. Savard ganz sicher nicht unterbrechen, doch ich habe furchtbar wichtige Nachrichten«, sagte Nantal. »Für euch beide.«

»Welche Nachrichten?«, fragte Haldane.

»In Vancouver wurde bei zwei Betroffenen das Virus nachgewiesen«, sagte Nantal.

»Vancouver? Kanada?«, sagte Haldane, damit Gwen, die ihn aufmerksam beobachtete, es ebenfalls hören konnte.

»Ja«, sagte Nantal.

»Neue Fälle?« Gwen formte die Frage stumm mit den Lippen.

Er hob zwei Finger. Dann sprach er in das Handy. »Hör zu, Jean, wir glauben, dass jemand das Virus absichtlich verbreitet.«

»Scheint so«, sagte Nantal keineswegs überrascht.

»Ich könnte mir vorstellen, dass es schon bald überall auftaucht. Wir müssen uns mit Gwens Team zusammensetzen und eine Spezialeinheit einrichten, die für die ARCS-Pandemie zuständig ist. Je früher, desto …«

»Entschuldige, Noah«, unterbrach ihn Nantal. »Es gibt da etwas höchst Eigenartiges bei dem zweiten Vancouver-Fall.«

»*Alles* an dieser Sache ist höchst eigenartig«, sagte Haldane.

»Ja, natürlich«, stimmte Nantal zu. »Aber während ein neunzehnjähriges Mädchen im Krankenhaus starb, wurde das andere Opfer aus einem Fluss gezogen.« Er hielt inne. »Und diese Frau hatte ein Einschussloch zwischen den Augen.«

KAPITEL 22

CIA-Hauptquartier, Langley, Virginia

Ran Delorme arbeitete erst seit sechs Monaten für die CIA, doch der Vierundzwanzigjährige bezweifelte, dass er noch einen einzigen Tag in Langley ertragen würde. Auch wenn er es insgeheim gehofft hatte, hatte er doch nie ernsthaft erwartet, dass er eines Morgens aus dem Haus spazieren und ein Leben à la James Bond führen würde. Genauso wenig jedoch hatte er damit gerechnet, dass er jeden Tag damit verbringen würde, zwölf Stunden vor einem Computermonitor zu sitzen und die ermüdenden, langweiligen E-Mails zu lesen, die Fleischfresser aus dem elektronischen Müll des globalen Gequassels herausfischte. Wörter wie »Terrorist«, »Bombe« und »Entführung« fanden sich in den banalsten Mails, doch Fleischfresser wusste es nicht besser, und so häuften sich Tag für Tag die »verdächtigen« Mitteilungen, die von Menschen überprüft werden mussten. Mit anderen Worten: von Delorme und seinen erschöpften Kollegen.

Delorme sah auf die Uhr. Es war 11.50 Uhr. Vor dem Mittagessen würde er wohl noch zwanzig weitere Mails erledigen können. Rasch sah er die ersten achtzehn durch. Er hatte gerade zwei Absätze der neunzehnten gelesen, als bei ihm die Alarmglocken schrillten.

Er las die Mail noch einmal, und dann druckte er sie aus. Seine Hand zitterte ein wenig, als er den letzten Satz mit einem gelben Textmarker hervorhob. »Ich kann die Möglichkeit terroristischer Aktivitäten oder den Einsatz des Virus als Waffe nicht ausschließen.« Er blickte vom Namen unter der Mail zum Namen in der Absender-Zeile. Beide lauteten: »Dr. Ping Wu.«

Delormes Blick huschte hin und her, als er nach der elektronischen Datumsanzeige suchte. Er fand sie in der unteren Ecke des Bildschirms. Sie bestätigte ihm, dass die Mail vor über einer Woche irgendwo in China abgeschickt worden war. Er betätigte einige Tasten, und der Computer lieferte ihm eine genauere Angabe zur Quelle der Mail: Jiayuguan, Provinz Gansu.

Gansu! Er hatte Schmetterlinge im Bauch. Erst heute Morgen hatte er in der Zeitung einen Artikel darüber gelesen, wie sich die Gansu-Grippe in London ausbreitete.

Das Mittagessen war vergessen. Seine Hand schoss zum Telefonhörer.

Hargeysa, Somalia

Hazzir Kabaal, Major Abdul Sabri und Dr. Anwar Aziz saßen in Kabaals Büro und starrten das Tonbandgerät auf dem Schreibtisch an.

Kabaal drückte die Wiedergabetaste. Zuerst erklang ein Zischen, und dann sprach eine Stimme auf Arabisch. Mit seinen dreißig Jahren war der Sprecher einer der ältesten Kämpfer der Gruppe. Äußerlich hatte er nichts Auffälliges an sich, doch er war gerade wegen seiner anonymen Erscheinung und seiner tiefen, heiseren Stimme ausgewählt worden. »Ich bin ein Vertreter der Bruderschaft der einen Nation«, sagte der Mann. »Im Namen Gottes und des Dschihad haben wir die Herzen unserer Feinde getroffen. In unserem heiligen Krieg haben wir eine neue Waffe eingesetzt!« Seine Stimme zitterte.

»Wir haben die Gansu-Grippe nach London, Hongkong, Vancouver und Chicago gebracht. Andere Städte werden folgen, wenn die Narren und die Ungläubigen nicht auf unsere Forderungen eingehen.«

Es gab eine kurze Unterbrechung, und man konnte hören, wie eine Seite umgeblättert wurde. »Alle amerikanischen Soldaten und alle Soldaten der Koalitionstruppen müssen sich sofort vom heiligen Boden des Irak, Afghanistans und der arabischen Halbinsel zurückziehen, und das gilt auch für Beobachter aus anderen Nationen«, sagte der Sprecher. »Diese Aggressoren müssen ihre Drohungen gegenüber Syrien und dem Iran beenden und ihre militärische und finanzielle Unterstützung der israelischen Unterdrücker einstellen.« Er hielt inne, diesmal jedoch, um eine besondere Wirkung zu erzielen. »Es wird keine Verhandlungen geben. Sollte nicht in den nächsten vier Tagen mit dem Rückzug begonnen werden, wird eine Armee von Märtyrern die Städte des Westens heimsuchen.« Eine Oktave tiefer fuhr er fort: »Blut an den Händen wird einzig jener Verbrecher haben, der Präsident der Vereinigten Staaten.« Er hielt ein letztes Mal inne. »Es ist Gottes Weg. Gelobt sei Allah.«

Wieder erklang ein Zischen vom Band, bevor Kabaal die Stopptaste drückte.

Aziz, der wie üblich einen Laborkittel trug, saß reglos da und sagte kein Wort, doch er schien sich sehr unbehaglich zu fühlen: ein Wissenschaftler, der sich versehentlich in die fremde Welt der Politik verirrt hatte.

Ausdruckslos musterte Sabri Kabaal. »Wohin werden Sie dieses Band schicken?«, fragte er.

Kabaal lehnte sich entspannt zurück. »Wir werden es dem Nachrichtensender Al Dschasira sowie Abu Dabi TV zukommen lassen. Und wir werden per E-Mail eine Übersetzung an die westlichen Nachrichtenagenturen schicken.«

»Wann?«

»In ein paar Tagen, wenn die nächste Welle des Virus deutliche

Wirkungen zeigt.« Kabaal zeigte auf das Tonbandgerät. »Was halten Sie von dieser Botschaft?«

Sabri schüttelte langsam den Kopf. »Sie ist nicht spezifisch genug.«

Kabaal runzelte die Stirn. »Ich verstehe nicht, Abdul. Was sollten wir denn sonst noch sagen?«

»Wir werden überhaupt nicht erwähnt«, sagte Sabri.

»Aber natürlich. Er spricht über die Bruderschaft der ...«

Sabri unterbrach ihn, indem er die Hand hob. »Sie verstehen mich nicht, Abu Lahab.« Er deutete mit dem Finger nacheinander auf Kabaal, Aziz und dann sich selbst. »Wo werden wir erwähnt?«

Kabaal hielt sich am Schreibtisch fest. »Wollen Sie damit vorschlagen, wir sollten der Welt mitteilen, dass Abdul Sabri, Anwar Aziz und Hazzir Kabaal hinter allem stecken?«

Sabri nickte.

Kabaal starrte Sabri mit offenem Mund an und fragte sich, ob der Major den Verstand verloren hatte. »Mal ganz abgesehen davon, dass es für sie dann leichter wäre, uns zu finden – welchen Sinn sollte so etwas haben?«

Sabri neigte den Kopf in Kabaals Richtung. »Warum glauben Sie, dass Osama Videos verschickt, in denen er sich zu seiner Beteiligung an diversen Aktionen bekennt – nein, in denen er sich ihrer geradezu rühmt?«

»Selbstverherrlichung?« Kabaal zuckte mit den Schultern. »Das kann es doch wohl nicht sein?«

Wieder schüttelte Sabri den Kopf. »Er stellt seinen Namen zur Verfügung, sodass die Gerechten einen Helden haben, zu dem sie aufblicken können. Hätte Al Kaida kein Gesicht, könnte sie die Menschen nicht inspirieren und zu eigenen Aktionen anregen. Osama gibt ihnen Kraft und Mut. Er bietet ihnen einen Führer. Und er begeistert sie für die Flamme des Glaubens.«

Kabaal schüttelte den Kopf. »Dann ist für ihre Inspiration ja gesorgt. Durch Osama. Wir wollen ein handgreiflicheres Ziel erreichen. Und jetzt haben wir die Waffe, mit der das möglich sein wird.«

Sabri runzelte die Stirn. Bei jedem anderen hätte diese Geste nicht viel bedeutet. Doch sein ausdrucksloses Gesicht blieb üblicherweise so ruhig, dass dieses kleine Stirnrunzeln geradezu einen Gefühlssturm andeutete. »Es gibt noch etwas, das Ihnen Sorgen macht, Major?«, erkundigte sich Kabaal.

Sabri senkte den Blick. »Ich möchte, dass sie es wissen«, sagte er leise.

»Wer?«

Sabris Kopf schoss nach oben, seine hellblauen Augen funkelten. »*Sie* sind meine ehemaligen Vorgesetzten bei der Spezialtruppe der ägyptischen Armee.«

»Sie wollen, dass Ihre ehemaligen Vorgesetzten wissen, dass Sie sich uns angeschlossen haben?« Kabaals Kinn sackte herab. »Warum?«

»Zwanzig Jahre lang habe ich alles getan, was sie von mir wollten«, sagte Sabri.

Kabaals Mund stand noch immer offen, doch er zuckte mit den Schultern.

»Verstehen Sie das nicht?« Sabri starrte ihn an. »Sie haben mich dazu gebracht, gegen meine eigenen Leute zu kämpfen. Sie haben mich gezwungen, meine muslimischen Brüder zu foltern, zu verstümmeln und zu töten, nur weil sie nach dem Wort Gottes leben wollten.« Er schlug sich an die Brust. »Und ich war ein guter Soldat. Ich habe es getan.«

Erstaunt über dieses Bekenntnis, starrte Kabaal seinen Helfer an.

»Ich wurde sogar sehr gut darin. Ich habe Dinge getan, für die andere zu empfindlich, zu schwach oder zu dumm waren. Und je mehr ich getötet habe, umso mehr wollten sie von mir.« Sabris Gesicht, das sogar noch femininer wirkte als üblich, verzerrte sich vor Wut. »Und nachdem ich für sie zwanzig Jahre lang die Drecksarbeit erledigt hatte, beschlossen sie, mich nicht zu befördern. Mir nie mehr zuzugestehen als den läppischen Rang eines Majors. Und wissen Sie, warum?«

Kabaal schüttelte den Kopf. Aziz starrte den Schreibtisch an und vermied den Blickkontakt zu Sabri.

»Weil ich zu viel Blut an den Händen hatte.«

Kabaal schwieg.

»Sie sagten, mein Ruf eile mir voraus. Ich sei für mein Vorgehen berüchtigt. In der Politik wehte der Wind jetzt aus einer anderen Richtung, und sie könnten es sich nicht leisten, gewisse Leute vor den Kopf zu stoßen, indem sie meine ›Rücksichtslosigkeit‹ auch noch honorierten.« Er lachte bitter. »Ich habe ihnen meine Seele gegeben. Ich habe mein Volk und meinen Gott verraten. Und als Dank sagt man zu mir, ich hätte mich nur allzu gut bewährt. Ich würde nie mehr sein als ein verächtlicher Major.«

Kabaal antwortete nicht. Er war zwar schockiert über den untypischen Ausbruch des Majors, doch jetzt passte alles zusammen. Endlich wusste er, warum sich Sabri ihrer Sache angeschlossen hatte. Kabaal hatte schon lange vermutet, dass Frömmigkeit dabei kaum eine Rolle spielte. Doch nie zuvor hatte er den wahren Antrieb des Majors begriffen: Sabri wollte sich an all denen rächen, die ihn bei der Beförderung übergangen hatten.

Mit ausdruckslosem Gesicht nahm Sabri wieder seine übliche Haltung ein.

Kabaal fragte sich, ob Sabri sein Aufbrausen bedauerte. Kabaal bedauerte es keineswegs. Für ihn war es eine Erleichterung. Die Ungewissheit hinsichtlich Sabris Motive, die für ihn immer etwas Bedrohliches gehabt hatte, war verschwunden. Nach all den Jahren im Zeitungsgeschäft wusste Kabaal, dass Motive und

Erfolg oft nichts miteinander zu tun hatten. Manchmal fuhren Menschen, die von den niedrigsten Regungen wie Gier oder Neid angetrieben wurden, die größte Ernte ein.

Angesichts dieses neuen Wissens fühlte sich Kabaal gestärkt. Wie ein Vater lächelte er Sabri an. »Hören Sie, Abdul, eines Tages wird die Welt wissen, wer Sie sind. Doch nicht jetzt. Es ist noch zu früh. Es würde die ganze Operation gefährden.«

Sabri nickte distanziert.

Kabaal deutete auf Sabri. »Schon bald wird unsere Position so sicher sein, dass wir es verkünden können. Und wir werden es verkünden. Hören Sie auf meine Worte, Abdul. Man wird noch zutiefst bedauern, dass man Sie nicht zum General, oder besser noch, zum Oberbefehlshaber gemacht hat.«

»Im Augenblick warte ich noch«, sagte Sabri kühl. »Doch schon bald ...«

KAPITEL 23

Air-Canada-Flug 372

Savard und Haldane nahmen den ersten Direktflug von Heathrow nach Vancouver, während McLeod in London blieb und versprach, er werde »dieses ganze verdammte Chaos aufräumen«.

Weil er wusste, dass dies vorerst die letzte Gelegenheit war, um
etwas Schlaf zu bekommen, nickte Haldane immer wieder auf
seinem Fenstersitz ein. Doch sein Schlaf war nicht tief und voll
beunruhigender Träume, und er hatte einen Albtraum, an den er
sich deutlich erinnern konnte. In diesem Traum waren die Straßen mit Leichen übersät, wie er es während des Ebola-Ausbruchs
in jenem Dorf in Zaire erlebt hatte. Nur handelte es sich hier nicht
um die Lehmpfade Zaires, sondern um die Straßen seines Wohn-
viertels Glen Echo Heights. Und die Toten auf den Bürgersteigen
waren seine Freunde und Nachbarn. Der Einzige, der noch aufrecht stand, war Haldane selbst. Er rannte von Leiche zu Leiche
und starrte in die vertrauten Gesichter der Toten. Doch er suchte
nicht nach dem Index-Fall, sondern nach Mitgliedern seiner Familie.

Haldane wachte erschrocken auf. Er sah hinüber zu Gwen, die
hastig in das so genannte »Air Phone« flüsterte, mit dem man
im Flugzeug telefonieren konnte. Sie beendete das Gespräch und
lächelte ihn geistesabwesend an. »Na, wieder von den Toten zurück?«

Haldane setzte sich aufrecht hin und stellte den Sitz nach vorn.
»Nur ein kleines Nickerchen.«

Gwen runzelte die Stirn. »Sind Sie okay? Sie sehen aus, als hätten Sie gerade ein Gespenst gesehen.«

»Indisches Mittagessen.« Er wischte sich mit der flachen Hand den Schlaf aus den Augen. »Ich träume immer sehr lebhaft, wenn ich scharf Gewürztes esse.« Er deutete vom Telefon zum Notebook. »Sammeln Sie Ihre Truppen in Washington?«

»In so einer Situation muss man viele Menschen und Behörden koordinieren. Die Logistik macht einem ganz schön zu schaffen.«

»Hm«, machte er. »Gibt es noch irgendwelche Skeptiker?«

Savard deutete ein Kopfschütteln an. »Dass der Index-Fall in Vancouver erschossen wurde, hat die letzten Zweifel beseitigt.« Sie musterte ihn mit ruhigem Blick. »Übrigens, Noah, die ersten Fälle sind in den Staaten aufgetaucht.«

Obwohl er die Nachricht erwartet hatte, fühle er sich tief verletzt, als hätte man in seine Wohnung eingebrochen. »Wo?«, fragte er.

»Chicago.«

»Wie viele?«

»Bisher vier«, sagte sie.

»Und die Verbindung?«

»Football.«

»Football?«

Sie seufzte. »Alle Opfer haben vor drei Tagen das Spiel der Bears im Soldier Field besucht.«

»Ein Footballspiel«, schnaubte er. »Ich kenne mehrere IK-Burschen dort«, sagte er und meinte damit Spezialisten für Infektionskrankheiten. »Sie sind weltklasse. Ich zweifle nicht im Geringsten daran, dass sie damit gut zurechtkommen.«

»Kann man damit überhaupt gut zurechtkommen?«

Haldane antwortete nicht. Sie schwiegen und hörten das leise Summen des Flugzeugs. Schließlich fragte Haldane: »Gwen, haben Sie Kinder?«

»Nein. Mein Mann … mein Exmann … der Mann, von dem ich mich entfremdet habe …« Sie lachte peinlich berührt. »Wir haben uns getrennt, und ich weiß nie, wie ich ihn nennen soll. Wir haben es eine Zeit lang probiert, aber es sollte wohl nicht sein.« Sie zögerte. »Ehrlich gesagt, uns war die Karriere immer wichtiger als die Familie. Wahnsinnig überraschend, dass wir uns dann getrennt haben, nicht wahr?« Wieder lachte sie. »Und Sie?«

»Ich habe eine kleine Tochter. Chloe.« Irgendwie musste er lächeln.

Sie deutete auf sein Jackett. »Kann ich das Foto sehen?«

»Woher wollen Sie wissen, dass ich eins dabeihabe?«, fragte er und griff nach seiner Brieftasche.

»Ich wette, Sie haben mehr als nur eins dabei.«

»Mea culpa«, sagte er, klappte die Brieftasche auf und zeigte ihr zwei nebeneinander steckende Schnappschüsse. Auf dem ersten sah man Chloe, die mit offenem Mund lächelte, auf dem anderen hatte sie mürrisch den Blick gesenkt, als sie sich für den Schulfotografen in Positur stellen musste. »Sie wird bald vier«, sagte er.

»Süß.« Savard nahm ihm die Brieftasche aus der Hand. Sie musterte beide Fotos und hob sie dann hoch, um sie mit Noahs Gesicht zu vergleichen. »Man kann darauf viel von Ihnen erkennen. Besonders auf dem lustigen Bild.« Sie tippte auf die lachende Chloe.

»Danke … Scheint wohl so.« Er nahm die Brieftasche und steckte sie wieder in sein Jackett.

»Noah, kann ich Ihnen eine persönliche Frage stellen?«

»Okay.«

»Die Familie bedeutet Ihnen sehr viel, nicht wahr?«

»Ich hätte eine viel schlimmere Frage erwartet.« Noah runzelte die Stirn. »Aber ja. Das stimmt.«

Ihre Miene blieb unverändert. »Sie sind wohl sehr viel für die WHO unterwegs?«

»Nicht immer. In den letzten Jahren schon, wegen SARS und der Vogelgrippe. Und jetzt natürlich wegen der Gansu-Grippe. Da war ich lange nicht mehr zu Hause. Aber ich sehe, worauf Sie hinauswollen. Jedes Mal wird es schwieriger, nicht bei meiner Familie … nicht bei Chloe zu sein.« Er zögerte. Einen Augenblick lang überlegte er, ob er Savard etwas über die Entfremdung von seiner Frau erzählen sollte, doch er hatte den Eindruck, dass er Savard nicht gut genug kannte, um ihr von seiner chaotischen Ehe zu berichten. »Ich bin mir nicht sicher, ob ich das noch lange durchstehen kann, doch wenn man einer der wenigen Experten für neue Krankheitserreger ist, hat man einen Vorteil: Man wird mit Viren dort konfrontiert, wo sie sich tatsächlich verbreiten und wo Menschen an ihnen sterben. Und das ist glücklicherweise fast immer an irgendeinem entlegenen, exotischen Ort.« Dann fügte er hinzu: »Wenigstens war es bisher so.«

Sie strich sich das Haar aus dem Gesicht. »Sie hätten nicht erwartet, dass ein Virus es fast bis zu Ihnen nach Hause schaffen würde.«

Er fuhr sich mit der Zunge über die trockenen Lippen. »Ich hätte nie erwartet, dass jemand dafür sorgen würde, dass das Virus es bis zu mir nach Hause schafft.«

Sie sah ihm direkt ins Gesicht. »Überrascht Sie das wirklich, Noah?«

»Ich weiß nicht, ob es mich überrascht, aber es macht mich wirklich wütend.« Er zögerte und fügte dann leise hinzu: »Und es macht mir wahnsinnig Angst.«

Vancouver, Kanada

Vier Beamte der Royal Canadian Mounted Police erwarteten sie auf dem Vancouver International Airport. Haldane hatte naiverweise erwartet, dass alle Mountys wie in dem bekannten Musical ständig rot-schwarze Uniformen, Reithosen und Hüte mit breiter Krempe trugen, doch diese Mitglieder der RMCP trugen die üblichen grün-grauen Polizeiuniformen. Die leitende Beamtin stellte sich als Sergeant Monique Tremblay vom Morddezernat vor. Tremblay war groß und schlank und schien Ende vierzig zu sein. Sie sprach mit leichtem frankokanadischem Akzent. Durch ihre kurze, stachlige Gelfrisur und ihre verrückten Ohrringe aus buntem Glas wirkte sie trotz der unauffälligen Uniform besonders schwungvoll.

»*Parlez-vous français?*«, fragte Tremblay Sarvard, als sie deren Nachnamen hörte.

»*Un peu, mais il n'y a personne ici avec qui je peut parler en français*«, sagte Gwen und sprach dann Englisch. »Mein Vater wurde in den Staaten geboren. Er sprach kein Wort Französisch. Ich habe am College ein paar Kurse belegt, aus eine Art Verpflichtung gegenüber meinen Vorfahren.«

»*D'accord*. Ich komme aus Montreal, aber in Vancouver spricht auch niemand Französisch.« Tremblay lächelte und führte sie zu einem nicht gekennzeichneten Polizeifahrzeug, das vor dem Gebäude stand. Haldane setzte sich in den Fond und überließ Savard den Beifahrersitz. Auf der Fahrt erklärte Tremblay: »Die Leiche wurde am Südufer des Fraser River gefunden.«

»Und wo ist das?«, fragte Savard.

Tremblay deutete nach vorn auf eine näher kommende Brücke. »Wir nehmen gleich die Arthur Lane Bridge über den Fraser. Der Fluss bildet die Südgrenze zwischen Vancouver und Vororten wie Richmond, wo wir gerade herkommen. Wäre sie auf die Vancouver-Seite gespült worden, hätte die RCMP nichts damit zu tun. Dann wäre die Polizei von Vancouver dafür zuständig«, sagte sie.

»Glück für Sie«, sagte Haldane.

»Glauben Sie wirklich?« Tremblay lachte. Als sie über die Brücke fuhren, deutete sie nach rechts. »Die Leiche wurde etwa vier Meilen östlich von hier von einem Mann gefunden, der am Morgen mit seinem Hund spazieren ging.«

»Und sie ist erschossen worden?«, fragte Savard.

Tremblay nickte. »Kleinkalibrige Kugel in die Stirn. Austrittswunde im Hinterkopf. Von der Kugel selbst findet sich nirgendwo eine Spur.«

»Wäre auch Selbstmord möglich?«, fragte Savard.

»Unwahrscheinlich«, erwiderte Tremblay. »Die Jungs von der Forensik sagen, dass die Art der Schusswunde nicht zu einem Selbstmord passt, aber noch mehr sprechen die Abschürfungen an ihren Knöcheln dagegen.«

Savard nickte. »Ligaturen?«

»Ja«, bestätigte Tremblay. »Wir glauben, dass man irgendein Gewicht an ihren Füßen befestigt hat, doch das Seil, das sie auf dem Grund des Flusses halten sollte, muss sich gelöst haben.«

Gwen blickte zu der Ermittlerin hinüber. »Können Sie sie beschreiben?«

»Sie hat relativ dunkle Haut. Sie dürfte nahöstlicher, persischer oder wahrscheinlicher noch arabischer Herkunft sein. Wahrscheinlich Mitte zwanzig. Ein Meter fünfundfünfzig groß, langes, lockiges, schwarzes Haar. Kein Ausweis. Bekleidet mit Jeans und Bluse. Alle ihre Kleider stammen von GAP, also hilft es uns nicht besonders, wenn wir herausfinden, wo sie sie gekauft hat.« Trembly seufzte. »Ihr Aussehen passt zu der Beschreibung, die uns Zeugen aus dem Vancouver-Aquarium gegeben haben. Angeblich spazierte sie von Show zu Show und hustete die Leute an.« Sie schlug mit der Faust auf das Steuer. »Sie hat bereits ein neunzehnjähriges Mädchen getötet, eine Angestellte des Aquariums. Wer kann sagen, wer der Nächste sein wird? Sie hätte genauso gut mitten in der Menge ein ganzes Gewehrmagazin leer feuern können!«

»Irgendwelche Spuren?«, fragte Savard.

»Bisher überhaupt keine. Wir wissen nicht, wo sie gestorben ist, und nicht einmal, wo die Leiche im Fluss versenkt wurde. Vielleicht war es weiter östlich, Richtung New Westminster, und die Leiche wurde von dort hierher getrieben. Es wird auch niemand vermisst, auf den ihre Beschreibung passt.«

Sie seufzte. »Bei diesem Fall fehlt uns wirklich der entscheidende Hinweis.«

Haldane beugte sich vor und lehnte die Ellbogen gegen die Kopfstütze des Vordersitzes. »Dass ihre Leiche aufgetaucht ist, *ist* meiner Meinung nach der Durchbruch«, sagte er. »Wir sollten uns darauf konzentrieren.«

Das Gespräch verstummte. Haldane starrte aus dem Fenster auf die schneebedeckten Berge und das üppige Grün der auffallend schönen Stadt, die sie umgab. Er hatte eine Schwäche für Vancouver. Die erstklassigen Sport- und Freizeitangebote in einer Stadt, in der »die Berge das Meer küssen«, reizten ihn so sehr, dass er bereits darüber nachgedacht hatte, hierher zu ziehen und in der HIV-Forschung zu arbeiten, doch Anna wollte nicht so weit von ihrer Familie entfernt leben.

Nachdem sie das Vancouver-Hospital erreicht hatten, begleitete Monique Tremblay sie in die Leichenhalle im Untergeschoss. Sie führte sie durch mehrere Gänge zu Dr. Jake Maguchis Büro. Maguchi sprang auf, um sie zu begrüßen. In Haldanes Augen wirkte der gedrungene japanisch-kanadische Pathologe wie ein Musterbeispiel kultureller Widersprüche. Er hatte einen Pferdeschwanz und trug einen Diamantstecker im Ohr, doch er verbeugte sich tief, als er sie begrüßte. Dann lächelte er breit. »So hohe Tiere haben mich noch nie besucht.« Haldane fand, dass Maguchis entspannte Westküstenwortwahl in ebenso scharfem Kontrast zu seinem japanischen Akzent stand wie andere Einzelheiten seiner Erscheinung.

»Danke, dass Sie Zeit für uns haben, Dr. Maguchi«, sagte Gwen, als sie sich setzte. »Wir sind wirklich beeindruckt, dass Sie die Gansu-Grippe so schnell diagnostiziert haben.«

Maguchi wischte sich mit dem Ärmel seines Laborkittels den Schweiß von der Stirn. »Das war nicht allein meine Arbeit. Das Notärzteteam hatte diese Diagnose bereits beim ersten Opfer vermutet. Und als ich dann die Brust des zweiten ...«

»Entschuldigen Sie«, unterbrach ihn Gwen. »Könnten wir vielleicht Schritt für Schritt vorgehen?«

»Kein Problem.« Maguchi nickte lächelnd. »Die erste Leiche kam aus unserer eigenen Notaufnahme. Eine neunzehnjährige Studentin. Nicole Cadullo. Jemand aus ihrem Wohnheim hat sie gefunden. Sie war schon fast tot, nachdem sie eimerweise blutiges Sputum ausgehustet hatte. Den Jungs in der Notaufnahme war klar, wie ungewöhnlich ein so rascher Verlauf ist. Und dann all die Berichte in den Nachrichten ...« Er zog mit dem Finger Kreise durch die Luft. »Sie haben eins und eins zusammengezählt, die Patientin isoliert und Proben ins Labor geschickt. Aber sie konnten das arme Mädchen nicht mehr retten. Neunzehn! Das Virus hat sie bei lebendigem Leib aufgefressen.« Er griff nach einem Glas Wasser, das auf seinem Schreibtisch stand, und nahm einen tiefen Schluck. »Ich hatte die Obduktion gerade beendet, da bekamen wir schon den vorläufigen Bericht aus der Virologie, demzufolge es sich um die Gansu-Varietät der Grippe handelte.«

Gwen nickte. »Und der zweite Fall?«

»Stellen Sie sich vor!« Maguchi schnippte mit den Fingern. »Ich ziehe gerade meinen Raumanzug aus«, sagte er, womit er den biologischen Schutzanzug meinte, »und wen soll ich wohl als Nächstes obduzieren? Die Unbekannte aus dem Fluss.« Wieder wischte er sich den Schweiß von der Stirn. »Puh, haben die heute die Heizung aufgedreht.« Er nahm noch einen Schluck Wasser. »Bei ihr war die Todesursache kein Geheimnis, schließlich hatte sie ein Einschussloch in der Stirn. Es war wie beim Malen-nach-Zahlen.

Aber als ich ihre Brust öffnete, konnte ich kaum glauben, was ich da sah. Ihre Lungen waren bis zum Anschlag voll.«

»Würde man das nicht erwarten, wenn jemand ertrinkt?«, fragte Gwen.

Maguchi schüttelte den Kopf. »Man kann auf zwei Arten ertrinken, trocken und nass. ›Nasses‹ Ertrinken liegt vor, wenn Leute Wasser aspirieren, das dann natürlich in ihre Lunge dringt. ›Trockenes‹ Ertrinken ist häufiger. Dazu kommt es, wenn der Kehlkopf sich verkrampft und die Luftröhre verschließt, bevor noch allzu viel Wasser in die Lunge dringen kann. Es schützt einen etwa fünf Minuten lang, doch dann stirbt man an Sauerstoffmangel. Aber das ist ohnehin irrelevant, denn unsere Unbekannte ist nicht ertrunken. Sie war schon tot, als sie mit dem Wasser in Berührung kam, also konnte sie auch nichts davon einatmen. Außerdem war es nicht gerade Wasser, was ich in ihren Lungen gefunden habe.«

»Eiter?«, mutmaßte Haldane.

»Nicht nur. Es war hämorrhagisches, eitriges Exsudat. Dasselbe blutige Zeug, das ich in der Lunge von Nicole Cadullo gefunden hatte. Ich war vollkommen sprachlos. Die Lungen der beiden waren austauschbar.« Maguchi stand auf. »Kommen Sie. Das müssen Sie sich ansehen.«

Tremblay stellte sich ihm in den Weg. »Jake, was ist mit meinem Foto?«

»Oh. Ja, sicher, ich hab's.« Maguchi wirbelte herum und durchforstete die Papierstapel auf seinem Schreibtisch.

Haldane und Savard sahen Tremblay fragend an. »Dr. Jake ist ein richtiger Zauberer, wenn es darum geht, Leichen mithilfe computerunterstützter Fotografie wieder zum Leben zu erwecken. Besonders noch nicht identifizierte Leichen«, sagte sie.

Maguchi wurde rot. »Irgendein Hobby muss man schließlich haben.« Er griff nach einem großen Umschlag und zog einen Stapel dreiundzwanzigeinhalb mal zwölf Zentimeter großer Fotos heraus. »Das hier war wirklich simpel. Es war keine spezielle Software nötig.« Er gab Tremblay die erste Aufnahme.

Haldane und Savard lehnten sich über Tremblays Schultern, um das Foto zu betrachten. Für Haldane sah die Frau mit dem engelhaften Gesicht und den schwarzen Locken trotz der offenen Augen noch immer ziemlich tot aus, selbst wenn es ihm gelang, das Einschussloch zu ignorieren, das sich, so groß wie ein Zehncentstück, etwa zwei Zentimeter über der linken Augenbraue befand.

Doch auf dem nächsten Foto, das Maguchi ihnen reichte, war die Unbekannte plötzlich wieder ins Leben zurückgekehrt.

»Ich hab nur ein paar kleine Verbesserungen mit meinem Foto-Editor vorgenommen«, sagte Maguchi bescheiden.

Jetzt war ihre Stirn nicht nur makellos, sondern auch Wangen und Lippen hatten ihre natürliche Farbe wiedergewonnen. Maguchi hatte dem Foto noch eine weitere Qualität hinzugefügt, die Haldane nicht genau beschreiben konnte, doch jetzt sah das Gesicht der Frau so lebendig aus, als habe sie selbst ein Bild von sich anfertigen lassen. Sie war nicht schön, doch sie hatte ein angenehmes, junges Gesicht. Es war voller Hoffnung und Versprechen, nicht das Gesicht eines Menschen, der wahllos tötet, obwohl die Frau genau das getan hatte.

»Sie sind ein Genie, Jake«, sagte Tremblay und steckte das Foto zu den anderen in den Umschlag.

Maguchi nahm eine CD von seinem Schreibtisch und reichte sie Tremblay. »Da sind die elektronischen Kopien drauf.«

»Was werden Sie damit machen?« Gwen deutete auf den Umschlag.

»Es veröffentlichen.« Tremblay zuckte mit den Schultern. »Fernsehen, Zeitungen, Internet ... wo ich nur kann.«

»Aber dann weiß jeder, dass jemand das Virus bewusst verbreitet«, sagte Savard.

»Haben die Leute etwa kein Recht darauf?«, fragte Tremblay steif. »Außerdem, wie sollen wir sonst ihre Identität herausbekommen und ihren Mörder finden?« Sie schüttelte den Umschlag. »Dieses Foto ist der Schlüssel.«

Haldane nickte. »Sergeant Tremblay hat Recht, Gwen. Je mehr Leute das Foto sehen, umso besser. Damit haben die Täter nicht gerechnet. Es könnte uns zur Quelle führen.«

Savard nickte.

Tremblay gab Savard und Haldane ihre Karte. »Ich werde mich später wieder bei Ihnen melden, aber wenn Sie irgendwelche Fragen haben, können Sie mich jederzeit auf meinem Handy erreichen.«

Maguchi griff nach seinem Wasserglas. Er trank, verschluckte sich und musste heftig husten. »Tut mir Leid, ich habe ein Problem mit dem Trinken.« Er lachte laut über seinen lahmen Witz, nachdem er wieder zu Atem gekommen war.

Maguchi führte Savard und Haldane zum Obduktionssaal. Sie blieben vor einer Doppeltür stehen. An einer der beiden Türen war ein großes Plastikschild angebracht, das vor Biogefährdung warnte. Maguchi deutete darauf und zeigte den beiden dann einen Tisch mit Schutzkitteln, Mundschutz, Kunststoff-Schutzhauben und Handschuhen. »Zweifellos ist das Virus schon längst tot, doch wir dürfen kein Risiko eingehen«, sagte er, als er seinen eigenen Schutzkittel und den Mundschutz anzog.

Als alle vollständige Schutzkleidung trugen, schob Maguchi die Doppeltür auf und betrat mit seinen beiden Besuchern im Schlepptau den Obduktionssaal. Abgesehen vom Spülbecken, einem Abfalleimer und dem Sektionstisch befand sich in dem weiß gekachelten Raum nur noch ein einziges weiteres Möbelstück: eine schwere Rolltrage aus Metall.

Die Frau von den Fotos lag nackt auf dem Rücken, die schwarzen Augen starr zur Decke gerichtet. Sie war klein und hatte ein

wenig Übergewicht. Ihre olivfarbene Haut und ihr dichtes Scham-
haar passten zu ihrer vermutlich semitischen Herkunft. Ihr langes
Haar hing auf die Metalltrage herab, sodass entlang ihres Haaran-
satzes die Ränder des Schnittes freilagen, der durch das Aufsägen
des Schädels entstanden war, als man ihr das Gehirn entnommen
hatte. Oberhalb ihrer Brüste begann ein tiefer, y-förmiger Schnitt,
der sich den Bauch hinab bis zu ihrem Nabel zog. An den Schnitt-
rändern warf die Haut Falten. Es wirkte, als könnten sie jeden
Augenblick zur Seite rutschen wie bei einer Jacke im Wind, deren
Reißverschluss offen steht.

Ihr jugendliches Alter erschütterte Haldane mehr als die Ver-
stümmelungen, welche die Arbeit des Pathologen mit sich brachte. Haldane glaubte nicht, dass ihre Teenagerjahre schon sehr lange zurücklagen oder dass sie alt genug war, um die Folgen ihres
verheerenden und selbstzerstörerischen Mordens zu verstehen.
Was für eine verdammte Verschwendung!, dachte er.

Am Kopfende des Sektionstisches stehend, griff Maguchi nach
einem stumpfen Metallstab. Er führte ihn zur Eintrittswunde
über der linken Augenbraue der Leiche. »Wenn Sie genau hinse-
hen, können Sie die schwarzen Pünktchen erkennen, die sich um
die Eintrittswunde herum befinden.«

Haldane lehnte sich vor und bemerkte kleine Flecken, die wie
Flöhe aus der Wunde zu kriechen schienen.

»Pulverreste«, sagte Maguchi. »Was bedeutet, dass die Waffe
nicht weiter als sechzig Zentimeter vom Gesicht des Mädchens
entfernt abgefeuert wurde.« Er schob seine behandschuhte Hand
unter ihren Hinterkopf und hob ihn vom Tisch. Dann steckte
er den Metallstab durch die Eintrittswunde und schob ihn zur
Austrittswunde, bis der Stab in einem Winkel von fünfundvierzig
Grad aus der Stirn ragte. »Sehen Sie, in welchem Winkel die Kugel
sie getroffen hat?«

»Jemand stand über ihr?«, meinte Savard.

»Genau.« Maguchi nickte. »Falls ihr Mörder nicht gerade auf einem Stuhl stand, kniete sie, als sie erschossen wurde.«

»Und hat gebetet?«

Maguchi kicherte. »Das kann man bei einer Obduktion wohl kaum herausfinden, aber ich bin mir sicher, dass sie gewusst haben muss, was auf sie zukam.«

Maguchi zog den Stab heraus und ließ ihn auf die Metalltrage fallen. »Sehen wir uns jetzt ihre Brust an.« Er drehte sich zur Seite, stolperte und stürzte gegen die Trage.

Haldane packte ihn und hielt ihn am Arm fest. »Ist alles in Ordnung mit Ihnen?«

»Ich bin nur ein bisschen ungeschickt.« Maguchi grinste. »Deswegen bin ich auch aus dem Neurochirurgie-Kurs geflogen.« Er drückte sich hoch und trat neben den Bauch der Leiche. Mit beiden Händen klappte er die Haut entlang des Schnitts zurück, als öffne er ein Zelt. Die Organe waren entnommen worden, und der Brustkorb war so leer, dass man die Erhebungen der Wirbel sehen konnte, die sich auf der Unterseite abzeichneten. Er deutete auf eine glatte, schimmernde Fläche, die die Brust vom Bauchbereich trennte. »Sehen Sie sich das Zwerchfell und die Brustwand an.« Noch immer klebten Blutklumpen und gelb grüner Eiter am Zwerchfell und der Innenseite der Brust. Auf der linken Seite waren es mehr als auf der rechten. Es sah aus wie die Haut auf einem Eimer Farbe, den man hatte offen stehen lassen. »Sie hatte ein großes Empyem: Eiter sammelte sich zwischen ihren bereits vollen Lungen und der Brustwand«, sagte Maguchi. »Als ich den ersten Brustschnitt ansetzte, spritzte das Zeug heraus und traf meinen Untersuchungskittel, als hätte jemand einen Gartenschlauch aufgedreht. Es müssen sich vier oder fünf Liter in ihrer Brust befunden haben, und glauben Sie mir, das ist eine gewaltige Menge.«

Haldane konnte es sich vorstellen. Er hatte dasselbe Phänomen erlebt, als er bei lebenden Patienten Thorax-Drainagen angelegt hatte, doch er blickte Maguchi fragend an. »Ein Empyem? Das ist ungewöhnlich bei einer viralen Lungenentzündung.«

»Ich weiß«, sagte Maguchi. »Aber bei der Leiche zuvor war es genauso.«

»Dr. Maguchi«, sagte Gwen, »können Sie uns sagen, wie lange sie im Wasser war?«

»Nicht lange.« Maguchi fuhr mit dem Finger über ihre Arme und Beine. »Sehen Sie das? Keine Schorfbildung, was bei diesen Temperaturen nach zwölf bis vierundzwanzig Stunden der Fall sein würde. Und sie hat keine Kratzer durch Baumstämme oder Bissspuren, wie wir sie nach vierundzwanzig Stunden oft sehen.«

»Bissspuren?«, fragte Gwen.

»Bisse von Fischen«, sagte Maguchi nonchalant.

Savard ließ sich keine Reaktion anmerken. »Sie wurde gestern bei Tagesanbruch gefunden. Das bedeutet, dass sie wahrscheinlich früh am selben Morgen oder spät am Abend zuvor erschossen und in den Fluss geworfen wurde.«

»Ja. Ich habe angegeben, dass der Todeszeitpunkt wohl zwischen Mitternacht und zwei Uhr morgens liegt.« Er drehte sich von der Leiche weg und ging in Richtung Tür. »Kommen Sie, ich möchte Ihnen die Lunge zeigen. Ich habe sie im Raum nebenan.«

Maguchi stolperte, als er auf die Tür zuging. Etwa einen Meter von der Wand entfernt knickten seine Beine ein. Er fiel auf die Knie. Er griff nach dem Spülbecken an der Wand vor ihm, doch sein Arm war nicht lang genug. Er stürzte nach vorn und schlug mit dem Kopf laut auf dem Boden auf.

Noah sprang zu ihm, erreichte ihn jedoch einen kurzen Augenblick zu spät und konnte nicht verhindern, dass Maguchis Kopf auf dem Boden landete. Maguchi war auf das Gesicht gestürzt, und Haldane rollte ihn auf die Seite. Über dem linken Auge hatte er einen Schnitt, und langsam rann ihm das Blut unter der Schutzhaube über das Gesicht und tropfte zu Boden.

Haldane legte Maguchi die Hand auf die Stirn und fühlte, dass die Haut glühend heiß war. »Jake, was haben Sie?«

Maguchi starrte ihn mit trüben Augen an. »Das kann einfach nicht sein. Ich habe alle Vorsichtsmaßnahmen beachtet.«

»Was ist los?« Savard ging Haldane gegenüber in die Hocke und beugte sich über Maguchi.

»Die Hitze, die Kälte«, sagte Maguchi. »Und der Schmerz. Wie dumm von mir! Ich habe das nie miteinander in Beziehung gebracht. Ich habe das Virus, nicht wahr?«

»Wissen Sie, wo Sie sich befinden?«, fragte Haldane.

»Wo? In großen Schwierigkeiten«, sagte Maguchi mit einem schwachen Lachen.

»Können Sie normal atmen?«, fragte Haldane.

»Kein Problem. Nur ein Kratzen im Hals.« Er starrte Haldane mit offenem Mund an, und Furcht schlich sich in seine Augen. »Ich habe alle Vorsichtsmaßnahmen beachtet.«

Haldane schüttelte langsam den Kopf. »Als Sie anfingen, die Unbekannte zu obduzieren, was trugen Sie da?«

»OP-Kittel, Mundschutz, Handschuhe, alles wie üblich«, sagte Maguchi.

»Aber nicht die Schutzhaube für das Gesicht, richtig?«, sagte Haldane. »Sie wussten nicht, dass sie die Gansu-Grippe hatte.«

»Ja, aber …«

»Das Empyem, Jake. Erinnern Sie sich?«, sagte Haldane. »Sie haben uns erzählt, dass Ihnen der Eiter gegen die Brust gespritzt ist. Die Flüssigkeit hat wahrscheinlich auch Ihre Augen und Ihr Gesicht getroffen. Einige Tröpfchen können unter ihren Mundschutz geraten sein. Oder vielleicht haben Sie sich später die Augen gerieben, während sich das Virus noch darauf befand.«

Maguchi nickte. Dann sah er eindringlich von Haldane zu Savard. »Gehen Sie weg von mir! Ich könnte Sie anstecken.«

»Es ist in Ordnung, Jake«, sagte Haldane ruhig. »Wir tragen vollständige Schutzkleidung.«

»Aber in meinem Büro nicht«, sagte Maguchi ängstlich.

»Da haben Sie nicht gehustet«, sagte Haldane und nickte ihm beruhigend zu.

Doch als Noah aufblickte und den besorgten Ausdruck in Gwens Augen sah, lief es ihm kalt den Rücken hinab, denn jetzt erinnerte er sich wieder an den Hustenanfall, den Maguchi gehabt hatte, nachdem er einen Schluck Wasser getrunken hatte.

KAPITEL 24

Polizeihauptquartier, Kairo

Das sanfte Gesicht auf dem Computerbildschirm starrte Sergeant Achmed Eleish unschuldig an, doch er wusste, dass die Frau in den letzten Stunden ihres Lebens alles andere als harmlos gewesen war. Er las die zurückhaltend formulierte Mitteilung auf der Interpol-Website. Sie beschrieb die Frau als »Person von Interesse« im Zusammenhang mit dem Ausbruch des Gansu-Grippevirus, mit dem sich bisher zweiunddreißig Menschen in Vancouver angesteckt hatten. Eleish kannte die Verlautbarungen von Interpol gut genug, um zu wissen, dass »Person von Interesse« immer bedeutete, dass es sich um den Hauptverdächtigen handelte. Und obwohl der Text das Gegenteil anzudeuten schien, nahm Eleish an, dass sie bereits tot war. Er betrachtete das Gesicht der Frau. Zweifellos war sie Araberin, möglicherweise Ägypterin. Und sie war jung, natürlich. So jung wie seine beiden Töchter, die, zur Freude ihres stolzen Vaters, als Lehrerinnen ihren Weg machen wollten und sich nicht für die islamistische Lebensart entschieden hatten, die unter jungen Ägyptern und Ägypterinnen aller Gesellschaftsschichten so dramatischen Zulauf fand.

Eleish kramte in seinem Schreibtisch, bis er das Päckchen Zigaretten gefunden hatte. Er zündete sich eine Zigarette an, nahm einen tiefen, beruhigenden Zug und versuchte, seine Entrüstung im Zaum zu halten. Jedes Mal, wenn ein Flugzeug abstürzte, eine Brücke einbrach oder ein Gebäude explodierte, geriet der Islam unter Verdacht. Es gab bereits genügend Vorurteile und Ignoranz,

262

um seine geliebte Religion zu Unrecht für jeden willkürlichen Gewaltakt verantwortlich zu machen. Extremisten waren dazu gar nicht mehr nötig. Und jetzt wollten diese Wahnsinnigen den heiligen Namen des Islam bis in alle Ewigkeit mit dem Schandfleck des Bioterrorismus in Verbindung bringen. »Verdammt sollen sie sein«, knurrte er vor sich hin.

Hazzir Kabaal. Eleish wurde den Verdacht einfach nicht los.

War das der Grund, warum Kabaal plötzlich verschwunden war – um die ganze Welt mit einem Virus zu bedrohen? Es gab nur einen Weg, wie Eleish das herausfinden konnte.

Als der Captain später am Vormittag das Gebäude zu einer Besprechung verließ, setzte sich Eleish über eine Anweisung des alten Mannes hinweg und schlich sich in sein Büro, denn dort befand sich der einzige ordentliche Farbdrucker des gesamten Hauptquartiers. Er machte zwei Ausdrucke des Fotos und steckte sie in seine Jackentasche. Dann ging er zu seinem Wagen.

Eleish suchte nicht länger nach einem schattigen Parkplatz direkt an der staubigen Straße und hielt stattdessen im Halbschatten eines der vielen identischen Betonwohnblocks jenseits der Straße, denn von dort aus konnte er den Eingang der Al-Futuh-Moschee diskret beobachten. Sogar für Kairoer Verhältnisse war es ein glühend heißer Tag, und Eleish kam es so vor, als würde er auf dem Fahrersitz seines rostigen braunen Mercedes dahinschmelzen, wenn er zu lange warten musste.

Doch er hatte Glück, und das Dhur, das Mittagsgebet, ging pünktlich zu Ende. Sobald er sah, wie die Leute aus der Moschee strömten, verließ er den Wagen und betrat ein Lebensmittelgeschäft, das einen Block entfernt lag. Er tat, als betrachte er den Ständer mit den Zeitungen, während er die in traditionelle Roben gekleideten Männer nicht aus den Augen ließ, die am Fenster des Ladens vorbeigingen.

Die Männer interessierten Eleish nicht. Wenn die Frau, deren Foto er in seiner Tasche bei sich trug, mit der Moschee zu tun hatte, dann gab es theoretisch nur zwei Männer, die sie wiedererkennen würden, ihren Vater und ihren Ehemann. Kein anderer Mann hätte sie dann jemals ohne ihren Schleier, den Hidschab, gesehen, der die Gesichter strenggläubiger Musliminnen vor männlichen Blicken verbarg.

Nachdem die letzten Männer vorbeigegangen waren, verließ Eleish das Geschäft und lief zu seinem Wagen zurück. Eine Gruppe von drei Nachzüglerinnen, die den Hidschab und Roben in der gleichen Farbe trugen, die bis zum Boden reichten, näherte sich ihm auf dem Rückweg von der Moschee.

Wie üblich hörten sie auf zu sprechen und senkten den Blick, als sich Eleish ihnen näherte. Als sie nur noch eine Armlänge entfernt waren, blieb er stehen. »Werte Damen«, sprach er sie an und verbeugte sich leicht.

Angesichts Eleishs schockierender Verletzung der Etikette huschten die drei Augenpaare sofort unruhig hin und her, als die Frauen einander ansahen.

»Bitte, beunruhigen Sie sich nicht.« Er zeigte ihnen die Dienstmarke in seiner Brieftasche, doch das konnte ihre Bedrängnis kaum lindern. »Ich bin Beamter der Kairoer Polizei.«

Jeglichen Augenkontakt vermeidend, begann die größte Frau, die zwischen den beiden anderen in der Mitte stand, zu sprechen. »Unsere Männer sind nur wenige Schritte vorausgegangen. Bitte, Sie sollten mit ihnen sprechen.«

»Nein, meine Damen. Ich brauche die Hilfe einer Frau.«

Seine Bemerkung schien sie nur noch mehr zu beunruhigen. Sie traten gleichzeitig einen Schritt zurück und drängten sich enger aneinander. Er zog das Foto aus seiner Jackentasche und zeigte es ihnen. »Kennt eine von Ihnen dieses Mädchen?«, fragte er.

Er musste ihnen das Bild direkt vor die Augen halten, bevor die

Frauen auch nur einen flüchtigen Blick darauf warfen. Eleish kam
es so vor, als habe er in den Augen der Kleinsten zu seiner Rechten
ein flüchtiges Wiedererkennen entdeckt, doch sie schwieg und
senkte den Kopf in Richtung Bürgersteig.

»Bitte. Es ist von größter Wichtigkeit.«

Keine der Frauen antwortete ihm.

»Sehen Sie, ihre Eltern haben Kontakt zu uns aufgenommen«,
log er. »Sie ist vor fast zwei Wochen verschwunden. Seither weiß niemand, wo sie ist. Ihre Eltern machen sich schreckliche Sorgen.«

Die kleinere Frau murmelte etwas, das Eleish nicht verstand. Die
große Frau warf ihrer Freundin einen eisigen Blick zu und wandte
sich dann an Eleish. »Bitte, Wachtmeister, ich beschwöre Sie, besprechen Sie die Angelegenheit mit den Männern der Moschee.«

Eleish ignorierte sie und fixierte die kleinere Frau. »Wenn Sie
etwas wissen, dann sagen Sie es mir.« Er tippte mit den Fingern
gegen das Foto. »Sie ist in Schwierigkeiten. Vielleicht kann ich ihr
helfen.«

»In welchen Schwierigkeiten steckt Sharifa denn?«, fragte sie,
und ihre Stimme war kaum mehr als ein Flüstern.

Die große Frau legte ihrer Freundin die Hand auf die Schulter,
als wolle sie sie von Eleish wegführen, doch er hob die Hand, um
sie aufzuhalten. »Sie kennen Sharifa also?«, sagte er. »Hören Sie,
wir befürchten, dass sie möglicherweise entführt wurde.«

Jetzt hörte ihm sogar die große Frau zu. Sie ließ die Schulter
ihrer Freundin los.

»Ein Mann hat mehrere Frauen unweit der Moschee angegriffen.« Eleish schüttelte gewichtig den Kopf. »Dieses Ungeheuer hat
es auf fromme Frauen abgesehen. Frauen, die den Hidschab tragen. Und Sharifa …« Er schnippte mit den Fingern, als versuche
er, sich an ihren Nachnamen zu erinnern.

»Sha'rawi«, half ihm die kleinere Frau.

»Ja, natürlich«, sagte er. »Wir haben eine Leiche gefunden. Meine Damen, verzeihen Sie mir meine offenherzigen Worte, doch die Tote ist in einem Zustand, der es uns unmöglich macht, sie zu identifizieren. Wir haben keinen Grund anzunehmen, dass es sich bei dieser Frau um Sharifa Sha'rawi handelt, aber wir wissen, dass sie schon vermisst wurde, bevor wir die Leiche gefunden haben …« Er ließ die Frauen ihre eigenen Schlussfolgerungen ziehen.

Die dritte Frau, die bisher in Eleishs Gegenwart noch kein Wort gesagt hatte, schnappte nach Luft und schwankte hin und her. Die große Frau packte sie am Arm und hielt sie fest.

Eleish hörte laute Rufe. Er blickte über die Köpfe der Frauen hinweg und sah, wie zwei Männer in traditionellen Roben rasch näher kamen und ihm irgendetwas zuschrien.

»Sie waren mir eine große Hilfe.« Eleish machte auf dem Absatz kehrt und eilte davon. »Ich werde mich wieder melden und Ihnen hoffentlich bald die gute Nachricht überbringen können, dass wir Sharifa gesund und munter wiedergefunden haben.«

Mit raschen Schritten ging er zu seinem Wagen zurück, doch er unterdrückte das Bedürfnis zu rennen. Er sprang auf den Fahrersitz und betätigte die Zündung, bevor er in den Rückspiegel sah. Die beiden Männer waren stehen geblieben, um die Frauen auszufragen, doch er konnte sehen, wie sie ihm noch immer ihre wutverzerrten Gesichter zuwandten, als er vom Bordstein ausscherte und davonfuhr.

Eleish schwitzte auf der Rückfahrt in den Smog und das Verkehrschaos Kairos, und das lag nicht nur an der Hitze. Jetzt, da er die Spur einer Terroristin in Vancouver bis zu Kabaals Moschee zurückverfolgt hatte, war er ohne den geringsten Zweifel davon überzeugt, dass der Mann mit einer bioterroristischen Verschwörung in Verbindung stand. Er fühlte sich zutiefst befriedigt, weil sein über all die Jahre gehegter Verdacht bestätigt worden war, doch eben dadurch, so wurde ihm klar, hatte er sein Leben und das seiner Frau und seiner Töchter in große Gefahr gebracht.

KAPITEL 25

Vancouver, Kanada

Gwen Savard saß am Schreibtisch ihrer weitläufigen »Executive Suite« im 32. Stockwerk des Harbourview-Hotels und starrte mit düsterer Miene aus dem Fenster auf den weltberühmten Stanley Park, Coal Harbour und die schneebedeckten North Shore Mountains dahinter. Näher als im Augenblick würde Gwen der Dezembersonne da draußen nie kommen – wenigstens nicht in den nächsten vier Tagen.

Jake Maguchis Hustenanfall war verantwortlich dafür, dass Gwen und Noah sich einer mindestens fünftägigen Quarantäne unterziehen mussten, wobei Noah die Behörden nur mit Mühe davon hatte überzeugen können, dass er und Gwen, bei denen sich keinerlei Symptome zeigten, keine Gefahr für die Öffentlichkeit darstellten, sodass es vollkommen genügte, wenn man sie isolierte. Als die Vertreter des amerikanischen Konsulats schließlich eingetroffen waren, hatten sie darauf bestanden, die beiden Ärzte stilvoll in Vancouvers 5-Sterne-Hotel unter Quarantäne zu stellen.

Die Mitarbeiter des amerikanischen Konsulats richteten Gwen ein komplettes Büro ein, zu denen ein Fax, zwei Telefonverbindungen, ein Internetzugang und ein Computer gehörten, mit dem man Videokonferenzen abhalten konnte. Obwohl sie also mehrere Verbindungen zur Außenwelt besaß, konnte sie das Gefühl der Einsamkeit nicht abschütteln.

Haldane versuchte, die Situation so leicht wie möglich zu nehmen, indem er seine Lage mit derjenigen eines Sprengstoffspezialisten verglich, der auf eine Landmine getreten war, die er eigentlich entschärfen sollte. Gwen nahm an, dass er sich, genau wie sie, trotz seiner entspannten Haltung vor dem Unbekannten fürchtete, doch er verlor nie sein professionelles Auftreten. Von dem Augenblick an, in dem Maguchi zusammengebrochen war, war Haldane nicht von der Seite des Pathologen gewichen, auch wenn er riskierte, mit dem tödlichen Virus in Kontakt zu kommen. Er hatte sich geweigert, ihn im Stich zu lassen, bis er Jake in guten Händen wusste. Da Gwen Wissenschaftlerin und keine Ärztin war, konnte sie wenig mehr tun, als abseits zu stehen und Noahs ruhige Kompetenz und seine freundliche Fürsorge zu bewundern.

Noahs selbstloser Einsatz schien vergebens zu sein. Gwen hatte eben erst mit einem der Ärzte der Intensivstation gesprochen, der ihr gesagt hatte: »Es sieht nicht gut aus für Dr. Maguchi.« Als Gwen Genaueres wissen wollte, hatte der erschöpfte Arzt hinzugefügt: »Wir brauchen ein Wunder von geradezu biblischen Dimensionen, wenn er die nächsten vierundzwanzig Stunden überleben soll.«

Obwohl sie Maguchi nur kurze Zeit gekannt hatte, hatte sie ihn sofort sympathisch gefunden. Nicht nur seine düsteren Zukunftsaussichten machten sie traurig, ihr wurde auch bewusst, wie verletzlich und isoliert sie hier war.

Gwens übliche Reaktion auf eine Herausforderung hatte immer darin bestanden, ihre schützenden vier Wände zu verlassen und sich direkt ins Zentrum der Gefahr zu begeben, doch ihr jetziger Gegner hatte dafür gesorgt, dass sie in der Falle saß. Ihr blieb nichts anderes übrig, als zu warten, bis sich herausstellte, ob sie sich mit einem Virus angesteckt hatte, vor dem sie eigentlich ihr Land hatte schützen sollen. Sie wurde das bedrückende Gefühl nicht los, versagt zu haben. Sie versuchte, sich nicht an das kleine Mädchen zu erinnern, das seine Mutter immer wieder enttäuscht hatte, glaubte aber dennoch, dass das kleine Mädchen erwachsen jetzt die ganze Nation enttäuschte.

Niedergeschlagen griff sie nach der Fernbedienung und schaltete CNN ein. Es war wie ein düsteres Vorzeichen, dass der Sender vierundzwanzig Stunden am Tag über die Geschichte berichtete. Eine rote Textzeile lief unten durch das Bild, die abwechselnd zwei Nachrichten brachte: »Zivilschutzbehörde erhöht Gefährdungsstufe durch Terroristen von Orange auf Rot«, und, »22 Tote und mindestens 100 Infizierte in Illinois«. Gwen wusste, dass die Zahl der Opfer stieg, doch die kurzen Aufnahmen von Leichenwagen, die Krankenhäuser verließen, und die Interviews mit verzweifelten Familien machten ihr die bioterroristische Bedrohung ihres Landes in einer Weise bewusst, wie es Regierungsstatistiken niemals bewirken konnten. Ebenso bestürzt war Gwen über Berichte, die Reaktionen in anderen Teilen des Landes zeigten. Obwohl außerhalb von Illinois keine Fälle gemeldet worden waren, begannen die Menschen in weit entfernten Städten wie Houston und Los Angeles Gasmasken und Lebensmittelkonserven zu horten.

Eine kurze Tonfolge, die aus ihrem Computer erklang, zeigte ihr, dass jemand sie um eine Videokonferenz bat. Sie stellte den Fernseher mit der Fernbedienung leiser und klickte an ihrem Computer das Icon für eingehende Nachrichten an. Ein Videofenster öffnete sich, das Alex Clayton zeigte. Mit seinem dunklen Hemd und dem dunklen Jackett war er so weltmännisch gekleidet wie immer, doch seine Haare waren auf untypische Weise in Unordnung geraten, und er hatte dunkle Ringe unter den Augen. Plötzlich sah ihm Gwen jedes einzelne seiner vierzig Jahre an.

»Gwen!« Clayton streckte die Hand zur Kamera. »Wie geht's Ihnen?« Sie lächelte halbherzig. »Ich sitze an einem schönen Tag hier drinnen fest, aber sonst ist alles okay.«

»Wir können es uns nicht leisten, dass Sie krank werden, hören Sie?«, sagte er mit finsterer Miene.

»Wirklich anrührend, wie Sie um mich besorgt sind, Alex, aber ich habe nicht die Absicht, krank zu werden.«

Sein Gesichtsausdruck wurde weicher. »Wie stehen die Chancen?«

»Schwer zu sagen, aber Noah glaubt, dass sie nicht besonders hoch sind. Wahrscheinlich unter zehn Prozent.«

Clayton blinzelte. »Noah?«

»Dr. Noah Haldane, der Experte für neue Krankheitserreger von der WHO. Gut möglich, dass er die weltweit führende Autorität beim Thema Gansu-Grippe ist.« Sie seufzte. »Und er steht ein Zimmer weiter unter Quarantäne.«

Zum ersten Mal erschien ein schwaches Lächeln auf Claytons Gesicht. »Also, ich hab da einen Tipp. Meine Mutter hat mir beim kleinsten Anzeichen einer Grippe oder einer Erkältung immer Lebertran und Vitamin C eingeflößt.«

»Werd ich mir merken.« Sie lachte. »Hat Ihre Mutter auch irgendein Hausmittelchen für tödliche Viren der Stufe vier?«

Der entspannte Ausdruck verschwand aus seinem Gesicht. Er fuhr sich mit der Hand durch sein unordentliches Haar. »Hier in Washington ist die Hölle los, Gwen. Das könnte schlimmer werden als der elfte September. Der Präsident will Antworten.«

Gwen nickte ruhig. »Was haben Sie bisher herausgefunden?« Sie wusste, das die Internetverbindung über einen sicheren Anschluss lief und sie beide frei sprechen konnten.

»Nicht genug«, seufzte Clayton. »Unsere Büros im Nahen Osten arbeiten vierundzwanzig Stunden am Tag, sieben Tage die Woche, um die Frau zu identifizieren, doch bisher – *nada*. Und die RCMP weiß bisher immer noch nicht, wie sie nach Kanada eingereist ist.« Er zuckte mit den Schultern. »Ein kleiner Fortschritt. Wir glauben, wir wissen inzwischen, wie die Terroristen an das Virus gekommen sind.«

»Wie?«

»Fleischfresser hat eine E-Mail herausgefischt, die vor ein paar Wochen vom stellvertretenden Direktor einer Klinik in Gansu an seinen Vorgesetzten geschickt wurde. Er gesteht darin, dass er zwei Malaien geholfen hat, Blut von einem infizierten Patienten zu stehlen. Wir haben das mit den Chinesen geklärt. Offensichtlich hat er sich umgebracht, nachdem er die Mail versendet hatte, und sein Vorgesetzter hat die Nachricht aus Angst vor Repressalien unterschlagen.« Clayton verschränkte die Finger und knackte laut mit den Knöcheln. »Diese Ratte wird noch erfahren, was es bedeutet, Angst zu haben, doch inzwischen ist diese Spur natürlich kalt.«

»Und was ist mit den Malaien?«

»Sie könnten zu einer militanten Gruppe gehören. Dschimaa Islamiah. Dieselbe Gruppe, die hinter den Bombenanschlägen auf Bali steckt.« Er hielt inne. »Unsere Analyseabteilung meint jedoch, dass das hier viel zu kompliziert für solche Leute ist. Und wenn man an die toten Araberinnen in Vancouver und London denkt …« Er schüttelte den Kopf. »Es sieht so aus, als hätten die Malaien lediglich eine Nebenrolle gespielt. Sie haben wohl nur das Virus aus China geschmuggelt.«

Gwen betrachtete ihren Schreibtisch und versuchte, die einzelnen Informationen zu kombinieren. »Und dann von China nach Afrika?«

»Sieht so aus«, sagte Clayton. »Besonders, wenn man die exekutierte Terroristin mit der fehlenden Laborausrüstung in Afrika in Verbindung bringt.«

»Al Kaida?«, fragte Gwen.

»Durchaus möglich.«

»Wie geht's weiter, Alex?«

Er schüttelte den Kopf, und seine Schultern sackten herab. Selbst in dem kleinen Videofenster erkannte Gwen, dass Clayton sich verändert hatte. Er hatte seine unbekümmerte Haltung fast völlig verloren. Es schien ihr, als verkörpere Clayton die Stimmung seines Landes: Großspurig und scheinbar unbesiegbar, bis der Angriff auf Chicago seine Verwundbarkeit bloßgelegt und sein Selbstvertrauen bis ins Mark erschüttert hatte.

»Wir haben die Leute, die mit Fleischfresser arbeiten, verdoppelt«, sagte Clayton. »Unsere Satelliten beobachten alle globalen Brennpunkte. Wir arbeiten mit der RCMP zusammen, um die Spur der Vancouver-Terroristin zurückzuverfolgen und ihre Komplizen zu finden. Wir schicken Dutzende Agenten und Militärexperten in den Nahen Osten und nach Ostafrika.«

»Arbeiten die Regierungen dort mit uns zusammen?«, fragte Gwen. Er hob die Hände und zuckte mit den Schultern. »Sie schwören jedes Mal, dass wir ihre volle und uneingeschränkte Unterstützung haben, aber Sie wissen ja, wie das läuft. Gleichzeitig schieben sie diesen Bastarden insgeheim Geld zu.«

Gwens Gedanken rasten. Sie nickte Clayton zu. »Okay, Alex. Wir berufen eine Krisensitzung des Ausschusses zur Bekämpfung bioterroristischer Angriffe ein. Noch heute. Wir sollten uns wohl besser auf eine möglicherweise massive Ausbreitung der Gansu-Grippe in den nächsten Tagen einstellen. Im schlimmsten Fall müssen wir mit hunderttausenden potenzieller Opfer rechnen. Also müssen wir den ASAP-Katastrophenplan umsetzen. Einverstanden?«

Clayton nickte. »Sagen wir, drei Uhr Washingtoner Zeit.«

»Gut. Danke.«

Gwen sah, wie Clayton nach etwas auf seinem Schreibtisch tastete, bevor er zwei Essstäbchen in die Kamera hielt. Plötzlich war wieder ein Hauch seiner alten Persönlichkeit zu erkennen. »Alles in allem glaube ich, Sie hätten mit mir Sushi essen gehen sollen, anstatt davonzufliegen und die Heldin zu spielen.«

Savard lachte. »Ich muss zugeben, sogar *das* wäre mir lieber gewesen als die Quarantäne.«

»Alles Gute«, sagte Clayton, und dann wurde das Videofenster schwarz.

Über eine sichere Leitung wählte Gwen eine Telefonnummer, die sie auswendig kannte. Der persönliche Assistent des Ministers für Zivilschutz stellte sie sofort durch. »Herr Minister?«, sagte Gwen.

»Hallo, Gwen«, sagte der Minister Theodore »Ted« Hart mit tiefem Neuengland-Akzent. »Sie sind doch hoffentlich noch immer gesund?«

»Mir geht's gut, Ted.«

»Gwen, bei uns sind jede Menge Fragen eingegangen«, sagte Hart. »Die Presse sucht Sie.«

»Natürlich«, seufzte Gwen. »Sie wollen Antworten von der ›Bazillen-Zarin‹. Was sagen Sie ihnen?«

»Die üblichen Ausweichmanöver. Wir können sie noch ein paar Tage hinhalten.« Er unterbrach sich kurz. »Aber wenn Ihre Quarantäne vorbei ist …«

»Ich werde mich der Meute stellen, Ted. Versprochen.«

»Gut. Sind Sie mit der aktuellen Situation vertraut?«, fragte Hart.

»Ich habe gerade mit Alex Clayton gesprochen.«

»Die CIA hat diesmal den Ball verspielt«, sagte Hart, als er den Namen hörte. »Es hätte mehr Warnungen vor dem Virus geben müssen. Oder wenigstens *eine einzige* Warnung, verdammt!« Savard fragte sich, ob die Bemerkung wirklich ihr galt, oder ob Hart, in politischen Dingen ein alter Fuchs, bereits nach einem Sündenbock suchte. »Hören Sie, Gwen. Jetzt müssen wir dafür sorgen, dass dieser Angriff so wenig Folgen wie möglich hat. Das erwartet der Präsident von uns. Und das amerikanische Volk.«

Gwen war versucht, ihn darauf hinzuweisen, dass er mit ihr sprach und nicht vor irgendwelchen Kameras schwadronierte, doch sie schwieg. »Ted, wir sind nicht völlig unvorbereitet«, sagte sie. »Wir müssen für alle urbanen Zentren den ERPBA umsetzen.«

»Den *was*?«, fragte er.

»Den Katastrophenschutzplan im Falle eines bioterroristischen Angriffs. Als Reaktion auf einen Angriff wie diesen wird die Organisationsstruktur der öffentlichen Gesundheitsfürsorge den Katastrophenschutzrichtlinien angepasst. In den meisten Städten haben wir dazu bereits mindestens eine Übung mit einem simulierten Pockenausbruch durchgeführt.«

»Und wie lief diese Übung?«, fragte Hart.

»So einigermaßen«, gab Gwen zu. »Aber wir haben den großen Vorteil, dass die Gansu-Grippe bei weitem nicht so ansteckend wie Pocken ist.« Sie hielt kurz inne, bevor sie hinzufügte: »Aber natürlich ist sie mindestens ebenso tödlich wie Pocken. Wenn nicht mehr.«

»Hm«, schnaubte Hart. Er klang unbeeindruckt. »In Ordnung. Betrachten Sie den Plan als genehmigt. Was noch?«

»Wir müssen mit dem CDC und dem Gesundheitsministerium zusammenarbeiten, um umfangreiche Maßnahmen zu Voruntersuchungen in die Wege zu leiten«, sagte sie.

»Gut«, sagte er. »Was noch?«

»Wir sollten einen landesweiten Alarm ausrufen«, sagte Gwen. »Die Leute im ganzen Land sollten angewiesen werden, sich beim Anzeichen von Fieber oder Husten in die nächste Klinik zur Voruntersuchung zu begeben. Und Ted, ich glaube, der Präsident sollte diese Anweisung persönlich verkünden.«

Der Hörer dröhnte von Harts heftigem Raucherhusten. Gwen stellte sich vor, dass ihr Vorgesetzter, der selbst in seiner besten Zeit wenigstens eine Packung pro Tag rauchte, angesichts dieser Krise inzwischen bei der doppelten Menge angekommen war. »Gwen, die amerikanische Öffentlichkeit ist auch so schon nervös genug. Haben Sie heute Morgen die Zeitungen gesehen? Irgendein armer Bursche aus Pakistan wurde in einem Lebensmittelladen in Missouri beinahe zu Tode geprügelt, weil er gehustet hat. Zurzeit fangen sich die Menschen besonders leicht eine Erkältung oder eine Grippe ein. Halten Sie es da für eine gute Idee, sie beim ersten Schniefen in Panik zu versetzen?«

»Es muss sein, Ted«, sagte Gwen mit fester Stimme.

Gwen konnte Harts leise pfeifenden Atem hören, während er darüber nachdachte. Schließlich sagte er: »Ich werde mit dem Präsidenten sprechen. Sonst noch was?«

Sie zögerte, unsicher, ob sie die Arbeit ihres Mentors erwähnen sollte oder nicht.

»Was ist los, Gwen?«, wollte er wissen.

»Mein alter Professor Dr. Isaac Moskor hat eine neue Behandlung bei Grippe entwickelt. Die ersten Ergebnisse sind ermutigend.«

»Bei der Gansu-Grippe?« Hart schnappte aufgeregt nach Luft.

»Nein. Bei gewöhnlicher Grippe. Aber die Gansu-Grippe ist mit der gewöhnlichen Grippe verwandt«, sagte Savard. »Ich habe ihm beim CDC ein Hochsicherheitslabor zur Verfügung gestellt, damit er Tests an infizierten Affen durchführen kann.«

»Gut«, sagte Hart. »Sorgen Sie dafür, dass er alles bekommt, was er braucht. Das hat oberste Priorität. Habe ich mich klar ausgedrückt?«

»Deutlich genug. Glauben Sie mir, Isaac wird alles in seiner Macht Stehende tun, um seine Arbeit zu erledigen.« Savard konnte den Stolz in ihrer Stimme nicht unterdrücken. Sie räusperte sich. »Noch eine letzte Sache«, sagte sie und wappnete sich in Erwartung auf Harts Antwort. »Wir sollten über die Grenzen nachdenken.«

Weiteres heftiges Husten. »Was ist mit den Grenzen?«

»Ich glaube, es wäre klug, Reisen von und nach den USA für eine Weile auszusetzen, Personen mit besonderer Berechtigung ausgenommen.«

»Um Himmels willen, Gwen!«, schnaubte Hart. »Bei uns gilt bereits die höchste Sicherheitsstufe. Wir haben die Hälfte aller internationalen Flüge gestrichen, und bei den übrigen kommt es zu stundenlangen Verzögerungen. Man könnte die Flughäfen, die Seehäfen und die Grenzen nicht noch besser überwachen.«

»Bei allem gebotenen Respekt, Sir, das reicht nicht.«

»Die Folgen sind Ihnen doch klar?«, fragte Hart leise.

»Bisher ist nur eine amerikanische Stadt betroffen«, sagte Gwen ruhig. »Bevor wir überhaupt wissen, woher diese ›Killer-Grippe‹ kommt, könnte sich das Virus mit jedem Flugzeug und jedem Schiff, das wir ins Land lassen, bereits in einer neuen Stadt verbreiten.«

Gwen schien es, als höre sie irgendwo im Hintergrund ein Feuerzeug klicken. »Ich habe erfahren, dass sich das Virus relativ leicht züchten lässt«, sagte Hart. »Woher wollen Sie wissen, dass sich die Terroristen nicht längst irgendwo im Land befinden und weitere Selbstmordattentäter damit infizieren, die es überall verbreiten sollen?«

»Das weiß ich nicht«, gab Gwen zu. »Aber es besteht eine gewisse Chance, dass sie ihre Aktivitäten bisher von einem anderen Land aus organisieren.«

Außer einem heftigen Husten war lange Zeit nichts mehr zu hören. Dann sagte Hart: »Nein. Nein. Nein. Hören Sie, Gwen. Unsere Wirtschaft ist ohnehin schon gelähmt. Der Dow ist innerhalb von zwei Tagen um zwanzig Prozent gefallen.« Sie konnte sich gut vorstellen, wie ihr großer Vorgesetzter mit den grauen Schläfen das Gesicht in Falten legte und seinen enttäuschten Vater-weiß-es-am-besten-Blick aufsetzte, den er so gut beherrschte. »Wir können Amerika nicht vom Rest der Welt abschotten«, sagte er.

»Warum nicht?«, fragte Gwen.

»Weil das bedeuten würde, dass wir zugeben, dass die Bastarde gewonnen haben.«

»Herr Minister, seien wir ehrlich. Im Moment gewinnen sie die Schlacht ja tatsächlich«, sagte sie bestimmt. »Wenn wir nicht entschlossen handeln, dann gewinnen sie auch den Krieg.«

»Verdammt, dann handeln wir eben entschlossen!«, ereiferte sich Hart. »Wir werden unsere Bürger schützen. Und wir werden die Ungeheuer, die hinter allem stehen, aufspüren und vom Antlitz der Erde fegen. Aber in der Zwischenzeit werden wir uns nicht hinter irgendwelchen Barrikaden verstecken.«

Gwen kannte Hart gut genug, um zu wissen, dass es keinen Sinn hatte, sich weiter mit ihm zu streiten. »Okay, Ted. Aber wir sollten die Möglichkeit nicht von uns weisen.«

»Wir werden sehen«, sagte er. »Ich muss los. Ich treffe mich mit dem Nationalen Sicherheitsrat und dann mit dem Präsidenten. Danach rufe ich Sie an.«

Sie legte den Hörer auf und lehnte sich in ihrem Schreibtischstuhl zurück. Die Arbeit so vieler Menschen musste koordiniert werden, doch sie konnte das Gefühl nicht abschütteln, dass alles umsonst war. Solange sie nicht herausgefunden hatten, wer das Virus verbreitete, waren sie nichts weiter als ein Haufen Ratten in ihren Laufrädern.

Ihr Telefon klingelte. Sie hob ab und sagte: »Gwen Savard.«

»Ich habe entdeckt, dass in meinem Verabredungskalender noch eine Lücke frei ist«, sagte Haldane. »Ist es in Ordnung, wenn ich vorbeischaue?«

Sie lachte müde. »Ich glaube, ich kann Sie noch irgendwo dazwischenschieben.«

Kaum hatte Gwen ihren Mundschutz angezogen, klopfte es an der Tür. Auf der anderen Seite stand Haldane in T-Shirt und Jeans. Vom Mundschutz abgesehen, sah er aus, als sei er an einem gemütlichen Sonntagmorgen unterwegs, um sich einen Kaffee und eine Zeitung zu besorgen.

Er kam ins Zimmer, zog den Mundschutz vom Gesicht und knetete ihn zwischen den Fingern wie einen Ball. »Ich hasse diese Dinger.«

»Merkwürdig für einen Arzt, der sich auf ansteckende Krankheiten spezialisiert hat«, sagte Gwen und trat instinktiv einen Schritt zurück.

Haldane lächelte sie verwegen an. »Ja. So langsam wird mir klar, dass ich bei meiner Karriereplanung einen entscheidenden Fehler gemacht habe.«

»Sie auch?« Savard lachte. »Bringen Sie uns beide nicht in Gefahr, wenn Sie dieses Ding ausziehen?«

»Ich habe kein Fieber, und ich huste nicht. Außerdem habe ich seit Tagen keinen Caesar-Salat mehr gegessen. Es besteht also eine gewisse Chance, dass mein Atem Sie nicht umbringt.«

Gwen zog ihren Mundschutz aus und faltete ihn auf dem Tisch zusammen. »Wie kommen Sie zurecht?«

»Ich werde noch verrückt. Vom Zimmerservice habe ich bereits die Nase voll, ganz zu schweigen von der Art, wie wir den Angestellten die Tabletts zurückgeben müssen. Als seien wir radioaktiv. Davon abgesehen, geht's mir wunderbar. Und Ihnen?«

»Mir geht's genauso.« Sie nickte. »Ich habe so viel zu tun, ich weiß gar nicht, wo ich anfangen soll.«

Haldane setzte sich ihr gegenüber auf die Couch, lehnte sich zurück und faltete die Hände hinter dem Kopf. »Vergleichen wir doch einfach zuerst unsere Notizen.«

Gwen bewunderte seine Ruhe. Und sie fand es schwierig, seine graublauen Augen zu übersehen. Als er sich umgedreht hatte, um sich zu setzen, hatte sie sich dabei ertappt, dass sie seine straff sitzende Jeans anstarrte, unter der sich sein muskulöses Hinterteil abzeichnete. Schluss damit, Gwen!, ermahnte sie sich und machte ihre Isolation für diese unpassenden Gedanken verantwortlich. Sie zwang sich, an etwas anderes zu denken, und konzentrierte sich darauf, Noah eine Zusammenfassung ihrer Gespräche mit Clayton und Hart zu geben.

Als sie fertig war, sagte Haldane: »Der Minister könnte Recht haben. Es gibt keine Garantie dafür, dass wir das Eindringen des Virus stoppen könnten, selbst wenn wir die Grenzen dichtmachen würden.«

Wieder hatte Gwen keine Lust, sich in dieser Frage mit jemandem zu streiten. »Und Sie? Was haben Sie Neues erfahren?«

»Verschiedene Nachrichten von der globalen Front.« Haldane zuckte mit den Schultern. »Vielleicht aufgrund der Erfahrung mit SARS war Hongkong am erfolgreichsten beim Versuch, die Ausbreitung des Virus zu stoppen. Weniger als einhundert Fälle insgesamt, und in den letzten achtundvierzig Stunden wurden keine neuen mehr gemeldet. In London sieht die Sache nicht so rosig aus.« Er schüttelte den Kopf und seufzte. »Über siebenhundert Infizierte und bisher 145 Tote. Einzelne Gruppen von Infektionen haben sich auf dem europäischen Festland verbreitet – sechs in Amsterdam, zwei in Brüssel, drei in Hamburg. Alle lassen sich bis zur Frau im Aufzug zurückverfolgen. Von Chicago haben Sie ja gehört. Und hier in Vancouver gibt es mindestens fünfundfünfzig Infizierte und dreizehn Tote.«

Gwen seufzte. »Und schon sehr bald könnten es vierzehn sein.«

Haldane sah auf seine Füße. »Ja. Jake geht es nicht gut«, sagte er leise.

»Es ist so verdammt überflüssig!« Sie musterte ihn einen Augenblick lang schweigend. Dann biss sie sich auf die Unterlippe. »Noah, haben Sie Angst?«

»Dass ich mir das Virus eingefangen habe?«

»Ja.«

»Sehr. Aber die Wahrscheinlichkeit ist auf unserer Seite.« Er klopfte mit der Faust neben sich auf das Sofa. »Aber sauer bin ich trotzdem.«

»Was macht Sie so wütend?«

»Hier festzusitzen.« Er zog mit dem Finger einen Kreis und deutete auf die Suite. »Während das Virus da draußen ist. Ich sollte inzwischen in Chicago sein, nicht hier unter Quarantäne.«

»Ich auch.«

Er sah zu ihr hoch und runzelte die Stirn. »Ehrlich gesagt, eigentlich sollte ich zu Hause in Maryland sein. In drei Tagen hat meine Tochter Geburtstag. Ich habe ihr versprochen, dass ich kommen und Ballons mitbringen würde.«

Gwen sah den Schmerz in seinen Augen und fühlte sich traurig und verletzt. »Es ist nicht fair, Noah.«

Haldane zuckte mit den Schultern. »Fairness scheint momentan ein besonders knappes Gut zu sein.«

Das Telefon klingelte. »Gwen Savard«, sagte sie in den Hörer. Sie lauschte der Frau am anderen Ende der Leitung, und dann schloss sie für einen Moment die Augen. »Es tut mir so Leid«, sagte sie, bevor sie auflegte.

»Jake Maguchi?«, fragte Noah.

»Ja.«

»Verdammt!« Haldane schlug mit der Faust aufs Sofa. »Wie kann jemand nur so …« Er unterbrach sich mitten im Satz. Er schnippte mit den Fingern vor Gwens Gesicht und deutete auf den Fernseher. »Stellen Sie lauter!«

Gwen folgte seinem Blick und sah ebenfalls zum Fernseher, wo über dem Kopf eines besorgt aussehenden Moderators eine Schriftzeile das Eintreffen einer aktuellen Nachricht verkündete. Sie drückte gerade noch rechtzeitig auf den Knopf der Fernbedienung, sodass sie hören konnte, wie der Moderator in düsterem Ton sagte: »Wenn sich die amerikanischen Truppen nicht innerhalb der nächsten vier Tage zurückziehen, werde eine Gruppe, die sich ›Bruderschaft der einen Nation‹ nennt, eine ›Armee der Märtyrer‹ aussenden, um das Virus im ganzen Land zu verbreiten.«

KAPITEL 26

Hargeysa, Somalia

Die Bruderschaft der einen Nation. Ihr Name beherrschte das Internet. Hazzir Kabaal saß alleine in seinem luxuriös ausgestatteten Büro und schüttelte ungläubig den Kopf. Erst einen Tag, bevor sie das Band mit dem Ultimatum publik gemacht hatten, waren er und Sabri auf den Namen gekommen. Und jetzt war er auf der ganzen Welt in aller Munde.

Kabaal surfte von einer Website zur nächsten. Er fing mit seinen eigenen Zeitungen an und klickte sich durch zu den großen arabischen und europäischen Blättern und schließlich sogar zu den Seiten der großen amerikanischen Fernsehsender. Die einzige Nachricht, die weltweit um Aufmerksamkeit konkurrierte, war ein Foto der letzten Märtyrerin Sharifa Sha'rawi. Ihr rekonstruiertes Gesicht wurde meist neben Texten abgebildet, in denen berichtet wurde, dass die Bruderschaft die Verantwortung für die Ausbreitung des Virus übernommen hatte. Als er das Foto aus Vancouver zum ersten Mal sah, wirkte es so lebensecht, dass Kabaal einen verwirrten Augenblick lang glaubte, man habe sie lebend festgenommen.

Arme Sharifa, dachte Kabaal. Weil sie als junges Mädchen zur Waise geworden war, hatte sie keine Chance, später einen Ehemann zu finden. Im entscheidenden Moment ihrer Mission war sie an der amerikanisch-kanadischen Grenze zurückgewiesen worden, sodass sie ihr Ziel Seattle niemals erreichen sollte. Im Leben dieses unglücklichen Mädchens hatte nie etwas geklappt.

Selbst im Tod war ihr ein Missgeschick widerfahren, denn ihr Körper hatte sich von den Gewichten gelöst und war ans Ufer geschwemmt worden, was die gesamte Operation in Gefahr brachte.

Diese Panne wäre weniger problematisch, stünde sie nicht in Verbindung mit der Fehlentscheidung, die Kabaal selbst freimütig eingestand: Es war ein Fehler gewesen, Abdul Sabri daran zu hindern, Sergeant Achmed Eleish zu töten. Kaum hatte Kabaal erfahren, dass sich ein Polizist im Umkreis der Al-Futuh-Moschee herumtrieb und die Leute nach Sharifa fragte, wusste er, dass es sich nur um Achmed Eleish handeln konnte. Jetzt hatte der unermüdliche Ermittler Sharifas Namen herausgefunden.

Doch Kabaal bemerkte vorsichtig optimistisch, dass Sharifa von den Medien noch immer als »unbekannte Terroristin« beschrieben wurde. Vielleicht hatte Eleish seine Ermittlungsergebnisse niemandem zugänglich gemacht. Vielleicht war der Polizist entschlossen, auf eigene Faust ihre ganze Operation zum Scheitern zu bringen, wie Abdul Sabri vermutet hatte, bevor er sich auf den Weg machte, um Eleish zu suchen. Kabaal hoffte inständig, dass dies der Fall war. Wenn er alleine vorging, war Eleish für sie keine größere Bedrohung als ein Floh für ein Kamel, doch wenn er sich an den ägyptischen Geheimdienst wandte, oder schlimmer noch, an die Amerikaner …

Hazzir Kabaal weigerte sich, über Eleishs Absichten nachzudenken. Kabaal wusste, dass sein Schicksal in Allahs Händen lag. Und doch, Seine Wege waren geheimnisvoll. Bei der Operation waren Fehler unterlaufen, die es zuvor nicht gegeben hatte, doch es waren nicht diese Pannen und die damit verbundenen Gefahren, die Hazzir Kabaal Nacht für Nacht nicht schlafen ließen.

Nein. Es waren seine wiederkehrenden Zweifel.

Bisher hatte ihr Plan besser funktioniert, als Kabaal erwartet hatte. Vielleicht hatte er sogar zu gut funktioniert. Was, wenn das

Virus, das sie entfesselt hatten, sich schon jetzt nicht mehr stoppen ließ? Oder was, wenn der amerikanische Präsident nicht auf ihre Forderungen einging? Ihnen bliebe nichts anderes übrig, als ihre Drohung wahr zu machen und die angekündigte Armee der Märtyrer auf den Weg zu schicken.

Kairo

Seit es Sergeant Achmed Eleish gelungen war, die geheimnisvolle Identität der unbekannten Vancouver-Terroristin herauszufinden, hatte er vierundzwanzig hektische Stunden verbracht. Die meiste Zeit hatte er darauf verwandt, Samira und seine beiden Töchter davon zu überzeugen, dass sie Kairo verlassen mussten. Die jungen Frauen waren entsetzt über die Vorstellung, mitten im Schuljahr ihre Pflichten als Lehrerinnen zu vernachlässigen. Eleish musste lange auf sie einreden, bis er sie endlich überzeugt hatte, dass es besser war, wenn sie sich vorübergehend bei seinem Vetter in Alexandria aufhielten.

Nachdem seine Töchter bereits im Zug nach Alexandria saßen, stand Eleish allein auf dem Bahnsteig und hielt die Hand seiner Frau. Samiras Augen waren trocken, und ihre Haltung war so ungerührt wie immer, doch am Morgen, als sie nicht wusste, dass er noch in der Wohnung war, hatte er gehört, wie sie leise im Schlafzimmer schluchzte.

Eleish blickte in das stoische Gesicht seiner Frau und kämpfte darum, dass ihm nicht selbst Tränen in die Augen schossen. Zärtlich drückte er ihre Hand. »Es ist nur für kurze Zeit, Miri.«

»Ich weiß«, sagte sie leise.

»Ich muss allein sein«, beruhigte Eleish sie. »Vielleicht kann ich in ein paar Tagen zu euch nach Alexandria kommen. Es wäre wie früher. Ein Familienurlaub mit den Mädchen.«

283

Samira lächelte schmerzlich. »Das wäre nett.« Dann sagte sie distanziert: »Wie in den alten Tagen.«

Der Lautsprecher forderte die Fahrgäste zum letzten Mal auf, sich in den Zug nach Alexandria zu begeben.

Samira beugte sich vor und führte ihre Finger an seine Lippen. Dann drehte sie sich um und stieg in den Zug. Auf der letzten Stufe blieb sie stehen. »Ich werde dir nicht sagen, dass es das nicht wert ist«, sagte Samira. »Denn ich weiß, dass du keine Wahl hast. Aber bitte, Achmed, sei vorsichtig. Vertraue niemandem. Er hat überall Einfluss.«

»Ich verspreche es.« Eleishs Stimme brach. »Ich werde bald zu euch kommen.«

Sie lächelte und winkte ein einziges Mal. Dann verschwand sie im Zug.

Nachdem sich der Zug in Bewegung gesetzt hatte, ging Eleish in eine öffentliche Toilette im Bahnhof und zog seine Dschalabija an, die er seit fast zehn Jahren nicht mehr getragen hatte. Früher saß das Kleidungsstück sehr locker, doch jetzt war es eng. Er betrachtete sich im Spiegel und war überrascht, wie sehr sein Bauch in der Zwischenzeit gewachsen war. Er hob den Saum der Robe und steckte seine automatische Pistole neben die Handschellen in das Holster, das er am Bein trug.

Vom Bahnhof aus fuhr Eleish direkt zur Al-Futuh-Moschee. Er parkte ein paar Häuserblocks entfernt und näherte sich der Moschee über einen Umweg. Zufrieden stellte er fest, dass am Spätnachmittag nur noch wenige Passanten unterwegs waren. Je weniger Menschen er sah, umso besser.

Für den Besuch der Moschee hatte er sich das Maghrib, das Abendgebet, ausgesucht, denn er wusste, dass die meisten Gläubigen anschließend zum Abendessen nach Hause gehen würden. Als Eleish durch den Smog der schmutzigen Straßen Kairos ging, blieb er stehen, um zu hören, wie der herrliche Adhan, der Gebetsruf, aus den Lautsprechern des Minaretts der Moschee erklang. Obwohl er sich auf unwirtlichem Gebiet bewegte, war er nicht bedrückt, denn er wusste, dass er sich einem Haus Gottes näherte. Er schloss sich der Menge der Gläubigen an, die langsam die majestätische Moschee mit der goldenen Kuppel betrat. Alle waren traditionell gekleidet; die Männer trugen weiße Dschalabijas, die Frauen trugen den Dschihab und bis zum Boden reichende schwarze Roben. Eleish fürchtete nicht, bei den regelmäßigen Besuchern der Moschee Verdacht zu erregen. Er bezweifelte, dass ihn sein eigener Bruder erkannt hätte, hätte er ihn in der Dschalabija gesehen.

In der Moschee trennten sich Männer und Frauen, und jeder suchte den vorgesehenen Bereich der großen Gebetshalle auf. Den Blick auf die Qibla, die nach Mekka zeigende Wand, gerichtet, rezitierte Eleish seine Gebete voll echtem Gefühl, doch gleichzeitig ließ er den alten Mann nicht aus den Augen, der an der Qibla hinter der Kanzel stand. Nie zuvor hatte er Scheich Hassan beten sehen.

Der Scheich hatte einen langen grauen Bart und trug die traditionellen Gewänder der Geistlichkeit mitsamt dem weißen islamischen Turban. Wie er so mit zitternden Händen vornübergebeugt dastand, wirkte er wie der Inbegriff aller Gebrechlichkeit des Alters. Doch als Hassan in tiefem Stakkato zu sprechen begann, war seine Stimme von so viel ungebrochener Energie erfüllt, dass alle Hinfälligkeit zu verschwinden schien, die die Zeit ihm zugefügt hatte. Eleish zweifelte nicht daran, dass der Scheich ein geborener Führer war.

Nachdem die Gebete gesprochen waren, schloss sich Eleish den meisten anderen nicht an, die die Moschee durch die Tür verließen, durch die sie gekommen waren. Stattdessen schlenderte er in den Innenhof, der von einer Arkade umgeben war. Die Hände vor der Brust gefaltet, gab er vor, in aller Ruhe die Springbrunnen auf dem Hof zu bewundern.

Nach ein paar Minuten kam ein großer, bärtiger Mann in traditioneller Robe auf ihn zu. Er hatte einen breiten Nacken und undurchdringliche braune Augen. »Mein Bruder, wird es nicht Zeit, zum Abendessen nach Hause zu gehen?«, sagte der junge Mann in einem leicht warnenden Ton.

»Natürlich, natürlich«, sagte Eleish, der in dem jungen Mann trotz dessen einfacher Robe einen Wächter erkannte. »Ich habe nur die Rosen eurer schönen Moschee bewundert. Ich komme aus dem Norden, doch ich habe schon viel über den Glanz der Al-Futuh-Moschee gehört. Aber Worte sind billig. Es ist so eine Freude, alles mit eigenen Augen zu sehen.«

Der Mann nickte ungerührt. »Ich werde dich nach draußen begleiten, Bruder.«

Eleish öffnete die Arme und zog die Pistole aus dem Ärmel, die er dort versteckt hielt, seit er sie im Hof aus dem Holster gezogen hatte. »Mir wäre es lieber, wenn Sie mich in die Madrasa bringen würden«, sagte Eleish und deutete auf die Schule und das Wohnquartier hinter der Moschee.

Der Blick des Mannes verdüsterte sich. »Sie ziehen im Haus Gottes eine Waffe?«, fragte er, ohne eine Spur von Furcht in der Stimme.

»Los!«, knurrte Eleish und gab ihm mit der Pistole ein Zeichen. »Entweder setzen Sie sich in Bewegung, oder Sie sterben hier auf der Stelle … im Haus Gottes.«

Der große Mann starrte Eleish an. Sein Blick war voller Hass.

Eleish kannte diesen Blick. Er hatte ihn in den Gesichtern anderer Extremisten gesehen, bevor ein falscher Schritt sie schneller als geplant zu Märtyrern gemacht hatte. Eleish hob die Waffe mit ruhiger Hand und zielte auf das Gesicht des Mannes. Doch anstatt sich auf Eleish zu stürzen, drehte sich der Mann lässig um, überquerte den Hof und betrat das Gebäude dahinter.

Die beiden gingen durch einen dunklen, schmalen Gang, dessen alte, graue Wände keinerlei Verzierungen aufwiesen. »Ich möchte mit dem Scheich sprechen«, sagte Eleish.

»Sie meinen, Sie wollen ihn töten«, sagte der Mann ausdruckslos, während er den Blick starr nach vorne gerichtet hielt.

Eleish schüttelte den Kopf, bevor ihm klar wurde, dass diese Geste sinnlos war, solange ihm der andere den Rücken zudrehte. »Ich möchte mit ihm sprechen«, beharrte er.

»Dann folgen Sie mir.«

Nur ihre Schritte hallten in dem stummen Gang wider. Sie gingen an einer Reihe Türen vorbei und erreichten eine L-förmige Abzweigung am Ende des Korridors. Kaum angekommen, hörte Eleish, wie hinter ihnen eine knarrende Tür geöffnet wurde.

»Mein Sohn, bist du es?«, fragte eine tiefe Stimme.

Noch bevor Eleish nach hinten sah, erkannte er die Stimme des Scheichs.

»Geh wieder in dein Zimmer, Vater!«, schrie der große Mann. In einer einzigen Bewegung wirbelte er herum und stürzte sich auf den Sergeant. Eleish sprang nach hinten. Er stolperte und musste sich an der Wand in seinem Rücken abstützen, als der junge Mann vor ihm landete und nach seinem Knöchel griff. Mit einem Ruck befreite Eleish seinen Fuß aus dem Griff des Mannes. Als er wieder sicher stand, kniete er sich hin und drückte die Mündung seiner Waffe gegen die Stirn des gestürzten Mannes.

»Nein!«, schrie Scheich Hassan. »Lassen Sie Fadi gehen! Heben Sie sich Ihre Kugeln für mich auf.«

Ohne den Lauf seiner Waffe zu heben, sagte Eleish in ruhigem, doch befehlsgewohntem Ton zu dem Scheich: »Ich bin nicht gekommen, um wen auch immer zu töten. Doch Allah möge mir beistehen, ich werde Sie beide töten, sollte es nötig sein.«

Auf dem Bauch liegend, starrte der junge Mann voller Hass zu Eleish hinauf, und sein provozierender Blick schien Eleish herauszufordern, die Waffe abzufeuern.

Der Scheich musste diesen Gesichtsausdruck gesehen haben, denn er kam mit schlurfenden Schritten näher und sagte zu dem jungen Mann: »Lass gut sein, Fadi. Dieser Mann ist gekommen, um zu reden. Also werden wir reden. Hier ist jeder willkommen.«

Eleish stellte einen Fuß auf Fadis Rücken. »Die Hände nach hinten!«, rief er mit bellender Stimme.

Fadi warf dem Scheich einen Blick zu, bevor er gehorchte.

Mit seiner freien Hand griff Eleish nach unten, zog die Handschellen unter seiner Robe hervor und band dem jungen Mann die Hände auf den Rücken. Nachdem Fadi gefesselt war, wandte sich Eleish an den Scheich. »Wo können wir uns in Ruhe unterhalten?«

Mit zitternder Hand deutete Hassan auf die Tür, hinter der Licht zu erkennen war. »In meinem Zimmer.«

Eleish zog Fadi hoch. Er schob ihn vor sich her, als sie dem schlurfenden Geistlichen in sein Gemach folgten. Eleish, der als Letzter eintrat, schloss die Tür hinter sich. Die Luft war abgestanden und roch muffig, und das Zimmer ähnelte eher einer staubigen alten Bibliothek als einem Ort, an dem tatsächlich jemand lebte. Von einem metallenen Feldbett in einer Ecke abgesehen, war das Zimmer voller alter Bücher und Pergamente. Die Regale waren überfüllt. Bücherstapel bedeckten selbst den Boden. Ein großes, ledergebundenes Buch samt Vergrößerungsglas lag aufgeschlagen auf einem Lesepult.

Eleish gab den beiden mit seiner Pistole ein Zeichen, und Fadi und der Scheich traten an die gegenüberliegende Wand.

An die Wand gelehnt, lächelte der Scheich geistesabwesend, wobei in seinem Mund zwei faulende Vorderzähne und mehrere Zahnlücken sichtbar wurden. »Wie sollen wir uns nur unterhalten, wenn Sie die Waffe auf uns richten, mein Sohn?«

Es war wie bei einem Wolf, der freundlich mit dem Schwanz wedelt: Dieses Lächeln, dachte Eleish, passte nicht zu dem rüstigen alten Geistlichen. »Wir werden schon zurechtkommen«, sagte Eleish.

Mit großen Augen warf Fadi Hassan einen Blick zu, doch der Scheich schüttelte fast unmerklich den Kopf und wandte sich dann wieder an Eleish. »Es ist Gottes Weg.« Er zuckte gelassen mit den Schultern. »Sind Sie gläubig, mein Freund? Glauben Sie?«

»An das, was Sie predigen?«, fragte Eleish.

»An Allah«, fuhr ihn Hassan an, doch dann fand er wieder zu seinem freundlichen Ton zurück. »Und an das Leben, das er uns zu führen aufgetragen hat, wie es der Prophet verkündet.«

»Ich bin Moslem«, sagte Eleish.

»Dann sind wir Brüder«, sagte der Scheich zuversichtlich. »Und wir haben nichts voneinander zu fürchten.«

»Ich wollte, es wäre so«, sagte Eleish. »Ehrlich gesagt, bin ich nicht sicher, wer von uns mehr zu fürchten hat.«

»Das sind eindeutig Sie.« Energisch hob Hassan einen zitternden Finger. »Ich fürchte nichts als das Gericht Gottes.«

Ungeduldig trat Eleish von einem Fuß auf den anderen. Er richtete die Waffe auf den Scheich. »Hazzir Kabaal – Sie kennen ihn, nicht wahr?«

Hassan verschränkte seine mageren Arme vor der Brust. »Warum fragen Sie mich nach ihm?«

»Kennen Sie ihn?« Eleish hob gleichzeitig seine Stimme und den Lauf seiner Pistole.

»Abu Lahab ist ein Schüler von mir«, sagte Hassan.

»Wo kann ich ihn finden?«, fragte Eleish.

»Hier nicht.«

»Wo ist er?« Eleish spuckte die Worte aus.

Der Scheich zuckte mit den Schultern. »Ich bin nicht sein Aufpasser.«

Wut überwältigte Eleish. »Haben Sie irgendeine Vorstellung davon, für welche Verbrechen Kabaal verantwortlich ist?«

Hassan stieß ein höhnisches Gelächter aus. »Abu Lahab handelt im Dienst Gottes.«

»Im Dienst Gottes?«, schnaubte Eleish. »Dieser Mann hat unschuldige Menschen mit einem tödlichen Virus infiziert. Er ermordet Frauen und Kinder im Namen des Islam. Bedeutet das für Sie, im Dienst Gottes handeln?«

»Unschuldig?« Hassan schnitt eine Grimasse, als habe er Schmerzen. »Die Feinde der Gläubigen sind nicht unschuldig. Machen Sie die Augen auf!«

»Um was zu sehen?«, gab Eleish zurück. »Den widerlichen Hass, den Sie predigen?«

»Ich hasse niemanden«, sagte der Scheich mit ruhiger Stimme. »Ich predige nur, dass wir unsere Lebensart bewahren sollen.«

Eleish schüttelte heftig den Kopf. »Der Koran verkündet Frieden und Toleranz. Sie und andere Menschen wie Sie … Sie verdrehen die Worte so lange, bis nichts mehr übrig bleibt außer Bigotterie und Abscheu.« Er seufzte tief. »Es gibt nur wenige Extremisten, die wie Sie nichts als Hass verbreiten. Und es gibt so viele friedliebende Muslime wie mich. Trotzdem sind es Menschen wie Sie, die das Bild des Islam gegenüber dem Rest der Welt bestimmen. Und was für ein hässliches Gesicht ist das!«

»Mohammed sagt, wer nicht für den Islam ist, ist gegen ihn.« Der Scheich zuckte unbeeindruckt mit den Schultern.

»Also dann – Tod den Ungläubigen?«, sagte Eleish abschätzig.

»Ich wollte, ich könnte es Ihnen erklären.« Wieder lächelte Hassan traurig, und man sah seine Zahnlücken. »Sind Sie so blind, dass Sie die Bedrohung nicht sehen?«

Eleish riss seine freie Hand hoch. »Welche Bedrohung?«

»Seit die Türken das Kalifat abgeschafft haben …«, holte Hassan aus. Dann seufzte er. »In vielerlei Hinsicht ist der Islam wie ich. Alt und schwach und nicht in der Lage, sich selbst zu schützen.« Er deutete mit dem Finger auf seine Brust. »Doch innerlich ist er stark und rein. Verstehst du das, mein Bruder? Das Herz und die Seele des Islam sind gut, doch der Körper ist gebrechlich. Bei den Ungläubigen … den Heiden aus dem Westen … den Amerikanern ist es genau umgekehrt. Ihr Körper ist stark und mächtig, doch ihre Seele ist verkümmert und ihr Herz ist sehr schwach.«

Eleish hörte dem gerissenen alten Geistlichen zu. Er war sich bewusst, wie verfänglich dieser Mann predigte, doch er war gefesselt von dieser kleinen Rede.

»Vielleicht wird es nicht einmal den stärksten Herzen gelingen, uns zu retten. Die Amerikaner haben sich an den Ufern des Tigris niedergelassen, nur einen Steinwurf von Mekka entfernt.« Er deutete auf die Wand, als läge Mekka direkt dahinter. »Unter amerikanischem Bombardement sind die Länder, in denen die Scharia galt, eins nach dem anderen gefallen. Wenn wir sie nicht aufhalten, werden sie in ihrer Gier nach Öl den Islam einfach beiseite wischen. Schon bald werden wir nicht mehr die Macht haben, sie aufzuhalten.« Er atmete leise aus. »Hazzir Kabaal kämpft für die Rettung des Islam. Er kämpft im heiligsten Dschihad mit den einzigen Waffen, die ihm zur Verfügung stehen.« Seine Stimme wurde zu einem fröhlichen Singsang. »Und Sie sollten auf die Knie fallen und zu Gott beten, dass er Erfolg hat.«

Eleish schüttelte den Kopf. »Sie sind ein wahnsinniger alter Mann.«

Fadi, der bisher schweigend zugehört hatte, machte einen Schritt nach vorn, doch der Scheich hielt ihn auf, indem er ihm eine knochige Hand auf die Brust legte. Hassan wandte sich wieder an Eleish. »Hör mir zu, Bruder …«

»Nein.« Eleish trat nach vorn, bis er nur noch einen Meter von Scheich Hassan entfernt war. »Ich habe keine Zeit mehr, um Ihnen zuzuhören.« Er hob die Pistole an den Kopf des Scheichs. »Wo ist Hazzir Kabaal?«

Hassan lachte leise. »Glauben Sie allen Ernstes, dass ich Angst vor dem Tod habe?«

Eleish schüttelte langsam den Kopf. »Nein, das glaube ich nicht.« Er schwang die Waffe herum, sodass sie auf Fadis Kopf deutete.

»Was machen Sie da?«, fragte der Scheich mit schriller Stimme.

»Ich gebe Ihnen eine letzte Chance. Dann bringe ich Ihren Sohn um.«

Hassan verzog das Gesicht. Zwar fasste er sich sofort wieder, doch das genügte, um Eleish zu zeigen, dass er mit seiner Vermutung Recht hatte. »Fadi ist nicht …«, begann Hassan mit ruhiger Stimme.

Eleish schnippte mit den Fingern und unterbrach ihn. »Ich zähle bis drei, dann töte ich Ihren Sohn, wenn Sie mir nicht sagen, wo ich Hazzir Kabaal finde.« Eleish drückte die Mündung der Waffe gegen Fadis Stirn. »Eins … zwei …«

Hassans Augen wurden größer, und seine Hände zitterten heftig.

»Verrate ihm nichts, Vater!«, sagte Fadi beschwörend. »Lass mich als Märtyrer sterben.«

Eleish zuckte mit den Schultern. »Meinetwegen. Drei.« Langsam verstärkte er den Druck auf den Abzug.

»Nein!«, schrie Hassan. »Somalia. Er ist in Somalia.«

Fadis Kopf blieb völlig reglos, doch seine Augen zuckten in Richtung des Scheichs. »Nein, Vater!«

»Wo in Somalia?«, fragte Eleish, ohne den Finger vom Abzug zu nehmen.

»Das weiß ich nicht«, stammelte der Scheich. »Er hat dort ein Lager – eine Basis –, aber ich bin zu alt, um dorthin zu reisen.«

Eleish sah vom Vater zum Sohn. »Aber Sie wissen es, nicht wahr?«, sagte Eleish.

Fadis Antwort war ein höhnisches Lachen.

»Wollen Sie mit ansehen, wie Ihr Vater stirbt?«, fragte Eleish.

Fadi grinste bösartig. »Wenn das bedeutet, den Dschihad zu schützen, würde ich mit ansehen, wie meine ganze Familie stirbt.« Er sah zu seinem Vater, und in seinem Blick lag nichts als Verachtung.

Das Gesicht des alten Mannes wurde rot vor Scham, und das Kinn sank ihm auf die Brust.

Eleish wusste, dass er von keinem der beiden mehr etwas erfahren würde.

Nachdem er die Moschee verlassen hatte, saß Eleish in seinem Wagen, rauchte fünf Zigaretten hintereinander und versuchte, das Zittern in seinen Händen zu unterbinden. Einen Augenblick lang überlegte er, ob er wie bisher auf eigene Faust weitermachen und Kabaal bis nach Somalia verfolgen solle, aber dann erschien ihm diese Idee doch zu tollkühn.

Von einer Rauchwolke umgeben, dachte Eleish sorgfältig über seinen nächsten Schritt nach. Schließlich wurde ihm klar, an wen er sich wenden musste. Der Captain der Kairoer Kriminalpolizei war zwar erst Anfang sechzig, doch in den ganzen zwanzig Jahren, die Eleish ihn kannte, hatte der kleine Mann schon immer alt gewirkt. Captain Riyad Wazir war ein Beamter vom alten Schlag. Nie sah man ihn anders als in frisch gebügelter Uniform und glänzend polierten Schuhen. Wazir hielt sich mit umständlicher Genauigkeit an die offiziellen Vorgaben, und seine unablässige Beschäftigung mit Verfahrensfragen und bürokratischer Korrektheit war fast schon eine Obsession. Doch Eleish hätte Wazir, ohne zu zögern, den Schutz seiner Frau anvertraut, denn die Integrität des Captains war so makellos wie seine Einsatzberichte.

Sobald das heftige Pochen in seiner Brust nachgelassen hatte, griff Eleish zum Handy. Er wählte den Anschluss im Büro des Captains, doch nachdem das Telefon fünfmal geläutet hatte, wurde sein Anruf in die Telefonzentrale weitergeleitet. Eleish sah auf die Uhr. Es war genau sieben, und das bedeutete, dass Wazir nicht mehr im Büro war. Er bat den Beamten, ihn mit einem Ermittler zu verbinden, denn er wusste, dass wenigstens ein Kriminalbeamter Dienst haben würde.

»Polizeihauptquartier«, meldete sich eine gelangweilte Stimme am anderen Ende der Leitung.

Bestürzt wurde Eleish klar, dass die Stimme demjenigen Kollegen gehörte, den er am wenigsten mochte, Wachtmeister Qasim Ramsi. Einen kurzen Augenblick lang überlegte er, ob er nicht auflegen sollte, wenn dieser korrupte Beamte am Apparat war. »Hören Sie, Qasim, ich bin's, Eleish«, sagte er. »Kennen Sie die Al-Futuh-Moschee?«

»Natürlich.«

»Wenn Sie einige Beamte hinschicken, werden Sie Scheich Hassan und seinen Sohn Fadi finden, die mit Handschellen an eine Toilette im Waschraum der Madrasa hinter der Moschee gefesselt sind«, sagte Eleish.

Flüsternd erklang Ramsis Stimme aus Eleishs Handy. »Heiliger Mohammed! Haben Sie den Verstand verloren? Sie haben den Scheich an eine Toilette gefesselt?« Am Ende des Satzes war seine Stimme nur noch ein Piepsen. »Man wird Sie vernichten«, sagte er in fast gutmütigem Ton.

»Ich kann das nicht am Telefon erklären«, sagte Eleish. »Der Scheich und sein Sohn sind in eine terroristische Verschwörung verwickelt, die den Sturz der Regierung herbeizuführen versucht. Und nicht nur das. Sorgen Sie einfach dafür, dass die beiden abgeholt werden.«

Eleish legte auf, bevor Ramsi antworten konnte. Zufrieden darüber, dass seine Hände ruhig genug waren, sodass er fahren konnte, startete er den Wagen und fuhr los. Eigentlich wollte er direkt ins Büro, doch da seine Wohnung auf dem Weg lag, beschloss er, zuerst zu duschen und sich umzuziehen, bevor er ins Hauptquartier gehen und seinen Bericht schreiben würde. Er schaltete einen ägyptischen Popsender ein und klopfte im Rhythmus der Musik auf das Lenkrad, während seine übertriebene Wachsamkeit langsam einer angenehm kämpferischen Stimmung wich.

Eleish parkte den Wagen vor seinem siebenundzwanzigstöckigen Wohnblock. Er war allein, als er mit dem Aufzug in den neunzehnten Stock fuhr. Er öffnete die beiden Sicherheitsschlösser – da er wusste, wie häufig in Kairo eingebrochen wurde, hatte er auf ein zweites Schloss bestanden – und ging ins Wohnzimmer. Schlüssel, Handy und Pistole legte er auf die Küchentheke.

Ohne die Frauen kam ihm die Wohnung leer vor, doch nach seinem Besuch der Al-Futuh-Moschee hoffte er, dass sie alle nur wenige Wochen getrennt sein würden. Bis man Kabaal gefunden hatte.

Sich an die strikte Anweisung seiner Frau haltend, in der Wohnung nicht zu rauchen, öffnete er die Schiebetür und trat an diesem warmen Kairoer Abend hinaus auf den Balkon, bevor er sich eine Zigarette anzündete. Diesmal erlaubte er sich nur eine einzige, während er seine geliebte Stadt der tausend Minarette betrachtete, die in der Abenddämmerung am schönsten war.

Als er wieder hineinging, ließ er die Schiebetür offen stehen, damit frische Luft in die Wohnung kam. Er ging vom Wohnzimmer ins Schlafzimmer, wo er sich an den Schreibtisch gegenüber dem Bett setzte. Er fuhr den Computer hoch – ein unerwartet großzügiges Geschenk seiner Töchter zu seinem fünfzigsten Geburtstag im Jahr zuvor – und wartete. Sobald das Hauptmenü auf dem Bildschirm erschien, klickte er das entsprechende Icon an, um sein E-Mail-Programm zu laden. Weil er wusste, dass es lange dauern würde, bis das Modem eine Verbindung zu dem überlasteten Server aufgebaut hätte, stand er vom Schreibtisch auf und ging ins Bad.

Er gönnte sich eine lange, heiße Dusche und versuchte, die Erinnerung an das Gespräch in der Moschee und die Behauptung des Scheichs, der Islam sei unmittelbar bedroht, fortzuspülen. Diese hasserfüllten, Angst verbreitenden Behauptungen nährten die Flammen des Islamismus und trieben die Menschen an, den Hazzir Kabaals dieser Welt zu folgen, doch Eleish musste sich die Frage stellen, ob die Argumente des Scheichs nicht ein Körnchen Wahrheit enthielten.

Eleish drehte die Dusche ab und griff nach einem Handtuch. Plötzlich hielt er inne, als er ein leises Pochen hörte. Sein Herzschlag setzte für einen Moment lang aus. Er lauschte. Nichts. Er nahm das Handtuch und trocknete sich ab. Dann trat er aus der Dusche, zog seinen Bademantel an, blieb reglos im Badezimmer stehen und lauschte erneut. Er wartete eine volle Minute, doch er hörte kein zweites Geräusch.

Er ging zurück ins Schlafzimmer. Kaum hatte er sich an seinen Schreibtisch gesetzt, hörte er einen Knall und drei laute Schläge.

Seine Hände wurden feucht. Das Herz schlug ihm heftig gegen die Rippen. Der Lärm kam von seiner Wohnungstür.

Seine Pistole! Einen quälenden Augenblick lang schwankte er hin und her, doch dann entschied er, dass er eine wichtigere Aufgabe zu erledigen hatte. Er griff nach der Maus, klickte das Icon zum Schreiben einer neuen Mail an, und tippte hektisch mit einem Finger die Adresse des Captains in die Empfängerzeile.

Poch! Poch! Wieder kam der Lärm von der Tür.

Im Textfeld gab er so schnell wie möglich die knappe Notiz ein: »Vancouver-Virusträgerin = Sharifa Sha'rawi.«

Eleish hörte eine Reihe scharfer Explosionen, als feuere jemand ein ganzes Magazin auf die Tür ab.

Er tippte: »Hazzir Kabaal = Anführer. Major Abdul Sabri?«

Ein knirschendes Geräusch kündigte an, dass die Türangeln nachzugeben begannen.

Er tippte weiter: »Al-Futuh-Moschee. Scheich Hassan.«

Ein Krachen. Noch mehr Holz splitterte.

»Basis in Somalia«, tippte er. Er griff nach der Maus, doch seine Hand zitterte so sehr, dass er erst nach zwei Versuchen die »Senden«-Fläche traf. Kaum hatten die klimpernden Töne aus dem Computer bestätigt, dass die Mail abgeschickt worden war, griff Eleish hinter das Gerät und zog den Stecker heraus.

Er sprang auf und rannte in Richtung Küche.

Er hatte gerade das Wohnzimmer erreicht, als die Tür in die Wohnung krachte. Anderthalb Meter von der Küchentheke und seiner Waffe entfernt blieb er wie erstarrt stehen. Eine andere Pistole richtete sich gegen seinen Kopf.

Ein gewaltiger Mann trat lässig über die zerschmetterte Tür hinweg in seine Wohnung. Eleish erkannte Major Abdul Sabri sofort.

Drei Meter von Eleish entfernt, schob Sabri den Kopf vor. »Sergeant, ich habe Sie überall gesucht«, sagte er leise.

»Sie hätten einfach anrufen können.« Für Eleish hörte sich sein Witz an wie etwas, das seine Helden, die Detektive in den Büchern, hätten sagen können, doch Sabri zeigte keinerlei Reaktion.

»Sergeant, wir beide haben einiges zu besprechen«, sagte Sabri ausdruckslos.

Schweiß rann über Eleishs Hals und unter den Kragen seines Bademantels. Seine Gedanken rasten im Rhythmus seines hämmernden Herzens. Ohne zur Küchentheke zu sehen, versuchte er sich vorzustellen, wie er am besten zu einem Sprung ansetzen und nach seiner Waffe greifen konnte. »In Ordnung. Wir werden reden«, sagte Eleish. »Aber könnte ich mir zuvor etwas anziehen?«

Langsam schüttelte Sabri den Kopf. »Und übrigens, Sergeant, es wäre wirklich sinnlos, wenn Sie versuchen würden, sich auf Ihre Waffe zu stürzen. Sie wären tot, bevor Sie sie erreicht hätten.«

Vor seinem geistigen Auge sah Eleish das verbrannte und zusammengeschlagene Gesicht seines Informanten Bishr Gamal, dem ein Ohr abgeschnitten worden war. Er bezweifelte, dass er einer solchen Folter widerstehen konnte, ohne zu reden. Er schluckte heftig. »Wäre es Ihnen nicht lieber, wenn ich am Leben bliebe?«, fragte er.

»Das schon«, sagte Sabri. »Aber notwendig? Nein.«

Plötzlich sah Eleish seinen Weg klar vor sich. Große Ruhe erfüllte ihn, ein absoluter Frieden, wie er ihn nie zuvor erlebt hatte. Breit lächelte er Sabri an. »Allah ist groß«, zitierte er den Gebetsruf.

Sabris Augen verengten sich, als er seine Waffe auf Augenhöhe hob.

Eleish sprang nicht in Richtung seiner Waffe. Stattdessen wirbelte er herum und rannte auf die offene Balkontür zu.

»Halt!«, schrie Sabri.

Eleish hörte einen Knall und spürte einen brennenden Schmerz in seiner linken Schulter. Sein Arm hing schlaff herab. Doch die Kugel konnte ihn nicht aufhalten, als er mit einem letzten Schritt auf den Balkon trat und sich über das Geländer schwang.

»Allah ist groß!«, wiederholte er, als er spürte, wie der Wind um seinen Kopf rauschte.

KAPITEL 27

CIA-Hauptquartier, Langley, Virginia

Seid Rand Delorme die E-Mail mit Dr. Ping Wus Geständnis entdeckt hatte, warfen ihm seine Kollegen, die ebenfalls mit dem Fleischfresser-Programm arbeiteten, vor, dass er ein radikal neuer Mensch geworden sei. War er früher allen wegen seiner getönten Strähnchen, seinen schwarzen Bowlingschuhen und seiner rebellischen Haltung aufgefallen, konnte man jetzt erleben, wie Delorme am längsten am Computer saß und die meisten abgefangenen E-Mails durchsah. Am Tag zuvor hatte sein Vorgesetzter in der monatlichen Beurteilung geschrieben, Rand sei »ein Mann auf einer Mission«. Und genau das war er. Für Delorme war jede neue Mail, die Fleischfresser für eine Überprüfung durch menschliche Leser aussortierte, eine weitere Gelegenheit, Terroristen einen Strich durch die Rechnung zu machen.

Da zusätzliches Personal für die Arbeit mit Fleischfresser bereitgestellt worden war, hatten die Agenten alles aufgeholt, was zuvor liegen geblieben war. Weniger als eine halbe Stunde, nachdem Achmed Eleish seine Mail abgeschickt hatte, landete sie auf Delormes Bildschirm. Fleischfresser hatte sie als »hoch verdächtig« eingestuft, und Delorme widmete ihr größere Aufmerksamkeit, als er das sonst getan hätte. Delorme sah sich die Absender- und die Empfängerzeile an. Beide gehörten zur selben Domain, CairoPol.com, das, wie er nach einer kurzen Internetrecherche herausgefunden hatte, der Kairoer Polizei gehörte. Delorme verfolgte den Weg der Mail zurück und entdeckte überrascht, dass sie ihren Empfänger nie erreicht hatte. Er fragte sich, ob sich der Absender beim dritten Buchstaben vertippt hatte, denn als Name des Empfängers war »RWszir« und nicht »RWazir« angegeben. Wie auch immer, die Mail war als nicht zustellbar an »AEleish« zurückgeschickt worden.

Delorme wandte sich dem eigentlichen Text zu, als verschlinge er den letzten Absatz eines Krimis, der ihm besonders gefiel. Schon beim ersten Wort schlug sein Puls schneller: »Vancouver.« Nachdem er die kurzen, kryptischen Notizen über einen Virusträger und eine Basis in Somalia gelesen hatte, zitterte er vor Aufregung.

Rand Delorme wusste zwar nicht genau, was die Nachricht bedeutete, doch er war vollkommen davon überzeugt, dass er soeben auf die Hauptader aller im Internet abgefangenen Nachrichten gestoßen war.

Lächelnd griff er zum Telefon.

Harbourview-Hotel, Vancouver

Vier ereignislose Tage waren verstrichen, in denen Savard und Haldane unter Quarantäne gestanden hatten. Jeden Morgen beim Aufstehen maß Noah seine Temperatur, doch er wusste, dass er kein Fieber hatte. Zwar war er immer davon überzeugt gewesen, dass nur eine geringe Gefahr bestand, doch am vierten Tag wusste er definitiv, dass er sich bei dem inzwischen verstorbenen Dr. Jake Maguchi nicht mit der Gansu-Grippe angesteckt hatte. Die Erkenntnis, dass kein Risiko mehr bestand, erfüllte ihn wider Erwarten mit einer Woge der Erleichterung.

Als er jedoch an seinem Notebook saß und in die Kamera blickte, die oben festgeklemmt worden war, spürte er noch immer Schmetterlinge im Bauch. Zwei Videokonferenzen lagen vor ihm. Bei der zweiten würde er mit dem Präsidenten und leitenden Mitarbeitern des Nationalen Sicherheitsrats sprechen, doch am meisten Sorgen machte ihm die erste.

Noah fühlte sich traurig und schuldig, weil er nicht zu Chloes Geburtstagsparty kommen konnte, doch in den vier Tagen, in denen er unter Quarantäne stand, hatte er gründlich nachgedacht, und ihm war klar geworden, dass es wohl noch mehrere wichtige Ereignisse im Leben seiner Tochter geben würde, die er verpassen würde. Von Freunden, die sich abwechselnd mit ihren ehemaligen Partnern an Feiertagen wie Weihnachten und Thanksgiving um ihre Kinder kümmerten, hatte er erfahren, dass es besonders schwierig war, wenn man zu wichtigen Festtagen von seinen Kindern getrennt war.

Noah zweifelte nicht daran, dass er in Zukunft noch oft einsam sein würde, doch in den letzten Tagen hatten sich die Dinge geändert. Statt Wut fühlte er nur noch Resignation. Er erkannte, dass er nicht länger um die Zuneigung seiner Frau kämpfen wollte und bereit war, seinen Platz zu räumen. Er hatte begonnen, sich ein Leben ohne Anna vorzustellen. Er dachte sogar schon darüber nach, wo er wohnen würde, und ihm wurde klar, dass nur Glen Echo Heights infrage kam, sodass es kein Problem mit der Schule und den Freunden gab, wenn Chloe abwechselnd einige Zeit in ihrem alten und ihrem neuen Zuhause verbringen würde.

Eine elektronische Tonfolge erklang aus seinem Notebook. Er klickte das entsprechende Icon an, und das Videofenster öffnete sich und zeigte die Gesichter seiner Frau und seiner Tochter. Die ruckenden Videobilder wurden von einer gewöhnlichen Internetkamera mit schlechter Auflösung übertragen – das Ganze war Welten entfernt von den technisch erstklassigen Videokonferenzen, an denen er in den letzten Tagen teilgenommen hatte –, doch das machte Haldane nichts aus. Er war tief bewegt, als er das Gesicht seiner Tochter wiedersah.

Chloe saß auf Annas Schoß im Arbeitszimmer ihrer Wohnung. Ein Meer von bunten Heliumballons füllte den gesamten Hintergrund aus, und Chloe hielt zusätzlich einige Ballons in den Händen. Haldane fühlte sich geschmeichelt, als er sah, dass Chloe das Schneewittchen-Kleid trug, das er im Internet für sie bestellt hatte.

»Alles Gute zum Geburtstag, Chloe!«

»Daddy. Daddy! Meine Ballons!«, rief sie und zog an den Ballons, die sie in der Hand hielt.

Haldane strahlte. »Und dein Kleid. Du siehst so hübsch aus!«

»Alle meine Freundinnen sind Prinzessinnen«, sagte Chloe und meinte damit das Thema ihrer Party. Dann runzelte sie besorgt die Stirn. »Daddy, was ist, wenn noch jemand Schneewittchen ist?«

»Du wirst immer ein ganz besonderes Schneewittchen sein. Die Schönste von allen.« Er blinzelte und nickte dann feierlich. »Aber sag es den anderen nicht. Das bleibt unser Geheimnis, okay?«

»Geheimnis!« Chloe hüpfte auf dem Schoß ihrer Mutter auf und ab. »Daddy, spielst du mit mir und meinen Freundinnen Verstecken?«

Haldane spürte einen kleinen Stich in seiner Brust. »Chloe, ich bin zu weit weg. Ich schaffe es nicht zur Party. Das hast du doch gewusst, oder?«

Chloe zuckte mit den Schultern, und Haldanes Herz zog sich zusammen. Die Geste stammte direkt von den Chromosomen ihrer Mutter. »Eigentlich schon.«

Anna strich Chloe über die Schulter. »Daddy wird bald wieder zu Hause sein, und dann feiern wir noch eine Party, erinnerst du dich?«

Chloe nickte, doch man konnte ihrem Gesicht die Enttäuschung immer noch ansehen.

»Warum gehst du nicht nach unten und fragst Nana, ob du ihr bei deinem Kuchen helfen sollst?«, schlug Anna vor.

Die Erwähnung des Kuchens genügte, und Chloe sah nicht mehr bedrückt aus. Sie hüpfte von Annas Schoß und lief aus dem Bild, doch dann kehrte sie noch einmal um und winkte Noah zu. »Bye, Daddy!«

»Alles Gute zum Geburtstag, Chloe. Ich liebe dich!«, sagte Haldane, und dann war sie verschwunden.

Jetzt saß Anna allein auf dem Stuhl und sah in die Kamera. Sie trug Jeans und einen weißen Rollkragenpullover, und ihr schwarzes Haar war zu einem Pferdeschwanz gebunden. Haldane hatte fast vergessen, wie schön seine Frau war, doch als ihm das jetzt wieder bewusst wurde, verspürte er nicht mehr die gewohnte Sehnsucht. Haldane war nicht sicher, ob das spontan geschah oder ob er sich dazu zwang, doch schon seit einiger Zeit betrachtete er seine Frau nicht mehr als sexuelles Wesen, wenn er an sie dachte.

Nachdem Chloe das Zimmer verlassen hatte, verschwand Annas unbekümmerte Miene, und sie schnitt eine Grimasse. »Du bist doch noch gesund, Noah, oder?«

Haldane nickte und rang sich ein Lächeln ab. »Ich werde die Grippe nicht bekommen.«

Ihr Gesichtsausdruck änderte sich nicht. »Aber stehst noch unter Quarantäne?«

»Eine Formalität. Es sind nicht einmal mehr vierundzwanzig Stunden.« Haldane nickte ihr beruhigend zu. »Anna, ich würde es inzwischen wissen.«

»Das ist wunderbar.« Anna atmete tief aus, und einen Augenblick lang wirkte es, als würde sie in Tränen ausbrechen, doch schließlich fasste sie sich wieder. »Noah, die Leute hier haben Angst. Chloes Vorschule ist zu zwei Dritteln leer. Die Hälfte der Kinder haben die Party abgesagt. Viele Menschen gehen nicht mehr aus dem Haus.«

»Ich habe das schon früher erlebt. Das ist nur natürlich, Anna.«

Sie schüttelte den Kopf. »Daran ist überhaupt nichts natürlich! Was ist, wenn das Virus hierher kommt? Washington ist für Terroristen doch ein nahe liegendes Ziel.«

»Wenn das Virus kommt, werden wir uns darum kümmern. Alles wird gut gehen«, versprach Noah. »Glaub mir, Anna, die können nicht gewinnen. Jedes Virus lässt sich aufhalten. Und dieses Virus ist keine Ausnahme«, sagte er und klang überzeugter, als er in Wirklichkeit war.

»Wirst du morgen nach Hause kommen, wenn die Quarantäne vorbei ist?« Ihre braunen Augen blickten ihn beschwörend an.

»Kommt darauf an.«

Sie streckte die Hände aus. »Schau, wenn es um mich geht … um uns … Ich habe in letzter Zeit gründlich nachgedacht. Julie weiß, wie sehr ich durcheinander bin. Da ist schließlich nichts in Stein gemeißelt. Vielleicht …«

»Anna«, unterbrach Haldane sie. »Das hat nichts mit uns zu tun. Ich hasse es, auch nur eine Sekunde länger als nötig nicht bei Chloe zu sein.«

Er sah, wie sie zusammenzuckte, und begriff, dass sich seine Bemerkung möglicherweise kalt angehört hatte. Das hatte er nicht beabsichtigt, doch weil er keine alten Wunden aufreißen wollte, ließ er den Satz unkommentiert stehen. »Ich habe hier schon vier kostbare Tage verloren. Ich werde dorthin gehen, wo man mich braucht. Uns läuft die Zeit davon.«

Sie nickte grimmig. »In zwei Tagen läuft das Ultimatum der Terroristen ab.«

»Bis dahin kann viel passieren.«

»Ich gehe besser nach unten zu Chloe und Mom. Die Kinder kommen gleich«, sagte sie.

Noah nickte, hin- und hergerissen von der Tatsache, dass sich Anna schon wieder so schnell zurückzog. Er hatte das ständige emotionale Tauziehen satt. »Ich wäre so gerne gekommen. Viel

Glück mit der Party.« Er zwang sich, ihr beruhigend zuzulächeln. »Anna, alles wird gut werden.«

Haldane schloss das Videofenster mit der Maus und starrte auf den leeren Bildschirm.

Ein dreimaliges lautes Klopfen an der Tür riss ihn aus seinen Gedanken. Haldane konnte sich zwar nicht erinnern, beim Zimmerservice etwas bestellt zu haben, doch er hatte heute noch nichts gegessen, und sein Magen fing an zu knurren. »Stellen Sie das Tablett einfach vor die Tür, vielen Dank!«, rief er.

»Ja, in Ordnung!«, rief eine bellende Stimme mit schottischem Akzent auf der anderen Seite der Tür. »Verdammt, ich bin gerade viertausend Meilen geflogen, nur um dir dein lausiges Mittagessen zu bringen.«

Erfreut, die Stimme seines Freundes zu hören, sprang Haldane auf, zog den N95-Mundschutz an und ging zur Tür. »Du achtest doch darauf, dich zu schützen, Duncan?«, fragte er an der Tür.

»Haldane, ich glaube, ich muss dich noch einmal darauf hinweisen, dass wir nicht *diese Art* Beziehung haben.« McLeod stieß ein dröhnendes Gelächter aus. »Aber ich habe tatsächlich meine Clownsmaske nebst Hütchen auf, falls das etwas nützt.«

Haldane öffnete die Tür. Davor stand Duncan McLeod, dessen Mundschutz seinen zotteligen Bart bedeckte. Er trug keine spezielle Schutzkleidung. Eine Baseballkappe ersetzte die Duschhaube, die er eigentlich hätte tragen sollen. Seine asymmetrischen Augen funkelten; offensichtlich amüsierte ihn die Situation, in der sie sich beide befanden. »Haldane! Ich würde dich wirklich gerne umarmen, aber genau genommen will ich eigentlich nicht sterben.«

Haldane lachte. »Endlich hat diese Quarantäne auch mal einen Vorteil.«

Wieder stieß McLeod ein dröhnendes Gelächter aus. »Ach, Haldane, wir hätten uns nie wiedergesehen, wenn dieses verdammte

Virus dich umgebracht hätte.« Er stolzierte ins Zimmer und ließ sich in das s-förmige Sofa neben dem Schreibtisch fallen. Auf die Berge hinter den Fenstern deutend, sagte er: »Als ich TB hatte und selbst unter Quarantäne stand, saß ich in einer Schlammhütte in Borneo fest. Du hast es ein kleines bisschen besser getroffen.«

Haldane folgte dem Schotten zurück ins Zimmer. »Nicht dass ich unglücklich bin, dich zu sehen, Duncan, aber was machst du hier?«

»Der große Jean Nantal schickt mich. Er hat überall irgendwelchen Quark darüber erzählt, dass ich der neue Experte für den PCR-Test bei der Gansu-Grippe sei. Hat für mich in Vancouver eine Reihe von Besprechungen mit den Spezialisten für Infektionskrankheiten organisiert.« McLeod zuckte mit den Schultern. »Aber machen wir uns nichts vor. In Wahrheit kann er sehr wohl auf den guten alten McLeod verzichten, also hat er ihn losgeschickt, damit er nach seinem Goldjungen sieht.« McLeod fasste sich an die Brust. »Er meint, *das ist bei weitem das Beste, was ich jemals getan habe,* und all so'n Scheiß.«

Haldane rollte mit den Augen und setzte sich McLeod gegenüber auf einen Stuhl. »Wie sieht's aus in London?«, fragte er, doch angesichts der gelösten Stimmung seines Kollegen wusste er, dass die Berichte zutreffen mussten, die eine Stabilisierung der Lage in England verkündeten.

»Wenn du dir Immobilien anschaffen willst, wäre der Markt im Augenblick ideal«, sagte McLeod lässig. »Kaum ein Mensch auf der Straße. Aber ich musste die Sache Nancy Levine überlassen, unserer charmanten Plaudertasche. Ihre Leute haben unter schwierigen Umständen saubere Arbeit geleistet. In den letzten drei Tagen ist die Anzahl der Erkrankungen kontinuierlich gesunken. Und seit fast achtundvierzig Stunden hat es keine Todesfälle mehr gegeben.«

»Wie sehen die Zahlen insgesamt aus?«, fragte Haldane.

»Etwa eintausend Infizierte und zweihundert Tote.« McLeod

nahm seinen Mundschutz ab. »Jesus Christus! Ich habe diese Dinger so satt. Ich weiß, dass du kein Risiko mehr für mich darstellst.« Er hielt kurz inne, und dann verzogen sich seine Lippen zu einem schiefen Lächeln. »Aber tu mir einen Gefallen, und lass deinen bitte an, ja?«

Haldane lachte seufzend. »Wie sieht es mit den einzelnen Gruppen von Infizierten in Europa aus, Duncan?«

»Soweit ich weiß, konnte man die Verbreitung überall eindämmen.« McLeod kratzte seinen Bart. »Aber Haldane, der gesamte verdammte Ausbruch wurde von einer einzigen lausigen Terroristin verursacht. Stell dir vor, was eine ganze Armee dieser Fanatiker auslösen könnte.«

Noah nickte. »Wir sind jetzt besser vorbereitet. Es würde – nein, es *wird* schwieriger für sie sein, das Virus zu verbreiten.«

»Schwieriger. Aber keineswegs unmöglich«, betonte McLeod und streckte sich. »Wie sieht's hier aus?«

»Den neuesten Berichten zufolge konnte die Ausbreitung des Virus auch in Vancouver gestoppt werden. Es gibt 45 Tote, doch die Zahl steigt nicht mehr. Dazu 240 Infizierte. Seit gestern keine neuen Fälle.« Noah nickte. »Das Foto der toten Terroristin hat viel gebracht. Sie wurde an mehreren Orten gesehen, auch an der kanadisch-amerikanischen Grenze. Sie und ein junger Araber wurden zurückgeschickt, weil etwas mit ihren Papieren nicht in Ordnung war. Und mehrere Leute haben sie erkannt, als sie ohne Begleitung von Paris aus hierher flog.«

McLeod rückte ein Stück nach vorn. »Und vor Paris?«

Haldane schüttelte den Kopf. »Sie war unter falschem Namen mit einem gestohlenen Ausweis unterwegs. Bisher enden alle Spuren in Paris.«

»Diese verdammten Franzosen!«, fluchte McLeod.

Haldane runzelte die Stirn. »Einschließlich Jean Nantal?«

»Meinst du etwa diesen Schwachkopf, der uns immer wieder

mitten in diese ganze Schweinerei schickt?«, schrie McLeod. »Der ist der Schlimmste dieser ganzen verdammten Bande.«

Beide brachen in anhaltendes Gelächter aus. McLeod war genau die Medizin, die Haldane in seinem Zustand brauchte.

Wieder klopfte es an die Tür. »Ich hoffe, du hast genug für zwei bestellt«, sagte McLeod. »Ich bin am Verhungern.«

Hinter der Tür erklang Gwen Savards Stimme. »Noah, ich bin's. Ich habe wichtige Neuigkeiten!«

Haldane war überrascht, wie wohl er sich beim Klang ihrer Stimme fühlte, gleichgültig, welche Nachrichten sie auch bringen mochte. Er öffnete die Tür, und Gwen schoss ins Zimmer. Sie warf McLeod einen überraschten Blick zu. »Oh! Hallo, Duncan.« Sie lächelte kurz. »Gut, Sie zu sehen.«

»Gut zu sehen, dass Sie immer noch auf den Beinen sind, Gwen.« McLeod grinste schelmisch. »Ich hatte erwartet, dass ich eure Mitleid erregenden sterblichen Überreste in irgendeiner düsteren kanadischen Leichenhalle identifizieren muss.«

»Ich habe gerade mit Washington gesprochen«, sagte Gwen, den Rücken zum Fenster gewandt. »Anscheinend haben wir einen gewaltigen Durchbruch erzielt.«

Haldane folgte ihr zum Sofa und blieb zwischen ihr und McLeod stehen. »Was gibt's?«

Sie lächelte breit. »Wir wissen jetzt, wer hinter der Bruderschaft der einen Nation steht.«

»Nun verraten Sie's schon!«, sagte McLeod.

»Die CIA hat eine E-Mail von einem ägyptischen Polizisten abgefangen. Darin stehen die Namen der toten Terroristin aus Vancouver und die Anführer der Gruppe.« Savard spuckte die Worte in rasendem Tempo aus. »Es heißt, dass sie eine Basis in Somalia haben.«

»O mein Gott«, stöhnte McLeod. »Jetzt werden sie uns nach Afrika schicken.«

Haldane ignorierte ihn. »Wer sind ›sie‹?«

Gwen hob die Hände. »Irgendein Medienmogul aus Kairo. Hazzir Kabaal. Und ein ehemaliger Major der Spezialtruppen. Niemand weiß besonders viel über die beiden.«

»Wo in Somalia?«, drängte Haldane.

Gwen schüttelte den Kopf. »Darüber stand nichts in der Mail.«

»Nun, warum fragt dann niemand diesen Burschen, der sie geschrieben hat?«, sagte McLeod in scharfem Ton.

»Weil er tot ist«, erwiderte Gwen. »Er lag auf dem Bürgersteig unter seiner Wohnung im neunzehnten Stock mit einer Kugel im Rücken. Er wurde umgebracht, kaum dass er die Mail verschickt hatte.«

»Das ist eine akzeptable Entschuldigung, vermute ich mal«, knurrte McLeod.

»Das alles ist erst vor ungefähr einer Stunde passiert«, sagte Gwen. »Bisher wissen wir noch nicht allzu viel.«

»Somalia …« Haldane ließ sich auf seinen Stuhl fallen. »Wenn mich meine geografischen Kenntnisse nicht täuschen, ist das ein recht großes Land.«

»Und verdammt heiß«, fügte McLeod hinzu. »Ganz zu schweigen davon, dass es auch chaotisch, von Flöhen verseucht und außerordentlich gewalttätig ist.«

Gwen sah auf ihre Uhr. »Noah, die Videokonferenz mit dem Präsidenten beginnt in zehn Minuten. Sind Sie bereit?«

Haldane nickte.

Gwen wandte sich an McLeod. »Tut mir Leid, Duncan, Sie haben nicht die entsprechende Sicherheitsüberprüfung …«

McLeod hob die Hand. »Ich weiß, ich weiß. Ihr verdammten Yankees seid schlimmer als die Chinesen, was Paranoia in den oberen Rängen angeht.« Er lachte leise in sich hinein. »Sosehr es mir auch das Herz zerreißt, ich werde diese nette kleine Leprakolonie verlassen und mir irgendwo ein Mittagessen suchen.«

Haldane saß vor der Kamera, während eine Gruppe Techniker aus der Ferne die Kontrolle über seinen Computer übernahm. Das in der Mitte geteilte Videofenster war anders als diejenigen, an die er sich in den letzten Tagen gewöhnt hatte. Er begriff, dass diese Verbindung sicherer war als alles, was er bisher erlebt hatte, doch über die dabei verwendete Technik wusste er nichts.

Es dauerte einige Minuten, bis die entsprechenden Einstellungen vorgenommen worden waren, und dann erschien Gwen in dem kleineren Fenster auf der linken Seite. Das rechte Fenster zeigte vier Personen, die an der Seite eines langen, ovalen Tisches saßen. Haldane erkannte sie sofort, doch Ted Hart stellte die Gruppe vor, als habe Haldane noch nie etwas von den Führern der Nation gehört.

»Dr. Haldane, ich würde Ihnen gerne den Präsidenten, die nationale Sicherheitsberaterin Dr. Horne und Verteidigungsminister Whitaker vorstellen. Ich bin Ted Hart, Minister für Zivilschutz«, sagte er, was ebenfalls überflüssig war, denn in den letzten Wochen war er häufiger im Fernsehen gewesen als Larry King und Oprah Winfrey zusammen.

Der Präsident lehnte sich in seinem Ledersessel zurück. Er war Anfang fünfzig, trug einen marineblauen Anzug mit offenem, hellblauem Hemd und war einen halben Kopf größer als die anderen am Tisch. Er hatte grau meliertes Haar, ausdrucksvolle graue Augen und ein vorstehendes Kinn. Obwohl er nicht im klassischen Sinne gut aussah, war er eine beeindruckende und energische Erscheinung. Haldanes Meinung nach hatte er das ideale Präsidentengesicht für Fotoaufnahmen.

Zu seiner Rechten saß die nationale Sicherheitsberaterin Andrea Horne, eine stattliche Afroamerikanerin mit schwarzen Locken und eleganter Lesebrille, die auf ihrer Nase weit nach vorn gerutscht war. Zur Linken des Präsidenten saß Verteidigungsminister Aaron Whitaker, ein magerer Mann mit beginnender Glatze. Er war Anfang sechzig, hatte blasse Haut und, wie Haldane von seinen Pressekonferenzen wusste, das Gemüt eines aggressiven Marders. Zu Whitakers Linken saß Ted Hart.

»Hallo«, sagte Haldane und fühlte sich unerwartet eingeschüchtert in Gegenwart von so viel Regierungsmacht.

Der Präsident lächelte und nickte kurz in die Kamera. »Willkommen, Dr. Haldane und Dr. Savard«, sagte Horne, während Whithaker weder ihn noch Gwen zur Kenntnis nahm.

»Gwen, Dr. Haldane, ich nehme an, dass Sie über die neuesten Entwicklungen in Ägypten informiert sind?«, sagte Hart.

»Ted, wir haben von der abgefangenen E-Mail gehört, aber wir kennen kaum irgendwelche Einzelheiten«, sagte Savard.

»Lassen Sie mich das kurz etwas ausführen.« Hart sah zum Präsidenten, der zustimmend nickte.

Am unteren Rand von Haldanes Bildschirm erschien das Foto eines Mannes, der in Noahs Augen wie der Sohn eines reichen Emirs aussah und wie ein Playboy für einige Paparazzi zu posieren schien. »Meine Damen und Herren, das ist Hazzir Kabaal, ein ägyptischer Medienmagnat, der mehrere Zeitungen besitzt, die den Kurs der panarabischen Bewegung und der muslimischen Bruderschaft vertreten. Lassen Sie sich von seiner eleganten Garderobe nicht täuschen. Kabaal hat finanzielle Verbindungen zu militanten Gruppen wie der Hisbollah und der Abu Sayyaf.«

Das Foto auf Haldanes Bildschirm verschwand, und statt des salbungsvollen Lächelns Kabaals erschien das ausdruckslose Gesicht eines Offiziers mit hellblauen Augen.

»Major Abdul Sabri. Früher war er bei den Spezialtruppen der ägyptischen Armee als Spezialist für die Niederschlagung von Aufständen, aber wir nehmen an, dass er die Seiten gewechselt hat. Offensichtlich haben Kabaal, Sabri und mehrere bekannte Personen aus ihrem Umkreis vor drei Wochen Kairo mit unbekanntem Ziel verlassen.«

»Sie sind in Somalia«, knurrte der Verteidigungsminister voller Überzeugung.

Sabris Foto verschwand, und das Gesicht eines alten islamischen Geistlichen erschien auf dem Bildschirm. »Scheich Hassan. Ein fanatischer Islamist und, so vermuten wir, der spirituelle Führer der Gruppe. Derselbe Beamte, der die E-Mail verschickt hat, nahm kurz vor seiner Ermordung auch Hassan und seinen Sohn in der Al-Futuh-Moschee fest. Die ägyptischen Behörden haben die beiden zusammen mit mehreren anderen Besuchern der Moschee festgenommen. Die CIA hat bereits ein Team nach Kairo geschickt, um sich vor Ort ein Bild zu machen.«

Haldane räusperte sich. »Herr Minister, glauben Sie, dass die Informationen des Polizisten über die Basis in Somalia korrekt sind?«

»Wir haben keinerlei Beweis, Dr. Haldane«, antwortete Andrea Horne anstelle des Ministers. Man hörte ihrem Tonfall an, dass sie eine Eliteuniversität besucht hatte. »Aber die anderen Informationen des Beamten wurden inzwischen bestätigt.«

»Irgendeine Ahnung, wo sich die Basis befindet?«, fragte Savard.

»Irgendwo nördlich von Mogadischu«, warf Minister Whitaker ein. Für einen so schmächtigen Mann war seine Stimme überraschend kräftig. »Verdammt, es geht dort zu wie im Wilden Westen. Gesetzlos!«

Eine Karte von Somalia erschien im unteren Fenster von Haldanes Bildschirm. Das Land sah aus wie ein auf der Seite liegendes V, das Äthiopien umschloss, sich die afrikanische Ostküste entlangzog und am Scheitelpunkt in den Indischen Ozean ragte.

»Die CIA wertet Satellitenaufnahmen aus«, erklärte Hart. »Aber Minister Whitaker hat Recht. Im Norden wäre es am einfachsten, eine Operationsbasis zu verstecken.«

Whitaker schüttelte den Kopf. »Wir sollten *en masse* da reingehen.«

»Erinnern Sie sich an unsere letzte Erfahrung mit Somalia, Herr Minister?« Horne warf ihrem Kollegen einen leicht verärgerten Blick zu. »Die katastrophale Entwicklung Anfang der Neunzigerjahre?«

Whitaker stieß ein schnaubendes Gelächter aus. »Andrea, diesmal geht es nicht um eine humanitäre Mission. Wir werden die Basis der Terroristen finden und dafür sorgen, dass davon nur noch ein riesiger Krater übrig bleibt.«

»Das könnte nicht ganz so einfach werden«, sagte Gwen.

»Und warum nicht, Dr. Savard?« Selbst auf dem Computerbildschirm sah man, dass Whitaker sie herausfordernd musterte.

»Weil die Vernichtung ihrer Basis nicht unbedingt bedeutet, dass auch das Virus ausgelöscht wird, Herr Minister.«

Der Präsident legte die Finger vor seinem Kinn zusammen und beugte sich vor. »Würden Sie das bitte erklären, Dr. Savard«, sagte er mit leichtem Südstaatenakzent.

»Als die Terroristen mit ihren Versuchen begannen, das Virus zu züchten, benötigten sie ein einigermaßen funktionstüchtiges Virologie-Labor.«

»Und jetzt?«, sagte der Präsident.

»Mr. President, nachdem sie sich erst einmal eine ausreichende Menge des Erregers verschafft hatten, sagen wir durch die Vermehrung in Eiern, Hühnern, Primaten oder sogar Menschen, die sich freiwillig zur Verfügung gestellt haben«, Gwen betonte die letzten Worte, »könnten sie diese lebenden Virenträger überallhin bringen, um weitere Selbstmordattentäter zu infizieren.«

»Also brauchen sie die Basis gar nicht mehr?«, sagte der Präsident.

»Mr. President, vielleicht brauchen sie die Basis ja tatsächlich nicht mehr als Labor«, sagte Minister Whitaker. »Aber sie brauchen die Basis immer noch *als Basis*. Wohin sollte eine Terrorgruppe denn gehen mit all den infizierten Hühnern und Affen oder was auch immer?«

Die Sicherheitsberaterin nickte. »Der Minister hat Recht, Sir«, sagte Horne. »Sie brauchen einen sicheren Ort, von dem aus sie ihre Operationen koordinieren können.«

»Aber wenn sie wissen, was wir wissen …«, schaltete sich Ted Hart in die Diskussion ein, »dann wäre so ein Ort kaum sicher.«

Der Präsident tippte mit den Fingerspitzen gegeneinander und nickte dann. »Mir scheint, diese Basis in Somalia zu finden, hat oberste Priorität.« Wieder sah er direkt in die Kamera. Haldane erkannte diesen Blick: Er hatte dem Präsidenten im Wahlkampf viele Stimmen eingebracht. »Dr. Savard, Dr. Haldane, haben Sie irgendwelche Vorschläge?«

Haldane räusperte sich noch einmal. »Vögel, Sir.«

»Vögel?« Der Präsident runzelte die Stirn.

»Vögel sind die natürlichen Träger aller Influenzaviren«, erklärte Haldane. »Ohne dass sie selbst krank werden, können sie eine hohe Konzentration des Virus in ihrem Blut haben. Sollte es dem Virus gelungen sein, aus dem Labor ins Freie zu gelangen, könnten wir es am leichtesten innerhalb der lokalen Vogelpopulation finden.«

Ärgerlich schüttelte Whitaker seinen langen schmalen Kopf. »Nur damit ich das richtig verstehe, Dr. Haldane. Sie schlagen vor, dass wir überall in Somalia auf Vogeljagd gehen?«, schnaubte er. »Selbst wenn wir Glück haben sollten, würde es dann nicht Wochen dauern, bis das Blut dieser Tiere untersucht ist?«

»Nicht unbedingt«, sagte Haldane. »Wir besitzen einen Schnelltest, den so genannten PCR-Test, der uns bei diesem Virus bereits nach zwei Stunden eine vorläufige Antwort geben könnte.«

»Das Ultimatum der Terroristen läuft in achtundvierzig Stunden ab«, sagte Horne.

»Was bedeutet, dass wir *jetzt* handeln müssen«, sagte Whitaker und hämmerte mit dem Finger auf den Tisch. »Wir schicken die Armee und die Marines nach Somalia, finden die Basis und schalten sie aus.«

Ted Hart wandte sich an den Verteidigungsminister. »Aaron, was ist, wenn Gwen Recht hat und die Terroristen Somalia bereits mit dem Virus verlassen haben?«

»Wir wissen, wer sie sind. Sie sind keine Gespenster mehr für uns«, donnerte Whitaker. »Wo immer sie auch hingehen, wir werden sie finden.«

»Wir wissen seit über fünfzehn Jahren, wer Bin Laden ist«, wandte Hart ein.

Whitaker schüttelte abschätzig den Kopf.

Der Präsident ließ die Hände auf den Tisch fallen und sah wieder direkt in die Kamera. »Dr. Savard, Dr. Haldane, Sie kennen das Ultimatum. Was geschieht, wenn diese ›Armee der Märtyrer‹ unsere Städte erreicht? Mit welchen Auswirkungen müssten wir rechnen?«

»Mr. President, alle amerikanischen Städte folgen dem offiziellen Katastrophenplan, der für den Fall eines Angriffs mit biologischen Waffen vorgesehen ist«, sagte Gwen. »Aber es dauert seine Zeit, bis eine so komplexe Infrastruktur aufgebaut ist. Ich glaube nicht, dass achtundvierzig Stunden genügen.«

Der Präsident runzelte die Stirn und zog die buschigen Augenbrauen hoch. »Dr. Haldane, man hat mir mitgeteilt, dass Sie der weltweit führende Experte für dieses Virus sind. Was denken Sie?«

Haldane holte tief Luft und versuchte, seine Gedanken zu ordnen. »Mr. President, wir haben den Vorteil, dass die Bevölkerung schon jetzt panisch reagiert. Die Leute gehen nicht vor die Tür, was, ehrlich gesagt, in einem Fall wie diesem eine Hilfe ist. Darüber hinaus ist das Virus zwar in hohem Maße tödlich, doch es ist nicht so ansteckend wie viele andere. Es ist also möglich, seine

Verbreitung einzudämmen, was ja auch in China, Hongkong und jetzt London bewiesen wurde.« Er befeuchtete seine Lippen, bevor er weitersprach. »Doch was wir bisher außerhalb Chinas erlebt haben – achtzehnhundert Infizierte und vierhundert Tote – ist das Ergebnis von nur vier infizierten Terroristen. Wenn eine ganze Armee hierher kommt … Verzeihen Sie, Mr. President, aber dann gnade uns Gott.«

Alle auf dem Bildschirm schwiegen. Schließlich lehnte sich der Präsident zurück. Er sah seine Berater zu seiner Rechten und seiner Linken an. »Irgendwelche Vorschläge?«

Andrea Horne sprach. »Das Ultimatum verlangt, dass wir bis zum festgesetzten Termin mit dem Rückzug *beginnen* sollen. Unsere Truppen in Kuwait und die wenigen, die sich noch in Saudi-Arabien befinden, sind im Augenblick nicht besonders aktiv. Vielleicht sollten wir damit anfangen, sie zurückzuziehen.«

»Wir können uns diesen Erpressern nicht beugen!« Whitaker schlug mit der flachen Hand auf den Tisch.

»Ich glaube, Sie verstehen nicht, worauf ich hinauswill …«, begann Horne.

Whitaker deutete mit dem Finger auf sie. »Wenn wir auch nur einen einzigen Soldaten abziehen, kommt das einer Einladung an jeden Fanatiker mit einem Virus oder einer Bombe gleich, Amerika in Geiselhaft zu nehmen. Merken Sie sich meine Worte. Wenn wir uns von der arabischen Halbinsel zurückziehen, wird es nie aufhören!«

Hart räusperte sich und hustete. »Was Aaron sagt, hat einiges für sich, Mr. President. Aus gutem Grund ist es schon immer unsere Politik gewesen, dass wir nicht mit Terroristen verhandeln.«

Horne riss die Hände hoch. »Ich schlage keine Verhandlungen vor! Ich schlage eine Hinhaltetaktik vor, mit der wir sie glauben lassen, dass wir nachgeben, um uns so ein wenig Zeit zu verschaffen. Das ist alles.«

Mehrere Sekunden lang starrte der Präsident den Tisch an, bevor er resignierend nickte. »Ich fürchte, Andrea hat Recht.« Er wandte sich an den Verteidigungsminister. »Beginnen Sie mit den Vorbereitungen zum Abzug unserer Truppen.«

Whitaker öffnete den Mund, um zu widersprechen, doch der Präsident schnitt ihm mit einer wegwerfenden Handbewegung das Wort ab. »So haben wir achtundvierzig Stunden, um diese Bastarde zu finden«, sagte der Präsident. »Ich autorisiere Sie, jedes nur denkbare Mittel einzusetzen, das hierzu nötig ist.« Er blickte in die Gesichter der Anwesenden und sah dann direkt in die Kamera. »Habe ich mich klar ausgedrückt?«

KAPITEL 28

Hargeysa, Somalia

Hazzir Kabaal stand in der glühenden afrikanischen Mittagshitze vor dem Gebäudekomplex und wartete. Seine teuren Wüstenstiefel waren von einer Schmutzkruste überzogen, und zum ersten Mal in seinem Leben hatte er sich nicht rasiert. Weil er wusste, dass sein Äußeres niemanden im Gebäude und in ganz Somalia interessierte, trug er statt seiner gebügelten Kakihosen eine bequeme, landesübliche Robe. Er fragte sich, ob es jemals wieder eine Gelegenheit geben würde, seine geliebten handgefertigten italienischen Anzüge und Schuhe aus echtem Leder zu tragen. Wahrscheinlich nicht, dachte er mit einem Anflug von Wehmut.

Auf der unbefestigten Straße näherte sich ihm eine Staubwolke. Etwa hundert Meter von ihm entfernt wurde die Wolke langsamer, und der Staub sank zu Boden, sodass Kabaal den hellbraunen Lastwagen erkennen konnte, der von Abdul Sabri gefahren wurde. Der Major war allein.

Sabri brachte den Wagen direkt vor Kabaal zum Stehen. Die Fahrertür öffnete sich, und Sabri stieg aus. Dann streckte er sich am Straßenrand.

Kabaal trat zu ihm und begrüßte ihn. »Abdul, geht es Ihnen gut?«

»Ja«, sagte Sabri und unterdrückte ein Gähnen. »Ihrem Freund weniger.«

»Mein Freund«, grunzte Kabaal. »Was hatte Ihnen Sergeant Eleish zu sagen?«

Sabri zuckte mit den Schultern und schüttelte dann den Kopf.

Kabaals Augen verengten sich. »Sie hätten doch zuerst mit ihm reden sollen!«

»Es ist schwer, mit jemandem zu reden, der aus dem Fenster springt«, sagte Sabri provozierend.

»Das ist nicht gut, Abdul«, erwiderte Kabaal. »Sie haben also keine Ahnung, mit wem er gesprochen hat?«

Wieder zuckte Sabri mit den Schultern. »Nun, es ist anzunehmen, dass er mit jemandem gesprochen hat.«

»Warum sagen Sie das?«, fragte Kabaal.

»Es gab da einige Aktivitäten in der Moschee.«

Kabaal spürte, wie ihm die Haare zu Berge standen. Mit jedem Wort, das Sabri sprach, wurde er unruhiger. »Welche Aktivitäten?«

»Die Polizei hat den Scheich und seinen Sohn festgenommen«, sagte Sabri so ruhig, als mache er eine Bemerkung über das Wetter. »Und sie haben noch weitere Männer aus der Moschee zum Verhör abgeführt.«

Verärgert über die Gleichgültigkeit seines Helfers, deutete Kabaal mit dem Finger auf ihn. »Und das beunruhigt Sie nicht?«

»Nicht besonders.«

»Bei der Liebe des Propheten, warum nicht?«

Sabri setzte ein breites Grinsen auf, das Kabaal noch nie zuvor bei ihm gesehen hatte. »Es hat angefangen, Abu Lahab.«

»Was hat angefangen?«

»Nach der Razzia gab es eine Demonstration vor der Moschee«, sagte Sabri. »Und dann kam es zu Unruhen. In Kairo! Es gab spontane Aufstände in den Straßen.«

»Was ist mit den Leuten passiert, die protestiert haben?«, fragte Kabaal.

»Das Militär wurde eingesetzt. Einige Demonstranten wurden getötet, der Rest wurde festgenommen.«

Kabaal musterte Sabri mit gerunzelter Stirn und schüttelte dann erschöpft den Kopf. »Und warum sollte das gut sein?«

»Wenn unsere Brüder bereit sind, sich der Macht der ägyptischen Armee in Kairo zu widersetzen, was wird dann wohl in Bagdad, Kabul, Riad und Jakarta geschehen, was glauben Sie?« Sabri deutete mit dem Finger auf sich und dann auf Kabaal. »Das geschieht wegen uns, Abu Lahab. Wegen der Bruderschaft! Wir haben den Leuten die Macht zurückgegeben. Warten Sie mal ab, was passiert, wenn wir Amerika in die Knie gezwungen haben.«

Kabaal dachte über Sabris Argument nach. »Genau das frage ich mich auch«, sagte er distanziert.

»Da gibt es nichts zu fragen, Abu Lahab. Amerika ist schwach. Mithilfe des Virus wird es unter seinem eigenen Gewicht zusammenbrechen wie ein morscher Baum im Sturm. Und dann werden wir uns um die ungläubigen Verräter kümmern, die in unseren Regierungen sitzen.« Er sah zu Boden und nickte, sodass Kabaal den Eindruck haben musste, er führe Selbstgespräche. »Und wir werden mit den schlimmsten Ungläubigen in Ägypten beginnen. Davon haben Sie doch geträumt, oder nicht? Man wird sich in unseren Ländern wieder nach der Scharia richten. Das Kalifat kehrt zurück.«

Schon zum zweiten Mal innerhalb einer Woche überraschte Sabri Kabaal mit einem leidenschaftlichen Ausbruch. Kabaal wurde klar, dass Sabris übliches distanziertes Auftreten nichts als eine Fassade war. Wie die Tür eines Hochofens verbarg sie das Feuer, das im Inneren tobte. Und Kabaal war nicht mehr sicher, ob diese innere Hitze noch gebändigt werden konnte.

»Abdul, wenn der amerikanische Präsident auch nur einen Funken Verstand hat, wird er seine Truppen aus den besetzten Ländern abziehen«, sagte Kabaal. »Dann kann alles, was Sie beschrieben haben, auch ohne das Virus Wirklichkeit werden.«

Sabri grunzte.

»Glauben Sie das etwa nicht, mein Freund?«, fragte Kabaal.

»Sie werden nicht mit uns verhandeln. Sie *können* nicht mit uns verhandeln.« Sabri trat an das Führerhaus des Lastwagens und griff nach seinem kleinen Proviantbeutel. »Wir werden Ihnen die infizierten Märtyrer auf den Hals schicken müssen.« Er warf sich den Beutel über die Schulter und ging auf die Tür des Gebäudes zu, blieb jedoch auf halbem Weg stehen und drehte sich zu Kabaal um. »Sie sind doch auf diese Eventualität vorbereitet, nicht wahr?«

Sabris Ton zeigte keinerlei Respekt. Kabaal wusste, dass es nicht einmal eine Frage gewesen war. Doch bevor er antworten konnte, rannte Anwar Aziz aus der Tür des Labors.

»Es gibt Neuigkeiten«, sagte der dicke Mikrobiologe keuchend und beugte sich vor, um tief Luft zu holen.

»Was für Neuigkeiten?«, fragte Kabaal.

»Die Amerikaner«, sagte Aziz mit pfeifendem Atem. »Kommen Sie, kommen Sie. Das müssen Sie sehen.« Er schnappte noch einmal nach Luft. Dann drehte er sich um und eilte zurück in das Gebäude.

Kabaal und Sabri folgten dem Wissenschaftler in sein Büro im Erdgeschoss. Dort drängten sie sich um den Computerbildschirm. Aziz betätigte die Tastatur, und der Film eines Nachrichtensenders erschien auf dem Bildschirm. Das Videofenster zeigte den amerikanischen Präsidenten, der hinter einem einzelnen Mikrofon auf einem Podium stand.

»Guten Abend«, sagte er in geschäftsmäßigem Ton. »Zweifellos sind Sie sich alle der Drohung der Bruderschaft der einen Nation bewusst, die mit der Gansu-Grippe infizierte Terroristen in unser Land schicken will, sollten ihre Forderungen nicht erfüllt werden. Ihr Ultimatum läuft in weniger als sechsunddreißig Stunden ab.

Nach Beratungen mit Mitgliedern meines Kabinetts kündige ich hiermit an, dass die Vereinigten Staaten innerhalb der nächsten vierundzwanzig Stunden damit beginnen werden, ihre Truppen aus den Stützpunkten auf der arabischen Halbinsel abzuziehen.« Er räusperte sich. »Sobald der Truppenabzug aus den Golfstaaten abgeschlossen ist, werden wir in Afghanistan einen ähnlichen Prozess in die Wege leiten, und danach im Irak und in allen anderen souveränen islamischen Staaten. Eine so umfangreiche Verlagerung von Soldaten samt ihrer Ausrüstung ist eine gewaltige logistische Herausforderung. Wir werden den Abzug jedoch so schnell durchführen, wie sich das unter geordneten Bedingungen bewerkstelligen lässt.«

Das Gesicht des Präsidenten schien sich schmerzhaft zu verziehen. »Obwohl es immer unsere Politik war, nie mit Terroristen zu verhandeln, glaube ich, dass die extremen Umstände und die möglicherweise katastrophalen Folgen im Falle der Verweigerung einer Kooperation schwerer wiegen als dieses Prinzip. Auch wenn ich diese Entscheidung im höchsten Maße bedaure, glaube ich, dass diese Option dem Schutz von Millionen Amerikanern dienen wird und der einzige Weg ist, für den ich mich vor meinem Gewissen entschließen kann. Als Ihr Präsident übernehme ich die volle Verantwortung für diese Entscheidung.«

Der Präsident sah lange mit festem Blick in die Kamera, bevor er hinzufügte: »Gute Nacht. Gott segne Amerika.« Dann trat er vom Podium.

Kabaal drehte sich zu Aziz, schlang die Arme um den fülligen Bauch des Wissenschaftlers und gratulierte ihm. »Gott ist groß!«, sagte Kabaal glücklich, bevor er Aziz aus seiner Umarmung entließ.

»Gewiss, gewiss, Abu Lahab«, sagte Aziz. Er stolperte einen Schritt zurück und errötete in einer Mischung aus Freude und Verlegenheit. »Gut gemacht, Abu Lahab. Gut gemacht. Gelobt sei Allah.«

»Nun, Major, ich habe Ihnen doch gesagt, dass die Amerikaner einsehen würden, was zu tun ist«, sagte Kabaal an Sabri gewandt.

Doch Kabaal sah keine Begeisterung im Gesicht des ehemaligen Armeeoffiziers. Seine Miene verriet, dass er genau das Gegenteil empfand. Sabris hellblaue Augen starrten auf den Computerbildschirm, und er verzog seine Lippen zu einem grimmigen Knurren. »Begreifen Sie nicht, was die tun?«, fragte Sabri.

»Dass sie unsere Forderungen erfüllen?«

Sabri schnaubte. »Sie spielen auf Zeit.«

Aziz tupfte sich den Schweiß von der Stirn. »Wie wollen Sie das wissen, Major?«

»Weil es genau das ist, was ich an ihrer Stelle tun würde, Doktor«, sagte Sabri. »Es hat überhaupt keine militärischen Konsequenzen, wenn sie ihre Truppen aus Kuwait abziehen. In keinster Weise. Doch dadurch gewinnen sie Zeit, um nach uns zu suchen.«

Kabaal fuhr sich mit der Hand durchs Haar. Wachsam musterte er Sabri. »Abdul, so langsam glaube ich, dass Sie gehofft haben, die Amerikaner würden unser Ultimatum ablehnen.«

»Es geht nicht darum, was ich gehofft habe, Hazzir«, sagte Sabri kühl. »Es gab nie eine Chance, dass sie ohne falsches Spiel auf unsere Forderungen eingehen würden.«

»Woher wollen Sie das wissen?« Kabaals ausgestreckte Hände zitterten.

»David musste einen großen Stein nehmen, um Goliath zu besiegen. Was wir den Amerikanern bisher entgegengeschleudert haben, waren nichts als Kiesel.«

»Was also schlagen Sie vor?« Kabaal strich sich das Haar zurück. »Dass wir unsere Drohung wahr machen, obwohl der Präsident gerade vor aller Welt verkündet hat, dass er unsere Forderungen erfüllt?«

Sabri senkte die Lider, bis seine Augen halb bedeckt waren. »Ich schlage vor, wir finden ihre wahren Motive heraus.«

»Wie?«

»Wir präsentieren den Amerikanern einen genauen Zeitplan zum Abzug ihrer Truppen. Wir schreiben ihnen auf die Stunde genau vor, was zu geschehen hat. Oder wenigstens auf den Tag genau. Aber wir sprechen ganz gewiss nicht über Wochen.«

»Ist das realistisch, Major?«

Sabri zuckte mit den Schultern. »Erinnern Sie sich noch an den Irak? Wenn sie ein Land innerhalb weniger Tage besetzen können, dann können sie sich auch genauso schnell wieder zurückziehen.«

Obwohl Kabaal an den Motiven des Majors zweifelte, sah er keinen Grund, nicht auf den Vorschlag einzugehen. Er nickte. »Wir werden ihnen noch eine Botschaft schicken.«

»Ich kümmere mich darum«, sagte Sabri. Dann blickte er von Aziz zu Kabaal. Seine Miene war ausdruckslos, doch seine Augen funkelten. »Und ich werde dafür sorgen, dass sich die Märtyrer bereithalten.«

KAPITEL 29

Harbourview-Hotel, Vancouver

Gwen Savard maß noch einmal ihre Temperatur. Als beide Werte ihr bestätigten, dass sie immer noch kein Fieber hatte, wischte sie den kleinen Stapel gebrauchter N95-Schutzmasken vom Tisch und warf ihn mit größter Zufriedenheit in den Papierkorb des Hotelzimmers. Die Quarantäne war offiziell vorüber.

Doch Gwen hielt nur einen kurzen, feierlichen Augenblick inne, denn inzwischen tickte die Uhr immer lauter. Das Ultimatum der Terroristen würde in weniger als vierundzwanzig Stunden ablaufen. Und wie jeder, der für die amerikanische Regierung arbeitete, wusste sie nicht, wie die Terroristen die im Fernsehen ausgestrahlte Zusage des Präsidenten, die Truppen von der arabischen Halbinsel abzuziehen, aufnehmen würden. Die einzige Reaktion, die es bisher gegeben hatte, war Schweigen.

Rasch ging Gwen zurück ins Schlafzimmer und warf ihre restlichen Kleider in ihren Koffer. Nachdem sie gepackt hatte, setzte sie sich an den Computer und sah ihre neuesten E-Mails durch, wobei sie sich ausschließlich auf die Nachrichten konzentrierte, die die augenblickliche Krise betrafen. Nur diese wenigen Mails waren ihr wichtig.

Gerade wollte sie den Computer abschalten, als die elektronische Tonfolge erklang, die ihr anzeigte, dass jemand eine Videokonferenz mit ihr abhalten wollte. Fast hätte sie die Meldung ignoriert, wäre da nicht der Name des Gesprächsteilnehmers gewesen, der in der Ecke des Bildschirms erschien.

Nach einem Klick mit der Maus öffnete sich das Videofenster, und Isaac Moskors Oberkörper erschien. Er trug einen zerknitterten Laborkittel, und sein weißes Haar stand ihm in allen Richtungen vom Kopf ab. »Hey, Kindchen, wie geht's dir?«, fragte Moskor mit seiner tiefen Jersey-Stimme.

Der Anblick ihres Mentors tröstete sie. Moskor gab ihr neuen Lebensmut wie ihr Lieblingsonkel damals in ihrer Kindheit. »Gut, Isaac.« Sie lächelte breit, und als Beweis strich sie mit der Hand über ihren Körper. »Ich habe die Quarantäne unbeschadet überlebt und fliege bald nach Washington zurück.«

Moskor nickte.

»Im CDC ist alles klar?«, fragte Gwen.

»Hm.« Er zuckte mit seinen mächtigen Schultern. »Ich vermisse das kalte, winzige New Haven. Atlanta ist mir zu groß.« Er lächelte schief. »Vermutlich bin ich in Wahrheit ein Hinterwäldler.«

Gwen lächelte knapp, doch sie war so sehr in Eile, dass sie ohne weitere Verzögerungen zum Thema kommen wollte. »Und dein Labor?«

»Erstaunlich, was alles möglich ist, wenn sich die Regierung für deine Arbeit interessiert.« Er schüttelte den Kopf. »Ich habe fast mein gesamtes Leben an der Universität mit Betteln, Leihen und Stehlen verbracht, um eine Laborausrüstung zusammenzustellen, die einigermaßen funktionstüchtig ist. Und jetzt komme ich hierher, und vierundzwanzig Stunden später stellen die mir das Taj Mahal zur Verfügung.«

»Da ist nichts dabei, was du nicht verdienen würdest«, sagte sie. »Hast du mit den Experimenten begonnen?«

»Ja. Wir haben vor sechs Tagen mit fünfzig Grünen Meerkatzen angefangen. Wir haben sie mit einem Serum infiziert, das das Virus enthielt, und die Affen dann in zwei Gruppen unterteilt. Fünfundzwanzig von ihnen bekamen zweimal am Tag eine Dosis A36112. Die Kontrollgruppe bekam nur die üblichen Medikamente gegen Viren.«

»Und?« Gwen beugte sich vor.

Doch Moskor zeigte sich unbeeindruckt von ihrem drängenden Ton. »Ich werde mich nie an diese Videokonferenzen gewöhnen.« Er griff nach vorn und richtete die Kamera neu aus, sodass die Aufnahme auf Gwens Bildschirm wackelte. »Ich komme mir immer so vor, als sei ich auf dem Set von *Raumschiff Enterprise*. Ich rechne fast schon damit, dass du verschwindest und Mr. Sulu und Scotty auf dem Monitor erscheinen.« Er verstellte die Kamera noch einmal. »Bist du sicher, dass wir darüber reden können, wenn wir diese Verbindung benutzen?«

»Absolut.« Gwen nickte ungeduldig. »Sag's mir.«

»Du hast nicht übertrieben, was die Gansu-Grippe betrifft. Unheimlicher Bursche, dieses Virus. Hat mich an das erinnert, was ich in diesem Washingtoner Labor erlebt habe, als wir Experimente mit Ebola gemacht haben.«

»Was war mit den beiden Gruppen?«, versuchte Gwen ihn wieder auf das Thema zurückzubringen.

Er deutete ein Lächeln an. »Das Virus hat bisher neun der fünfundzwanzig Affen in der Kontrollgruppe getötet.«

Gwen spürte, wie ihr Herz schneller schlug. Sie wusste, dass er sich die vielversprechenden Neuigkeiten bis zum Schluss aufhob. »Und die Affen, die behandelt wurden?«

Er biss sich auf die Unterlippe, doch sein Lächeln wurde ein wenig breiter. »Bisher – und ich kann nicht deutlich genug darauf hinweisen, dass wir nur über die allerersten Ergebnisse sprechen –, bisher ist nur ein Affe gestorben, der mit A36112 behandelt wurde.«

Savard sprang auf.

»Wow! Wo bist du hin?«, sagte Moskor. »Im Augenblick rede ich mit deinem Gürtel.«

Savard setzte sich wieder. Ihr war schwindelig geworden angesichts dieser Neuigkeiten. Sie musste sich räuspern und gegen ihre Tränen ankämpfen. »Isaac, du hast es geschafft!«

Moskor errötete leicht und schüttelte den Kopf. »Wir – du solltest Clara und den Rest des Teams nicht vergessen – haben bisher noch überhaupt nichts geschafft.«

Gwen wollte etwas sagen, doch Moskor winkte ab. »Kindchen, ich weiß, wie ermutigend das aussieht, aber wir sollten nichts überstürzen. Wir reden hier über eine viertägige Behandlung von fünfundzwanzig Laboraffen.«

»Aber Isaac, die Ergebnisse sind erstaunlich«, rief Gwen. »Es stirbt nur noch einer von fünfundzwanzig und nicht mehr jeder Dritte. Das ist fast unvorstellbar.«

»Es ist viel zu früh, so etwas zu sagen.« Moskor drohte ihr mit dem Finger. »Einige Affen in der behandelten Gruppe sind immer noch verdammt krank. Wir können nicht sagen, ob nicht bereits heute noch mehr sterben werden. Wir brauchen umfangreichere Daten und viel mehr Zeit, bevor wir irgendwelche Schlüsse ziehen können.«

Savard zuckte mit den Schultern. »Hör zu, Isaac. Von mir aus kannst du jede Grüne Meerkatze auf der Welt haben. Aber Zeit haben wir keine mehr. Vielleicht gibt es schon morgen eine Pandemie. Und ich meine buchstäblich morgen.«

Moskor starrte sie einige Augenblicke lang wortlos an. Schließlich sagte er: »Du willst also sofort mit den Versuchen am Menschen beginnen?«

»Nein.« Savard schüttelte ungerührt den Kopf. »Es wird überhaupt keine weiteren Versuche mehr geben. Wir müssen mit der Massenproduktion des Medikaments beginnen.«

Falten überzogen Moskors Gesicht. »Massenproduktion?«, wiederholte er.

»Heute, Isaac«, sagte sie mit Bestimmtheit. »Wenn es nötig sein sollte, benutzen wir jedes pharmazeutische Unternehmen in diesem Land, um mit der Massenproduktion des Medikaments zu beginnen.«

Moskors Kiefer sackte nach unten.

»Wie schwierig war es für dich, die Tabletten herzustellen?«, fragte Gwen.

Offensichtlich war er noch immer sprachlos. Er zuckte mit den Schultern. »Es handelt sich um eine simple organische Verbindung. Es ist leicht, ein paar hundert Tabletten herzustellen. Aber wovon sprichst du eigentlich?« Er hob die Hände.

»Ich spreche von Millionen Einheiten«, sagte sie und fing bereits an, über die Logistik nachzudenken. »Isaac, kann man das Mittel auch intravenös verabreichen?«

»Ja.« Er nickte. »Das mussten wir selbst schon bei denjenigen Affen machen, die so krank waren, dass sie keine Tabletten mehr schlucken konnten.«

»Perfekt«, sagte Gwen. »Wir werden beide Formen produzieren müssen.«

Moskor sah zu Boden. »Ich wusste, dass es möglicherweise so kommen würde, als du mich nach Atlanta geschickt hast. Und ich weiß, dass du tust, was du deiner Meinung nach tun musst, Kindchen«, sagte er leise. »Aber für mich ist es immer noch eine unausgereifte Medizin. Man nimmt keine unausgegorenen, nicht zu Ende geführten Untersuchungen und behandelt dann einfach kranke Menschen, ganz egal, wie verführerisch die Ergebnisse vielleicht aussehen mögen. Man hat das früher schon gemacht.« Er hielt inne. »Überall in der Literatur findest du Menschen, die vor ihrer Zeit sterben mussten. Und diese Berichte sagen mir, dass das eine ganz schlechte Idee ist.«

Gwen hätte gerne die Hand ausgestreckt und sie ihrem besorgten Freund auf die Schulter gelegt. Doch sie nickte nur. »Isaac, du kannst dir nicht vorstellen, wie viele Menschen vor ihrer Zeit sterben müssen, wenn wir nichts tun. Natürlich können Menschen sterben. Sogar als direkte Folge einer Behandlung mit A36112«, gab sie zu. »Aber du hast mir – du hast der Welt – mehr Hoffnung gegeben, als wir gestern noch hatten. Ich weiß, dass es noch zu früh ist, um sicher zu sein, aber vielleicht hast du ein Mittel gegen die Killergrippe gefunden. Und wir haben nicht die Zeit, das in einem Labor zu verifizieren.«

Er lehnte sich zurück, und seine Miene verriet gleichermaßen Stolz und Skepsis. »Also wird die Welt unser Labor sein, hm?«

»Es gibt keine andere Möglichkeit«, sagte Gwen.

KAPITEL 30

Harbourview-Hotel, Vancouver

Endlich von der Quarantäne befreit, trat Noah Haldane zum ersten Mal nach fünf Tagen aus dem Aufzug in die Lobby. Er wollte seinen Koffer fallen lassen und hinaus in die Dezembersonne rennen, deren Strahlen durch die riesigen Fenster des Hotels fielen, doch aus einer Ecke der Lobby winkte ihm Duncan McLeod zu, der ein Tablett mit drei Bechern Kaffee in der Hand trug.

»Jesus Christus!«, rief McLeod mit bellender Stimme, als Haldane sich ihm auf halbem Weg genähert hatte. »Kaum ist es sicher, dich zu umarmen, habe ich jedes Interesse verloren. Komisch, was?«

»Ich habe schon größere Enttäuschungen überstanden.« Haldane lächelte leicht, als er einen Becher vom Tablett nahm. »Danke. Irgendein Anzeichen von Gwen?«

»Noch nicht«, sagte McLeod. »Wahrscheinlich wirft sie sich erst noch in Schale für mich.«

Haldane schloss die Augen, als er den süßen Duft des Kaffees roch. Seit seiner Kindheit war ihm der Geruch lieber als der eigentliche Geschmack, doch nach einer unruhigen Nacht voller Sorgen brauchte er jeden Tropfen aus dem Becher in seiner Hand, um auf den Beinen zu bleiben.

»Du lachst, Haldane, doch der Charme der McLeods ist eine geheimnisvolle und gewaltige Macht.« Er zwinkerte mit den Augen, wodurch das eine herabhängende Lid umso mehr auffiel. »Dass mein Herz bereits vergeben ist, macht die Damen nur noch verrückter.«

»Kann man sich kaum vorstellen«, sagte Haldane.

McLeod reckte das Kinn und musterte Haldane. »Oben in deinem Zimmer kam es mir so vor, als ob zwischen euch beiden irgendetwas läuft. Stimmt's?« Er hob eine Augenbraue. »Ihr beide habt doch nicht etwa den Quarantäne-Koller bekommen, oder?«

Haldane schüttelte den Kopf. Er wollte McLeod gerade bitten, dieses Thema ruhen zu lassen, als er sah, dass Gwen aus einem der Fahrstühle kam. Den Koffer hinter sich herziehend, fing sie fast an zu joggen, als sie auf die beiden zuging. Noah sah, dass sie immer noch ein wenig humpelte, als sie näher kam.

Sie trug ein knielanges grünes Kostüm, das ihre geschmeidigen Waden gut zur Geltung brachte. Sie hatte sich das goldbraune Haar hinter die Ohren gestrichen. Als sie zu ihnen trat, erkannte Noah, dass ihr Gesicht gerötet war und sie die Augen vor Aufregung weit aufgerissen hatte.

Noah war völlig überrascht, als Gwen die Arme um ihn schlang und beinahe seinen Kaffee verschüttete. Etwas regte sich in ihm, als er den Druck ihres straffen Körpers spürte, doch als ihm klar wurde, dass die Umarmung schon etwas zu lange dauerte, lösten sie sich beide im gleichen Augenblick voneinander. Die Umarmung war völlig unschuldig – sie war nicht mehr als die Begrüßung zweier guter Freunde –, doch von einem Händeschütteln abgesehen, war es ihr erster körperlicher Kontakt, und das brachte ihn völlig durcheinander.

»Sie haben jemanden vergessen«, sagte McLeod zu Gwen und deutete mit dem Daumen auf sich.

Lachend beugte sich Gwen nach vorn, wobei sie dem Tablett mit dem Kaffee auswich, und küsste McLeod auf die Wange. McLeod nahm einen Becher Kaffee vom Tablett und reichte ihn ihr. Sie bedankte sich mit einem Lächeln.

»Sie scheinen sehr glücklich darüber zu sein, dass die Quarantäne endlich vorbei ist«, sagte Haldane zu ihr.

»Nicht nur deswegen.« Sie schüttelte begeistert den Kopf. »Ich habe Neuigkeiten.« Sie lächelte mit weit offenem Mund, und Noah sah ihre perfekten Zähne. »Und diesmal sind es gute Neuigkeiten.«

»Was gibt's?«, fragte Haldane.

Sie hob den Kaffeebecher, als wolle sie einen Toast aussprechen. »Mein Mentor, Dr. Isaac Moskor, hat mit einem experimentellen Antivirenmedikament einen gewaltigen Durchbruch erzielt.«

»Gegen die Gansu-Grippe«, fragte Haldane, plötzlich angesteckt von ihrer Aufregung.

Sie nickte und erzählte ihnen von den ersten Ergebnissen bei Moskors Versuchen mit Grünen Meerkatzen. Dann berichtete sie vom Widerwillen des Wissenschaftlers, die Produktion des Medikaments in die Wege zu leiten.

McLeod nickte zustimmend. »Er hat Recht. Das ist ein verdammt unsicheres Fundament, wenn man Millionen Menschen mit einem nicht getesteten Mittel behandeln will.«

»Unter normalen Umständen durchaus«, sagte Haldane. »Aber angesichts dessen, was uns vielleicht bevorsteht?« Er zerdrückte den leeren Becher in seiner Hand. »Wir klammern uns an einen Strohhalm, und diese Aussicht ist wenigstens ebenso gut, wenn nicht besser als alles, was wir sonst haben.«

United-Airlines-Flug 3614

Fast während des gesamten Rückflugs zum Dulles Airport waren die drei Ärzte ganz in ihre Arbeit versunken. Savard hatte ihr Notebook auf die Ablage vor sich gestellt und aufgeklappt, doch die ganze Zeit führte sie mit dem Airphone ein Gespräch nach dem anderen. McLeod saß neben ihnen auf der anderen Seite des Ganges. Er hatte seine Lesebrille aufgesetzt und sah einen Stapel wissenschaftlicher Artikel durch. Obwohl er sich große Mühe gab, so ganz anders aufzutreten, war McLeod einer der klügsten und kompetentesten Virologen, denen Haldane jemals begegnet war. Durch seine lockere Haltung war McLeod eine ausgleichende Kraft innerhalb des Teams, das für die WHO neue Krankheitserreger erforschte.

Haldane beschäftigte sich mit Somalia, einem der wenigen afrikanischen Staaten, in den ihn seine Arbeit für die WHO bisher noch nicht geführt hatte. Mit Hilfe der elektronischen Enzyklopädie seines Notebooks verschaffte er sich einen Überblick über die düstere Geschichte der früheren britischen und italienischen Kolonie, wobei er gleichzeitig etwas über das trockene Klima, die von weiten Ebenen beherrschte Geografie und die von zahlreichen Auseinandersetzungen geprägte Politik der Region erfuhr. Er betrachtete eine detaillierte Landkarte. In einem Land, in dem Anarchie herrschte, so schien es ihm, musste es zahllose Gebiete geben, in dem man eine Terroristenbasis verstecken konnte. Das Labor zu finden, dürfte selbst für die stärkste Armee und den einflussreichsten Geheimdienst der Welt eine große Herausforderung werden.

Während er arbeitete, hörte Haldane unweigerlich Teile der Gespräche, die Gwen auf dem Nebensitz führte. Es klang, als bemühe sie sich während des Fluges darum, eine pharmazeutische Firma zur Zusammenarbeit bei der Produktion von Moskors neuem Antivirenmedikament zu gewinnen. Obwohl er nur ihren Teil der Gespräche hören konnte, war Haldane von ihren Überredungskünsten beeindruckt. Sie setzte gleichermaßen ihren Charme und Drohungen ein, um ihr Ziel zu erreichen.

Zwischen zwei Telefonaten passte er sie ab und berührte sie am Ärmel ihres Jacketts. »Gwen, wenn alles problemlos klappt, wann könnte man das Medikament frühestens einsetzen?«

Sie zuckte mit den Schultern. »Die behaupten, in drei bis vier Wochen.«

»Hm«, murmelte Haldane.

»*Die* behaupten das«, sagte sie und deutete ein Lächeln an. »Ich habe ihnen gesagt, es muss in einer Woche fertig sein. Maximum.«

Haldane nickte und nahm die Hand von ihrem Arm.

Sie wandte den Blick nicht von ihm. »Sie müssen glücklich sein, wieder zu ihr zu kommen.« Haldane wusste nicht, ob Gwen seine Tochter oder seine Frau meinte, bis sie hinzufügte: »Jetzt können Sie endlich ihren Geburtstag mit ihr feiern.«

Er grinste. »Ja, ich bin ziemlich aufgeregt.«

Sie räusperte sich und sah auf ihr Notebook. »Und wie wird das Wiedersehen sonst ablaufen?«

Haldane zuckte mit den Schultern. »Keine Ahnung«, sagte er aufrichtig. Er hatte mit Gwen kaum über seine Eheprobleme gesprochen, und nie hatte er Annas sexuelle Verwirrung oder ihre Untreue erwähnt. Das meiste, was Gwen wusste, hatte sie aus der Tatsache geschlossen, dass er so selten über seine Frau sprach.

Gwen lachte nervös. »Meine Situation ist ein bisschen einfacher. Ich muss nur mit meiner Katze zurechtkommen.«

»Und den Medien«, erinnerte Noah sie.

Sie schloss den Deckel ihres Notebooks. »Ja, mit denen auch. Mir scheint, dass ich mit jedermann eine Verabredung zum Tanzen habe, sobald wir nach Washington kommen.«

»Nervös?«

»Ein wenig«, gestand sie. »Doch es ist nur fair. Schließlich erwartet man von mir, dass ich das Land vor so einer Bedrohung schütze.« Er schüttelte ungläubig den Kopf. »Sie machen sich doch keine Vorwürfe wegen dem, was da vor sich geht?«

Gwen zuckte mit den Schultern. Als ihre Blicke sich trafen, erkannte er in ihren grünen Augen zum ersten Mal, wie verletzlich sie war. Er wollte ihre Wangen streicheln und sie in den Arm nehmen, doch stattdessen sagte er: »Sie waren einer der wenigen

Menschen, die dieses Szenario vorhergesagt haben. Was hätten Sie denn anders machen sollen?«

»Ich weiß nicht«, sagte sie. »Ich weiß nur, dass ich die Direktorin der Bioterrorismus-Abwehr bin und dass sich das Land wegen einer Terrorgruppe praktisch im Belagerungszustand befindet. In meinen Augen spricht das nicht gerade dafür, dass ich gute Arbeit geleistet habe.«

Haldane nickte verständnisvoll. »Bei meiner Arbeit beschäftige ich mich mit neuen Krankheitserregern, aber ich mache mir nicht jedes Mal Vorwürfe, wenn ein neues Virus oder ein neuer Parasit auftaucht.«

Sie lächelte warmherzig. Die Verletzlichkeit verschwand aus ihren Augen, doch eine gewisse Schwermut blieb. »Sie sind zu liebenswürdig, Noah, aber der Vergleich passt nicht ganz.« Sie berührte seine Hand. »Wie auch immer, machen Sie sich keine Sorgen um mich. Meine Fähigkeit, mir Vorwürfe zu machen, ist ziemlich beschränkt. Und mit der Presse komme ich schon zurecht … glaube ich.«

Er griff nach ihrer Hand und drückte sie. Einige Augenblicke lang ließ sie ihre Hand in seiner ruhen. Dann drückte sie ein Mal fest zu und löste dann ihren Griff.

Washington, D. C.

Am späten Nachmittag landeten sie auf dem Dulles International Airport. Mehrere Mitarbeiter der Abteilung für Zivilschutz nahmen sie auf dem Rollfeld in Empfang und führten sie zu den wartenden Limousinen. Es war ein kühler Tag in Washington, und die Sonne verschwand hinter grauen Wolken. Der Wind blies ihnen vereinzelte nasse Schneeflocken ins Gesicht.

Vorsichtig einen Fuß vor den anderen setzend, wich McLeod

dem Schneematsch aus. »Mein Gott, Haldane! Bisher habe ich immer gedacht, Glasgow sei im Winter deprimierend«, sagte er.

Als sie in eine der bereitgestellten Limousinen stiegen, sagte einer der Zivilschutzbeamten fast entschuldigend: »Minister Hart hat strikte Anweisung gegeben, Sie sofort zur Berichterstattung in sein Büro zu bringen.«

Gwen schüttelte den Kopf. »Wir müssen zuvor noch einen Zwischenstopp einlegen.«

»Wo, Ma'am?«, fragte der junge Beamte.

»Langley«, sagte sie.

Haldane war nicht sicher, ob er sich den anderen anschließen und ins CIA-Hauptquartier mitfahren oder ob er so schnell wie möglich direkt nach Hause fahren sollte. Schließlich entschied er, dass die beruflichen Dinge Vorrang hatten, doch als die Limousinen vor einem Stahl- und Glasgebäude auf dem weitläufigen Gelände der CIA hielten, fühlte er sich elend, denn er wusste, dass sich Chloe weniger als drei Meilen von ihm entfernt auf der anderen Seite des Potomac befand.

Nach der Sicherheitsüberprüfung, bei der sie durch einen Metalldetektor treten mussten und zusätzlich von einem Beamten abgetastet wurden, führte man sie in einen breiten, offenen Gang mit Marmorwänden und -säulen. Ein Mann kam direkt auf sie zu. Er trug einen teuer aussehenden marineblauen Anzug und ein hellblaues Hemd, doch keine Krawatte. Er hatte sein schwarzes Haar mit Gel zurückgeklatscht und sah auf typisch mediterrane Art gut aus. Haldane vermutete, dass der Mann, genau wie er selbst, etwa vierzig sein mochte.

Der Mann ging direkt zu Gwen und umarmte sie fest, was Noah einen Stich versetzte. Er reagierte unerwartet eifersüchtig. Nachdem der Mann Gwen losgelassen hatte, sagte sie auf ihre beiden Begleiter deutend: »Alex, das sind meine Kollegen Noah Haldane und Duncan McLeod.«

»Es ist mir ein Vergnügen, meine Herren. Alex Clayton.« Er schüttelte ihnen die Hände und setzte sein strahlendstes Pierce-Brosnan-007-Lächeln auf.

Trotz Claytons freundlicher Begrüßung beschloss Haldane, den CIA-Agenten nicht zu mögen.

Clayton führte sie durch ein Labyrinth von Korridoren, und sie mussten zwei verschiedene Aufzüge nehmen, bis sie sein geräumiges Büro erreichten, auf dessen Tür sich ein goldenes Namensschild mit der Aufschrift »A. Clayton, Stellvertretender Einsatzleiter« befand. Vor seinem Mahagonischreibtisch stand ein runder Besprechungstisch mit sechs Stühlen. In sein Gespräch mit Gwen vertieft, nickte Clayton in Richtung Tisch und deutete mit einer Geste an, dass Haldane und McLeod Platz nehmen sollten.

»Teufel, Haldane! Von diesem Büro aus könnte man meinen ganzen Fachbereich leiten«, brummte McLeod, als er sich neben Haldane setzte.

Endlich nahm auch Gwen neben Haldane Platz, und Clayton setzte sich neben sie. Gwen fuhr damit fort, Clayton über die Entwicklungen in Moskors Labor zu informieren. Mehrere Male nickte er, und einmal pfiff er sogar voller Bewunderung. Als sie fertig war, strahlte er. »Gwen, das könnte der Durchbruch sein, den wir gebraucht haben.«

»Oder es könnte absolut gar nichts sein«, knurrte McLeod. Er stützte die verschränkten Arme auf den Tisch und lehnte den Kopf dagegen.

Clayton wandte sich von Gwen ab und musterte McLeod mit einem amüsierten Lächeln. »Sie gehören nicht unbedingt zu denen, die das Glas immer halb voll nennen, nicht wahr, Dr. McLeod?«

»Kommt drauf an, was im Glas ist«, sagte McLeod, ohne den Kopf zu heben. »Wenn es nichts weiter als Affenpisse ist, haut mich das nicht gerade um vor Begeisterung. Nicht einmal, wenn das Glas überläuft.«

»Touché«, lachte Clayton.

»Alex, ich denke, ich habe Ihnen alles berichtet, was sich bei uns ergeben hat«, sagte Gwen. »Jetzt sind Sie an der Reihe.«

»Das ist nur fair.« Clayton deutete auf einen weißen Bildschirm an der gegenüberliegenden Wand und öffnete sein Notebook. »Dazu brauche ich ein paar Bilder. Beginnen wir doch einfach mit der abgefangenen E-Mail des Kairoer Polizisten, Achmed Eleish.«

Clayton betätigte einige Tasten, und das Bild der getöteten Terroristin aus Vancouver erschien auf dem Bildschirm. »Die ägyptische Regierung hat Eleishs Geschichte größtenteils bestätigt. Genau wie er behauptet hat, ist diese Frau Sharifa Sha'rawi. Sie gehörte zu den regelmäßigen Besuchern der Al-Futuh-Moschee, einer Anlaufstelle für viele Kairoer Extremisten. Bisher haben weder die Ägypter noch unsere Leute etwas aus dem Scheich und seinen Anhängern herausbekommen, doch sie sind immer noch dabei.«

Wieder tippte er etwas in sein Notebook, bevor Hazzir Kabaals gepflegte Erscheinung auf dem Bildschirm erschien. »Okay, Hazzir Kabaal. Bisher galt er nur als Finanzier von Terroristen, doch als die Ägypter sein Haus durchsuchten, fanden sie alle möglichen Arten von Material – von islamistischer Literatur bis zu Büchern über Mikrobiologie und Viren – , die zu Eleishs Vorwürfen passten.«

Clayton drückte auf zwei weitere Tasten. Auf dem Bildschirm erschien Abdul Sabris Foto aus seiner Militärakte. »Nun, das ist der bei weitem interessanteste Bursche dieser zusammengewürfelten Truppe. Die Ägypter haben uns seine Akte gegeben, und der Kerl ist wirklich etwas Besonderes. Als Major der Spezialtruppen hat Sabri eine gewisse Begabung und eine Vorliebe für brutale Einsätze entwickelt. ›Massaker‹ ist das bessere Wort. Einiges von dem, was er da veranstaltet hat …« Clayton schüttelte den Kopf.

»Bloß kein Neid«, sagte McLeod. »Ihre Agentur ist überall auf der ganzen Welt für eine ganze Reihe von Gräueltaten verantwortlich.«

Clayton warf ihm einen ärgerlichen Blick zu und wirkte bei weitem nicht mehr so amüsiert wie zuvor. »Sogar die ägyptischen Spezialtruppen haben sich von ihm distanziert und erklärt, er sei zu gewalttätig. Aber das Bizarrste an dieser ganzen Angelegenheit ist, dass Sabri inzwischen genau für jene Extremisten arbeitet, die er zuvor gefoltert und abgeschlachtet hat. Klingt nicht gerade logisch.«

»Vielleicht ist für Sabri das, was er macht, wichtiger als die Frage, für wen er es macht«, sagte Haldane.

»Vielleicht.« Clayton runzelte skeptisch die Stirn. »Wie auch immer. Sabri ist ein gefährlicher Bastard. Und die Ägypter sind überzeugt, dass er hinter dem Mord an dem Kairoer Polizisten steckt. Tatsächlich vermuten sie, dass Eleish von seinem Balkon sprang, um den berüchtigten Foltertechniken Sabris zu entgehen.«

»Der arme Mann.« Gwen schüttelte angewidert den Kopf. »Gibt es Fortschritte bei der Suche nach Kabaal, Sabri oder ihrem Labor?«

Clayton drückte auf eine Taste. Eine Karte von Somalia, dem Land zwischen Äthiopien und dem Indischen Ozean, erschien auf dem Bildschirm. Um die einzelnen Staaten und politischen Bündnisse zu kennzeichnen, hatte man das Land mit Linien unterteilt und mit verschiedenen Farben markiert. »Wir gehen immer noch davon aus, dass sie sich in Somalia aufhalten. Wir haben mehrere Hinweise, aber …« Er hob die Hände und seufzte.

»Aber nichts Konkretes?«, fragte Gwen.

»Das Problem besteht darin, dass Somalia kein Land im üblichen Sinne ist. Es ist ein einziges Durcheinander aus verschiedenen Banden, Stämmen und Unabhängigkeitskämpfern. Der Norden betrachtet sich als souveräner Staat namens Somaliland. Das gilt ebenso für die Region in der Mitte, das Puntland. Der Süden ist das reinste Chaos. Politische und ethnische Gruppen streiten sich mit mehreren Kriegsherren und anderen Opportunisten um jeden Quadratzentimeter.«

Gwen beugte sich vor. »Also ist es unmöglich, bei der Suche nach den Terroristen mit der Regierung zusammenzuarbeiten?«

»Zunächst einmal gibt es überhaupt keine Regierung, mit der man zusammenarbeiten könnte«, sagte Clayton. »Aber ein noch größeres Problem besteht darin, dass es dort so viele Leute gibt, die nichts Gutes im Schilde führen – Schmuggler, Drogenhändler, verschiedene Terrornetzwerke –, sodass wir ständig auf alle möglichen anderen Kriminellen stoßen. Sie wissen, dass wir sie mit unseren Satelliten beobachten, also bewegen sie sich so durchs Land, dass sie möglichst viel Verwirrung stiften.« Clayton drückte auf eine Taste, und auf der Landkarte leuchteten mehrere Punkte rot auf. »Wir konnten feststellen, dass an einigen Orten sehr viele Handygespräche geführt werden und das Internet besonders häufig genutzt wird. Einer davon liegt in Marka, unmittelbar südlich von Mogadischu, einer in Kismaayo und einer ein paar Meilen nördlich von Hargeysa. Wir beobachten sie alle sehr intensiv.«

Clayton drückte auf eine Taste, und die Karte verschwand vom Bildschirm. »Wir setzen mehrere Agenten vor Ort ein. Ich glaube, die Ermittlungsarbeit dieser Agenten wird bei der Suche nach Kabaal und seinem Labor die entscheidende Rolle spielen. Menschliche Intelligenz also.«

»Klingt nicht gerade, als ob es *davon* allzu viel gäbe in dieser Region«, sagte McLeod, ohne eine Miene zu verziehen.

Clayton ignorierte seine Bemerkung. »Informationen sind billig in Somalia. Viele der Leute dort würden ihre eigene Mutter für eine Hand voll Dollar verkaufen. Ich habe das Gefühl, dass wir ihn finden werden.«

An niemanden gewandt, nickte Clayton, und dann deutete er auf Haldane, als sei ihm gerade noch etwas eingefallen. »O ja.« Er

341

grinste. »Und wir jagen Vögel. Wollen wir doch mal sehen, ob uns ein infizierter Truthahn oder was auch immer zu den Terroristen führen kann.«

Gerade als Haldane antworten wollte, berührte Gwen sein Handgelenk und sagte zu Clayton: »Gut möglich, dass wir Wissenschaftler Sie noch damit überraschen werden, wie nützlich wir sind, Alex.«

Glen Echo Heights, Bethesda, Maryland

Kurz vor acht Uhr abends hielt die Limousine vor Haldanes Haus im Kolonialstil in dem Mittelklasse-Vorort Washingtons.

Haldane spürte keine besondere Bindung an dieses Haus, und das war bei den Wohnungen, in denen er früher gelebt hatte, auch nicht anders gewesen. Doch jetzt hatte er Herzklopfen, als er aus dem Wagen stieg. Er nahm seinen Koffer vom Fahrer entgegen und rannte den Weg zur Eingangstür entlang, voller Ungeduld, Chloe wiederzusehen, und nervös angesichts der unmittelbar bevorstehenden Begegnung mit Anna.

Die Tür ging auf, noch bevor er sie erreicht hatte, und Chloe, die ihr Schneewittchenkostüm trug, stürmte ihm entgegen. Sie sprang in die Arme ihres Vaters, und er schwang sie durch die Luft und hielt nur inne, um ihr Gesicht mit Küssen zu bedecken, während sie glücklich lachte. Er ließ seinen Koffer auf der Schwelle stehen und trat mit seiner Tochter auf dem Arm in die Diele, wo ihn Anna erwartete. »Daddy ist nach Hause gekommen!«, kreischte Chloe, noch immer an Noahs Brust geklammert.

Beide waren einen Augenblick lang verlegen, als Anna sich vorbeugte, um Noah zu küssen, und deutlich wurde, dass keiner von beiden wusste, wo Annas Lippen ihn eigentlich berühren sollten. Einst hatten sich ihre Körper wortlos verstanden, doch jetzt erlebten sie beide einen peinlichen Augenblick, als seine Nase gegen ihr Kinn stieß, bevor ihre Lippen kurz über seine Wange streiften.

»Willkommen zu Hause, Noah«, sagte Anna und versuchte zu lächeln. Dann wandte sie sich mit gespielter Strenge ihrer Tochter zu. »Erinnerst du dich noch an das, was ich gesagt habe? Du gehst sofort ins Bett, wenn Daddy nach Hause gekommen ist.«

Chloe warf ihrem Vater einen flehentlichen Blick zu, die braunen Augen groß wie Untertassen. »Du bringst mich doch ins Bett, Daddy?«

»Nun …«, sagte er. »Nur, wenn ich dir alle deine Lieblingsgeschichten vorlesen darf.«

»Abgemacht, Daddy«, sagte sie und hob die Hand, damit er einschlagen konnte.

Er wirbelte sie herum, indem er sich einmal um die eigene Achse drehte. »Auf geht's!«

Als er sie die Treppe hochtrug, rief Anna ihm nach: »Vergiss ihre Zähne nicht, Noah.«

Nachdem sie sich die Zähne geputzt und das neue Barbie-Nachthemd angezogen hatte, das sie besonders mochte, legte sich Noah zu seiner Tochter in das kleine Bett. Er las ihr alle sechs Geschichten vor, die Chloe sorgfältig aus ihrem Bücherregal ausgewählt hatte, obwohl sie bereits eingeschlafen war, als er mit der vierten begann. Er blieb wenigstens eine halbe Stunde neben ihr liegen, genoss ihre Wärme und lauschte ihrem Schnarchen, bevor er vorsichtig seinen Arm zurückzog und aus ihrem Bett aufstand.

Als er nach unten kam, saß Anna in ihrer üblichen Haltung mit angezogenen Knien und einem großen Becher Tee in der Hand schräg auf der Couch. Die Gleichgültigkeit, die er zuvor bei ihrem Gespräch per Video empfunden hatte, wich wehmütigen Erinnerungen, als er sich neben sie setzte. Einen Augenblick lang dachte er, dass sie wie früher die Beine ausstrecken und auf seinen Schoß legen würde, doch ihre Füße rührten sich nicht von der Stelle.

»Du musst erleichtert sein«, sagte Anna und starrte in ihren Becher.

»Ja und nein«, sagte Haldane. »Die ganze Zeit über war das Risiko für uns ziemlich gering. Doch davon abgesehen, stehen die Dinge im Großen und Ganzen nicht besser als vor meiner Quarantäne.«

»Aber es ist trotzdem gut, wieder zu Hause zu sein, oder?«, fragte sie leise.

»Ja.«

Sie blickte auf und sah ihm mit ihren braunen Augen direkt ins Gesicht. »Wirst du länger bleiben?«

Er zögerte. »Wahrscheinlich nicht.« Er schüttelte leicht den Kopf. »Kann sein, dass ich nach Chicago muss, wenn man mich dort braucht. Oder vielleicht geht's wieder nach Übersee. Kommt wohl darauf an, was als Nächstes passiert.«

Sie brach den Augenkontakt ab und nickte distanziert. Beide schwiegen verlegen. Er griff nach der Fernbedienung und schaltete CNN ein.

Haldane war überrascht, Gwens Gesicht zu sehen, die ihm direkt in die Augen zu blicken schien. Noch immer trug sie ihr grünes Kostüm und hatte die Haare hinter die Ohren gekämmt. Sie stand hinter zahllosen Mikrofonen auf einem Podium.

»Dr. Savard, wann wird der Ausbruch in Chicago unter Kontrolle sein?«, fragte ein Mann außerhalb des Blickfelds der Kamera.

Gwen sah zuversichtlich nach vorn. »Heute wurden keine neuen Fälle mehr aus Illinois berichtet, was genau zu der Entwicklung der letzten drei Tage passt. Natürlich ist es zu früh, zu behaupten, wir hätten den Ausbruch unter Kontrolle, aber das ist ein vielversprechendes Zeichen.« Sie verschränkte die Arme vor der Brust. »Das Problem in Chicago war die geografische Verteilung der ersten Erkrankungen nach dem terroristischen Angriff im Soldier Field. So konnte sich das Virus viel weiter ausbreiten als an jedem anderen Ort. Sie können sich sicher vorstellen, dass es umso schwieriger ist, Neuinfektionen in den Griff zu bekommen, je weiter sich das Virus bereits ausgebreitet hat.«

»Aber Dr. Savard.« Der Reporter hakte nach. »Liegt das nicht teilweise an der mangelnden Planung durch das Gesundheitsministerium und Ihre eigene Behörde?«

Gwen ließ die Arme sinken. »Es handelt sich hier um eine völlig neue Form einer terroristischen Bedrohung, bei der ein Grippevirus beteiligt ist, das erst seit wenigen Monaten existiert.« Sie musterte die Gruppe der Reporter, und ihr Gesicht zeigte dieselbe Zuversicht, die Haldane bereits im Flugzeug aufgefallen war. »Soweit ich weiß, ist es keiner Behörde jemals gelungen, die Ausbreitung von Grippe zu stoppen. Das medizinische Personal und andere Mitarbeiter haben in Chicago unermüdlich daran gearbeitet, eine Ausweitung der Epidemie zu verhindern. Ihnen gebührt unser Lob, keine Nörgelei. Geben Sie denjenigen die Schuld, die tatsächlich dafür verantwortlich sind – den Terroristen. Und niemandem sonst.«

»Sie ist sehr gefasst«, sagte Anna auf der Couch neben Haldane.

Noah nickte, ohne den Blick vom Bildschirm zu wenden.

»Ist das die Frau, mit der du unter Quarantäne gestanden hast?«, fragte Anna.

»Ja«, sagte Haldane und fühlte sich auf irrationale Weise schuldig.

»Sie ist sehr hübsch«, sagte Anna.

»Ja«, sagte Haldane. »Vermutlich.«

Noah konnte Annas Blick spüren. »Ihr habt euch in diesen fünf Tagen wahrscheinlich ziemlich gut kennen gelernt?«, fragte sie.

Haldane drehte sich zu seiner Frau um. »Hör zu, Anna, wir waren in verschiedenen Zimmern unter Quarantäne«, sagte er knapp. »Es war nicht so, als hätten wir unsere Zeit im Club Med miteinander verbracht.«

»Ich frage ja nur«, sagte Anna und nahm einen Schluck Tee.

»Tut mir Leid.« Haldane rang sich ein Lächeln ab. »Das wird der Jetlag sein, der jetzt voll durchschlägt. Ja, wir haben uns ein bisschen kennen gelernt. Sie ist eine sehr engagierte Frau. Und sie ist intelligent. Ich kenne niemanden, der für diese Aufgabe besser geeignet wäre …« Haldane hielt abrupt inne. Savard war gerade mitten im Satz, als ihr Bild verschwand und eine Aufnahme der Nachrichtenredaktion von CNN erschien.

Über dem Kopf des Moderators wurde in Großbuchstaben der Schriftzug »Aktuelle Nachricht!« eingeblendet. Der Moderator räusperte sich. »Wir unterbrechen die Pressekonferenz des Amts für Zivilschutz. CNN hat soeben eine Mitteilung des Nachrichtensenders Al Dschasira erhalten. Die Bruderschaft der einen Nation hat dem Sender ein Tonband mit einem weiteren Ultimatum zukommen lassen. Bitte bleiben Sie dran …«

KAPITEL 31

Hargeysa, Somalia

Hazzir Kabaal saß in seinem Büro und hörte sich den Bericht eines ägyptischen Radiosenders über das neueste Ultimatum der Bruderschaft der einen Nation an.

»Wir haben die Versprechungen des amerikanischen Präsidenten gehört, doch wir sind nicht so naiv, dass wir leeren Worten trauen würden«, drohte der Sprecher der Bruderschaft mit rauer Stimme. »Der angekündigte Zeitplan für den Rückzug der Truppen der Ungläubigen aus unseren heiligen Ländern ist inakzeptabel. Die islamischen Republiken Afghanistan und Irak wurden innerhalb weniger Tage überrannt, nicht innerhalb von Wochen oder Monaten.« Seine Stimme zitterte. »Die Amerikaner und ihre so genannten Verbündeten haben drei Tage Zeit, ihre gesamten Truppen aus unseren islamischen Ländern zurückzuziehen. Sollte am Montag um Mitternacht noch ein einziger fremder Soldat auf unserem Grund und Boden stehen, werden unsere Märtyrer über Amerika hinwegströmen wie ein Fluss, der über die Ufer tritt. Und Gott wird sich gegenüber niemandem gnädig zeigen, der sich dieser Flut entgegenstellt.«

Kabaal hatte diese Worte selbst geschrieben. Doch als er sie jetzt vor dem Hintergrund eines leichten statischen Rauschens im Radio hörte, kamen sie ihm so surreal vor, als seien sie Teil eines Theaterstücks, das er verfasst hatte.

Als Kabaal aufblickte, sah er, dass Abdul Sabri schweigend in der Tür stand. Er hatte die Dschalabija abgelegt und trug eine

347

militärische Arbeitsuniform. Deutlich war der Pistolenhalfter an seiner Hüfte zu erkennen. Im Gegensatz zu früher wartete Sabri nicht auf eine Aufforderung, sondern trat sogleich ins Büro. Er blieb auch nicht stehen, sondern setzte sich Kabaal gegenüber auf einen Stuhl.

»Die Botschaft ist richtig, Abu Lahab«, sagte Sabri. Noch nie hatte Kabaal von diesem Mann etwas gehört, das einem Kompliment so nahe kam.

»Aber drei Tage …«, entgegnete Kabaal skeptisch.

»Wenn sie wirklich vorhaben, auf unsere Forderungen einzugehen, ist das mehr als genug«, beharrte Sabri.

Kabaal neigte den Kopf zuerst auf die eine und dann auf die andere Seite. »Wir werden sehen.«

»Wir müssen uns vorbereiten, Hazzir«, sagte Sabri.

Kabaal antwortete nicht.

»Unsere Leute sind bereit, aber sie brauchen das Virus.«

»Die arme Sharifa«, seufzte Kabaal. Der ursprüngliche Plan hatte vorgesehen, dass Sharifa das Virus nach Seattle bringen sollte, um es von dort aus zu verbreiten, doch der misslungene Versuch, die kanadisch-amerikanische Grenze zu überqueren, hatte alles zunichte gemacht. Auch der vorgesehene Ersatzplan war fehlgeschlagen, denn die Überträgerin in Chicago war gestorben, bevor ihr die nötige Menge infizierten Bluts abgenommen werden konnte.

»Jetzt wird es noch schwieriger sein, das Virus nach Amerika zu schaffen«, sagte Kabaal.

»Schwierig, aber keineswegs unmöglich«, meinte Sabri unbeeindruckt.

»Oh?«

»Diesmal werden wir mehr als nur eine Route benutzen«, sagte Sabri bestimmt. »Vielleicht wird jemand von uns das Virus persönlich dorthin bringen müssen. Wir können nichts mehr riskieren.«

Kabaal musterte Sabri mehrere Augenblicke lang. »Major, Sie sind bereit, das Virus um jeden Preis zu entfesseln, nicht wahr?«

»Ja«, sagte Sabri ohne zu zögern.

»Selbst wenn die Amerikaner unsere Forderungen erfüllen?«, fragte Kabaal.

»Das werden sie nicht«, sagte Sabri ohne den geringsten Zweifel. »Sie werden uns schon sehr bald aufspüren, und deshalb müssen wir bereits heute von hier verschwinden.«

»Was macht Sie so sicher?«

Sabri schüttelte ungeduldig den Kopf. Seine neue Haltung stand ihm deutlich ins Gesicht geschrieben: Aus Respekt war Aufsässigkeit geworden. »Ich war mein ganzes Leben lang Soldat. Krieg liegt mir im Blut. Ich verstehe davon viel mehr als Sie. Die Amerikaner glauben, dass sie uns aufhalten können, wenn sie uns rechtzeitig finden. Und es stehen ihnen Möglichkeiten zur Verfügung, die wir uns nie haben träumen lassen. Glauben Sie mir, Hazzir, sie werden kommen. Schon bald. Jetzt haben wir noch Gelegenheit zu handeln.«

Kabaals Herz sank. »Und wo sollen wir hingehen? Was schlagen Sie vor?«

Bevor Sabri antworten konnte, eilte Anwar Aziz ins Büro. Der übergewichtige Wissenschaftler rannte praktisch bis direkt an den Schreibtisch, an dem Kabaal und Sabri saßen. Anders als sonst grinste Aziz bis über beide Ohren.

»Ich vermute, Sie haben Neuigkeiten, Aziz«, sagte Kabaal.

»In der Tat, Abu Lahab«, lachte Aziz. »In der Tat.«

Kabaal hob die Hand. »Bitte …«

Aziz griff nach den Schößen seines weißen Laborkittels und sank mit seinem dicken Hintern auf den Stuhl neben Sabri. »Seit wir unser Labor eingerichtet haben, haben wir mehr getan, als nur das Gansu-Virus zu züchten. Wir haben ständig experimentiert«, sagte er mit einer Spur Stolz in der Stimme. »Wir haben unsere Laborschweine mit anderen Influenzaviren infiziert. Sehen Sie, in mikrobiologischer Hinsicht sind Schweine sozusagen die Gefäße, in denen man verschiedene Viren mischt, auch Grippeviren.«

»Und das bedeutet?«, fragte Sabri und seufzte gelangweilt.

»Natürlich, natürlich.« Aziz rieb sich nervös die Hände. »Der Blutkreislauf des Schweins ist ideal, wenn man will, dass Viren verschiedener Spezies interagieren – dass sie mutieren. Die Organismen tauschen Abschnitte ihrer RNA, ihres genetischen Codes, untereinander aus.«

»Und welche Folgen hat das für das Virus?«, fragte Kabaal.

»Das ist ganz verschieden.« Aziz tupfte sich den Schweiß von der Stirn. »Die Eigenschaften eines bestimmten Virus können auf ein anderes Virus übergehen. Jedenfalls haben wir bei unserem Virus genau daran gearbeitet«, sagte er, als hätte sein Labor die Gansu-Grippe im Alleingang ausgelöst.

»Welche Eigenschaften?«, fragte Kabaal mit erhobener Augenbraue.

»Die Ansteckungsrate, Abu Lahab.« Jetzt lächelte Aziz so verlegen wie früher. »Ich war nie zufrieden mit den Resultaten, die wir erzielt haben. Das Gansu-Virus war weniger ansteckend als eine gewöhnliche Erkältung.«

»*War?*« Sabri richtete sich auf und betrachtete Aziz mit neu erwachtem Interesse. »Aber jetzt nicht mehr?«

Aziz' Lächeln wurde breiter. »Nein, jetzt nicht mehr, Major. Wir haben unsere Schweine gleichzeitig mit der Gansu-Varietät und einigen weitaus weniger tödlichen, aber viel ansteckenderen Formen der gewöhnlichen Grippe infiziert. Dazu haben wir mehrere Grippe-Varietäten der letzten Jahre benutzt. Zunächst ohne Erfolg. Doch als wir dann Viren der Peking-Grippe zu unserer Mischung hinzufügten …« Er verschränkte die Hände zum Zeichen des Sieges. »Irgendwie hat es *Klick* gemacht. Es sieht so aus, als hätten wir eine ansteckendere Version der Gansu-Grippe entwickelt.«

»In welchem Maße ansteckender?«, fragte Sabri.

Aziz senkte den Blick, sah auf seine Hände und bemerkte anscheinend überrascht, dass er sie verschränkt hatte. Er löste die Finger voneinander und wischte ein imaginäres Stäubchen von seinem makellosen Laborkittel. »Bei unseren ursprünglichen Versuchen mit menschlichen Probanden kamen wir auf eine Übertragungsrate von etwa zwanzig Prozent nach zehn Minuten engen Kontakts«, sagte er. »Das entsprach ungefähr den Ergebnissen, die wir auch bei Affen erreicht hatten.«

»Und mit dieser neuen Mutation?«, fragte Kabaal.

»Wir haben noch keine Experimente am Menschen durchgeführt, sondern nur an Affen, aber jetzt liegt die Rate eher zwischen sechzig und siebzig Prozent.« Er nickte stolz. »Mit anderen Worten, das neue Virus ist wenigstens um dreihundert Prozent ansteckender.«

KAPITEL 32

Glen Echo Heights, Bethesda, Maryland

Haldane wachte erschrocken auf, doch einen Augenblick lang wusste er nicht, ob er nicht immer noch träumte. Im Bett des Gästezimmers liegend, starrte er hoch zu seiner Frau, die neben ihm stand und nichts weiter trug als ein langes T-Shirt, das ihr nur bis zu den Oberschenkeln reichte. Er fragte sich, ob Anna gekommen war, weil sie sich zu ihm legen wollte. So hatten sie das nicht abgemacht. Doch der Anblick ihrer über ihm schwebenden, üppigen Formen löste in seinem Körper eine unerwartete Woge der Erregung aus. Entgegen seiner eigentlichen Absichten wünschte er sich in diesem Augenblick nichts sehnlicher, als dass sie ihr T-Shirt auszog und zu ihm unter die Decke kroch.

Stattdessen hob sie die Hand und reichte ihm das schnurlose Telefon. »Tut mir Leid, dass ich dich geweckt habe, Noah«, sagte sie, doch wegen einer gewissen Schärfe in ihrer Stimme klang der Satz in seinen Ohren keineswegs wie eine Entschuldigung. »Sie meint, es sei wichtig.«

Haldane rieb sich die Augen und versuchte, sich zu konzentrieren. Er sah auf den Wecker, der auf dem Nachttisch stand. Es war 5.12 Uhr. »Danke«, sagte er und bemühte sich, den Schlaf aus seiner Stimme zu vertreiben. Er nahm das Telefon von Anna entgegen.

Anna zögerte einen Augenblick. Sie starrte Haldane an, und ihr Gesichtsausdruck verriet, dass sie zugleich verletzt und besorgt war. Dann drehte sie sich um und verließ das Zimmer. Seine Bli-

352

cke folgten ihr, bis sie verschwunden war und die kalte Wirklichkeit vor Tagesanbruch die letzten Reste seines Verlangens vertrieben hatte, das er zuvor wie in einem Traum gespürt hatte.

»Hallo«, sagte er in das Telefon.

»Tut mir Leid, Sie so früh anzurufen«, sagte Gwen.

»Kein Problem.« Er räusperte sich noch einmal und setzte sich im Bett auf. »Worum geht's?«

»Der Nationale Sicherheitsrat hat für heute Morgen um halb sieben eine Sondersitzung einberufen. Der Präsident möchte, dass wir beide daran teilnehmen.«

Noah sprang aus dem Bett. Jetzt war er vollkommen wach. »Gwen, was ist los?«

Das Weiße Haus, Washington, D.C.

Haldane hatte bereits von einem Raum gehört, in dem im Weißen Haus angeblich Lagebesprechungen stattfanden, doch er hatte sich nie vorstellen können, dass er ihn eines Tages betreten würde, ganz zu schweigen davon, dass man ihn in einer Krisensituation dorthin bat. Haldane folgte Gwen und einem Beamten des Secret Service durch den Westflügel des Weißen Hauses. Als sie durchs Erdgeschoss gingen, wurde ihm klar, dass der so genannte Raum für die Lagebesprechungen kein einzelnes Zimmer war, sondern ein ganzes Labyrinth von Büros und Räumen. Der größte davon war ein holzgetäfelter Konferenzsaal, in dessen Mitte ein langer, rechteckiger Tisch stand und an dessen Wänden sich Monitore befanden.

Haldane trug seinen konservativsten dunkelgrauen Anzug mit weißem Hemd und schwarzer Krawatte. Gwen hatte die Haare wieder hinter die Ohren gekämmt. Sie trug ein geschäftsmäßiges marineblaues Jackett und eine Hose, doch über ihrer weißen

Bluse hing eine schwere Silberkette, was ihrer Erscheinung eine gewisse persönliche Note verlieh. Als er Gwen ansah, bemerkte er, dass er angefangen hatte, bei ihr auf viele Kleinigkeiten zu achten. Er genoss inzwischen sogar ihr dezentes Parfüm, das man nur riechen konnte, wenn man nicht weiter als eine Armlänge von ihr entfernt war. Bei niemandem außer Anna hatte er bisher etwas Ähnliches empfunden, sodass ihm diese Gefühle fremd waren und ihn sogar leicht irritierten.

Er schüttelte diese Gedanken ab und konzentrierte sich auf den Grund, warum er im Weißen Haus war. Sein Mund wurde trocken, und seine Hände wurden feucht. Eine Sondersitzung des Nationalen Sicherheitsrats konnte nur bedeuten, dass in den letzten Stunden etwas geschehen war. Gleichgültig, ob die Neuigkeiten gut oder schlecht waren, wichtig waren sie auf jeden Fall.

Der Secret-Service-Agent führte Gwen und Noah in den Konferenzsaal, in dem bereits viele Mitglieder des Sicherheitsrats am Tisch saßen. Savards Vorgesetzter, Ted Hart, sprach mit dem Verteidigungsminister Aaron Whitaker, dem es gelang, sogar noch feindseliger auszusehen als während der Videokonferenz zuvor. Andrea Horne, die nationale Sicherheitsberaterin, war mit einer Frau mit grau meliertem Haar ins Gespräch vertieft, bei der es sich, wie Haldane erkannte, um Außenministerin Katherine Thomason handelte. Andere Teilnehmer, zu denen auch drei Männer in Uniform gehörten, kamen Haldane vertraut vor, doch ihre Namen und Titel fielen ihm nicht ein.

Am entgegengesetzten Tischende saß Alex Clayton, der, wie Haldane erwartet hatte, ganz weltmännisch gekleidet war und einen schwarzen Anzug und ein hellblaues Hemd nebst passender Krawatte trug. Er unterhielt sich mit einem untersetzten Mann mit wachsamen grauen Augen. Haldane nahm an, dass es sich um Claytons Vorgesetzten, den CIA-Direktor Jackson Daley handelte. Clayton unterbrach das Gespräch, um Gwen zuzulächeln und sie zu sich zu winken, indem er auf einen leeren Stuhl ihm gegenüber deutete. Claytons Lächeln verschwand jedoch, als er Haldane mit einem leichten Nicken begrüßte, das keine Zweifel daran ließ, dass er von Noah dasselbe hielt wie Noah von ihm.

Haldane folgte Gwen an das Tischende und setzte sich neben sie. Clayton begann, ihnen Jackson Daley vorzustellen, unterbrach sich jedoch mitten im Satz, als der Präsident eintrat. Wenn man ihm persönlich begegnete, wirkte der Präsident sogar noch größer als auf den großen Fernsehbildern, die Haldane von ihm gesehen hatte. Weil er annahm, dass das so üblich war, wollte Haldane aufstehen, doch als sich sonst niemand rührte, ließ er sich wieder in seinen Stuhl sinken.

Der Präsident zog seinen Ledersessel ein Stück zurück – die Lehne war einige Zentimeter höher als die aller anderen –, rückte das Glas Wasser vor sich zurecht und setzte sich dann ans Kopfende des Tisches. Er begrüßte mehrere der Anwesenden mit einem Nicken und wandte sich dann an Savard und Haldane. »Willkommen, Dr. Savard, Dr. Haldane. Danke, dass Sie sich zu dieser gottlosen Stunde zu uns gesellt haben«, sagte er, und die meisten Anwesenden lächelten höflich. »Vielleicht wäre es sinnvoll, wenn sich jeder kurz vorstellt.«

Neben dem Präsidenten im Uhrzeigersinn beginnend, stellten sich alle neunzehn Teilnehmer mit ihrem vollen Namen und ihren Titeln vor, doch die Bemerkungen der Minister, Generäle und Senatoren prasselten so schnell auf Haldane ein, dass er vollkommen überwältigt war. Er war zu abgelenkt, um sich alles zu merken, denn er war sich deutlich bewusst, dass genau in diesem Konferenzsaal über die Kubakrise, die Golfkriege und andere Ereignisse gesprochen worden war, die dramatische Auswirkungen auf die ganze Welt gehabt hatten.

Nachdem die Vorstellungen abgeschlossen waren, sagte der Präsident: »Ich habe Sie hierher gebeten, um über eine neue Entwicklung in der derzeitigen Krise zu diskutieren.« Er blickte zu seiner Sicherheitsberaterin Andrea Horne. »Dr. Horne kann Ihnen Genaueres mitteilen. Andrea …«

Die attraktive Afroamerikanerin nahm ihre Brille von der Nase und legte sie sorgfältig auf den Tisch vor sich. »Danke, Mr. President«, sagte sie mit ihrem ausgeprägten Akzent. »Wie Sie wissen, haben wir ein zweites Ultimatum der Bruderschaft der einen Nation erhalten, dessen Echtheit von der CIA inzwischen bestätigt wurde. Sie verlangen einen kompletten Abzug unserer gesamten Truppen aus allen Territorien, die sie als ›islamische Länder‹ bezeichnen, und zwar innerhalb von drei Tagen – um genau zu sein, innerhalb der nächsten sechzig Stunden.«

»Sollen weiterträumen«, grummelte Minister Whitaker vor sich hin.

Horne warf dem Verteidigungsminister einen Blick zu, fuhr dann jedoch in demselben trockenen Ton fort: »General Fischer könnte Ihnen die entsprechenden Details liefern, doch es ist auf jeden Fall zweifelhaft, ob der uns aufgezwungene Zeitplan auch nur halbwegs einzuhalten wäre. Und selbst wenn es in logistischer Hinsicht möglich sein sollte, unsere Truppen abzuziehen, ist die Gefahr einer Destabilisierung der betroffenen Regionen nur sehr schwer abzusehen, besonders im Nahen Osten.«

Katherine Thomason beugte sich vor. »Und was bedeutet das für uns, Dr. Horne?«

Horne nickte der Ministerin zu und verriet dabei sehr viel mehr Geduld gegenüber ihrem Einwurf als gegenüber Whitakers Bemerkung. »Bevor wir dazu kommen, sollten wir erst unsere Kollegen von der CIA anhören. Sie haben weitere Neuigkeiten.« Sie drehte sich um und deutete auf das Tischende. »Direktor Daley?«

Jackson Daley nickte. »Ich glaube, unser stellvertretender Einsatzleiter Alex Clayton hat für die Mitglieder des Sicherheitsrats etwas vorbereitet.«

Clayton stand auf und knüpfte das Jackett zu. »Danke.« Er schob seinen Stuhl zur Seite und ging ans andere Ende des Tischs, wo er zur Linken Haldanes stehen blieb. Alex war ihm so nahe, dass Noah sein teures Herrenparfüm riechen konnte.

Clayton drückte auf einen Schalter der Fernbedienung, die er in der Hand hatte, und auf dem Bildschirm neben ihm erschien dieselbe Karte Somalias wie schon in seinem Büro. »Letzte Nacht haben wir von unseren Agenten in Somalia erfahren, dass sie möglicherweise die Operationsbasis der Bruderschaft der einen Nation ausfindig machen konnten.«

Überall am Tisch erklang ein Murmeln. Andrea Horne schlug mit der flachen Hand auf die Tischplatte, um für Ruhe zu sorgen. »Bitte fahren Sie fort, Mr. Clayton«, sagte sie.

»Unsere Agenten haben in Hargeysa mit zwei Männern gesprochen, beides Mitglieder der örtlichen Miliz. Unabhängig davon haben zwei weitere Einwohner die Existenz einer Basis zehn Meilen nordwestlich der Stadt bestätigt.«

Mit einem Laserpointer deutete Clayton auf der farbigen Karte einen Kreis um Hargeysa an. Dann beschrieb er mit dem roten Laserpunkt eine diagonale Linie von der Stadt aus nach oben. »Hier, am Fuß des Karkar-Gebirges, befindet sich ein aufgegebener Militärkomplex, zu dem auch ein altes Krankenhaus gehört. Laut unseren Informanten begannen mehrere Araber vor fünf oder sechs Wochen, diverse Ausrüstungsgegenstände in die Basis zu schaffen. Die Informanten wurden als Fahrer und Wachen für die Araber angeheuert, doch sie durften sich den Gebäuden selbst nie mehr als eine halbe Meile nähern. Sie nahmen an, dass es im Zusammenhang mit Drogenschmuggel verwendet werden sollte.«

»Warum?«, fragte ihn Ted Hart, der seinen Kugelschreiber klicken ließ, als sei er ein Feuerzeug.

»Zunächst einmal«, sagte Clayton, »gibt es keinen anderen Grund dafür, in einer so entlegenen Gegend eine Operationsbasis einzurichten. Jedenfalls keinen legitimen Grund. Sie haben von Mogadischu aus ähnliche Lastwagen und vergleichbare Routen benutzt wie die Schmuggler und Drogenhändler, aber wir glauben, dass das ein Trick war, um unsere Satellitenüberwachung zu täuschen. Noch überzeugender ist, dass einer der Informanten einen Blick unter die Plane eines der Lastwagen werfen konnte. Er sah Tierkäfige und Ausrüstungsgegenstände, wie sie in einem Labor benutzt werden. Er nahm an, es handle sich um ein Drogenlabor. Mehrere andere Behälter trugen eine algerische Frachtadresse, und wir wissen, dass etwa um dieselbe Zeit in Algerien eine Lieferung wissenschaftlicher Geräte verschwunden ist.«

Clayton drückte auf die Fernbedienung. Anstelle der Karte Somalias erschienen topografische Fotos, bei denen es sich, wie Haldane erkennen konnte, um Satellitenaufnahmen handelte. »Wir haben uns die Überwachungsfotos genauer angesehen.« Wieder drückte Clayton auf die Fernbedienung, und die einzelnen, über die trockene Savanne verstreuten Flecken verschwanden, und es erschienen deutliche Aufnahmen einer unbefestigten Straße und eines Gebäudes. Mit einem weiteren Druck auf die Fernbedienung zoomte die Linse das Gebäude heran, bis es fast den gesamten Bildschirm ausfüllte. Hinter dem Haus waren zwei Lastwagen und vier Jeeps geparkt. Davor standen zwei Männer. Auf dem Bild waren nur ihre bedeckten Köpfe zu sehen, doch man konnte erkennen, dass beide Uniformen anhatten und Gewehre über den Schultern trugen. »Im Norden und Westen wird die Basis vom Karkar-Gebirge geschützt. Auf den beiden anderen Seiten wird es gut bewacht.« Auf dem Bildschirm erschienen mehrere Fotos, die zeigten, dass über das ganze Terrain diverse Reihen Stacheldraht und zahlreiche Wachposten verteilt waren. Auf weiteren Aufnahmen waren die Wachsoldaten mit den Gewehren im Anschlag zu erkennen.

Ted Hart hustete. »Alex, wie wollen Sie wissen, dass das nicht das Lager einer anderen illegalen Organisation ist – zum Beispiel von Drogendealern, Schmugglern und so weiter?«

Clayton nickte respektvoll. »Weil, Herr Minister, laut unseren Informanten alle Männer, die sie gesehen haben, Ägypter sind. Und sie sind fromme Moslems, die jeden Tag fünfmal ihre Gebetsteppiche ausrollen.« Clayton drückte auf die Fernbedienung, und auf dem Bildschirm erschien ein Satellitenfoto, auf dem ein Soldat auf einem Gebetsteppich kniete. »Das passt nicht zu Drogenschmugglern. Es gibt dort kaum Verkehr, sodass man nicht den Eindruck hat, es würde irgendetwas Wichtiges transportiert.« Er verbesserte sich. »Von infizierten Terroristen abgesehen.«

Clayton drückte auf einen Knopf, und der Bildschirm erlosch. »Es passt alles zusammen.« Er zählte die einzelnen Punkte an den Fingern einer Hand auf. »Die fehlende Laborausrüstung aus Algerien, ägyptische Soldaten in Somalia. Und ein gut bewachtes Krankenhauslabor am Fuß einer Gebirgskette.« Er nickte zuversichtlich. »Meine Damen und Herren, das ist das Versteck der Bruderschaft der einen Nation.«

»Aber sind Sie auch sicher, dass sich noch alle Terroristen dort befinden?«, fragte Ministerin Thomason und lächelte entwaffnend.

Clayton senkte leicht den Kopf. »Wirklich alle, Ma'am?« Er schüttelte den Kopf. »Das können wir nicht wissen.«

Andrea Horne stand auf. »Wenn wir entsprechend dieser Informationen handeln wollen, dann wird das Risiko umso größer, je länger wir zögern«, sagte Horne und setzte ihre Lesebrille wieder auf, obwohl es nichts zu lesen gab. »Ich möchte General Fischer das Wort erteilen. Er wird uns über die militärischen Optionen aufklären.«

Haldane fiel auf, dass der weißhaarige, hoch dekorierte General und Chef des Generalstabs der Diskussion bisher völlig reglos gefolgt war. Jetzt stand er langsam auf. Er war nur gut einen Meter siebzig groß. »Nun, Leute«, sagte General Fischer mit starkem texanischen Akzent, »wir hatten etwa eine Stunde zur Verfügung, um einen Einsatzplan vorzubereiten. Sie werden mir also verzeihen müssen, wenn meine Präsentation nicht so makellos ausfällt wie die unserer Freunde von der CIA.« Er wandte sich an einen der anderen Generäle am Tisch. »General Osborne, würden Sie so nett sein, sich um die Fernbedienung zu kümmern? Danke, Sir.«

Claytons Fernbedienung wurde über den Tisch hinweg weitergereicht, bis sie schließlich bei General Osborne ankam. Osborne drückte auf zwei Knöpfe, und eine Karte, die Ostafrika, den Nahen Osten und den Indischen Ozean zeigte, erschien auf dem Bildschirm.

Mit seinem kleinen, dicken Zeigefinger deutete General Fischer auf den Bildschirm. »Eigentlich wäre ein präzise ausgeführter Luftangriff die beste Möglichkeit, doch wenn ich es richtig verstanden habe, ist eine genaue Untersuchung des Terrains nach einem Angriff von größter Wichtigkeit.« Er kicherte leise. »Und es ist natürlich schwierig, Terroristen und Viren zu zählen, nachdem man Bunker brechende Raketen eingesetzt hat. – Also lautet die Frage: Wie bekommen wir unsere Spezialtruppen zu einem blitzschnellen Angriff am Boden ins Einsatzgebiet? General Osborne …«

Auf der Landkarte erschienen zwei auf dem Kopf stehende V im Indischen Ozean. »Im Augenblick befinden sich zwei unserer Flugzeugträger in der Region, die *Lincoln* und die *Eisenhower*. Besonders die *Eisenhower* ist nur einen Steinwurf von der somalischen Küste entfernt.«

Obwohl sich Haldane gegenüber Angehörigen des Militärs ein gesundes Misstrauen bewahrt hatte, wurde ihm der General mit der leisen Stimme immer sympathischer. Er war keineswegs der humorlose Roboter, den er erwartet hatte. Haldane fand Fischers

Darstellung überraschend beruhigend, denn ihm wurde klar, dass die Nation nicht ganz so wehrlos war, wie es zuvor noch ausgesehen hatte.

»Darüber hinaus haben wir einen Stützpunkt im Jemen, und zwar unweit von Aden an der Spitze der arabischen Halbinsel.« Fischer betonte jeden Vokal des Wortes »Halbinsel«. »Von dort bis zu unserem Ziel sind es nicht einmal dreihundert Meilen. Zufällig ist eine Eliteeinheit, die Delta Force, dort ganz in der Nähe stationiert. Wir können die Jungs problemlos über den Golf von Aden nach Hargeysa schaffen. Unter Begleitschutz von F-16-Maschinen der *Lincoln* und der *Eisenhower* können wir sie mit C-17-Transportflugzeugen und Kampfhubschraubern mit großer Reichweite einfliegen. Dies halte ich, wie auch die übrigen Mitglieder des Generalstabs, für unsere beste Option. Ehrlich gesagt, es ist unsere einzige Option. General …«

Auf der Karte erschien eine punktierte Linie, die von der Spitze des Jemen aus über den Golf von Aden führte, sich einige Meilen landeinwärts durch das Karkar-Gebirge zog und kurz vor Hargeysa endete. Der kräftige weißhaarige General deutete mit dem Finger auf die Karte. »Westlich von Hargeysa gibt es einen Flugplatz, den wir zuerst sichern werden, um die Bodentruppen samt Ausrüstung ins Land zu bringen. Jedoch«, betonte er mit schleppender Stimme, »wir können es uns nicht erlauben, dass uns auch nur ein einziger infizierter Terrorist aus der Basis entwischt. Also muss der Angriff überraschend und blitzschnell vor sich gehen. General …«

Fischer wartete, während auf dem Bildschirm eine detailliertere Karte erschien, in deren Mitte sich der ehemalige Krankenhauskomplex befand. Eine gepunktete rote Linie umgab die Basis. »Die Luftwaffe und die Marineflieger werden das Gebiet in einem Radius von drei Meilen unter Feuer nehmen.« Mehrere »X« erschienen im Süden und im Westen der Basis. »Ein Vorauskommando von Fallschirmjägern wird die Grenze des Einsatzgebiets absichern. Vom Flugplatz im Westen aus werden sich die übrigen Bodentruppen – Army Rangers, Delta Force und weitere Spezialtruppen – ihnen anschließen. Nachdem sie Position bezogen haben, werden sie sich dem Gebäudekomplex in einer Zangenbewegung aus östlicher, westlicher und südlicher Richtung nähern.« Die Lippen des alten Mannes öffneten sich zu einem Lächeln. »Wir nennen es *Operation Antiseptikum.*«

»Wie viele Soldaten brauchen wir dazu?«, fragte Minister Whitaker mit knurrender Stimme.

»Für die gesamte Operation benötigen wir ungefähr 200 Fallschirmjäger, 800 Mann Bodentruppen und 150 Flugzeuge und Hubschrauber.«

»Und wie lange wird es dauern, bis die Basis gesichert ist?«, fragte Whitaker.

Fischer nickte. »Wir sollten, gerechnet vom Verlassen des Jemen an, zur Sicherung der Basis nicht länger als neunzig Minuten benötigen. Besser noch eine Stunde und zwanzig Minuten.«

Der Präsident lehnte sich vor. »Wann werden Sie bereit sein, General?«

»Wir können alles innerhalb der nächsten zwölf Stunden vorbereiten, Sir. Es wäre dann etwa zwei Uhr nachts in Somalia.«

Ein Senator, dessen Namen Haldane sich nicht hatte merken können, meldete sich zu Wort. »Und was ist, wenn es ein oder zwei Terroristen gelingt, mit dem Virus zu entkommen?«

»Wie ich schon sagte, Senator«, antwortete ihm Fischer, »wenn sich in dieser Einöde auch nur die kleinste Kleinigkeit rührt, werden wir es mitbekommen. Jeder, der sich ohne Berechtigung außerhalb der Basis aufhält, wird neutralisiert.«

Ministerin Thomason legte die Spitze ihres Füllfederhalters an die Lippen. »General Fischer, dieser Plan ist wirklich sehr gut durchdacht.« Sie lächelte ihn gewinnend an. »Aber was er nicht in Betracht zieht, ist die überaus realistische Möglichkeit, dass die Terroristen die Basis bereits mit dem Virus verlassen haben.«

Fischer wandte sich achselzuckend an Sicherheitsberaterin Horne.

»Da haben Sie allerdings Recht, Frau Ministerin«, nickte Horne. »Deshalb haben wir unsere Experten für Bioterrorismus-Abwehr zu dieser Besprechung gebeten.« Sie wandte sich an Gwen. »Dr. Savard, könnten Sie uns kurz erklären, wie weit die aktuellen Vorbereitungen gediehen sind, sollte es zu einem Angriff mit dem Virus kommen?«

Savard nickte und stand auf. »Wir haben bereits den so genannten ERPBA-Plan umgesetzt, der die Notmaßnahmen im Falle eines bioterroristischen Angriffs regelt und für alle urbanen Zentren vorgesehen ist.« Wie Haldane es von ihr gewohnt war, skizzierte Gwen voller Zuversicht die Einzelheiten des Plans gegenüber den Mitgliedern des Nationalen Sicherheitsrats. Sie sprach darüber, dass das Land darauf vorbereitet war, auf Massenerkrankungen zu reagieren. Und doch gab es, wie sie betonte, auch die Möglichkeit, dass die Ressourcen nicht ausreichen würden, besonders, wenn sich das Klinikpersonal mit dem Virus ansteckte. Sie hielt inne, holte tief Luft und wandte sich dann direkt an den Präsidenten. »Es gibt jedoch möglicherweise noch einen weiteren Durchbruch. Wir besitzen ein Medikament im Versuchsstadium, das in den ersten Tests vielversprechende Ergebnisse bei der Behandlung der Gansu-Grippe gezeigt hat. In diesem Augenblick, während ich hier zu Ihnen spreche, wird die Massenproduktion vorbereitet. Innerhalb einer Woche sollten wir einen ausreichenden Vorrat zur Verfügung haben.«

»Und Sie sind sicher, dass dieses Medikament wirkt?«, fragte Thomason.

»Nein, das sind wir nicht, Frau Ministerin«, sagte Gwen ungerührt.

Horne runzelte die Stirn und sah Noah fragend an. »Dr. Haldane, habe Sie etwas hinzuzufügen?«

Er schluckte. »Ich glaube, Dr. Savards Team hat wahre Wunder vollbracht, als es darum ging, das Land so gut vorzubereiten, wie man das vernünftigerweise überhaupt nur erwarten kann.« Er zuckte mit den Schultern. »Und ich glaube, es ist CNN auf höchst lobenswerte Weise gelungen, die meisten Amerikaner in Panik zu versetzen.«

Vereinzeltes Gelächter erklang.

»In so einer Situation ist Angst ein Vorteil, denn sie sorgt dafür, dass die Leute nicht mehr aus dem Haus gehen, was dazu beiträgt, die Verbreitung des Virus zu begrenzen.« Haldane senkte den Blick und musterte den Tisch. »Aber solange wir die Größe und die Methoden dieser ›Armee der Märtyrer‹ nicht kennen, ist es unmöglich, ein Ergebnis vorherzusagen. Trotz bester Vorbereitungen könnte die Zahl der Opfer katastrophale Ausmaße annehmen.«

Gwen meldete sich wieder zu Wort. »Mr. President, es gibt noch eine weitere Sicherheitsmaßnahme, die in Betracht gezogen werden sollte.« Sie sah zu Ted Hart, ihrem Vorgesetzten, der zustimmend nickte. »Ich glaube, wenn die Operation durchgeführt wird, sollten wir wie nach dem 11. September vorübergehend den gesamten Flugverkehr in die USA und von den USA ins Ausland aussetzen. Dasselbe sollte für die Häfen und Grenzen an Land gelten.«

»Für alle Reisenden?«, sagte der Präsident, aber er schien von dem Vorschlag nicht allzu überrascht.

»Für alle, mit Ausnahme der offiziellen«, sagte Savard.

»Und ich glaube, wir müssen die kanadische Regierung davon überzeugen, dass sie dasselbe tut«, warf Ted Hart ein. »Wie Sie wissen, ist ein großer Teil unserer viertausend Meilen langen gemeinsamen Grenze völlig ungeschützt, also müssen die Kanadier in dieser Sache mit an Bord kommen.«

Der Präsident nickte. »Ich werde mit dem Premierminister sprechen.«

Ministerin Thomason hob ihren Füllfederhalter und fing so den Blick des Präsidenten auf. »Sir, das ist ja alles schön und gut, aber wenn nur eine winzige Kleinigkeit der Operation Antiseptikum schief geht, werden wir einen Angriff gegen unser Land provozieren in einem Ausmaß, wie wir es noch nie erlebt haben.«

Der Präsident sah sie lange an, bevor er antwortete. »Katherine, wir haben niemanden provoziert.« Er senkte den Blick, und seine Stimme fiel um eine Oktave. »Ich bin von ganzem Herzen und mit ganzer Seele davon überzeugt, dass die Terroristen nach einem Vorwand suchen, um uns anzugreifen.«

Mehrere Teilnehmer nickten, und am Tisch erklang vereinzeltes Murmeln.

»Das sehe ich auch nicht anders«, pflichtete Thomason bei. »Aber mir scheint, wir haben noch eine Option.«

»Und die wäre?«, blaffte Whitaker.

»Ihr Ultimatum läuft erst in zwei Tagen ab. Warum beobachten wir ihre Basis nicht während der nächsten vierundzwanzig Stunden? Wir könnten jeden daran hindern, das Terrain zu verlassen oder einzudringen. Und so bliebe uns mehr Zeit, um festzustellen, ob es sich wirklich um die Basis der Bruderschaft handelt und ob sich noch alle ihre Mitglieder dort aufhalten. Morgen wären wir besser in der Lage, einen Angriff zu starten.«

Haldane und einige andere Teilnehmer der Besprechung nickten.

»Ich bezweifle, dass wir in vierundzwanzig Stunden mehr wissen als jetzt«, knurrte Whitaker und schlug mit der Faust auf den Tisch. »Vielmehr könnten wir so unseren einzigen Vorteil verspielen – das Überraschungsmoment.«

General Fischer lächelte Thomason wohlwollend an. »Hier muss ich Mr. Whitaker zustimmen. Wenn wir bis morgen warten, machen wir möglicherweise den Stall zu, nachdem die Pferde schon längst draußen sind.«

»Wenn sie nicht jetzt schon draußen sind«, sagte Thomason leise.

Alle am Tisch schwiegen, als sei ihnen klar, dass es sinnlos war, diese Frage noch länger zu diskutieren. Es gab nur einen Menschen, der eine Entscheidung treffen konnte.

Wie alle anderen am Tisch sah Haldane zum Präsidenten.

KAPITEL 33

Hargeysa, Somalia

Seit dem Abendessen hatte Hazzir Kabaal nicht mehr nach Neuigkeiten im Internet gesucht. Davor hatte er den ganzen Tag
über alle fünf Minuten nachgesehen, wie die Amerikaner auf das
jüngste Ultimatum der Bruderschaft reagieren würden. Während
der Abendgebete jedoch hatte er das deutliche Gefühl, dass er keine Antwort bekommen würde, wenigstens nicht über das Fernsehen oder das Internet.

An seinem Schreibtisch sitzend, wandte sich Kabaal von seinem
Computer ab und begann, im sechsten Band des monumentalen
Meisterwerks *Im Schatten des Koran* von Sayyid Qutb zu lesen.
Qutb war der Vater der modernen Islamistenbewegung. Die Weis-
heiten seines Buches und die Predigten Scheich Hassans hatten
Kabaal bei allem, was er in der letzten Zeit getan hatte, den Weg
gewiesen. Doch seit kurzem fand Kabaal weniger Trost in Qutbs
Text als zuvor. Eine Stelle aus dem Koran, die im zweiten Kapitel
von Qutb zitiert wurde, bereitete ihm besonderes Kopfzerbrechen.
Sie lautete: »Kämpfe in deinem Kampf für die Sache Gottes gegen
diejenigen, die gegen dich kämpfen, doch überschreite die Grenze
nicht. Denn Gott liebt nicht den, der die Grenze überschreitet.«
Auch wenn sie bisher vielleicht noch keine Grenze überschritten
hatten, dachte Kabaal düster, so stellte doch Aziz' Supervirus ganz
gewiss das Überschreiten einer Grenze dar.

Nachdem er an die offene Tür geklopft hatte, trat Dr. Anwar
Aziz gefolgt von Abdul Sabri in das Büro. Aziz trug einen weißen

Laborkittel und Sabri seine Uniform. Anders als bei ihrem letzten Treffen war der Major nicht nur mit einer Pistole bewaffnet: Jetzt hing zusätzlich ein Gewehr von seiner Schulter.

Kabaal schob Qutbs Werk in eine Schreibtischschublade und nickte den beiden Männern zu. »Willkommen, Anwar, Abdul.«

Sie gingen zu seinem Schreibtisch, aber keiner setzte sich auf die Stühle davor. Aziz' Blicke huschten umher, und er wirkte noch nervöser als sonst. Sabris Gesicht war so ausdruckslos wie immer, obwohl sein ganzes Auftreten kühler wirkte.

»Ihr neues Virus, Aziz«, sagte Kabaal zu dem Wissenschaftler, »ist es einsatzbereit?«

Aziz warf Sabri einen nervösen Blick zu, bevor er antwortete. »Ich glaube schon. Wir haben einige Eier und das Blut mehrerer Primaten damit infiziert. So kann es transportiert werden. Natürlich hätte ich gerne mehr Zeit gehabt, um einige Serumproben vom Menschen damit zu infizieren, aber …« Seine Stimme erstarb.

»Sie sind hier, Hazzir«, sagte Sabri in fast nachlässigem Ton, als er das Gewehr von der Schulter nahm und gegen Kabaals antiken Eichenschreibtisch lehnte.

Kabaal sah blinzelnd zu Sabri. »Wer ist hier?«

»Die Amerikaner sind in Hargeysa.« Sabri zuckte mit den Schultern. »Die CIA, vermute ich.«

Kabaal streckte sich. »Wie wollen Sie das wissen?«

»Zwei Fremde haben Leuten in den Bars der Stadt Fragen gestellt«, erwiderte Sabri. »Sie haben ihnen einige Drinks spendiert, um an Informationen über uns und unsere Basis zu kommen. Wer sollten sie wohl sonst sein?«

Kabaal nickte. »Und Sie glauben, die wissen, wo wir sind?«

Sabri runzelte die Stirn, als käme ihm die Frage idiotisch vor. »Natürlich wissen sie es.«

Die Nachricht konnte Kabaal nicht erschrecken. Sie beruhigte ihn vielmehr, als sei eine Prophezeiung endlich wahr geworden, deren Erfüllung weniger beängstigend ist als die ständige Erwartung. »Und es waren tatsächlich nur zwei von ihnen in Hargeysa?«, fragte Kabaal.

Sabri schüttelte den Kopf und rollte voller Verachtung mit den Augen. »Mit zwei Spionen fängt es an, und es endet damit, dass die geballte Macht der amerikanischen Armee auf uns eindrischt.«

Kabaal verschränkte die Arme vor der Brust. »Was sollen wir tun? Was schlagen Sie vor, Major?«

»Ich schlage *überhaupt nichts* vor, Hazzir«, sagte Sabri scheinbar ungerührt, doch seine Augen funkelten eisig. »Ich teile Ihnen mit, dass wir gehen. Jetzt.«

»Gehen? Wohin?«

»Zuerst einmal raus aus Somalia«, sagte Sabri und zuckte desinteressiert die Schultern. »Und dann nach Amerika.«

»Amerika?« Kabaal schnitt eine Grimasse. »Sie würden also wirklich gehen?«

Sabri seufzte. »Wie sollen wir sonst das Virus von Dr. Aziz dorthin schaffen?«

»Wir warten also nicht, bis unser Ultimatum abläuft?«

Sabri musterte Kabaal mit kühlem Blick. »Glauben Sie auch nur eine Sekunde lang, die würden uns in Hargeysa suchen, wenn sie die Absicht hätten, unsere Forderungen zu erfüllen?«

»Nein.« Kabaal deutete ein Kopfschütteln an und schob die Papiere auf seinem Tisch hin und her. »Aber ich glaube an die Ehre, die im Wort eines Mannes liegt.«

Sabris dicke Lippen verzerrten sich zu einem verächtlichen Lächeln. »Mit der ersten Virenträgerin, die Sie losgeschickt haben, haben sie ein Stück Ihrer so kostbaren Ehre aufgegeben.«

Kabaal blickte zu Sabri auf und fragte sich, wie er diesen Mann mit dem nicht zu deutenden Ausdruck in den Augen nur so sehr hatte unterschätzen können. Er nickte langsam. »Wie auch immer, ich werde nicht mit Ihnen gehen.«

Sabris Antwort war ein wütendes Knurren. »Wie kommen Sie nur auf die Idee, dass ich Sie jemals darum bitten würde?«

Anwar Aziz riss die Augen auf und warf Sabri einen gehetzten Blick zu. »Aber Major …«

Sabris Hand schoss vor, um den Wissenschaftler zum Schweigen zu bringen, doch er ließ Kabaal nicht aus den Augen.

Kabaal nickte ruhig und lächelte Sabri an. »Also führt jetzt Major Abdul Sabri die Bruderschaft der einen Nation?«

»Nicht erst jetzt«, sagte Sabri gelassen. »Ich mache das schon lange. Ihre Rolle bestand darin, uns zu finanzieren. Wir brauchen Ihr Geld nicht mehr.«

Kabaal stieß ein schnaubendes Gelächter aus. »Und Sie, unser Führer, werden den Dschihad persönlich in das Land der Ungläubigen tragen?«

Sabri hob das Gewehr wieder auf und hängte es sich über die Schulter. »Ich werde tun, was getan werden muss.«

»Erinnern Sie sich überhaupt noch daran, was wir mit dieser ganzen Sache eigentlich beabsichtigt hatten?«, fragte Kabaal.

Sabri starrte ihn mit versteinertem Gesicht an.

»Der Islam!«, rief Kabaal. »Die Bewahrung und den Schutz unseres Glaubens. Dazu wollten wir die einzige Waffe benutzen, auf die der Westen keine überlegene Antwort hatte.«

»Und was soll sich daran geändert haben?«, fragte Sabri, der begonnen hatte, wie ein gelangweilter Wachposten hin und her zu gehen.

»Alles hat sich geändert!«, schrie Kabaal. »Unser Plan war, dass der Westen erkennen sollte, wozu das Virus in der Lage ist, denn dann würden sie unsere Forderungen erfüllen. Sie würden unsere Länder verlassen. Sie würden es uns ermöglichen, das Kalifat wieder einzusetzen und dafür zu sorgen, dass wieder nach den Vorschriften der Scharia Recht gesprochen wird.« Er atmete tief aus. »Doch es ist offensichtlich, dass sich die Amerikaner nicht zurückziehen werden. Und wenn wir Anwars neues Supervirus freisetzen, wer kann dann noch wissen, wo das alles enden wird? Oder ob es überhaupt je enden wird?« Er blickte auf seinen Schreibtisch, und seine Leidenschaft schwand. »Uns … Mir war immer klar, dass Menschen sterben würden. Aber das hier?« Er hob die Hände. »Das Virus sollte die Welt besser machen. Es sollte sie nicht zerstören.«

Sabri blieb stehen und schüttelte langsam den Kopf. »Hazzir Kabaal, Sie sind ein Narr«, sagte er kühl.

Kabaal schluckte die Beleidigung herunter, ohne darauf zu antworten.

»Sie erinnern mich an diese Generäle weitab der Front, für die ich gearbeitet habe«, zischte Sabri. »Ihr alle sitzt in euren extravaganten Villen und Büros, benommen von zu viel Essen und Macht, ständig umsorgt und verweichlicht durch euren Reichtum.« Er deutete auf den Schreibtisch und auf die Teppiche an den Wänden. »Sicher und bequem sitzt ihr in euren Palästen und schickt wahre Kämpfer wie mich los, um eure Schlachten zu schlagen. Und dann erwartet ihr, dass wir zu den Bedingungen gewinnen, die ihr euch mit euren schwachen Herzen so vorstellt. Ich habe Neuigkeiten für Sie, *Abu Lahab*. So etwas wie einen unblutigen Dschihad gibt es nicht.«

Kabaal verdaute Sabris Predigt ohne große Emotionen. Neugierig, doch nicht ängstlich fragte er: »Was wollen Sie erreichen, indem Sie möglicherweise Millionen Frauen und Kinder töten?«

»Sie haben nie etwas begriffen, nicht wahr?«, sagte Sabri, und es lag fast schon Mitleid in dem Blick, den er Kabaal zuwarf. »Wir würden unser Ziel niemals erreichen, wenn wir Amerika wie eine Bande feiger Kidnapper als Geisel nehmen. Der einzige Weg, den Islam zu retten, besteht darin, den Menschen ihre Macht zurückzugeben, sodass sie sich erheben und kämpfen können.«

»Und das erreicht man, indem man zahllose Frauen und Kinder abschlachtet?«, fragte Kabaal.

Sabri nickte. »Man stellt die Schwächen des Gegners bloß. So inspiriert man die Menschen zur Rebellion.«

Kabaal verdrehte die Augen. »Und alle werden in Major Abdul Sabri den Propheten erkennen, der die Menschen inspiriert hat?«

Sabri runzelte die Stirn. »Man wird sich an mich noch erinnern, nachdem man Sie längst vergessen hat«, sagte er beinahe flüsternd.

Die beiden Männer starrten einander an, während Anwar Aziz nervös von einem Fuß auf den anderen trat und sich den Schweiß von der Stirn wischte.

Schließlich veränderte sich Sabris Miene. Er lächelte freundlicher. »Aber Sie können der Bruderschaft noch einen wichtigen Dienst erweisen, Hazzir.«

»Oh?«, sagte Kabaal. »Wie das?«

Sabri hob das Gewehr vor die Brust. »Ein M16-2A. Das Standardgewehr der US-Armee. Technisch gesehen wirklich saubere Arbeit. Dazu 5,56-mm-Munition. Ebenfalls Standardausrüstung der US-Armee.«

»Also wird es so aussehen, als hätten mich die Amerikaner umgebracht. Clever.« Kabaal nickte. »Was werden Sie den anderen sagen?«

»Die Wahrheit.« Sabri zuckte mit den Schultern. »Dass Sie einen Rückzieher gemacht haben, als es ernst wurde. Dass Sie im Begriff waren, uns in der Stunde der Not zu verraten.«

Kabaal sah zu Aziz. »Werden die Männer das glauben?«

»Ich … ich weiß nicht, Abu …«, stotterte der dicke Mikrobiologe und zuckte nervös.

»Machen Sie sich keine Sorgen, Hazzir«, sagte Sabri beruhigend. »Es dauert nicht mehr lange.«

»Für mich oder für sie?«, fragte Kabaal.

»Beides.«

Kabaal fühlte eine vage Unruhe, die fast schon Bedauern war. Zwar fürchtete er sich nicht, vor seinen göttlichen Richter zu treten, doch er glaubte nicht mehr, dass das Paradies ihn erwartete.

»Stehen Sie auf, Hazzir«, befahl Sabri. »Und kommen Sie hinter dem Tisch hervor.«

Kabaal stand auf und machte drei Schritte vom Schreibtisch zur Wand, wo er vor einem türkischen Teppich stehen blieb, den er besonders mochte. Er sah in Aziz' entsetztes Gesicht und in das ruhige Antlitz Sabris. »Gott ist groß«, sagte Kabaal.

Sabri richtete das Gewehr auf ihn.

Im selben Augenblick, in dem Kabaal drei gedämpfte Explosionen hörte, stürzte er auch schon gegen den Wandteppich hinter sich, als habe ihn eine Windbö umgerissen, doch er spürte keine Schmerzen. Sabris Gesicht verschwand, und Kabaal sah seinen Vater als jungen Mann vor sich. Sein Vater sprach mit ihm, doch die Worte kamen so leise aus seinem Mund, als spräche er unter Wasser.

Dann verstummte das Geräusch. Das Zimmer wurde dunkel.

Es sah überhaupt nicht wie das Paradies aus.

KAPITEL 34

Washington, D.C.

Wind aus Nordosten hatte Washington kurz vor Weihnachten eine rekordverdächtige Kälte beschert. Haldane und Savard waren in ihren Jacken, Handschuhen und Mützen fast nicht zu erkennen, als sie von Savards Büro aus zwei Blocks weit bis zum nächsten Starbucks rannten. Zwar hatten sie ohnehin nur wenig Zeit, doch noch wichtiger war, dass sie die eisige Kälte hinter sich lassen wollten.

Es war kurz nach acht Uhr morgens, als sie in den Coffeeshop kamen. Duncan McLeod saß zusammengekauert an einem Tisch und trug noch immer Mütze und Handschuhe. »Verdammt, zum ersten Mal im Leben vermisse ich das milde schottische Klima im Dezember!«, sagte er, als sie auf ihn zukamen.

Haldane lächelte, doch er war abgelenkt. Er dachte noch immer an die unvorhergesehene Sitzung des Sicherheitsrates, an der er vor einer Stunde teilgenommen hatte, und die Videobilder der drohenden Operation Antiseptikum gingen ihm nicht aus dem Kopf.

Noah und Gwen schafften sich auf dem Tisch ein wenig Platz für ihre Winterkleider, bevor sie zwei Stühle heranzogen. Wie seit kurzem üblich hatte McLeod bereits Kaffee besorgt. Er reichte ihnen die übergroßen Becher.

Gwen nahm ihren Becher vom Tisch und hob ihn hoch. »Wer kann denn so viel trinken?«

»Ich wollte euch die Chance geben, eure Füße darin zu wärmen, wenn es nötig sein sollte«, sagte McLeod. Er sah von Savard zu Haldane. »Also, was gibt es für großartige Neuigkeiten?«

Noah warf Gwen einen Blick zu, denn er wunderte sich, wie McLeod etwas wissen konnte, da sie beide zur Geheimhaltung verpflichtet waren. »Welche Neuigkeiten, Duncan?«

McLeod blinzelte Haldane zu. »Das Treffen heute Morgen. Als ich dich zu Hause angerufen habe, hat Anna mir erzählt, dass du noch vor Tagesanbruch zu einer dringenden Besprechung gerufen wurdest.«

Haldane stellte seinen Kaffeebecher ab. »Hör zu, Duncan …«, begann er verlegen.

McLeod knallte seinen Becher auf den Tisch. »O nein, Haldane! Nach all dem, was wir zusammen durchgemacht haben, wirst du mich doch nicht im Dunkeln tappen lassen, oder?«

»Anweisung von ganz oben. Eine Frage der nationalen Sicherheit.« Gwen hob hilflos die Hände. »Wir haben in dieser Sache keine Wahl.«

»Oh, natürlich«, brummte McLeod. »Ich vergesse immer wieder, welche Bedrohung der nationalen Sicherheit Amerikas ein verrückter Schotte darstellen könnte.«

Gwen griff nach unten und fuhr mit der Hand in ihre Hosentasche. Sie zog ein besonders kleines Handy heraus, das, wie Noah erkannte, offensichtlich vibriert haben musste, denn er hatte es nicht läuten gehört. »Gwen Savard«, sagte sie und hörte einen Augenblick lang zu. »Okay, wir sind unterwegs.« Sie steckte das Handy wieder in die Hosentasche und stand auf. »Noah, wir müssen los. Jetzt gleich.«

Haldane griff nach seiner Mütze und den Handschuhen, beugte sich dann vor und schlug McLeod auf die Schulter. »Du solltest es mal so sehen, Duncan«, sagte er augenzwinkernd. »Jetzt gibt es einen *gottverlassenen* Ort weniger, an den du gehen musst.«

McLeod holte schwungvoll aus und winkte ihnen zum Abschied. »Macht bloß, dass ihr wegkommt. Auf geht's!« Er grinste breit. »Und seid um Gottes willen vorsichtig.«

Im Nebraska Avenue Center wurden Haldane und Savard direkt in das geräumige Büro des Ministers für Zivilschutz geführt. »Dr. Savard, Dr. Haldane«, sagte Ted Hart mit rauer Stimme und erhob sich, um sie zu begrüßen.

Sie blieben vor seinem Schreibtisch stehen, denn er bot ihnen keine Stühle an. »Dr. Haldane, nach unserer Besprechung heute Morgen haben sich einige Mitglieder des Sicherheitsrats und der Präsident noch ein wenig über die Situation unterhalten. Wir sind zu dem Schluss gekommen, dass es eine gute Idee wäre, Sie nach Somalia zu schicken.«

Haldane nickte wortlos.

»Natürlich erst, nachdem das Lager der Terroristen gesichert ist.« Hart unterbrach sich und hustete heftig. »Wir würden es begrüßen, wenn Sie sich dem Team anschließen würden, das den Gebäudekomplex untersuchen soll. Ihr Fachwissen wäre uns eine unschätzbare Hilfe bei der Begutachtung des Labors.«

Haldane spürte, wie Adrenalin durch seinen Körper schoss. »Natürlich, Herr Minister.«

»Selbstverständlich!« Gwen deutete auf ihre Brust. »Wir werden beide gehen.«

»Beide?« Hart wandte sich überrascht an Gwen. »Nein, nein. Nur Dr. Haldane.«

»Ted …«, begann Gwen.

Hart hob abwehrend die Hände. »Nein, Gwen! Ihre Arbeit ist von entscheidender Wichtigkeit. Das Land verlässt sich darauf, dass Sie hier bleiben und ihre Aufgabe erledigen.«

Gwen schüttelte provozierend den Kopf. »Hier läuft alles nach Plan. Es gibt nicht mehr viel, was ich im Augenblick tun kann. Ich kann nur warten wie jeder andere auch.«

Hart runzelte die Stirn. »Und was können Sie da drüben tun?«, fragte er spitz.

»Auch ich bin Wissenschaftlerin, Ted. Ich weiß mindestens ebenso viel über mikrobiologische Labors wie Noah, wenn nicht mehr.« Sie starrte Hart mit entschlossener Miene an. »Ich weiß, wonach wir suchen. Ich spüre solche Dinge bis auf die Knochen.«

»Gwen hat Recht«, sagte Haldane. »Sie wäre wirklich eine Hilfe.« Hart schüttelte den Kopf, doch längst nicht mehr so energisch.

Gwen senkte den Blick, als richte sie ihre Worte an den Fußboden. »Ted, sie haben uns mit etwas Undenkbarem angegriffen. Ich muss rüber und mir die Sache ansehen. Das verstehen Sie doch, oder?«

Hart starrte sie mehrere Sekunden lang an, bevor er tief seufzte. »Sie haben Glück. Ich habe nicht die Zeit, mich mit Ihnen zu streiten. Wir müssen Sie auf die Andrews Air Force Base ASAP schaffen. Ihr Flug geht in einer halben Stunde.«

Gwen schenkte ihrem Vorgesetzten ein dankbares Lächeln. »Wir sind schon weg, Ted.«

Haldane hätte nie erwartet, dass der Transfer so reibungslos ablaufen würde. Ihre Limousine hielt auf dem Rollfeld der Andrews Air Force Base. Sie verließen den Wagen und stiegen in die Kabine einer zweistrahligen C37A. Dort erwarteten sie bereits zwei gepackte neutrale Reisetaschen, die man ihnen zur Verfügung stellte. Und nur wenige Minuten, nachdem sie das Flugzeug betreten hatten, war die Maschine bereits in der Luft.

Außer der Crew, die aus dem Piloten, dem Copiloten und einem jungen Offizier bestand, der als Flugbegleiter fungierte, gab es keine anderen Mitreisenden in der geräumigen Kabine, die nicht viel kleiner war als diejenige eines kommerziellen Flugzeugs. Nachdem sie ihre Reiseflughöhe erreicht hatten, erklang die freundliche Stimme des Piloten aus dem Lautsprecher. »Hallo, Frau Doktorin,

Herr Doktor. Wir fliegen knapp unter Schallgeschwindigkeit, sodass wir den Jemen in gut acht Stunden erreichen dürften«, sagte er. Noah sah auf die Uhr und rechnete. Sie würden gegen halb ein Uhr nachts Ortszeit landen, weniger als zwei Stunden vor dem geplanten Beginn der Operation Antiseptikum.

Obwohl die Kabine bequem war, war Haldane so aufgeregt, dass er nicht einschlafen konnte. Gwen saß neben ihm, hatte ihr Notebook vor sich und arbeitete. Er berührte ihre Schulter. »Wie geht es Ihnen?«, fragte er.

»Gut.« Sie lächelte geistesabwesend. »Ich bin froh, dass ich mit dabei bin.«

»Nervös?«

Sie sah von ihrem Notebook auf und musterte Haldane mit fragendem Blick. »Sie werden uns nicht in die Nähe der Kampfzone lassen.«

Haldane ließ seine Hand noch einen Augenblick auf ihrer Schulter ruhen, bevor er sie zurückzog. »Das meine ich nicht. Es ist nur so, dass jetzt alles auf eine Entscheidung zuläuft.«

»Endlich«, seufzte sie. »Eigentlich bin ich erleichtert. Ich habe mich schon gefragt, ob es überhaupt je enden wird.«

Haldane lächelte. »Solange es gut ausgeht …«

»Ja. Davon hängt alles ab. Ehrlich gesagt, ich bin nervös.« Sie biss sich auf die Unterlippe. »Aber nervös auf eine gute Art, verstehen Sie?«

Haldane lächelte, und ihm wurde bewusst, wie hübsch sie in solchen Augenblicken war, wenn sie ihre wachsame, professionelle Haltung aufgab.

»Hey!« Sie beugte sich nach vorn und suchte etwas in ihrer Tasche, die neben ihren Füßen stand. Kurz hielt sie ihm ihre geschlossene Hand hin, öffnete sie dann aber sogleich. Darin lag ein kleines braunes Tablettenröhrchen. Sie drückte den Verschluss auf und zeigte ihm die gelben Tabletten darin.

Haldane musterte die kleinen, unmarkierten Pillen einen Augenblick lang, und dann verstand er. »Dr. Moskors Wundermittel?«

»Na ja, das mit dem Wunder muss erst noch bewiesen werden. Aber es stimmt, in diesem Röhrchen ist sein Medikament. A36112. Es stand in einer kleinen Schachtel auf meinem Schreibtisch, zusammen mit einer Notiz. ›Rette die Welt, Kindchen‹.« Sie kicherte. »Typisch Isaac.«

Haldane deutete auf das Röhrchen. »Es muss eine ziemlich kleine Welt sein, wenn man sie damit retten kann.«

»Stimmt.« Savard lächelte und biss sich wieder auf die Unterlippe. »Hoffen wir, dass wir keine einzige Tablette brauchen.«

Kurz nach Mitternacht jemenitischer Zeit sah Haldane aus dem Fenster, als die C37A langsam hinab in die Dunkelheit sank. Als er den Druck auf seinen Ohren spürte, fragte er sich einigermaßen beunruhigt, wo genau der Pilot in dieser Dunkelheit landen wollte. Plötzlich erschienen Lichter in der tiefen Schwärze, und er konnte erkennen, dass sie nur noch wenige hundert Meter von der Landebahn entfernt waren.

Das Flugzeug setzte fast unmerklich sanft auf. Als die Maschine in Richtung Hangar rollte, bemerkte Haldane die vielen Aktivitäten am Rand der Startbahn. Rechts und links sah er die verschiedensten Flugzeuge, von Kampfjets bis zu gewaltigen Hercules-Transportflugzeugen. Eine lange Reihe Maschinen wartete am anderen Ende des Flugfeldes auf den Start.

Die C37A kam neben einem großen Hangar zum Stehen. Gwen und Noah nahmen ihre Taschen und verließen zusammen mit der Crew das Flugzeug.

Jetzt um Mitternacht war die schwüle Luft im Jemen gut fünfundzwanzig Grad wärmer als mittags in Washington, und Haldane fühlte, wie ihm die Kleider am Leib klebten. Er sah sich um, sodass er das geschäftige Treiben besser erkennen konnte. Zwar arbeiteten die Soldaten selbst mit stummer Entschlossenheit, doch der Lärm war ohrenbetäubend. Containertüren wurden aufgerissen und zugeschlagen. Flugzeugturbinen wurden angeworfen. Autos, Lastwagen und gepanzerte Fahrzeuge fuhren in alle Richtungen. Einige lieferten Nachschub, andere fuhren in die Laderäume gewaltiger Transportmaschinen.

Haldane war noch nie auf einem Luftwaffenstützpunkt gewesen, ganz zu schweigen davon, dass er jemals die Vorbereitung eines militärischen Einsatzes hätte beobachten können, doch die Entschlossenheit aller Beteiligten war mit Händen zu greifen. Stolz auf sein Heimatland erfüllte ihn, ein Gefühl, das er sonst nur selten empfand. Er sah zu Gwen. Anscheinend war sie von diesem mechanischen Bienenstock ebenso fasziniert wie er.

Ein Offizier im Kampfanzug und entsprechender Kopfbedeckung zog ihre Aufmerksamkeit auf sich, als er ihnen mit hoch erhobenen Armen winkte. »Dr. Savard, Dr. Haldane?«, schrie er und versuchte, den Lärm zu übertönen.

Gwen gab ihm mit dem Daumen ein Zeichen.

Der Mann winkte sie zu sich. Sie betraten den offenen Hangar und Haldane fiel auf, dass der Geräuschpegel hier mehrere Dezibel niedriger war. Jetzt war es nur noch laut.

Fast hatte Haldane mit einem militärischen Gruß gerechnet, doch der muskulöse Mann reichte ihnen einfach die Hand. Er hatte ein kantiges Kinn, kurz geschnittenes Haar und tiefe Akne-Narben. »Guten Abend, Dr. Savard, Dr. Haldane. Ich bin Major Patrick O'Toole vom 75. Fallschirmjägerregiment, aber jeder hier nennt mich Paddy«, sagte er mit einem freundlichen Grinsen. »Ich bin Ihr Verbindungsoffizier.«

»Gwen Savard«, sagte sie und schüttelte seine Hand.

»Noah Haldane«, sagte er, und seine Hand wurde beinahe zerquetscht. »Aber jeder hier wird mich bald Hasenfuß nennen.«

Der Major lachte herzlich. »Erfreut, Ihre Bekanntschaft zu machen, Hasenfuß. Sie sind genau richtig hier.« Er drehte sich um und deutete auf das andere Ende des Hangars, als lenke er einen Wagen.

Paddy führte sie in eine ruhigere Ecke des Hangars, in der eine improvisierte Kantine Kaffee, Tee, Kekse und andere Snacks anbot. »Kaffee?«, fragte Paddy, als er an einer Maschine einen Becher füllte. Haldane lehnte mit einem Kopfschütteln ab. Nach dem unruhigen Flug und umgeben von den Abgasen der Maschinen war ihm flau im Magen. Auch Gwen lehnte ab. Paddy hingegen nahm sich den Becher.

Sie setzten sich an einen der leeren Klapptische, auf denen Pfeffer- und Salzstreuer standen. »Sind Sie mit den Einzelheiten der Mission vertraut?«, fragte Paddy.

Gwen nickte. »Wir haben heute Morgen an der Besprechung mit General Fischer im Weißen Haus teilgenommen.«

Paddys Kiefer sackte herab. Er war beeindruckt.

»Er hat uns jedoch nur einen Überblick über die Operation gegeben«, fügte sie rasch hinzu.

»Okay«, sagte Paddy. Seine Miene wurde ernst und seine Stimme tiefer. »Wie Sie wissen, handelt es sich um einen blitzschnellen Schlag gegen eine terroristische Einrichtung, der entsprechend modifiziert wurde.« Er setzte seinen Becher ab, zeichnete mit dem Finger einen Kreis darum und blickte von Gwen zu Noah. »Modifiziert, weil es nicht nur darauf ankommt, das Ziel zu zerstören, sondern weil wir es uns nicht leisten können, dass irgendein Leck entsteht.« Er fuhr mit zwei Fingern durch die Luft. »Ich will damit sagen, dass der Erfolg der Operation davon abhängt, dass kein einziger Terrorist das Terrain lebend verlässt.«

Gwen sah Paddy fragend an. »Und was ändert das an der Angriffstaktik?«

»Gute Frage, Ma'am.« Paddy nickte. »Dadurch wird alles ein wenig langsamer. Wir brauchen eine volle 360-Grad-Überwachung aus der Luft, und wir müssen das Gelände noch dichter abriegeln als üblich.«

»Sodass sie wahrscheinlich gewarnt sein werden, wenn das Einsatzteam angreift?«, fragte Gwen.

»Genau!«, sagte Paddy. »Aber nicht allzu sehr. Es gibt keine gegnerischen Flugzeuge, die wir ausschalten müssen. Es geht nur darum, unsere Flugzeuge und Hubschrauber und die Jungs am Boden in Position zu bringen. Das können wir sehr schnell erledigen.«

»Und welche Rolle spielen wir dabei?«, fragte Haldane.

»Nun, in Ihrer Hand sehe ich keine Waffe und auf Ihrem Rücken keinen Fallschirm, was nur bedeuten kann, dass wir so etwas wie die Nachhut sein werden«, sagte Paddy. »Sie kommen direkt vom Weißen Haus und haben eine wichtige Aufgabe, doch wir müssen warten, bis wir von den Einsatztruppen das entsprechende Zeichen bekommen.«

Paddy deutete auf das Ende des Hangars, wo ein großes Frachtflugzeug stand. Die gewaltige vordere Ladeluke war heruntergeklappt worden, und auf der Rampe stand ein Fahrzeug, das aussah wie ein Monster, das einen besonderen Heißhunger auf Metall entwickelt hatte. »Wir werden mit einer unserer C17 zum Flughafen westlich von Hargeysa fliegen.« Er zuckte mit den Schultern. »Dann werden wir warten und – hoffentlich – das Gefecht vom mobilen Kommandozentrum aus beobachten.«

»Und dann?«, fragte Gwen.

Paddys freundlicher, leicht amüsierter Gesichtsausdruck verschwand, und sein Blick wurde hart. »Meine Befehle lauten, Sie und den Rest des Untersuchungsteams zur Terroristenbasis zu bringen, nachdem wir das Terrain gesichert haben. Ich kann nicht nachdrücklich genug betonen, dass wir *überhaupt nirgendwo* hingehen werden, solange man uns nicht mitgeteilt hat, dass auf dem Gelände absolut keine Gefahr mehr besteht.«

KAPITEL 35

US-Luftwaffenbasis, Jemen

Eine Stunde nach ihrer Landung im Jemen saßen Haldane und Gwen im Bauch eines C17 Globemaster III und warteten auf den Start. Im Gegensatz zu ihrem vorherigen Flug waren sie nicht die einzigen Passagiere. Sie teilten den Frachtraum der C17 mit Mehrzweck-Geländewagen, die wie Jeeps aussahen, sowie mit Lastwagen, Panzern und mehreren Soldaten, zu denen auch die anderen Mitglieder des Untersuchungsteams gehörten. Alle an Bord trugen besonders getarnte biologische Schutzanzüge und Kevlar-Westen. Das flaue Gefühl im Magen, das Haldane bereits zuvor gespürt hatte, kehrte mit dem Start zurück. Er war froh, dass sie ihre Schutzmasken, die den Sauerstoffmasken von Piloten ähnelten, erst nach der Landung tragen mussten, wenn sie der Basis der Terroristen näher wären.

Haldane sah sich um, und sein Beschützerinstinkt gegenüber den Soldaten erwachte. Im nächtlichen Jemen waren sie ihm alle wie selbstsichere Profis vorgekommen, doch in der Enge des beleuchteten Frachtraums wurde ihm klar, wie jung sie waren. Sie hatten dieselben hoffnungsvollen Gesichter wie die Studenten in seinen Kursen an der Georgetown University. Er konnte sich kaum vorstellen, dass seine Studenten mit einem Leben zurechtkämen, das sie so weit von ihren Eltern entfernt verbringen müssten, ganz zu schweigen davon, dass sie die Aufgabe haben würden, das gut gesicherte Lager von Terroristen zu stürmen.

Beim Klang der surrenden Motoren der C17 erklärte Paddy

ihnen das Flugzeug, als wolle er es ihnen verkaufen. »Ja, Sir! Das ist das fortschrittlichste, am breitesten einsetzbare und schnellste Transportflugzeug, das wir haben. In seinem Frachtraum hätten einhundertzehn afrikanische Elefanten Platz.« Er lachte. »Was natürlich ein seltsamer Einsatz wäre, aber die Idee ist nicht schlecht. Wie Sie sehen, kann die C17 Soldaten und Panzer transportieren, doch man könnte mit ihr auch zweihundert Fallschirmjäger hinter den feindlichen Linien absetzen, sollte das nötig sein ...« Während Paddy ununterbrochen redete, sprachen Noah und Gwen kaum ein Wort. Meist sah Haldane aus dem Fenster und beobachtete die F16-Maschinen, die sie eskortierten und neben den beiden Flügeln des Transportflugzeugs Formationen von gespenstischer Schönheit bildeten. Fünfzig Minuten und 250 Meilen nach dem Start wurde das Licht im Frachtraum schwächer, und alle Gespräche endeten abrupt. »Wir haben gerade somalisches Territorium erreicht«, flüsterte Paddy.

Sechs Minuten später bestätigte eine Lautsprecherstimme Paddys Worte und fügte hinzu: »Die 82. Luftlandedivision hat das Flugfeld im Westen gesichert. Wir werden in fünfzehn Minuten landen.«

Die Soldaten brachen in Jubelrufe aus, die jedoch sogleich wieder verstummten, sodass nur noch das einsame Summen der Motoren zu hören war.

Vierundsechzig Minuten, nachdem sie den Jemen verlassen hatten, landete die C17 problemlos auf der von Leuchtsignalen markierten Landebahn im Norden Somalias westlich von Hargeysa. Haldane sah, wie alle Masken und Helme überzogen, also tat er es ebenfalls, wenn auch widerwillig. Dann schlossen er und Gwen sich den Soldaten an, die das Flugzeug in zwei wohl geordneten Reihen verließen.

Wie im Jemen standen Flugzeuge rechts und links der Landebahn, doch Panzer, Mehrzweck-Geländewagen und andere Fahrzeuge bildeten an den Seiten der Zufahrtstraße zwei gut gerüstete Reihen. Maskierte Wachsoldaten bezogen entlang der Landebahn Position. Mehrere Panzer schützten das entgegengesetzte Ende. Hubschrauber schwebten durch die Luft. Haldane glaubte, für einen kurzen Augenblick den Lauf der Waffe eines Scharfschützen in einem der Helikopter zu erkennen, doch er war nicht sicher, ob er sich das nicht nur einbildete.

Obwohl er nicht unmittelbar in Gefahr war, spürte er, wie all die Geschäftigkeit um ihn herum seinen Adrenalinspiegel in die Höhe trieb. Und in der nächtlichen Einöde unweit des Äquators war ihm heiß in seinem Schutzanzug. Er folgte Paddy im Laufschritt und spürte, wie ihm das durchgeschwitzte Hemd am Körper klebte.

Major Patrick O'Toole ging unbeirrt auf eine Reihe einfacher Holzhütten am anderen Ende der Landebahn zu. Neben den Hütten standen zwei Transportfahrzeuge, die riesigen Wohnwagen ähnelten. Sie waren schwarz lackiert, und auf ihren Dächern befanden sich mehrere Satellitenschüsseln. Haldane nahm an, dass das die mobile Kommandoeinheit war. Paddy wandte sich dem zweiten Wagen zu und stieg hinein. Gwen und Noah folgten ihm.

Für Noah sah das Innere wie eine verkleinerte Version des zentralen Kontrollraums der NASA aus. An den Wänden befanden sich mehrere flache Monitore, und über die ganze vordere Wand zog sich eine elektronische Landkarte der Region. Unter den Bildschirmen waren zahlreiche komplexe Computerkonsolen mit digitalen Anzeigen und unzähligen Knöpfen angebracht. Zwei Fernmeldeoffiziere saßen mit dem Rücken zur Tür an den Konsolen. Sie trugen sperrige Kopfhörer nebst Mikrofonen und betätigten fieberhaft die Tastaturen vor sich, wobei ihre Köpfe unablässig in Bewegung blieben, denn ihre Blicke wechselten ständig zwischen den Computerbildschirmen, den Konsolen und den Bildschirmen über ihnen hin und her.

Die beiden Offiziere gaben mit keinem Zeichen zu erkennen, dass sie bemerkt hatten, wie Paddy und die beiden Doktoren hereingekommen waren. Erst als Paddy einem von ihnen auf die Schulter tippte, drehte er sich kurz um und begrüßte die drei mit einem knappen Nicken, bevor er sich wieder seinem Computer zuwandte.

Paddy setzte Helm und Schutzmaske ab. »Hier drin brauchen Sie das nicht«, sagte er zu den anderen. Er zog drei Stühle heran, sodass sie sich hinter die Soldaten setzen und die Monitore beobachten konnten.

Haldane hatte schon genügend Kriegsfilme gesehen, doch direkt am Monitor mitzuerleben, wie ein realer Kampfeinsatz ausgeführt wurde, war anders, als er sich vorgestellt hatte. Es dauerte einige Minuten, bis sich seine Augen und sein Magen an die wackligen, ständig wechselnden Bilder gewöhnt hatten, die auf den flackernden Bildschirmen erschienen. Einige Monitore blieben schwarz, als seien sie abgeschaltet worden, doch gelegentlich erhellte das aufblitzende Licht einer Explosion die Dunkelheit.

Einer der Monitore zeigte zwei miteinander verbundene Gebäude von oben, die, so nahm Haldane an, von einem Hubschrauber aus gefilmt wurden. Der Gebäudekomplex sah wie ein heruntergekommener Wohnblock aus, der in einem unheimlichen grünen Schimmern aufleuchtete. Einige Objekte – wahrscheinlich Fahrzeuge – standen reglos im Sand hinter dem Gebäude. Davor befanden sich mehrere weit verstreute Objekte, die man nur schwer erkennen konnte. Haldane fragte sich, ob es sich dabei um Menschen handelte, doch sie schienen sich nicht zu bewegen. Nur ein Mal bewegte sich überhaupt etwas auf dieser Aufnahme: Nach einer Serie von Explosionen leuchtete der Bildschirm auf, und der gesamte Gebäudekomplex erzitterte unter der Druckwelle.

Am packendsten waren für Haldane jedoch die Aufnahmen auf drei nebeneinander angebrachten Bildschirmen in der un-

teren Reihe, die aussahen, als stünden sie in einer Nachrichtenredaktion. Die Bilder, die mit Nachtsichtgeräten aufgenommen
wurden, waren in ständiger Bewegung. Es dauerte einige Augenblicke, bis Haldane begriff, dass die Soldaten selbst die Kameras
trugen. Er sah zu Paddy und bat ihn, indem er auf die Bildschirme
deutete, wortlos um eine Erklärung.

»Helmkameras«, sagte Paddy und tippte sich an den Kopf. »Teil
der neuen Ausrüstung unserer Kampftruppen.«

Haldane vergaß fast zu atmen, als er fasziniert zusah, wie die
Soldaten ihr Ziel ins Visier nahmen, indem sie die Helmkameras
hin und her bewegten.

Nachdem sie das Terrain noch weitere zwei Minuten lang beobachtet hatten, veränderte sich das Bild auf allen drei Monitoren
gleichzeitig, als sich die Soldaten mit den Helmkameras von ihrem
Ziel abwandten. Die Kameras zeigten jetzt mehrere Soldaten, die
mit Sturmgewehren im Anschlag zusammengekauert im Sand lagen. Einige Sekunden lang blieben die Soldaten völlig reglos, dann
schob sich einer auf die Knie. Er riss den Arm hoch und gab den
anderen mit ausgestrecktem Zeigefinger ein Zeichen: »Los, los!«

»Gott sei mit euch, Jungs«, murmelte Paddy.

Plötzlich überschlugen sich die Ereignisse auf den Bildschirmen.

Das Herz klopfte Haldane bis zum Hals, und er konnte den Aufnahmen, die allesamt verschiedene Perspektiven zeigen, kaum
mehr folgen. Die Bilder aus den Helmkameras wackelten so heftig, dass es aussah, als wippe der gesamte Gebäudekomplex auf
einer gewaltigen Schaukel vor und zurück.

Haldanes Blick sprang zur Luftaufnahme. Sie hatte sich zuvor
nicht bewegt, doch jetzt konnte man verschiedene Aktivitäten erkennen. Die Kamera zoomte sich an das Gefecht heran, sodass
Haldane die kleinen Umrisse der Soldaten sehen konnte. Während eine Reihe von Explosionen das Gelände erschütterte und

den Bildschirm mit blendend hellem Licht erfüllte, stürmten die Soldaten von drei Seiten auf den Gebäudekomplex zu. Sie schienen zu rennen, so schnell sie konnten.

Abgesehen vom Klappern der Tastatur und gelegentlichen Kommentaren, die einer der Fernmeldeoffiziere in sein Mikrofon sprach, war es im Transporter völlig still, doch fast konnte Haldane den ohrenbetäubenden Lärm hören und spüren, wie der Boden mit jeder Detonation zitterte, als sich die Soldaten dem Gebäude näherten.

»Scheiße«, murmelte Paddy.

Einen Augenblick lang war Noah verwirrt über diese Bemerkung. Dann sah er es. Eine der Helmkameras schien nur noch Schwärze zu zeigen. Als Haldane genauer hinsah, erkannte er Sterne in der Dunkelheit. Der Kameramann war getötet worden.

Haldane hatte einen Kloß im Hals, als er sich wieder auf die Luftaufnahme konzentrierte. Drei oder vier weitere Soldaten lagen am Boden. Einige wanden sich hin und her, doch die anderen bewegten sich nicht mehr, während ihre Kameraden neben ihnen weiter vorwärts stürmten. Erleichtert erkannte Haldane, dass die übrigen Soldaten ohne zusätzliche Verluste das Gebäude erreichten.

Haldane sah zu, wie die beiden noch vorhandenen Helmkameras über die abblätternde Farbe an den Seitenmauern des Gebäudekomplexes strichen. Die Bilder wackelten nicht mehr so heftig, woran er erkannte, dass sich die Soldaten jetzt langsamer bewegten. Die Kameras richteten sich auf den Boden direkt vor den Soldaten. Dort lagen zahllose Tote in schwarzen Roben, von denen einige die traditionelle Kopfbedeckung oder Kopftücher trugen, während andere barhäuptig waren. Ihre Waffen lagen auf ihrer Brust oder neben ihnen. Erst als er die Leichen sah, begriff Haldane, wie viele feindliche Kämpfer das Gebäude von außen bewachten.

Die Helmkameras verweilten nicht lange auf den Leichen; sogleich wandten sie sich wieder den anderen Soldaten zu, die vor einer Tür des Gebäudekomplexes standen. Zwei von ihnen richteten die Waffen gegen die Tür. Rotes Mündungsfeuer leuchtete auf, als sie den Eingang unter Beschuss nahmen. Dann trat ein dritter Soldat mit seinem Stiefel gegen die Tür, und sie fiel nach innen.

Haldanes Puls schlug schneller, als der Bildschirm dunkler wurde und die Soldaten in einen Korridor traten. Durch die mit den Kameras verbundenen Nachtsichtgeräte wurde das Bild von einem grünen Schimmer erfüllt. Die Soldaten bewegten sich vorsichtig. An jeder Tür und an jeder Biegung gingen sie auf beiden Seiten des Gangs mit gesenkten Waffen in die Hocke. Jedes Mal hielt Haldane den Atem an.

Nachdem sie die dritte Ecke hinter sich gebracht hatten, sprang Haldane fast aus seinem Stuhl auf, denn plötzlich flackerte Feuer auf, und Rauch erfüllte den Bildschirm. Die Kameras zuckten wild hin und her, bevor sich das Bild wieder stabilisierte. Dann richteten sie sich auf einen gefallenen Soldaten, der mit über dem Kopf verdrehten Armen am Boden lag. »Verdammt!«, sagte Paddy und rieb sich die Augen.

Ein anderer Soldat kniete nieder und versuchte, den gefallenen Kameraden zurück zum Eingang zu ziehen. Die Kamera wandte sich von ihm ab und richtete sich auf das andere Ende des Korridors, wo vier Männer in traditionellen Roben zusammengebrochen waren. Drei von ihnen lagen in verzerrter Haltung auf dem Boden, während der vierte sitzend an der Wand lehnte. Die Waffe lag in seinem Schoß, und sein Kopf hing zur Seite, als sei er auf seinem Posten eingeschlafen, doch eine klaffende Wunde im Gesicht zeigte, dass das nicht so war.

Langsam näherten sich die Kameras den gefallenen Terroristen. Haldane spürte, wie sich seine Brust bei jedem Schritt der Soldaten zusammenzog, als krieche er mit ihnen zusammen durch den tödlichen Korridor, doch es gelang den Soldaten, sich ohne weitere Zwischenfälle an den Leichen vorbeizuschieben.

Eine der Helmkameras richtete sich auf eine Tür. Zwei Soldaten traten dagegen, bis sie aufschwang. Mehrere Sekunden lang rührte sich niemand. Haldane spürte, wie ihm der Schweiß auf die Stirn trat, doch er blieb genauso reglos wie die Männer auf dem Bildschirm.

Einer der vorderen Soldaten hob die Hand und gab seinen Männern das Zeichen, ihm zu folgen. Die Kamera bewegte sich in einen weitläufigen, offenen Raum, der einem großen Klassenzimmer ähnelte, in dem sich keine Stühle, sondern Teppiche befanden. Haldane wischte sich die Stirn und war erleichtert, dass sich die Männer jetzt in einer Umgebung befanden, die man besser überblicken konnte und die sicherer wirkte als der gefährliche Korridor. Doch die Soldaten bewegten sich genauso vorsichtig und zielgerichtet. Sie schoben sich durch den Raum und gingen an der Rückwand vor einer weiteren Tür in die Hocke.

Genau in dem Augenblick, als die Kamera wieder die Soldaten einfing, wurde der Bildschirm von einem einzelnen, strahlend hellen weißen Licht erfüllt. Dann wurde er schlagartig schwarz, als hätte ihn jemand abgeschaltet.

Der Fernmeldeoffizier, der vor Haldane saß, riss seinen Kopfhörer herunter, als habe er Schmerzen, und warf ihn auf die Konsole.

Haldane war sprachlos und begriff zunächst nicht, was er gerade mit angesehen hatte. Dann hörte er Gwens Stimme neben sich. »O nein, bitte, nein …«

Er sah wieder zur Luftaufnahme. Der ganze Gebäudekomplex stand in Flammen. Der Rauch stieg so hoch, dass er schon bald das gesamte Gebäude eingehüllt hatte und er nur noch ein Unheil verkündendes Grau erkennen konnte.

Alle Augen im Transporter richteten sich auf das Bild, auf dem sich absolut nichts mehr regte.

Als sich der Rauch Minuten später so weit aufgelöst hatte, dass man wieder etwas erkennen konnte, waren drei Viertel des Gebäudekomplexes verschwunden. Haldane spürte, wie seine Brust zusammensackte. Tränen schossen ihm in die Augen.

»Verdammt!« Paddy spuckte das Wort aus und legte den Kopf in die Hände.

Haldane erlebte die längste halbe Stunde seines Lebens, bis endlich die Meldung aus Paddys Funkgerät ertönte. Paddy sprach rasch einige Worte in das Gerät, befestigte es wieder an seinem Gürtel und wandte sich dann an Savard und Haldane. »Okay. Das Gebäude …« Er unterbrach sich und musste warten, bis ihm seine Stimme wieder gehorchte. »Wenigstens das, was noch davon übrig ist, ist gesichert.«

Haldane fragte Paddy nicht nach den Soldaten, die in einen Hinterhalt geraten waren, denn er wollte nicht, dass sein letztes Fünkchen Hoffnung erlosch. Er zwang sich, die düsteren Gedanken hinter sich zu lassen, zog Helm und Maske an und folgte Paddy und Gwen aus dem Transporter.

Voller Bewunderung bemerkte Haldane, dass Paddy mit ungerührter Miene das Untersuchungsteam vor den beiden Mehrzweck-Geländewagen versammelte. Außer Gwen und Noah bestand die Gruppe aus vier Technikern, die zu einem Pionierbataillon gehörten. Sie griffen nach ihrer Ausrüstung – den Taschen voller Reagenzgläsern, Probebehältern und Tupfern – und kletterten auf die Rückbänke der Geländewagen, die in die dunkle, von Rauchschwaden erfüllte Nacht fuhren.

Nach einer holprigen Fahrt von sechzehn Minuten erreichten die Fahrzeuge eine unbefestigte Landstraße. Sie fuhren an Soldaten und Lastwagen vorbei, die neben der Straße warteten oder ih-

nen entgegenkamen. Im Licht der Lastwagen und der Suchschein-
werfer sah Haldane zum ersten Mal den immer noch qualmenden
Gebäudekomplex. Die meisten Mauern waren eingestürzt, doch
das einstöckige Nebengebäude am hinteren Ende des Komplexes
stand noch immer.

Etwa dreißig Meter vor dem Gebäude stiegen sie aus den Geländewagen. Haldane sah, wie zahlreiche Sanitäter und andere Soldaten hektisch im Schutt wühlten, der vom Hauptgebäude übrig geblieben war. Mehrere Soldaten kletterten über die Gebäudereste
und versuchten verzweifelt, die Betonblöcke beiseite zu räumen,
während sie nach ihren Kameraden riefen, die darunter begraben
waren. Genau wie sie hatte auch Haldane kaum noch Hoffnung.
Er wollte auf die Trümmerhalden klettern und ihnen helfen, doch
er wusste, dass seine Geste so sinnlos wäre wie die Schreie der Soldaten, die mitten in all diesem Schutt standen.

Paddy wartete am Eingang des Nebengebäudes und winkte ihn
zu sich. »Sehen Sie!«, sagte er und deutete nach unten. Seine Maske dämpfte seine Stimme. Zwei Soldaten richteten einen starken
Scheinwerfer auf einen gefallenen feindlichen Kämpfer neben
dem Eingang.

Haldane kniete nieder, um den Mann besser erkennen zu können, der eine traditionelle Robe trug und auf dem Rücken lag.
Er hatte mehrere Schusswunden in Brust und Unterleib, und er
umklammerte noch immer sein Gewehr. Durch den Einsturz des
Gebäudes war sein Gesicht mit Staub bedeckt worden, doch angesichts der Fotos, die CNN fast vierundzwanzig Stunden am Tag
zeigte, fiel es Haldane leicht, Hazzir Kabaal zu erkennen.

Paddy nickte düster. »Gut«, sagte er, doch es lag keinerlei Triumph in seiner Stimme. Er deutete auf den Teil des Gebäudes,
der noch unversehrt war. »Sie hatten nicht mehr genügend Zeit,
das hier auch noch in die Luft zu jagen«, schrie er, um den Lärm
der Maschinen und der anderen Soldaten zu übertönen. »Die Pi-

oniere sagen, dass wir es uns kurz ansehen können. Aber wir müssen vorsichtig sein. Die Explosion hat die Wände erschüttert. Es kann jeden Augenblick einstürzen.«

Zwei Soldaten führten das Untersuchungsteam durch den Hintereingang und einen kurzen Korridor entlang, der in ein Labor führte. Seine Größe überraschte Haldane, doch es war in chaotischem Zustand. Zentrifugen, Kühlschränke, Inkubatoren und elektronische Analysegeräte lagen durcheinander oder zerstört auf dem Boden. Schutzvorrichtungen, die man einst an gefährlichen Arbeitsplätzen angebracht hatte, waren ebenso überall verstreut wie zerbrochenes Glas und diverse Papiere. Haldane war klar, dass Menschen dafür verantwortlich waren, nicht die Explosion. Warum?, fragte er sich, doch er hatte keine Zeit, innezuhalten und darüber nachzudenken.

Eine massive Tür am anderen Ende des Labors erregte seine Aufmerksamkeit. Er nahm seine Tasche mit den Probebehältern, tippte Gwen auf die Schulter und deutete auf die Tür. Sie eilten hinüber. Haldane musste seine gesamte Kraft einsetzen, um die schwere Stahltür aufzudrücken, denn sie hatte sich verkeilt. Als die Tür schließlich nachgab, krachte sie mit vollem Schwung gegen die Seitenwand. Beklommen dachte Haldane an Paddys Warnung.

Eine zweite Stahltür befand sich etwa anderthalb Meter hinter der ersten, doch diese Tür wurde von einem Holzkeil offen gehalten. Sie gingen hindurch und betraten einen kleineren Raum. An der hinteren Wand befand sich eine Reihe Käfige. Überrascht sah Haldane, wie mehrere Käfige hin und her schwankten, und er hörte, wie etwas darin schrie und kreischte. Als er einen genaueren Blick darauf warf, sah er, wie ihn aus einigen Käfigen Grüne Meerkatzen anstarrten, die man leicht an ihren schwarzen Gesichtern und weißen Oberkörpern erkennen konnte. Offensichtlich waren sie sehr aufgeregt. Haldane taten die verwirrten Tiere Leid,

393

doch er wusste, dass er für die möglicherweise infektiösen Primaten nichts tun konnte.

»Noah!«, rief ihn Gwen.

Sie stand vor einer Reihe kleinerer Käfige, und er ging hinüber zu ihr. Keiner dieser Käfige schaukelte hin und her, und als Noah durch die Gitter sah, wusste er sofort, warum. Die Affen darin waren tot, doch sie waren nicht an einer Krankheit gestorben: Die Plexiglasscheibe, die die Käfige abgedeckt hatte, war von Kugeln zerfetzt worden.

Haldane wandte sich an Gwen. »Warum haben sie diese Affen erschossen?«

Sie schüttelte nur den Kopf.

Haldane hob seine Tasche vom Boden auf. »Gwen, wir nehmen einige Gewebeproben und Blut von diesen Tieren mit.«

»Von denen, die noch leben?«, fragte sie und deutete auf die hin und her schaukelnden Käfige.

»Von beiden.« Er deutete auf die getöteten Affen.

Als sie nach den Aderpressen, Spritzen und Reagenzgläsern griffen, ließ sie ein Rumpeln innehalten. Staub rieselte von der Decke.

»Noah …«, sagte Savard erschrocken mit lauter Stimme.

»Ich weiß, ich weiß«, sagte er. »Aber wir brauchen nur ein paar Blutproben.«

Die Wände knirschten.

»Wir haben keine Zeit«, sagte Gwen. »Das Dach stürzt gleich ein.«

»Gehen Sie los, Gwen!« Haldane deutete auf die Tür. »Ich brauche nur noch einen Moment.«

Gwen schüttelte den Kopf. »Nicht ohne Sie. Kommen Sie!«

Sie packte seinen Arm und wollte ihn vom Käfig wegreißen.

Er schüttelte sie ab, und noch mehr Staub rieselte von der Decke.

Von draußen rief Paddy: »Gwen, Noah, kommen Sie so schnell wie möglich da raus!«

Haldane drehte sich um und rannte zu den von Kugeln zerfetzten Käfigen.

»Sofort, Noah!«, schrie Gwen und wedelte wild mit den Armen.

»Ich komme«, schrie er. »Los jetzt.«

Sie rannte in Richtung Tür, doch Haldane folgte ihr nicht. Stattdessen zerrte er an einer der Käfigtüren. Sie war verschlossen. Mit dem Ellbogen schlug er ein größeres Loch in die Plexiglasabdeckung.

»Kommen Sie, Noah«, schrie Gwen von der Tür aus.

Zitternd zog er den Rest des Plastiks zur Seite. Dann griff er mit beiden Händen hinein und packte den toten Affen. Er zog das Tier heraus und klemmte es sich unter den Arm. »Los, los! Ich bin gleich hinter Ihnen!«, rief er Gwen zu.

Gwen sprintete durch die beiden offenen Türen ins Hauptlabor. Haldane rannte zehn Schritte hinter ihr her. Große Brocken Putz lösten sich von der Decke und fielen ins Labor. Das ganze Gebäude knirschte und stöhnte.

Haldane erreichte Savard auf halber Strecke. Sie rannte nicht mehr, sondern humpelte nur noch wegen ihres verstauchten Knöchels. Haldane verlangsamte seine Schritte und packte sie am Arm. »Ich bin in Ordnung. Gehen Sie voraus!«, rief sie und schüttelte seine Hand ab.

Haldane eilte im Laufschritt neben ihr her.

»Gehen Sie!«, schrie sie. »Halten Sie mir den Weg frei!«

Er rannte durch die Tür aus dem Labor. Nachdem er zehn Meter weit den Korridor entlanggeeilt war, spürte er, wie der Boden schwankte, und hörte ein grollendes Geräusch. Er sprang durch die offene Eingangstür, landete auf dem toten Affen und rollte sich mehrmals ab, wobei eines seiner Beine schmerzhaft gegen ein scharfkantiges Stück Holz schlug.

Gerade als er mühsam aufstehen wollte, hörte er ein gewaltiges Donnern, und Betonsplitter prasselten auf seinen Rücken. Er erhob sich auf die Knie. Hektisch sah er sich nach allen Seiten um und hielt verzweifelt Ausschau nach Gwen, doch sie war nirgendwo zu sehen.

Das Gebäude, aus dem er gerade gekommen war, gab es nicht mehr.

KAPITEL 36

Hargeysa, Somalia

Gwen konnte nichts erkennen außer Rauch, Staub und einem weißen Licht. Sie glaubte nicht, dass sie tot war, aber sie hatte keine Ahnung, wo sie sich befand und was gerade geschehen war. Sie erinnerte sich daran, wie sie gesehen hatte, dass Noah durch die Tür rannte. Und genau in dem Augenblick, als sie ihren Fuß auf die Türschwelle gesetzt hatte, hatte sie einen ohrenbetäubenden Knall gehört, und alles war schwarz geworden.

Sie spürte, dass auf ihrer Brust ein Gewicht lastete, wodurch es ihr fast unmöglich wurde, zu atmen. Sie versuchte, nach jemandem zu rufen, doch sie konnte nur keuchend Gipsstaub aus ihrem Mund würgen. Als sie gestürzt war, hatte sie ihre Maske verloren, doch sie trug noch immer ihren Helm. Ihr linker Arm war unter demselben Gewicht eingeklemmt, das auch auf ihre Brust drückte, doch ihr rechter Arm und ihre Beine waren frei. Mit ihrer freien Hand griff sie nach oben und packte die scharfe Metallkante des Gegenstands, der auf ihr lag. Er fühlte sich wie ein Stück Wellblech an. Sie versuchte, es mit der einen Hand von sich herunterzuziehen, doch das Metall rührte sich nicht von der Stelle. Sie tastete seine Oberfläche ab und fühlte, dass Gipsbrocken und Holzteile das Blech auf sie drückten.

Sie trat heftig mit den Beinen aus und versuchte, durch heftiges Schaukeln freizukommen. Nichts. Mit wachsender Panik erkannte sie, dass es ihr jetzt sogar unmöglich wurde, ganz flach zu atmen. Sie schnappte mit offenem Mund nach Luft, doch ihr Hunger nach Sauerstoff ließ einfach nicht nach. Verängstigt spuckte sie aus, was sich in ihrem Mund angesammelt hatte, und stieß einen heiseren Ruf aus, doch ihre Lungen waren so leer, dass kaum mehr als ein Flüstern daraus wurde.

Gerade als sie den Arm hob, um noch einmal hektisch nach der Metallkante zu greifen, packte etwas ihre Hand, die noch immer in ihrem Handschuh steckte. Es dauerte einen Augenblick, bis sie begriff, dass dieses Etwas eine andere Hand war.

»Gwen!«, schrie Haldane, als sie seine Hand drückte. »Helft mir! Hier drüben! Sie lebt!« Er ließ ihre Hand los, was einen Angstschauer durch ihren Körper jagte. Sie fragte sich, ob sie ersticken würde, bevor es den anderen gelungen wäre, die Trümmer beiseite zu räumen, unter denen sie lag.

Gwen bewegte sich nicht mehr, denn sie versuchte, Sauerstoff zu sparen. Wieder rang sie keuchend nach Luft, doch das verschaffte ihr keine Erleichterung. Sie wurde benommen, doch sie war noch immer wach genug, um zu begreifen, wie gefährlich diese Benommenheit war. Plötzlich hörte sie ein lautes, kratzendes Geräusch. Dann spürte sie, wie sich die Last auf ihr bewegte.

»Alles okay, Gwen. Wir haben dich«, versuchte Haldane sie schreiend zu beruhigen. »Nicht aufgeben. Noch ein paar Sekunden. Höchstens.«

Plötzlich war der Gegenstand auf ihrer Brust verschwunden. Kaum war sie frei, holte sie mehrmals tief und verzweifelt Luft, bevor sie den Schmutz ausspuckte, der sich wieder in ihrem Mund gesammelt hatte. Das Licht eines Suchscheinwerfers blendete sie. Instinktiv hob sie ihre linke Hand, um die Augen abzudecken, und sie begriff zunächst gar nicht, dass sie sie wieder bewegen konnte.

Ein neues Gewicht drückte gegen ihre Brust, doch ihr wurde klar, dass es sich dabei um Noah handelte. Er umarmte sie und hob sie gleichzeitig hoch. »Gwen!«

»Es ist alles in Ordnung, Noah«, beruhigte sie ihn, und dann hustete sie mehrmals kurz hintereinander. »Mir geht es gut. Glaube ich.«

Er hielt sie in seinen Armen und trug sie von den Trümmern fort, unter denen sie eingeklemmt gewesen war. »Bist du sicher?«

»Ja.« Sie wischte sich Sand und Schmutz vom Mund ab. »Du kannst mich jetzt absetzen, Noah.«

Er beugte sich vor und stellte sie behutsam auf die Beine. Dann zog er seine Schutzmaske aus, und sie konnte sehen, dass er blutunterlaufene Augen hatte und erleichtert lächelte. »Ich dachte, es hätte dich erwischt«, sagte er kopfschüttelnd.

Sie hielt sich an seiner Schulter fest, denn sie wusste nicht, ob ihre Beine sie bereits trugen. Erleichtert bemerkte sie schließlich, dass sie sicher auftreten konnte.

Sie hatte Schmerzen wegen der zahlreichen Schnitte und Abschürfungen, und sie spürte noch immer einen lastenden Druck auf ihrer Brust, besonders, wenn sie tief Luft holte, doch die größten Schmerzen, stellte sie fast vergnügt fest, bereitete ihr der verstauchte Knöchel, der heftig pochte. Sie lachte vor Erleichterung.

Noah lachte mit ihr. Er beugte sich vor und umarmte sie noch einmal. »Ich habe wirklich gedacht, es hätte dich erwischt«, sagte er.

»Autsch«, sagte sie, als er sie an sich drückte.

Er löste die Umarmung. »Oh, tut mir Leid, ich wollte nicht …«

Sie lächelte ihn an und berührte seine Wange. »Ich glaube, das sind nur ein paar blaue Flecke.« Sie drehte sich um und betrachtete den Trümmerhaufen, unter dem sie verschüttet gewesen war. Sie sah, dass sie unter das überhängende Blechdach geraten sein musste, das sich über dem Eingang befunden hatte, also hatte sie es genau genommen geschafft, ins Freie zu gelangen, bevor das

Gebäude in sich zusammengebrochen war, doch dann hatte sie das herabstürzende Dach erfasst.

»Eine Millisekunde später …«

»Und der Posten für eine qualifizierte Bazillen-Zarin wäre frei gewesen«, sagte Haldane.

Sie lachte, noch immer ganz durcheinander vor Erleichterung.

Ein weiterer Soldat schloss sich der Gruppe an, die um sie herum stand. Paddy legte Gwen die Hand auf die Schulter. »Gwen, sind Sie okay?«

Sie nickte.

»Sicher?«

»Nur ein paar Kratzer und blaue Flecke.«

Paddy sah von Gwen zu Noah. »Wo sind Ihre Masken?«

»Glauben Sie mir, jetzt ist alles in Ordnung«, sagte Haldane.

»Ich soll Ihnen glauben? Nach dieser Meisterleistung gerade eben?«

Paddy deutete auf das Gebäude. »Ziehen Sie einfach die Maske an, Hasenfuß, okay?« Seufzend deutete er auf zwei Soldaten, die in einigen Metern Entfernung den toten Affen in einer gelben Tasche verstauten, die mit einem leuchtend roten Zeichen vor einer möglichen Gefährdung durch biologisches Material warnte. »Ich hoffe wirklich, der Affe ist es wert, dass Sie beide Ihr Leben riskiert haben.«

Auf einer Sanitätstrage liegend, verbrachte Gwen den Rückflug in den Jemen wie alle anderen an Bord in düsterem Schweigen. Kaum waren sie gelandet, bestand Paddy darauf, Gwens Trage eigenhändig in das Krankenhaus des Stützpunkts zu rollen. Am Ende musste sie mit vierzehn Stichen genäht werden; ihr Knöchel wurde eingegipst, außerdem benötigte sie mehrere Verbände. Als die Röntgenaufnahmen zwei Stunden später zeigten, dass nichts gebrochen war, lieh sie sich eine neue Uniform und verließ das Krankenhaus gegen den Rat der Ärzte auf eigenen Wunsch.

Ein Soldat fuhr Gwen zum zentralen Hangar. Sie fand Noah und Paddy in derselben Kantine, in der sie zuvor bereits gewesen waren. Die beiden Männer saßen schweigend an einem Tisch und hingen ihren Gedanken nach, ohne den Kaffee vor sich anzurühren.

Paddy brachte ein Lächeln zustande. »Sie sehen gut aus, alles in allem.«

»Alles in allem fühle ich mich wunderbar.« Sie setzte sich neben Haldane. »Was gibt's Neues?«

»Die Operation Antiseptikum ist abgeschlossen«, sagte Paddy mit trauriger Stimme. »Der Anführer der Gruppe und mindestens hundert weitere Terroristen sind tot. Niemand ist entkommen. Die Mission wurde erfüllt.«

»Zu welchem Preis?«, fragte sie.

»Wir haben einen Hubschrauber verloren. Fünf Soldaten starben beim Sturm auf das Gebäude. Und …«

Gwen schluckte den Kloß in ihrem Hals herunter. »Und im Gebäude?«

Paddy zuckte mit den Schultern. Er senkte den Blick und betrachtete den Tisch. »Fünfundfünfzig Soldaten waren darin, als das Gebäude einstürzte.«

Gwen sah zu Haldane. Noch bevor sie fragen konnte, ob einer der Soldaten überlebt hatte, schloss er die Augen und schüttelte den Kopf.

Paddy nickte ihr zu. »Wenigstens haben wir ein Opfer aus den Trümmern geborgen«, sagte er, doch dann versagte seine Stimme, und seine Augen wurden feucht.

Gwen griff über den Tisch und berührte sacht seine Hand. »Ihre Einheit?«

»Ja.« Er nickte und räusperte sich. »Ich kannte jeden Einzelnen,

401

der da drin war. Großartige Jungs.« Tränen rannen ihm über die Wangen, und er sah ihr fest in die Augen. »Ich hoffe, Sie werden das dem Präsidenten sagen.«

Auch sie sah ihm direkt in die Augen. »Das werde ich, Paddy.«

Washington, D. C.

Kaum war die C37A vom Luftwaffenstützpunkt aus gestartet, schlief Gwen ein, und sie erwachte erst wieder, als die Maschine die Andrews Air Force Base erreichte. Durch die unterschiedlichen Zeitzonen landeten sie in Washington zehn Minuten früher, als sie im Jemen gestartet waren: Es war 9.50 Uhr. Als das Flugzeug auf der Landebahn ausrollte, streckte sie sich in ihrem Sitz, was eine Kaskade von Schmerzen durch ihren Körper jagte, die in ihrer Kopfhaut begann und erst in ihren Zehen endete. Sie wusste, wie viel Glück sie gehabt hatte, dass sie jetzt nicht in einem Sarg nach Hause kam oder, schlimmer noch, zusammen mit fünfundfünfzig jungen Männern und Frauen unter Schutt und Trümmern begraben worden war. Also schluckte sie drei Schmerztabletten, die die Ärzte ihr gegeben hatten, kämmte sich und biss die Zähne zusammen.

Sie sah zu Noah. Er war hellwach und beobachtete sie, sah jedoch erschöpft aus. Sie wusste nicht, wie lange er während des Flugs geschlafen hatte – wenn überhaupt –, doch sie fragte ihn nicht danach. Stattdessen beugte sie sich vor und küsste ihn auf die Wange. Sie schmiegte sich einige Augenblicke lang an ihn und genoss das Gefühl der rauen warmen Bartstoppeln an ihren Lippen.

»Oh.« Er grinste und musterte sie verblüfft. »Wofür ist denn das?«

»Zum Dank dafür, dass du mir in diesem Trümmerhaufen das Leben gerettet hast«, sagte sie und errötete ein wenig.

»Du bedankst dich *bei mir?*« Er wandte den Blick ab. »Du wärst da drin beinahe gestorben, weil ich so dickköpfig war. Du solltest mir in den Bauch treten, statt mich zu küssen.«

Sie tat, als sei sie wütend. »Wart erst mal ab, was passiert, wenn der Pilot sagt, dass wir die Sicherheitsgurte wieder öffnen dürfen.« Beide lachten.

Er reichte ihr nicht den Arm, als sie die Flugzeugtreppe hinunterhumpelte, doch er ging langsam neben ihr her, als sie sich Schritt für Schritt dem Flughafengebäude näherte. Gwen vermutete, dass er bereit war, sie jeden Moment zu stützen.

»Du solltest nach Hause gehen und dich etwas ausruhen«, riet ihr Haldane.

»Du hast mehr Ruhe nötig als ich«, sagte sie und bemerkte überrascht, dass das so klang, als wolle sie sich verteidigen. »Ich habe wunderbar geschlafen während des Flugs. Mir geht's gut.«

Vor dem Terminal erwartete sie eine Limousine. Während der Fahrt in die Stadt starrten Noah und Gwen schweigend aus dem Fenster. Der Fahrer hielt vor Gwens Büro im Nebraska Avenue Center. Der Sicherheitsbeamte am Haupteingang begrüßte Gwen mit einem warmherzigen Lächeln, und es war ihr peinlich, dass sie seinen Vornamen vergessen hatte.

In Dufflecoat und Pelzmütze kam ihnen McLeod in der Lobby entgegen. Er umarmte sie beide gleichzeitig und drückte sie herzlich. Als er sie endlich wieder losließ, drohte er ihnen mit dem Finger. »Verflixt! Warum kann ich euch beide keine fünf Minuten alleine lassen, ohne dass euch ein Haus auf den Kopf fällt?«

»Ich schätze mal, wir sind beide einfach verloren ohne Sie, Duncan«, sagte Gwen, die ehrlich erfreut war, ihn zu sehen. »Aber wie dem auch sei, woher wissen Sie eigentlich Bescheid?«

McLeod deutete auf Haldane und grunzte: »Durch ihn!« Er schüttelte den Kopf. »Er hat mich vom Flughafen aus angerufen. Er kann einfach kein Geheimnis für sich behalten.« Er blinzelte

Gwen verschwörerisch zu. »Wissen Sie, das ist so einer, der die Frauen küsst und es dann jedem erzählt.«

Gwen errötete leicht und ärgerte sich, dass sie wie ein Schulmädchen reagierte. Sie wandte sich von den beiden ab und humpelte zum Aufzug.

Ein weiterer Sicherheitsbeamter begleitete die drei vom Aufzug bis zur Abteilung für Zivilschutz. Gwen stellte zufrieden fest, dass die Hälfte ihrer Kollegen auch an diesem Sonntagmorgen arbeitete. Sie führte Haldane und McLeod an einigen unbesetzten Arbeitsbereichen vorbei durch einen Korridor bis in ihr Büro. Nachdem sie an Savards Schreibtisch Platz genommen hatten, berichteten Gwen und Noah McLeod von der Erstürmung der Basis in Somalia. McLeod, der seinen Mantel nicht abgelegt hatte und seine Mütze noch im Schoß hielt, hörte ihnen zu, und seine Miene verriet, dass er völlig gefesselt war.

Nachdem sie geendet hatten, sagte McLeod: »Kabaal ist tot. Ein Glück, dass wir den los sind. Aber was ist mit diesem Sabri?«

»Hoffentlich war er im Gebäude, als es einstürzte«, sagte Gwen.

»Hoffentlich«, wiederholte McLeod skeptisch.

Haldane nickte. »Man sammelt auf dem ganzen Terrain DNA-Proben, aber vielleicht werden wir nie erfahren, ob er dort war oder nicht.«

McLeod hob seine Mütze und setzte sie sich auf das zerzauste rote Haar. »Oder wir erfahren es nur zu bald.«

»Wie meinen Sie das?«, fragte Gwen.

»Nun, ich glaube, wir dürfen es wohl als sicher ansehen, dass die Bedingungen des Ultimatums nicht erfüllt wurden, das die Bruderschaft des einen hinterhältigen Bastards gestellt hat – oder wie immer die Kerle sich nennen«, sagte McLeod. »Und wenn dieser Sabri noch immer am Leben ist …«

Gwen spürte, wie der Jetlag sich bemerkbar machte. »Ich habe noch von keinen neuen Virusinfektionen gehört.«

»Ich auch noch nicht«, sagte McLeod. Er rückte seine Mütze gerade. »Aber ihr Amerikaner macht aus allem ein verdammtes Geheimnis. Ihr würdet es wahrscheinlich auch dann noch abstreiten, wenn ihr die beiden letzten Überlebenden auf diesem eiskalten Kontinent wärt.«

Haldane schenkte ihm ein müdes Grinsen, während Gwen offensichtlich versuchte, keine Grimassen zu schneiden. »Wie steht es mit dem Rest der Welt?«, fragte Haldane.

»Überraschenderweise gar nicht so schlecht, was die Gansu-Grippe betrifft«, sagte McLeod. »Im Fernen Osten wurde sie vollständig besiegt, und London und Vancouver haben in den letzten drei Tagen keine neuen Fälle mehr gemeldet. Die einzelnen Verbreitungsherde in Europa konnten überall eingedämmt werden. Sogar aus Illinois kommen bessere Nachrichten. Ich glaube, gestern gab es dort nur eine Hand voll neuer Fälle.«

Haldane beugte sich vor und klopfte auf Gwens Eichenschreibtisch. »Vielleicht gewinnen wir ja diesmal«, sagte er.

McLeod kreuzte Zeige- und Mittelfinger beider Hände und hob sie hoch. »Wenn die amerikanischen Streitkräfte nicht an dieser ›Armee der Märtyrer‹ vorbeigefahren sind, die in die andere Richtung unterwegs war, dann könntest du Recht haben, Haldane.«

Dieselbe Eskorte, die sie schon einmal abgeholt hatte, begleitete Haldanes und Gwens Limousine auch jetzt mit eingeschaltetem Blaulicht zum Weißen Haus.

Zwei Beamte des Secret Service führten sie mit düsteren Mienen durch den Westflügel in denselben Konferenzsaal, in dem sie bereits vor weniger als sechsunddreißig Stunden gewesen waren, doch an dem heutigen Gespräch nahm eine viel kleinere Gruppe teil. Außer General Fischer und Andrea Horne waren nur die Außenministerin, der Verteidigungsminister, der Minister für Zivilschutz und die Direktoren der CIA und des FBI anwesend.

Ted Hart runzelte die Stirn, als Gwen den Raum betrat. »Gwen, wie ich höre, hätten Sie es fast geschafft, in Afrika umgebracht zu werden. Das war das letzte Mal …«

Gwen hob eine Hand, um ihn zu unterbrechen. Sie legte die andere Hand auf die Brust. »Ich schwöre, ich tue es nie wieder, Ted.«

Das schien ihm keineswegs zu genügen, und er schüttelte verärgert den Kopf. Er öffnete den Mund, um etwas zu sagen, schloss ihn aber sogleich wieder, als der Präsident hereinkam.

Ohne einen der Anwesenden zu begrüßen, setzte er sich an das Kopfende des Tisches. »Danke, dass Sie gekommen sind«, sagte er und starrte die gegenüberliegende Wand an. »Bevor wir beginnen, würde ich gerne eine Schweigeminute im Gedenken an die tapferen Soldaten einlegen, die heute Morgen ihr Leben gelassen haben, um die Sicherheit unserer Bürger zu schützen.« Er senkte den Kopf, schloss die Augen und sprach kein Wort mehr. Gwen wusste, dass der im Stillen religiöse Mann stumm betete.

Nachdem die Schweigeminute beendet war, schaute er auf. »Okay. Ich danke Ihnen. Dr. Horne wird die Diskussion leiten …«

»Mr. President«, sagte Gwen, die auf halber Höhe des Tisches saß, und alle Köpfe drehten sich nach ihr um.

»Ja, Dr. Savard?« Seine Miene verriet eine gewisse Ratlosigkeit.

»Ich habe einem Kameraden der Gefallenen versprochen, Ihnen zu sagen, dass die US-Ranger, die in Somalia gestorben sind, große Amerikaner waren. Jeder Einzelne von ihnen.«

Er starrte sie mehrere Augenblicke an, bevor ein väterliches Lächeln auf seinem Gesicht erschien. »Und ich verspreche Ihnen, dass ich sie als solche ehren werde. Jeden Einzelnen von ihnen.«

»Danke, Mr. President«, begann Andrea Horne. »Die meisten von uns hier haben in eben diesem Raum die Videobilder der Operation Antiseptikum gesehen. Dr. Haldane und Dr. Savard waren sogar selbst vor Ort«, sagte sie, und Gwen hatte den Eindruck, als werfe ihr die Sicherheitsberaterin einen missbilligenden Blick zu. »Ich habe General Fischer gebeten, uns einen kurzen Überblick über die Operation zu geben.«

Fischer erhob sich. »Nun, ›kurze Überblicke‹ gebe ich zwar üblicherweise nicht, aber ich werde mein Bestes tun«, sagte er und lächelte schmerzlich. Dann beschrieb er den Anwesenden knapp die Logistik der Operation und stellte deren Verlauf bis zum Sturm des Gebäudekomplexes dar.

»Nachdem wir die unmittelbare Umgebung des Gebäudes gesichert hatten, blieb uns nichts anderes übrig, als hineinzugehen«, sagte Fischer mit schleppendem Akzent. »Unsere Soldaten wären sonst wie ein Haufen Enten gewesen, die man zum Abschuss freigibt, hätten sie da draußen noch länger gewartet. Außerdem hatten wir ja die Aufgabe, den Zustand des Labors in Augenschein zu nehmen.« Man konnte einen leichten Vorwurf aus seiner Stimme heraushören, doch er sah niemanden direkt an, sondern ließ den Kopf hängen. »Wie Sie wissen, war das Gebäude mit hochexplosiven Sprengfallen versehen. Nachdem unsere Leute erst einmal drin waren, hatten sie keine Chance mehr.« Er blickte auf, die Augen gerötet vor verletztem Stolz. »Aber das 75. Fallschirmjägerregiment und die Mitglieder der anderen Truppenteile haben ihr Ziel erreicht. Wir haben ihren Anführer, und kein Terrorist konnte bei der Operation entkommen.«

»Vielen Dank, General«, sagte Horne mit ernster Stimme. Sie wandte sich an Ted Hart. »Herr Minister, können Sie uns einige Informationen darüber geben, wie es um den Zivilschutz steht?«

Hart räusperte sich, indem er kräftig hustete. »Es versteht sich von selbst, dass wir die Alarmbereitschaft noch nicht zurückgefahren haben. Noch immer gilt Alarmstufe Rot. Alle Grenzen sind für den kommerziellen Verkehr geschlossen. In allen Teilen des Landes setzen wir zusätzliche Beamte und Sicherheitskräfte ein.«

»Mr. President«, warf der unauffällige FBI-Direktor, der eine Brille trug, ein, »jeder verfügbare Agent arbeitet vor Ort mit den entsprechenden Behörden zusammen.«

Ted Hart nickte. Er sah zu Gwen und hob eine Augenbraue. »Dr. Savard, können Sie uns etwas über die Behandlung mit dem neuen Medikament berichten?«

»Die mögliche Behandlung«, betonte Gwen. »Die Firma hat ihre Arbeit aufgenommen und bereitet die Herstellung vor. Doch obwohl dort sieben Tage die Woche und vierundzwanzig Stunden am Tag gearbeitet wird, dauert es noch mindestens sechs Tage, bis die eigentliche Produktion beginnen kann.«

Aaron Whitaker meldete sich zu Wort. »Keine Frage, unser Militär hat in Somalia hervorragende Arbeit geleistet.« Er salutierte vor General Fischer, indem er die Finger über seinen buschigen Augenbrauen an die Stirn legte. »Doch obwohl Kabaal tot ist, haben wir bisher keine Bestätigung dafür, dass es auch Abdul Sabri erwischt hat. Deshalb glaube ich, wir sollten lieber so vorgehen, als sei diese besondere terroristische Drohung noch nicht eliminiert. Und wir sollten sogar die Möglichkeit in Betracht ziehen, dass sich diese Terroristenarmee bereits auf unserem Grund und Boden befindet.«

Obwohl Gwen den angriffslustigen Verteidigungsminister nicht mochte, nickte sie heftig, denn in diesem Punkt stimmte sie ihm zu.

»Genau davon gehen wir aus, Herr Minister«, sagte Ted Hart und verschränkte die Arme vor der Brust.

Katherine Thomason hob die Hand.

»Ja, Frau Ministerin?«, sagte Horne.

»Das ist auch meine Meinung. Ich stimme den anderen zu.« Thomason schloss die Augen und nickte feierlich. »Aber es ist doch möglich, dass wir niemals erfahren werden, welche Terroristen genau in diesem somalischen Labor umgekommen sind.«

»Worauf wollen Sie hinaus, Frau Ministerin?«, fragte Horne.

»Nehmen wir mal an, dass mit Gottes Hilfe Tage ... und Wochen vorübergehen, ohne dass es irgendwelche Anzeichen für das Virus gibt. Was schlagen Sie vor? Wie lange sollen wir unser Land so führen, als sei es eine Festung?«

Der Präsident beugte sich vor und tippte mit den Fingern ans Kinn, was er oft tat, bevor er in ein Gespräch eingriff. »Katherine, Amerika wird so lange eine Festung bleiben, bis wir davon überzeugt sind, dass wir uns gefahrlos anders verhalten können.« Seine Augen verengten sich. »Und keine Sekunde weniger.«

KAPITEL 37

Glen Echo Heights, Bethesda, Maryland

Als Noah im Gästezimmer seines Hauses am späten Dienstagmorgen erwachte, wurde ihm klar, dass er den Ablauf des Ultimatums der Bruderschaft zum Abzug der Truppen um Mitternacht verschlafen hatte. Obwohl er wusste, dass das Ultimatum seit dem Sturm auf die Basis in Somalia hinfällig war, war er wie die meisten Amerikaner noch immer besorgt über das Verstreichen der Frist.

Als er sah, dass es bereits 10.21 Uhr war, griff er nach seinem Mobiltelefon und wählte Gwens Handynummer.

»Du bist gerade erst aufgewacht?«, fragte Gwen überrascht.

An ihrem entspannten Ton erkannte er, dass es zu keiner bedrohlichen Entwicklung gekommen war, während er geschlafen hatte. »Verrückt, nicht wahr?«, sagte er. »Da muss ich doch tatsächlich herausfinden, dass mein Körper einen gewissen Tribut fordert, wenn ich für einen Tag zu einem Gefecht nach Afrika fliege. Vielleicht ist mein Melatoninspiegel etwas niedrig.« Er lachte. »Nichts Neues?«

»Nichts«, sagte sie. »Aber in diesem Fall sind keine Nachrichten definitiv gute Nachrichten. Wie geht es dir?«

»Gut.« Er stand auf und trat vor den Spiegel, der über der Kommode hing. »Aber eigentlich müsste ich dich das fragen. Wie geht es dir?«

»Ich bin ein bisschen angeschlagen, vor allem wegen meinem Knöchel. Aber sonst bin ich okay.«

Haldane schwieg. Bis zu diesem Augenblick hatte die Krise dafür gesorgt, dass ihre Tage immer straff durchorganisiert waren. »Also, wie geht's weiter?«, fragte er und betrachtete seine dichten Bartstoppeln im Spiegel. Seit Ausbruch der Gansu-Grippe waren seine Wangen immer mehr eingefallen.

»Wir bereiten uns auf das Schlimmste vor. Aber wir hoffen natürlich sehr, dass es niemals dazu kommt.« Sie hielt inne. »Ich weiß nicht, Noah, aber irgendwie habe ich das Gefühl, dass etwas fehlt. Kannst du das verstehen?«

Erst als sie die Worte ausgesprochen hatte, wurde ihm klar, dass er dasselbe dachte. »Genau«, sagte er.

»Treffen wir uns in ein paar Stunden in meinem Büro, um zu klären, wo wir stehen, okay?«

»Einverstanden.«

Haldane schaltete das Handy ab und ging duschen.

Als er mit einem um die Hüften geschlungenen Handtuch wieder aus dem Badezimmer kam, trat ihm Anna auf dem Gang entgegen. »Guten Morgen«, sagte sie mit einem unsicheren Lächeln und reichte ihm einen Becher Tee.

»Hi.« Noah nahm den Becher entgegen. Er fühlte sich auf unerwartete Weise verlegen angesichts einer Geste, die früher zu ihrem morgendlichen Ritual gehört hatte. »Chloe ist in der Vorschule?«

»Ja.« Anna strahlte. »Nur so konnte ich sie davon abhalten, dich heute früh zu wecken.«

»Danke.« Er zwang sich zu einem Lächeln, doch sein Unbehagen wollte nicht verschwinden.

Sie deutete auf eine tiefe Hautabschürfung, die von seinem linken Oberschenkel bis zu seinem Knöchel reichte. »Du hast doch gesagt, bei deinem Flug nach Afrika sei nichts passiert?«

Haldane zuckte mit den Schultern.

Sie verschränkte die Arme vor der Brust und runzelte leicht die

Stirn. »Chloe braucht ihren Vater noch eine ganze Weile, weißt du?«, sagte sie mit einer Spur Bitterkeit in der Stimme.

»Ich habe mir das alles nicht ausgesucht«, gab Haldane schroff zurück.

Anna machte eine wegwerfende Geste und sagte dann leise: »Du hast dir auch keinen Beruf ausgesucht, bei dem du von neun bis fünf arbeitest und immer pünktlich nach Hause kommst.«

Haldane hob die Hände. »Aber wenn ich das getan hätte, dann wäre alles in bester Ordnung mit uns, stimmt's?«

»Das ... das habe ich nie behauptet«, stotterte sie. Ihr Gesicht wurde rot vor Ärger. »Ich will nur, dass die Dinge für Chloe wieder in Ordnung kommen. Für uns! Und es sieht nicht gerade so aus, als würdest du mir dabei helfen.«

Sie drehte sich um und wollte gehen, doch Noah hielt sie behutsam am Handgelenk. »Anna, ich weiß, wie sehr du dich darum bemühst, das Richtige zu tun. Aber ich glaube, dass du gar nicht weißt, was du willst.«

Anna wollte etwas sagen, doch Noah unterbrach sie. »Und die Wahrheit ist, dass auch ich nicht mehr weiß, was ich will, Anna«, sagte er leise.

Nachdem sie einen großen Teil des Tages mit einer Telekonferenz mit Jean Nantal von der WHO verbracht hatten, kamen Haldane und McLeod am Nachmittag zu Gwen ins Büro. Noah musste sich eingestehen, dass er enttäuscht war, als er sah, dass Alex Clayton ihr bereits auf einem Stuhl gegenübersaß. Er trug ein offenes Armani-Jackett, hatte die Hände hinter dem Kopf verschränkt und schien sich ganz wie zu Hause zu fühlen.

Gwen saß in Jeans und Pullover hinter ihrem Schreibtisch und runzelte besorgt die Stirn. »Hi«, begrüßte sie die beiden geistesabwesend.

Nachdem sie sich an den kleinen Besprechungstisch gesetzt hatten, nickte McLeod ihr zu. »Gwen, was ist los? Sie sehen aus, als ob Sie noch immer einen Teil des Gebäudes mit sich herumschleppen.« Trotz des lockeren Tons konnte Haldane hören, dass der Schotte sich Sorgen machte.

»Es gibt da ein paar neue Entwicklungen«, sagte Gwen düster. »Alex, fangen Sie doch einfach mal an.«

Clayton hob die Hände und zuckte mit den Schultern. »Wir haben gerade den vorläufigen Bericht des Armeepathologen erhalten, der Hazzir Kabaals Leiche untersucht hat.«

»Lassen Sie mich raten«, sagte McLeod. »Er ist überhaupt nicht tot.«

Clayton schüttelte den Kopf. »Doch. Er ist sogar ganz besonders tot. Der Pathologe glaubt, dass er zweimal umgebracht wurde.«

Haldane beugte sich vor. »Was soll das heißen?«

»Der Kerl war von Kugeln geradezu durchsiebt. Alle vom Kaliber 5.56.« Clayton machte eine wegwerfende Geste. »Aber weil irgendwas mit der Kapillarblutung nicht stimmt oder wie immer das heißt …« Clayton hob die Hände. »Der Pathologe hat herausgefunden, dass er mehrere posthume Wunden hatte.«

»Na und? Kabaal lag bei einem Feuergefecht in vorderster Front«, sagte Haldane. »Gut möglich, dass er bei diesem heftigen Schusswechsel mehrmals getroffen wurde, auch nachdem er bereits tot war.«

Clayton schüttelte den Kopf. »Der Pathologe glaubt, dass mindestens ein paar Stunden zwischen den verschiedenen Wunden liegen.«

Wieder beugte sich Noah vor. »Und er ist sich sicher?«

»Nein«, sagte Clayton. »Nicht hundertprozentig.«

»Aber wenn er Recht hat …«

»Vielleicht hat sich einer seiner eigenen Leute um Hazzir Kabaal gekümmert«, mutmaßte Clayton.

»Ach«, räusperte sich McLeod. »Warum würden die ihn dann vor dem Gebäude liegen lassen?«

»Weil wir glauben sollen, dass er bei dem Feuergefecht gestorben ist«, erwiderte Clayton.

»Hören Sie.« McLeod klopfte auf den Tisch. »Warum spielt es überhaupt eine Rolle, wo er gestorben ist?«

»Was wäre, wenn jemand versucht, Spuren zu verwischen?« Haldane sprach seine Vermutung laut aus. »Jemand wirft Kabaals Leiche aus dem Gebäude und flieht. Später jagt einer von denen, die noch geblieben sind, das Gebäude in die Luft, und wir haben keine Möglichkeit mehr, die gefallenen Gegner zu zählen.«

Clayton nickte langsam und griff Haldanes Gedanken auf. »Und wir sollen annehmen, dass alle noch im Gebäude sind, weil ihr Anführer auch noch da ist.«

Alle im Zimmer verfielen in grimmiges Schweigen angesichts dessen, was Clayton da vermutete.

»Da ist noch etwas«, sagte Gwen mit versteinertem Gesicht. »Vor einer halben Stunde habe ich mit dem CDC gesprochen.«

Haldane spürte, wie er blass wurde. Das Blut rauschte ihm in den Ohren. Er erhob sich ein Stück aus seinem Stuhl. »Gwen, bitte sag mir nicht, dass ...«

Sie schüttelte den Kopf. »Nein. Niemand hat sich zwischenzeitlich mit dem Virus angesteckt.«

Haldane atmete tief aus. Sein Herz schlug nicht mehr ganz so heftig. »Aber?«

»Der Affe, den du aus dem Labor mitgenommen hast ...«, sagte sie.

»Was ist mit ihm?«, fragte Haldane, noch immer auf der Stuhlkante sitzend.

»Das CDC hat sein Serum untersucht.« Sie rieb sich die Schläfen.

»Und?«

»Er war nicht mit derselben Varietät der Gansu-Grippe infiziert wie die anderen.«

»Verdammt, welche anderen denn?«, warf McLeod ein.

Gwen hörte auf zu reiben und beugte sich vor. »Die Opfer in Chicago, London, Vancouver und China.«

Haldane schüttelte verwirrt den Kopf. »Also ist es gar nicht die Gansu-Grippe?«

»Doch, es ist die Gansu-Grippe«, sagte Gwen. »Aber eine Mutation. Es handelt sich nicht um H2N2. Es ist H3N2.«

Clayton hob die Hand. »Okay, Schluss mit diesem Hokuspokus. Erklären Sie mir mit einfachen Worten, wovon Sie eigentlich reden.«

»Das Virus, das die Gansu-Grippe auslöst, ist eine Mutation des gewöhnlichen Grippevirus«, erklärte Gwen rasch. »Alle Grippeviren, also auch das Virus der Gansu-Grippe, werden mithilfe zweier Proteine unterteilt, die sich an der Außenseite der Hülle des Virenkörpers befinden. Dabei steht H für Hämagglutinin und N für Neuraminidase. Bis jetzt kannten wir von der Gansu-Grippe nur die Varietät H2N2. Doch bei dem neuen Virus, das im Blut dieses Affen gefunden wurde, handelt es sich um die Varietät H3N2.«

»Verstanden«, nickte Clayton. »Aber was bedeutet das?«

»Es bedeutet«, sagte Haldane langsam, »dass die Terroristen ein neues Virus geschaffen haben.«

»Aber warum sollte das schlimmer sein als jenes, das sie bereits gegen uns eingesetzt haben?«, fragte Clayton.

»Nun, Mr. Bond«, sagte McLeod, »das Virus könnte deshalb schlimmer sein, weil die Mortalitätsrate höher ist, auch wenn man sich nur schwer vorstellen kann, dass ein Grippevirus sehr viel tödlicher sein sollte als Gansu H2N2. Oder es könnte ansteckender sein. Und leider kann man die Ansteckungsrate bei H2N2 noch beträchtlich erhöhen.«

Haldane schauderte, als sei er gerade in die kalte Washingtoner Luft getreten. Intuitiv wusste er, dass McLeod Recht hatte. »Diese Bastarde!«, sagte er. »Sie haben eine ansteckendere Form des Virus entwickelt.«

»Herrgott, können Sie sich das vorstellen?«, sagte McLeod und schüttelte seufzend den Kopf.

»Nein«, sagte Clayton. »Ich habe weder einen Abschluss in Geisteswissenschaften noch in Medizin. Also erklären Sie mir bitte, was das bedeutet.«

»Es hat mit der Exponenzialfunktion zu tun«, sagte Gwen leise. Ihre Finger lagen noch immer an ihren Schläfen. »Wenn man ein Virus doppelt so ansteckend macht, infizieren sich wahrscheinlich doppelt so viele Leute damit. Und dann wird diese doppelte Anzahl von Menschen ihrerseits doppelt so viele Menschen infizieren. Also hat man in der ›zweiten Generation‹ viermal so viele Infizierte. Und so weiter …«

McLeod deutete auf Clayton. »Sie sehen, es dauert gar nicht so lange, und schon haben wir ein klitzekleines Problem.«

»So viel verstehe ich. Aber«, er hob zwei Finger, »erstens, wir wissen nicht, ob dieses Virus doppelt so ansteckend ist, und zweitens, wichtiger noch, wir wissen immer noch nicht, ob diese Terroristenarmee noch existiert, die das Virus verbreiten könnte.«

Gwen nickte. »Punkt eins ist leicht zu klären. Das CDC wird uns in ein paar Tagen mitteilen, wie ansteckend das Virus ist. Punkt zwei …« Sie zuckte mit den Schultern. »Besonders nach dem Ergebnis der Autopsie Kabaals.«

»Man bräuchte übrigens keine Armee, um das Virus zu verbreiten«, sagte Haldane erschöpft halb zu sich selbst, halb zu den anderen.

»Warum nicht?«, fragte Clayton.

Haldane seufzte. »Mit der ursprünglichen Varietät ist es vier Terroristen gelungen, einen schrecklichen Ausbruch in vier Städten zu verursachen, der später jedoch eingedämmt werden konnte. Doch mit einem Supervirus, das viel ansteckender ist …«

Clayton blinzelte heftig. Er versuchte, sich über die Konsequenzen klar zu werden.

McLeod hob die Hände. »Wenn diese Katze erst mal aus dem Sack ist, schafft es keiner mehr, sie wieder hineinzustecken.«

Clayton meldete sich wieder zu Wort. Jetzt hatte er begriffen. »Sie wollen damit sagen, dass dieses Virus so ansteckend ist, dass man nur eine Hand voll Terroristen braucht, um eine Pandemie auszulösen?«

Haldane nickte langsam. »Vielleicht braucht man ja auch nur einen einzigen.«

KAPITEL 38

Atlantischer Ozean

Seit er als Dreizehnjähriger aus seiner Heimat Jericho fortgelaufen war, hatte Dabir Fahim den größten Teil der letzten zehn Jahre auf Kreuzfahrtschiffen verbracht. Der junge Palästinenser hatte durch unermüdliche Arbeit den Aufstieg vom Kabinenjungen auf einem kleinen Schiff zum Kellner auf einem Ozeanriesen geschafft. Dabir, der sich David nannte, arbeitete seit ihrer Jungfernfahrt vor zwei Jahren auf der *Atlantic Princess II*. Er war so stolz auf das Schiff, als gehörte es ihm selbst, und nie hatte er Heimweh nach seinem vom Krieg zerstörten Land.

Abgesehen von seinem offenen Wesen und seiner Sprachbegabung war Dabir vor allem deshalb so gut in seinem Beruf, weil er die Menschen verstand. Nie vergaß er einen Namen oder ein Gesicht. Und er hatte einen siebten Sinn dafür, was seine Gäste wünschten – manchmal sogar, bevor sie es selbst wussten. Doch der große, muskulöse Mann, den Dabir am sechsten und letzten Tag seiner Reise bediente, verwirrte den jungen Kellner, denn er hatte zwar ein markantes Gesicht, doch seine Miene war nicht zu deuten. Trotz der stechenden blauen Augen, dem glatten Gesicht und der modischen französischen Kleidung hatte Dabir nicht den geringsten Zweifel, dass der Mann ebenfalls Araber war. Außerdem vermutete er, dass sie beide dieselbe sexuelle Vorliebe teilten, doch er war viel zu professionell, um mit einem Gast zu flirten, auch wenn dieser noch so attraktiv war.

Während der siebentägigen Fahrt hatte Dabir den Mann zuvor

erst ein Mal gesehen. Er fragte sich, ob der Gast mit dem kleinen, bärtigen Araber zusammen reiste, den Dabir einmal beim Mittagessen bedient hatte, doch die beiden passten überhaupt nicht zueinander, und es war unwahrscheinlich, dass sie ein Paar waren.

Als Dabir dem geheimnisvollen Mann nach dem Abendessen einen Espresso brachte, beschloss er, seine Neugierde zu stillen. »Ich hoffe, das Essen hat Ihnen geschmeckt«, sagte Dabir auf Arabisch.

Obwohl der Mann die Tasse nicht von den Lippen nahm und sich in seinem Gesicht kein Muskel rührte, durchbohrte sein Blick Dabir und jagte dem jungen Kellner einen Schauer über den Rücken. »Entschuldigen Sie«, sagte der Mann auf Englisch, »ich habe nicht verstanden, was Sie gesagt haben.«

»Oh, Verzeihung …«, stotterte Dabir. »Ich dachte, Sie sprechen arabisch wie ich.« Langsam setzte der Mann die Tasse ab. »Mein Vater sprach arabisch«, sagte er kühl. »Doch er hat mich und meine Mutter verlassen, als ich zwei Jahre alt war. Danach gab es keinen besonderen Grund mehr für mich, in Marseille Arabisch zu lernen.«

»Oh, ich verstehe«, sagte Dabir, der hören konnte, dass der Akzent, mit dem dieser Mann Englisch sprach, überhaupt nicht zu einem Franzosen passte.

Der Mann deutete ein Lächeln an, was den jungen Kellner nur noch mehr einschüchterte. Dabir stand wie erstarrt da, bis der Mann seine hellen Augen abwandte und zu den Tischen zu seiner Linken sah. »Ich glaube, die anderen Gäste benötigen Ihre Dienste«, sagte er. Erleichtert verließ Dabir den Tisch des Mannes.

Washington, D. C.

Seit dem Einsatz in Somalia waren erst acht Tage vergangen, doch Haldane kam es so vor, als sei es schon Monate her, seit er und Gwen aus dem einstürzenden Gebäude geflohen waren.

Die Stadt und das ganze Land hatten sich in der letzten Woche verändert. Es war, als hielte die gesamte Nation den Atem an und mache sich auf das Schlimmste gefasst. Mit Ausnahme des unumgänglich Notwendigen ruhte jede Arbeit. Die meisten Menschen vermieden es, ihre Wohnungen zu verlassen, und niemand schien besonderen Wert darauf zu legen, dass in nur sechs Tagen Weihnachten war.

Doch trotz aller kollektiven Angst war bisher noch nichts geschehen.

Auf seiner Fahrt in die Innenstadt fiel Haldane auf, wie wenig Autos auf dem Beltway unterwegs waren, obwohl dort üblicherweise zu jeder Tageszeit dichter Verkehr herrschte, besonders, wenn am Morgen alle zur Arbeit strömten.

Wie an jedem Tag seit ihrer Rückkehr aus Somalia trafen sich Haldane, McLeod und Clayton auch heute in Savards Büro in der Abteilung für Zivilschutz. Nachdem Gwens Sekretärin Kaffee gebracht und die Tür hinter sich geschlossen hatte, lehnte sich Gwen auf ihrem Schreibtischstuhl zurück und fuhr sich mit der Hand durch ihr nach hinten gekämmtes blondes Haar. »Wir haben die Ergebnisse der Tests, die das CDC mit der Gansu-H3N2-Varietät durchgeführt hat, die im Blut des toten Affen gefunden wurde.«

»Und das sind keine guten Nachrichten, stimmt's?«, bemerkte Haldane.

Sie schüttelte den Kopf. »Nein.«

»Verdammt, wie schlecht sind sie wirklich?«, fragte McLeod und kratzte sich den Bart, der in der letzten Woche noch länger und noch zerzauster geworden war.

»Einer der Terroristen muss über beträchtliche mikrobiologische Kenntnisse verfügt haben«, sagte Gwen mit einer Mischung aus Bewunderung und Abscheu. »Ihm ist es gelungen, Abschnitte des genetischen Codes der Peking-Grippe auf die Gansu-Grippe zu übertragen. So wurde schließlich die weitaus ansteckendere H3N2-Varietät der Gansu-Grippe geschaffen.«

»Um Himmels willen, Gwen!«, sagte McLeod. »Wie viel ansteckender?«

»Bisher haben wir nur die vorläufigen Ergebnisse ...« Sie blickte zu Boden und schüttelte den Kopf. »Aber alles deutet darauf hin, dass das Virus so ansteckend ist wie gewöhnliche Grippe.«

Haldane fühlte sich, als hätte man ihn geschlagen. Er sah zu McLeod, der ganz bleich geworden war. Sogar Clayton war besorgt und riss die Augen auf.

McLeod wandte sich an Haldane. »Das ist die Rückkehr der Spanischen Grippe«, verkündete er.

»Wie schlimm war die Spanische Grippe?«, fragte Clayton.

»Sie hat in weniger als vier Monaten zwanzig Millionen Menschen getötet, und das zu einer Zeit, als es nur ein Drittel der heutigen Weltbevölkerung und noch keinen Flugverkehr gab«, antwortete McLeod. »Man kann also durchaus sagen, dass sie ziemlich schlimm war.«

Clayton runzelte die Stirn. »Und das Virus dieser Terroristen könnte die neue Spanische Grippe werden?«

»Sie ist schon längst überfällig.« Haldane zuckte mit den Schultern. »Wir haben immer gewusst, dass die nächste Pandemie kommen würde. Nur konnte keiner ahnen, dass es einmal jemanden gibt, der sie bewusst in die Welt setzt.«

Gwen beugte sich vor und legte die Hände flach auf den Tisch. »Bisher hat noch niemand irgendetwas in die Welt gesetzt«, sagte sie nachdrücklich. »Und ich werde nicht einfach die Hände in den Schoß legen, bis es so weit ist.«

Alle nickten, sogar McLeod.

Haldane warf einen Blick zur Seite und sah, wie Clayton Gwen musterte. Er erkannte die Bewunderung in seinen Augen. Doch irgendwie kamen ihm die Gefühle des CIA-Agenten jetzt weniger bedrohlich vor. Es war, als schufen die Gefühle, die sie teilten, ein gemeinsames Band zwischen ihnen, wie es bei Menschen vorkommt, die sich leidenschaftlich für die gleiche Musik begeistern.

Haldane wandte sich an Clayton. »Hat man schon irgendetwas von Sabri oder sonst jemandem aus der Terroristenbasis gehört?«

»Die CIA setzt alle verfügbaren Mittel ein, um ihn zu finden, doch bisher ist noch nichts dabei herausgekommen.« Clayton seufzte. »Falls er den Gebäudekomplex lebend verlassen hat, versteckt er sich bisher verdammt geschickt.«

McLeod sah zu Gwen. »Was ist mit dem Mittel ihres Freundes? Wie weit ist es gediehen?«

Sie hob die Hände und legte sie an die Schläfen. »Auch da sind die Nachrichten nicht besonders gut.«

»Warum? Was läuft falsch?«, fragte Haldane. »Funktioniert das Mittel nicht bei der neuen Varietät des Virus?«

»Nein, das ist nicht das Problem. Es scheint auch dagegen zu wirken.« Wieder fing sie an, sich die Schläfen zu reiben. »Wie du weißt, waren die ersten Ergebnisse bei der Gansu-Grippe wirklich vielversprechend. Bei den Laboraffen sank die Sterblichkeitsrate von mehr als zwanzig auf drei Prozent.«

»Verdammt beeindruckend!«, sagte McLeod.

Gwen zuckte mit den Schultern. »Aber dann starben zwei Affen, die sich bereits von dem Virus erholt hatten, an Hepatitis.«

»Das Mittel führt zu Hepatitis?«, fragte Haldane.

Gwen zuckte mit den Schultern. »Es ist noch zu früh, um das mit Bestimmtheit zu sagen.«

»Und bei keinem der unbehandelten Affen kam es zu Hepatitis?«, wollte McLeod wissen.

Sie schüttelte den Kopf.

»Aber Gwen«, warf Haldane ein, »du hast mir doch gesagt,

dass es bei den ersten Tests an Affen und Menschen keine schwerwiegenden Komplikationen gab.«

»Stimmt.« Gwen seufzte. »Aber jetzt haben wir genau das, was Isaac immer befürchtet hat. Wenn wir die Dinge überstürzten, erfahren wir unter äußerst unangenehmen Umständen etwas über die Komplikationen und Nebenwirkungen des Medikaments.«

McLeod machte eine wegwerfende Geste, mit der er diese Befürchtungen beiseite wischte. »Gut möglich, dass die verdammten Affen, die an Hepatitis gestorben sind, ohne Behandlung an dem Virus gestorben wären.«

»Duncan hat Recht.« Haldane nickte. »Wenn dieses Mittel die Sterblichkeitsrate durch das Virus auf ein Zehntel senkt und in einer kleinen Zahl der Fälle zu erheblichen Komplikationen führt, bietet es dem durchschnittlichen Patienten immer noch einen gewaltigen Vorteil.«

»Aber die FDA dürfte das nicht so sehen.« Gwen hob die Hände. »Und der Präsident auch nicht. Offensichtlich erinnert er sich noch zu gut an die Katastrophe, die Gerald Ford 1976 mit den Impfungen gegen die Schweinegrippe erleben musste. Er hat uns gebeten, die Produktion des Mittels so lange zu stoppen, bis wir geklärt haben, in welchem Maße Hepatitis zum Problem werden kann.«

»Das ist doch Schwachsinn!«, schnaubte McLeod. »Das könnte Monate dauern. Und möglicherweise haben wir nicht mehr monatelang Zeit.«

Haldane starrte sie lange an. »Gwen, wenn du die Gansu-Grippe hättest, würdest du dann das Risiko eingehen und dieses Mittel nehmen?«

»Ohne zu zögern«, antwortete McLeod für sie.

Gwen dachte mehrere Augenblicke lang über die Frage nach und nickte dann bedächtig. »Ich werde noch ein Mal mit dem Präsidenten reden.«

KAPITEL 39

Glen Echo Heights, Bethesda, Maryland

Haldane hörte auf, seinen Koffer zu packen, um zuzusehen, wie seine Tochter auf dem Boden vor dem Bett spielte. Auch drei Tage nach Weihnachten war Chloe noch immer so überwältigt von der schieren Menge ihrer Spielzeuge, dass sie es nicht schaffte, sich für eines von ihnen zu entscheiden.

Obwohl ihre Eltern die Weihnachtstage voller Sorge und Anspannung verbracht hatten, war Chloe fröhlich und ahnte nicht, welches persönliche und globale Drama sich um sie herum abspielte. Und ihre Eltern gaben sich größte Mühe, sie auch weiterhin nichts davon spüren zu lassen. Nie sprachen sie vor ihr über die in Kürze bevorstehende Trennung. Und nie sahen sie sich im Fernsehen die Nachrichten an, in denen vierundzwanzig Stunden am Tag über die Krise berichtet wurde, solange Chloe in der Nähe war. Ohnehin sah sich Haldane kaum mehr Nachrichtensendungen an, da er jetzt Informationen aus erster Hand besaß. Er wusste, dass es in den mehr als zwei Wochen seit der Operation Antiseptikum keine neuen Hinweise auf das Virus oder die Terroristen gegeben hatte.

Chloe sprang von Spielzeug zu Spielzeug und zog sich alle fünf Minuten um. Nachdem die Spielsachen schließlich den halben Schlafzimmerboden bedeckten, sprang sie auf das Doppelbett neben Noahs Koffer.

»Daddy, du bist doch erst fortgegangen«, sagte Chloe und hüpfte auf dem Bett auf und ab. »Warum musst du schon wieder gehen?«

»Das ist eine andere Reise, Chloe.« Haldane lächelte. »Sie ist viel besser. Du wirst mich die ganze Zeit über sehen können.«

»Wie soll das gehen?«

»Weil ich nur wenige Blocks weit weggehe«, sagte Haldane. »Du kannst ganz oft zu mir kommen. Ein paarmal wirst du bei mir übernachten. An den anderen Tagen wirst du bei Mommy schlafen.«

Sie hörte auf zu hüpfen. »Warum bleibst du nicht hier, Daddy? Dann kann ich jede Nacht bei euch beiden schlafen.«

Haldane spürte, wie sich sein Herz zusammenzog. Er beugte sich vor und umarmte sie. »Ach, Chloe, das ist ein bisschen schwierig. Aber wir werden ganz gut zurechtkommen. Du wirst schon sehen.«

Vor drei Wochen wäre es noch ein Wunder gewesen, doch jetzt fand Haldane problemlos einen Parkplatz direkt vor dem trendigen italienischen Restaurant in der Innenstadt. Wie viele andere Restaurants in der Umgebung hatte es nach Weihnachten zum ersten Mal seit zwei Wochen wieder geöffnet, woran Noah erkannte, dass sich die Leute nach und nach wieder auf die Straße wagten. Das Leben in Washington wurde wieder ein kleines bisschen normaler, doch noch immer war das beliebte Lokal nur zu einem Drittel gefüllt.

Haldane kam als Erster. Er wählte einen Tisch in einer Ecke am Fenster. Nachdem er sich gesetzt hatte, bestellte er unverzüglich ein Heinecken, denn er wollte etwas gegen die Schmetterlinge in seinem Bauch tun. Sein Getränk und Gwen kamen gleichzeitig. Er winkte ihr, doch sie hatte ihn bereits gesehen.

Sie trug eine tief ausgeschnittene weiße Seidenbluse und eine schwarze Hose mit hohem Bund, die sich eng an ihre Hüften schmiegte und ihre langen, schlanken Beine betonte. Ihr offenes Haar fiel ihr auf die Schultern. Haldane hatte sich daran gewöhnt, dass sie bei ihren täglichen Fernsehauftritten ein dezentes Kostüm trug, doch er hatte sie noch nie in schicker Abendkleidung gesehen. Er bewunderte ihre weibliche Anmut, als sie auf ihn zukam, doch gleichzeitig wurde er unsicher, als hätte er mitten beim Tanzen einen Schritt vergessen.

Er stand auf und begrüßte sie mit einem Kuss auf die Wange, wodurch er einen Augenblick lang ihren Duft riechen konnte.

Nachdem der Kellner ihren Wein gebracht hatte, schüttelte Haldane den Kopf und atmete tief aus. »Du siehst … wow … toll aus.« Er lächelte. »Zu schade, dass Duncan dich nicht so sehen kann. Auch er bewundert dich.«

»Danke … scheint wohl so«, sagte sie. »Warum konnte Duncan heute Abend nicht mitkommen?«

»Vor allem deshalb, weil er nicht eingeladen wurde.«

»Auch mir ist nicht ganz klar, warum ich eingeladen wurde«, sagte sie mit einem verspielten Lächeln. »Hast du nicht gesagt, es sollte ein Arbeitsessen werden?«

Haldane spürte, wie die Schmetterlinge heftiger flatterten. »Oh, ich dachte nur, es würde dir gefallen, wenn wir … na ja … mal alleine zusammen zu Abend essen«, sagte er mit unsicherer Stimme.

Sie griff über den Tisch und legte eine Hand auf seine. »Ich wusste nicht, ob es um geschäftliche Dinge gehen würde oder …« Sie ließ den Satz in der Luft hängen, ohne ihn zu beenden.

Haldane genoss die Wärme ihrer zärtlichen Berührung. »Eigentlich geht es vor allem um das ›oder‹. Aber wenn du schon fragst, gab es heute Nachmittag irgendwelche Neuigkeiten?«

Sie ließ seine Hand los, und er ärgerte sich über sich selbst, weil er gefragt hatte. »Hm«, sagte sie. »In Atlanta gibt es neue Probleme mit Isaacs Mittel.«

»Du meinst, weil jemand die Presse informiert hat?«, sagte er und fügte hinzu: »Auf der Fahrt hierher habe ich etwas im Radio gehört.«

»Das macht mich wirklich wütend! Vermutlich hätten sie es irgendwann ohnehin herausgefunden, doch jetzt ist es viel zu früh. Besonders angesichts der Probleme, die wir haben.« Sie senkte den Blick auf ihr Weinglas und drehte es am Stiel zwischen den Fingern. »Die Presse scheint noch nicht besonders viel zu wissen, aber es ist nur eine Frage der Zeit.«

Haldane nickte. »Was ist los mit dem Mittel?«

»Keine großen Veränderungen.« Sie hielt das Weinglas ruhig und sah zu Noah auf. »Das Hepatitis-Risiko beträgt etwa zweieinhalb Prozent, aber das ist nichts im Vergleich dazu, wie gut es gegen beide Varietäten der Gansu-Grippe wirkt.«

»Wie gut wirkt es denn?«

»Die Mortalitätsrate sinkt in der Gruppe, die das Mittel bekommt, von fünfundzwanzig auf fünf Prozent.«

»Also wird es trotz des Hepatitis-Risikos hergestellt?«, fragte Haldane.

Gwen nickte. »Die pharmazeutische Firma hat den Betrieb wieder aufgenommen und arbeitet ohne Unterbrechung. Bis zum Wochenende sollten wir so weit sein, dass wir einen Teil des Medikaments ausliefern können.«

Haldane hob sein halb leeres Bierglas. »Trinken wir darauf, dass alles im Müll landet.«

Ihre Züge entspannten sich, und ein warmherziges Lächeln erschien auf ihrem Gesicht. »Genau, darauf trinken wir«, sagte sie und stieß mit ihm an.

»Seit zwei Wochen haben wir nichts mehr von der Bruderschaft gehört«, sagte Haldane. »Das muss einfach ein gutes Omen sein, oder?«

»Hoffen wir's mal«, sagte sie. »Ich glaube, das ganze Land ist erschöpft, nachdem es so lange unter einer ständigen Bedrohung gelebt hat.«

Haldane deutete mit dem Glas in der Hand auf die übrigen

Tische. »Die Leute nehmen langsam ihr normales Leben wieder auf.«

Gwen zuckte mit den Schultern. »Normal würde ich das nicht nennen.«

»Wenigstens verlassen sie wieder ihre Häuser. Viele gehen bereits wieder zur Arbeit. Die Grenzen sind wenigstens teilweise wieder geöffnet.«

»Zu einem kleinen Teil. Die Flughäfen sind wie Zoos. Nur wenige internationale Flüge dürfen ins Land. Und Ted zufolge will die Abteilung für Zivilschutz in absehbarer Zeit ihre Einschätzung der Bedrohung nicht ändern und Alarmstufe Rot beibehalten.«

Haldane machte eine wegwischende Geste. »Okay, reden wir nicht mehr darüber. Es verdirbt mir den Appetit.«

»Soll mir recht sein.« Sie griff nach der Speisekarte, die vor ihr auf dem Tisch lag. »Da wir schon von Appetit sprechen …«

Sie hielten sich an ihre Abmachung und redeten während des ganzen Abends über nichts Berufliches mehr, sondern plauderten über angenehmere Dinge. Als das Essen kam, war Noah beeindruckt von Gwens Appetit. Die meisten Frauen, mit denen er früher ausgegangen war, hatten bei der ersten Verabredung nie etwas gegessen, doch Gwen gönnte sich vier Gänge einschließlich Dessert. »Wie machst du es nur, dass du so schlank bleibst?«, fragte er und riss in gespielter Verblüffung den Mund auf.

»Meinen guten Stoffwechsel habe ich von meiner Mutter geerbt. Und dazu ihren fanatischen Perfektionismus.« Sie seufzte. »Ich weiß, dass ich Glück habe, aber du kannst dir nicht vorstellen, wie unbeliebt ich bei einigen Mädchen in der Schule war angesichts dieser Kombination von gewaltigem Appetit und schlanker Figur.« Sie lachte. »Und natürlich half mir der Perfektionismus auch nicht besonders.«

Haldane nahm ihre Hand und schlang seine Finger um ihre. »Dagegen scheinst du in unseren Kreisen ziemlich beliebt zu sein.«

Sie drückte seine Hand, runzelte jedoch verwirrt die Stirn. »Es gibt also so etwas wie ›unsere Kreise‹?«

»Einen ganz kleinen Kreis, wenn man Duncan und Alex dazuzählt.«

Sie lachte. »Das ist wohl eher ein Quadrat.«

»Da wir gerade von Alex reden …«

Sie hob eine Augenbraue. »Was ist mit ihm?«

Haldane zuckte mit den Schultern und fühlte sich ein wenig verlegen. »Es ist nur so, dass ihr beide euch ziemlich nahe zu stehen scheint.«

Gwen musterte Noah einen Augenblick lang, bevor sie antwortete. »Du wirst schon bei unserer ersten Verabredung eifersüchtig? Hab ich's doch gewusst! Du warst ein bisschen zu perfekt, und jetzt geht die rote Fahne hoch«, sagte sie, doch sie ließ seine Hand nicht los.

»Das meine ich nicht«, lachte Haldane. »Es ist nur so, dass ich euch beiden nicht im Weg stehen will, verstehst du?«

Sie deutete auf das romantische Restaurant und dann auf die beiden Gläser, die vor ihnen standen. »Stehst du ihm im Augenblick etwa nicht im Weg?«

»Vermutlich.« Er grinste. »Hör zu, ich habe mich wirklich bemüht, diesen Kerl nicht zu mögen, aber aus irgendeinem Grund gelingt mir das nicht.« Er versuchte, seine tapferste Miene aufzusetzen. »Wenn da etwas ist zwischen euch beiden, ziehe ich mich gerne zurück.«

Sie lächelte, doch er hatte den Verdacht, dass sie ihm sein edles Angebot nicht abnahm. Sie zog seine Hand an ihre Lippen und küsste sie. »Mach dir keine Sorgen über Alex und mich.«

Ihm wurde klar, dass sie seiner Frage ausgewichen war, doch das kümmerte ihn nicht. Er genoss ihren warmen Atem und ihre weichen Lippen auf seinen Knöcheln. Clayton hatte er bereits vergessen.

Nachdem Haldane die Rechnung bezahlt hatte, gingen sie Hand in Hand den halben Block weit bis zu ihrem Lexus. Er blieb neben der Fahrertür stehen und sagte: »Ich wusste nicht, dass du überhaupt fahren kannst. Ich dachte, überall warten Stretchlimos auf dich.«

»Nur wenn's ins Weiße Haus geht«, sagte Gwen und machte einen Schritt auf ihn zu, sodass ihre Knie seine Beine berührten.

Er legte den Arm um sie und zog sie näher zu sich heran. Er beugte den Kopf vor, bis seine Lippen die ihren berührten. Zunächst küssten sie sich nur sehr vorsichtig. Doch dann drängte sich Gwen dichter an ihn, und ihre Lippen waren feucht und leicht geöffnet. Er drückte sie an sich und küsste sie heftiger. Als ihre Lippen sich noch weiter öffneten und ihre Zunge sich zwischen seine Lippen schob, fühlte er, wie ihn die Erregung durchströmte, als wäre irgendwo in ihm ein Damm gebrochen.

Mehr als alles andere wollte er ihr und sich selbst die Kleider vom Leib reißen, jeden Zentimeter ihres Körpers küssen und auf der Stelle mit ihr schlafen. Ob im Wagen oder hier draußen in der eisigen Kälte – es war ihm egal. Das Verlangen nach ihr überwältigte ihn vollkommen.

Er wusste, dass er warten musste, aber er wusste nicht, ob er dazu in der Lage wäre, also küsste er sie noch heftiger, und Mund, Lippen und Zunge verrieten sein monatelang aufgestautes Verlangen.

Gwen war schwindelig, als sie vom Restaurant wegfuhr. Das lag nicht so sehr an Noahs Gegenwart – obwohl sie angesichts seines Charmes und seines verzweifelt sinnlichen Kusses bereit gewesen wäre, ihn mit zu sich nach Hause zu nehmen, hätte er sie darum gebeten – , als vielmehr daran, dass sie endlich Gelegenheit hatte, sich zu entspannen. Es kam ihr so vor, als sei sie schon seit Ewigkeiten wegen des schrecklichen Gansu-Virus so verkrampft, dass sie ganz vergessen hatte, wie es war, alles loszulassen und eine abendliche Verabredung zu genießen, ohne das Gefühl zu haben, sie trage die Last der ganzen Welt auf ihren Schultern.

Während sie durch den spärlichen Verkehr nach Hause fuhr, achtete sie kaum darauf, wie der Nachrichtensprecher im Radio die Berichte der letzten Woche wieder aufwärmte. Erst als sie hörte, dass ihr Name erwähnt wurde, konzentrierte sie sich. »Aber Dr. Gwen Savard, die verantwortliche Direktorin für die landesweite Bioterrorismus-Abwehr, weigerte sich erneut, Gerüchte zu kommentieren, die Abteilung für Zivilschutz habe die Massenproduktion eines Mittels gegen die Bedrohung durch die Gansu-Grippe angeordnet«, sagte der Sprecher mit Baritonstimme vorwurfsvoll. »Weitere Nachrichten. Die derzeitige Königin der Meere, die *Atlantic Princess II,* wurde nach zwei Jahren auf See von ihrem ersten Unglück heimgesucht, als ein Mitglied der Besatzung einen Tag nach Ankunft des Schiffes in Miami tot aufgefunden wurde. Die Leiche des dreiundzwanzigjährigen Opfers wurde mit zwei Stichwunden in der Brust in der Wäschekammer entdeckt. Der Lebensgefährte des Ermordeten, der ebenfalls als Kellner auf dem Schiff arbeitete, wird im Augenblick vernommen ...«

Weil Gwen sich die Stimmung nicht verderben lassen wollte, schaltete sie den Sprecher mitten im Satz aus und schob Joni Mitchells *Greatest Hits* in den CD-Player und sang lautstark mit, glücklich, die Gedanken an Hepatitis, Viren und Terroristen hinter sich zu lassen.

Sie sang immer noch, als sie in die Garage unter ihrem Apartmentkomplex fuhr. Sie öffnete das Sicherheitstor mit der Fernbedienung und rollte die spiralförmige Rampe drei Stockwerke weit in die Tiefe zu ihrem Stellplatz. Sie parkte den Wagen und stellte den Motor ab.

Sie nahm ihre Handtasche und wollte gerade aussteigen, als ihr das Handy einfiel. Sie holte es aus dem Handschuhfach. Sie

beschloss, sich auf dem Weg nach oben ihre Voice-Mails anzuhören, also behielt sie das Handy in der Hand und stieg aus dem
Wagen.

Die Neonbeleuchtung über ihrem Stellplatz flackerte wie schon
seit langem nur noch gedämpft, doch jetzt waren zwei weitere Ne-
onröhren durchgebrannt, sodass diese Ebene der Tiefgarage fast
völlig im Dunkeln lag. Nur über dem Aufzug und dem Treppenhaus daneben leuchtete noch eine einzelne Birne.

Vorsichtig ging sie los. Sie trug Stiefel mit hohen Absätzen und
wusste, dass das im Halbdunkel für ihren Knöchel möglicherweise
gefährlich werden konnte. Auf halbem Weg zwischen ihrem Wagen und dem Treppenhaus hörte sie ein Geräusch hinter sich. Sie
vermutete, dass einer ihrer Nachbarn auf das Parkdeck über ihr
gefahren war. Sie blieb stehen und lauschte, doch sie hörte nichts.
Sie drehte sich um und ging schneller auf den Fahrstuhl zu.

Als sie den Aufzug erreicht hatte, drückte sie auf den Knopf,
doch das Lämpchen blieb dunkel. Kräftig drückte sie den Knopf
noch zweimal, doch nichts rührte sich. Ärgerlich wandte sie sich
zur Tür, die zum Treppenhaus führte. Als sie durch das kleine
Glasfenster der Stahltür sah, erkannte sie, dass die Lampe im Treppenhaus ebenfalls durchgebrannt war.

Wieder sah sie sich in der Tiefgarage um und lauschte auf das
Geräusch von zuvor, denn es wurde immer schwieriger, so viele
Zufälle zu erklären. Ihre Hände wurden feucht. Sie tastete in ihrer
Handtasche nach dem Pfefferspray, doch dann fiel ihr ein, dass
die kleine Dose in ihrer anderen Handtasche lag, die sie tagsüber
benutzte.

Sie blieb vor der Tür stehen und überlegte hin und her. Sie
dachte daran, zum Wagen zurückzugehen und vor das Gebäude
zu fahren, doch dann kam ihr der Gedanke paranoid vor. Sie holte tief Luft und zog die Tür zu dem dunklen Treppenhaus auf.

Als die Stahltür hinter ihr zufiel, musste sie sich am Treppengeländer festhalten, um ihren Weg zu finden. Vorsichtig stieg sie die ersten fünf Stufen hinauf. Sie war nicht so sehr beunruhigt, doch sie fürchtete, sich wieder den Knöchel zu verstauchen. Als sie den ersten Treppenabsatz erreichte, blieb sie stehen und horchte für einen Augenblick in die Dunkelheit.

Nichts.

Gerade als sie um die Ecke bog, um die nächste Stufe hinaufzusteigen, spürte sie einen plötzlichen Schmerz an ihren Zähnen. Der Geschmack von Äther füllte ihren Mund. Im gleichen Augenblick schlang sich ein Arm um ihre Brust, und sie wurde so weit nach hinten gezogen, dass sie fast stürzte. Durch den Mantel hindurch spürte sie, dass ihr jemand etwas mit großer Kraft ins Kreuz drückte. Sie wusste, dass es eine Pistole war.

»Kein Wort, Dr. Savard«, zischte ihr eine Stimme ins Ohr, »oder Sie sterben auf der Stelle.«

Sie blieb regungslos stehen, doch ihre Gedanken rasten.

»Bringen Sie mich zu Ihrem Wagen«, forderte der Mann mit der flüsternden Stimme. »Jetzt!«

Plötzlich riss er sie herum in die entgegengesetzte Richtung. Er ließ sie los und schob sie nach vorn. Fast stolperte sie über die erste Stufe, bevor sie ihr Gleichgewicht wiederfand. Während sich die Waffe noch immer in ihren Rücken bohrte, machte sie sich langsam, doch zielstrebig auf den Weg. Mit jedem Schritt schob sie ihre Hand näher an ihre Hüfte heran.

»Schneller«, drängte der flüsternde Mann.

Sie erreichte die letzte Treppenstufe. Sie wusste, dass es außerhalb des Treppenhauses heller sein würde, und fürchtete, sie würde ihre Chance verpassen. Rasch zog sie beim nächsten Schritt ihren dicken Gürtel mit dem Daumen zurück und klemmte ihr winziges Handy zwischen ihre Hose und den Bund ihres Slips.

»Machen Sie die Tür auf!«

Mit ihrer jetzt leeren Hand griff sie nach dem Türknauf und öffnete die Metalltür des Treppenhauses. Der Mann schob sie durch die Tür in die Tiefgarage. Angetrieben vom Lauf der Waffe ging sie im schwachen Licht schneller zu ihrem Auto. Sie erreichte den Wagen und spürte einen Ruck an ihrer Schulter, als ihr der Mann die Handtasche wegriss.

Sie hörte, wie er die Tasche durchsuchte, und dann klirrten die Schlüssel. Die Lichter des Wagens flackerten zweimal, als ihr Entführer die Fahrertür mit der Fernbedienung öffnete. »Machen Sie die Hintertür auf!«

Sie öffnete die Tür zur Rückbank. Doch statt einzusteigen, drehte sie sich blitzschnell um, um ihren Entführer anzusehen. Sie blickte in ein unerbittliches Gesicht mit stechenden, hellen Augen. Dann sah sie von der Waffe in seiner Linken zu dem Gegenstand in seiner Rechten. Sie erkannte nur eine Nadel, und es dauerte einen Augenblick, bis sie begriff, dass die Nadel auf einer Spritze steckte.

Instinktiv trat sie einen Schritt zurück, doch es war zu spät. Die Hand schoss auf sie zu, und sie fühlte einen scharfen Stich in ihrer linken Schulter. Mit der anderen Hand schleuderte sie der Entführer durch die offene Tür in den Fond des Wagens, wobei sie mit dem Kopf gegen den Verschluss des Sicherheitsgurts schlug.

Auf dem kalten Leder liegend, wurde ihr übel. Es war, als hätte ein Strudel das Innere des Wagens erfasst, und sie schien auf der Rückbank zu schwimmen. Ihre Lider wurden schwer. Ein schwacher Vanillegeschmack verdrängte den Geruch des Leders. Sie nahm all ihre Kraft zusammen, um bei Bewusstsein zu bleiben, und zwang ihren Körper, gegen das Mittel anzukämpfen, das ihr injiziert worden war, doch der Geschmack wurde stärker.

Sosehr sie sich auch bemühte, sie konnte die Dunkelheit nicht länger zurückdrängen, die sie immer dichter umschloss.

KAPITEL 40

Abteilung für Zivilschutz, Nebraska Avenue Center, Washington, D.C.

Haldane war der Erste, der im Gebäude der Abteilung für Zivilschutz eintraf. Gwens Sekretärin Arlene führte ihn in Savards Büro und brachte ihm einen frisch aufgebrühten Kaffee. Sie reichte ihm die Tasse mit einem warmen Lächeln, und für einen kurzen, irrationalen Augenblick fragte sich Noah, ob Arlene etwas von seiner Verabredung mit ihrer geliebten Chefin wusste.

Aber warum sollte das eine Rolle spielen?, dachte er. Obwohl der vielversprechende Kuss bei Haldane noch lange nachgewirkt hatte, konnte er ein quälendes Schuldgefühl nicht abschütteln. Vielleicht war er noch nicht so weit. Während Noah noch gegen diesen Gedanken ankämpfte, kam Alex Clayton ins Büro. Von den Schuhen bis zum Jackett war er ganz in Schwarz gekleidet; so eine Kombination konnte nur er sich leisten. »Noah.« Er nickte. »Wie geht es Ihnen? War das Abendessen gut?«

Haldane wusste, dass er sich den Respekt in Claytons Augen nicht nur einbildete. »Es war ausgezeichnet«, sagte er, ohne auf die Einzelheiten einzugehen. »Und wie geht's Ihnen?«

Clayton zuckte mit den Schultern. »Ich habe alleine gegessen und mir im Fernsehen das Basketballspiel angesehen.«

Peinliche Stille machte sich breit, die erst unterbrochen wurde, als McLeod ins Zimmer schoss. Ohne Haldane oder Clayton zu beachten, rief er über die Schulter: »Arlene, Schätzchen, ich bin wieder da.«

Kurz darauf kam die junge, unscheinbare Sekretärin herein.

Sie brachte noch mehr Kaffee und strahlte McLeod, breit lächelnd, an.

McLeod blinzelte ihr zu. »Ach, Arlene, wenn Sie nur zehn Jahre älter und keine Amerikanerin wären …« Haldane wusste, dass er das Zweite nur wegen Clayton sagte.

Clayton rollte mit den Augen.

McLeod sah von Haldane zu Clayton. »Wo ist unsere hinreißende Chefin?«

»Letzte Nacht muss es spät geworden sein«, sagte Clayton und warf Haldane einen spöttischen Blick zu.

Als sie ihren Kaffee getrunken und noch immer nichts von Gwen gehört hatten, zog Haldane sein Handy aus der Tasche. Er wählte ihre Nummer, doch nachdem er es fünfmal hatte klingeln lassen, meldete sich nur ihre Voice-Box. »Gwen, wir warten auf dich in deinem Büro. Ruf mich an, wenn du das hier abhörst.« Er unterbrach die Verbindung, wählte den Anschluss in ihrer Wohnung und hinterließ dieselbe Nachricht.

Haldane steckte sein Telefon ein und hob die Hände. »Was nun?«

Clayton sah auf die Uhr. »Ich muss in einer guten halben Stunde wieder nach Langley. Der Direktor hat heute Morgen eine wichtige Besprechung angesetzt.«

»Warum?«, fragte Haldane. »Gibt es etwas Neues?«

Clayton sah von McLeod zu Haldane, und Noah hatte das Gefühl, als überlege er, ob er ihnen vertrauen konnte oder nicht. »Eigentlich wollte ich auf Gwen warten, aber …« Er griff in die Tasche seines Jacketts und zog zwei zusammengefaltete Blätter heraus.

Er entfaltete das erste Blatt und legte es vor die anderen auf den Tisch. Es war eine Fotokopie. Die arabischen Schriftzeichen waren mit kalligrafischer Sorgfalt niedergeschrieben worden.

Haldane und McLeod beugten sich vor, um einen genaueren

Blick darauf zu werfen. »Was ist das?«, fragte Haldane, und in seinem Kopf schrillten die Alarmglocken.

»Letzte Nacht haben sich die Ägypter bei uns gemeldet«, sagte Clayton. »Offensichtlich hat Abdul Sabri diesen Brief an seinen ehemaligen Vorgesetzten bei den ägyptischen Spezialtruppen geschickt. An den, der ihn bei der Beförderung übergangen hat.«

»Wann?« Haldane tippte mit dem Finger auf das Blatt.

»Er wurde einen Tag nach der Operation Antiseptikum abgestempelt, aber soweit wir das rekonstruieren können, wurde er einen Tag vor dem Angriff abgeschickt.«

Es konnte Haldane nicht allzu sehr beruhigen, dass der Brief alleine noch kein Beweis dafür war, dass Sabri die Operation Antiseptikum überlebt hatte. »Von wo aus wurde er abgeschickt?«, fragte er.

»Kairo.«

McLeod hob das Blatt hoch und betrachtete es sorgfältig. »Und was steht drin?« Clayton entfaltete das zweite Blatt, auf dem die englische Übersetzung stand, und legte es auf den Originaltext.

Wortlos las Haldane den Brief.

General,

zwanzig Jahre lang habe ich loyal in Ihrer Armee gedient. Ich habe jeden Befehl ausgeführt, der mir jemals erteilt wurde. Ich habe jede Mission erfolgreich abgeschlossen, mit der Sie oder Ihre Stellvertreter mich jemals betraut haben. Ich habe mich ausgezeichnet, wo andere nicht einmal einen Versuch gewagt hätten.

Ohne meine Befehle jemals infrage zu stellen, habe ich die Gläubigen in ihrem Dschihad bekämpft, und für Sie und Ihr unrechtmäßiges Regime habe ich gefoltert und getötet. Zur Strafe bin ich, ebenso wie Sie, dazu verdammt, bis in alle Ewigkeit im Feuersee der Hölle zu büßen.

Und doch haben Sie meine Dienste und mein Opfer mit nichts als Missachtung und Schande belohnt. Jetzt werden Sie erfahren, dass für Ihre Beleidigung ein Preis zu bezahlen ist.

Wenn Ihr seelenloser Verbündeter Amerika wegen mir zugrunde geht und auf die Knie fällt, werden Sie begreifen, was geschieht. Die Rechtgläubigen werden aufstehen und Allah in Ägypten und anderswo wieder auf seinen rechtmäßigen Herrscherthron erheben. Die Gläubigen werden Sie und Leute wie Sie in kürzester Zeit an jenen besonderen Ort der Hölle schicken, der für Sie vorgesehen ist. Und wenn Sie diesen Gang antreten werden, dann werden Sie wissen, dass Abdul Sabri zu denjenigen gehört, die Sie auf diesen Weg geschickt haben.

Haldane las den Brief noch einmal durch, während McLeod vor sich hin pfiff. »Ich bin kein Psychotherapeut, aber ich glaube, der gute alte Major schleppt eine Menge unverarbeiteter Probleme mit sich rum.«

Niemand lachte.

»›Wenn Ihr seelenloser Verbündeter Amerika zugrunde geht und auf die Knie fällt‹«, zitierte Haldane. »Das klingt nicht gerade nach jemandem, der jemals die Absicht hatte zu verhandeln.«

»Stimmt.« Clayton faltete die beiden Blätter zusammen und steckte sie wieder in die Tasche. »Sabri hatte immer geplant, das Virus zu verbreiten.«

»Oder er plant es *noch immer*«, sagte McLeod und nickte beunruhigt.

»Inzwischen sind schon zwei Wochen vergangen«, warf Haldane ein, womit er gleichzeitig sich selbst und die anderen zu überzeugen versuchte.

»Zwei Wochen, zwei Monate, zwei Jahre?« McLeod schlug mit

der Faust auf den Tisch. »Wenn er noch am Leben ist und dieses Supervirus besitzt, was sollte ihm das dann schon ausmachen? Herrgott noch mal, die Welt kann nicht immer wachsam bleiben. Er wird seine Chance bekommen.«

Clayton schüttelte ärgerlich den Kopf. »Nicht, wenn wir Major Sabri vorher finden.«

»Eine verdammt gute Idee, Clayton«, knurrte McLeod.

In düsterem Schweigen blieben sie weitere fünf Minuten auf ihren Stühlen sitzen. Dann sah Clayton auf die Uhr. »Ich kann nicht länger auf Gwen warten. Ich muss los.«

»Danke, dass Sie uns den Brief gezeigt haben, Alex«, sagte Haldane aufrichtig. Wir werden Gwen informieren, wenn sie kommt.« Auch Haldane sah auf die Uhr. Es war 10.25. »Wenigstens werden Sie keine Probleme haben, nach Langley zu kommen. Es ist immer noch kaum Verkehr da draußen.«

Clayton knöpfte sich das Jackett zu und sagte: »Ist mir gar nicht aufgefallen. Jeden Morgen sind mehr Autos unterwegs. Die Leute nehmen ihr gewohntes Leben wieder auf.«

»Ja«, stimmte McLeod ihm zu. »Ich habe sogar gehört, dass morgen Nacht wie üblich die Silvesterparty auf dem Times Square stattfinden soll.«

»Haben die das tatsächlich vor?«, fragte Haldane.

Clayton hörte auf, sich das Jackett zuzuknöpfen.

»Ich habe heute Morgen irgendwas im Radio gehört«, sagte McLeod.

»Ich glaube nicht, dass es dabei um eine offizielle Feier geht. Es sind wohl nur ein paar New-Yorker, die sich nicht beirren lassen und wie gewohnt ihre Party veranstalten wollen, ganz nach dem Motto: ›Scheiß auf die Terroristen. Wir feiern trotz dieser Arschlöcher.‹ Aber sie erwarten anscheinend, dass auch so jede Menge Leute kommen.«

Haldane sah zu Clayton. »Am Silvesterabend kommen Leute

aus dem ganzen Land zum Times Square«, sagte er und gab sich keine Mühe zu verbergen, wie besorgt er war.

Clayton nickte mit düsterer Miene. »Ich weiß.«

»Der Grund, warum sich die Spanische Grippe so rasch ausbreiten konnte, bestand darin, dass die Soldaten, die im Ersten Weltkrieg gekämpft hatten, genau zu dem Zeitpunkt aus der Armee entlassen wurden, als das Virus zuschlug«, sagte Haldane. »Sie brachten es mit nach Hause. Was ist, wenn morgen auf dem Times Square …«

»Wir werden dafür sorgen, dass diese Party niemals stattfindet«, sagte Clayton entschieden. »So einfach ist das.«

McLeod fuhr sich mit der Hand durch den Bart. »Verraten Sie mir mal, wie Sie eine inoffizielle Party verhindern wollen.«

»Unterschätzen Sie uns nicht, Duncan«, brummte Clayton. »Manchmal gelingt uns sogar etwas, ohne dass wir dabei rotes Absperrband benutzen.«

»Sie meinen, wie bei der Schweinebucht?«, brummte McLeod.

Bevor Clayton antworten konnte, klingelte Gwens Telefon. »Vielleicht ist sie das«, sagte er und hob den Hörer ab. »Dr. Savards Büro, hallo.«

Clayton hörte einen Augenblick lang zu. »Nein, sie ist nicht hier.« Eine Pause. »Alex Clayton. Stellvertretender Einsatzleiter bei der CIA.

Was?« Clayton riss die Augen auf. Er wurde bleich. »Wo?«

Haldane stand auf. »Alex …« Doch Clayton machte ihm ein Zeichen, er solle sich wieder setzen.

»Okay«, sagte Clayton. »Sie rufen Moira Roberts an, die stellvertretende Direktorin des FBI, und sagen ihr, dass ich Sie darum gebeten habe. Und Sie rufen mich wieder an, wenn Sie irgendetwas Neues hören, egal was«, sagte Clayton und gab dem Anrufer drei Nummern, unter denen er erreichbar war, bevor er auflegte.

Clayton blickte langsam von McLeod zu Haldane. »Heute Mor-

440

gen hat die Polizei Gwens Wagen an einer Tankstelle in Maryland gefunden«, sagte er ruhig. »Auf dem Rücksitz war Blut.«

Unter dem Gürtel spürte Gwen die Vibration an ihrem Bauch. Geschwächt und desorientiert öffnete sie die Augen und sah blinzelnd ins Licht. Das Zimmer roch muffig nach Mottenkugeln. Metallfedern bohrten sich in ihren Rücken. Als sie versuchte, sich auf die Seite zu rollen, gehorchten ihr weder Arme noch Beine. Bei jeder kleinen Bewegung spürte sie, wie ihre Fesseln noch tiefer in ihre Hand- und Fußgelenke schnitten.

Angst regte sich in ihrer Brust, doch sie zwang sich, ruhig zu bleiben, denn sie wusste, dass sie zu viel Energie verlieren würde, wenn sie in Panik verfiel.

Das Handy unter ihrem Hosenbund hörte auf zu vibrieren.

Sie hob den Kopf und sah sich im Zimmer um. Grüne Farbe blätterte von den Wänden ab. Schimmelige Vorhänge verdeckten eine kurze Reihe schmutziger Fenster, doch an ihren Rändern und in der Mitte strömte graues Tageslicht herein. Das elektrische Heizgerät surrte laut.

Obwohl sie von der Injektion, die man ihr gegeben hatte, noch immer erschöpft war, begann sie, die einzelnen Puzzleteile zusammenzusetzen. Weil sie an ein Feldbett mit Metallrahmen gefesselt war, nahm sie an, dass sie sich in einem billigen Motel befand, das wahrscheinlich einzeln stehende Hütten besaß.

Ihr guter Orientierungssinn half ihr dabei, selbst dann nicht die Nerven zu verlieren, als sie einen scharfen Schmerz in ihrem linken Arm spürte und sah, dass eine Kanüle aus ihrer Unterarmbeuge ragte. Sie konzentrierte sich darauf, sich an das Gesicht und die Augen zu erinnern, die sie im Parkhaus gesehen hatte. Gwen zweifelte nicht daran, dass sie dem Mann gehörten, dessen Bild CNN ständig zeigte. Abdul Sabri.

Sie blickte von ihrem Arm auf und erkannte plötzlich erschrocken, dass Abdul Sabri in der Tür stand. So leise wie zuvor ging er die wenigen Schritte auf sie zu und blieb neben dem Bett stehen. In Jeans und einem Hemd mit breitem Kragen ragte er vor ihr auf. Sein glattes Gesicht war ausdruckslos, doch seine undurchdringlichen blauen Augen fixierten sie konzentriert.

»Sie sind wach, Dr. Savard«, sagte Sabri mit schwerem, doch klar verständlichem arabischem Akzent.

»Wo bin ich?«, fragte Gwen.

»Das spielt keine Rolle«

»Warum haben Sie mich entführt?«

»Ich wollte mit Ihnen reden.«

»Warum?«, fuhr sie ihn an. Sie fühlte sich eher verletzt als verängstigt.

»Sie sind die Direktorin der Bioterrorismus-Abwehr.« Er achtete sorgfältig auf seine Aussprache, als er das sagte. »Ich bin Bioterrorist. Also ist das doch durchaus sinnvoll.«

»Nichts, was Sie machen, ist sinnvoll«, sagte sie und zerrte erfolglos an ihren Fesseln.

Sabri schien mehrere Augenblicke lang über ihre Bemerkung nachzudenken. Dann nickte er. »Für Sie vielleicht nicht, für mich hingegen schon.«

Weil sie erkannte, wie aussichtslos ihr Widerstand war, beschloss Gwen, ihre Taktik zu ändern. »Dann erklären Sie's mir«, sagte sie in diplomatischerem Ton.

»Ich glaube nicht, dass ich das kann«, sagte er und verzog das Gesicht zu einem leichten Lächeln. »Ich habe Sie nicht hierher gebracht, um mit Ihnen über Politik zu sprechen.«

»Ich würde es wirklich gerne wissen«, sagte Gwen und versuchte, eine Möglichkeit zu finden, wie sie an das Handy in ihrem Hosenbund kommen konnte.

Sabri schüttelte nur den Kopf. »Ich möchte etwas über Ihr neues Medikament erfahren. Das aus dem Fernsehen.«

»Ich wollte, wir hätten eins.« Gwen zuckte mit den Schultern, soweit das ihre gefesselten Arme zuließen. »Das ist nur ein Gerücht, das die Medien in die Welt gesetzt haben.«

Kein einziger Muskel in seinem Gesicht bewegte sich, doch seine Augen wurden dunkler, und Gwen spürte, welche Bedrohung von ihm ausging. Es war, als richte er immer noch eine Waffe auf sie. »Ich glaube Ihnen nicht, Dr. Savard.«

»Das tut mir Leid«, sagte Gwen und schluckte den bitteren Geschmack in ihrem Mund herunter. »Was wollen Sie denn von mir hören?«

Lange Zeit musterte er sie reglos. Irgendwie war sein Schweigen noch bedrohlicher als alles, was er bisher gesagt hatte. »Es spielt keine Rolle«, sagte er schließlich. »Machen wir weiter. Ich würde gerne etwas über Ihre Katastrophenschutzpläne erfahren.«

»Was meinen Sie damit?« Gwen schnitt eine Grimasse.

»Nehmen wir zum Beispiel eine Stadt wie New York«, sagte Sabri. »Sie müssen doch einen Plan haben, was den Ausbruch einer Virusinfektion betrifft. Ist das korrekt?«

»Jede Stadt im Land hat einen Katastrophenschutzplan«, sagte sie und überlegte, wie viel sie ihm verraten musste, damit es so klang, als sage sie ihm die Wahrheit. »In jeder Stadt gibt es Beamte der öffentlichen Gesundheitsfürsorge, die ausschließlich mit den Maßnahmen bei Naturkatastrophen befasst sind.«

»Ja, natürlich«, sagte Sabri und nickte. »Gibt es einen Plan, der sich auf das Gansu-Virus bezieht?«

Gwen rückte auf dem Bett hin und her, doch dadurch gruben sich die Fesseln nur umso tiefer in ihre Haut. »Sie wollen den spezifischen Plan für jede größere Stadt in Amerika wissen, die vom Gansu-Virus betroffen sein könnte?«

»Nein.« Sabri atmete ruhig, doch Gwen konnte die Frustration spüren, die sich hinter seinem ungerührten Äußeren verbarg. »Wenn das Virus nach New York gelangen sollte, würden dann die Häfen, Straßen und Flughäfen geschlossen, sobald eine Person daran erkrankt?«

»Unsere Reaktion auf eine Epidemie besteht nicht darin, dass wir eine ganze Stadt lahm legen«, sagte sie, obwohl die jüngste Fassung der ERPBA-Richtlinien genau diese Maßnahme vorsah. »Natürlich würden wir Warnungen ausgeben und die Leute bitten, von Reisen abzusehen. Sobald jemand erkrankt, würden er und die Personen, zu denen er Kontakt hatte, unter Quarantäne gestellt. Alles Übrige wird von den Behörden vor Ort entschieden«, log sie.

Er musterte sie mehrere Augenblicke lang, sagte jedoch nichts. Dann warf er einen Blick über die Schulter und rief jemandem etwas auf Arabisch zu.

Einen Augenblick später betrat ein bärtiger, beleibter Mann das Zimmer. Er trug einen billigen, schlecht sitzenden grauen Anzug, ein weißes Hemd und eine unmodisch breite Krawatte. Schweiß tropfte ihm von der Stirn, und auch sein Hemd hatte, soweit man das sehen konnte, mehrere Schweißflecken. Er vermied jeden Blickkontakt mit Gwen. Stattdessen zuckten seine dunklen Augen hin und her, als suche er überall in dem Zimmer nach einem kleinen Haustier, das verschwunden war.

Plötzlich spülte die Angst Gwens Entschlossenheit hinweg, als sie die Spritze mit der langen Nadel in der Hand des dicken Mannes sah.

Sabri sagte etwas auf Arabisch zu dem Mann.

Der Mann trat auf Gwen zu. Er blieb neben dem Bett stehen. Er beugte sich vor, um die Nadel in die Kanüle zu schieben, die in ihrem Arm steckte. Gwen wand sich mit aller Kraft auf dem Bett hin und her, doch sie erreichte damit nur, dass ihre Handgelenke noch heftiger schmerzten. Der dicke Mann schob die Nadel in die Kanüle, doch sein Daumen, der auf dem Kolben der Spritze lag, rührte sich nicht.

»Das ist Dr. Aziz«, sagte Sabri und nickte dem Mann zu. »Er wird uns helfen.«

»Uns helfen? Wobei?«, fragte Gwen und atmete immer schneller.

»Ich möchte Ihre Antworten noch einmal mit Ihnen durchgehen, Dr. Savard«, sagte Sabri.

Sie bemühte sich, nicht mehr zu hyperventilieren. »Was gibt er mir da?«

»Etwas, um sich zu entspannen«, sagte Sabri.

»Wenn Sie wollen, dass ich mich entspanne, machen Sie mich los«, fauchte Gwen ihren Entführer an. »Was ist in der verdammten Spritze?«

Sabri deutete auf die Spritze. »Das ist Natriumthiopental. Ich glaube, Sie bezeichnen das als Wahrheitsserum.« Er nickte dem dicken Mann zu und sagte etwas auf Arabisch.

Gwens Herz schlug hämmernd gegen ihre Rippen, als sie beobachtete, wie Aziz den Kolben der Spritze herabdrückte.

Ihre Lider wurden schwer. Sekunden später kam es ihr so vor, als schwebe sie frei und ungebunden über ihrem Bett dahin.

KAPITEL 41

Woodmore, Maryland

Haldane saß auf dem Beifahrersitz in Claytons schwarzem Lincoln und kümmerte sich nicht um die vorbeifliegende Landschaft oder das lautstarke Hupen und die quietschenden Bremsen der Fahrzeuge, die Clayton rücksichtslos überholte, als er Washington hinter sich ließ und in Richtung Maryland raste. Er blieb ruhig sitzen, starrte auf seine Füße und war außer sich vor Wut und Sorge.

Achtzehn Minuten nachdem sie Washington verlassen hatten – normalerweise hätte man vierzig Minuten für diese Strecke gebraucht –, bog die Limousine in Richtung des Parkplatzes neben der Tankstelle ab, auf dem bereits zahllose Fahrzeuge von Polizei, Spurensicherung und anderen Einsatzkräften standen.

Clayton sprang aus dem Wagen, ohne sich die Mühe zu machen, die Fahrertür zu schließen, und ließ den Lincol einfach auf der Zufahrt stehen. Haldane und McLeod eilten ihm nach. Sie schoben sich durch mehrere Gruppen von Polizisten, Technikern und anderen Beamten, um zu Gwens marineblauem Lexus vorzudringen, der am anderen Ende des Parkplatzes stand. Ein Team von der Spurensicherung arbeitete bereits an dem Fahrzeug.

Kurz bevor sie den Wagen erreichten, winkte eine burschikose Frau mit Bubikopf-Frisur, die einen einfachen schwarzen Hosenanzug trug, Clayton zu sich. »Alex!«, rief sie.

Haldane und McLeod folgten Clayton, der auf die Zapfsäulen zueilte, neben denen die Frau stand. Er deutete auf sie. »Moira Roberts. Stellvertretende Direktorin des FBI.« Dann zeigte er auf die beiden Männer. »Dr. Haldane und Dr. Duncan McLeod von der WHO.«

Roberts warf Clayton einen Blick zu, aus dem man schließen konnte, dass sie nicht gerade begeistert darüber war, zwei Zivilisten an einem Tatort zu sehen, doch Clayton sagte: »Die beiden sind okay. Sie arbeiten mit Gwen zusammen. Sagen Sie uns bitte, was Sie herausgefunden haben.«

»Natürlich bin ich hier nur aufgrund meiner administrativen Funktion, aber ich glaube, ich bin über den neuesten Stand der Untersuchung informiert«, sagte Roberts.

Clayton rang die Hände in einer Geste, die zeigte, wie ungeduldig er darauf wartete, dass sie endlich zur Sache kam.

»Der Wagen wurde kurz nach Mitternacht hier geparkt, als die Tankstelle gerade schloss«, sagte Roberts und runzelte besorgt die Stirn. »Der Kassierer in der Tankstelle hat ausgesagt, dass ein weiterer Wagen, eine graue Limousine, unmittelbar daneben parkte, als er letzte Nacht die Tankstelle absperrte. Wir vermuten, dass derjenige, der sie entführt hat, wer immer es auch sei mag …«

»Es gibt kein ›wer immer es auch sein mag‹«, warf McLeod ein. »Es ist dieser verdammte Abdul Sabri.«

Roberts verschränkte die Arme vor der Brust. »Es gibt keinen Beweis dafür, dass ihre Entführung irgendetwas mit dieser bioterroristischen Verschwörung zu tun hat.«

»Wie dumm von mir. Immer diese voreiligen Schlüsse!«, knurrte McLeod. »Da hab ich doch tatsächlich nicht darauf gewartet, bis wir jemanden gefunden haben, der eine verbrannte amerikanische Fahne und das verkohlte Bild des Präsidenten am Rückspiegel hängen hat. Wie konnte ich nur auf diesen entscheidenden Beweis ver…«

»Das reicht«, fuhr Clayton ihn an. »Moira, Sie haben gesagt …«

»Wir glauben, dass der oder die Entführer Dr. Savard zunächst in ihrem eigenen Wagen und später dann in der grauen Limousine transportiert haben, obwohl es dafür keine Augenzeugen gibt.«

Weil Roberts streng nach Vorschrift vorging, wurde Haldane immer ungeduldiger. Er schnippte mit den Fingern. »Da war doch die Rede von Blut auf dem Rücksitz?«, fragte er.

Sie nickte. »Es gibt eine Blutspur – oder eigentlich eher einen verschmierten Blutfleck – auf dem Rücksitz«, sagte sie in sachlichem Ton. »Deshalb glauben wir, dass Dr. Savard von einem Wagen in den anderen transportiert wurde.«

Noah wollte Roberts bei ihren Jackenaufschlägen packen und durchschütteln. »Wie viel Blut?«

»Oh.« Roberts machte eine wegwerfende Geste, um ihn zu beruhigen. »Nicht besonders viel. Wie bei einem kleinen Schnitt. Sie könnte sich zum Beispiel die Kopfhaut aufgeschürft haben.«

»Sonst noch etwas?«, fragte Clayton.

»Wir haben in einem Radius von fünfzig Meilen Straßensperren aufgebaut. Und unsere Hubschrauber suchen nach Autos, die zu der Beschreibung der grauen Limousine passen.« Sie deutete auf die Techniker, die Gwens Wagen auf dem Parkplatz hinter ihr untersuchten. »Die Spurensicherung sucht noch nach Hinweisen.« Sie hielt inne und musterte die drei Männer mit einem Blick, der fast schon freundlich war. »Die Ermittlungen haben gerade erst angefangen. Wir werden sicher bald etwas finden, das uns weiterbringt.«

»Gut. Wer leitet die Untersuchung …«, begann Clayton, doch Roberts hob die Hand und unterbrach ihn. Sie holte ihr Handy aus der Jackentasche und nahm den Anruf entgegen. Niemand hatte das Handy klingeln hören.

Irgendetwas fiel Haldane daran auf. Als er sah, wie sie in das Gerät sprach, spürte er, dass er kurz davorstand, etwas zu begreifen, doch mehrere quälende Sekunden lang war ihm nicht klar, was.

Dann traf ihn der Gedanke wie ein Schlag.

Er drehte sich um und rannte zu den drei Technikern, die an Gwens Wagen arbeiteten. Den Blutfleck auf dem Rücksitz ignorierend, tippte er dem Mann auf die Schulter, der unter dem Lenk-rad kniete. »Ja?«, sagte der Techniker knapp. »Was gibt's?«

»Ein Handy?«, fragte Haldane keuchend.

»Ich habe keins«, sagte der Mann. »Da drüben ist ein Tele-fon …«

»Nein«, unterbrach Noah ihn. »Haben Sie in dem Wagen ein Handy gefunden?«

»Nein, hier drin war kein Handy.«

Noah drehte sich um und sah, dass Clayton und McLeod ihn an-starrten, als hätte er den Verstand verloren. »Kommt mit«, sagte er. Er führte die beiden ein paar Meter weit vom Wagen weg, bis sie außer Hörweite der anderen waren. »Gwens Handy ist nicht im Wagen.«

»Na und?« Clayton zuckte mit den Schultern. »Sie haben schon einmal versucht, Gwen anzurufen, ohne sie zu erreichen.«

»Genau!«, sagte Haldane. »Ich habe niemanden erreicht, aber ich habe das Freizeichen gehört. Wenn das Handy ausgeschaltet gewesen wäre, wäre ich ohne Freizeichen sofort zu ihrer Voicebox weitergeleitet worden.«

Es dauerte einen kurzen Augenblick, dann wurden Claytons Au-gen größer. »Sie gerissener Hurensohn! Vielleicht hat sie es noch immer bei sich?«

McLeod hob die Hände. »Na schön, dann hat es also geklingelt, und sie hat es vielleicht noch immer bei sich. Da falle ich doch glatt in Ohnmacht vor Begeisterung! Was nützt das schon, wenn sie nicht antworten kann?«

»Sie erklären es ihm«, sagte Clayton zu Haldane. »Ich rufe Lang-ley an, um es aufzuspüren.« Er zog sein Handy aus der Jackenta-sche und trat ein paar Schritte zur Seite auf der Suche nach einer Stelle, wo es ruhiger zuging.

McLeod, der noch immer verwirrt aussah, wandte sich Hal-dane zu. »Was geht hier vor, Noah?«

»Neuere Handys haben einen GPS-Chip«, sagte Haldane.

McLeod schüttelte den Kopf. »Und das bedeutet?«

»Die Position eines GPS-Chips lässt sich sehr genau bestimmen«, sagte Haldane und tippte sich gegen die Schläfe. »Wenn das Handy eingeschaltet ist, kann der Service-Provider die Position des Handys bis auf wenige Meter genau zurückverfolgen.«

»Scheiße, Mann! Das ist eine Verletzung der Privatsphäre!«, sagte McLeod, doch seine Lippen verzogen sich zu einem schiefen Grinsen. »Beten wir, dass sie dieses winzige Handy noch immer bei sich hat, Haldane.«

Ohne ein weiteres Wort zu wechseln, drehten sie sich um und beobachteten Clayton, der sechs Meter von ihnen entfernt mit einer Hand ein Ohr abdeckte und sich das Handy ans andere Ohr hielt.

Die Arme an die Seiten gedrückt, versuchte Haldane, seine ganze Anspannung aus seinen Fäusten herausströmen zu lassen, doch es gelang ihm kaum. Los, los, wir brauchen es!, wiederholte er immer wieder, was für seine Verhältnisse fast schon ein Gebet war.

Zwei lange Minuten später nahm Clayton das Handy vom Ohr und eilte zurück zu den beiden, die auf ihn warteten. »Und?«, fragte Haldane, noch bevor der CIA-Mann sie erreicht hatte.

Clayton reckte kurz die Daumen hoch. »Wir haben ihr Handy gefunden. Es befindet sich im Quiet-Slumber-Motel, gleich außerhalb von Jessup, Maryland.«

Hochstimmung durchströmte Haldane wie eine Welle. »Wie weit?«

»Etwa dreißig Meilen im Norden«, sagte Clayton.

Haldane legte Clayton die Hand auf die Schulter. »Alex, werden wir es Moira sagen?«

»Das sollten wir«, sagte er, doch seine Miene wirkte wenig überzeugt.

»Was werden Sie machen?«, fragte Haldane.

»Das FBI nimmt es mit den Dienstvorschriften manchmal wirklich sehr genau.« Clayton schüttelte den Kopf. »Sie werden das Gebäude umstellen und einen koordinierten Zugriff organisieren.«

»Und das kann dauern«, sagte Haldane.

»Stunden«, murmelte Clayton.

Haldane drückte Claytons Schulter, bevor er die Hand wegnahm. »Zeit, die Gwen vielleicht nicht mehr hat, Alex.«

»Ich weiß.« Clayton nickte. »Aber sie haben die Mittel, um einen Zugriff durchzuführen. Wir haben nicht einmal drei Waffen.«

Haldane ließ sich nicht von seiner Idee abbringen. »Aber Alex, wir haben das Überraschungsmoment auf unserer Seite.«

McLeod sah so ernst aus wie selten. Er nickte. »Die Leute, die sie entführt haben, sind wahrscheinlich ohne weiteres bereit, ihr eigenes Leben zu opfern. Wenn sie auch nur im Geringsten vermuten, dass sie in einen Polizei-Hinterhalt geraten sind …«

Clayton biss die Zähne zusammen, und sein Gesicht wurde starr vor Entschlossenheit. Er sah von Haldane zu McLeod. »Wir werden das FBI rufen, wenn und falls wir Hilfe brauchen«, sagte er entschlossen. »Los, holen wir sie uns.«

Clayton fuhr an dem heruntergekommenen kleinen Motel, das zwei Meilen außerhalb Jessups lag, vorbei, ohne langsamer zu werden. Haldane hatte schon unzählige Motels wie das Quiet Slumber am Straßenrand gesehen, doch kein einziges hatte er so intensiv fixiert.

Das Motel stand auf einer flachen Wiese vor einem Waldstück und bestand aus mehreren einzelnen Holzhütten. Haldane zählte zwölf Stück, doch es war möglich, dass es noch mehrere gab, die von den Hütten verdeckt wurden, die der Straße zugewandt waren. Clayton bog in die kiesbestreute Auffahrt ein, die sich zwei Blocks hinter dem Motel befand. Weil das Gelände den Winter über geschlossen war, war sein Wagen der einzige auf dem Parkplatz. Clayton blieb sitzen, zog sein Handy heraus und wählte eine Nummer.

»Megan, es geht um das Handy, das du für mich suchen sollst«, sagte er. »Kannst du mir die genauen Koordinaten geben?« Er schwieg einen Augenblick. »Ja. Das Motel besteht aus zwölf Hütten. Kannst du das auf der Karte feststellen? Ich muss wissen, um welche Hütte es sich handelt.« Wieder wartete er einige Sekunden. »Okay. Die in der nordöstlichen Ecke, richtig?« Eine weitere Pause. »Megan, wir können uns keinen Irrtum leisten. Bist du sicher?«, fragte er. »In Ordnung. Du hast was gut bei mir.«

Clayton runzelte die Stirn und wandte sich an die beiden anderen. »Sie sind in der letzten Hütte, an der wir vorbeigefahren sind. Klingt sinnvoll. Sie liegt am weitesten entfernt, und die anderen Hütten bilden einen gewissen Schutz.« Er legte die Hand auf den Türgriff. »Von hier aus gehen wir zu Fuß.«

Nachdem sie ausgestiegen waren, ging Clayton um den Wagen herum und öffnete den Kofferraum. Er griff unter eine Matte hinter dem Reserverad und zog einen kleinen Metallkoffer hervor. Er schloss den Kofferraum. Dann sah er sich nach beiden Seiten um, legte den Metallkoffer auf den Wagen und öffnete das Schloss mit einem Schlüssel, den er an seinem Schlüsselring trug.

In einer Schaumstoffpolsterung lagen mehrere Metallteile. Als Haldane erkannte, dass es sich um Teile zweier Pistolen handelte, spürte er, wie Adrenalin durch seinen Körper strömte.

Clayton warf den anderen beiden einen Blick zu. »Ich nehme nicht an, dass einer von Ihnen bewaffnet ist?«

Haldane schüttelte den Kopf, während McLeod einfach nur seufzte.

Clayton griff nach der kleineren Waffe. Er nahm ein Magazin und ließ es im Griff einrasten. Dann hielt er die Waffe am Lauf und streckte sie mit dem Griff nach vorn Haldane und McLeod hin. »Eine Glock 17. Neun Millimeter. Sehr leicht und idiotensicher. Es ist die einzige, die ich übrig habe. Hat einer von Ihnen schon einmal geschossen?«

»Nur um das klarzustellen, ich komme aus Schottland und nicht aus diesem verdammten Texas«, knurrte McLeod.

»Ich habe ein paarmal auf dem Schießstand mit einer 38er geschossen«, sagte Haldane.

»Sie haben gewonnen.« Clayton reichte Haldane die Waffe.

Haldane wog sie in der Hand und bemerkte überrascht, wie leicht sie war.

»Eine halbautomatische Pistole, völlig simpel«, erklärte Clayton. »Keine Sicherung. Man drückt ab und feuert. Magazin mit siebzehn Schuss. Wenn man den Abzug durchgedrückt hält, feuert sie alle zwei Sekunden.«

Haldane nickte. Er war immer noch erstaunt darüber, wie leicht die Waffe war.

Clayton wandte sich wieder seinem Metallkoffer zu. Er setzte eine weitere Waffe zusammen, die aus mehr Teilen als die Glock 17 bestand. Gerade als Haldane dachte, dass Clayton fertig sei, nahm dieser ein letztes Teil aus dem Koffer und schraubte es an den Lauf der Waffe. Haldane nahm an, dass es sich um einen Schalldämpfer handelte. Clayton schob sein Jackett beiseite und klemmte sich die Waffe hinten unter den Gürtel. Haldane tat dasselbe.

»Unser großer Vorteil ist nicht nur, dass Sabri uns nicht erwartet. Er würde uns auch nicht einmal erkennen«, sagte Clayton. »Doch wenn er oder weitere Terroristen Wache halten – und ich nehme an, dass das so ist –, würden drei Männer, die sich dem Motel nähern, höchst verdächtig wirken.« Er sah zu Haldane. »Haben Sie ein Handy?«

Haldane zog es aus der Tasche und hielt es hoch.

Clayton griff nach seinem Apparat. »Okay. Ich stelle die Wahlwiederholung auf meine Nummer ein. Machen Sie dasselbe mit Ihrem Handy. Ich gehe vor. Lassen Sie mir fünf Minuten Vorsprung. Kommen Sie mir dann nach bis zur Rückseite der drittletzten Hütte. Haben Sie das verstanden? Die drittletzte Hütte.«

Als Gwen erwachte, war ihr Mund völlig ausgedörrt. Sie fuhr sich mit der Zunge über die Lippen und saugte verzweifelt an ihrem Gaumen, um etwas Speichel zu gewinnen. Schon bevor sie die Augen öffnete, zeigte ihr der schmerzhafte Druck an ihren Hand- und Fußgelenken, dass sie immer noch ans Bett gefesselt war.

Als sie die Augen schließlich öffnete, waren alle Dinge von einem schwachen Schimmer umgeben. Sogar Abdul Sabri. Ein blauweißes Licht umgab seine vor ihr aufragende Gestalt, das ihn wie einen riesigen Engel aussehen ließ. Der Engel des Todes, dachte sie düster. Sie blinzelte heftig, und als sie die Augen wieder öffnete, hatte Sabri seine himmlische Aureole verloren.

»Was ist passiert?«, fragte sie mit heiserer Stimme, während sie versuchte, sich irgendeinen Plan einfallen zu lassen.

»Dank des Natriumthiopentals waren Sie uns eine große Hilfe, Dr. Savard«, sagte Sabri in einem völlig ausdruckslosen Tonfall, der perfekt zu seinem Gesicht passte.

»Was habe ich Ihnen erzählt?«

Er deutete ein Schulterzucken an. »Genug.«

Sie hielt inne und saugte an ihren ausgedörrten Lippen. Sie wusste, dass sie bald würde handeln müssen, wenn sie überhaupt noch eine Chance haben wollte. »Was werden Sie jetzt mit mir machen?«, fragte sie.

»Das werden Sie schon früh genug erfahren.« Er drehte sich um und ging in Richtung Tür.

Sie konnte spüren, wie ihr Handy unter ihrem Hosenbund gegen ihren Bauch drückte. »Major, ich muss auf die Toilette.«

Auf halber Strecke zur Tür blieb er stehen und warf einen Blick über die Schulter, doch er sagte kein Wort.

»Ich muss wirklich auf die Toilette. Jetzt«, beharrte sie. Wieder zuckte er mit den Schultern. »Tun Sie sich keinen Zwang an.«

»Das ist nicht sehr würdevoll«, sagte Gwen. »Ich dachte, Sie hätten mehr Klasse.«

Er ging wieder weiter in Richtung Tür.

»Ist das Ihre Art, eine Frau zu behandeln?«, schrie sie ihm nach. »Ihre Religion verkündet, dass so etwas akzeptabel ist?«

Er blieb an der Tür stehen, ohne sich umzudrehen.

Gwen spürte einen Hoffnungsschimmer, als er von einem Bein auf das andere trat und hin und her zu überlegen schien.

Dann drehte er sich langsam zu ihr um. Doch als er sie wieder ansah, erkannte sie, dass in seiner rechten Hand eine lange Klinge mit Sägeschliff schimmerte.

Haldane drückte sich an die Wand der baufälligen, alten Hütte, von der die Farbe abblätterte. Zwar befand sich Gwen, wie sie vermuteten, erst im übernächsten Gebäude, doch einen Augenblick lang befürchtete er, dass er Clayton falsch verstanden hatte, oder schlimmer noch, dass ihm bereits etwas passiert war. »Wo bist du, Alex?« Stumm formte Haldanes Mund diese Worte, doch er konnte seinen Atem in der kalten Luft sehen.

Leise kam Clayton um die Ecke. »Gwen lebt«, flüsterte er knapp, und Haldane spürte, wie ihn eine Woge der Erleichterung durchströmte. »Aber sie liegt, an Händen und Füßen gefesselt, auf einem Feldbett im zweiten Schlafzimmer. Wenigstens zwei Terroristen sind bei ihr: Sabri und ein stämmiger Kerl mit Bart. Beim Fenster an der Vordertür gibt es einen Spalt zwischen den Vorhängen, durch den ich hineinsehen konnte.«

Clayton beugte sich vor und hob einen Zweig auf. Er zeichnete den Lageplan der Hütte in den Sand. »Auf der rechten Seite befindet sich die Tür. Sie führt ins Wohnzimmer. Daneben befindet sich die Küche, die durch eine halbhohe Wand und eine Theke vom Wohnzimmer abgetrennt ist.« Er markierte die Küchentheke mit einem X. »Der Dicke war in der Küche. Sabri kam gerade aus dem Schlafzimmer.« Er deutete auf die linke Seite der Hütte. »Ein leeres Schlafzimmer liegt auf der Vorderseite, doch das Zimmer, in dem sie Gwen gefangen halten, geht nach hinten. Es gibt dort zwei Fenster, die ziemlich weit oben angebracht sind. Ich musste auf eine alte Kiste klettern, um hineinzusehen. Aber das ist der Raum, in dem Gwen ans Bett gefesselt ist. Sie sah aus, als stünde sie … unter Drogen. Aber sie ist definitiv am Leben.«

»Also, was machen wir?«, flüsterte McLeod.

»Wir warten ab und beobachten sie.« Clayton nickte. »Sollte es nötig sein, gehen wir rein.«

»Ist das schon Ihr ganzer Plan?«, flüsterte McLeod unbeeindruckt. Clayton lächelte. »Ich bin bei der CIA, schon vergessen? Wenn wir erst einmal anfangen, Pläne zu machen, endet alles wie bei der Schweinebucht.« Seine Miene wurde hart. Er reichte McLeod sein Handy. »Duncan, ich brauche Sie. Sie müssen an der Rückseite der Hütte Posten beziehen. Es gibt dort keine Tür, und die Fenster sind so klein, dass man nicht hinaus- oder hineinklettern kann, aber ich will, dass Sie Gwen durch eines der Fenster im Auge behalten. Wenn irgendetwas passiert, rufen Sie uns. Drücken Sie einfach auf den Knopf mit der Wahlwiederholung.«

McLeod nahm das Handy und nickte.

»Warten Sie hier noch zwei Minuten, nachdem wir losgegangen sind. Gehen Sie dann leise zur Rückseite der Hütte. Ich habe die alte Kiste unter einem der Fenster stehen lassen.« Clayton wandte sich mit einem entschlossenen Nicken Haldane zu. »Wir beziehen Posten auf der Vorderseite.«

»Was ist mit dem FBI?«, fragte Haldane.

»Ich habe gerade mit Moira gesprochen«, sagte Clayton. »Sie sind unterwegs.« Clayton zog seinen Mantel aus und ließ ihn auf den Boden fallen. Jetzt trug er nur noch seine schwarze Anzugjacke. Er gab Haldane ein Zeichen, ihm zu folgen, und ging rasch um die Ecke der dritten Hütte. Sich unterhalb der hoch gelegenen Fenster haltend, rannte er gebückt an der Rückseite der Hütte entlang bis zur ersten Ecke der nächsten Hütte, wo er auf Haldane wartete.

Mit einer stummen Geste zeigte Clayton ihm, wie sie sich an der Wand entlangschleichen und das Fenster auf der Vorderseite erreichen sollten. Er zählte mit den Fingern von drei an rückwärts. Dann rannten sie gebückt an der Kiste vorbei, die unter dem Fenster zu Gwens Zimmer stand, bogen um die Ecke und erreichten die seitliche Wand.

Haldane schnappte nach Luft. Nicht so sehr wegen des kurzen Sprints, sondern wegen der Anspannung war er ganz außer Atem, während Clayton um die Ecke spähte. Clayton zog seine Waffe unter dem Gürtel hervor und nickte Haldane zu, dasselbe zu tun. Dann ging Clayton in die Hocke. Als Haldane die Waffe aus seinem Gürtel zog, fühlte sie sich plötzlich viel schwerer an, und sie zitterte leicht in seiner Hand.

Clayton kroch um die Ecke des Gebäudes und hielt nach etwa zwei Metern inne. Er hob die Hände vom Boden und starrte über den Fenstersims hinweg ins Innere der Hütte, bevor er Haldane zu sich heranwinkte.

Haldane kroch zu ihm. Langsam hob er den Kopf auf dieselbe Höhe wie Clayton und sah durch den knapp anderthalb Zentimeter breiten Spalt zwischen dem Fensterrahmen und der Unterkante des Vorhangs in das dunkle Wohnzimmer. Nervös marschierte der dicke, bärtige Mann neben der Küchentheke auf und ab. In seinem Gürtel steckte eine Pistole. Haldane musterte den Rest der Küche und das Wohnzimmer, doch er konnte nirgendwo ein Zeichen von Sabri entdecken. Haldanes Herz hämmerte gegen seine Rippen. »Wo?« Lautlos formten seine Lippen die Frage.

Clayton schüttelte ein Mal den Kopf.

Erschrocken bemerkte Haldane, dass seine Tasche leise vibrierte. Er zog sein Handy heraus. Als er Claytons Nummer auf dem Display sah, hielt er den Apparat ans Ohr. »Duncan?«, flüsterte er.

»Ein Messer!«, flüsterte McLeod hysterisch.

»Was?«

»Sabri … Messer … geht auf Gwen los!«, flüsterte McLeod gehetzt.

Haldane ließ das Handy fallen und wandte sich an Clayton. »Sabri geht mit einem Messer auf Gwen los.«

Clayton nickte ruhig. »Bleiben Sie an der Tür, und geben Sie mir Feuerschutz, wenn ich im Zimmer bin, verstanden?«, flüsterte er.

Haldane nickte.

Wieder zählte Clayton mit den Fingern rückwärts, dann ging er, noch immer in der Hocke, zwei Schritte nach vorn und richtete sich blitzschnell vor der Tür auf. Haldane kroch zu ihm, und genau in diesem Augenblick rannte McLeod, hektisch mit den Armen wedelnd, um die Ecke. »Nein! Nein!«, flüsterte McLeod. »Es ist alles in Ordnung. Sie brauchen nicht reinzugehen!«

Aber Clayton hatte sich bereits in Bewegung gesetzt.

Die Unterarme aneinander gedrückt, hielt er die Waffe in beiden Händen und richtete sie auf die Tür. Zweimal zuckte der Lauf, und zweimal erklang ein kurzes Zischen. Dann trat Clayton mit voller Wucht die Tür ein. Kaum hatte er den rechten Fuß wieder auf den Boden gesetzt, stürmte er auch schon durch den offenen Türrahmen.

Haldane richtete sich stolpernd auf und trat mit der Glock im Anschlag neben die Tür. Er sah in das Zimmer und gewahrte gerade noch, wie der Dicke herumwirbelte und zur Tür blickte. Der Mann griff nach seiner Pistole und schrie irgendetwas, als er plötzlich nach hinten gegen die Küchentheke geschleudert wurde. Eine Blutspur hinter sich her ziehend, glitt er mit weit geöffneten Augen an der Theke zu Boden. Dann sackte er vornüber und brach zusammen.

Gwen wurde plötzlich ruhig, als sie sah, wie Sabri, das große Messer hin und her schwingend, auf sie zu kam. Sie beschloss, kein

Wort zu sagen. Sie würde nicht zulassen, dass er sie um einen würdigen Tod betrog.

Er kniete neben ihrem Bett nieder und hielt das Messer nur wenige Zentimeter von ihrem Kopf entfernt. Der Blick aus seinen hellen Augen bohrte sich in ihre Augen, und sie konnte seinen warmen, sterilen Atem auf ihrem Gesicht spüren. Sie drehte den Kopf weg, schloss die Augen und fragte sich, ob sie heftige Schmerzen oder überhaupt nichts spüren würde, wenn er schließlich zustechen würde.

Sie hielt den Atem an. Nichts.

Wenige Augenblicke später spürte sie, wie etwas an ihrem linken Fußknöchel zerrte, und dann war ihr Bein frei. Sie riss den Kopf hoch und sah, wie Sabri die andere Fußfessel durchtrennte.

Bevor er ihre Handgelenke befreite, sah er sie an. »Sie werden kooperieren, oder Sie werden sterben«, sagte er kühl. Dann befreite er sie von den beiden restlichen Fesseln.

Schwankend setzte sie sich im Bett auf.

Genau in dem Augenblick, als sie aufstehen wollte, hörte sie, wie die Tür eingetreten wurde. Bevor sie reagieren konnte, packte Sabri sie bei den Haaren und riss sie mit einer einzigen, schmerzhaften Bewegung in die Höhe. Er legte ihr die Hand mit dem Messer um den Hals, sodass die Messerspitze unmittelbar unter ihrem Kinn gegen ihre Haut drückte. »Eine einzige Bewegung, und Sie sind tot«, knurrte er und schob sie nach vorn.

Sie hörte, wie ein Mann einen grellen Schrei auf Arabisch ausstieß und etwas dumpf auf dem Boden aufschlug.

Sabri rannte aus dem Schlafzimmer, wobei er sie am Hals gepackt hielt und mit sich zerrte. Als sie um die Ecke kamen, sah Gwen, wie Clayton mitten in dem schäbigen Wohnzimmer stand. Seine Waffe war direkt auf sie gerichtet.

Sabri blieb stehen.

»Es ist alles okay, Gwen«, sagte Clayton ruhig. Dann wandte er sich an Sabri. »Lassen Sie sie los, Major Sabri. Sofort. Es ist vorbei.« Er hielt seine Pistole vollkommen ruhig.

»Ja, vorbei«, wiederholte Sabri, und sie konnte seinen Atem an ihrem Ohr spüren. »Ich werde sterben, und Sie werden die Direktorin der Bioterrorismus-Abwehr verlieren.« Er drückte das Messer fester gegen ihren Hals, und sie spürte ein scharfes Brennen, als sich die Klinge in ihre Haut bohrte.

»Lassen Sie sie los!«, wiederholte Clayton.

»Legen Sie die Waffe weg, oder sie stirbt«, sagte Sabri.

Clayton zögerte.

»Sofort!«, zischte Sabri.

Clayton trat mehrere Schritte zurück, bis er fast die Tür erreicht hatte. Erst jetzt sah Gwen, dass Noah an der Tür wartete. Nur sein Gesicht, seine Hand und die Waffe waren zu sehen.

Der Druck auf Gwens Hals wurde immer stärker. Gleichzeitig spürte sie, dass Sabri mit der anderen Hand hinter ihrem Rücken nach irgendetwas griff.

Langsam ließ Clayton die Waffe sinken. »Ich lege sie weg«, sagte er.

Plötzlich wurde Gwen klar, dass Sabri jetzt eine neue Waffe hinter ihrem Rücken versteckt hielt. Seine Pistole. Sie riss den Mund auf und schrie: »Alex …«, als sie abrupt nach vorn gegen die Wand geschleudert wurde.

Die Wirklichkeit verzerrte sich. Gwen hatte den Eindruck, alles geschehe ganz langsam.

Ihre Schulter schlug hart gegen die Wand. Sie blickte auf und sah, wie Clayton zur Seite gerissen wurde und rückwärts taumelte, während in hohem Bogen Blut aus seiner linken Brust spritzte. Er sackte auf die Knie und fiel dann nach hinten durch den Türrahmen.

Sie sah hinüber zu Sabri. Sein Messer war verschwunden. Er hielt eine Pistole in der Hand. Und er feuerte drei weitere Schüsse in Richtung Tür.

Als Clayton schwankend vor ihm zusammenbrach, sah Noah für einen Sekundenbruchteil nach unten. Im gleichen Augenblick explodierte das Holz neben seinem Kopf und ließ einen Schauer von Splittern herabregnen, und er hörte drei weitere laute Explosionen.

Noah riss den Kopf aus dem Eingang zurück. Neben ihm lag McLeod auf den Knien und riskierte es, getroffen zu werden, als er Claytons blutenden Körper an den Beinen aus der Tür zog.

Claytons Augen waren halb geschlossen, und Blut tropfte von seinen Lippen. Er drehte den Kopf zur Seite, sah Noah mit glasigen Augen an und beschwor ihn: »Machen Sie dem ein Ende, Noah. Jetzt!« Er spuckte Blut, und in der kalten Luft sah es so aus, als hinge ihm sein Atem rot und gefroren vor dem Mund.

Wieder schob Haldane den Kopf um die Ecke. Sabri rang mit Gwen und versuchte, ihren Kopf unter seinen Arm zu klemmen. Als Sabri aufblickte und Haldane sah, feuerte er noch einmal, und Noah spürte, wie die Kugel an seinem Kopf vorbeizischte.

Haldane hob die Glock und zielte. Doch sein Finger erstarrte, ohne dass er den Abzug drückte, denn er war nicht sicher, ob er freies Schussfeld haben würde, ohne Gwen zu verletzen. Während er noch zögerte, zerrte Sabri Gwen in die Küche und verschanzte sich mit ihr hinter der Theke.

Wut durchströmte Haldane wie eine Flutwelle.

Mit vorgestreckter Waffe betrat er das Wohnzimmer, wobei er sich zunächst nahe der linken Wand hielt.

Gerade als er so weit in das Zimmer vorgedrungen war, dass er einen Blick um die Küchentheke werfen konnte, explodierte die gläserne Abdeckung eines Bildes hinter ihm, und sofort danach hallte ein weiterer Schuss krachend durch den Raum.

Er ging in die Hocke, hielt den Atem an und schob sich Zentimeter für Zentimeter vorwärts, um wieder in die Küche spähen zu können. Er lugte um die Ecke der niedrigen Küchenwand und sah sich plötzlich Auge in Auge Sabri gegenüber. Beide hoben die Waffen, doch dann schrie Sabri vor Schmerz auf. Gwen hatte ihn in den Arm gebissen. Sie löste sich aus seiner Umklammerung.

Haldane hielt die Pistole ruhig und versuchte, ein freies Schussfeld zu finden.

»Schieß, Noah!«, schrie Gwen.

Sie sprang nach vorn auf den Boden. Noah feuerte zweimal. Der erste Schuss streifte Sabris linken Arm, der zweite zerschmetterte ein Wasserglas im Regal über seinem Kopf.

Sabris linker Arm sackte herab, doch seine rechte Hand löste sich nicht von der Waffe. Rasch drehte er sich von Noah zu Gwen, die kaum anderthalb Meter von ihm entfernt war. Seine Lippen verzogen sich zu einem grotesken Lächeln, aber er schoss nicht.

Haldane feuerte noch zweimal. Sabris Kopf wurde zurückgerissen und krachte gegen den Küchenschrank hinter ihm.

Sein Körper blieb in einer aufrechten Position sitzen. Er zuckte einmal und bewegte sich dann nicht mehr. Sabri starrte Noah unverwandt an. Abgesehen von dem Loch in seiner Stirn, das so groß wie eine Vierteldollarmünze war, wirkten seine Augen und sein Gesichtsausdruck nicht sehr viel anders als vor seinem Tod.

KAPITEL 42

Jesup, Maryland

Als Haldane Gwen erreichte, war es ihr gerade gelungen, aufzustehen. Um sie zu stützen, legte er vorsichtig den Arm um sie, ohne zu bemerken, dass er immer noch die Waffe in der Hand hielt. »Alles in Ordnung?«, fragte er.

»Ja.« Sie stolperte ein wenig, doch es gelang ihr, aus eigener Kraft auf den Beinen zu bleiben. Behutsam schob sie seinen Arm weg. »Hilf Alex! Er braucht dich mehr als ich«, sagte sie und wischte das Blut ab, das in dünnen Tropfen aus dem Schnitt in ihrem Hals rann.

Haldane wandte sich von Gwen ab und rannte durch das Zimmer, in dessen Eingang Clayton auf dem Rücken lag. McLeod hatte seine Jacke ausgezogen und zusammengeballt und drückte sie wie eine Kompresse auf die Schusswunde in Claytons Brust. Jeder Zentimeter der grünen Jacke war dunkel von dem ganzen Blut, das der Stoff aufgesogen hatte.

Haldane kniete McLeod gegenüber neben Clayton nieder. »Duncan?«

McLeod schüttelte den Kopf. »Bis noch vor einem Augenblick hat er mit mir geredet.« Er schluckte mühsam. »Dann hat er nur noch gemurmelt. Seit ein oder zwei Minuten ist er bewusstlos.«

»Hast du die 911 angerufen?«

»Schon zwei Mal.« McLeod schob die Finger seiner freien Hand unter Claytons Kiefergelenk und drückte dagegen, um ihm das Atmen zu erleichtern.

Haldane beugte sich vor. Er hörte ein leises Gurgeln und sah die Blutblasen, die aus Claytons Mund traten. Haldane schob ihm einen Finger in den Mund und wischte das Blut ab, doch dadurch verbesserte sich Claytons Atmung nicht. Er tastete nach dem Puls an Claytons Handgelenk und in seiner Armbeuge, doch er fühlte nichts. Erst als er zwei Finger an Claytons Hals legte, spürte er ein schwaches Pochen.

»Lange hält er nicht mehr durch.« Haldane blickte auf, und ohne sich an jemanden Bestimmten zu wenden, schrie er: »Scheiße, wo bleiben die denn?«

Gwen kam humpelnd auf sie zu. Sich unsicher an McLeods Schulter abstützend, kniete sie zwischen den beiden neben Claytons Kopf nieder. Vorsichtig strich sie Clayton durchs Haar. »Bitte, Alex«, beschwor sie ihn mit leiser Stimme, »bitte, halte durch.«

Claytons Lider flatterten ein paarmal, und dann öffnete er die Augen. Mit glasigem Blick sah er auf zu Gwen, und auf seinem aschfahlen Gesicht erschien ein schwaches Lächeln. Dann schlossen sich seine Augen wieder.

In der Ferne hörte Haldane das Heulen der Sirenen.

Clayton war noch am Leben, als ihn die Sanitäter auf die Trage luden und ihn mit heulenden Sirenen in das sechzehn Meilen entfernte Baltimore Trauma Center fuhren. Ihre bedrückten Gesichter und zurückhaltenden Auskünfte hatten Haldane verraten, dass sie kaum noch Hoffnung hatten. Die Tatsache, dass man immer noch Claytons Puls fühlen konnte, als sie aufbrachen, war mehr, als Haldane erwartet hatte. Er war vorsichtig optimistisch.

Haldane ging hinüber zu Gwen. Eine Sanitäterin kümmerte sich um ihre Patientin, die immerhin noch aufrecht stehen konnte. Gwen blickte dem Krankenwagen nach, der mit Clayton davonraste. Als die Heckscheinwerfer verschwunden waren, griff sie nach unten und riss sich die Kanüle aus der Armbeuge. Die junge Sanitäterin klebte ihr ein Pflaster über die Einstichwunde, das genauso aussah wie das, mit dem sie bereits Gwens Hals versorgt hatte.

Als die Sanitäterin auf ihre Trage deutete, schüttelte Gwen den Kopf. »Ich weiß Ihre Hilfe wirklich zu schätzen.« Sie lächelte. »Aber ich bin in Ordnung. Ich werde nicht mit Ihnen kommen.« Und als wolle sie ihre Behauptung Lügen strafen, stolperte sie einen Schritt nach vorn, bevor sie ihr Gleichgewicht wiederfand.

»Schon okay«, sagte Haldane zu der jungen Sanitäterin. »Wir beide sind Ärzte.« Er deutete auf sich und McLeod. »Wir werden auf sie aufpassen.«

Die Sanitäterin zuckte mit den Schultern und ging zu ihrem Wagen.

McLeod schloss sich Gwen und Noah an. Noch immer waren sein Gesicht, seine Hände und sein Hemd mit Claytons Blut bedeckt. »Er ist ein wirklich mutiger Mann«, sagte McLeod. »Wenn es so etwas wie himmlische Gerechtigkeit gibt, dann wird er durchkommen.« Er hielt inne. »Aber andererseits würde ich nicht unbedingt darauf zählen. Mir scheint, Gott hat in letzter Zeit einen ziemlich seltsamen Sinn für Humor.«

»Jetzt ist es vorbei«, sagte Haldane leise.

»Das haben wir schon mal gedacht, Haldane«, sagte McLeod und rieb sich das Blut von den Händen. Er stieß einen tiefen Seufzer aus. »Aber keine verdammten Witze jetzt über Lady Macbeth. Ich werde schon irgendwo ein Waschbecken finden.«

McLeod machte sich auf die Suche nach einem Waschraum. Gwen und Noah verfielen in ein angenehmes Schweigen, als sie sahen, wie immer mehr Fahrzeuge beim Quiet-Slumber-Motel eintrafen. Drei Helikopter landeten auf der Straße. Lastwagen und Kleintransporter füllten den Parkplatz und standen am Straßenrand. Überall waren Leute in allen möglichen Uniformen, von der Einsatzkleidung der Bundespolizei bis hin zu biologischen Schutzanzügen aus gelbem Kunststoff.

Gwen lehnte sich an Noah und legte ihm einen Arm um die Hüfte. Sie legte den Kopf auf seine Schulter. Für Haldane fühlte sich das genau richtig an.

Einige Augenblicke später sagte sie: »Noah?«

»Ja?«

»Er hat mich nicht umgebracht.«

»Und darüber bin ich sehr froh«, sagte Noah und legte seine freie Hand an ihr Gesicht.

»Das meine ich nicht«, sagte Gwen. »Er hat mir direkt in die Augen gesehen und einfach nur gelächelt. Es wäre so leicht für ihn gewesen, mich umzubringen.«

»Vielleicht hat er begriffen, dass es sinnlos gewesen wäre.«

»Ja, vielleicht ist das der Grund«, sagte sie und schwieg wieder.

KAPITEL 43

Washington, D. C.

Gwen erwachte am nächsten Morgen völlig durchgeschwitzt, doch sie erkannte erleichtert, dass sie in ihrem eigenen, bequemen Bett lag und nicht mehr an ein Feldbett gefesselt war, wie sie eben noch geträumt hatte. Ihr tat alles weh. Sie fragte sich, ob das von der Droge stammte, die Sabri ihr gegeben hatte, oder ob ihr Körper nach so vielen Anstrengungen in Somalia und Maryland seinen Tribut forderte.

Sie griff nach dem Telefon auf ihrem Nachttisch und drückte die Wahlwiederholungstaste.

»Maryland Trauma Center«, meldete sich eine Angestellte der Telefonzentrale.

Nachdem Gwen erklärt hatte, wer sie war, wurde sie zur Intensivstation durchgestellt, wo eine Schwester ihr mitteilte, dass Claytons Zustand noch immer kritisch war, er bei der Operation jedoch »gerade eben so durchgekommen« sei und es erste Anzeichen für eine Stabilisierung gäbe.

Erleichtert legte sie auf, doch sie fühlte sich noch immer zu schwach, um das Bett zu verlassen. Ständig hatte sie Abdul Sabris hinterhältiges Lächeln vor Augen. Sie verspürte ein merkwürdiges Unbehagen, weil er ihr Leben verschont hatte, was, wie sie annahm, möglicherweise typisch für die Schuldgefühle Überlebender war. Doch die Zweifel, dass Sabri zu einer letzten großzügigen Geste fähig gewesen sein sollte, konnte sie einfach nicht abschütteln.

Während sie Bilder von Sabri und einstürzenden Gebäuden vor ihrem inneren Auge sah, sank sie zurück in die Kissen und schlief wieder ein.

Das Klingeln des Telefons weckte sie. Ohne abzuheben, drehte sie zuerst den Kopf zur Seite und sah auf den Wecker. Er zeigte 14.24 Uhr. Obwohl sie so lange geschlafen hatte, fühlte sie sich nicht besser, und sie fragte sich, ob sie noch immer Reste des Natriumthiopentals oder anderer Drogen in ihrem Blut hatte.

Etwa fünf Minuten später klingelte das Telefon erneut. Als sie den Arm hob, um nach dem Telefon zu greifen, kam es ihr so vor, als sei eine Hantel daran befestigt. Tastend suchte sie den Nachttisch ab, bis sie den Hörer fand.

Als sie den Hörer ans Ohr hielt, wurde ihr alles viel klarer.

»Hi«, sagte Noah. »Wie geht's dir?«

»Schlecht«, sagte sie geistesabwesend und wickelte sich enger in ihre Decke, denn ihr war plötzlich kalt. »Und dir?«

»Gut.« Er lachte. »Ich genieße meinen ersten freien Tag seit fast zwei Monaten.«

»Faulpelz.« Sie sprach in lockerem Tonfall, doch so fühlte sie sich keineswegs.

»Hast du von Alex gehört?«

»Ich habe vorher im Krankenhaus angerufen. Gibt es etwas Neues?«

»Sein Zustand stabilisiert sich«, sagte Haldane munter. »Sie glauben, seine Chancen stehen gut.«

»Gott sei Dank«, sagte Gwen.

»Hey, das FBI ist in Sabris Hütte auf eine wahre Goldader gestoßen«, sagte er. »Sie hatten Röhrchen mit Serum in einem kleinen Inkubator transportiert. Und sie hatten Hühnereier, die höchstwahrscheinlich mit dem Gansu-Virus infiziert wurden.«

»Kaum überraschend«, sagte sie.

»Da ist noch etwas«, sagte Haldane. »Sabri hatte verschiedene

Straßenkarten von New York. Auf zweien von ihnen wurde der Times Square mit einem roten Kreis markiert. Und das FBI hat eine Liste mit E-Mail-Adressen und Handynummern ihrer Kontaktpersonen gefunden. Es hat bereits zwölf Festnahmen gegeben, vier in Seattle, der Rest in New York.«

»Gut«, sagte sie und versuchte, seine Begeisterung zu teilen, doch sie fühlte sich müder als je zuvor.

»Gwen«, sagte Haldane leise, »ich glaube wirklich, dass es vorbei ist.«

»Hoffen wir's.« Sie hustete, und dann räusperte sie sich.

»Bist du okay?«

»Mit der Zeit bin ich einfach zu alt für einstürzende Gebäude und Geiselnahmen«, erwiderte sie.

»Wie wär's, wenn ich zu dir komme und dich zur Feier des Tages zu einem verspäteten Mittagessen ausführe?«, fragte Haldane. »Dann müssen wir nicht bis zur Silvesterparty aufbleiben.«

»Der Jahreswechsel bedeutet mir sowieso nicht viel«, sagte sie. »Außerdem bin ich zu erschöpft, um auszugehen, Noah.«

»Weißt du was?«, sagte Haldane. »Ich bring dir dein Mittagessen. Ohne jeden Hintergedanken.«

Sie schluckte, und ihr Hals fühlte sich entzündet an. »Das meinen die Leute nie, wenn sie so etwas behaupten.«

Er lachte. »Stimmt. Ich habe haufenweise Hintergedanken. Aber ich könnte doch trotzdem kommen und dir dein Essen bringen.«

»Nein, Noah, das müssen wir verschieben. Ich habe wochenlang kaum geschlafen. Das muss ich erst mal nachholen.«

»Gutes Argument«, sagte er und klang ein wenig enttäuscht. »Ich rufe dich morgen wieder an.«

Sie legte den Hörer ganz bewusst neben das Telefon auf den Nachttisch. Obwohl ihre Knie zitterten und ihr das Kreuz wehtat, zwang sie sich aufzustehen.

Sie schloss alle Fenster und die Fensterläden. Dann verriegelte sie beide Sicherheitsschlösser an ihrer Tür. Als sie wieder einigermaßen regelmäßig atmen konnte, stolperte sie zurück ins Schlafzimmer.

Zwei Tage nach der Schießerei in Maryland saß Haldane an Neujahr in seinem Büro und sah am frühen Nachmittag den gewaltigen Stapel unerledigter Akten durch, der sich inzwischen angesammelt hatte. Es fiel ihm schwer, sich auf die Arbeit zu konzentrieren. Ständig fragte er sich, warum Gwen nicht auf seine Anrufe antwortete. Was hatte sich zwischen ihnen geändert?

Eilends kam McLeod durch die Tür und unterbrach seine Grübeleien. »Verrate es mir nicht«, sagte McLeod und deutete auf den Papierstapel. »Ein Modell des Fujiyama, richtig?«

»Es kommt mir jedenfalls so vor«, seufzte Haldane. »Was kann ich für dich tun, Duncan?«

McLeod warf einen Blick über die Schulter. »Zunächst einmal könntest du mir einen Kaffee besorgen«, rief er mit bellender Stimme.

Karen Jackson, Haldanes Sekretärin, rief von draußen zurück: »Ich habe gesehen, dass Sie zwei Füße haben. Holen Sie sich Ihren verdammten Kaffee doch selber.«

McLeod lachte. »Die gefällt mir.« Er deutete mit dem Daumen nach draußen. »Hey, heute Morgen habe ich James Bond in Baltimore besucht.«

»Und?«

»Clayton geht es besser.« Haldane nickte. »Er ist wach. Glücklicherweise ist er noch immer an das Beatmungsgerät angeschlossen, also habe ich die Unterhaltung alleine bestritten.«

Haldane lehnte sich zurück und grinste. »Ich bin sicher, er wusste es zu schätzen.«

»Ich denke schon.« McLeod nickte ernst. »Er schien unsere

Unterhaltung besonders zu genießen, als es darum ging, dass die Welt ohne die CIA bedeutend besser dran wäre.«

Haldane schüttelte den Kopf. »Duncan, du bist ein grausamer Mensch.«

McLeod stand lächelnd auf. »Übrigens, ich bin gekommen, um dir zu sagen, dass ich gehe.«

»Wird auch langsam Zeit. Gehst du für eine Weile nach Glasgow?«

»Nicht nur für eine Weile«, sagte McLeod. »Für immer. Ich verlasse die WHO. Ich werde mir in irgendeinem schottischen Krankenhaus einen Posten suchen, wo ich mir kein Bein ausreiße. Es wird Zeit, dass wir uns in meiner Familie wieder mit den Vornamen ansprechen.«

Haldane nickte. »Ich sollte wohl gar nicht erst versuchen, dir das auszureden?«

»Nein. Es sei denn, du hast noch die Waffe, die Clayton dir gegeben hat«, sagte McLeod.

Haldane schüttelte den Kopf.

»Ich wollte mich übrigens noch von Gwen verabschieden, aber ich konnte sie nicht erreichen.«

»Ich auch nicht«, sagte Haldane und begann erneut, sich Sorgen zu machen. »Ich habe gestern mit ihr gesprochen. Irgendwie schien sie mir auszuweichen. Sie sagte, sie sei völlig fertig. Das ist sicherlich kein Wunder, aber ich dachte … na ja … es könnte etwas mit Clayton und mir zu tun haben.«

»Ah, Dreiecksbeziehungen sind eine wunderbare und geheimnisvolle Angelegenheit, nicht wahr?« McLeod seufzte wehmütig.

Haldane nickte geistesabwesend.

»Ich habe es sogar in der Abteilung für Zivilschutz versucht«, sagte McLeod. »Sie hat noch nicht wieder zu arbeiten angefangen, seit sie wieder zu Hause ist. Offensichtlich hat sie sogar ihren Chef bei einer Besprechung versetzt.«

»Das ist irgendwie merkwürdig«, sagte Haldane. Jetzt nahmen seine Sorgen eine ganz neue Richtung.

»Vermutlich hat sie die Sache mit Sabri und das ganze Drumherum traumatisiert.« McLeod zuckte mit den Schultern. »Vielleicht will sie sich im Augenblick einfach nur verkriechen und die Tür hinter sich abschließen.«

Der Ausdruck »die Tür hinter sich abschließen« ging Noah nicht aus dem Sinn. Er stand auf. »Duncan, du glaubst doch nicht …« Er sprach den Satz nicht zu Ende.

McLeod sah zu ihm hoch und runzelte fragend die Stirn. »Ich glaube was nicht?«

»Als ich gestern mit ihr gesprochen habe, lag sie um zwei Uhr mittags immer noch im Bett«, sagte Haldane halb zu sich selbst und halb zu McLeod. »Sie sagte, sie sei völlig fertig.« Er deutete mit dem Finger auf McLeod. »Und, Duncan, sie hat sogar gehustet!«

McLeod hob die Augenbrauen. »Jesus Christus, Haldane. Das würde sie doch nicht tun!«

»Sie würde es tun, wenn sie glaubt, dass sie dadurch die Welt schützen kann.«

Haldane stand vor der Eigentumswohnung und sah zu, wie die Rettungssanitäter die Tür aufbrachen. Sobald die Scharniere nachgaben und die Tür aufflog, stürmten Haldane, McLeod und die vier Sanitäter in die Wohnung. So schnell es ihm in seinem biologischen Schutzanzug möglich war, rannte Haldane in Richtung Schlafzimmer.

Er stürmte hinein, doch er sah, dass Gwen nicht im Bett lag. Die Decken waren zurückgeworfen worden und lagen in einem wirren Knäuel am Fuß des Bettes. Eine Schachtel Kleenex stand mitten auf dem Kissen. Über das ganze Laken waren zerknüllte Papiertaschentücher verstreut. Einige von ihnen waren blutig.

Durch die Plastikscheibe seiner Schutzhaube musterte er das Zimmer. Er sah auf der anderen Seite des Bettes nach und tastete sogar die Laken ab.

»Hier drüben!«, rief einer der Sanitäter. »Im Badezimmer.«

Haldane wirbelte herum und rannte in das Badezimmer, das auf der anderen Seite des Korridors lag. Um zu ihr vorzudringen, musste er sich zwischen den Sanitätern hindurchschieben, die durch ihre Schutzanzüge besonders unförmig wirkten.

Sie war vor der Badewanne zusammengebrochen.

Ihr Gesicht war grau, ihr Haar verfilzt. Sie trug einen weißen Pyjama, auf dessen Oberteil sich Blutflecken befanden. Zuerst konnte Haldane nicht erkennen, ob sie am Leben oder tot war, doch dann stieß sie ein grässliches, heiser rasselndes Husten aus, und ihr ganzer Körper zuckte.

Als er die Hand genauer ansah, die sie unter ihren Oberkörper geschoben hatte, erkannte er, dass sie ein Tablettenröhrchen umklammerte, das er schon einmal gesehen hatte. Es war leer.

Erst da fiel ihm auf, dass Isaac Moskors kleine gelbe Pillen überall um sie herum verstreut auf dem Fußboden des Badezimmers lagen.

KAPITEL 44

Georgetown-University-Hospital, Intensivstation, Washington, D. C.

Bekleidet mit einem blauen Schutzanzug aus Kunststoff saß Haldane im Unterdruck-Isolationsraum der Intensivstation an Gwens Bett und hoffte auf ein Lebenszeichen von ihr. Den größten Teil der letzten sechsundneunzig Stunden hatte er auch schon hier verbracht. Die meiste Zeit bemühte er sich, Vergleiche zwischen seinem jetzigen Ausharren und seiner Zeit in Singapur zurückzudrängen, als er an Franco Bertullis Bett gesessen und mit angesehen hatte, wie Bertulli starb.

An diesem Nachmittag machte sich Haldane noch größere Sorgen als zuvor. Erst vor zwei Stunden hatten die Ärzte Gwen vom Beatmungsgerät genommen, doch wegen der Medikamente, die sie bekommen hatte, war sie noch nicht aufgewacht.

Haldane betrachtete Gwen. Sie trug einen Klinikkittel und eine Sauerstoffmaske; zwei Infusionsschläuche führten zu ihrem Arm. Sie sah sehr zerbrechlich aus. Schon vor ihrer Krankheit war sie schlank gewesen, doch jetzt zeichneten sich ihre Hüftknochen unter dem dünnen Laken ab. Trotzdem hatte sich ihr Zustand erheblich verbessert, wenn man bedachte, dass sie beinahe tot gewesen war, als sie sie vier Tage zuvor auf dem Fußboden in ihrem Badezimmer gefunden hatten.

Gwen blinzelte, und dann drehte sie langsam den Kopf, zuerst weg von Noah und dann zu ihm hin. Freude und Erleichterung erfüllten ihn, und er konnte ein breites Lächeln nicht unterdrücken.

Sie streckte ihm ihre rechte Hand hin. Er griff danach mit seiner Hand, die in einem Latexhandschuh steckte, und drückte sie. »Schön, dass du wieder bei uns bist«, sagte er.

»Es ist gut, wieder hier zu sein.« Sie sprach mit krächzender Stimme, da bis vor kurzem ein Beatmungsschlauch zwischen ihren Stimmbändern hindurchgeführt hatte. Sie lächelte schwach.

Haldane hob seine andere Hand und drohte ihr mit dem Finger. »Zieh nie wieder so eine halsbrecherische Nummer ab.«

»Die häufen sich in letzter Zeit.« Sie kicherte, und das führte zu einem kleinen Hustenanfall, doch dieser Husten war harmlos im Vergleich zu dem, den sie erlebt hatten, als sie sie fanden.

»Danke«, sagte sie. »Du hast mir das Leben gerettet. Schon wieder.«

»Nein.« Haldane schüttelte den Kopf. »Dafür musst du dich bei deinem Freund Isaac Moskor bedanken.«

Gwen machte große Augen. »Sein Mittel?«

Haldane nickte. »Als wir beschlossen haben, es dir zu geben, hatten wir nichts mehr zu verlieren.« Er hatte einen Kloß im Hals und schluckte. »Wir waren überzeugt davon, dass du es nicht schaffen würdest. Aber nachdem wir erst einmal mit dem A36112 angefangen hatten … Wow, welch ein Unterschied!«

»Wo hast du es herbekommen?«, fragte sie.

»Glücklicherweise haben wir die Pillen aufgehoben, die du im Bad verschüttet hast.« Noah lächelte. »Aber kaum hatte Isaac davon gehört, was mit dir passiert war, ist er sofort nach Washington geflogen und hat einen ganzen Koffer davon mitgebracht. Und die Sachen, die du intravenös bekommst.«

»Und keine Hepatitis?« Sie runzelte die Stirn.

»Bisher sind deine Bluttests in Ordnung.« Haldane drückte ihre Hand und beruhigte sie.

Sie nickte. »Erinnere mich daran, dass ich Isaac eine Karte schicke.« Sie lächelte, und dann gähnte sie.

Haldane beugte sich vor und fuhr Gwen mit seiner freien Hand über die Stirn. »Warum, Gwen? Warum hast du es getan?«

»Es war so dumm«, sagte sie und errötete vor Verlegenheit.

Damit gab sich Haldane noch nicht zufrieden. »Sag es mir, bitte.«

»Einen Tag nachdem ich aus dem Motel befreit wurde, begann mir alles wehzutun und mir war übel. Zuerst nahm ich an, dass das an der Droge lag, die Sabri mir gegeben hatte.« Gwen hielt inne und nahm einige kräftige Züge Sauerstoff. »Aber als ich zu frieren begann und husten musste … da wusste ich es.« Wieder nahm sie einen tiefen Zug Sauerstoff. »Offensichtlich konnte ich nicht mehr klar denken.«

»Aber …« Haldane legte die Hand an ihre Schläfe.

Sie sah weg. »Ich dachte, wenn ich ins Krankenhaus gehe, passiert vielleicht etwas.«

»Was zum Beispiel?«

»Was ist, wenn die Sanitäter, die mich gefunden haben, krank werden? Was ist, wenn sich jemand mit einer infizierten Nadel in den Finger sticht? Was ist, wenn meine Atemmaske undicht ist?« Ihre Stimme brach. »Ich hatte es so satt, dass dieses Virus so viele Leute krank macht. Ich wollte, dass das Virus mit mir stirbt, egal wie. Und dass sonst niemand stirbt.« Tränen traten ihr in die Augen. »Es tut mir Leid.«

»Das muss es nicht. Du hast wirklich selbstlos gehandelt.« Er lächelte und blinzelte ihr zu. »Einmal Bazillen-Zarin, immer Bazillen-Zarin, stimmt's?«

Sie zuckte mit den Schultern und wischte sich die Tränen ab.

Haldane drückte ihr kräftig die Hand. »Willst du das Beste hören?«

Sie nickte.

»Das Virus der Gansu-Grippe ist in dir gestorben«, sagte er.

»Gut«, sagte sie leise, und dann gähnte sie.

»Es gab ohnehin nur noch einen potenziellen Überträger, der einem Sorgen machen konnte«, sagte Haldane.

»Sabri?«

»Ja. Aber die postmortalen Bluttests haben ergeben, dass sich seine Infektion noch im Frühstadium befand. Es hätte noch einen Tag gedauert, bis er jemanden hätte anstecken können«, sagte Haldane. »Wahrscheinlich hat er dich und sich selbst gleichzeitig infiziert. So wäre er am nächsten Tag bei der Silvesterparty auf dem Times Square am ansteckendsten gewesen.«

Gwen atmete tief aus.

»Also deshalb hat er mich angelächelt und mein Leben in diesem Motel verschont.«

»Er dachte, du würdest ihm als Trojanisches Pferd dienen«, erklärte Haldane. »Es war gewissermaßen der letzte Schuss, den er noch auf uns abzufeuern versuchte.«

Sie nickte und gähnte wieder. »Wie geht's Alex?«

»Ganz gut. Vielleicht kommt er noch schneller aus dem Krankenhaus als du.«

»Nicht, wenn ich es verhindern kann. Morgen dürfte ich wohl wieder zu Hause sein«, sagte sie, doch vor Erschöpfung fielen ihr die Augen zu.

»Gwen«, sagte Haldane. »Wenn du wieder draußen bist, nimmst du dir dann frei?«

»Wahrscheinlich steht mir einige Zeit wegen Krankheit zu«, murmelte sie. »Warum?«

»Alle zwei Wochen ist Chloe bei mir. Ich denke, dazwischen wäre es doch nett, wenn wir irgendwohin fortgehen würden.«

»Hm«, stimmte sie zu, ohne die Augen auch nur einen Millimeter weit zu öffnen.

»Vielleicht irgendwohin, wo es warm ist«, sagte Haldane eher zu sich selbst als zu ihr. »Es wäre doch schön, wenn wir aus allem mal rauskämen.«

»Schön und warm«, murmelte sie verträumt. »Keine Viren und keine Terroristen.«

Haldane lachte. »So und nicht anders!«

Noch immer ihre Hand haltend, sah er zu, wie sie in einen tiefen Schlummer fiel. Als Haldane ihren schlafenden Körper betrachtete, wurde ihm klar, dass er etwas fühlte, was er schon sehr lange nicht mehr empfunden hatte.

Frieden.

DANKSAGUNG

Der Weg vom ersten Aufblitzen einer Idee bis zum veröffentlichten Roman ist lang und gelegentlich steinig, aber ich kann mir keine Reise vorstellen, die mehr Spaß machen würde. Unterwegs haben mir so viele Menschen ihre Zeit, ihre Ideen und ihre moralische Unterstützung geschenkt, dass der Platz hier nicht ausreicht, um sie alle zu nennen. Einige jedoch möchte ich an dieser Stelle erwähnen.

Glücklicherweise bin ich mit mehreren guten Freunden gesegnet, die gleichzeitig auch Leser sind. Zu den engagiertesten, die besonders viel Arbeit auf sich nahmen, gehören Dave Allard, Rob King, Duncan Miller, Geoff Lyster, Kirk Hollohan, Jeremy Etherington, Jeff Jacobs, Alisa Weyman, Chiara Hnatiuk, Brooke Wade sowie Alec und Theresa Walton. Was den medizinischen Hintergrund betrifft, konnte ich in besonderem Umfang auf den Rat des ausgezeichneten Mikrobiologen Dr. Marc Romney zurückgreifen. Und ich bin überaus dankbar dafür, in Beverly und Bill Martin (von agentresearch.com) und Michael McKinley hervorragende Mentoren gefunden zu haben, deren großzügige Ratschläge sich als unschätzbar wertvoll erwiesen haben. Doch von allen Lesern aus meinem Umkreis ging Kit Schindell in ihrer Hilfe weit über jede erwartbare Unterstützung hinaus. Ihre unermüdliche Lektüre, ihre umsichtigen Kommentare und ihre freundlichen Fingerzeige haben es mir ermöglicht, diese Geschichte so gut zu schreiben, wie ich nur konnte. Danke, Kit!

Ich möchte Susan Crawford dafür danken, dass sie mein Manuskript an Tor vermittelt hat, wo ich mich dank Menschen wie Paul

Stevens, David Moench, Seth Lerner und Tom Doherty – einem Verleger, dessen Engagement alle Erwartungen übertraf – sehr gut aufgehoben fühlen durfte. Besonderer Dank gilt meiner wunderbaren Lektorin Natalia Aponte, die einen Neuling wie mich geduldig durch alle einzelnen Schritte bis zur Veröffentlichung des Buches begleitete und dazu beitrug, diesen Roman deutlich besser zu machen.

All dies hätte ich nie erreichen können ohne die unerschütterliche Unterstützung durch meine Familie. Die aufrichtigen Kommentare meiner Frau Cheryl, die entschieden an mich glaubte, hielten mich beim Schreiben stets auf Kurs. Mein Bruder Tony setzte sich nachdrücklich für dieses Buch ein. Mein Bruder Tim und meine Schwägerinnen Becca und Tammy und auch meine übrige eigene sowie meine angeheiratete Familie boten mir die so dringend benötigte Ermutigung und Unterstützung. Und nichts von alledem wäre möglich gewesen ohne den Rat und die Liebe meiner Eltern Judy und Frank.